国家社科基金
GUOJIA SHEKE JIJIN HOUQI ZIZHU XIANGMU
后期资助项目

鲁迅小说的中国形象研究

On the China's Image of Luxun's Novels

吴翔宇 著

九州出版社 JIUZHOUPRESS | 全国百佳图书出版单位

图书在版编目（CIP）数据

鲁迅小说的中国形象研究 / 吴翔宇著. -- 北京 : 九州出版社, 2016.9

ISBN 978-7-5108-4765-3

Ⅰ. ①鲁… Ⅱ. ①吴… Ⅲ. ①鲁迅小说－小说研究②国家－形象－研究－中国 Ⅳ. ①I210.97②D6

中国版本图书馆CIP数据核字(2016)第240484号

鲁迅小说的中国形象研究

作　　者	吴翔宇　著
出版发行	九州出版社
地　　址	北京市西城区阜外大街甲 35 号 (100037)
发行电话	(010)68992190/3/5/6
网　　址	www.jiuzhoupress.com
电子信箱	jiuzhou@jiuzhoupress.com
印　　刷	三河市九洲财鑫印刷有限公司
开　　本	787 毫米 ×1092 毫米　16 开
印　　张	19
字　　数	330 千字
版　　次	2016 年 12 月第 1 版
印　　次	2016 年 12 月第 1 次印刷
书　　号	ISBN 978-7-5108-4765-3
定　　价	58.00 元

国家社科基金后期资助项目

出版说明

后期资助项目是国家社科基金项目主要类别之一，旨在鼓励广大人文社会科学工作者潜心治学，扎实研究，多出优秀成果，进一步发挥国家社科基金在繁荣发展哲学社会科学中的示范引导作用。后期资助项目主要资助已基本完成且尚未出版的人文社会科学基础研究的优秀学术成果，以资助学术专著为主，也资助少量学术价值较高的资料汇编和学术含量较高的工具书。为扩大后期资助项目的学术影响，促进成果转化，全国哲学社会科学规划办公室按照“统一设计、统一标识、统一版式、形成系列”的总体要求，组织出版国家社科基金后期资助项目成果。

全国哲学社会科学规划办公室

2016 年 7 月

目　录

序

文学的形象学研究，按我的理解，拓展了文学研究的内涵，即从审美的途径延展到社会学、人类学的研究。它是文学的研究，遵循审美的规则，专注于作家的创作成就，重视文学表达的特有方式和具体的细节。但同时，它又不限于文学的审美属性，而要从审美中发现社会的、历史的、人类的等重要乃至重大的人文课题，探讨这些问题的丰富意义。它不仅是为了推动文学的发展，而且更致力于历史经验的总结，推动社会的进步。

“形象”在这类研究中，可以是作品中的某类形象，它被研究者置于特定的背景中，赋予了特别的意义。这一意义是作品本身所具备或者至少是可以承担的，其实是被研究者发现甚至外加，用来表达他对社会或历史的某种意见。“形象”，也可以具有更为普遍性的特征。一个作家或者一批作家在创作中所呈现出来的某种精神特征，他们的创作的共同文化心理问题，构成了一个国家、一个民族在一个历史时期里的精神面貌、文化性格。把它们作为“形象”来研究，其实就是从文学来研究一个国家和民族的带有某种普遍性的社会历史问题。形象学的研究，多被用在比较文学的学科，就是因为这一意义上的“形象”具有跨国界、跨文化的比较研究的价值。

吴翔宇的《鲁迅小说的中国形象研究》，我理解就运用了文学的形象学的研究方法。但他是取其中，既不是停留在作品中的具体形象的研究层次，又不是把鲁迅的整个创作抽象为“中国形象”来研究鲁迅时代的中国问题。他是深入鲁迅的作品，通过对鲁迅创作的细致分析，来发现鲁迅对他那个时代中国问题的思考和艺术表现，来透视鲁迅的内心世界，包括他的痛苦、他的愤怒乃至绝望，以及他对这个绝望的反抗。但这种思考，又是始终联系着鲁迅与当时中国的关系，关注着当时中国的问题的。

在中国现代作家中，我认为只有鲁迅最有资格承担得起通过对他创作的研究来审视中国问题的目标，因为在许多非常优秀的作家中，鲁迅的创作是最为深刻地联系着中国社会在从古代转向现代发展道路的过程中不断出现的一些重大的思想和实践问题，其中不少问题由鲁迅提出至今仍没有得到很好的回答，而这些问题如何回答又将直接关系到中国未来的发展。

因此，通过鲁迅小说来研究“中国形象”是一个相当有力并且有效的方法，能够把以前我们研究中所取得的一些成果通过这一路径得到某种具有新意的阐释，甚至发现一些新的问题。但这种研究需要相应的学术准备，它既需要一般意义上的文学修养，懂得文学和美，能进入审美的境界，又需要历史学、社会学、人类学的一些修养，能够从文学发现社会的历史的人类学的问题。仅仅审美，不足以解释鲁迅，仅仅社会学、历史学、人类学的研究，也就不是作为伟大的文学家的鲁迅的研究。

吴翔宇的这一成果，是他近年来研究鲁迅的一个总结。我仔细读过，颇受鼓舞，发现他保持了才思敏捷的优点，而又拓展了视野，加深了学理论述的力度。看得出，他花了许多功夫研读鲁迅，掌握重要的现代思想史资料，对鲁迅及鲁迅的时代有了较为深入的理解，提出来的问题具有历史感和理论意义，而又能紧密地联系鲁迅作品的文学属性来加以分析。成果得到国家社科基金的后期资助，从一个方面说明了它作为近期鲁迅研究的一本新作，具有重要的学术价值。

这本专著的具体优点及可能存在的不足，我想用不着我展开来谈，细心的读者自会有自己的判断和理解。

是为序。

陈国恩

2016年9月30日于武汉大学寓所

绪 论

近代以来，中国深陷日渐式微的国运及列强鲸吞的危难形势之中。在对中国社会强烈的劣败感受中，一些思想先觉者开始探求走出当前困境的未来之路。关于“中国形象”设计等一系列的民族国家想象的思考也因此被催生出来了：“中国”存在着怎样的问题？“中国”现在的境遇如何？“中国”应该走什么样的道路？“中国”未来将会是怎样？凡此等等，这些问题涉及的核心议题是中国的现代化困境及纳入世界文明轨道的路径。可以说，全面检视“中国”的现实处境以及对“中国形象”的设计反映了先进中国人理性的国家意识，他们的文学实践因未离弃“中国问题”这一核心要义而具有了更加深厚的社会现实价值。这种包孕着民族国家重构使命的文学实践融入了中国新文学现代性议题的洪流之中，体现了中国人重新认识自我与他者的现代眼光，进而开创了一种崭新的文学传统。

鲁迅无疑是20世纪中国最具现代思想的文学家，“要写出一个现代的我们国人的灵魂来”，[①] 体现了其观照中国、中国人的价值立场。鲁迅认为：“从小说来看民族性，也是一个好题目。”[②] 他的小说植根于现代中国的文化土壤中，“用自己的眼睛去读世间这一部活书”，[③] 具象而隐喻地通过“乡土中国”及中国人的精神状态展示中国形象的多元状貌，其折射和反映的社会现实是全方位的，深刻呈示了现代中国转型的艰难过程。他的小说以其独特的观照对象和表达方式，自觉地加入到这场“国家叙述”的话语形构之中，与其他知识分子一道共同参与了中国新文学建构民族国家想象的文学表达和话语实践。围绕着鲁迅小说与“中国立场”“中国语境”“国民性”等问题的关联问题，国内外研究者较为全面地论析了鲁迅小说与中国的现代化之间的深微关系，取得了较为突出的成就，具体而论，主要表现为如

① 鲁迅：《俄文译本〈阿Q正传〉序及著者自叙传略》，《鲁迅全集》第7卷，人民文学出版社2005年版，第84页。

② 鲁迅：《马上支日记》，《鲁迅全集》第3卷，人民文学出版社2005年版，第350页。

③ 鲁迅：《读书杂谈》，《鲁迅全集》第3卷，人民文学出版社2005年版，第462页。

下三个方面：

第一，立足中国的现代转型，论析鲁迅重建中国形象的逻辑起点、运思过程及话语实践。近代以来中国的现代性危机，让现代知识分子意识到重建中国形象的迫切性和必要性。现代文明的价值建构为中国形象营构提供了理论资源，也催发了现代知识分子的民族国家认同感，对“旧中国”的消解和批判以及对“新中国”的找寻和勾勒成了中国新文学不容忽视的内在精神路向。考察到鲁迅所处的时代语境，张中良认为，鲁迅的文学创作中的“中国”并非定于一尊，而是有着价值多元的“歧义”。这与中国历史悠久和传统文化的多元性密不可分。他将其归纳为“文化中国”“历史中国”和“政治中国”三种形态。而鲁迅创作的基点也就在于批判传统的负面效应，梳理民族国家的融合与分离，以及政治语境下的文化运作。① 与张文强调鲁迅笔下“中国”的复杂歧义不同，黄健将鲁迅的中国想象集中于“老中国”的负面效应和当下转换上。他认为，鲁迅将“老中国”的认识化为鲜活的文学形象，希望能引起全社会的“疗救的注意”，达到改造国民性、重塑“中国形象”的目的。鲁迅对中国形象聚焦，不是在有关贫苦的国民在物质层面上的窘迫和贫穷，也不是在一般的政治、经济层面上所受的剥削与压迫，而是在精神上长期以来遭受封建专制和家族礼教的迫害及其所形成的心理、性格的变异。② 陈国恩认为鲁迅经典意义的游移和偏转反映了“中国形象”的变化，鲁迅的创作引起了强烈反响，这也反过来证明了他所提出的反封建的思想命题击中了现实中国的症结，他在创作中所描画的中国形象正是现实中国形象的艺术写照。③ 与上述研究者重点论析“中国形象”本体内涵不同，杨洪承的研究主要从中国现代作家群体生态来反观“中国形象”。在他看来，中国本土文化的传承与异域文化的传播的相互作用，是现代中国作家群体生态塑造“中国形象”的双重背景。现代中国文学社团或流派自身的文化选择和话语实践表呈了“中国形象”，他们既是塑造中国形象的主体，又是呈现中国形象的客体，这种主客的统合构成了多种形象互动影响的文化网络。④ 吴秀明则认为，鲁迅以启蒙主义为指南，所塑造的中国形象主要依据西方异质文化的评价标

---

① 张中良：《鲁迅笔下“中国”的歧义》，《华中师范大学学报》（人文社会科学版）2014 年第 4 期。

② 黄健：《现代文明中国的价值建构——略论“五四”新文学的“中国形象”塑造》，《学术月刊》2010 年第 11 期。

③ 陈国恩：《鲁迅的经典意义与中国形象问题》，《学术月刊》2010 年第 11 期。

④ 杨洪承：《中国现代作家群体生态与“中国形象”结构研究》，《齐鲁学刊》2010 年第 6 期。

准，更多看到和发掘的是中国文化的负面因素。它与文化批判与文化重建同步。在批判中重建，在重建中超越，在反思中显现中国文学的真实、理性与丰沛的艺术力量。[①] 高旭东以阿 Q 与小 D 为例分析了鲁迅小说的取名艺术所表征的中国形象，在他看来，阿 Q 光头，脑后留一条小辫，Q 字是其形象的写照，Q 字是一个圆圈，是蕴含了中国传统文化底蕴的象征符号，鲁迅用 Q 不用 O 表明了西方文化的进入使过去的圆圈难以团圆了。而小 D，只是个半圆，等他大起来和阿 Q 一样的时候，那就是个全圆了。鲁迅对大团圆的反讽意味着打破大团圆，打破循环，从而走向中国历史上从未有过的第三样时代。[②] 张旭东认为从语言、叙事和寓言的层面讲，《阿 Q 正传》是中国文学最大的作品，因为阿 Q 就是中国，不是隐喻上的，阿 Q 就是中国，就是"中国的传"，是对中国人集体传记在语言和叙事形式上的不可能性和可能性的寓言性探索。[③]《药》中人物的姓名直接隐喻"华""夏"，宋剑华曾撰文指出，作为一种词义明确的艺术符号，三个主要人物分别代表着三种社会力量："华"="中华"，"老"="长久"，"栓"="束缚"，"华老栓"三个字连接起来的完整释义，便是"中华民族长久被束缚"的意义象征。[④] 应该说，这些研究都意识到了鲁迅作为民族代言人的政治立场，其塑造的人物的苦痛、挣扎总是寓意着中国整体文化的命运与走向，重构了中华民族主体的自我形象。

第二，以"乡土中国"为中心能指符号，揭橥鲁迅小说确立民族国家想象的本土立场。"乡土中国"既是一个文化地理的概念，也是一个形象学的概念。乡土中国叙事即是文学在中国视野下所进行的一种乡土叙事，它始于"五四"新文学时期，并同中国现代化历史进程密切联系在一起，体现了中国知识分子对建构民族国家的不同思想认知、路径选择和审美诉求，是现代性的产物。对于乡土中国的想象有两种不同的理路：一种是以批判的视角来审视乡土中国的弊病、落后等非现代性的症候，以期探究中国现代化进程中所存在的问题，进而重建中国形象；另一种则是开掘乡土中国的优良基因，冀望以此为中国现代化道路提供本土文化资源和精神动力。前者主要以鲁迅为代表，后者则以沈从文为代表。刘洪涛以《阿 Q 正传》和《边城》为例，论析了它们分属于不同的知识体系，在他看来，《阿 Q 正传》将启蒙主义的核心命题"国民性批判"推到极致，由于"国

① 吴秀明：《文化重建与"中国形象"塑造的当下使命》，《学术月刊》2010 年第 11 期。
② 高旭东：《阿 Q 画圆圈与中西文化的发展模式》，《中国图书评论》2010 年第 10 期。
③ 张旭东：《重读鲁迅与中国文学批评的反思》，《文艺理论与批评》2008 年第 6 期。
④ 宋剑华：《启蒙无效论与鲁迅〈药〉的文本释义》，《天津社会科学》2008 年第 5 期。

民性”命题的特定指向，阿Q形象成为国家和民族形象的代名词，它的价值判断是负面的。而《边城》的艺术独创性表现在两个方面：它巩固、发展和深化了乡土抒情模式，它的牧歌属性与中国形象互为表里，建构了诗意的中国形象，为后发国家回应被动现代化，提供了经典的样式和意绪。[①] 丁帆指出，在鲁迅的乡土小说中，并存着改造农业社会国民劣根性的使命感与哀怜同情农民的儒者之心，这两种文化价值在其中所形成的理念叙述的冲突，造成了作者对传统的“乡土中国”两种情感（“深刻的批判”与“深刻的眷恋”）的混合。[②] 逄增玉、孙晓平以《故乡》《社戏》《祝福》等小说为例，论析了“回乡者”视野中乡土中国的“前现代性”。该文认为，都市与乡村一方面具有时空同一性，都是结束帝制进入民国的中国，但却是外在形式相同而实质分裂的：都市已经具有了现代性而乡村却是非现代和前现代的、中世纪的；时间也是如此，表面上是同质的同步的，即都进入了以民国为表征的新时代，实质却是背反互逆的，内地乡村及其代表的老中国的思想精神世界并没有与时间同步，而是停滞甚至倒退。[③] 宋剑华、晏洁也认识到鲁迅小说凋敝“乡景”叙事背后隐藏的作家拷问“乡土中国”的启蒙意图，为了实现其启蒙实践，鲁迅不惜过滤乡土文化中的温情和亮色，凸显其落后和凋敝的部分，以此去形象化地告诉广大读者思想启蒙的重要意义——必须彻底改变乡土中国的落后面貌，否则中国将有开除“球籍”的危险。[④] 在考察鲁迅小说的“身体物化”问题中，陈晓明意识到了鲁迅小说的乡土中国氛围与记忆，他指出，这种记忆从现代性变革的历史空当中浮现出来，鲁迅在这里寄寓的不只是批判性，而是一种远为复杂的关于乡土中国的命运——那些始终在历史进步和历史变革之外的人群的命运。[⑤] 同时，很多研究者注意到了鲁迅小说中“鲁镇”“未庄”“吉光屯”“临河土场”等地域空间并非是纯粹的空间所指，它们共构了一个文化地理意义上的“乡土中国”及表征空间，其中掺杂了诸多社会、历史、政治、意识形态与文学的多元价值取向和功能意义。朱寿桐指出，“五四”新文学所凸现的是严酷的此在空域与并不理想的期诣空域之间的双向拉伸，以及由此拉伸给予人们的情感撕扯和灵魂撕裂的痛楚。在

① 刘洪涛：《〈边城〉：牧歌与中国形象》，《文学评论》2002 年第 1 期。

② 丁帆：《浅论鲁迅小说中价值与审美的悖反现象》，《长江学术》2014 年第 4 期。

③ 逄增玉、孙晓平：《“五四”及 20 年代文学中的中国形象与符号表征》，《海南师范大学学报》（社会科学版）2014 年第 5 期。

④ 宋剑华：《论中国现代文学中多重视角下的“乡景”叙事》，《福建论坛》（人文社会科学版）2013 年第 10 期。

⑤ 陈晓明：《现代性与文学研究的新视野》，《文学评论》2002 年第 6 期。

他看来，以鲁迅为杰出代表的“五四”新文学撕破了期诣空域的理想愿景或乐土图景，只是作为一种参照的因素对人们的灵魂作另一番牵扯，因而作品有可能通向复杂与深刻，通向情绪的茫然与精神的痛楚。[①]李丹梦认为，不同于经典意义上的乡土文学，文学的“乡土”书写在中国文坛的兴旺，并非工业化、城市化的结果，而是随着国家、民族意识的自觉而逐步清晰的。在鲁迅的乡土书写里，浸润着强烈的中国意识。当“乡土”与启蒙的主题组合在一起时，乡土内涵的自由性反而被催生出来。这种自由的内涵就是反抗任何形式的自我物化，这是鲁迅乡土中国反复涉及“异域情调”与“侨民文学”的深刻根源。[②]王嘉良认为，鲁迅致力于改造国民性，但其改造国民性和民族文化的思考常常是同改造民族的风俗文化心理习惯联系在一起的。在乡土风俗展示中活现了文化的特质，也发现了文化的病根所在，成为中国文学中特别精辟的风俗文化批判的符码。[③]这些研究都着力于挖掘鲁迅“乡土中国”描摹背后的良苦用心，这其中夹杂的爱与恨的复杂情感开创了中国现代乡土小说的先河，也是其想象民族国家的现代性表述的重要方式。其中“中国”与“乡土”既有相互隐喻的指涉关系，又有因果关系的激活与推导。

第三，以“国民性”话语为议题，探究鲁迅国民性思想体系中自我与他者的深刻关联。20世纪90年代，随着“国学热”“东方热”等思潮的升温，鲁迅终其一生的国民性批判显得不合时宜，面临新的话语尴尬，指责和质疑之声不断。冯骥才和刘禾等人认为鲁迅的国民性思想来源于西方传教士话语，是按照西方人的眼光诊断中华民族的精神疾患，客观上印证了西方征服东方的合理性。对此，一些研究者重新梳理国民性思想的语词、概念以及鲁迅国民性话语实践的历史逻辑等问题，重新反思鲁迅国民性思想中的自我与他者的辩证融合。针对冯骥才的鲁迅“中了传教士的计”的论断，余杰指出，冯文同意鲁迅许多对国民性的批判而又不同意传教士的批判，是一种“刻舟求剑”的逻辑错误。[④]张全之则认为冯文并未注意到鲁迅国民性批判背后的深层逻辑：鲁迅虽然也多认同东方主义，但却“是借助‘东方主义’的思路，最终达到消除‘东方主义’的目的”。[⑤]很多研究者发现，冯骥才的上述理论并非其自身独创，是从海外学者刘禾那里沿

① 朱寿桐：《“五四”新文学的空域背景及其文学史意义》，《广东社会科学》2012年第3期。

② 李丹梦：《文学“乡土”的现代考证——以鲁迅乡土小说与乡土诠释为核心》，《文艺理论研究》2011年第1期。

③ 王嘉良：《民俗风情：透视“乡土中国”的生存本貌》，《天津社会科学》2007年第5期。

④ 余杰：《鲁迅中了传教士的计？》，《鲁迅研究月刊》2000年第7期。

⑤ 张全之：《鲁迅与“东方主义”》，《鲁迅研究月刊》2000年第1期。

袭和演绎而出，刘禾着重分析了史密斯的《中国人气质》与鲁迅“国民性”批判的内在“张力”。对于鲁迅一再推荐的这本传教士著作，刘禾判断是“东方主义”的范本，并包藏着帝国主义的侵略“祸心”。她曾以《阿Q正传》为个案分析了鲁迅制造和瓦解“国民性神话”的过程，由此也塑造出了复杂的鲁迅形象。对于刘禾的这一说法，陶东风撰文认为，刘禾在运用后殖民主义的反本质主义理论来批判“国民性”话语的本质主义时，自己也陷入了无法自拔的本质主义。他总结道：国民性问题背后隐藏的亟待重视的问题包括“我们批评国民性的目的是什么”“我们为什么要批判国民性”“这个目的是值得追求的、可欲的吗”。刘禾始终围绕着外国传教士的书写的意识形态整合功能，以及由此产生的对于中国人的自我认同起到了塑造意义。尽管这中间存在着夸大等曲解的问题，但并不妨碍我们质询这些问题，一是外国传教士的中国描绘是否可以取代中国人的自身描绘，二是这种他者的他塑是否有利于中国的发展。在他看来，即使外国人的中国形象塑造可能深藏着殖民主义或帝国主义的质素，但如果我们有自信心和鉴别力，立足中国立场去阅读他们的作品又有何妨？[①] 汪卫东等人质疑了她立论的前提，即她“精彩的论断在提出之前，显然没有经过……足够的论证，不知这是作为基于事实的一种归纳呢？还是作为论证出发点的基础命题呢？”在他们看来，鲁迅的国民性思想是一个“拿来”的舶来品，鲁迅对作为现实力量的历史原因的强调，说明国民性在他这里是一个历史性范畴，它的形成有历史中的具体原因，也必将在未来被改变，不过这取决于民族中每个个体精神的重新振拔与洋溢。同时，鲁迅所“拿来”的国民性话语本来是19、20世纪被压迫民族争取解放和独立的民族国家理论的重要部分。鲁迅的国民性批判是现代中国人的一个沉重包袱，但它曾鞭策了中国人的深刻反省和发奋图强。[②] 杨曾宪则认为，刘文致命的缺陷在于先验地给予答案，刘禾没有辨析两个国民性“话语”概念：“种族主义国家理论的国民性话语”和“国民性话语或国民性概念”。于是，批判和肯定的尺规不一，她批判种族主义国家理论的国民性话语，却认定国民性概念“只是一种对事实进行概括的描述性话语”。这种混杂的阐释原则使其话语出现轻重不均甚至自相矛盾的问题。由于盲视“启蒙和改造愚昧的国民”的现代诉求和“先驱们的共识”，她粗暴地运用后殖民批评的原理及其自身理论的“虚构”着力，其结果是将所有推动中国现代文明进程的

---

① 陶东风：《〈国民性神话〉的神话》，《甘肃社会科学》2006年第5期。

② 汪卫东、张鑫：《国民性：作为被“拿来”的历史性观念——答竹潜民先生兼与刘禾女士商榷》，《鲁迅研究月刊》2003年第1期。

先驱“一网打尽了”。[①]

由于鲁迅激烈地批判中国传统文化，其小说对于国民劣根性的鞭挞也是史无前例地执着和深刻，我们不禁要问：鲁迅的该举动会“丑化”中国人或中国形象吗？事实上，鲁迅早就发现这样一个事实：“敢于指摘自己国度的错误的，中国人就很少。”[②] 因而其鞭挞国民性的举动引来他人质疑甚至批判的事实并不意外。如果不辨析批判背后所隐藏的良苦用心，看不到鲁迅忧国忧民的思想本质，可能会造成对鲁迅思想观念的误解。对此，一些研究者认为应考虑鲁迅批判话语背后的重构努力，主张将其批判的立场置于现代中国的转型语境中予以价值重估。温儒敏指出，鲁迅对国民性的批判正是我们民族更新改造的苦口良药。因此，重要的是理解鲁迅的用心。如果承认鲁迅的批评是出于启蒙主义的目的，而启蒙又是我们民族进入现代化必经的“凤凰涅槃”的需要，那么就不会再担心国民性批判会丧失民族的自尊，相反，会认为这种批判正是难能可贵的民族自省，是文化转型的前提和动力。[③] 对于学界中有混淆“国家”与“国民性”的想象，张中良认为，在运用民族国家理论以及“形象学”方法时，把阿Q视为中国形象，实在是大谬不然。如果简单地把二者等同起来，岂不是说批判国民性弱点即否定国家了吗？实际情形恰恰相反，国民性批判正是为了唤醒民众，改造国民性，重构国魂乃至救亡图存。对国民性弱点、文化弊端与政治专制总是持批判态度，并不妨碍鲁迅始终如一地爱国。[④]

上述研究立足现代中国的转型语境，较有系统地梳理了鲁迅与20世纪中国的深刻关联，将“中国问题”与鲁迅的文学实践紧密结合，这无疑强化了鲁迅文学传统生成的本土性和现代性。这些研究在“古代—现代”“本土—世界”“文学—文化”的层面上，探究了文学家鲁迅融通中外资源的现代意识。显然，这对我们研究鲁迅小说的话语实践是非常有裨益的，但也存在着一些不足与缺憾，值得进一步思考和探析。著者认为至少有如下三个方面还有深入思考的空间：

其一，意识到了鲁迅想象乡土的出发点及策略，但对其所营构的“乡土中国”的文化结构及内外逻辑还缺乏整体系统的研究。“乡土中国”是现代知识分子基于中国情境而建构出来的具有鲜明中国特质的形象，在费

---

① 杨曾宪：《质疑“国民性神话”理论》，《吉首大学学报》（社会科学版）2002年第1期。

② 鲁迅：《两地书·二九》，《鲁迅全集》第11卷，人民文学出版社2005年版，第91页。

③ 温儒敏：《鲁迅对文化转型的探求与焦虑》，《北京大学学报》（哲学社会科学版）2001年第4期。

④ 张中良：《中国现代文学的民族国家问题》，《文学评论》2014年第4期。

孝通看来，“乡土中国”的“发现”则是在“近百年来更在东西方接触边缘上发生了一种很特殊的社会”。[①]这即是说，如果没有西方现代文明的烛照，“乡土中国”在前文明阶段还是一个自足的文化系统，其落后、封闭、愚昧的乡土特性根本不被意识到，这也意味着乡村与都市的对立根本没有形成，两者价值层面的“中心”“边缘”的分立也无从说起，更不用谈及文明形态的差异了。直至近代以来中国的现代危机，城乡的这种混杂的状态才被外来他者的闯入而打破。正如冯友兰所说，清末中国的大变局彻底颠覆了“中国人的城里人底资格”，而成了乡下人。这种变局也开启了中国人重新认识城市与乡村的精神历程。[②]在“乡土中国”与“现代西方”的错位比照中，文明的对立与冲突日益彰显，也成为现代中国知识分子认知自我与社会的现代性焦虑的重要基点。“乡土”与“中国”被放置在同一平台上思考的根本原因在于它们都是在文化冲突中处于落后、边缘、弱势的指称，而知识分子将“乡土”作为研究对象进行构思时，也就意味着对其想象“中国”的话语努力。与其他作家不同的是，鲁迅的小说所建构出的“乡土中国”形象可以内化为“老中国”“道德中国”“文明中国”等形态，鲜明地反映出现代中国的现代性困境与鲁迅对于未来中国凝眸的社会使命感，并逐渐成为了中国新文学的传统。以往的研究比较集中于鲁迅“批判国民性”的启蒙立场来观照其与现代化难题之间的关系而展开论述，而对于鲁迅小说基于作家“国家”意识危机而形构的中国想象的知识、社会、文化的依据问题仍存在可延展的空间，至于它在什么意义上可视为一种知识学的逻辑而非简单的“翻译的国民性”（刘禾语）等问题，则付之阙如。对于自我与他者文化的深刻认知，体现了鲁迅对于现代性的主体回应，其本有的问题诸如激烈的反传统、导师式的启蒙精神、启蒙与救亡的转换都旨在完成现代文化转型和建构民族国家想象的社会使命。因而，研究者必须牢牢把握“中国特质”这一核心内质，以之来透析鲁迅基于现代中国想象的设计方案。中国特质覆盖了社会制度、价值结构、知识体系、语言艺术等丰富的层面，而这种特性的获致与他者文化的借用和参照是分不开的。从文化人类学的观点看，当两种文化接触之时，主位文化因客位文化的冲击必然会引起重要反应，形成以存续和复古为主要认同对象的“本土运动”。因为每个民族多少都具有“民族中心主义”。中国当时的情形也正是如此。中西文化碰撞后，面对西方现代文化的优势，传统文化立即形成一条全面的抗阻阵线。他对于他国（日本、俄国以及弱小国家）

① 费孝通：《乡土中国》，北京三联书店，1985年版，第1页。

② 冯友兰：《贞元六书·城乡辨》（上册），华东师范大学出版社1996年版，第248页。

文化的借鉴为他建构中国形象提供了“另一种视野”，而外国人对中国形象的误读与扭曲也为鲁迅提供了塑造背景。在“入”与“出”的双重视野中，其自塑中国形象的话语实践是为了反抗“被描写”的他塑话语。在此基础上，研究者如果不把握中国社会新旧交替的转换以及由此而来的文化自我认知问题，那么我们将难以真正切近鲁迅小说所建构出的中国人“轮回绕圈”或“亦新亦旧”的形象基质。鲁迅在其小说中渗入了较多主观色彩浓厚的议论之言，其中充斥着鲁迅所经历的社会人生的感想、期待甚至苦闷、绝望等思想情绪，即如鲁迅所言，“我所写的小说极为幼稚，只因哀本国如同隆冬，没有歌唱，也没有花朵，为冲破这寂寞才写的，但前途暗淡，处此境遇，也许会更陷于讽刺和诅咒詈”。① 正是这种基于中国社会现实的激愤与苦闷，鲁迅小说比同类作品更具现实性和先锋性，其想象中国的话语实践也更加便利。因而，统筹地思考鲁迅小说观照中国的可能与可行性至关重要，应予以更深层次的重视。

其二，上述研究多聚焦于对鲁迅思想“完成状态”的剖析，或者用时代语境中某种思想潮流来印证其想象中国的文化内蕴，而缺乏整合现代中国的“社会生活史”和“民族心灵史”的融通意识。尤为突出的是，对鲁迅塑造中国形象的内在理路中的一贯性（“常态”）和嬗变性（“变状”）的双重观照还很薄弱。如果将其视为固定或一成不变的存在，那么则违背了“传统在历史中生成”的客观规律。事实上，鲁迅小说创作有着不同的阶段，《呐喊》《彷徨》和《故事新编》分别反映了中国社会历史演进中不同阶段所呈现出的特殊内涵。“呐喊”时期，鲁迅小说语言激愤、议论偏多是“因为其中的讽刺在表面上似乎大抵针对旧社会的缘故”。② 而“彷徨”时期则锋芒减退、转归含蓄，其根由“只因为成了游勇，布不成阵了，所以技术比先前好一些……而战斗的意气却冷得不少”。③ 到了“故事新编”时期则语言更趋“油滑”，“只取一点因由，随意点染”。④ 由于鲁迅小说的时空范畴横跨古今，思想脉络连成一体，我们可在古今融通的平台上对“中国形象”问题展开讨论，以运动性否定确定性，以多元性替代单一性，以对立性取消和谐性、一致性，并将作家的主体性建构理解成一种不断流变的存在。这既可以避免陷入“历史决定论”的窠臼，又可在整体系

① 鲁迅：《201214 致青木正儿》，《鲁迅全集》第 14 卷，人民文学出版社 2005 年版，第 176 页。

② 鲁迅：《咬嚼之余》，《鲁迅全集》第 7 卷，人民文学出版社 2005 年版，第 62 页。

③ 鲁迅：《〈自选集〉自序》，《鲁迅全集》第 4 卷，人民文学出版社 2005 年版，第 469 页。

④ 鲁迅：《〈故事新编〉序言》，《鲁迅全集》第 2 卷，人民文学出版社 2005 年版，第 354 页。

统中把握鲁迅小说中国想象实践的总体规律。在古今对话的文化系统里，我们洞悉了历史的同一性，看到了鲁迅所谓“遗传的定理”在制导着人物的思想和行为，古老中国的幽灵阴魂不散。孙郁关注到了鲁迅是如何从古文明中出离，又如何进入古文明的改造，在确立“内曜”的同时，又认识到了“他人的自我”。[①] 在鲁迅复杂的心智结构中，想象中国远非确立中国人的主体性问题那么简单，而是牵扯着动态文化语境中的中国社会各种力量的较量，是一种“互为主体性”逻辑思维。鲁迅小说建构起的中国形象中最为核心的恰是这种难以剔除和分离的“古性”，因而，要想确立鲁迅“人国”的梦想必须废弃那些不适应现代发展的旧因子，在“兴国”（“于兴国究何如焉？”）动机中注入更多“新”的文化质素，从而推动中国的社会文化发展。事实上，鲁迅“立人”思想中所引入的西方资源多为人性进化以及意志主义，而对于西方文明理性主义的援引则相对欠缺，这也为其启蒙过程的困境埋下了伏线。因而，立足中国语境来审视鲁迅对西方资源接受的倚重与过滤问题，在很大程度上有助于研究鲁迅想象中国主题的开掘。

其三，认识到了鲁迅小说书写民族寓言的主体性想象问题，但对其价值认定和评估还有待进一步深化。鲁迅小说始终抓住“人”这一主体予以观照，以实现“立人”到“立国”的双重自觉。因为本土文化的滞后性，鲁迅的文学实践当然无法排斥诸如人道主义、个性主义、进化论等西方理论资源的影响，但其知识权力机制并非如赛义德所预料的制造了殖民意识，反而完全积极地参与了民族文化的现代主体性的建构，不仅提供了新文化反抗“老中国”封建宗法制度的资源，而且最终也成为第三世界反抗殖民化、半殖民化的思想武器。应该说，鲁迅将“兴国动机”“人国理想”与“立人理路”很好地结合在一起，引领了中国新文化运动的发展，所确立的“高度”在很长的时间里都让人难以企及。而这种“立人”“立国”的思想和传统“立言”“立德”“立行”之间的共通性和差异性更是值得进一步拓展和开掘的领地。鲁迅笃信文艺改造国民精神的功能，文艺是“国民精神所发的火光，同时也是引领国民精神的前途的灯火”。[②] 当然，这种功利性的诉求是中国特定时期知识分子的价值选择，文艺的社会功能得到充分彰显，在不放弃文艺审美性的前提下，显然是难能可贵的。在书写中国形象的主体性想象实践方面，鲁迅塑造了狂人、阿Q、孔乙己、祥林嫂等一系列中国国民形象群体，他们的身体及精神状况都表征着中国，是中国

① 孙郁：《在鲁迅的暗区里》，《读书》2009年第8期。

② 鲁迅：《论睁了眼看》，《鲁迅全集》第1卷，人民文学出版社2005年版，第254页。

形象的符号。就目前的研究来看，对于这些形象群体的整体性和互补性结构研究还不够，还没有完全廓清鲁迅小说从整体和普遍的意义上来写书中国的叙事策略。除了研究鲁迅小说的“高度”之外，其“限度”也需要我们进一步反思。鲁迅小说里所表征出的中国形象反映了中国的自我身份认证及世界坐标系中的群体归属感，但是，小说所呈现出的文学生态并未真正触及国家话语的核心命题，其所关涉的中国问题只是在人的发展和解放的平台上予以考量。尽管鲁迅小说涉及了“启蒙”与“革命”两种现代性手段，但是启蒙者“医”“治”的反转，革命者动机与效果的错置，使得“立人”与“立国”的主题难以真正实现。鲁迅不反对文学对政治进行想象和表达，但是在风起云涌的社会现实面前，他认为文学的“无用”性就充分显现出来了，“我是不相信文学的旋乾转坤的力量的”。[1] 在其小说里，启蒙者的失语与负罪感恰恰说明了鲁迅对于文学参与社会现实人生的距离感及有限性。他的小说并未想象出未来中国的形象影迹，更多的是对于阴魂不散的“老中国”“文明中国”“道德中国”形象范式的鞭挞和揭示。因而，在破与立的辩证融通方面还有可深入研究的空间。

① 鲁迅：《文艺与革命》，《鲁迅全集》第 4 卷，人民文学出版社 2005 年版，第 84 页。

第一章　想象中国：被召唤的主体形象建构传统

现代中国的民族国家想象要落实到“中国问题”这一基点上才能予以论述。因为只有了解中国存在的问题才能更好地理解中国知识分子着力于中国想象的前提、运思方式等理论问题。这即是说，文化形态的中国与民族共同体的中国在中国问题上是相互关联的。有感于国人不正视中国的社会问题，鲁迅指出，“我希望一般人不要只注意在近身的问题，或地球以外的问题，社会上实际问题是也要注意些才好”。[①] 他坦言自己创作小说，“原意其实只不过想将这示给读者，提出一些问题而已”。[②] 显然，闭门造车式的虚幻构想，缺失对于人及人所在民族国家、社会历史关注的作家是不可能写出具有深度和厚度的文学作品的。鲁迅为什么要想象中国呢？或者说，鲁迅想象中国的内在逻辑何在？只有在面对切近的中国问题时，我们才能更好地洞悉鲁迅文学实践所折射的中国社会文化的状况及触发其思想观念转型的源流。

第一节　认同危机与国家形象范式的找寻

从概念上看，“民族”与“国家”并非同可以随意等同，前者更强调地域、文化及心理认同，是一个文化、人类学的范畴；而国家则更偏重于政治、地理与军事，是一个政治学的概念。然而，民族与国家往往又是联系在一起的，“民族和国家注定是连在一起的，哪一个没有对方都是不完整的，都是一场悲剧”。[③] 鸦片战争后，现代民族国家意识自西方传入中

① 鲁迅：《今春的两种感想》，《鲁迅全集》第 7 卷，人民文学出版社 2005 年版，第 410 页。

② 鲁迅：《英译本〈短篇小说选集〉自序》，《鲁迅全集》第 7 卷，人民文学出版社 2005 年版，第 411 页。

③ [英] 厄内斯特·盖尔纳：《民族与民族主义》，韩红译，中央编译出版社 2002 年版，第 8—9 页。

国，给中国的知识界带来了全新的理解自我与他者的视界。在现代性的语境中民族国家被统摄成为一个话语整体，贯穿于中国现代化进程之中。基于强烈的认同危机感，鲁迅等知识分子用文学的符号系统来建构与想象民族国家，与其他社会群体一道投身于现代中国社会转型的大潮，取得了令世人瞩目的实绩。

一、“天下中心”向“万国之一”的视域切换

在中国古代社会，“华夏中心主义”的天朝文明体系是一个稳固的民族国家模态。由于其封闭的地理环境以及小农经济结构，在一段漫长的历史时期，“夷夏传统”根深蒂固。“抚夷”“师夷”“剿夷”“制夷”的观念成为相对恒定的外交观念。当然，尽管国内也曾出现过大规模的异族乱华，但中国与周边国家所形成的朝贡制度几乎很少受到挑战，中国的国家文化模式并未发生根本性的变革。换言之，在近代西方大规模入侵之前，中国人曾津津乐道于中国文化的“普世价值”。这种民族优越感显示了其在世界舞台的文化定位。然而，也正是这种国家认同规约了国人的视界和思维，其负面影响值得深思。

在古代中国关于“天”和“地”的空间叙述中，隐含着对于外在未知世界的短视，在一个自足的“自我世界”中搁置了与异域文化的接触和参照。梁启超意识到了近代以来的“中国”不再是“中国之中国”或“亚洲之中国”，而是一个“世界之中国”。他对于中国古代国家主义传统过于稀薄深为遗憾，为此，他对此现象作过精辟的解释，“中国自古一统。环列皆小蛮夷；无有文物，无有政体，不成其为国，吾民亦不以平等之国视之。故吾国数千年来常处于独立之势，吾氏之称禹域也，谓之为‘天下’，而不谓之为‘国’”。[①] 在此情境下，中国人不大可能产生如白鲁恂所谓现代化转型国家存在的最基本的认同危机。“华夷之防”的观念制约着国人与外界的比照，也阻碍了他们面对现代民族危机所产生的反应。由于缺乏对外的沟联意识，中国古代社会的发展很难触发内在机体和文化模式的革新，在以和谐中庸为内质的文化结构中，国人在自己设定的文化身份中丧失了该有的忧患意识。当国家与国民的关系相对恒定时，国民无须考虑国家间的关系，其身份意识只限于国内文化语境中自我主体的范畴，不存在世界体系中国家间的差别和比较。其他国家作为“他者”而在，中国封建王朝的更迭难以产生民族沦丧的危机，没有外来文化的侵蚀，也就不会有

① 梁启超：《爱国论》，《饮冰室合集》“文集”卷 3，中华书局 1989 年版，第 66 页。

现代性的焦虑。这种情境衍生的文学作品无法具备现代意义上的中国想象的思维品格。

正是因为西方列强的入侵，使得封闭自大的传统中国出现了现代危机，中国借此置于世界文明体系中被审思和比照，这有助于推动先进的中国人去改良和修正中国存在的问题，将中国的现代化问题提上了日程。在自我与他者的参照中，中国的自我意识得到了进一步的强化和彰显。中国对西方国家的注视，开启了利用对方注视自我的历史、传统、文明进程。关于这一点，梁启超早有发现："我国在世界现居何等位置？将来所以顺应之以谋决胜于外竞者，其道何由？此我国民所当常目在之而无敢荒豫者也。"①"天下中心"向"万国之一"的转变是现代中国思想史上的重要事件，有了对于世界图像的全新认识，一些先进的中国人冀望更新封闭而自足的国家意识，用更加高远的世界意识来参与中国的现代变革，尽快跟上世界发展的潮流。这与陈独秀"国民而无世界知识，其国将何以图存于世界之中"的说法意思相同。②显然，闭关锁国的国家政策禁锢了国人的思想意识。对于整个世界的充分了解和认识是一个民族或国家认准方向、确立自我位置的立足点。在此过程中，中国现代的民族国家意识并不完全是西方民族主义的横向移植，其中混杂了中国本土文化的思维方式和价值判定。事实上，传统中国的种族和族类思想对现代民族国家意识的生成提供了不少助力。需要强调的是，晚清特殊的历史语境让中国的国家意识产生了一种悖论式的困境：一方面中国被拉入世界范围内的现代化进程，另一方面这种殖民性的历史语境又会抑制本国国家主权的建立。这意味着，"世界意识"的开启是中国人现代意识确立的重要标志，也是一项非常艰难的启蒙工程。这对于强化国人关于民族国家的认同意识有着重要的思想史价值。

在现代中国，新的国家形态并非轻而易举就能建构起来，直到近代，随着革命声浪的逐渐扩大，转换和化用古典的形态成了历史的必然选择，国人的民族意识在革命的浪潮中不断强化和高涨。自辛亥革命始，现代性的国家想象就与革命建立了密切的联系。与此同时，革命现代性与启蒙现代性的复杂关联使得现代知识分子想象中国的内在逻辑出现了"错位"与"融通"的局面。这种现代想象方式集结的思维形态深化和拓展了传统的国家想象，改变了国人的价值体系和精神结构，预示着"天朝观念"的土

① 梁启超：《中国立国大方针》，《饮冰室合集》"文集"之28，中华书局1989年版，第40页。

② 陈独秀：《敬告青年》，《青年杂志》第1卷第1号，1915年9月15日。

崩瓦解，进而确立了具有现代意义的国家信仰。这种转型如列文森所言，“是一个使‘天下’成为‘国家’的过程”。[①] 这种观念的生成表征着中国思想进入了一个全新的话语阶段，并迅速弥散至政治、经济、文化等领域，成为 20 世纪中国全新的思想潮流。

随着中国的现代危机加剧，越来越多的知识分子在打量中国的同时，将视野拓展到了世界。世界意识的形成必然伴随着中国传统“天下观”的解体，并伴随着国人民族意识的觉醒和现代国家观念的生成。正如卡尔·瑞贝卡所说：“1898 年以后，就在许多中国知识分子开始抛弃曾作为‘中国’不可避免的形式和保证人的王朝结构，而去设法寻求解决中国与日俱增的危机的办法的时候，他们也首次开始将现代世界视作一段进行中的历史过程。”[②] 从不变的道德中国迈向变动的世界，并努力融入这个世界，成了晚清以来民族国家想象的方向。梁启超在其著述中多次使用“世界”一词，而且是在与国民、民族、国家、天下等词语的对照中使用此词的。此外，黄人、王国维、鲁迅、周作人等人都有较为明确的世界意识，他们意识到了世界的融合以及民族、国家对于世界的影响。1918 年 8 月 20 日，鲁迅在致许寿裳的信中指出：

> 盖国之观念，其愚亦与省界相类。若以人类为着眼点，则中国若改良，固足为人类进步之验（以如此国而尚能改良故）；若其灭亡，亦是人类向上之验，缘如此国人竟不能生存，正是人类进步之故也。[③]

在鲁迅看来，五四“人”的觉醒意味着“个人意识”与“人类意识”的双重觉醒，由个人的发现拓展到国家意识乃至世界意识的萌生，体现出了具有现代品格的“人”的诞生。在《中国地质略论》中，鲁迅更是将中国置于世界体系中予以考量，从中流露出强烈的爱国情绪与忧患意识，“中国者，中国人之中国。可容外族之研究，不容外族之探捡；可容外族之赞叹，不容外族之觊觎者也”。也正是因为有了异族的侵入，才使得更多的国人没有沉溺于古代中国所创造的文明里。相反，很多的知识分子还试图发掘传统中国的历史惰力是如何桎梏中国的现代演进的。有了与外族

---

① [美]列文森：《儒教中国及其现代命运》，郑大华译，中国社会科学出版社 2000 年版，第 87 页。

② [美]卡尔·瑞贝卡：《世界大舞台——十九、二十世纪之交中国的民族主义》，高谨等译，北京三联书店 2008 年版，第 21 页。

③ 鲁迅：《180820 致许寿裳》，《鲁迅全集》第 11 卷，人民文学出版社 2005 年版，第 366 页。

比较的视野后，鲁迅很替中国的前途命运担忧，他感觉到了中华民族并非向前推进，而是呈现一种“退化”的倾向：“呜呼，现象如是，虽弱水四环，锁户孤立，犹将汰于天行，以日退化，为猿鸟屋藻，以至非生物。”① 寻绎造此现状的原因，鲁迅认识到了中国自古有之的闭关自守的文化心理：“屹然出中央而无校雠，则其益自尊大，宝自有而傲睨万物，固人情所宜然，亦非甚背于理极者矣。”② 其结果也只能是“发展既央，隳败随起，况久席古宗祖之光荣，尝首出周围之下国，暮气之作，每不自知，自用而愚，污如死海。其煌煌居历史之首，而终匿形于卷末者，殆以此欤”。③ 与此同时，“有新国林起于西，以其殊异之方术来向，一施吹拂，块然踣僵，人心始自危”。④ 当时五四知识分子多有这种“世界民”意识，他们以人类的一员自居，产生了将个人的发展与国家的发展联系起来的新思想，对传统中国闭关自守、夜郎自大的文化心理进行了猛烈的抨击。

在中西文化碰撞的背景下，鲁迅注意到了“高位文化”对“低位文化”的“同化”问题。他指出，在中国历史上，汉族虽然经常受侵略，但始终未被同化，反而同化其他民族的根源是“他们的文化比我们低得多”。这并不是鲁迅固守传统文化的优越心态的表现，而是其置身于中西文化的夹缝间来观照国人对待自我与他者文化的辩证思维。在对待中西文化的问题上，当时所谓的文化“爱国者”存在着两种不同的看法：一是由于惧怕中国文化被西方文化同化而产生的排拒西方文化，二是因为相信中国文化对西方文化有强大的同化力而固守中国传统文化。鲁迅对于上述两种态度都不认可。在他看来，就目前的情况看，西方文化不在中国文化之下，想要同化西方文化是不现实的，“倘使别人的文化和我们的相敌或更进步，那结果便要大不相同了。他们倘比我们更聪明，这时候，我们不但不能同化他们，反要被他们利用了我们的腐败文化，来治理我们这腐败民族”。⑤ 因而，既不要想着去同化异族文化，同时又不要因为担心被同化而完全排斥西方文化，是鲁迅融通中西文化一贯的立场。在鲁迅的意识中，盲目地排外是“慕古”心理在作祟，是“文化退婴”的表现⑥，毕竟中国是世界上的一员，就不能盲视他国文化的影响，只有心平气和地去看待自我与他者，

① 鲁迅：《中国地质略论》，《鲁迅全集》第 8 卷，人民文学出版社 2005 年版，第 6—7 页。
② 鲁迅：《文化偏至论》，《鲁迅全集》第 1 卷，人民文学出版社 2005 年版，第 45 页。
③ 鲁迅：《摩罗诗力说》，《鲁迅全集》第 1 卷，人民文学出版社 2005 年版，第 66 页。
④ 鲁迅：《文化偏至论》，《鲁迅全集》第 1 卷，人民文学出版社 2005 年版，第 45 页。
⑤ 鲁迅：《老调子已经唱完》，《鲁迅全集》第 7 卷，人民文学出版社 2005 年版，第 324 页。
⑥ 鲁迅：《〈新俄画选〉小引》，《鲁迅全集》第 7 卷，人民文学出版社 2005 年版，第 361 页。

才能准确地确立中国在世界上的位置。

鲁迅的民族国家意识植根于“比较既周，爰生自觉”的基石上，着力于建构“能与世界大势相接”的“广博”的“世界识见”。这预示着现代知识分子试图从过去闭关锁国的禁锢中挣脱出来，用更加阔大的视界去看取中国与世界的关系。当鲁迅走进洋学堂学习时，“社会上便以为是一种走投无路的人，只得将灵魂卖给鬼子”。[①] 对西方文化保持警惕，是当时国人普遍的心态，“每遇外国东西，便觉得仿佛彼来俘我一样，推拒，惶恐，退缩，逃避，抖成一团”。[②] 然而，中西文化差距反而坚定了鲁迅等先行者学习西方文化的决心。也正是这种面向世界的胸怀和心态，使他们更加意识到自我的落后。一个不容忽视的事实是，当国人遭遇民族危机时，这种“人类意识”也被迫下降为民族、国家意识。正如鲁迅反复强调的那样，“许多人所怕的，是‘中国人’这名目要消灭；我所怕的，是中国人要从‘世界人’中挤出”。鲁迅的担心和恐惧来源于落后的中国存在于世界版图之中，“于是乎中国人失去了世界，却暂时仍要在这世界上住！”针对这种无法改变的事实，他将世界视为一个可以审视中国自身的镜像，力图通过“立人”的思想启蒙来促使现代中国“在现今的世界上，协同生长，挣一地位”，[③] 以此获致现代文明所认可的基本精神，“创造这中国历史上未曾有过的第三样时代”。[④] 在“勾销旧账”的过程中，寄希望于下一代，让“人之子”屹立于世界的东方。阿 Q 形象不仅是中国农民的典型和中国人的典型，同时也是颓败的中国国家形象和民族命运的寓言。在阿 Q 身上，浓缩着中国殖民主义危机的凝重历史苦涩和羞辱经验。这种殖民主义烙印，在鲁迅的其他小说中也多有体现。作家对“假洋鬼子”的厌恶描写，似可见此命意。对于这个到过东洋的钱家少爷阿 Q 无理由地深恶痛绝，称其为“里通外国的人”。当然，这并不表示阿 Q 是一个自觉的爱国主义者，他真正厌恶他的是因为他剪掉了辫子，“假洋鬼子”的老婆“跳了三回井”也是基于此。由于憎恶假洋鬼子，阿 Q 也附带憎恶其妻，“假洋鬼子的老婆会和没有辫子的男人睡觉，吓，不是好东西”。鲁迅不仅厌恶“假洋鬼子”投机革命、中饱私囊的行为，而且对其自轻自贱、看不起中国及中国人的做派也非常反感。革命来临时，假洋鬼子满口洋话，声称“自己是不会想在这小县城里做事情的。连自己也瞧不起这个”。这是典型的阿 Q 式

① 鲁迅：《〈呐喊〉自序》，《鲁迅全集》第 1 卷，人民文学出版社 2005 年版，第 437 页。
② 鲁迅：《看镜有感》，《鲁迅全集》第 1 卷，人民文学出版社 2005 年版，第 209 页。
③ 鲁迅：《随感录·三十六》，《鲁迅全集》第 1 卷，人民文学出版社 2005 年版，第 323 页。
④ 鲁迅：《灯下漫笔》，《鲁迅全集》第 1 卷，人民文学出版社 2005 年版，第 225 页。

的狂妄，也是阿Q式的自轻自贱。为此，鲁迅提醒国人要警惕在“爱国者”中渗入“爱亡国者”，以及那些“希望中国永是一个大古董以供他们鉴赏”的外国友人。[①]《离婚》中也出现了上过“洋学堂”的尖下巴少爷，他是七大人的帮凶，随声附和着他的主人。在主持公道的过程中，为了说服爱姑，七大人试图用外在世界的神秘性来打压其泼辣的性格，“莫说府里，就是上海北京，就是外洋，都这样。你要不信，他就是刚从北京洋学堂里回来的，自己问他去”。显然，这种以“洋”唬人的方式是非常有效的，爱姑最终被驯服。而《孤独者》中那个被乡下人视为“吃洋教”的“新党”魏连殳就与假洋鬼子、尖下巴少爷不一样，他的思想中有了与处于蒙昧状态的国民不一样的品格，也正是这种品格让他成为孤独者，成为被人攻击和打压的“国民公敌”。在鲁迅的思维体系中，一直存在着比较的意识，其对“中国人”形象的塑造离不开他对世界其他民族国家的观照。鲁迅对于“世界人”“真的人”的论定与反思最终的落脚点是奠基于中国大地上的“人国”。

“天下”观的崩塌为鲁迅“国家”意识的出场提供了条件，在比照中西文化之后，鲁迅有了民族焦虑的洞见，也奠定了他“首在审己，亦必知人”的辩证思维。他曾指出，他所怕的，是中国人要从“世界人”中挤出。而且更大的恐惧是“中国人失了世界，却暂时仍要在这世界上住！”鲁迅的这种焦虑基于国人缺失观照世界的忧患意识，在他的意识中，中国人应跳出自我陶醉的狭小世界，在世界的体系和格局中确立位置至关重要。“但是想在现今的世界上，协同生长，挣一地位，即须有相当的进步的智识，道德，品格，思想，才能够站得住脚：这事极须劳力费心。”[②]鲁迅的话揭示了三层意识：一是要抛弃单一的身份认同，二是认可相互联系的世界体系，三是确立自我地位需要若干条件。其最终目的是促使现代中国追赶世界先进文明，跟上世界发展的潮流。然而，让鲁迅为难的是，在强大的民族危机面前，很多人始终无法正确定位自我与他者的关系，因而衍生出狭隘的民族情绪。最为突出的现象是，如果指摘中国的落后或弊病必然会招致民族主义者的批判，“你说中国不好。你是外国人么？为什么不到外国去？可惜外国人看你不起……”[③]被殖民的身份与殖民者心态的错位生成了病态的民族意识，而这种因爱国而扭曲了的民族心态必然会将价值天平导向国粹主义的方向去，进而得出“你说中国思想昏乱，那正是我民族

---

① 鲁迅：《忽然想起·六》，《鲁迅全集》第3卷，人民文学出版社2005年版，第46页。

② 鲁迅：《随感录·三十六》，《鲁迅全集》第1卷，人民文学出版社2005年版，第323页。

③ 鲁迅：《论辩的魂灵》，《鲁迅全集》第3卷，人民文学出版社2005年版，第31页。

所造成的事业的结晶”的结论。[①]

事实上，在当时的情境下，能对中国的形势有客观理性的认知并非易事，当时知识界也多有分歧，但是鲁迅的这种恐惧、焦虑以及振聋发聩的警示却在当时具有极大的思想价值。在鲁迅那里，“世界人”和“中国人”都不是一种整体性的族群称呼，而是一种特定的文化人格，是“现代”与“传统”的代名词。[②] 正是有了这种文化差异性的发现，才让鲁迅对“人国”有更为深切的认知，真正打开了中国通往世界的门户，也给沉迷于自己镜像之中的古老国度注入了时代与世界的现代血液。

二、“民族寓言”与“中国向何处去”的整体构想

在世界格局中，能够区分和限定人的身份的重要方式就是其从属的民族或国家。相同的民族和共同的国家具有较为相近的文化性格和取向，这使得一个民族或国家具有凝聚力和向心力。同时，排他性也随之而生。民族和国家的特性最终要依赖国民的行动态势、文化心理和价值取向等群体性的“原动力量”来予以确证。事实上，民族国家的构成不仅表现在通过实在的组织来维系其完整，规训其行为秩序，而且通过一种无形的力量支配和控制着其内部人和人之间的关系。可以说，传统意义上的“中国”通常是一个关于文明的观念，而不是政治地理意义上的国家概念。钱穆就曾指出，在中国古代，“四夷”与“诸夏”的区别标准不是“血统”而是“文化”。而这里所谓文化实质上只是一种“生活习惯与政治方式”。[③] 前者的规训力是巨大的，但后者的支配力也不容小觑。它往往通过彰明一种具有象征意味的“仪式规则”的经典性和持存性，来灌输或传递某种价值和行为准则，以规约国民的社会行为。

正因为民族和国家的这种非实体性的构成，它的存在必然要以某种虚构性的文化来表达。这样一来，文学成为想象民族或国家的重要载体。文学本身的属性和审美特性对于想象民族国家有着得天独厚的条件，它能超越时空的限制，自由地呈示一个特定区域或群体的历史记忆、思维方式。它能借助语言文字或人物故事来再现时间长轴中的民族和国家的形成、分离与融合，也能在空间的共时视界中再现民族国家的细部生态。然而，文学的反映和再现现实的功能毕竟不能取代或等同于现实，因而文学想象民族国家的作用被凸显。安德森认为现代民族国家是一个“想象共同体”，

① 鲁迅：《随感录·三十八》，《鲁迅全集》第1卷，人民文学出版社2005年版，第328页。
② 张福贵：《鲁迅“世界人”概念的构成及其当代思想价值》，《文学评论》2013年第2期。
③ 钱穆：《中国文化史导论（修订本）》，商务印书馆1994年版，第41页。

文学发挥着通过“民族语言阅读”来对“现代民族国家”塑形的功用。[①]换言之，文学关于民族或国家的书写和言说缝合了现代性演进的时代主题，在民族、国家等概念的话语框架内，思想启蒙、社会革命等重大的意识形态命题才能顺利地进入宏大叙事的范畴之中，进而形成一种具有现代性和时代性的文学隐喻体系。

在古代中国，中国人的“民族”和“国家”意识是很薄弱的。在很多人的意识中，“中国”即是世界的中心，也是文明的中心。“大地仿佛一个棋盘一样，或者像一个回字形，四边由中心向外不断延伸，中心是王所在的京城，中心之外是华夏或者诸夏，诸夏之外是夷狄，大约在春秋战国时代，就已经形成了与南夷北狄相对应的‘中国’概念。”[②]这种古人观念中的中国形象以及中国文化精神的强大辐射力窄化了他们审视自我和他者的视野，在一定的程度上制约着国人的自我发现和自我表述。朝贡制度是中国古代外交关系的主要政策，居高临下的天国观念曾一度遮蔽中国人的危机意识。在传统中国的意识中，越远离中心就越边缘，所在的民族也就越野蛮，文明的程度也越低。而自我处于中心地带，把天下想象成一个以我为中心的大空间。尽管这个时候，中国古人有自我的边界意识，然而这种自我假设和盲目自信的边界遮蔽了他族与本族、他国与本国的比照关系，在一定程度上搁置了与他者并立而在的世界意识。一旦这种民族文化优越感产生，国人就会将民族的价值论证为“世界的”“普世的”。同时，这种民族文化优越意识在抵御外来文化冲击时，容易筑就文化保守主义，更加强调本民族国家的文化传统、共同体精神。

显然，这种自足的国家意识的生成有着复杂的文化根由。其中，和谐的心理基调、道德的精神整合规约着传统中国人的思想价值体系。具有强大思想统摄力的儒家教化体系与中国封建权力互动合谋，构成维系国家稳定运行的观念网络。倚仗政治与教化合一的封建上层阶层强化道德教化和规训，以此作为其治理国家和开展外交活动的重要支柱。在王权占主要地位的古代中国，“自我”和“他者”的界限是很模糊的，“历史上中国的发展，是作为一个世界来发展的，而不是作为一个国家”。[③]因此，即使当这种天下主义遭遇危机时，中国古人也能找到治愈和疗伤之所，他们往往

① [美]本尼迪克特·安德森：《想象的共同体》，吴叡人译，上海人民出版社 2003 年版，第 5—7 页。

② 葛兆光：《宋代“中国”意识的凸显——关于近世民族主义思想的一个远源》，《文史哲》2004 年第 1 期。

③ 梁漱溟：《中国文化之要义》，《梁漱溟学术论著自选集》，北京师范大学出版社 1992 年版，第 332 页。

“求诸内”，从中国传统文化资源中寻找慰藉和庇佑，由此外部刺激的影响力和冲击力得到相当大的缓冲。西方文化撼动不了中国士人牢固的文化自信，他们依然笃信中国文明具有非凡的吞吐能力，想当然地认为西方只是蛮夷之邦，中国遭遇的挑战可以凭借中国文化自身得到完满解决。因之，一旦中国爆发民族危机，他们依然可以进退自如，在神往于文明中国的自我陶醉中或在识时务者为俊杰的退隐中淡化上述危机，由此形成了中国古代社会中的古典“中国信仰”。然而，不管这种古典的中国信仰多么牢固，还是抵挡不了外来力量的挤压和渗透，最终，古典的中国信仰还是在质疑之中不断式微，具有现代意识的新的“中国信仰”破土而出。

如果说中国古代思想文化的中心问题是“天人关系”问题，那么近代以来的中国文学的核心命题则是“中国向何处去”的问题。① 正因为现代知识分子意识到中国之外的西方的强大，他们才有了“传统”与“现代”的文化选择和价值判定。从 19 世纪末开始，中国作家从未停止过对于民族国家的“乌托邦话语”的营构，这是中国作家挣脱传统文学样式所隐喻的循环、封闭国家的书写，试图践行“未来式”的想象方式来书写进步、民主、科学的国家形象。为此，王一川概括道：“由于这百年间中国及世界历史的特殊性，对中国形象的反复寻找、呈现或重构，竟演变成了一个贯穿整个 20 世纪中国文学的‘世纪性’传统。”② 这种新的话语实践已经渗透到 20 世纪文学领域了，这也是新文学与旧文学在时间意识方面有着重大差异的表现。对于这种想象，有学者将其描述为“对中国的执迷”③，这种塑造中国形象的文学实践充分表明，中国新文学充当了公共舆论的平台，它立足于中国所处的历史语境，在本土传统与外来传统的相互参照中，寻找文学的现代意识及新的文学传统。

如前所述，自梁启超用“睡狮”来隐喻中国始，20 世纪初的一些知识分子运用语言符号来表达他们对于自我与他者的认知，诞生了诸多有代表性的文学作品。如曾朴的《孽海花》中以“奴乐岛”来指涉中国，以“陆沉”来表征传统中国所面临的危机。刘鹗的《老残游记》也以“沉船”来表征清王朝的沉没。有了古典的“中国形象”与西方现代“国家形象”的比照，新旧之间的价值差异彰显无疑，“所谓新者无他，即外来之西洋文化也；所谓旧者无他，即中国固有之文化也”。④ 作家有意制造新旧之间

① 冯契：《智慧的探索》，华东师范大学出版社 1994 年版，第 315 页。
② 王一川：《中国形象诗学》，上海三联书店 1998 年版，第 17 页。
③ 夏志清：《中国现代小说史》，复旦大学出版社 2005 年版，第 533 页。
④ 汪叔潜：《新旧问题》，《青年杂志》第 1 卷第 1 号，1915 年 9 月 15 日。

巨大的价值差异，以此来催发国人破旧立新的现代意识。西方现代标准的确立，为先进中国人找寻民族国家发展道路提供了现代的方向。然而，中西之间的文化差异也使得他们不敢轻易照搬西方现成的经验和模式，必须找准中国机体中存在的问题，用现代文明的“良方”进行及时的“诊治”。陈独秀、胡适、李大钊等先觉者认识到中国的忧患本源于中国国民缺乏主体精神的国民性，李大钊的话发人深省：“失却独立自主之人格，堕于奴隶服从之地位。若而民族，若而国家，既无外侵亦将自腐，奚能与世争存。即苟存焉，安有价值之可言。”[①] 他充分认识到了国家的兴亡与国人的精神及人格之间的深刻关联，只有重新检视国人的精神人格，并予以现代的疗治，才可能创生出有别于过去的新人来，才能避免中国陷入被动挨打的窘境。新与旧原本是难以完全分辨的，然而在现代知识分子那里，新旧的对立则是绝对的，难有调和的可能，“新旧之间，绝无调和两存之余地”[②]。“新旧之不能相容，更甚于水火、冰炭之不能相入也。”[③] 这种绝对原则的确立为现代知识分子批判旧传统提供了不可遏制的势能，否则很难动摇旧社会的根柢。关于这一点，鲁迅的反思很能说明上述问题：“旧社会的根柢原是非常坚固的，新运动非有更大的力不能动摇它什么。并且旧社会还有它使新势力妥协的好办法，但它自己是决不妥协的。在中国也有过许多新的运动了，却每次都是新的敌不过旧的，那原因大抵是在新的一面没有坚决的广大的目的，要求很小，容易满足。”[④] 当然，这种绝对意义上的二元对立也容易简化中国社会发展的多元性，以致忽视了新旧互为他者所融聚的反作用力，在一定的程度上也制约了其破旧立新的现代进程。

在“国家—国民”的观念体系中，“新民”身份在政治话语中的确立，为中国人谋求新的身份认同提供了广阔的话语空间。文学通过独特的言说方式，提供了关于自我的一套信仰、表征系统及象征资源，通过一定的“形象”表征，为言说现代民族国家提供可供阅读与传播的思想载体。刘禾曾将“五四”以来的“现代文学”称为“民族国家文学”。[⑤] 不言而喻，在中国现代性危机笼罩的年月里，民族国家话语是当时最为主导的话语，作家无法从时代的大潮中抽身而出，他们的文学创作也就自然与民族国家

① 李大钊：《民彝与政治》，《李大钊文集》上册，人民出版社 1984 年版，第 485 页。
② 陈独秀：《答佩剑青年（孔教）》，《新青年》第 3 卷第 1 号，1917 年 3 月 1 日。
③ 汪叔潜：《新旧问题》，《青年杂志》第 1 卷第 1 号，1915 年 9 月 15 日。
④ 鲁迅：《对于左翼作家联盟的意见》，《鲁迅全集》第 4 卷，人民文学出版社 2005 年版，第 240 页。
⑤ 刘禾：《文本、批评与民族国家文学》，《语际书写——现代思想史写作批判纲要》，上海三联书店 1999 年版，第 191 页。

的确立、建制联系在一起。与清末民初的乌托邦小说不同的是，中国新文学超越了抽象化、宣言式的“未来”书写，把人的解放与社会解放结合起来，将“人”与“国家”“民族”并举，开启了文学现代性的全新时代。无论是宗白华的《问祖国》，还是郁达夫的《沉沦》，都表达了作家基于民族国家忧患而阐发的爱国情怀。面对着黑暗、腐朽、落后的旧社会，郭沫若曾痛心地呼唤："中国哟！你究竟该到哪儿去？"[①] 这是他主体情愫投射到历史语境中时所作出的现代性沉思，是他对民族国家的出路和未来建构的沉思。在《凤凰涅槃》等诗篇中，始终有一个“美的中国”形象[②]，体现了其建构全新中国形象的精神气度，契合了当时破旧立新的时代精神。鲁迅向来注重文学的民族立场，他指出："现在的文学也一样，有地方色彩的，倒容易成为世界的，即为别国所注意。打出世界上去，即于中国之活动有利。"[③] 这种“民族的即是世界的”眼光体现了先进的中国人对于本土文化及民族国家的强烈认同，作家将视野锁定本国的人、社会、文化与历史，这使得他们在与世界文化交汇时不丧失自己的本性。正因为有了“中国”这一立场，使得他在接受外国资源的时候能保持一种平等对话的姿态，有效地防御了接受过程的盲目性和无方向性。鲁迅所谓“外之既不后于世界之思潮，内之仍弗失固有之血脉”，[④] 就是要融合中西，但不离弃中国本土的精神立场的原则下，用“新的色来写出他自己的世界”及“中国向来的魂灵”。[⑤] 鲁迅的小说也正是基于这种中国情境而创生的，书写了苦难重重的历史关头中国人如何应对世界的挑战，如何认识自我灵魂的过程。

中国现代化后发的特性，使得现代知识分子在文化心理反应上植入了与历史胶合的不适及割裂的苦痛。由于西方他者的存在，中国何去何从始终是先进中国人无法回避的命题，这种召唤的现代性根本性地介入了中国形象的形构中，并成为一种新传统。现代化的宏大叙事将古今之争从会通古今转变成古今转型、新旧交替，而现代化的叙事也意味着西方文化的普遍化建构进一步转化为中国自我形象的建构。在中国的现代化过程中，作为后发国家回应现代性的反应的两种流派，一是启蒙主义，二是文化守成

① 郭沫若：《反正前后》，《郭沫若全集》文学编第 11 卷，人民文学出版社 1992 版，第 266 页。

② 郭沫若：《创造十年》，《郭沫若全集》文学编第 12 卷，人民文学出版社 1992 版，第 79 页。

③ 鲁迅：《340419 致陈烟桥》，《鲁迅全集》第 13 卷，人民文学出版社 2005 年版，第 81 页。

④ 鲁迅：《文化偏至论》，《鲁迅全集》第 1 卷，人民文学出版社 2005 年版，第 57 页。

⑤ 鲁迅：《当陶元庆君的绘画展览时》，《鲁迅全集》第 3 卷，人民文学出版社 2005 年版，第 573 页。

主义。由此也生成了两种截然不同的关于中国的想象方式。它们相互关联，凸显了中华民族的整体形象。前者以鲁迅为代表。“国民性话语”宰制的启蒙思潮成为中国新文学主导的文学理论。陈独秀强调每一个生命都要有抵抗力，“万物之生存进化与否，悉以抵抗力之有无强弱为标准”。[①]对于苦难的中华民族，鲁迅的“爱国”情怀就显露出来了，他始终深切地关注中国并且试图拯救之于水火。早在日本留学的时候，他就立下了“我以我血荐轩辕”的誓言，他回忆其留学的时候，“总最愿听世上爱国者的声音，以及探究他们国里的情状”。[②]其创作的《斯巴达之魂》“借了异国士女的义勇来唤起中华垂死的国魂”。[③]在他看来，苦难深重的祖国正如任人欺凌宰割的“孤儿”，“况吾中国，亦为孤儿，人得而挞楚鱼肉之；而此孤儿，复昏昧乏识……中国者，中国人之中国。可容外族之研究，不容外族之探捡；可容外族之赞叹，不容外族之觊觎者也”。[④]他不像文化守成主义那样在强化传统文化的优越性中寻求民族文化认同，而是通过发掘民族文化中潜存的“劣根”，以求价值重建。鲁迅的文学创作主要书写了“老中国”里国民的生存境遇，揭示了其艰难的现代转型之痛。

鲁迅的民族国家意识独异性在于，他始终将抽象的“国家”潜存到了中国人身上，是一种“人于自识”的思维逻辑：“立人”是“立国”的基础，“人立而凡事举”“人既发扬踔厉矣，则邦国亦以兴起”。[⑤]可以说，鲁迅“人国”的构想是通过对国民“人”的检视作为逻辑基点的。林毓生将其概括为“借思想文化以解决问题的途径”，他认为现代知识分子按此路径，致力于“一个共同特点的课题，那就是要振兴腐朽没落的中国，只能从彻底转变中国人的世界观和完全重建中国人的思想意识着手”。[⑥]以“人”为观照起点，拓展到整体民族的生存境遇与前途命运的问题上，是现代知识分子文学想象的集体共识。这种想象方式的最大特征是它涵盖了自我在内的整体的民族自省意识和批判精神，并最终通过淬炼国民精神来实现整个民族国家现代化的目标。

当然，要谈论人的自觉及现代化自然离不开“国民性”这一核心概念。国民性一般包含两个层面的内涵：一是指民族文化的精神特质的概念和体现；二是指国民群体人格的特性。与国民全体的个性化特性相较，它具有

① 陈独秀：《抵抗力》，《新青年》第1卷第3号，1915年11月15日。
② 鲁迅：《随感录·三十九》，《鲁迅全集》第1卷，人民文学出版社2005年版，第330页。
③ 许寿裳：《我所认识的鲁迅》，《许寿裳文集》上卷，百家出版社2003年版，第181页。
④ 鲁迅：《中国地质略论》，《鲁迅全集》第8卷，人民文学出版社2005年版，第5页。
⑤ 鲁迅：《文化偏至论》，《鲁迅全集》第1卷，人民文学出版社2005年版，第47页。
⑥ 林毓生：《中国意识的危机》，穆善培译，贵州人民出版社1986年版，第43页。

历史性、民族性和群体性特征。从结构上看，国民性具有系统性，涉及结构的几个层面，即行为方式、文化和社会心理。国民性可以理解为民族性或国民品格，它是一个国家的国民身上比较稳定、恒久的精神品格。在中西文化的对比下，很多知识分子将国民性视为中国传统的所指，在他们的意识中，国民性是与劣根性是等量齐观的。事实上，国民性中既有“优根”又有“劣根”，鲁迅等启蒙知识分子着力剔除阻碍人发展的劣根性，认为只有在“人”自觉的基础上才能形成理想的“人国”，否则即是根本没有凝聚力的“奴隶之邦”。为此鲁迅提出“人各有己，而群之大觉近矣”的主张，① 在他看来，只有夯实人的基础，才能去谈国家。显见的道理是，在国难当头的危机时刻，“举国犹孱，授之重兵，奚能胜任”？鲁迅进一步解释道：“现在的强弱之分固然在有无枪炮，但尤其是在拿枪炮的人。假使这国民是卑怯的，即纵有枪炮，也只能杀戮无枪炮者，倘敌手也有，胜败便在不可知之数了。这时候才见真强弱。”② 需要注意的是，“国民性”背后有西方殖民主义的价值指涉，由此产生的中西民族主体差异的价值两分是显而易见的。因而要改变中国落后挨打的局面就必须改造国民性，以实现中西文化的平等对话。在这里，以鲁迅为代表的现代知识分子并非对西方的中国国民性话语中的“本质化”认同，而是以西方他者为镜来烛照中国，以开启民智。在众多外国人讨论中国“国民性”问题的著述中，日本人芳贺矢一的《国民性十论》、安冈秀夫的《从小说看来的支那民族性》、美国斯密斯的《支那人气质》，对鲁迅的影响较大。李冬木曾指出，鲁迅由芳贺矢一对日本国民性的阐释转而关注中国的国民性，其关注点集中于对中国历史上“吃人”事实的注意。③《狂人日记》对于“吃人”经验、伦理、本质等问题的揭示是非常深刻的，鲁迅“抉心自食”，连自己也不放过，“我未必无意之中，不吃了我妹子的几块肉”，这表明“吃人”欲望始终潜伏在国民性的纵深处，并且具有历史一贯性。“吃人”是未开化社会的常态，是文明社会的禁忌。由于国人对“中国人尚是食人民族”的本质，“知者尚寥寥也”，④ 鲁迅才要揭示“食人民族”的种种非文明的现状。鲁迅这种内省是深刻的，他不隐瞒自身的弊病，其目的是让更多的人意识到中国的问题究竟何在。同时，鲁迅多次提到要关注《支那人气质》这本

---

① 鲁迅：《破恶声论》，《鲁迅全集》第 8 卷，人民文学出版社 2005 年版，第 26 页。
② 鲁迅：《补白》，《鲁迅全集》第 3 卷，人民文学出版社 2005 年版，第 102 页。
③ 李冬木：《明治时代“食人”言说与鲁迅的〈狂人日记〉》，《文学评论》2012 年第 1 期。
④ 鲁迅：《180820 致许寿裳》，《鲁迅全集》第 11 卷，人民文学出版社 2005 年版，第 365 页。

书，他希望国人“看了这些，而自省，分析，明白那几点说得对，变革，挣扎，自做工夫，却不求别人的原谅和称赞，来证明究竟怎样的是中国人”。[①]《药》以“华”“夏”两家合喻汉民族，华小栓吃了沾满夏瑜鲜血的馒头的行为，深刻地揭示了反抗外族人的革命者却被本族人所“吃”的悲剧主题，这样一来，民族认同的链条被残忍而野蛮的行为所击断，维系民族共同的文化和情感也被废弃。鲁迅小说的此类情节设计启示我们，不仅要警惕外来入侵带给本民族文化的焦虑和破坏，更要提防本民族内部文化的脱落与变异。

鲁迅小说之所以能够营构中国形象，其根本原因是他选择了“人的现代化”为焦点，去谋求中国内忧外患的根本解决方法和图景，其立足点是中国本土的立场，其讨论的问题是中国问题，其价值基点依然是中国的未来推进之路。“现代性焦虑”引出了知识分子对于国民性问题的关注，先觉者面对中国积贫积弱的局面，在超越了早期对器物、制度的过多关注后，将视野转向国民的素质上。在鲁迅看来，中国饱受列强的欺凌，关键是由国民心理与人格的弱点造成的，“不讲新道德新学问的缘故，行为思想，全钞旧账”。[②]因而，要改变中国的处境，首要问题就是改造国民性。他笔下的人物均是典型的中国人，这其中，阿Q形象是“老中国”儿女的共名。《阿Q正传》能引起一连串性质截然不同的意义和信息，对读者而言，“阿Q是寓言式的中国本身，然而那些欺压他的人——那些喜欢戏弄像阿Q一样的可怜牺牲品、从中取乐的懒汉和恶霸——也在寓言的意义上是中国”，因而鲁迅小说有“寓言式共振”的效果。[③]从表义的角度而言，寓言就是“一般寻找特殊”（歌德语），鲁迅希望通过阿Q这个“类意象”的塑造来“画出这样沉默的国民的魂灵来”。[④]借助“这一类”（而非“这一个”）的形象刻画，我们能洞悉国人精神里存在着的自欺欺人、麻木、愚昧、缺乏反抗等弊病。而这些弊病与忧患深重的中国的处境、个性及问题之间又何其相似！在揭示这些国民性弊病的同时，鲁迅将批判的矛头指向了中国传统文化，进而叩问和反思了生成国人此种国民根性的复杂根源。鲁迅将典型人物及所生存的空间文化抽象上升为“中国”的隐喻，

---

① 鲁迅：《“立此存照”（三）》，《鲁迅全集》第6卷，人民文学出版社2005年版，第649页。

② 鲁迅：《我之节烈观》，《鲁迅全集》第1卷，人民文学出版社2005年版，第123页。

③ [美]詹姆逊：《跨国资本主义时代的第三世界文学》，张京媛译，《当代电影》1989年第6期。

④ 鲁迅：《俄文译本〈阿Q正传〉序及著者自叙传略》，《鲁迅全集》第7卷，人民文学出版社2005年版，第84页。

期间个与类的触类旁通、人与事的点到为止又寓意绵延，力证了鲁迅小说的现代性、自主性及复杂性。

第二节　自塑形象与被动现代性的回应

如前所述，“天下”观的瓦解到现代“国家”观的兴起，使得现代知识分子亟待描绘和塑造新的国家主体，他们的创作实践中蕴含着现代主体重建的现代性内容。借此，他们的国家认同被编织于文本中以实现其对主体身份的认同。不过，需要注意的是，在中西话语对峙的框架中，中国形象建构容易为外国人的“他塑”所影响，进而影响中国人的“自塑”实践。在西方主导的话语格局中，“中国”在很长的时间里只是被他塑为“被启蒙的”或“落后的”的“沉默他者”。显然，这种“单一”和“失语”的中国形象容易被“定型化”，在非主动的被塑前提下而陷入丧失民族主体性的失根境地，最终失去了与西方形象平等对话的机会，也不利于中国作家的“自塑”实践。在这样的情景下，有论者指出，现代中国文学乃至整个文化的现代转型被称为是一种“被殖民”的过程。[①] 这道出了近现代转型过程中，知识分子在言说民族国家过程中的特殊情境，在不得已而向西方求取援助和支持的过程中试图拉近中国与西方的距离，这是历史和现实的选择。然而，在当时的民族情境中，中国知识分子的现代性渴望与民族国家构建的努力始终是同被殖民化相对抗的，即在认同西方现代话语的同时以实践抵抗外来话语侵入的话语策略。

一、“入如自识”与他者透视下的形象谱系

王一川曾将20世纪初的中国视为“三方僵局语境中构造的历史‘他者’”。[②] 正因为现代主体尚未成形，西方传统与古典传统夹击下的中国知识分子不可避免地陷入了身份的焦虑困境之中。现代话语的西方化使得中国形象的塑造处于被动的言说困境下，由于中国传统资源中现代资源的匮乏，先进中国人被迫将视线西移，从异域的文化中找寻“阐释中国”和“言说中国”的方法，“学习西方”在很大程度上取代了“发现中国”，中国本土文化立场在这种方向的移位中式微，中国本土文化资源也因其陈旧

① 王宁：《超越后现代主义》，人民文学出版社2002年版，第66页。

② 王一川：《历史真实的共时化变形——“狂人”典型的修辞化阐释》，《天津社会科学》1995年第5期。

和需要启蒙而逐渐淡出了主流启蒙者的视野，“反传统”与“学西方”的同步性极大地推动了中国现代化的进程，但其制导的后果也同样不容忽视。

鲁迅始终将民族国家的危机问题与个人的生命体验结合起来，即是一种返归自我的“入于自识”的精神。[①]这种从自我的因素出发去探求与外部世界的深刻关联的意识，让鲁迅的文学实践更具本土的、民族的特性。在他看来，“只知责人不知反省的人的种族，祸哉祸哉！”[②]他不认同那种离开中国本土文化土壤来谈论社会变革问题的论断，主张在中国的情境下来处理问题。以鲁迅的翻译活动为例析之。“别求新声于异邦”是鲁迅基于本土文化的焦虑而产生的向世界凝眸的重要观念，是其“拿来”思想中必不可少的组成要素。那么，译介哪国资源？翻译何种文本？如何内化外国资源？这集中体现了鲁迅接受外来资源的机制与立场，也是其中国想象的具体表征。概而言之，鲁迅译介了成人文学和儿童文学作品和理论，译介的主要对象是俄国和东北欧弱小民族的文学。之所以这样选择主要是中国的民族危机与外国弱小民族文学之间存在着感同身受的共通性，“因为所求的作品是叫喊和反抗，势必至于倾向于东欧，因此所看的俄国、波兰以及巴尔干诸小国家作家的东西特别多”。[③]他认为这些国家更富有时代的革命色彩，想引进同样处在被压迫、被奴役地位的“斯拉夫民族”觉醒反抗的呼声来振作“国民精神”，唤起沉睡中的中国人，以求挽救国运，“传播被虐待者的苦痛的呼声和激发国人对于强权者的憎恶和愤怒”。[④]他翻译俄国作家阿尔志拔绥夫的《医生》的落脚点在于，“我所想的，只在自己这中国”，希望能“寻出一篇这样为弱民族主张正义的文章来”。[⑤]同时，鲁迅还翻译了日本作家武者小路实笃的《一个青年的梦》，其出发点是试图改变中国贫弱而病态的国民性，“很可以医许多中国旧思想上的痼疾，因此也很有翻成中文的意义”。[⑥]而他译介厨川白村《苦闷的象征》的目

---

① 鲁迅：《文化偏至论》，《鲁迅全集》第 1 卷，人民文学出版社 2005 年版，第 51 页。

② 鲁迅：《随感录·六十一 不满》，《鲁迅全集》第 1 卷，人民文学出版社 2005 年版，第 376 页。

③ 鲁迅：《我怎么做起小说来》，《鲁迅全集》第 4 卷，人民文学出版社 2005 年版，第 511 页。

④ 鲁迅：《杂忆》，《鲁迅全集》第 1 卷，人民文学出版社 2005 年版，第 237 页。

⑤ 鲁迅：《〈医生〉译者附记》，《鲁迅全集》第 10 卷，人民文学出版社 2005 年版，第 193 页。

⑥ 鲁迅：《〈一个青年的梦〉译者序二》，《鲁迅全集》第 10 卷，人民文学出版社 2005 年版，第 212 页。

的在于用“天马行空似的大精神”来改变中国“萎靡痼蔽”的面貌。[①]应该说，翻译实践从来都不是单纯的，它必须将某一文化、语言语境的文本的意义导入另一文化语境，并在不同文化之间的空隙中找到可以兼容与观照的立足点。换言之，翻译行为勾连着不同文化间的“互视”与“对话”，翻译者的文化选择隐喻了本土文化无意识深处微妙的感受与想象。基于中国本土“为人生”及“改良社会”的内在诉求，鲁迅的翻译的功利性也不可避免，尤其是对儿童读物的译介更是体现了其儿童启蒙及儿童救国的精神气度。

在自我中心的天下主义遭遇挫折的时候，以“爱国”“救亡”为内核的民族意识在全国范围内快速蔓延。显然，民族和国家的现代危机唤起了尘封的民族国家意识。正如费约翰在评论中国革命中的政治、文化与阶级关系时所指出的那样，现代中国民族主义产生后所带来的觉醒，不仅指向民族，也指向启蒙、进步和科学等普遍理想，指向个人独立和“自我实现”，还指向民众团体在政治中应该有一席之地的吁求，以及政治统一和主权独立的要求。[②]从个人的觉醒到群体的觉醒，从思想领域的觉醒延伸至政治、阶级的觉醒，是中国民族意识演进的路径。民族意识不但对外有抵御的功用，而对内亦有融合的价值。一个民族若没有能凝合各方力量的向心力，是很难对抗外来强大入侵的。在这种知识氛围中，先觉知识分子的引导和驱动滋生了进步、启蒙和逐新等现代观念。当人的思想觉悟脱离了蒙昧状态时，就会更客观理性地审思本民族的过去、现在与未来，进而引发对于理想国家形式的思考和言说。然而，在中国传统文化无法给予推动现代中国前进动力和资源的前提下，中国知识分子只能期冀借用西方先进武器来改造中国，而由此产生的殖民主义和民族主义之间的冲突又困扰着他们。这种矛盾和痛苦即如高远东所概括的：“殖民、帝国主义不仅属于殖民主义者，而且也成为被殖民者的意识形态；不仅被殖民者用来进行征服，而且也被殖民者用来进行反征服——处于主从关系之中的主从双方竟享有同一价值。”[③]显然，中国知识界民族观念的彰显与西方他者的闯入有着内在关联。19世纪后来到中国的西方传教士和知识分子写出了许多关于中国国民性、中国历史和现实社会状况的著述，有关中国的概念和

① 鲁迅：《〈苦闷的象征〉引言》，《鲁迅全集》第10卷，人民文学出版社2005年版，第257页。

② [美]费约翰：《唤醒中国：国民革命中的政治、文化与阶级》，李恭忠、李里峰等译，北京三联书店2005年版，第37页。

③ 高远东：《鲁迅的可能性——也从〈破恶声论〉寻找支援》，《鲁迅研究月刊》2003年第7期。

知识就如此被西方人生产和制造出来。如美国传教士史密斯的《中国人的气度》将中国人的素质的缺点和负面现象进行了梳理和归纳，这其中难免存在着对中国的误读现象，尽管他带着基督教的朴素愿望来中国传教，但其所置身的文化背景及西方民族主义文化基因，还是彰显了中西文化之间的优劣。然而，对于这种“他塑”中国形象本身，我们可能会提出一些质疑：自我与他者的分界线究竟如何划定才是合适的？而被视为他者的观照对象是否在边界线的外侧？换言之，这种塑造国家形象的表象既是个人的行为，又是某种意识形态介入的结果，这些都制导了他者理解的困难。史密斯对中国形象的言说属于“他塑”行为，与中国知识分子的“自塑”不同，他的塑造因“中国”的缺席（中国仅是其言说自我的一个镜像）而带有较为深厚的西方在场的意识，实际上很难真正切近中国本土文化的精神。对于史密斯的他塑中国形象的做法，鲁迅并不完全排斥，主张理性辨析自我与他者之间的关系，“我至今还在希望有人译出史密斯的《支那人气度》（即《中国人的人性》）来，把这本书当成一面镜子，看了这些，而自省，分析，明白哪几点说得对，变革，挣扎，自做功夫，寻却不求别人的原谅和赞美，来证明究竟怎样的是中国人”。[①] 在考究晚清中国的地方志和风土人情后，汤姆逊在《镜头前的中国》中发出呼吁，“我希望中国能够尽快从他毫无生气的现状中觉醒”。[②] 无论其动机如何，这种关于中国的描绘依然遵循着“东方主义”的话语逻辑：以西方价值体系为标尺，中国缺乏西方那种“历史本质”和“主体性”，这也反过来确证了西方自己的本质和主体性。对于中国知识界而言，西方他者的闯入颠覆了中国中心主义的思维，危机催发中国人寻找和重建自我价值体系。在此基础上，他们看到了西方存在的威胁性，也看到了西方存在的先进性。于是，一个不可避免的悖论产生了：如果想要振兴中国来反抗西方，就必须接受西方的话语和范式，而接受西方的话语和范式也就意味着接受西方的一般历史叙事和权力关系并将自己纳入其中。正是如此，中国知识分子以一种近乎殖民主义的方式接受西方的现代话语，以及有关西方对于中国的知识认定，融入中国新文学的文学叙事和话语结构之中。这种悖论导致中国民族主义反抗西方他者同一化过程中缺乏本土支援的乏力困境，这不能不引起我们的反思。

无疑，西方“自发现代化”国家与中国“后发现代化”国家的转换有

---

① 鲁迅：《“立此存照”（三）》，《鲁迅全集》第 6 卷，人民文学出版社 2005 年版，第 649 页。

② [苏] 约翰·汤姆逊：《晚清碎影：约翰·汤姆逊眼中的中国》，中国摄影出版社 2009 年版，第 13 页。

着较大的差异，由于中国的民族主义是挤压出来的，挤压反弹的结果是激发了现代知识分子更加迫切地去重塑中国形象的热望。如前所述，现代西方国家形象与古典中国国家形象的比照强化了后发现代国家的民族认同。形象学主要以异国形象为主，但“塑他”的目的也是为了自我形象的审视与整合，反过来，“自塑”国家形象也包含了观照他者形象的思维视野。在西方思想界，作为“他者”的中国形象几经变化，都是为了适应西方自身发展的现实需要，经由作家的过滤、选择和内化为一个形象想象体，因此，这种形象可以视为一种文化对另一种文化的诠释和想象，在此过程中，“想象往往比知识更重要”，“想象的力量足以创造或超越现实”。[①] 毋庸置疑，鲁迅对于外国人言说中国形象的行为保持警惕，他说过的一段话很好地说明了这一点：

> 五四运动以后，好像中国人就发生了一种新脾气，是：倘有外国的名人或阔人新到，就喜欢打听他对于中国的印象……爱国者所悲痛的所谓失掉了国民的自信，然而实在也好像失掉了，向各人打听印象，就恰如求签问卜，自己心里先自狐疑着了的缘故，倒是应该反问道：“你先生对于自己中国的印象怎么样？”[②]

显然，鲁迅对于外国人的“他塑”中国的言论是保持警惕的，这也驱使着他主动自塑中国形象，以开启重构民族主体性想象的话语实践。美国作家赛珍珠的《大地》出版后，曾在中国引起过极大的反响，姚克在《申报》上发表的《美国人心目中的中国》评论过两个美国人写的关于中国的书。为此，鲁迅致信姚克说：“先生要作小说，我极赞成，中国的事情，总是中国人做来，才可以见真相，即如布克夫人，上海曾大欢迎，她亦自谓视中国如祖国，然而看她的作品，毕究是一位生长中国的美国女教士的立场而已，所以她之称许《寄庐》，也无足怪，因为她所觉得的，还不过一点浮面的情形。只有我们做起来，方能留下一个真相。”[③] 在这里，鲁迅的本土文化立场非常鲜明，“中国的事情，总是中国人做来，才可以见真相”，他肯定了赛珍珠这位美国女教士的努力，但他主张“我们来做”，因为外国人所做的“只是一点浮面的情形”。其实，讨论中国形象的塑造问

① [美]史景迁：《文化类同与文化利用：世界文化总体对话中的中国形象》，廖世奇、彭小樵译，北京大学出版社 1997 年版，第 16—17 页。

② 鲁迅：《打听印象》，《鲁迅全集》第 5 卷，人民文学出版社 2005 年版，第 325—326 页。

③ 鲁迅：《331115 致姚克》，《鲁迅全集》第 12 卷，人民文学出版社 2005 年版，第 496 页。

题并非局限于其究竟营构了哪种图景，还要叩问这种描绘体现了塑造者所向往的是怎样一种想象的空间，并由此呈现出哪一种意识形态模式，以及这种形象塑造生成了什么样的文化偏离。

外国人书写“中国”中包含了“美化”与“丑化”两种完全不一样的误读倾向。就“美化中国”而言，伏尔泰是主要的代表。在《论中国》一文中，伏尔泰认为中国的道德、农业及生活技艺等方面已臻于完美，他指出，“我们以欧洲而论没有哪一家名门贵族的古老程度能比得上中国的那些世家”，中国人“可以是一位很糟糕的物理学家而同时却是一位杰出的道德学家”。[①] 伏尔泰的中国想象中不乏误读和曲解，其动机暂且不论，但就传统中国而言，正是因为源远流长的“名望”“道德”文化，使得国人被异化为失去自我的“道德的人”，进而钻进了自制的狭小圈子而感受不到危机。鲁迅没有直接与伏尔泰对话，但他显然不赞成阿 Q 式自大与自欺的国民性，当然也不满所谓道德学家陈腐的论调。日本作家长谷川如是闲的《中国人的脸及其他》一文称赞中国人的脸没有西洋人脸上的兽性，因而是人。为此，鲁迅提醒国人兽性消除并非好事，其结果只是驯顺的“家畜”，“于本身并无好处”。[②] 对于外国人“他塑”中国的赞誉，鲁迅持警惕的态度，“我记得‘拳乱’时候（庚子）的外人，多说中国坏，现在却常听到他们赞赏中国的古文明。中国成为他们恣意享乐的乐土的时候，似乎快要临头了；我深憎恶那些赞赏”。[③] 他提到日本作家鹤见祐辅写过一篇赞美中国的文章《北京的魅力》，文章指出：汉文化对于外人的魅力在于它的生活美，“元人”“满人”乃至外国人都被汉人种的生活美深深吸引，而乐而忘返。鲁迅认为，从表面上看，这是中国“同化”异族的优势所在，是值得国人引以为荣的地方。但是，也恰恰成了外国人侵略中国的根由，他从外国人的赞美中听出了异族觊觎中国的野心，如果国人都像所谓的“乐观的爱国者”那样“欣然色喜”于中国的魅力，则无异于“排好了用子女玉帛所做的奉献于征服者的大宴”。当西方旅行者欣羡古老中国的美丽和神秘时，鲁迅提醒国人要警惕这种言语背后所隐藏的深意，这是一种希望中国保持野蛮状态的反对中国进化的倾向。

反而论之，鲁迅却认为：“我常常想，凡有来到中国的，倘能疾首蹙

---

① [法]伏尔泰：《论中国》，《哲学词典》上册，王燕生译，商务印书馆 1991 年版，第 319—323 页。

② 鲁迅：《略论中国人的脸》，《鲁迅全集》第 3 卷，人民文学出版社 2005 年版，第 433 页。

③ 鲁迅：《〈出了象牙之塔〉后记》，《鲁迅全集》第 10 卷，人民文学出版社 2005 年版，第 271 页。

额而憎恶中国者，我敢诚意地捧献我的感谢，因为他一定是不愿意吃中国人的肉的！”[①] 针对日本作家芥川龙之介的《中国游记》对中国人弊病的书写，他表示认同，认为其没有盲视中国的社会现实，“芥川写的游记中讲了很多中国的坏话，在中国评价很不好。但那是介绍者（翻译者）的作法不当，本来是不该急切地介绍那些东西的。我想让中国的青年更多读芥川的作品，所以打算今后再译一些”。[②] 他指出了有两种有目的的美化中国的态度是不能原谅的：“其一是以中国人为劣种，只配悉照原来模样，因而故意称赞中国的旧物。其一是愿世间人各不相同以增加自己旅行的兴趣，到中国看辫子，到日本看木屐，到高丽看笠子，倘若服饰一样，便索然无味了，因而来反对亚洲的欧化。这些都可憎恶。”[③] 20 世纪初，英国哲学家罗素应梁启超之邀访问中国，在其《中国的问题》一书中论及中国轿夫的笑：“我记得一个大夏天，我们约几个人坐轿过山，道路崎岖难行，轿夫非常辛苦，我们到了山顶，停了十分钟，让他们休息一会，立刻他们就并排地坐下来了，伸出他们的烟袋来，谈着笑着，好像一点忧虑也没有似的。”他还惊呼：“普通一个中国人，虽然极其困穷，还比一个普通英国人愉快得多；其所以然者，即因中国系建在一个比我们更加仁慈、更文明之状况之上。”[④] 在这里，罗素运用“塑他”的方式来“自塑”，其中蕴含了一种他者与自我比照的思维视角：对中国底层民众的赞美是为批判英国文化弊病服务的。鲁迅没有沉浸于外国人对于中国人的赞美的层面上，反而认为这是罗素对中国疼痛漠视的表现，他指出，这轿夫之笑简直是无事的悲剧，“罗素在西湖见轿夫含笑，便赞美中国人，则也许别有意思罢。但是，轿夫如果能对坐轿的人不含笑，中国也早不是现在似的中国了”。[⑤] 鲁迅认为罗素没有真正了解中国，以致他对中国的赞美则是不符合实际的。鲁迅对罗素的批评恰恰阐明了借用他者来言说自我时的话语实践是可以扭曲、误读的，这种想象的“偏见”是经不住现实来考证的。

当然，也有一些外国人对“中国形象”的书写有丑化中国人的偏见。在给内山完造《活中国的姿态》所作序中，鲁迅引用了史密斯《支那人的气质》对于中国的曲解现象，见到中国竹笋“挺然翘然”就说中国是“色情的国度”。他讽刺了那些研究中国国民性的人单凭肤浅片面的见闻就下

---

① 鲁迅：《灯下漫笔》，《鲁迅全集》第 1 卷，人民文学出版社 2005 年版，第 226 页。
② ［日］增田涉：《鲁迅的印象》，钟敬文译，湖南人民出版社 1980 年版，第 136 页。
③ 鲁迅：《灯下漫笔》，《鲁迅全集》第 1 卷，人民文学出版社 2005 年版，第 226—227 页。
④ ［英］罗素：《中国问题》，秦悦译，学林出版社 1996 年版，第 219—220 页。
⑤ 鲁迅：《灯下漫笔》，《鲁迅全集》第 1 卷，人民文学出版社 2005 年版，第 228 页。

结论的轻率与无知，认为他们最终达到“支那是‘谜的国度’”的结论是不可避免的。[①] 鲁迅并不认同，他指出安冈秀夫的《从小说看来的支那民族性》有诸多曲解中国及中国人的内容，认为“穿凿附会者多，阅之令人失笑”。[②] 而对于像《上海快车》《月宫盗宝》等“辱华电影”，鲁迅称之为“给饱暖的白人”提供“搔痒的娱乐”。[③] 如果国人认不清这种西方殖民主义通过他塑来实现自我的意识形态的整合诉求，就很容易被误导，进而产生强烈的民族自卑情绪，甚至陷入民族虚无主义的窠臼中而难以自拔。鲁迅意识到：“至今为止，西洋人讲中国的著作，大约比中国人讲自己的还要多。不过这些总不免只是西洋人的看法，中国有一句古谚，说：‘肺腑而能语，医师面如土。’我想，假使肺腑真能说话，怕也未必一定完全可靠的罢，然而，也一定能有医师所诊察不到，出乎意外，而其实是十分真实的地方。”[④] 对于外国人的“他塑”中国想象，鲁迅始终保持警惕。他担心那些研究中国的外国人因迎合中国的国民性而获得他们想要的东西。斯密斯等人看透了中国人“面子”观，于是就慷慨地给予中国人面子，而他们“不但在外交上一定胜利，还要取得上等‘支那人’的好感情”。[⑤] 言外之意，中国人一定要认清外国人的真实意图，那种有用意的迎合或奉承都是有深刻含义的。当然，他也否定像阿 Q 这样将自己的缺陷拼命地掩藏，讳疾忌医，忌讳别人的议论。面对外国人“美化”还是“丑化”中国的描写，鲁迅警醒国人，“我们要觉悟着被描写，还要觉悟着被描写的光荣还要多起来，还要觉悟着将来会有人以有这样的事为有趣”。[⑥]1927 年，瑞典考古探险家斯文·赫定到中国考察，曾与刘半农联系，传递提名鲁迅为诺贝尔文学奖候选人的消息，委托刘半农写信征询鲁迅的意见。他表示：“我觉得中国实在还没有可得诺贝尔奖赏金的人，瑞典最好是不要理我们，谁也不给。”这不表示鲁迅有民族虚无主义的倾向，他对包括自己在内的中国作家有着清醒的看法，他所担心的是，“倘因为黄色脸皮人，格外优待从宽，反足以长中国人的虚荣心，以为真可与别国大作家比肩了，结果

① 鲁迅：《内山完造作〈活中国的姿态〉序》，《鲁迅全集》第 ,6 卷，人民文学出版社 2005 年版，第 275 页。
② 鲁迅：《331027 致陶亢德》，《鲁迅全集》第 12 卷，人民文学出版社 2005 年版，第 468 页。
③ 鲁迅：《“立此存照”（三）》，《鲁迅全集》第 6 卷，人民文学出版社 2005 年版，第 645 页。
④ 鲁迅：《〈草鞋脚〉小引》，《鲁迅全集》第 6 卷，人民文学出版社 2005 年版，第 21—22 页。
⑤ 鲁迅：《马上支日记》，《鲁迅全集》第 3 卷，人民文学出版社 2005 年版，第 345 页。
⑥ 鲁迅：《未来的光荣》，《鲁迅全集》第 5 卷，人民文学出版社 2005 年版，第 444 页。

将很坏。”[①] 言外之意，中国作家如果不能很好地辨析自我与他人的差距，就很有可能丧失自己的判断力。这种清醒的自我意识使其在眼花缭乱的他塑状态下没有失去理性，反而练就了他“内面之发现”的底色。

事实上，鲁迅并不害怕客观的被描写，他反而担心国人像阿Q一样，有缺陷就拼命遮掩，维护其可怜的自尊：

> 阿Q“先前阔”，见识高，而且“真能做”，本来几乎是一个“完人”了，但可惜他体质上还有一些缺点。最恼人的是在他头皮上，颇有几处不知起于何时的癞疮疤。这虽然也在他身上，而看阿Q的意思，倒也似乎以为不足贵的，因为他讳说“癞”以及一切近于“赖”的音，后来推而广之，“光”也讳，“亮”也讳，再后来，连“灯”“烛”都讳了。一犯讳，不问有心与无心，阿Q便全疤通红的发起怒来，估量了对手，口讷的他便骂，气力小的他便打；然而不知怎么一回事，总还是阿Q吃亏的时候多。于是他渐渐的变换了方针，大抵改为怒目而视了。[②]

阿Q这种害怕被描写的状态是其不敢正视现实和自我的体现，他将自己包裹于一个不真实的世界中，认不清自己。在鲁迅看来，要避免外国人书写中国所带来的误导，中国本土作家必须“自塑”中国形象，必须自己发声，从国人的国民性入手。唯有深掘本民族的国民性特质，才能不被外国人的描写所牵制。这种方法即为用“描写自己”来对抗“自己被描写”的命运。当然，这种自塑也并不是阿Q式的。在否定了外人的描绘（“你还不配”）后，阿Q陷入了自说自道的自我世界中，而这种自塑是一种超越自身本体而营构的变形的自大世界，这又是鲁迅所反对的。

冯骥才认为“鲁迅的国民性批判本源于西方人的东方观。他的民族自省得益于西方人的旁观……不自觉地把国民性话语所包藏的西方中心主义严严实实遮盖了”。[③] 言外之意，鲁迅揭露国民劣根性的做法契合了西方霸权主义的倾向，深合西方殖民东方的话语逻辑。按照东方主义的理论逻辑，东方可以通过“自我贬损”来实现拯救自我的需要，这也许是冯骥才所认为的鲁迅改造国民性的真正动机。确实，要认识自我可以借助他者的烛照。西方文化的优越让处于东方的众多知识分子深感不安，他们试图找

---

① 鲁迅：《270925致台静农》，《鲁迅全集》第12卷，人民文学出版社2005年版，第74页。
② 鲁迅：《阿Q正传》，《鲁迅全集》第1卷，人民文学出版社2005年版，第516页。
③ 冯骥才：《鲁迅的功与“过”》，《收获》2000年第2期。

到中国的病症，以求重建中国形象。然而，我们也必须认识到鲁迅的这种改造国民性的工程绝非为了服膺西方征服东方的目的，准确地说，鲁迅借助东方主义的方法是为了最终消除东方主义的。

鲁迅将民族忧患的历史与国民性的批判联系在一起，并将这种国民性的检视推到了民族文化的深处。那么，这种根深蒂固的积习是否有改变的可能呢？对此，鲁迅并未放弃希望，“幸而谁也不敢十分决定说：国民性是决不会改变的。在这‘不可知’中，虽可有破例——即其情形为从来所未有——的灭亡的恐怖，也可以有破例的复生的希望，这或者可作改革者的一点慰藉罢”。[①]应该说，尽管国民性话语背后有西方中心的话语霸权，容易剥夺了那些被征服者的发言权，使其他的与之不同的世界观丧失存在的合法性，或根本得不到阐说的机会。[②]可以说，鲁迅的批判国民性的话语实践体现了其“爱国民”与“憎国民”的融合，换言之，鲁迅用“憎国民”的策略践行着他“爱国民”的拳拳之心。因为他明白：“憎人却不过是爱人者的败亡的逃路。”[③]只有深切的爱人之心（“哀其不幸”）才会做出如鲁迅那般鞭挞国民根性（“怒其不争”）的举动。必须承认，对于“后发”现代性国家而言，“国民性”话语对于中国现代性设想起到的理论推力是不容忽视的，它驱动了弱小民族建构自我主体的过程中祛除自身弊病、重建民族国家的话语实践。为此，鲁迅也坦言，“我相信自己的主张，绝不是‘受了帝国主义者的指使’，要诱中国人做奴才；而满口爱国，满口国粹，也于实际上的做奴才并无妨碍”。[④]换言之，如果简单地混淆“自塑”与“他塑”的界限，盲视鲁迅“抉心自食”地检视民族机体的话语努力，或将鲁迅批判国民劣根性的文学表述理解为在“自我东方主义”，均是不足采信的。[⑤]

国家形象的建构需要两个前提条件：形象本身和他者的透视。两者共

---

① 鲁迅：《忽然想起·四》，《鲁迅全集》第3卷，人民文学出版社2005年版，第18页。

② 刘禾：《国民性理论质疑》，《语际书写——现代思想史写作批判纲要》，上海三联书店1999年版，第68页。

③ 鲁迅：《〈绛洞花主〉小引》，《鲁迅全集》第8卷，人民文学出版社2005年版，第179页。

④ 鲁迅：《从孩子照相说起》，《鲁迅全集》第6卷，人民文学出版社2005年版，第84页。

⑤ “自我东方主义”取自德里达的“东方人的东方主义”一说，在德里达看来，东方人并不是沉默的被书写者，而是融入于西方想象东方的话语体系之中的。他进一步指出，东西文化相遇后，受欧洲文化制导，东方世界产生了欧洲化的自我认知，两者合力共构了东方主义那些“发明出来的传统”。（参见德里达：《中国历史与东方主义问题》，《后殖民主义文化理论》，中国社会科学出版社1999年版，第81页。）显然，鲁迅对于中国国民性的批判体现了其强烈的民族认同意识，这种努力并非其受殖民话语诱引而致，也未迎合西方想象东方提供“他塑”的素材，而是一种反抗被描写的中国本土立场。

同完成形象文本的建构。前者主要通过一系列表征国家本体的元素来形塑，而后者则是一个动态的关系网络，包含了“自我”与“他者”的双向互动和彼此参照，“一切形象都源于对自我与他者、本土与异域关系的自觉意识之中，即使这种意识是十分微弱的”。[①] 从创作者的角度来看，对异域现实的感知与其隶属的国家的集体想象密切相关。在打破闭关自守的狭小圈子，开启世界意识的现代进程中，中国人的视界和思维发生了翻天覆地的变化，这意味着现代知识分子由“读”获取知识转变为由“看”来择取知识，他们逐渐接纳和融通自我之外的世界文明，并将世界意识引入文学变革，获得了具有现代思维的文学观念，这一观念成为嗣后中西文化交流和融通的逻辑起点。

在塑造中国形象过程中，鲁迅留学日本的经验值得关注。与很多留日学生一样，鲁迅首先领略到的是日本先进的文明。明治维新之后的日本已经成为亚洲乃至全世界都刮目相看的现代国度，“新的医学对于日本的维新有很大的助力”[②]，这是鲁迅很早就注意到的。一边是落后停滞的中国，一边是现代文明的日本，他不禁发出感叹：“日本是同中国很两样的。”[③] 鲁迅没有陶醉于日本的繁华盛貌之中，他心里想得最多的还是中国。《藤野先生》中写到的两个事件是鲁迅永远挥之不去的创伤记忆，一是“清国留学生”顶着如“富士山”一般的大辫子扭来扭去，二是“幻灯片”事件。作为一个留学生，承受了弱国小民身份带来的羞辱感，这是他弃医从文的直接原因，也为他日后用文学来自塑中国形象准备了条件。鲁迅留学日本时期，日本正开展国民性的大讨论，其有益的启示是：通过讨论，日本人发现了本国存在的问题，并以此改进和发扬民族精神。鲁迅深受厨川白村《出了象牙之塔》的影响，意识到该著深入批判日本国民性背后的良苦用心，其目的是为了正视本民族的痼疾，然后对症下药。他指出译介此书“并非想揭邻人的缺失，来聊博国人的快意”，而是因为“但当我旁观他鞭责自己时，仿佛痛楚到了我的身上了，后来却又霍然，宛如服了一帖凉药”。[④] 深感于“中国人总不肯研究自己”[⑤]，他才试图改造国民性，以期助力民族复兴之图。鲁迅发现了中国积贫积弱的症结在于国民精神，立国的

---

① [法] 巴柔：《比较文学意义上的形象学》，孟华译，《中国比较文学》，1998 年第 4 期。
② 鲁迅：《俄文译本〈阿 Q 正传〉序及著者自叙传略》，《鲁迅全集》第 7 卷，人民文学出版社 2005 年版，第 85 页。
③ 鲁迅：《琐记》，《鲁迅全集》第 2 卷，人民文学出版社 2005 年版，第 307 页。
④ 鲁迅：《〈出了象牙之塔〉后记》，《鲁迅全集》第 10 卷，人民文学出版社 2005 年版，第 269 页。
⑤ 鲁迅：《马上支日记》，《鲁迅全集》第 3 卷，人民文学出版社 2005 年版，第 349 页。

基石在于精神而非物质，个人的“意力”则是关乎国家存亡的根本。在他看来，“尊个性”与“张精神”是相互融合的，国家主体确立需要康健的人格，彰显个性与确立主体精神并举才能避免“人”消泯于群体之中、沉溺于个人世界的私欲境地里。

鲁迅日本留学的经验让他体会到，中国民族主体的建构还有很长的路要走，中国文化需要从整体上进行一次彻底的价值重估。通过中日文化的比照，鲁迅发现中国落后一个重要的原因是缺乏像日本人那样的进取精神，这种民族性格似乎从儿童开始就有显征：“温文尔雅，不大言笑，不大动弹的，是中国的孩子；健壮活泼，不怕生人，大叫大跳的，是日本孩子。”[①] 从中日“孩子相”可以窥见中日民族性的差异，鲁迅从日本孩子身上的“动”想到了中国孩子的“低眉顺眼”“唯唯诺诺”，呈现出不死不活的“萎缩”相。日本与中国相比“旧物很少，执着也就不深，时势一移，蜕变也就极易，在任何时候都能适合于生存。不像幸存的古国，恃着固有而陈旧的文明，害了一切硬化，终于要走到灭亡的路”。[②] 有了这个镜像作为参照，鲁迅容易确立自我主体的形象基质和价值定位。在他的意识里，如果骨子里缺失了“狼性”，而只是一味地作揖打拱，毫无特操，这样的民族必将走向消亡。并且像阿 Q 这样的国民是见到厉害的对手呈现出“羊相”，而对于比他还卑贱弱小的对手则呈现出“狼相”。这种善变的国民精神无法真正支撑其强大的生命体，对此，鲁迅主张激活国民内心的“诚”与“爱”去积极面对世人。他说：“我想，要中国得救，也不必添什么东西进去，只要青年们将两种性质的古传用法，反过来一用就够了：对手如凶兽时就如凶兽，对手如羊时就如羊！那么，无论什么恶，就都只能回到他自己的地狱里去。”[③] 可以说，在中日对跖性图景中，鲁迅无暇注目日本文化及塑造日本形象，其真正的关注点依然是中国。鲁迅向世界凝目并不意味着他放弃了民族主体的自觉意识，相反，他从异域文化中获取了重构国家形象的有益基因。这种“他塑”到“自塑”的自觉，让竹内好从鲁迅那里发掘了弱小民族向强大民族学习历程中应有的态度——“抵抗”，并把它视为东方实现“自己的近代化”的最可宝贵的精神资源。[④]

---

① 鲁迅：《从孩子的照相说起》，《鲁迅全集》第 6 卷，人民文学出版社 2005 年版，第 83 页。

② 鲁迅：《〈出了象牙之塔〉后记》，《鲁迅全集》第 10 卷，人民文学出版社 2005 年版，第 269 页。

③ 鲁迅：《忽然想起·七》，《鲁迅全集》第 3 卷，人民文学出版社 2005 年版，第 64 页。

④ [日] 竹内好：《近代的超克》，李冬木译，北京三联书店 2005 年版，第 186 页。

二、“人国”理想与“立人”理路的统合

随着西方的现代性入侵，传统的中国形象遭遇到前所未有的认同危机，正面临现代转型的中国社会催生着中国文学对现代中国进行重新想象和设计。如何将中国的发展纳入世界文明轨道等一系列问题，引发了包括五四知识分子以巨大的热情去重塑中国形象。这种自我形象的设计和表达始终与古典的“中国形象”和发达的“西方形象”密切相关。两者构成的价值坐标制导着现代知识分子对于中国的想象。“当新的宇宙概念和新的世界形象冲进来时，在知识分子心灵中不可避免地感到不协调和不适应。他们将如何处理这些新的观念和形象与他们长期固存的世界观的关系呢？……于是，至 19 世纪末，中国知识分子不能不重新调整的，不仅是其社会政治秩序观念，而且是其社会存在秩序的观念。”[①] 认同危机驱动了他们摈弃过时而失效的传统中国形象，重新寻找新的符合历史发展的现代民族国家形象。这遵循的是一种新旧蜕变的逻辑，套用鲁迅的话说即是“旧象愈摧破，社会愈进步”。[②] 显然，这种自我形象的找寻基于一种被召唤的现代性诉求。由于恐惧“中国和世界潮流隔绝”，[③] 中国现代知识分子的忧患意识被激活了，他们意识到新的认同需要在世界现代文明的大潮中才能予以确立。正是这种忧患心理，鲁迅等知识分子才积极倡导全新的文化、价值及思维体系，重铸民族精神，以此来建构中国与世界之间的关系。因而可以说，这种由危机所激活的忧患意识包含了个人与国家摆脱困境、跨向现代化的命题，这也体现了他们思想的时代性与现代性的特点，从这种意义上说，近代的民族危机增强了中国人的民族国家认同，很好地诠释了“冲击—反应”下中国人开启自我身份寻找和主体表述的现代意识。

在中西文化不等位的比照中，西方价值所呈现的现代性品质容易获得中国人的主动认同，而在对民族性的本质化理解中则表现出认同性焦虑。寻求身份以获得自身的存在证明，正是人不可或缺的精神品格。对于身份认同出现危机的国人来说，不仅难以确证自我存在，也斩断了与共同体之间的联系，所以身份的确认对其自身发展有着至关重要的意义。葛兆光在阐释近代知识分子的心理状况时指出，“在中国、在中国的知识界、在几

---

① 张灏：《危机中的中国知识分子——寻求秩序与意义》，高力克等译，山西人民出版社 1988 年版，第 10—11 页。

② 鲁迅：《随感录·四十六》，《鲁迅全集》第 1 卷，人民文学出版社 2005 年版，第 348 页。

③ 鲁迅：《未有天才之前——一九二四年一月十七日在北京师范大学附属中学校友会讲》，《鲁迅全集》第 1 卷，人民文学出版社 2005 年版，第 175 页。

乎每一个中国士人心里，都不是非此即彼的民族主义或世界主义。尽管我们说西方的冲击在中国激起了民族存亡的忧患和民族主义热情，不过，在近代中国的民族主义背后，偏偏又可以看到非常奇特的世界主义背景”。[①]晚清以来的知识分子在追索现代自我的过程中，民族自强、国家自立的价值诉求被充分地激发出来。面对着强大外来势力的入侵，中国现代知识分子将国家意识的提升和文化认同的找寻联系起来。长期以来的“夷夏之辨”一步步升华为一种强烈的民族意识，传统的家族观念、天下观念、地方意识也逐渐为国家意识让步。鲁迅的忧患意识与认同危机没有止步在将中国从孤立静态中走出来的层面上，而是在沐浴着世界文明的基础上，以中国现代化命题为背景，来反思中国人的心理、价值、精神、信仰等关乎存在意义及未来民族发展的深层意蕴，体现了其以民族国家命运之忧而忧的赤子情怀。

摆脱危机的方式是寻找一种新的认同感，民族危机需要民众重建新的身份来标示其自身。“民族（国家）认同的形成，通常既是人们为在一个新的政治共同体内获得成员地位而进行的斗争的结果；同时也是政治精英和政府为创造新的认同感而进行的斗争的结果，这种认同感能够使现代国家自身合法化。”[②]正是民族主义天然的政治性，使得现代知识分子迫切需要构建符合现代发展的、可以获得认同感的国家形象，中国想象的文学实践就此翻开了新的篇章。现代知识分子建构的中国形象体现了特定语境下不同力量的权力较量与互动的状态，勾画了“现代中国”历史社会的政治、文化等复杂丛生的生态结构。换言之，多种文化对话的动态运作生成了多维而立体的中国形象。正如西方学者所说：“一种形象绝不仅仅具有一种直接可读的内容。洞悉一种形象的内涵总是暗含着形象本身的视角与使用或产生形象的视角之间的摆动。”[③]透过这一中国形象的表层，达至文化内蕴的深层，我们能洞悉现代知识分子身上所留存的时代印记及社会历史发展的精神轨迹。

随着中国封建王朝的解体，国人的观念也发生着翻天覆地的变化。在这一过程中，现代“国家”取代了封建“朝廷”成为知识分子着力书写和建构的对象，也成为他们动员社会、积聚文化认同的目标。于是，“国家—

① 葛兆光：《中国思想史》第 2 卷，复旦大学出版社 2000 年版，第 690 页。

② [英]戴维·赫尔德：《民主与全球秩序——从现代国家到世界主义治理》，上海人民出版社 2003 年版，第 128 页。

③ [丹]斯文德·埃里克·拉森：《文化对话：形象间的互相影响》，《文化传递与文学形象》，乐黛云、张辉主编，北京大学出版社 1999 年版，第 209 页。

国民”的新型文化结构就此形成。个人和国家的关系不再是一种单纯的道德关系，而成为一个新的、凝聚人心的身份认同符号。如前所述，国家不仅是经济实体、政治结构、社会组织，而且是一个“虚构性”的共同体。关于这个问题，有西方学者指出：“每一个有制度的运作再造出的社会共同体都是虚构的，其基础在于把个人之存在置于集体表述之经络之中；在于体认到一个集合的名称。”[①] 长期以来，由中国人、华人或与中国文化有不解之缘的世界各阶层人士塑造、表述，用中外不同语言共同书写了杜维明所谓的“文化中国”。[②] 对于国家的认同，人们往往通过包括象征、叙述、言说等文化标记来表述，这些与众不同的文化标记融入置身于其中的国民的日常生活之中，并黏合成一种集体无意识的信仰。从这种意义上说，国家是其与众不同的文化标记的一种话语表征。近代中国在时局上的不断挫败，西方对中国的想象因而始终与停滞、落后、保守等国家形象联系在一起。这种西方的中国想象却为先觉者对抗中国本土传统文化体系提供了思想资源，借此建构他们本土的中国想象。这样一来，西方视野的中国形象作为一种批判性的话语资源就具有了解放性的意义。

关于中国的国家信仰，现代知识分子的文学书写经历了由“去魅”到“复魅”的信仰叙事转变，这是中国被迫现代化后复杂而剧烈的社会文化结构和文学思潮变更的产物。国家信仰往往被视为对一个国家的现状、发展及民众等宏大问题的追问，而这种追问体现了现代知识分子理性精神的自觉绽出，也意味着他们的文学书写必定在处于社会结构变动的现代中国范畴内来思考问题、塑造形象。众所周知，不同形态文化和价值观的碰撞、交汇与渗透融合，使得任何一个民族本土文化的发展都不可能在一个封闭的状态下进行。当中国被拉入世界体系之中时，越来越多的知识分子会用一种比较的眼光来审视中国与西方的差距。中国“被迫的现代转型”自始至终充满了痛苦的抉择：在走向世界的同时寻求于世界的定位，锻造主体的过程也困惑彷徨于国族身份和世界人之间。在认识到中西差距后，先觉者不得已将西方思想、意识乃至文学技巧运用于中国的文学园地。然而，“西方对于他们的困境，既未提出问题，也没提供任何答案，它的作用只在于提供了观点。……如果没有一个可资镜鉴的立足点，他们就不具

① [美]杜赞奇：《解构中国国家》，《近代中国的国家形象与国家认同》，复旦大学历史系、复旦大学中外现代化进程研究中心主编，上海古籍出版社2003年版，第174页。

② 杜维明：《文化中国：以外缘为中心》，《杜维明文集》第5卷，武汉出版社2002年版，第310—326页。

备唤醒中国的号召力”。[①] 西方他者的不确定性和抽象性使得现代知识分子又陷入了话语焦虑中：既然西方与传统都不能完全依赖，那么，哪种资源能为他们所用呢？应该说，有西方的参照对于传统中国的解体有着积极的价值，但是也容易消解中国本土文化的根基。因而，在接受外来文化烛照的同时更要持守中国本土文化的精神，反思和批判中国传统文化体系并不意味着放弃中国主体性的立场。

在很长的时间里，近代知识分子在讨论中国问题时长期抱持国家主义的立场，将“群”的利益置于个体自由之上，梁启超就是重要代表。然而，“群治”理想在中华民国建立后备受质疑，这促使知识分子更加侧重对个人价值的探索和发掘。“五四”新文化运动中的国家主义向个人主义的转变，并不意味着知识分子放弃了他们对于现代民族国家的想象，而是从个人的价值着眼，思考个人与群体、个人与国家之间的相互关联，更理性地根据自身的文学经验来建构和言说国家。在“个体”与“群体”的关系问题上，近代以来的思想家有着不同的看法。严复将群体视为进化的产物，他认为，“合群”是一个国家在竞争中处于不败之地的关键因素。当“合群”与“个人优先”发生抵牾时，他的态度是“己轻群重”和“舍己为群”。[②] 鲁迅与严复的态度有些差异，他认为一个国家在世界之林中获得竞争力的主要原因是“根柢在人”。[③] 这也是鲁迅面对民族危机时所提出的关于国家想象的主导理念，其“立人”的价值基座也由此夯实。他不认同“立宪派”和“革命派”所主张的“国民说”，也不同意无政府主义所持守的“世界人说”。两种学说的后果在于，“皆灭人之自我，使之混然不敢自别异，泯于大群”。[④] 真正符合现代精神的国民应该是“无不刚健不挠，抱诚守真；不取媚于群，以随顺旧俗；发为雄声，以起其国人之新生，而大其国于天下”。[⑤] 可以说，鲁迅这里的“人”是“个人”，是具有主体精神和价值的“人”。在他看来，只有每一个“个人”都具有“人”的精神，开掘个人的“自性”，才能真正将“沙聚之邦”转变为“人国”。在他这里，个人对于社会、国家具有根本性，国民素质的提升是“兴国”梦想的前提。他也赞赏尼采的超人哲学，反对那些沉沦的“非个人”和“空心人”。深感“众数”对于“个人”的精神戕害，鲁迅呼唤具有主体精神的摩罗诗

① 舒衡哲：《中国启蒙运动——知识分子与五四遗产》，新星出版社 2007 年版，第 137 页。
② 严复：《天演论》，商务印书馆 1981 年版，第 31 页。
③ 鲁迅：《文化偏至论》，《鲁迅全集》第 1 卷，人民文学出版社 2005 年版，第 58 页。
④ 鲁迅：《破恶声论》，《鲁迅全集》第 8 卷，人民文学出版社 2005 年版，第 28 页。
⑤ 鲁迅：《摩罗诗力说》，《鲁迅全集》第 1 卷，人民文学出版社 2005 年版，第 101 页。

人，主张“排众数而任个人”。在鲁迅的意识里，被中国传统文化浇铸的国人多已异化为“道德的人”和“集体的人”，他们缺失的恰是保证人独立存在的主体精神品格。“个人”思想的绽出与人的自由意志是分不开的，是人自律的一种体现。鲁迅小说中很多民众属于“依附型”的，他们不从自身出发，受“他律”的控制而屈身为奴。与此同时，鲁迅并未将个人性的生成置于无限制的境地之中，其“崇侵略”的主张正是针对个人“兽性”而阐发的。这在很大程度上超越了社会达尔文主义的逻辑框架。将个人统摄于“群之大觉”的“立国”范畴内。

在现代性的框架内，现代知识分子始终以启蒙为先导，以理性为观念，以人和人类的主体性确立为目标，来思考个人与国家的深刻关系。尽管鲁迅并不放弃对“人国”终极性的探求，但他也明确反对“兽性爱国”，他认为，“盖兽性爱国之士，必生于强大之邦，势力盛强，威足以凌天下，则孤尊自国，蔑视异方，执进化留良之言，攻弱小以逞欲……”① 这是一种倚强凌弱的非人道主义的思想，这是对晚清以来打着反和平主义旗号，行倚强凌弱之事的批判。同时，他还反对在民族危机面前夜郎自大的“大中华”理念，“中国自己诚然不善于战争，却并没有诅咒战争；自己诚然不愿出战，却并未同情于不愿出战的他人；虽然想到自己，却并没有想到他人的自己。譬如现在论及日本并吞朝鲜的事，每每有‘朝鲜本我藩属’这一类话，只要听这口气，也足够教人害怕了”。② 在殖民语境中，国民的民族意识呈现出自大和自卑的两极态势：“中国人对于异族，历来只有两种称呼：一样是禽兽，一样是圣上。”③ 鲁迅从“禽兽”向“圣上”称谓变化中看到了国民被臣服的际遇，也看到了国民强化个人利益而挤压国家利益的劣根性。早在留日时期，他就用世界主义的视野来讨论中华民族的出路问题，确立了民族自救的本土立场，同时将“立人”这一根本之图置于民族文化大厦的基座，兴汉业、保种姓，在他那里聚集成朴素而真挚的民族主义意识。统言之，中国的现代变革不仅包含着对外来压迫的反抗，而且还包含了对自我旧习的抵抗，将中国人从愚昧混沌的状态唤醒而实现“致人性而全”，是鲁迅“立人”的重要目标。

在“立人”和“立国”的关系上，鲁迅将“立国”视为“立人”的动机和目的，而“立人”顺理成章地成了“立国”的手段和途径。这种建构

① 鲁迅：《破恶声论》，《鲁迅全集》第 8 卷，人民文学出版社 2005 年版，第 34—35 页。

② 鲁迅：《〈一个青年的梦〉译者序二》，《鲁迅全集》第 10 卷，人民文学出版社 2005 年版，第 212 页。

③ 鲁迅：《随感录·四十八》，《鲁迅全集》第 1 卷，人民文学出版社 2005 年版，第 352 页。

在“人”基础上的国家意识显然是与当时社会上热潮涌动的进化观念相契合的。只有奠基于中国的发展与进化的基石上，鲁迅的中国形象塑造才能着眼于未来，其改造国民性的目标才不受制于旧体制的框定，其“立人”为基础的国家意识才可能是全新的。受进化论思想的影响，鲁迅将生物学上的优胜劣汰和世界舞台上的国家竞争、人类竞争结合起来，提醒国人要增强忧患意识，提升在世界舞台上的竞争力，否则中国人有被“挤出”世界人的危险。他批判了否定质变、反对彻底革命的庸俗的进化论，强化了进化过程中的辩证思维，这为其启蒙思想的实践提供了理论的基石。鲁迅反对将“人”降格为动物的苟活，“‘蝼蚁尚知贪生’，中国百姓向来自称‘蚁民’”；[①] 也不认同在民族危机面前国人“兴高采烈的自以为制服异民族的时候也不少了”的自欺与自满。[②] 有感于中国社会中“生物界的怪现象”[③]，他以进化的眼光来审视中国，洞见了中国现代危机产生的根源：中国社会缺乏对外的竞争意识，在禁锢和封闭的空间中拒斥了外来文化的刺激和冲突，进而在自足中不断退化、衰落。保障这种文化机体运行的机制是中国文化的内质中以和谐中庸为黏合剂，忽视和压制文化的碰撞和冲突，即“不撄人心”。因此，鲁迅呼唤那种“撄人心”的生命自由——摩罗品格，试图通过摩罗性格的主体性建设，达到“立国”，甚至“人国”的进化诉求。他不满洋务派、改良派“自屈于强暴”的奴性，主张弱小民族放弃对侵略者的幻想，“收艳羡强暴之心，而说自卫之要”。[④] 这种内涵了社会达尔文主义和殖民主义的逻辑是一种基于民族自强而产生的爱国思想，从国家内在的角度来开启民族发展道路是鲁迅一贯的思想，并贯彻于其中国形象建构的全过程。在《文化偏至论》中，鲁迅提出：“诚若为今立计，所当稽求既往，相度方来。”他着眼于将来（“相度方来”），从而去反思过去（“稽求既往”），这是现今之策（“为今立计”）。鲁迅洞悉到历史是动态、生成和演变的，是诸要素的交流、断裂、对话和冲突的历史，“文明无不根旧迹而演来，亦以矫往事而生偏至，缘督校量，其颇灼然”。[⑤] 鲁迅用“运动”“进步”“自由”的进化思想诠释了历史发展的一般状态和规律，这于他的中国形象塑造也多有裨益。其小说对国民“劣根性”的批判、“孩子”的思考、“真的人”理想的呼唤、未来前路的探询等都浸润着

① 鲁迅：《中国人的生命圈》，《鲁迅全集》第5卷，人民文学出版社2005年版，第104页。
② 鲁迅：《〈医生〉译者附记》，《鲁迅全集》第10卷，人民文学出版社2005年版，第193页。
③ 鲁迅：《随感录·四十九》，《鲁迅全集》第1卷，人民文学出版社2005年版，第354页。
④ 鲁迅：《破恶声论》，《鲁迅全集》第8卷，人民文学出版社2005年版，第37页。
⑤ 鲁迅：《文化偏至论》，《鲁迅全集》第1卷，人民文学出版社2005年版，第60页。

这种观念，并始终将“人”的进化与中国的现代化进程放在突出位置予以思考。

沿此进化的逻辑来看鲁迅的中国想象，我们发现：他并非止于对有劣根性的国民进行劝转和鞭挞，同时，他还试图建构出有别于旧中国的全新国家形象，而这种中国形象的主体则是“真的人”[①]、“完全的人”[②]、“觉醒的人”[③]、“原来的人”[④]等理想的样态。与鲁迅笔下庸愚不同的是，他们拥有前者所缺乏的“诚”与“爱”，在发挥“自性”的同时具有反抗的精神意志，这即是“鲁迅精神”的人格投影。鲁迅不信任那些自诩为志士英雄之辈，称其为“伪士”，他所认定的“真的人”拥有“敢于白心于前”的品质，正是基于对人内部精神生命的高扬，才能培育出立于绝望的废墟之中而依然反抗的“精神界战士”。这诚如伊藤虎丸所说的“通过这种反抗求得无限的发展和‘上征’（不是宿命式的‘反复’和东方式的停滞）”。[⑤]在此类理想的人的样态中，其“精神”与“个人”均充分发展，能“反身而诚”，这就使其不会堕落为他人所支配的奴隶。而缺乏这种德性的人没有直面他人与自我的信念，支配其行动的只能是本己之外的他人。以《狂人日记》中“真的人”样态为例析之，小说写道：

> 我只有几句话，可是说不出来。大哥，大约当初野蛮的人，都吃过一点人。后来因为心思不同，有的不吃人了，一味要好，便变了人，变了真的人。有的却还吃，——也同虫子一样，有的变了鱼鸟猴子，一直变到人。有的不要好，至今还是虫子。这吃人的人比不吃人的人，何等惭愧。怕比虫子的惭愧猴子，还差得很远很远。[⑥]

其中，“野蛮的人”“人”“真的人”分别隐喻“过去”“现在”“将来”三相，立足于现在的“人”如果再“吃人”意味着会退化到“过去”的“野蛮的人”（“鱼鸟猴子”）时代。同理，如果现在的“人”“一味要好”，就会演变成“将来”的“真的人”时代。在这里，我们能读到鲁迅用进化

---

① 鲁迅：《狂人日记》，《鲁迅全集》第1卷，人民文学出版社2005年版，第454页。

② 鲁迅：《随感录二十五》，《鲁迅全集》第1卷，人民文学出版社2005年版，第312页。

③ 鲁迅：《我们现在怎样做父亲》，《鲁迅全集》第1卷，人民文学出版社2005年版，第135页。

④ 鲁迅：《<草鞋脚>小引》，《鲁迅全集》第6卷，人民文学出版社2005年版，第21页。

⑤ [日]伊藤虎丸：《鲁迅与日本人——亚洲的近代与“个”的思想》，李冬木译，河北教育出版社2001年版，第32页。

⑥ 鲁迅：《狂人日记》，《鲁迅全集》第1卷，人民文学出版社2005年版，第452页。

的观念审视着芸芸众生，由不同生命形态和等级的进化而论，“吃人”与“不吃人”是进化意义上的差异，恐怕不是简单地用道德层面上的“惭愧”就能区分的，狂人仍将“吃人者”视为“人”，却又从道德和伦理的层面上强调了“吃人者”实际上已经退化成与虫、兽无异的境地。

如果说，前述的庸众只是克尔凯郭尔所谓的“极肤浅的非个人”、尼采笔下的“末人”，那么“真的人”则是具有超强意志力的文化反抗者，他们既不吃人，也不被吃。而且鲁迅坚信这并非子虚乌有的幻境，而是完全可以期待的。对此，他说：“尼采式的超人，虽然太觉渺茫，但就世界现有人种的事实看来，却可以确信将来总有尤为高尚尤近圆满的人类出现。到那个时候，类人猿上面，怕要添出‘类猿人’这一名词。”[①] 尼采的超人哲学也深受达尔文进化论的影响，达尔文为尼采和鲁迅搭建了一个遇合的桥梁。然而，鲁迅的进化论思想和尼采的超人哲学也是有差异的，相较于尼采强调个人意志，鲁迅更偏重人性论，“类猿人”和“真的人”相比，缺失的是本真善的本性。“类猿人”身上遗留了太多非人性的兽性，而“真的人”则人格健全，过滤了“类猿人”身上的古性，是朝向未来的理想中的人。王富仁曾用时间主义的观点将鲁迅小说中的人分为三种：历史起点上的人、历史中点上的人、历史终点上的人；这三种人就其完善程度分别为：不完美的人、较为完美的人、最完美的人。[②] 借此，我们可以作这样的图解：以“中间物”自称的鲁迅应该算作是“历史中点上的人”，其笔下文化反抗者的自身发展完善的程度要高于在轮回和循环阴影中无所适从的“历史起点上的人”（庸众和上等人），“并非什么的前途的目标、范本”的“中间物”只能充当“梯子者”，但他有义务要放民众“到宽阔光明的地方去”，让他们成为“真的人”。“中间物”的身上既蜕掉了许多下层庸众所具有的愚昧、盲从、麻木等国民根性，又过滤掉了上层压迫者残酷的吃人兽性。这既是他们作为“文化反抗者”所必须拥有的品质，又是鲁迅所想象出的“历史中点上的人”的样子。在这种基础上，鲁迅依然用更高的标准去审视他们，发掘其“失败”或“死亡”命运的内外原因，其中尤其注重对其自身内部原因进行剖析。这种解剖和反省为“由此到那”的时间哲学提供了方向和标准。因此，“中间物”的出现，给人的理想完善程度的判定输入了一种绝对的历史逻辑和价值标准，这正是鲁迅启蒙思想的不息的动力保证和思想源泉。

---

① 鲁迅：《随感录·四十一》，《鲁迅全集》第1卷，人民文学出版社2005年版，第341页。

② 王富仁：《时间·空间·人——鲁迅哲学思想刍议之一章》，《鲁迅研究月刊》2000年第4期。

毋庸置疑，鲁迅的“立人”“立国”思想和儒家“立言”“立德”“立行”观念是有很大的差异的。鲁迅并非要建立儒家那种以“立德”为基石的“不朽”观念，他要打破传统道德制约人的限制，回到人本身，然后再从人的自觉中生发出推动民族国家发展的力量。而要实现“立人”，有必要改变传统“立言”的话语方式。他激烈地反对那种“颂祝主人，悦媚豪佑之作”，“诗与道德合，即为观念之诚，生命在是，不朽在是”等论调，[①]主张关注现实人生，重建新的语言体系。《狂人日记》以“日记体”的言说方式，向坚固而独声的传统语言垄断喊出了新声；《阿Q正传》颠覆了传统史传的写法，通过为阿Q这个“老中国儿女”[②]作传（立言），来揭示“旧中国”意义系统和价值系统的陈旧，以及挣脱这种系统的困境。

① 鲁迅：《摩罗实力说》，《鲁迅全集》第1卷，人民文学出版社2005年版，第70、74页。
② 方璧（茅盾）：《鲁迅论》，《小说月报》第18卷第11号，1927年11月。

第二章 “铁屋子”意象与“老中国”的心理机制

鲁迅是一个深刻的现实主义者，他洞悉到了中国在向现代转型过程中所存在的诸多问题，这些问题既有历史堕力延续的缘由，也与其所在的动态中国文化语境密不可分。“历史”与“现实”的复杂纠葛生成了现代知识分子挥之不去的文化痛感。在《〈呐喊〉自序》一文中，鲁迅曾有这样的一个比喻：

> 假如一间铁屋子，是绝无窗户而万难破毁的，里面有许多熟睡的人们，不久都要闷死了，然而是从昏睡入死灭，并不感到就死的悲哀。现在你大嚷起来，惊起了较为清醒的几个人，使这不幸的少数者来受无可挽救的临终的苦楚，你倒以为对得起他们么？[①]

在这里，“铁屋子”是中国的隐喻，它形象地刻画了鲁迅所处时代的整体基调和氛围：空间的逼仄、昏睡的国人以及少数觉醒的知识分子。在鲁迅看来，“铁屋子”是一个“古老坚固的堡垒”，[②]其如铁一般坚不可摧的性质指示着文化与国民之间的真实关系。清醒的知识分子在强大的旧意识的旁边营造着个人主义观念，在“僵死”而隐形的古语旁，用启蒙的“呐喊”来搅乱随时可能死去的“做梦者”。他们的举动是否有效尚且不论，但其出发点却因破毁异常强大的“铁屋子”而彰明了知识分子作为思想启蒙者的身份。但是，鲁迅清醒地意识到，破毁“铁屋子”并非易事，更有甚者，在无力撼动这个超稳定的文化结构时，被唤醒的民众所面临的痛苦将无法得到调适和消解。他觉得将原本无解的疾患告知国民则只能使他们经受“无可挽救的临终的苦楚”。为此，鲁迅痛苦地意识到自己的文学改良国民的举动不过是制造“醉虾”，最终自己也只不过是刽子手的帮凶，“弄清了老实而不幸的青年的脑子和弄敏了他的感觉，使他万一遭灾时来

① 鲁迅：《〈呐喊〉自序》，《鲁迅全集》第 1 卷，人民文学出版社 2005 年版，第 441 页。

② 鲁迅：《通讯》，《鲁迅全集》第 3 卷，人民文学出版社 2005 年版，第 25 页。

尝加倍的苦痛，同时给憎恶他的人们赏玩这较灵的苦痛，得到格外的享乐”。[①]“铁屋子”坚不可摧恰恰隐喻了“老中国”的坚不可摧，这是鲁迅反传统文化思想的逻辑起因，也是其小说建构全新中国形象的话语前提。

第一节　文化共同体与“主奴”结构的运作肌理

“铁屋子”是鲁迅探寻人在共同体条件下生存的主要障碍，鲁迅批判的焦点除了昏昏欲睡的庸众之外，还有在“铁屋子”里得利的人。鲁迅小说深刻地揭示了个体与共同体之间的纠缠，它们并非决然对立，而是相互借力又彼此拆解，建构了以主奴关系为内核的权力结构。这个文化共同体将国人按入其中，生产出一个个奴隶的模具，而这种生产机制背后隐含着有形或无形文化的治理和规训。要弄清鲁迅破毁“铁屋子”的设计方案及策略，有必要廓清主奴共同体的生成机制与运作肌理。应该说，“铁屋子”是一个被强大道德及权力裹挟的主奴结构，有形与无形的力量维系着这一结构现存秩序的完整。在这里，有形形色色的吃人者，也有各类吃人的工具：伦理纲常、规则约定以及始终不变的习惯等，并生成了“人肉筵席”的吃人系统。而“吃人”不限于吞噬人的肉身，还可以是从精神上将其异化为非人，失去“为人”的资格。鲁迅小说折射了“老中国”格局中文化认同和社会关系的复杂症候，也深刻地揭橥鲁迅思考中国问题及民族出路时的困惑与选择。

那么，我们不禁要问，难道有些人生来性就恶，吃人就是他们的本质？为什么那些被吃的人就没有任何反抗？在鲁迅看来，是中国文化出了问题才导致吃人现象的古今延续。他的思路也由此生成：从中国文化整体性功能的运作来思考现实中人的处境。他将“中国”比作为安排“人肉筵宴的厨房”，在其内部一级一级相互制驭，形成了一条类似生物链的吃人系统——“自己被人吃，但也可以吃别人”，这样一来，由吃人所引起的痛感也就在一种内部的平衡机制中消化了。“因为自己各有奴使别人，吃掉别人的希望，便也就忘却自己同有被奴使被吃掉的将来。于是大小无数的人肉的筵宴，即从有文明以来一直排到现在。”在此机制的影响下，就形成了《狂人日记》中说的“父子兄弟夫妇朋友师生仇敌和各不相识的人，都结成一伙，互相劝勉，互相牵掣，死也不肯跨过这一步”。[②]人也只能挣

① 鲁迅：《答有恒先生》，《鲁迅全集》第 3 卷，人民文学出版社 2005 年版，第 474 页。

② 鲁迅：《狂人日记》，《鲁迅全集》第 1 卷，人民文学出版社 2005 年版，第 451 页。

扎于“想做奴隶而不得的时代”与“暂时做稳了奴隶的时代”的循环系统中不得解脱。[①] 在“老中国”的情境下，主人控驭着奴隶，运用打压或收编的方式，而奴隶一方面想维持奴隶的位置，但另一方面却有想成为主人的梦想，这种主奴互换的国民心理维系着主奴社会的恒常性。由此，即使奴隶成为主人，依然会继续打压和收编那些曾经和自己一样的奴隶。这种规则，即如鲁迅所批判的人事转换的互虐本质：“被虐待的儿媳做了婆婆，仍然虐待儿媳；嫌恶学生的官吏，每是先前痛骂官吏的学生；现在压迫子女的，有时也就是十年前的家庭革命者。”[②] 以阿 Q 为例，他承受着赵老太爷、假洋鬼子和地保等的羞辱，却以“从来如此”的心态坦然受之，就是奴隶性的表现。而他对小尼姑、小 D 等人的傲慢和没来由的欺侮，则是他骨子里的主子性的显现。这种强者的流氓性和弱者的奴隶性融于一个人身上，使得黑格尔所谓的“主人的真理在于奴隶”被“奴隶的真理在于主人”所替换。[③] 循此规则，主奴结构能得以延续，变化了的只是权力地位，而不变的则是其吃人的本质。反过来，主人是不是也容易转换成奴才呢？鲁迅认为：“凡是人主，也容易变成奴隶，因为他一面既承认可做主人，一面就当然承认可做奴隶，所以威力一坠，就死心塌地，俯首帖耳于新主人之前了。”[④] 这是不是意味着主人就放弃了吃人的本性呢？显然不是，这种主奴的互换是有限度的，革命后赵太爷对阿 Q 态度的改变并非真正认同革命，而是权宜之计，其背后隐藏着追逐个人私利的野心和目的。

一、“命名”：遮蔽吃人本质的工具

鲁迅小说内蕴着个人“自由”与群体“他由”的张力结构，主奴关系的聚合生成了一个划清本体界限、隔绝和疏离个体的文化共同体，它的话语表达保障了“铁屋子”吃人体制的运转。通过“命名”，共同体厘定了自我与他者的身份归属，也遮蔽了其权力机制背后的话语本相。“命名”是一种具有权力的社会行为，“当‘命名’行为被用作公共场合时，它们就因而具有了官方性质，并且得以公开存在。当‘命名’行为显示或隐晦地显示了那些只存在于不清晰的、混乱的甚至是压抑的状态的事物时，情

① 鲁迅：《灯下漫笔》，《鲁迅全集》第 1 卷，人民文学出版社 2005 年版，第 225 页。
② 鲁迅：《娜拉走后怎样》，《鲁迅全集》第 1 卷，人民文学出版社 2005 年版，第 169 页。
③ [德] 黑格尔：《精神现象学》上，贺麟、王玖兴译，商务印书馆 1979 年版，第 122—132 页。
④ 鲁迅：《论照相之类》，《鲁迅全集》第 1 卷，人民文学出版社 2005 年版，第 193—194 页。

况亦是如此”。[1]在文化人类学的视野中，民族的命名依据图腾，个人的命名并非自己的决定，而是父母或其他知识者所赋予的。个人的名字是其进入社会的重要符码，个人通过名字进入话语叙述、行为意向而确立自己的同一性。

一般而论，主奴共同体最主要的排异对象是文化反抗者，因为他们的呐喊所昭示价值上的分庭抗礼扰乱了“铁屋子”里获利者的美梦。但是，这一共同体的内部也并非铁板一块，而是有着文化等级的阶梯。为了维护共同体秩序的整一性和纯洁化，“不配”“不洁”与“不祥”之人往往成为共同体贱斥的对象。孔乙己和陈士成一直都在寻找表征知识分子的身份认同，然而，他们都被社会体制拒绝，成为被抛弃的“无名者”。当有人问孔乙己，“你怎的连半个秀才也捞不到呢？”孔乙己立刻显出颓唐不安模样，“脸上笼了一层灰色”。这是身份被吞噬的无名者缺失认同感后心理的直观显现。此外，祥林嫂在阴间和阳间苦苦寻求自己的身份（命名），最终落寞地死去。七斤则在辫子盘起和放下之间诚惶诚恐，自身无法命名者只能被动地等待共同体给予身份的命定，而这种被给予的身份并未带给他们自足感，而直接将其打入另册，成为不被体制接纳的人。

《阿Q正传》里的阿Q是一个“无名”人物，这让他很难进入“未庄”这一文化共同体的文化体系之中。阿Q并非直接动摇主奴结构的异端，他也不是文化反抗者的代表（从一般的逻辑来看，未庄文化共同体真正的“异端”应该是喝过洋墨水的“钱洋鬼子”）。作为土生土长的未庄人，赵老太爷却不允许他姓赵，以至于作者在给其写传的时候，不知道他究竟姓什么。赵太爷之所以能成为未庄文化共同体里的话语主宰，主要是其作为知识者的身份而在的，小说这样写道：“赵太爷钱太爷大受居民的尊敬，除了有钱之外，就因为都是文童的爹爹。”赵老太爷的“你怎么会姓赵——你那里配姓赵”直接从宗法血缘的认同机制中将阿Q从未庄这一“文化共同体”中析离出来。罗岗认为，从阿Q祝贺赵太爷的儿子进秀才时被赵太爷命定不姓赵的举动来看，赵太爷不符合乡村伦理习俗，他“以‘一己之私’凌驾于‘公共性’之上，当然是对‘乡村共同体’的破坏”。他进而指出，“乡里空间”将一批批阿Q式的人物从温情脉脉的宗法体系中驱逐出来，成为荒原上的孤魂野鬼。[2]这种阐释道出了宗法体制的严酷性，

① ［法］布迪厄：《文化资本与社会炼金术》，包亚明译，上海人民出版社1997年版，第91页。

② 罗岗：《阿Q的“解放”与启蒙的“颠倒”——重读〈阿Q正传〉》，《华东师范大学学报》（哲学社会科学版）2013年第1期。

作为权力话语的主宰者的赵太爷对阿Q的命运起到决定作用，尽管阿Q并不构成对于他权力和地位的任何威胁。这也是鲁迅为什么在“序”中要交代“他虽然多住在未庄，然而也常常留宿在别处，不能说是未庄人”的原因。小说多次写到阿Q“飘飘然”的生存状态：

> 他在路上走着要“求食”，看见熟识的酒店，看见熟识的馒头，但他都走过了，不但没有暂停，而且并不想要他所求的不是这类东西了；他求的是什么东西，他自己不知道。①

在这里，阿Q俨然处于一个“被抛掷”的状态，事实上，与其说阿Q是一个主动寻找生存空间的游走者，不如说是一个被文化共同体驱赶着迫于生计的游走者，是一个漂浮无所依的鬼魂。② 如果说本真的“存在”因受遮蔽而处于一片黑暗、一团神秘中，如果说人类在经验“存在”这伟大神秘时他们的力量变得非常微弱，那么，人类该如何对与自己的本质休戚相关的神秘表达自己的存在态度和生存方式呢？萨特认为，处于被抛状态的他反抗，他不负责任，用不着“作任何辩解”。③ 阿Q没有归于沉默，他还是在努力地寻求文化共同体的认可，千方百计地想与这个文化体“圈子”保持千丝万缕的联系。为了寻求认同，阿Q必须要想办法与当地最有名望的赵太爷扯上关系，于是“姓赵”似乎成了最好的选择。而当赵太爷下了不允许他姓赵的断语后，阿Q所做的主要是修复与排斥他的文化体制之间的关系，他精神胜利法的出场克服了其私人话语和公共话语的裂隙，也契合了他依附而生存于本不属于他的共同体中。即使是在其最隐晦的性欲望的表达中也流露出他想被未庄文化体认同的信号，他调戏小尼姑未果时，他反问小尼姑：“和尚动得，我动不得？”当外在的世界无法给予其认同感时，他用高人一等的眼光批判未庄人，“未庄人真是不见世面的可笑的乡下人呵”，以达到刺激未庄人来认同他的目的。他还会用自己确立的“忌讳”来建构出自己的尊严领地，以此来确立“辨认自己的存

---

① 鲁迅：《阿Q正传》，《鲁迅全集》第1卷，人民文学出版社2005年版，第531页。

② 日本学者丸尾常喜考证了“Q”的绍兴方言，得出阿Q就是“鬼”的结论。参见丸尾常喜：《“人”与“鬼”的纠葛——鲁迅小说论析》，秦弓译，人民文学出版社2006年版，第271页。

③ [德]萨特：《〈局外人〉的诠释》，《二十世纪世界小说理论经典》（上），吕同六主编，华夏出版社1996年版，第279页。

在的能指”。[1] 当这些都无法让其获致身份时，他想到了传统伦理中“不孝有三无后为大”，“应该有一个女人，断子绝孙便没有人供一碗饭”，还有尼姑的一句“断子绝孙的阿 Q”的刺激，于是他决定向吴妈“求爱”，如果成功并且能育有子嗣的话，就可以确立其未庄文化共同体的身份。但是，这有一个问题：为什么阿 Q 调戏小尼姑的时候赢得了很多人的喝彩，而他向吴妈求爱却招来一顿毒打？其缘由依然在这命名上。就像阿 Q 所说的那样，“凡尼姑，一定与和尚私通”，尼姑被想象成为一个不洁的对象，那么阿 Q 的调戏正好满足很多看客的窥看心理。而吴妈就不一样了，她是一个寡妇，守护她的节操和贞洁是符合传统道德的，因而冒犯吴妈意味着和传统伦理纲常相悖，这必然会遭致吴妈的雇主赵太爷的惩罚。如前所述，也正是赵老太爷不允许阿 Q 姓赵的论断，让“阿 Q”不成为“阿 Q”，“此后便再也没有人提起他的氏族来”。这也是鲁迅觉得给阿 Q 作传难的原因所在。于是，阿 Q 在未庄的生计、发展就成了很大的问题，居然“没有一个人来叫他做短工”。驱逐他的不止赵太爷这些乡绅，还有与他地位相差不多的同类：“酒店不肯赊欠了”，连土谷祠里的管事的“说些废话，似乎叫他走”。这还包括了此后的革命，假洋鬼子不允许阿 Q 革命的原因和赵老太爷不让其姓赵是相同的，因为在这些人的意识中，阿 Q 从来都不是他们文化共同体的同类阵营，而阿 Q 所遭受的驱逐也可视为“想做奴隶而不得”的结果。当阿 Q 的所有努力都失败时，他选择了认同环境，认同当前的文化机制，苟活于当下则是他所能做的最好选择。于是，他顺从了赵太爷的各种苛刻的要求和任意的凌辱，也能在同类人的侮辱和打击中寻找遁路。就在此时，革命似乎给了阿 Q 获取全新身份的机会，确实，从未庄人对他的称呼（从原来的“阿 Q”到“老 Q”再到革命时期的“阿 Q 哥”）也可以窥见阿 Q 的转变。然而，自身的无知和革命的局限最终还是将他拉入“替死鬼”的行列——被稀里糊涂地杀头了。在杀头前的“画押”环节，这个被未庄文化共同体“除名”的阿 Q 陷入了他人生第一次认同危机：因为他“无名”，那怎样写自己的名字呢？小说这样写道：

> 于是一个长衫人物拿了一张纸，并一支笔送到阿 Q 的面前，要将笔塞在他手里。阿 Q 这时很吃惊，几乎“魂飞魄散”了：因为他的手和笔相关，这回是初次。他正不知怎样拿；那人却又指着一处地方教

① 严泽胜：《穿越“我思的幻象”——拉康主体性理论及其当代效应》，东方出版社 2007 年版，第 150 页。

他画花押。[1]

阿Q“魂飞魄散”的原因并非止于他对死亡的恐惧，也非如他所说的“我不认得字”，而是失去共同体护佑的无名者“对于他的整个存在怀着恐惧”。[2]在阿Q看来，“笔”和“刀”无异，未庄文化共同体正是用如刀的笔将其打入另册直至地狱的。对于阿Q的死，未庄人用他们特有的逻辑去认定，“至于舆论，在未庄是无异议，自然都说阿Q坏，被枪毙便是他的坏的证据；不坏又何至于被枪毙呢？”没有质疑，也就没有悲悯，阿Q完全被这个文化共同体遗忘了。阿Q“大团圆”以后，未庄似乎沉寂了，王胡独自在屋檐下捉虱子，连个和他打架的人也没有，当然寂寞的还有那些喜欢凑热闹的看客们，这个乡村文化共同体在黑夜中熟睡了。

关于吃人现象，鲁迅认为“文明人”和“野蛮人”吃人的不同在于，前者并非直接表露吃人的动机和过程，而是用冠冕堂皇的借口掩盖其凶恶的嘴脸。这与吴虞所批判的“戴着礼教假面具吃人的滑头伎俩”是相通的。[3]在《狂人日记》中，鲁迅批判“吃人”现象是具有振聋发聩的效果的：“我翻开历史一查，这历史没有年代，歪歪斜斜的每叶上都写着‘仁义道德’几个字。我横竖睡不着，仔细看了半夜，才从字缝里看出字来，满本都写着两个字是‘吃人’！”[4]狂人所阅读到的并不是民族历史的总体性形态，而是从这一形态的隐匿的缝隙之中（“字缝里”）看到了被遮蔽的历史本质。鲁迅发现了一个奥秘：传统文化吃人并不是显在地呈现的，而是有着掩人耳目的伎俩。古今一致（“历史没有年代”）的历史以“仁义道德”的名义掩盖其“吃人”的本质。毕竟“直截杀了，是不肯的，而且也不敢，怕有祸祟”。于是，“他们大家联络，布满了罗网”。这就是鲁迅悟到的“无物之阵”或“无主名无意识杀人团”惯用的伎俩，吃人者以“无物”虐杀“无辜”，不但使“猛士无所用气力”，[5]也容易混淆视听，使人“怕得莫名其妙”“不测的威棱使人萎伤”。[6]狂人击倒的只是一件“外套”，而真正的吃人者却隐匿了。由此，当狼子村的佃户将其吃掉的人命名为“大恶人”时，吃人就具有现实合法性。当狂人被关在家里时，大哥请中医何医生来给其看病，狂人一眼就看出，封建礼教吃人也要借看脉这

① 鲁迅：《阿Q正传》，《鲁迅全集》第1卷，人民文学出版社2005年版，第549页。
② [德]黑格尔：《精神现象学》上，贺麟、王玖兴译，商务印书馆1979年版，第129页。
③ 吴虞：《吃人与礼教》，《新青年》第6卷第6号，1919年11月。
④ 鲁迅：《狂人日记》，《鲁迅全集》第1卷，人民文学出版社2005年版，第447页。
⑤ 鲁迅：《这样的战士》，《鲁迅全集》第2卷，人民文学出版社2005年版，第219页。
⑥ 鲁迅：《捣鬼心传》，《鲁迅全集》第1卷，人民文学出版社2005年版，第634页。

一名目来揣人之肥瘠。他们的老谱是：即使吃人，也要“预备下一个疯子的名目罩上”被吃者，“将来吃了，不但太平无事，怕还会有人见情”。这种“软刀子”吃人不觉痛，吃人者虽然眼里含着恶狠狠的凶光，可脸上却“笑吟吟”的。狂人所看到的吃人者似乎是明暗存在的，“有的是看不出面貌，似乎用布蒙着；有的是仍旧青面獠牙，抿着嘴笑。我认识他们是一伙，都是吃人的人。你看那女人‘咬你几口’的话，和一伙青面獠牙人的笑，和前天佃户的话，明明是暗号。我看出他话中全是毒，笑中全是刀。他们的牙齿，全是白厉厉的排着，这就是吃人的家伙”。在这里，凶残的刽子手以屠杀异端的肉身为对象，而看似温良的“医生”则以侵占叛逆的精神为诉求。鲁迅看透了吃人场里惯用的伎俩，“讲道理的时候，不但唇边还抹着人油，而且心里满装着吃人的意思”。类似虚伪面目背后的勾当他早就看透：“向来，我总不相信国粹家道德家之类的痛哭流涕是真心，即使眼角上确有泪珠横流，也须检查他手巾上可浸着辣椒水或生姜汁。什么保存国故，什么振兴道德，什么维持公理，什么整顿学风……心里可真是这样想？一做戏，则台前的架子，总与在后台的面目不相同。”[①] 大哥和医生默契地对视，医生低声对大哥说，“赶紧吃罢”。这让狂人看透了大哥和何医生的伎俩，也让他发现了“虽似意外，也在意中”的秘密，即大哥和医生是一伙的，他们都想吃人。

以此类推，《长明灯》里的那个喊着要熄掉“长明灯”的人之所以这么快地被集体扼杀，也是缘于吉光屯民众异口同声对其“疯子”的命定。为了给他罩上“疯子”的名目，常人不惜以“查家谱”的方式找寻其发疯的根由。灰五婶想起“他的老子也就有些发疯的”，而疯子伯父也记起“舍弟也做过一世人，虽然也不太安分”。两个人所推导出的关于疯子的遗传结论，疯子就真正成为众人驱逐的异类，而对“疯子”的驱巫行为也自然就遮蔽了“常人”驱除异己的目的。由此，“无主名无意识杀人团”的“常人”是现实的胜利者，他们以集体的名义维护着现实存在的合理表象。自被命定为“疯子”始，他们与共同体就无法真正对话，对话的表意功能丧失意味着他们的言说只能指向自身，成为自言自语的独白。显然，这种独白是无法为其正名的：狂人振聋发聩的呐喊被常人以“今天天气真好，哈哈哈”的方式予以回拒；夏瑜的“天下为公”的宣讲被视为不是“人话”而挨了一顿揍；魏连殳愤世嫉俗的言论得不到任何回应，只能“像一匹受伤的狼，当深夜在旷野中嗥叫，惨伤里夹杂着愤怒和悲哀”。

① 鲁迅：《马上支日记》，《鲁迅全集》第 3 卷，人民文学出版社 2005 年版，第 345 页。

文化共同体的生成与身份密不可分，身份的认同机制自觉地将自我与他者区别开来，由此廓清个体与共同体之间的亲疏关联。在鲁迅小说中，命名是厘定主奴共同体身份的重要路径，其显在的逻辑在于通过一种人为制造并经社会性推动强加的力量，在运作中实现对被命名者的身份定位。一旦这种命名在传播中被集体认同，被取名者就无法摆脱必然如此的宿命，其结果是“个人奴役似的被迫对一个符号的认同”。[①] 可以这样理解，“疯子”或“狂人”之名是“众数”异己的“套话”，套话对“他者”进行描述和行动时，可以省略推理的过程，是一种不由分说的表述，标志着对“他者”凝固的看法。因此，“疯子”们作为“众数”不被认同的“他者”，始终受他人话语的奴役，在其没有形成真正自我诉求的时候，他的自我本质却已经被他人预先界定了。同理，当祥林嫂被命定为一个“失节”的人时，她也无形之中被排斥在文化共同体之外，她的死也就并不意外了。

二、“驱巫”：吞噬异类的文化仪式

如果将文化共同体隐喻为人的生理机体的话，那么“疯子”则是“变异”的细胞，必然会遭致“正常”细胞的围攻或吞噬。“常人”分享着这个文化共同体所给予的“公共性”资源，一旦他们发现了不符合常规的“异样”“异端”或“异类”时，他们维护文化共同体合法性的方式表现为：要么是作为权力者的乡绅直接出手驯化；要么则是绅民联合集体“驱巫”。在鲁迅的小说中，上层压迫者，如赵太爷、丁举人、七大人、把总和举人等，是可以随意支配“去了膝盖骨”的下层民众和压制文化反抗者的。他们人多势众，拥有着得天独厚的话语权，他们的训导之语常见于“大骂”“大喝”“提尖了喉咙”“慷慨地说”“叫嚷”等。反之，下层民众则要么谄媚奉承，要么噤若寒蝉，低眉顺目。对于“狂人”和“疯子”这样的反抗者，主奴社会采用绅民联手的方式予以剿杀。在常人铲除异己的过程中，他们使用了压制声音的“驱巫”手段，“以凶人的愚妄的欢呼，将悲惨的弱者的呼号遮掩”，[②] 目的是“不让周围的人同他交流，让周围的人对谵妄病人的自由呼喊、高亢表演无动于衷，保持沉默”，[③] 其结果导致言说文化反抗者与被启蒙者之间的关系被斩断。狂人的“救救孩子”等呼声也只能通过“独白”、退回内心的方式来表现；疯子的“我放火”也只能在空空荡荡的社庙里回旋，根本无人能够听到。

① 张一兵：《不可能的存在之真——拉康哲学映像》，商务印书馆 2006 年版，第 204 页。
② 鲁迅：《灯下漫笔》，《鲁迅全集》第 1 卷，人民文学出版社 2005 年版，第 229 页。
③ 汪民安：《福柯的界限》，南京大学出版社 2008 年版，第 8 页。

《狂人日记》中，狂人所面对的“常人”是一个人数众多、身份混杂的群体。这其中既有儿童也有成人，既有上层压迫者也有下层庸众，既有人还有动物，他们试图合力剿杀狂人，狂人的艰难困境可想而知。小说中有三种犬类——“狗”“狼”和“海乙那”值得注意。最先出场的是有吃人意图的“狗”，狂人从狗的眼睛里看到了吃人的欲望，它和主人赵贵翁、小孩子等人一样都仇视着狂人这一异类，总想找机会下手。“狼”和“狼子村”都是吃人的隐喻，而“海乙那”与其他两者不同的是它以吃腐肉、死肉为生。尽管如此，狂人还是看到三者的共同性：

> 记得什么书上说，有一种东西，叫“海乙那”的，眼光和样子都很难看；时常吃死肉，连极大的骨头，都细细嚼烂，咽下肚子去，怒起来也教人害怕。“海乙那”是狼的亲眷，狼是狗的本家。前天赵家的狗，看我几眼，可见他也同谋，早已接洽。①

在狂人看来，尽管“狗”属于家畜，“狼”属于野兽，“海乙那”不属于前面两类，但是，“亲眷”和“本家”却抹平了它们间的差异，而吃人则是它们的相同的嗜好。对于这种现象，鲁迅将其定义为“吃教”，其实质是“有宜于专吃的时代，则指归应定于一尊，有宜合吃的时代，则诸教亦本非异致，不过一碟是全鸭，一碟是杂拌儿而已”。② 由此类推，赵贵翁和普通村民、大哥和佃户无异，他们都习惯了吃人，吃人现象也就漫撒和充斥于日常生活之中，成为一种集体无意识。这样一来，狂人自身当然不能豁免，也难逃干系，他所对抗的是自己的文化母体，当他发现自己所置身的世界竟然有着几千年吃人的历史时，他开始了近乎疯狂的“呐喊”。然而，狂人摆脱不了自己与文化母体的天然关系，感觉到自己也有吃人的举动，有了这种震惊的发现后，作为启蒙者和文化反抗者的狂人被打回原形，而后“赴某地候补”也就自然而然了。

《长明灯》里的疯子说出要熄掉自梁武帝就点亮的长明灯后，就成为吉光屯所有人驱逐和剿杀的对象。他们认为疯子之所以要做离经叛道的事情，原因在于“邪祟附了体，怕见正路神道了”。于是，疯子就成了“屯上的一个大害”，屯里人的一场驱巫的行动就此展开。郭老娃和四爷是整个吉光屯中的长者，他们对子孙有生杀夺予的权力，在四爷的客厅里，正策划和密谋对付“疯子”的方法。年高德韶的郭老娃的话引出了老富的儿

---

① 鲁迅：《狂人日记》，《鲁迅全集》第 1 卷，人民文学出版社 2005 年版，第 449—450 页。

② 鲁迅：《吃教》，《鲁迅全集》第 5 卷，人民文学出版社 2005 年版，第 367 页。

子的忤逆行为："西头，老富中风，他的儿子，就说是：因为，社神不安，之故。"他认为解决的办法是："明天，捆上城去，给他在那个，那个城隍庙里，搁一夜，是的，搁一夜，赶一赶，邪祟。"接着开始讨论怎么处理扬言要熄掉长明灯的"疯子"，在长者的眼中，"这种子孙，真该死呵！唉！"出于所谓的"免得害人，出他父亲的丑，也许倒反好，倒是对得起他的父亲"的理由。在以维护吉光屯稳定为己任的常人眼中，"我们倒应该想个法子来除掉他""这样的东西，打死了就完了，吓！"最终，"疯子"被关进了黑暗且静穆的社庙里。

对于有悖于封建宗法制度的忤逆行为，长者会纠结群体力量对其进行"劝说""规训"甚至"扼杀"。在族人看来，魏连殳（《孤独者》）是"同我们都异样的"，因此当他的祖母去世的时候，为了避免他在丧葬仪式中"改变新花样"，族人们准备对其进行一番劝说：

> 他们既经议妥，便约定在连殳到家的那一天，一同聚在厅前，排成阵势，互相策应，并力作一回极严厉的谈判。村人们都咽着唾沫，新奇地听候消息；他们知道连殳是"吃洋教"的新党，向来就不讲什么道理，两面的争斗，大约总要开始的，或者还会酿成一种出人意外的奇观。[①]

因此，当魏连殳一进门，"族长们便立即照豫定计画进行，将他叫到大厅上，先说过一大篇冒头，然后引入本题，而且大家此唱彼和，七嘴八舌，使他得不到辩驳的机会"。最终，魏连殳被迫顺从了这种"老例"："那穿衣也穿得真好，井井有条，仿佛是一个大殓的专家，使旁观者不觉叹服。寒石山老例，当这些时候，母亲的亲丁是总要挑剔的；他却只是默默地，遇见怎么挑剔便怎么改，神色也不动。站在我面前的一个花白头发的老太太，便发出羡慕感叹的声音。""花白老太太"的羡慕感叹声表明了一个长者对幼者所持"孝道"的肯定，我们从中也能读出魏连殳内心无法排斥的理性与情感之间的剧烈冲突所带来的极端痛苦。值得注意的是，当地的报刊（公共舆论的喉舌）也加入了集体驱巫的队伍，魏连殳的异类形象引起了 S 城报纸的攻击，"小报上有匿名人来攻击他，学界上也常有关于他的流言，可是这已经并非先前似的单是话柄，大概是于他有损的了"。效果很明显，很快魏连殳就被校长辞退了。而当他认同了旧有的社会体制，

① 鲁迅：《孤独者》，《鲁迅全集》第 2 卷，人民文学出版社 2005 年版，第 89 页。

当地报刊竟然反过来吹捧起他来。显然，这种舆论导向契合了既定的文化共同体驱逐异类的方向标，是其吃人的帮凶。

鲁迅发现国人性格中双向疏离的特质，即兼具“趋群”（板结）与“避群”（沙化）的思维倾向。质言之，当发现独异的“个”存在搅乱了显在的文化形态时，他们以“群”的方式予以包围和剿杀；而一旦异类被驯化或同化，同类需要慰藉与帮助时，他们则以看客的角色付之近乎沙漠化的冷漠。这充分反映了鲁迅在“个”与“群”问题上的复杂文化心理。《示众》为我们展示了一次“广场驱巫”的仪式，巡警牵着一个罪犯在街头站定，很快罪犯就被围在中心，成为集体驱巫的“示众”对象。看客并不明白为什么要驱巫，只是盲目地加入驱巫的队伍。当有一个工人想请教众人“他，犯什么事了”时，他马上成为新的驱巫对象，在看客如刀的目光中，“他于是仿佛自己就犯了罪似的局促起来，终至于慢慢退后，溜了出去”。对于这种不知“何所闻而来，何所见而去”的看客，鲁迅的一段话可谓鞭辟入里：“假使有一个人，在路旁吐一口唾沫，自己蹲下去，看着，不久准可以围满一堆人；又假使又有一个人，无端大叫一声，拔步便跑，同时准可以大家都逃散。”[①] 类似的驱巫俯拾即是：在《阿Q正传》中，当阿Q被游街、示众、上法场时，两旁到处是张着嘴的看客的喝彩声，“他惘惘的向左右看，全跟着蚂蚁似的人”。这时，他看到了“很久违，在城里做工了”的吴妈，这似乎激活了他生命的自尊，想唱几句戏来引起吴妈的注意，然而可悲的是，“车子不住的前行，阿Q在喝采声中，轮转眼睛去看吴妈，似乎伊一向并没有看他，却只是出神的看着兵们背上的洋炮”。同时人群中也发出“枪毙并无杀头这般好看”的议论，国民性中最残忍的冷漠和无情的精神图景被刻画得淋漓尽致。在临刑前，阿Q脑海里闪烁的关于死亡的恐惧也随着看客的汇聚而逐渐强大起来，最后时刻关于狼的故事闪现在他的脑海：

> 这刹那中，他的思想又仿佛旋风似的在脑里一回旋了。四年之前，他曾在山脚下遇见一只饿狼，永是不近不远的跟定他，要吃他的肉。他那时吓得几乎要死，幸而手里有一柄斫柴刀，才得仗这壮了胆，支持到未庄；可是永远记得那狼眼睛，又凶又怯，闪闪的像两颗鬼火，似乎远远的来穿透了他的皮肉。而这回他又看见从来没有见过的更可怕的眼睛了，又钝又锋利，不但已经咀嚼了他的话，并且还要咀嚼他

① 鲁迅：《一思而行》，《鲁迅全集》第5卷，人民文学出版社2005年版，第500页。

皮肉以外的东西，永是不远不近的跟他走。[①]

一旦阿Q成为沉默暴力的对象时，灵魂早已麻木的阿Q在死前也感受到了同类“咬他的灵魂”的恐惧，在这里，看与被看的行为态势演变为吃与被吃的精神图示。人性的残忍不在于阿Q根本意识不到是非善恶，死到临头想到的居然是：“似乎觉得人生天地间，大约本来有时也未免要杀头的。”而在于看客们则认为：“阿Q坏，被枪毙便是他坏的证据。”“看者”与“被看者”都丧失了现实的是非曲直，国民中的精神虚无被表露无遗。这即如《药》里所描摹的看客虚无心态：“像久饿的人见了食物一般，眼里闪出一种攫取的光……颈项都伸得很长，仿佛许多鸭，被无形的手捏住了的，向上提着。”《孔乙己》里的看客对于孔乙己没有丝毫的同情与怜悯，他们以咀嚼孔乙己的痛苦为乐，只要“孔乙己一到店，所有喝酒的人都看着他笑”，“店内外充满了快活的空气”。这种“快活的空气”里彰显的是人性的冷漠与悲凉，对酒客而言，这正是孔乙己存在的价值，然而，鲁迅更加悲凉地写道：“孔乙己是这样的使人快活，可是没有他，别人也便这么过。”小说设置了咸亨酒店的酒客与孔乙己两类群体，他们之间是包围与被包围、看与被看的关系。两类群体的分立是通过语言的殊异而产生的。孔乙己的骨子里遗留了太多的旧式文人的味道，他的“窃书不算偷”、关于“茴”字的四种写法、对抢其茴香豆的孩子说出的“之乎者也”均是看客的笑料，被鲁镇“文化共同体”隔离，并最终从看客的视线中消失。《风波》中“皇帝坐龙庭”的消息传达临河土场时，没有辫子的七斤就成了看客们幸灾乐祸的对象，“七斤既然犯了皇法，想起他往常对人谈论城中的新闻的时候就不该含着长烟管显出那般骄傲模样，所以对于七斤的犯法，也觉得有些畅快。他们也仿佛想发些议论，却又觉得没有什么议论可发”。对于这种“看”与“言”剥离的现象，鲁迅这样概括道：“群众，——尤其中国的，——永远是戏剧的看客。牺牲上场，如果显得慷慨，他们就看了悲壮剧；如果显得觳觫，他们就看了滑稽剧。北京的羊肉铺前常有几个人张着嘴看剥羊，仿佛颇愉快，人的牺牲能给与他们的益处，也不过如此。而况事后走不几步，他们并这一点愉快也就忘却了。”[②]对于看客而言，他们的“看”并非理性的审视，而只是单向度地追求热闹的场面。也许我们会质疑，鲁迅书写“看”与“被看”的场面的时候是不是太过于冷静，不流露出自己的爱憎呢？换言之，这会不会如王德威所言，“当鲁

① 鲁迅：《阿Q正传》，《鲁迅全集》第1卷，人民文学出版社2005年版，第551—552页。

② 鲁迅：《娜拉走后怎样》，《鲁迅全集》第1卷，人民文学出版社2005年版，第170页。

迅沉浸于对砍头示众所引起的骚动和嗜血大观时，或当他怀抱着见怪不怪的犬儒姿态时，他又暴露出自己与他公开谴责的看客间的隐秘联盟呢？”[①] 笔者认为，鲁迅的这种冷静的姿态中包含了另一个维度的爱憎表述，看客夸张的表情和行为恰是其虚无心理的放大。在喜剧的表层下隐藏着愚弱国民悲剧的精神人格。鲁迅认为，对于这些看客没有办法，“只好使他们无戏可看倒是疗救”。[②] 在他的《复仇》及《复仇（其二）》中，鲁迅用“不拥抱，也不杀戮”的行为和无声的言语“复仇”那些看客。

在这种文化“离心力”与“向心力”的悖论中，“铁屋子”结构坚固无比，这是鲁迅对于“中国”境域深刻的揭示，也预示着他改造国民性的立人工程的艰难。在鲁迅看来，“无论是何等样人，一成为猛人，则不问其‘猛’之大小，我觉得他的身边便总有几个包围的人们，围得水泄不透。那结果，在内，是使该猛人逐渐变成昏庸，有近乎傀儡的趋势。在外，是使别人所看见的并非该猛人的本相，而是经过了包围者的曲折而显现的幻形”。[③] “猛人”用鲁迅的话解释就是“可以包括名人，能人，阔人三种”，他们有独异性格，“个人”的主体精神非常突出。于是，当两者相遇时，他们之间的包围与被包围关系就此构成。而且两者之间的力量对比是有差异的，《狂人日记》里的“他们”以及《孤独者》里的“大家”即是“群”的人称符码，他们与《孔乙己》《祝福》《示众》《阿Q正传》等篇什中的看客一起弥散于“铁屋子”之中，构成了如鬼魂一般影影绰绰的黑暗与荒原。“群”无论是人数还是背后所依附的势力都远远大于形单影只的独异者，这样一来，“个”被集体剿杀的命运就很难幸免。对此，鲁迅清晰地意识到，中国人“能用历史和数目的力量，挤死不合意的人。这一类无主名无意识的杀人团里，古来不晓得死了多少人物”。[④]《孤独者》中魏连殳的遗书中的一段话很好地隐喻了“无主名无意识杀人团”的无处不在：“愿意我活几天的，自己就活不下去。这人已被敌人诱杀了。谁杀的呢？谁也不知道。”杀人者的隐匿和非理性让独异的个体时刻陷入被剿杀的噩运之中。而中国民众的“合群的自大”，“爱国的自大”，其实是“党同伐异”，是对“少数的天才”宣战。[⑤] 可悲的是，这些以群体的方式而存在的庸众永远也无法明白独异个体存在的价值，哪怕对方还有可能是拯救和启

① 王德威：《现代中国小说十讲》，复旦大学出版社2003年版，第149页。
② 鲁迅：《娜拉走后怎样》，《鲁迅全集》第1卷，人民文学出版社2005年版，第171页。
③ 鲁迅：《扣丝杂感》，《鲁迅全集》第3卷，人民文学出版社2005年版，第508页。
④ 鲁迅：《我之节烈观》，《鲁迅全集》第1卷，人民文学出版社2005年版，第129页。
⑤ 鲁迅：《随感录·三十八》，《鲁迅全集》第1卷，人民文学出版社2005年版，第327页。

蒙自己的先觉者。于他们而言，最为安全的方式就是合群，其结果是“先觉的人，历来总被阴险的小人昏庸的群众迫压排挤倾陷放逐杀戮”。[1]“这一类人物的运命，在现在——也许虽在将来，是要救群众，而反被群众所迫害。”[2] 庸众观念的生成导源于两类套话：一是“非我族类，其心必异”；二是“世风日下，人心不古”。这是上层压迫者惯用的规训反抗者的套话、谎话。在《长明灯》中，吉光屯人商量对付疯子时，其中一个人建议将其打死，鲁迅借此人之口深刻地道出了庸众合力剿杀文化反抗者时潜在的文化心理：“大家一口咬定，说是同时同刻，大家一齐动手，分不出打第一下的是谁，后来什么事也没有。”用“法不责众”的理由来克服个人卑怯的心理就是庸众之所以存在的主要缘由。由此，鲁迅认为，中国即使有卢梭、尼采、托尔斯泰式的“轨道破坏者”，却“也会被大众的唾沫淹死”。[3]“狂人”、魏连殳、“疯子”、吕纬甫等人的“转圈”与“撤退”就是很好的例证。

然而，鲁迅也发现，一旦“个”被无害化或驯化后，作为一个整体的“群”立即解散，向心的力量就此消退，彼此以一种陌生的方式而存在，没有必要的同情或悲悯，真正成为乌合之众了。究其因，“人人之间各有一道高墙，将各个分离，使大家的心无从相印”。[4] 鲁迅用复数的命名方式来彰明这群人的精神状态，如“青面獠牙的一伙人”（《狂人日记》）；“众人”“旁人”（《孔乙己》）；“一大簇人”“鬼似的一堆人”（《药》）；“几堆人”（《明天》）；“人丛”“马蚁似的人”（《阿Q正传》）；“镇上的人们”（《祝福》）等看似隐匿的姓名的群体实质上却具有共名效应，他们不是少数人的存在方式，而恰是“铁屋子”结构中人的基本样貌。其中的人际关系主要表现为以“离散”的姿态拒绝群体给予的温存，在看与被看的感官刺激中失去了群体的整体力量。这与尼采所概括的“末人”的世界极其相似，“没有牧人的羊群啊！人人需求同一，人人都是一个样，谁若感觉不同，谁就自动进疯人院”。[5] 这既是庸众的悲哀，也是处于庸众包围圈里的文化反抗者的悲哀。

---

① 鲁迅：《寸铁》，《鲁迅全集》第8卷，人民文学出版社2005年版，第111页。

② 鲁迅：《250318致许广平》，《鲁迅全集》第11卷，人民文学出版社2005年版，第466页。

③ 鲁迅：《再论雷峰塔的倒掉》，《鲁迅全集》第1卷，人民文学出版社2005年版，第202页。

④ 鲁迅：《俄文译本〈阿Q正传〉序及著者自叙传略》，《鲁迅全集》第7卷，人民文学出版社2005年版，第83页。

⑤ [德]尼采：《查拉图斯特拉如是说》，黄明嘉译，漓江出版社2000年版，第11页。

三、“私欲”：伦理与实利互为表里

除了强势的武力“驱巫”之外，鲁迅还发现了这样一个事实：乡村的文化共同体有着非常严密的权力规则，然而，这些冷酷的权力机制背后却潜隐着“实利”的世俗尺度和标准。在主奴文化结构里，奴性人物丧失了作为人的品格，他们只剩下一具具没有灵魂的物品，他们在权力者的眼里只有世俗的物化价值。正如鲁迅所概括的那样：“简单地说，便只是纯粹兽性方面的欲望的满足——威福，子女，玉帛，——罢了。然而在一切大小丈夫，却要算最高理想了。”① 汪卫东曾指出，中国国民性的“原点”和“密码”是“私欲中心”。② 这种说法是否真正切合鲁迅的文学实践暂且不论，只不过我们应注意在鲁迅“人肉筵席”奴役他人时的“私欲”和“私德”表征，这种合“礼”不合“情”的道德秩序亦是一种不见血的“软刀子”，它往往借助某些冠冕堂皇的理由来获得，这有力地说明了吃人的凶残、伪善与高明。

以《祝福》为例析之。小说以“祝福”的氛围开篇，整个故乡都笼罩在节庆的气氛中，“年年如此，家家如此”。这个由权力编织的文化共同体有着严苛的宗教规则，“拜的只限于男人”。祥林嫂第一任丈夫死后，她因不堪忍受“婆婆的虐待”，从婆家逃出来到鲁镇当佣人。按照当地的习俗，祥林嫂不愿安分守寡是不洁不祥的。然而，即使如此，当祥林嫂到鲁四老爷家应聘时，作为当地知书达理的鲁四老爷“照例皱过眉”，但他对四婶有过告诫，“这种人虽然似乎很可怜，但是败坏风俗的，用她帮忙还可以，祭祀时候可用不着她沾手，一切饭菜，只好自己做，否则，不干不净，祖宗是不吃的”。而收下她的原因主要是“手脚还壮大”，“能干活”，“简直抵得过一个男子”。对于雇主对其“男性价值”的认定，祥林嫂“反满足，口角边渐渐的有了笑影，脸上也白胖了”。然而，祥林嫂天然的“女性价值”（生育）却使其陷入了一次次的困顿中：先是婆婆逼迫再嫁，然后是祥林嫂的抗婚。当祥林嫂再次来鲁家做工时，鲁家依然是以“实利”的原因接纳了她——“鉴于向来雇佣女工很难”。而一旦她精神萎靡，“手脚已没有先前一样灵动了”，实用价值贬值的祥林嫂被鲁四老爷以“不洁”为由予以打发。祥林嫂的婆婆在逼迫儿媳再嫁时，丝毫不顾宗法社会的温情

① 鲁迅：《随感录·五十九“圣武”》，《鲁迅全集》第 1 卷，人民文学出版社 2005 年版，第 372 页。

② 汪卫东：《现代转型之痛苦“肉身”：鲁迅思想与文学新论》，北京大学出版社 2013 年版，第 178 页。

人道，其出发点依然是世俗实利。鲁迅借卫老婆子之口道出了祥林嫂再嫁的根由，“我们山里人，小户人家，这算得什么！她有小叔子，也得娶老婆，不嫁了她，那有这一注钱来做聘礼！她的婆婆倒是精明强干的女人呵，很有打算”。而之所以要远嫁到贺家墺贺老六家更是为利益所驱使，“倘许给本村人，财礼就不多；惟独肯嫁进深山野墺里去的女人少，所以她就到手了八十千。现在第二个儿子的媳妇也娶进了，财礼只花了五十，除去办喜事的费用，还剩下十多千。吓，你看，这多么好打算！”更为可悲的是再嫁后的祥林嫂大伯在弟弟死后为“房产”而驱赶祥林嫂时，也根本没有谨记宗法制度中家庭血缘关系。可以说，祥林嫂也是一个艰难地存活于乡村文化共同体的一个游魂。乡人对她“不洁”的命定将其置于“异端”的位置，剥夺了其生存的意义。从“抗婚”的举动来看，她果敢地用死来保全自己的贞洁，这也是其反抗被命定的本能驱动。根深蒂固的伦理观念让她惧怕从常人的圈子里析离出来。尽管她也试着修复与乡村共同体的关系，“捐门槛”就是一例。为了获取一份心理的安慰，为了安于做“堕民”，[①] 她几乎用掉了所有积蓄——“从四婶手里支取了历来积存的工钱，换算了十二鹰洋”。但她去捐门槛时差点吃了“闭门羹”，“直到她急得眼泪，才勉强答应了”。捐完门槛后的祥林嫂“神气很舒畅，眼光也分外有神”。然而，事与愿违，她“不洁”的身份无法洗白，四婶依然不要她去摆祭祀的贡品，这无疑给了她最为致命的一击，最终外在的重压彻底击碎了她内心的堡垒。祥林嫂的死因是包括其自身在内的所有人和各类权力话语，“这一谋杀案没有真正的被告和凶手，因而全部是被告和凶手”。[②] 在这里，宗法制度与世俗生存互为表里，共同构成了鲁镇文化共同体完备的文化机制。

在中国宗法社会里，男女两性关系是极其严肃的，“男女之大防”深入到了民众的骨髓里。《阿 Q 正传》里的吴妈因为阿 Q 的求爱而欲寻死就可见一斑。耐人寻味的是，鲁迅将这种儒家的道德诉求置于阿 Q 和吴妈身上，让其自相矛盾：就阿 Q 而言，向吴妈示爱是出于传宗接代的道德要求；而吴妈对阿 Q 的拒斥则出于其从一而终的道德戒律。通过同一伦理的不同要求的矛盾性，鲁迅深刻地揭示了儒家道德的虚伪性和双重性。遭遇了阿 Q 求爱之后，邹七嫂出言相劝吴妈，“谁不知道你正经……短见

① 关于这一点，鲁迅曾指出：“就是为了一点点犒赏，不但安于做奴才，而且还要做更广泛的奴才，还得出钱去买做奴才的权利，这是堕民以外的自由人所万想不到的罢。”（参见鲁迅：《我谈“堕民”》，《鲁迅全集》第 5 卷，人民文学出版社 2005 年版，第 228 页。）

② 高远东：《现代如何“拿来”——鲁迅的思想和文学论集》，复旦大学出版社 2009 年版，第 184 页。

是万万寻不得的”，这是民众深受伦理教条毒害的反映，在她们看来，寡妇恪守贞洁观念是正经的，因而哭闹是正经的，否则就是不符合伦理道德的苟合。受此影响，未庄的女人见了阿Q就像见了瘟神一样地逃避：“仿佛从这一天起，未庄的女人们忽然都怕了羞，伊们一见阿Q走来，便个个躲进门里去。”邹七嫂似乎更为恐慌，“也跟着别人乱钻，而且将十一岁的女儿也都叫进去了”。从表面上看，这是未庄女人们自我保护的一种体现，本质上却透露了她们受中国传统纲常的毒是深入骨髓的。然而，即便如此，她们也并未完全与阿Q保持真空状态。当阿Q从城里回来带来了很多廉价的衣物时，这种绝缘的男女界限被彻底颠覆，邹七嫂就首当其冲地从阿Q那里购买了一条蓝绸裙，竟然赢得了浅闺女人的“敬意”。而且这也引起了赵太爷家的注意，并且托邹七嫂去联络阿Q，在赵太爷的首肯下，未庄的女人“都眼巴巴地想见阿Q，缺绸裙的想向他买绸裙，要洋沙衫的想问他买洋纱衫，不但见了不逃避，有时阿Q已经走过了，也还要追上去叫住他”。小说细腻地写出了伦理观念与世俗实利之间的矛盾与替换，原本避恐不及的状态因世俗实利而消解，那种经常挂在嘴边的贞操观念也早已烟消云散。更有意味的是，当阿Q再一次被赵太爷逼得走投无路时，邹七嫂的态度马上又转变了，她将蓝绸裙染了皂，试图与阿Q划清界限，并“将阿Q可疑之点传扬出去了”，其结果是村人不再敬畏阿Q，女人们又有了“远避阿Q的神情”。鲁迅鞭挞了国人以“实利”和“势利”为核心的善变观念，“要做事的时候可以援引孔丘墨翟，不做事的时候另外有老聃，要被杀的时候我是关龙逢，要杀人的时候他是少正卯，有些力气的时候看看达尔文赫胥黎的书，要人帮忙就有克鲁巴金的《互助论》”。[①]显然，在未庄伦理观念是打压人的手段与工具，而世俗实利则牵引着人的私心欲求，两者互为表里，共构了主奴社会的权力网络。

在鲁迅看来，中国民族文化的一个结构性缺陷在于缺乏对他人的“爱”与“诚”，为此他指出只有“于自他两利”，道德才有存在的价值。[②]而那些“各顾己私”的看客群始终只是乌合之众，他们缺乏对于他人伦理的认知感和庄严感，他们“不过是拿‘残酷’做娱乐，拿‘他人的苦’做赏玩，做慰安，自己的本领只是‘幸免’”。[③]即使是关乎人性的别人的死，民众似乎也无动于衷，他们要么集体性地来“帮忙”（《明天》）、“观瞻”（《孤独者》《在酒楼上》）；要么表现出厌恶、反感、冷漠等情绪（《药》《祝福》

① 鲁迅：《有趣的消息》，《鲁迅全集》第3卷，人民文学出版社2005年版，第214页。

② 鲁迅：《我之节烈观》，《鲁迅全集》第1卷，人民文学出版社2005年版，第129页。

③ 鲁迅：《暴君的臣民》，《鲁迅全集》第1卷，人民文学出版社2005年版，第384页。

《阿Q正传》)。质言之，僵硬的道德规范与世俗实利互为表里：一方面，共同体通过道德的约束力来伸张权力；另一方面又在心口不一的掩饰下牟取个人私利。《药》里的夏三爷为了“二十五两雪白的银子”，不惜将他的亲人夏瑜出卖。而周围的人显然对这种行为还表现出景仰之情：“夏三爷真是乖角儿，要是他不先告官，连他满门抄斩。现在怎样？银子！”原本夏三爷会受到道德的谴责，但一旦披上了“大义灭亲”的外衣，他就名利双收，其借大义之名获实利之实的伎俩也就被遮蔽。《孤独者》中魏连殳的父亲死后，乡人围拢过来不是出于同情，仍然是个人私利，“我父亲死去之后，因为夺我屋子，要我在笔据上画花押，我大哭着的时候，他们也是这样热心地围着使劲来劝我”。《风波》里的看客听说被剪掉辫子的七斤因皇帝坐龙庭而要遭受惩罚时，他们纷纷“聚在七斤家饭桌的周围”“想起他往常对人谈论城中的新闻的时候，就不该含着长烟管显出那般骄傲模样，所以对于七斤的犯法，也觉得有些畅快”。后来“风波”过去，七斤照旧到城里去航船，人们便给予他“相当的尊敬”，习惯于“笑嘻嘻的招呼”他了。这种摇摆的人情冷暖揭示出的是实利原则，哪怕这种实利仅仅只是一些饭后的谈资，他们也趋之若鹜。当祥林嫂喋喋不休地向别人讲述阿毛遇害的故事时，围观的人“叹息一番，满足的去了”，她的述说并没有得到同情，只能成为旁观者无聊的谈资。宝儿死后，酒店里的欢乐气氛和单四嫂子的悲痛欲绝只一墙之隔，然而，他们的悲欢并不相通。老拱、阿五之流原是来凑热闹的，阿五一看没有便宜可占，下葬时整天未到。单四嫂子“哭一回，看一回，总不肯死心塌地盖上”，冷酷无情的王九妈“等的不耐烦，气愤愤地跑上前，一把拖开她，才七手八脚地盖上了”。凡是动过手开过口的人都吃了饭，“吃过饭的人也不觉都显出要回家的颜色，——于是他们终于都回了家”。可见，旁人对于单四嫂子及宝儿的死显得很冷漠，缺乏必要的同情和理解。鲁迅对于那些以咀嚼别人痛苦为乐的看客是极为痛恨的，他曾表示创作《孔乙己》的目的是“描写一般社会对于苦人的凉薄”。[①] 由小伙计“我”、众酒客、掌柜、众儿童构成的看客群体将孔乙己围住，他们用笑声（总共有十次笑声）对孔乙己进行了无情的嘲讽，除此之外，犀利而无情的质问和嘲笑也一次次戳到孔乙己的痛楚，如“孔乙己你脸上又添新疤了”，“你一定又偷人家的东西了”，“我前天亲眼见你偷了何家的书，吊着打”。孔乙己和丁举人都是读书人，但他们的身份又有很大的差异。丁举人并未直接出场，一个看客的话道出了

① 孙伏园：《鲁迅先生二三事·孔乙己》，《1913—1983 鲁迅研究学术论著资料汇编》第 3 编，中国文联出版公司 1987 年版，第 793 页。

他不可小觑的权力，“这一回，是自己发昏，竟偷到丁举人家里去了。他的东西，偷得的么？”也正是基于孔乙己“发昏”的偷书举动，丁举人充当了惩治“小偷”的使命，爬到乡村共同体高位的读书人用看似合理的方式将一个未能正名的读书人逼上死路，这种缺乏爱与诚的乡村规则也掩盖了丁举人不可告人的目的。鲁迅揭露了科举制度毒害知识分子精神的事实，也借此批判了那些愚昧麻木的精神弊病。

在《狂人日记》中，鲁迅以自己的心灵去触摸现实与历史中深邃的人生内容，产生了震撼人心的艺术效果。通过非现实的变形与虚构，展示超越于生存表象之上的精神真实，从而构建了一个形而上的现代寓言。在这里，疯癫的狂人、碎片式的语言以及一系列阴森恐怖的物像呈现出了具有隐喻象征意味的多维话语空间。“狼子村”里“吃人”是一种基本生存常态，不吃人反而会被判为妖异，小说对此有洞悉古今的发现和批判。鲁迅对“吃人”本质的揭露建立在他通晓中国传统文献的基础上，而并非他自己所言只是偶阅《通鉴》，才悟出中国人尚是食人民族。[①] 事实上，吃人的故事在野史（而非正史）上早有记载，只不过是鲜为人知罢了。正是如此，鲁迅从国民狭隘的时空观念中找到了这个古老国度“从来如此”的轮回效应。狂人举了“易牙蒸了他儿子，给桀纣吃”来证明古代吃人的源头，他还举了“徐锡麟被吃”的例子来说明现在依然在延续着吃人的行为。然后将范围缩小至他的家庭，大哥、母亲都吃了妹妹的肉，最后连自己也不放过，带有原罪感地发现自己也吃人的“真实”。按现代的观念来思考，“吃人”是与文明社会、现代社会相悖的事件，鲁迅借狂人的“看”“听”和“想”悟到了社会各阶层身上的吃人举动或吃人欲望，尤其是狂人对自己吃人的“发见”更让人感觉到压抑，小说昭示出的是：“吃人”的欲望始终潜伏在人的意识深处，“吃人”也未曾成为人纯粹意义上的“伦理禁忌”。

显然，这种毫无“伦理禁忌”的吃人行为让狂人倍感焦虑和不安，小说始终弥散着一种清醒者灵魂的惊恐和战栗。这是狂人等文化反抗者永远无法回避的精神创伤：反感他人吃人，自己却也吃人。在《祝福》中，鲁迅设计了一个“狼吃人”的故事，阿毛不幸被狼吃掉的惨状经由母亲祥林嫂讲出着实令人心生恐惧：“我急了，央人出去寻。直到下半天，寻来寻去寻到了山坳里，看见刺柴上挂着一只他的小鞋。大家都说，糟了，怕是遭了狼了。再进去，他果然躺在草窠里，肚里的五脏已经都吃空了，手上还紧紧的捏着那只小篮呢。”这种直接的狼吃小孩的事情看起来似乎是意

① 鲁迅：《180820 致许寿裳》，《鲁迅全集》第 11 卷，人民文学出版社 2005 年版，第 365 页。

外，鲁迅借此将祥林嫂的最后一根救命稻草毁掉，以此来观照弱者艰难的生存处境。“吃人”的现象还在上演，正如“长明灯”绿莹莹地闪着光始终烛照着乡土中国。狂人揭发何医生“吃人”时将其老祖宗也搬出来了，“他们的祖师李时珍做的‘本草什么’上，明明写着人肉可以煎吃；他还能说自己不吃人么？”“以人肉治疗痨病”揭示了自古以来就有的吃人欲望，这也就成了《药》的主要故事脉络。小说里治疗华小栓痨病的“药”并非普通的中药，而是“人血馒头”。这里的人血是革命者夏瑜的，以此为药，并没能救华小栓的命，华小栓吃进嘴里忘了是什么味也表明普通民众吞噬和挥霍了夏瑜所有的革命努力，这即如鲁迅所说：“牺牲为群众祈福，祀了神道之后，群众就分了他的肉，散胙。”[①]《阿Q正传》写到阿Q奔赴法场的时候，面对着如豺狼一般的人丛，阿Q下意识地记起了四年之前碰到狼的事：“永是不近不远的跟定他，要吃他的肉。”按理说，像阿Q这样擅用“精神胜利法”的人是可以消弭痛感的，但是对于被吃的恐惧却也无能可谓。可以这样理解，鲁迅要将《狂人日记》中关于“狼子村”吃人的隐喻扩散于普通民众的日常生活中来，以其建构起关于“老中国”吃人的噩梦。为此，他无奈地表示：“土人一字，本来只说生在本地的人，没有什么恶意。后来因其所指，多系野蛮民族，所以加添了一种新意义，仿佛成了野蛮人的代名词。他们以此称中国人，原不免有侮辱的意思；但我们现在，却除承受这个名号以外，实是别无方法。”[②]在他的思维世界里，中国这个古老的国度还没有发展到施人道的阶段，从吃人的行为来看，中国尚且处在野蛮的兽道文化的阶段，很多人的所作所为，“可谓极人间之奇观，达兽道之极致”。[③]

正是基于上述有形与无形的力量，使得“铁屋子”犹如“长明灯”隐喻的“沉默而死寂”的中国那样，坚固而保持常态。从“古久先生”“华老栓”“康大叔”“赵太爷”“花白胡子”“郭老娃”等符号化人物身上可以看到“古”“旧”思想对人的控制，而“陈年流水簿子”“狼子村”也都折射了鲁迅对于现存秩序的深刻理解。鲁迅的小说文本中的人物谱系主要是由“上层压迫者”“下层庸众”和“文化反抗者”构成的。应该说，上层压迫者是与下层庸众直接对立的，两者是主与奴的关系，由于下层庸众缺

---

① 鲁迅：《250518 致许广平》，《鲁迅全集》第 11 卷，人民文学出版社 2005 年版，第 491 页。

② 鲁迅：《随感录·四十二》，《鲁迅全集》第 1 卷，人民文学出版社 2005 年版，第 343 页。

③ 鲁迅：《180820 致许寿裳》，《鲁迅全集》第 11 卷，人民文学出版社 2005 年版，第 366 页。

乏反抗的意识，两者以默契的合力剿杀文化反抗者而共存。鲁迅意识到，“中国人向来就没有争过‘人’的价格，至多不过是奴隶”。[①] 下层庸众龟缩于自己利益的空间里，期冀获得短暂的安稳，这无疑强化了上层压迫者的权力机制。与此同时，为了达到集体消解文化反抗者撼动“铁屋子”的目的，上层压迫者也不惜放低自己的身份和姿态来与下层庸众合谋。事实上，要击溃愚昧民众与传统势力之间的天然默契是非常不容易，这也预示着启蒙者艰难的启蒙命运。

鲁迅发现：除了上述古老“铁屋子”超稳定的结构难以破毁外，又有一个现代的“铁屋子”在将国人按入其中。而新的“铁屋子”依然放逐了人的主体价值，在生产着一个个奴隶的模具，只不过它的生产机制中增添了诸多换汤不换药的新鲜要素罢了，而统驭其中的依然是专制主义的“主奴”体制。这样一来，鲁迅既要通过“呐喊”唤醒国民，然后捣毁“铁屋子”，同时又要跳出新的牢笼的掣肘，考量新旧话语的同一性与差异性。无疑，这为鲁迅破解中国现代化之谜的话语实践增添了新难题。基于对“老中国”的深刻体认，鲁迅秉持“立人”的启蒙主张，对中国国人进行了毫不留情的剖析，试图革去那些植根于人们头脑之中的陈旧思想，代之以适应社会时代的新思想。这是一种从“立人”到“立国”演进的思维逻辑，“人立而后凡事举；若其道术，乃必尊个性而张精神”。换言之，要想使“沙聚之邦”转变成“人国”，鲁迅非常看重思想启蒙，通过改造国民性，重铸民族灵魂，使人从“旧人”的行列走出来，大踏步进入“新人”的队伍，“矫 19 世纪文明之弊”当中，进入“深邃庄严”的“20 世纪文明”之中。[②]

第二节 “悟已为奴”的心灵印记与痛感的开掘

鲁迅小说总是透露出一种让人喘不过气来的恐惧感和压抑感，让人感觉鲁迅内心深处始终有一种威胁和痛感在困扰着他。那么，这种威胁和痛感是什么呢？在鲁迅看来，中国传统文化有使命感而无命运感的特点难以保障人的生命价值和尊严，容易产生一种奴性心态。同时，面对着当时的

① 鲁迅：《灯下漫笔》，《鲁迅全集》第 1 卷，人民文学出版社 2005 年版，第 224 页。

② 鲁迅：《文化偏至论》，《鲁迅全集》第 1 卷，人民文学出版社 2005 年版，第 56—58 页。

情境，中国岌岌可危，中国人却反而“不悟自己之为奴”[①]，沦为奴隶的危险正一步步地逼近并占据鲁迅的心灵。在鲁迅的著述中，“奴隶”是常见的一个关键词，这与其所体悟到的“奴隶阴影”密切相关。他说过：“我生于清朝，原是奴隶出身”[②]，“民国以前，人民是奴隶。民国以后，我们便成了前奴隶的奴隶了”[③]。他现身说法地描绘自己为生计四处兑换银元而面心欢喜的情形，为此悟到：“我们极容易变为奴隶，而且变了之后，还万分喜欢。”[④]在他看来，无论是沦为“异族的奴隶”还是“自己人的奴隶”，都是人失去了其作为人的价值的体现，其后果无论于中国人，还是中国，都是不堪设想的。为此，他尝试“辟人荒”的努力即是其心灵深处“不愿为奴”的反映，他的小说隐晦而深刻地将他这种微妙的情感揭示出来了。

一、“言说”自我创伤与“沟通”他者之痛

主奴共同体的话语表达主要表现为，它以整体话语权威对疏离性话语进行了统合，无法在这种认同机制中得到同质性阐释的话语则被忽略、消解为表述空白。鲁迅将主奴共同体视为一种声音和表达，并将批判的矛头指向权力者的“独声”表达。这种“独声”即如《离婚》中七大人“细长胡子围着的嘴里同时发出一种高大摇曳的声音”[⑤]，是权力者话语权威的体现，不兼容与权力话语相异的各类声音。在揭示权力表达的工具、方式等运作机制的基础上，他着力拆解共同体的思路由此生成：要抑制主奴共同体权力话语的表达必须建构健康的国民言说系统。但是，当鲁迅审视被主奴共同体裹挟的国民精神时，他发现国民对公认的话语体系缺乏警觉、质疑的能力。当“不悟自己之为奴”的心态占据国民的精神领地时，就意味着他们弃置了表达个人苦痛的诉求，当然更不可能借助语言通道来反抗主奴共同体的话语压制了。

鲁迅个人的创伤记忆对其创作产生了较大影响，“精神的丝缕还牵着已逝的寂寞的时光”即是他创作心理的写照。家道中落让他看清了世人的真面目，“S 城人的脸早经看熟，如此而已，连心肝也似乎有些了然。总

① 鲁迅：《340602 致郑振铎》，《鲁迅全集》第 13 卷，人民文学出版社 2005 年版，第 ,135 页。

② 鲁迅：《〈花边文学〉序言》，《鲁迅全集》第 5 卷，人民文学出版社 2005 年版，第 438 页。

③ 林贤治：《人间鲁迅》，花城出版社 1998 年版，第 1015 页。

④ 鲁迅：《灯下漫笔》，《鲁迅全集》第 1 卷，人民文学出版社 2005 年版，第 223 页。

⑤ 鲁迅：《离婚》，《鲁迅全集》第 2 卷，人民文学出版社 2005 年版，第 155 页。

得寻别一类人们去，去寻为 S 城人所诟病的人们，无论其为畜生或魔鬼”。[①] 这种“走异路”以寻找“别样的人生”的方式并未消弭其自身的痛感，相反，在“看”与“被看”的遇合时更加强化了鲁迅的孤寂和痛苦。然而，当鲁迅试图去言说自己的创痛并试图沟通他者的痛苦时，他又陷入了新一轮的困境。如前所述，“铁屋子”坚固无比，屋外的觉醒者要想唤醒屋里的民众，必须发声“呐喊”，然而借助其振聋发聩的启蒙，使得屋里屋外的人能齐心撼动“铁屋子”，最终破毁这个桎梏个人及群体生存发展的漆黑的牢笼。鲁迅始终有这样一个顾虑，“疾病无法治愈，则万不可把病情诊告给病者”。同理，“铁屋子”难以破毁，则万不可惊醒昏睡者。在他看来，做梦的人是幸福的，可怕的是“梦醒后无路可走”。因而，当钱玄同劝他为《新青年》写稿时，他提出了这样的质疑：一个是“铁屋子”单凭思想的批判就能够“破毁”吗？再一个是你们把“熟睡的人们”唤醒了，能给他们指明出路吗？“由仆观之，则于中国实无何种影响，仅是一时之现象而已。”鲁迅对于启蒙民众的难度是早有预知的，“感到了未尝经验的无聊”，“置于毫无边际的荒原，无可措手的了”。钱玄同理解鲁迅内心的孤寂与痛苦，他还是以“未来”的可能性来劝说鲁迅，“几个人既然起来了，你不能说决没有毁坏这铁屋的希望”。使得鲁迅终于认为“希望是在于将来，决不能以我之必无的证明，来折服了他之所谓可有”。这种幻灭中微弱的希望让鲁迅坚持着他“文学改良人生”的信念，然而，其“苦闷的叫喊”所传达出的却是先觉者无法平复的孤独与彷徨，他曾这样阐释这种压抑情感的由来：“人为什么被压抑呢？这就和社会制度，习惯之类连接了起来。”[②] 应该说，作家因其所体验到的中国社会现实，衍生了强烈的创作冲动，当创作介入到中国的社会现实时，又会产生新一轮的情感体验进而影响着作家的文学实践。如此深切的社会体验让鲁迅的创作更贴近“中国”及中国人的生存生态，为其基于中国的文学想象提供了必要的准备。

在《藤野先生》和《〈呐喊〉自序》中，鲁迅细腻地展示了其弃医从文的具体过程，他放弃救个人的医学人道主义而转为替大多数人考虑的文化人道主义。在他看来，“人各有己，而群之大觉近矣”。“己”是“自性”的另一种表达，它既包括自我的主体，也涵括了他人的主体，即在“想到

① 鲁迅：《琐记》，《鲁迅全集》第 2 卷，人民文学出版社 2005 年版，第 305 页。
② 鲁迅：《听说梦》，《鲁迅全集》第 5 卷，人民文学出版社 2005 年版，第 60 页。

自己”的同时，也主张“想到他人的自己”。[①]立足与自我与他人的“自性”的追索，让鲁迅没有耽溺于单纯个体的苦痛，而是上升到民族国家集体无意识中的苦难记忆，并由此转化为用文学来点亮国人精神的努力。就其弃医从文的原因而论，鲁迅的创伤记忆不容忽视。在观看幻灯片的过程中，“我”的视野自觉地游离出幻灯片内容的放映过程，而是落脚于这些看客身上：

> 其时正当日俄战争的时候，关于战事的画片自然也就比较的多了，我在这一个讲堂中，便须常常随喜我那同学们的拍手和喝采。有一回，我竟在画片上忽然会见我久违的许多中国人了，一个绑在中间，许多站在左右，一样是强壮的体格，而显出麻木的神情。据解说，则绑着的是替俄国做了军事上的侦探，正要被日军砍下头颅来示众，而围着的便是来赏鉴这示众的盛举的人们。[②]
>
> 我接着便有参观枪毙中国人的命运了。第二年添教霉菌学，细菌的形状是全用电影来显示的，一段落已完而还没有到下课的时候，便影几片时事的片子，自然都是日本战胜俄国的情形。但偏有中国人夹在里边：给俄国人做侦探，被日本军捕获，要枪毙了，围着看的也是一群中国人；在讲堂里的还有一个我。
>
> “万岁！”他们都拍掌欢呼起来。
>
> 这种欢呼，是每看一片都有的，但在我，这一声却特别听得刺耳。[③]

鲁迅“中国”意识的生成是在他者刺激的语境中孕育的，在“弱国子民”的自卑与自身的反省中，民族国家的痛感扭结着个人敏感的神经让鲁迅思绪难以平复。如果没有中国人出现在幻灯片的放映过程中，鲁迅的“中国人”身份也许是隐而不显的，或者说只是其自我内心的一种察觉与反思。然而，“偏有中国人夹在里面”，“画片上忽见久违的许多中国人”则拓展了这层关于中国人身份认同的观照对象，他从“被杀的中国人”看到了自己的影子，也看到了民族落后的身份危机。这其中“我”的“看”与留日学生的“被看”构成了一组审视关系，同时，“在讲堂里的还有一

① 鲁迅：《〈一个青年的梦〉译者序二》，《鲁迅全集》第10卷，人民文学出版社2005年版，第212页。

② 鲁迅：《〈呐喊〉自序》，《鲁迅全集》第1卷，人民文学出版社2005年版，第438页。

③ 鲁迅：《藤野先生》，《鲁迅全集》第2卷，人民文学出版社2005年版，第317页。

个我”，却将“我”也置于一个被日本人“看”的位置，“我”被动地置身于情境中而缺乏反观自身的话语功能。对此，安敏成指出了“我”的同谋者身份，“在这一场景中，一位看客的疏离感和同谋感浓缩于一处：作为中国人，他也接受酷刑所传达的警示；而作为幸存者，他又必须分享施刑者们的快乐”。[①] 在这里，与那些山呼万岁的日本人不同，中国人是作为“看客”与“被砍头者”的视觉身份呈现的，两个位置的相互叠合，构成了文化空间结构上的殖民关系，尽管“我”对看客的欢呼声感到了刺耳，但我毕竟还是与他们一起在充当看客。“我”始终无法摆脱一种被凝视的命运，因为“我须常常随喜我那同学们的拍手和喝彩”。然而，“我”与其他看客不一样的地方在于，“在幻灯的画面里不仅看到了同胞的惨状，也从这种惨状中看到了自己”。就是在这种看与被看的过程中，“羞辱的不是别的，正是他自身的羞辱。与其说怜悯同胞，倒不如说是怜悯不能不去怜悯同胞的他自己”，[②] 由此，鲁迅的创伤记忆被深刻地揭示出来了。

在哲学家维特根斯坦看来，疼痛是不具公共性的，因为“只有我知道我是否真的疼：别人只能推测”。[③] 鲁迅将自己的疼痛隐喻性地表达出来，同时也试图突破身体疼痛所具有的个体隔离性，致力于将个体疼痛与国家危机公之于众，这当然是鲁迅心中预设的转述痛感，事实上在他的意识中，中国人是不大具有痛感的。换言之，这是鲁迅关于创伤记忆的生命体验，在这里，鲁迅“延续文字的古老示意性特权”，[④] 将创痛通过隐喻进入语言中，通过塑造导致痛感原因的场域，将“无法共享”的疼痛表现了出来，并将其客体化，而具体场景反过来转喻式地传达这种类似共通的痛苦经验。狂人作为“人”的主体的独特性在于他能言说，当他出门看到一伙小孩子脸色铁青并且在暗暗地议论时，他“忍不住大声说，你告诉我！”小说中充斥着他对冰冷环境和吃人体制的询问和质疑，在这个“总之你不该说，你说便是你错”的语言禁锢里，狂人秉持“如何按得住我的口”的姿态，执意“偏要问他”“我有话告诉你”“我偏要对这伙人说”。面对着狂人咄咄逼人的言说，大哥只能将其命名为“疯子”来抵挡。在这种对话的过程中，看似狂人具有话语优势，但是其话语体系迥异于常人体系，以至于语言的沟通成为极大的障碍，由于语言失效，其主体难以确定。相对

---

① [美]安敏成：《现实主义的限制》，姜涛译，江苏人民出版社，2001年版，第82页。

② [日]竹内好：《近代的超克》，李冬木等译，北京三联书店2005年版，第51页。

③ [奥]维特根斯坦：《哲学研究》，陈嘉映译，商务印书馆1996年版，第135页。

④ [美]周蕾：《视觉性、现代性与原始的激情》，张艳虹译，广西师范大学出版社2003年版，第268页。

于狂人振聋发聩的逼问和“凡事总得思考”的质疑，下层民众的情形就大不一样。在鲁迅看来，“诉苦”是弱者的专利，在《聪明人和傻子和奴才》一文中，他指出“奴才总不过是寻人诉苦，只能这样，也只能这样”。但更可悲的是，大部分人都用沉默封闭了言说苦痛的通道，或者用遗忘消解了自身的痛感。闰土“只觉得心里苦”，但他不具备诉说苦痛的意识，只能像“木偶人”一样活着。孔乙己“之乎者也”的文言话语与其说是一种身份的言说，不如说是对看客羞辱话语围攻的无声回应，然而，这种文言话语的回应更遭致看客的嘲讽，他的苦痛变成了供常人咀嚼的笑料。狂人的妹妹被吃，“母亲想也知道；不过哭的时候，却并没有说明”。母亲“没有说明”的原因只有两个，一是不愿说明，二是不能说明。无论哪一个都将母亲置于吃人者帮凶的身份阵营，她的母性与爱也因其沉默而搁置了。单四嫂子的丧子之苦没有显性地表述，她也不像祥林嫂那样对人讲述苦痛，而是寄希望于在梦里与儿子相见来消弭现世的痛苦。鲁迅希望能“倾听”到言说自身苦痛的“真声”，然后才能有效地启蒙。然而，大多数人的沉默让作为启蒙者的鲁迅失望不已。

除了自我疼痛的开掘，鲁迅小说还将“他者之痛”的感受、表达、排遣、平息等问题深刻地提出，置于鲁迅关于“中国形象”塑造的话语实践之中。对于疼痛问题，让鲁迅感到纠结的主要有两个方面：一是“疼痛不可言说”；二是“创痛不可沟通”。鲁迅小说里的大多数下层民众都承受着主奴社会所施加的各类痛感，但他们多以无言的方式予以回应，甚至找借口遮掩。当孔乙己的腿被丁举人打断后，酒客以此事来笑话他时，他并不因此而痛恨丁举人，而是对人说自己的腿是“跌断”的，这种内敛式的安放疼痛的方式不会消解来自外在的重压，反而会强化他们的痛感。而当他们将自己的疼痛公之于众时，由于缺乏同情和人道的悲悯，旁人对于这种“他者之痛”又缺乏关切。祥林嫂向人诉说自己失去儿子的痛苦经历时，旁人却表现得无动于衷，他们对于祥林嫂的这种“创伤的私人性”缺乏去接近和感受的伦理要求，事实上，祥林嫂反复对他人的唠叨诉说出于一个为自己辩护的诉求：儿子的死并非她克死的，用“我真傻”来规避他人对其“克星”的认定。如果说祥林嫂前几次的诉说还有些新鲜感的话，到后来的讲述就成了旁人的笑柄。甚至她没开口，旁人还会揪出她心中最难受的痛苦记忆：“祥林嫂，你们的阿毛如果还在，不是也就有这么大了吗？”通过旁人对祥林嫂痛感的冷漠态度，鲁迅意识到“苦人”的创痛不但得不到排解，反而让其陷入无法言说的境地：“她未必知道她的悲哀经大家咀嚼鉴赏了许多天，早已成为渣滓，只值得烦厌和唾弃；但从人们的笑影上，也仿佛觉得这又冷又尖，自己再没有开口的必要了。”显然，语言与创痛之间的沟通需要建立在能换位观照的平台上。这即如鲁迅所言："造化生人，已经非常巧妙，使一个人不会感到别人的肉体上的痛苦了，我们的圣人和圣人之徒却又补了造化之缺，并且使人们不再会感到别人的精神上的痛苦”。[①] 如果语言无法言说自身的痛苦并让对方感受的话，那么就意味着这种语言和创痛之间的鸿沟是无法填平的，这种障碍与距离是“苦难向文字转换的失重”。[②] 祥林嫂的“活死人”状态是其疼痛经验无法表述及语言能力丧失的体现。既然，旁人没有沟通他者之痛的兴趣与能力，那么，祥林嫂为什么要向“我”提出关于死后灵魂有无的问题呢？小说中有两个外乡人，一个是祥林嫂，另一个是“我”。当鲁镇文化共同体将祥林嫂视为“不洁”或“不祥”的谬种时，她想到的则是“我”这个“识字”的“出门人”。然而，我们之间的差异注定了两者之间是无法真正沟通的，最终对话无疾而终。原本寄希望于现代知识分子的启蒙也就演变成了几乎无言的祥林嫂恐惧心理的独白。这样一来，鲁四老爷（乡村文化权威）、普通民众（乡村的庸众）与“我”（现代知识分子）三种不同身份的人都无法真正沟通祥林嫂内心的伤痛，在某种程度上，“我”也附庸于集体剿杀她的队伍之中，成为主奴共同体的同盟。

阿 Q 被人打了以后，虽有生理上的痛感，隐隐“悟到自己曾经被打”，但他却不通过语言，也不诉诸行动去表述，内在地消解了痛感。他挨了赵秀才的大竹杠后，没有产生痛感，反而觉得“打骂之后，似乎一件事已经收束，倒反觉得一无挂碍似的了”。同样，当他挨了假洋鬼子的“哭丧棒”后，居然“于他倒似乎完结了一件事，反而觉得轻松些”。可以这样认为，如果我们将沉默和失语排除在创伤表述之外，如果我们不能看到这种沉默之中蕴含着的创伤的深刻存在，就会造成对他者之痛的最大漠视。对于鲁迅而言，他眼中的旁人也是创痛主体，创痛存在于他们身上，却外在于他们的意识。在这里，鲁迅跳出祥林嫂、阿 Q 等创痛个体的狭小圈子，站在一个更高的平台上审视由个体创伤到群体痛感的生存问题。换言之，去体验他者之痛，依据的既不是他者对自身创伤的感知，也不是他者表达创伤的语言，而是他者创伤的存在。一般而论，阿 Q 似乎是鲁迅小说中最不具痛感的人，他的精神胜利法是消解苦痛的有效武器。这当然不假，但

---

① 鲁迅：《俄文译本〈阿 Q 正传〉序》，《鲁迅全集》第 7 卷，人民文学出版社 2005 年版，第 83 页。

② 张志扬：《创伤记忆》，上海三联书店 1999 年版，第 1 页。

是这并不表示他缺失了对痛感的最为本能的反应。小说多次写到他受到刺激后的“苦闷”与“恐惧”。当别人嘲笑他头上的癞疮疤时，他本能地“全疤通红地发起怒来”；当阿Q好不容易在赌钱中赢一回，赌资却因外面的打架而不知去向时，他“身上有几处很似乎有些疼”“他这回才有些感到失败的苦痛了”；当假洋鬼子不允许阿Q革命时，“他似乎从来没有经验过这样的无聊”，“终于禁不住满心痛恨起来”，决定要去告造反派的状；当阿Q在杀头之前被拉出去示众的时候，“他一急，两眼发黑，耳朵里喤的一声，似乎发昏了”。然而，尽管阿Q还没有完全丧失痛感，但他的“精神胜利法”却一次次消解了他的苦痛，让他“并不很苦闷”，一次次转败为胜地得意而归。如果说庸众的劣根性之一是欣赏别人的苦痛，那么阿Q则是一个能欣赏自己苦痛的人。也正是如此，他的所有的反抗都被内化为没有力量的自我嘲讽、自轻自贱，并最终成为没有痛感的“不挣”与“不争”的人。

在鲁迅的精神世界里，有“苦痛”的意识是人觉醒的前提条件，“人若一经走出麻木境界，便即增加苦痛”[①]，“我们有痛觉，一方面是使我们受苦的，而一方面也使我们能够自卫。假如没有，则即使背上被人刺了一尖刀，也将茫无知觉，直到血尽倒地，自己还不明白为什么倒地”。[②]可悲的是，国民集体的无痛感让鲁迅深陷绝望的痛苦之中。鲁迅曾描述过这样一件事，他经过一条街，“看到一个孩子睡着，五六个蝇子在他脸上爬，他却睡得甜甜的，连皮肤也不牵动一下”。[③]因而，他呼吁那些“真的愤怒”者的出场，冀望他们能“抽刃向更强者”。[④]敌与我、抗争主体与黑暗势力的并存从未停止两者的内在较量。对于两者是否有“和解”或“调和”的可能，鲁迅一直持否定意见。许广平曾向他请教：“可有甚么法子能在苦药中加点糖分，令人不觉得苦辛的苦辛？而且有了糖分是否绝对的不苦。”他的回答是：“我想，苦痛是总与人生联带的，……苦茶加糖，其苦之量如故，只是聊胜于无糖，但这糖就不容易找到，我不知道在那里，这一节只好交白卷了。”[⑤]按他的理解，即使加了所谓能减轻苦痛的“糖”，人生的意义与“苦”依然不相析离。因为“糖”和“苦”始终不相融合，处于“非和解”的张力状态中。也正是因为这种痛苦的记忆常在，鲁迅内蕴

① 鲁迅：《两地书·六》，《鲁迅全集》第11卷，人民文学出版社2005年版，第21页。
② 鲁迅：《喝茶》，《鲁迅全集》第5卷，人民文学出版社2005年版，第332页。
③ 鲁迅：《马上支日记》，《鲁迅全集》第3卷，人民文学出版社2005年版，第340页。
④ 鲁迅：《杂感》，《鲁迅全集》第3卷，人民文学出版社2005年版，第52页。
⑤ 鲁迅：《两地书·二》，《鲁迅全集》第11卷，人民文学出版社2005年版，第15页。

的生命感才不断地被催发出来，“危险？危险令人紧张，紧张令人觉到自己生命的力。在危险中漫游，是很好的”。① 残酷的是，鲁迅小说里的人物并不愿在苦痛的纠结中度日，而是借助各种方式来消解痛感，进而使其堕入了无知觉的非人情境。在鲁迅看来，向更弱者转嫁苦痛是弱者消解痛感的有效方式。当阿 Q 将自己受的气撒在比自己更弱小的尼姑或小孩身上的时候，他获得很大的满足感。同时，“吃药”“做梦”“饮酒”也是治愈国民痛感的良方。《药》里华老栓夫妇拼尽全力去弄能治愈华小栓“痨病”的药方，《明天》里的单四嫂子也极力地张罗中药治愈宝儿的病。《在酒楼上》里的吕纬甫遭遇到虚无的精神困境时借酒浇愁，《孤独者》中的魏连殳在百无聊赖的失败中饮酒自戕。《孔乙己》中的同名主人公挨打后（“脸上又添上新伤疤了”），便到咸亨酒店来喝酒，而酒确实也起到了抚平伤痛的功效，“孔乙己喝过半碗酒，涨红的脸色渐渐复了原……”《阿 Q 正传》里的阿 Q 只要一沾酒，平日里所受的侮辱和大骂全都烟消云散，而且还能借助酒意实现自己胜利的梦想：喝了两碗黄酒，觉得“他和赵太爷原来是本家，细细的排起来他还比秀才长三辈呢”；挨打后“便愉快的跑到酒店里喝几碗酒，又和别人调笑一通，口角一通，又得了胜，愉快的回到土谷祠，放倒头睡着了”。革命后，喝了午间的两碗空肚酒后，“一面想一面走，便又飘飘然起来。不知怎么一来，忽而似乎革命党便是自己，未庄人却都是他的俘虏了”。此外，鲁迅还在《风波》《长明灯》《明天》《离婚》中对诸多无特操的乡人以酒为乐的生存状态表示了审视甚至批判的倾向。而单四嫂子、阿 Q 等人则以将来不切实际的幻梦来麻醉自己的痛感神经，无不表现出处于社会底层的民众无知觉的奴隶人格。

由于个体体验苦痛的主体性与语言表达及沟通的非个人性的悖反，使得人具有了言说生存的局限与张力。一个显而易见的事实是，人在言说的过程中是不自由的，毕竟语言有其经验性的话语藩篱，这种边界障碍恰恰呈示了内在于人的思想的深度。弃医从文的鲁迅将多年学医的经验迁移到了文学启蒙实践上，他秉持“揭出病苦，引起疗救的注意”的原初信念②，试图发掘“老中国”儿女身上的劣根性以及危害。他坚信，只有破除“吃人”的社会本质，民族国家的新生才有可能。然而，一旦将语言诉诸文本，这种思维向语言及故事的转化的困难就产生了。这不仅是小说的主题问题，更是人言说的结构问题。在鲁迅的小说中，知识分子的“苦

① 鲁迅：《秋夜纪游》，《鲁迅全集》第 5 卷，人民文学出版社 2005 年版，第 267 页。

② 鲁迅：《我怎么做起小说来》，《鲁迅全集》第 4 卷，人民文学出版社 2005 年版，第 526 页。

痛”“绝望”“无奈”源于无法整饬绝望与希望之间的张力，在充满希望的同时又深感绝望，此类矛盾悖论现象借助知识分子内心多面的挣扎与纠结体现出来。鲁迅清醒地认识到，要向没有痛感的民众说出几千年民族文化吃人的本质，在揭示社会历史本质的同时启悟他们，这是一件太不容易的事情。在他看来，日常生活的庸常与习惯能淡化民族的痛感，让很多的人丧失“悟己为奴”的本能。无论是阿Q、孔乙己，还是祥林嫂、单四嫂子，或者是魏连殳、吕纬甫，他们的悲剧的根由在于自身痛感的消散与无法体悟他人的苦痛。由此，在没有痛感的情境中，人逐渐丧失反抗和生命意志，进而一步步将人挤进“暂时做稳了奴隶”和“想做奴隶而不得”的循环陷阱之中。关于这一点，鲁迅指出：“人们——至少，是我这一般的人们，要从自由人变成奴隶，怕也未必怎么烦难罢。无论什么，都会惯起来的。”[①]质言之，奴隶和自由人其实在一念之间，打破沦为奴隶的习惯枷锁，强化人“抗拒为奴”的悟性，是鲁迅现代民族国家想象的重要维度。

二、“抗拒为奴”的追索与“创伤记忆”混杂

鲁迅说：“所谓回忆者，虽说可以使人欢欣，有时也不免使人寂寞，使精神的丝缕还牵着已逝的寂寞的时光，又有什么意味呢，而我偏苦于不能全忘却，这不能全忘的一部分，到现在便成了《呐喊》的来由。”[②]记忆意味着时间“内在化”和强化，它潜存一种召唤的力量，它召唤人追忆过去。其中，回忆和认知是记忆的两个基本环节。时间记忆中有美好的回忆，也有痛苦的经历，这种“持存”下来的时间记忆会“闪回”到当下的时间境域中，并左右着现在的行动和对未来的筹划。事实上，记忆具有召唤和遮蔽两种功能，而意愿记忆和非意愿记忆则拥有相应的前述召唤和遮蔽功能。鲁迅认为，一个人乃至一个国家要有记忆，尤其是要不忘那些痛感的记忆，“记性不佳，是有益于己而有害于子孙的。人们因为能忘却，所以自己能渐渐地脱离了受过的苦痛，但也因为能忘却，所以往往照样地再犯前人的错误”。[③]鲁迅认为，有痛感就会有愤怒，有愤怒是会结出果实的。当这些由痛感生成的反抗被国人消解殆尽时其危害可想而知：那些能忘却痛苦的人对于外界的刺激是不可能有反应的，因为他的痛感神经已经麻木了，这样一来，久而久之练就了忍耐，甘心为奴而没有任何反抗了。

作为中国现代文学中“最痛苦灵魂”的鲁迅，其关于知识分子的自我

① 鲁迅：《上海所感》，《鲁迅全集》第7卷，人民文学出版社2005年版，第430页。
② 鲁迅：《〈呐喊〉自序》，《鲁迅全集》第1卷，人民文学出版社2005年版，第437页。
③ 鲁迅：《娜拉走后怎样》，《鲁迅全集》第3卷，人民文学出版社2005年版，第169页。

体认是从“苦痛”的现代体验开始的。他认为，知识分子“所感受的永远是痛苦，所看到的永远是缺点……身心方面总是苦痛的”。[1] 正是这种敏锐的感受苦痛的悟性，使鲁迅对于自身社会角色和社会担当有着清醒的定位，能在超稳定的社会结构中获致反抗的持续动力。“奴性”与“悟性”只有一字之差，但差异极大。与“不悟自己为奴”的人不同，鲁迅并未缺失对于自我的反省、对于民族国家的忧患意识，其目的是“抗拒为奴”。这种“抗拒为奴”意识的获致本源于鲁迅对于主奴社会的不信任，是其对于吃人体制的“捣乱”。对于鲁迅而言，“抗拒为奴”意味着要超脱于“死一般的寂静”的“铁屋子”，对着吃人的主奴共同体喊出自己的“心声”。然而，这种“呐喊”不是在众声喧哗中亮出更高的分贝来引起别人的注意，而是在“和光同尘”的沉默与满足中“于无声处听惊雷”。无论是狂人的“救救孩子”，还是疯子的“我放火”都渗透着主体真诚的热度来反抗一种被定型化的制度和秩序，这些“异声”是对主奴共同体“独声”的“一语道破”和“一针见血”。在律己与律他的问题上，鲁迅强调自我主体承担的自觉性，不做“常人自己”意味着不成为他人的影子和奴隶，本真地承担所有的痛苦，“与其寻求帮助，他宁可带着全部地狱的痛苦成为他自身”。[2] 当他用这种非异化的本真情感审视国民时，他陷入深深的绝望。他说过：“我是大概以自己为主的。所谈的道理是‘我以为’的道理，所记的情状是我所见的情状。”[3]“我只能说自己的话，我是党同伐异的。”[4] 这种思想与他早期尊崇的“朕归于我”“以己为中枢”等观念是一致的。鲁迅想要创造的“第三样时代”里没有奴隶，也没有奴隶主，只有“人”。正是这种“人国”的理想，驱动着他终其一生对于国民性的批判。当鲁迅将这种苦痛体验投射于国民时，他惊异地发现：国人对于痛感的认知存在着混杂和矛盾的现象。鲁迅将这种现象揭示出来，并希冀通过文化批判达到警醒国人的目的，这种努力体现了中国现代知识分子的现代良知，也呈示了其现代思想的核心要义。

应该说，创痛并不等同于纯粹肉体意义上的疼痛，或者说，它在很多语境下意指某种“精神性”的伤痛，或者兼含身心而超越身心划分的存在意义上的伤痛。鲁迅发现，国人对于自己的苦痛有着独特的消解渠道，

---

① 鲁迅：《关于知识阶级》，《鲁迅全集》第 8 卷，人民文学出版社 2005 年版，第 227 页。

② [丹麦] 克尔凯郭尔：《致死的疾病：为了使人受教益和得醒悟而做的基督教心理学解说》，张祥龙、王建军译，中国工人出版社，1997 年版第 62 页。

③ 鲁迅：《新的蔷薇——然而还是无花的》，《鲁迅全集》第 3 卷，人民文学出版社 2005 年版，第 308 页。

④ 鲁迅：《新的世故》，《鲁迅全集》第 8 卷，人民文学出版社 2005 年版，第 186 页。

“遗忘”就是其中最好的疗伤手段，“人们因为能忘却，所以自己能渐渐地脱离了受过的苦痛”，[①] 而“记性好的，大概都被厚重的苦痛压死了；只有记性坏的，适者生存，还能欣然活着”。[②] 显然，这是现实教给鲁迅这种社会认知。当“五四”退潮，《新生》杂志流产，自己如立于荒原中“呐喊”却无人回应时，鲁迅采用了“麻醉自己的灵魂”的方式（如钞古碑）来消除这种痛苦的处境：

> 只是我自己的寂寞是不可不驱除的，因为这于我太痛苦。我于是用了种种法，来麻醉自己的灵魂，使我沉入于国民中，使我回到古代去，后来也亲历或旁观过几样更寂寞更悲哀的事，都为我所不愿追怀，甘心使他们和我的脑一同消灭在泥土里的，但我的麻醉法却也似乎已经奏了功，再没有青年时候的慷慨激昂的意思了。[③]

这是鲁迅创作心路历程的写照，在持续的现实挤压下，他产生了常人不自知的苦痛，为了缓解这种痛苦，他无奈地采用遗忘的方式来逃避。然而，苦痛减弱了，青年时期的“慷慨激昂”也失去了。鲁迅清醒地意识到，一味地忘却只会暂时麻醉自己的灵魂，清醒的反抗者根本无法忽略和取消现实的反抗。因而，他要激活那些逃避现实苦痛的民众的精神，让他们睁开眼去面对现实的世界。然而，太多的国民无痛感地活着，遗忘是其苟活于世的法宝。就鲁迅的小说而言，生成无痛感的国民的遗忘心理机制主要表现为三个方面：一是对现实痛感的漠视。在“铁屋子”这一超稳定的社会结构中，鲁迅笔下诸多人物时刻有“被吃”的可能，他们的挣扎深刻地反映了鲁迅对于中国社会人生的清醒认知。鲁迅发现，国人似乎有消解现实的困境和痛苦的先天能力，能使其迅速逃离痛苦的现实境域。二是对值得纪念的人和事的遗忘。走在时代前列的先驱用自己的鲜血照亮了国人，这原本是值得纪念的。但可惜的是国人对此很冷漠，用愚昧和麻木集体地遗忘了那些值得缅怀的人和事。为此，鲁迅指出：“英雄的血，始终是无味的国土里人生的盐，而且大抵是给闲人作生活的盐……”[④] 可以说，民众可以用一种非常简单地方式将“血”变为“盐”而逐渐消解于无形，这既

---

① 鲁迅：《娜拉走后怎样》，《鲁迅全集》第 3 卷，人民文学出版社 2005 年版，第 58—59 页。

② 鲁迅：《导师》，《鲁迅全集》第 1 卷，人民文学出版社 2005 年版，第 169 页。

③ 鲁迅：《〈呐喊〉自序》，《鲁迅全集》第 1 卷，人民文学出版社 2005 年版，第 440 页。

④ 鲁迅：《〈争自由地波浪〉小引》，《鲁迅全集》第 7 卷，人民文学出版社 2005 年版，第 317 页。

是英雄的悲哀也是这些遗忘者的悲哀。三是先前精神美德的“中止”。在鲁迅小说中，独异知识分子拥有诸多精神美德，他们追求自由，精神上积极进取，是主奴社会中具有现代品格的异类。然而，经历了现实的磨砺后，先前的精神美德被遗忘和弃置。对于这种现象，鲁迅感慨道：“中国社会没有改变，所以没有怀旧的哀词，也没有崭新的进行曲。”[①]

在鲁迅小说中，具有遗忘特征的国民不仅包括普通民众，也包括了知识分子。两类人性格殊异，但在与现实境遇相遇时却无一例外地选择了逃避。相对于下层庸众而言，知识分子具有更多的先锋性，他们思想的超前性让其能洞彻世间的真实与好坏，然而正是这种先锋性让他们容易陷入与现实真实错位的对应关系中，这种错位隔断了知识分子先锋性的言说，也消解了先锋者本来的身份。由于无法调适这种矛盾关系，知识分子无法践行其所认定的价值理念，历史与逻辑的分裂、思想与现实的张力将其推向了痛苦的深渊。在这种境遇中，知识分子被动地“绕圈”或“走回头路”是其遗忘痛感的具体体现，这其中包含了主动地妥协与被动地接受的复杂根由。比照吕纬甫、魏连殳、子君等人现在和过去的精神姿态，我们发现他们都遗忘和放弃了过去的先锋品质，走了一条自我否定的人生道路。吕纬甫忘记了过去和“我”一起讨论改革中国的方法和拔掉神像胡子时的进取精神，在生活重压下，自动“缴械”。而过去那些温情回忆和美好品德在他心中也未留几分：“这些意思也不过是我的那些旧日的梦的痕迹，即刻就自笑，接着也就忘却了。”魏连殳忘记和否定了过去特有的那份清高和道德标准，新的宾客、新的馈赠、新的颂扬、新的钻营……代替了过去“独异”的傲气和孤独清高的正气，最终使其走向从内向外妥协的悲剧道路。涓生的回忆的深层机制正是为了忘却，所以才要以遗忘和说谎为先导。遗忘背后有一种无痛感机制，即忘掉痛苦和悔恨，才能快乐地活下去，而有着太多的记忆是很难向前迈步的。子君在过去是追求自由的进步女性，如她反抗父母和胞叔的包办婚姻、“我是我自己的，他们谁也没有干涉我的权利”的呼喊即是。但当生活堕入庸常后，变成一个耽于家务的家庭妇女，“吃了筹钱，筹来吃饭，还要喂阿随，饲油鸡；她似乎将先前所知道的全都忘掉了”，涓生对子君的这种变化是有反思的，他经常说到自己“未忘却翅子的扇动”，就从另一个侧面反映了这个问题。如果说子君、魏连殳、吕纬甫等人的遗忘还情有可原的话，那么像方玄绰那样打着“差不多”的口号来标榜超然于世的清高，则早已弃置了其知识分子的精神诉求。鲁

① 鲁迅：《革命时代的文学》，《鲁迅全集》第3卷，人民文学出版社2005年版，第440页。

迅剖析了高老夫子、鲁四老爷、方玄绰、赵七爷等文化人在时势变动中的苟延残喘的丑态和走向衰败的命运。就下层庸众而言，他们不具备超前的思想，旧文化、旧思想操控着他们的神经，为了消弭现实的痛感，遗忘成了其安身立命的法宝。然而，遗忘意味着主体的丢失，对于创伤与痛感的遗忘就是对现实的回避，越回避他们的奴隶命运越难改变，奴性命运越难改变则主体的苦痛则越来越多。鲁迅小说阐释了这样一个事实：无论是觉醒者还是不觉醒者都无法避免这种痛感与遗忘的恶性循环，在记忆与遗忘的逻辑怪圈中摇摆成了他们共有的特性。

可以说，鲁迅思想的深刻性在于，除了批判国民思想中存在的“遗忘”根性外，他还挖掘出他们思维意识中“遗忘”和“记忆”并存的混杂状态，即对过去既有惯常的记忆又有刻意的遗忘。在鲁迅的思维中，一方面，中国人对过去是有很美好的记忆的，几千年历史习惯的惰力使国民难以摆脱与过去的精神联系，“复古”“守成”的风气和思想盛行，现在人的身上持存太多过去的记忆。另一方面，国民中又有“健忘”的根性，“中国人没记性，因为没记性，所以昨天听过的话，今天忘记了，明天再听到，还是觉得很新鲜”；[1]“中国人是健忘的，无论怎样言行不符，名实不副，前后矛盾，撒谎造谣，蝇营狗苟，都不要紧，经过若干时候，自然被忘得干干净净”。[2] 读鲁迅的小说，经常能发现“记忆”和“遗忘”在同一主体身上并存的现象。这在文化反抗者和奴性人物身上都有体现。以狂人和阿 Q 为例析之。

无疑，狂人对过去是有记忆认知的，他认识到“吃人”的历史没有年代，道出了古今一贯的“无时间”流动的社会本质，国民持存着“从来如此便对”的记忆。由此，既然古代有吃人的习俗，那么现在也可以吃人。从受害者间（给知县打枷过的、给绅士掌过嘴的、衙役占了妻子的、老子娘被债主逼死的与“我”）的吃人到熟人间（狼子村与大恶人，大哥、赵贵翁、何先生、相貌不很看得清楚的二十左右的年轻人与“我”）的吃人，从陌生人间（一路上的人与“我”）的吃人到有血缘关系的亲人间（街上女人与她的儿子，母亲、大哥、“我”与妹妹）的吃人，无不表明：从过去到现在，“人吃人”的社会本质并没有变。在这种时间惯性中，从过去到现在的时间流徙似乎凝固了，时序、时距被悬置，叙事时间的重复力也大大强化了。“狂人”在发病的时候是一个“文化反抗者”，与鲁迅早年倡

① 鲁迅：《老调子已经唱完》，《鲁迅全集》第 7 卷，人民文学出版社 2005 年版，第 322 页。
② 鲁迅：《十四年的“读经”》，《鲁迅全集》第 3 卷，人民文学出版社 2005 年版，第 138 页。

导的“立意在反抗，指归在动作”和“摩罗之气”一脉相承，他道破了历史吃人的勾当。“狂人”身上洋溢着一种超越常人的理智和认知，而不是非理性，它不过是理性偏离了社会的常规思维方式，伸展到一种过于强烈的光照的中心里去了。但等他“病愈”以后，就忘却了过去所坚持的文化立场和精神斗志，“赴某地候补”去了。这是狂人被环境所“治愈”的必然结果，狂人经历了从“记忆”到“遗忘”的蜕变过程，体现了如黄子平所说的一个自以为“健康”的人物，力图治愈“病态”的环境，却终于被环境所治愈的故事。①

与狂人相似的是，阿 Q 也是一个记忆矛盾的人，当他经历了屈辱后，他会感到“现在的世界真不像样”“略略有些不平”，但“‘忘却’这一件祖传的宝贝也就发生了效力”，自轻自贱、自我解嘲、自欺欺人成了他转移和忘却自己的窘境的法宝，如他以将自己比作虫豸、打自己两个嘴巴等方式来补偿和转嫁自己的痛苦，于是“他立刻转败为胜”，大笑而归。欺辱小尼姑后，他“早忘却了王胡，也忘却了假洋鬼子，似乎对于今天一切‘晦气’都报了仇”。对于那些他痛恨的人，阿 Q 会选择躲在一个角落里怒目而视，或自言自语地说些“诛心”的话，或在后面“掷一块小石头”。被抓进大牢，也“并不很苦闷”，因为“他那土谷祠里的卧室，也并没有比这间屋子更高明”。因而也谈不上受委屈了。小说中曾特意描写了几次阿 Q 心满意足的得胜“睡着了”的情景，他的安然入睡，是没有梦魇出现的，也是隔绝记忆对当下主体的纠缠和折磨的一种好的消解方式。同时，阿 Q 对中国传统道德观念却有很深的文化记忆，他经常挂在嘴边的一句话是：“我们先前——比你阔的多啦！”他会用“不孝有三，无后为大”的观念来满足自己的情欲，虽没读过什么书，但传统等级观念在他心中也是根深蒂固。他的道德取向多有对古代的封建伦理道德的认同，在“恋爱的悲剧”中有这样一段：

> 阿 Q 本来也是正人，我们虽然不知道他曾蒙什么明师指授过，但他对于“男女之大防”却历来非常严；也很有排斥异端——如小尼姑假洋鬼子之类——的正气。他的学说是：凡尼姑，一定与和尚私通；一个女人在外面走，一定想引诱野男人；一男一女在那里讲话，一定要有勾当了。②

---

① 黄子平：《“灰阑”中的叙述》，上海文艺出版社 2001 年版，第 159 页。

② 鲁迅：《阿 Q 正传》，《鲁迅全集》第 1 卷，人民文学出版社 2005 年版，第 525 页。

毫无疑问，阿Q内心中有很多“无师自通”的“学说”或“理论”，这是鲁迅所谓“未经革新的古国”国民灵魂的精神症候，①“古国”思想浸透于阿Q的思维系统而滴水不漏，而对于自己能沿袭这种思想，他是引以为傲的，这也是他试图接近未庄文化共同体并与之保持关系的重要手段。小说的叙述者用一句话来概括：“所以他那思想，其实是样样合乎圣经贤传的。”这种谙熟旧理并将之付之于实践的事例远不止于此。又如，不曾理解“革命”为何物的阿Q不假思索地站在官方的立场上，“他有一种不知从那里来的意见，以为革命党便是造反，造反便是与他为难，所以一向是‘深恶痛绝’的”。当他被抓进了衙门，虽然革命之后已经不兴磕头，但他一到大堂，知道堂上坐着的都是一些有来历的人物，自然会想起“上尊下卑”，于是，“膝关节立刻自然而然的宽松，便跪了下去”。被无辜抓进监狱，他也会“以为人生天地之间，大约本来有时要抓进抓出”，知道要被杀头了，“他意思之间，似乎觉得人生天地间，大约本来有时也未免要杀头的”。富有意味的是，阿Q“画圆”的情节更彰显了其对传统文化的认同，他不懊恼于被抓坐牢，唯独耿耿于怀的是没有将那个圈画圆。在其意识深处，“大团圆”思想如伦理纲常思想一般，他是必须要遵守和维护的。然而，也正是这个中国文化符号杀死了他。显然，当阿Q将一切都视为天经地义、命中注定时，他就挥霍了其作为人本有的反抗意识。可以说，阿Q内心并存的这种“记忆”和“遗忘”，体现了他信仰系统的矛盾性和分裂性。主体无力也不会有意识地去平复两者的矛盾，在具体的语境中，阿Q只从于己最有利的角度出发，来记忆或遗忘。

在鲁迅小说中，将“遗忘”和“记忆”的相互作用和纠葛书写得最深刻的小说是《头发的故事》。小说反映了N先生在“双十节”这一特定的日子里的精神状态与感悟，人们在“双十节”这一本该纪念的日子里却忘了纪念，从开篇的日历忘了纪念就有隐喻。对于国人遗忘纪念日的问题，鲁迅不是简单地从人性冷漠的单一角度去找理由，他还意识到了中国传统“礼”文化对于国民淡漠心理的影响：“古时候，或以黄老治天下，或以孝治天下。现在呢，恐怕是入于以礼治天下的时期了，明乎此，就知道责备民众的对于纪念日的淡漠是错的，《礼》曰：‘礼不下庶人’。”②说到底，是儒家礼法的等级观念将民众排斥于“礼”之外，生成了他们遗忘和淡漠纪念日的事实。对于中国这个没有完备宗教系统的国度而言，儒家所确定

① 鲁迅：《俄文译本〈阿Q正传〉序及著者自序传略》，《鲁迅全集》第7卷，人民文学出版社2005年版，第84页。

② 鲁迅：《礼》，《鲁迅全集》第5卷，人民文学出版社2005年版，第323页。

的道德哲学扮演了准宗教的角色，强大的道德文化系统要么让民众盲目地“迷信”，要么让其置身事外地“不信”。在信与不信的混杂体系中，“遗忘”与“记忆”的混乱也就不足为怪了。说到“纪念”，N先生觉得很愧疚，使他“坐立不稳”了。那些为革命奔走甚至牺牲的故人的坟墓“也早在忘却里渐渐平塌下去了”，但记忆也有“不堪”的精神负担，N先生认为牢记理想家的所谓的“觉醒”和“解放”，只会徒增痛苦，他愤激地质问：

> 现在你们这些理想家，又在那里嚷什么女子剪发了，又要造出许多毫无所得而痛苦的人！现在不是已经有剪掉头发的女人，因此考不进学校去，或者被学校除了名么？改革么，武器在那里？工读么，工厂在那里？[①]

在这里，鲁迅揭示了一个沉重的事实：启蒙或变革纵使能暂时鼓舞一些人，然而，最终可能造成更大的痛苦。动机与效果的巨大差异让N先生体悟到：“忘却了一切还是幸福，倘使伊记着些平等自由的话，便要苦痛一生世！”鲁迅一直认为不要随便预约和牢记“黄金世界”，否则代价是“要使人练敏了感觉来更深切地感到自己的苦痛，叫起灵魂来目睹他自己地腐烂的尸骸”。[②] 为了缓解这种记忆的痛苦，N先生想通过说些“得意的事”来摆脱这种痛苦，他围绕“辫子”的问题谈了自己的经历，从剪辫之举到无辫之灾，从装上假辫子到废了假辫子。然而辫子问题始终让他痛苦不堪，无奈N先生还是欲忘却而不能，最后，他才违心地劝阻学生剪辫子。N先生在“遗忘”和“记忆”的双重痛苦下，陷入绝望的境地，感受到“终日如坐在冰窖子里，如站在刑场旁边”的罪犯般的痛苦。可见，由不堪记忆的痛苦到希望遗忘是能暂缓痛苦，而这种遗忘却潜在地加深和加长了痛苦的强度。

鲁迅的痛感导源于他自身的矛盾性，一方面积极地批判他人和社会现象，另一方面又转向自身，看到了自己身上不可饶恕的罪感。他笔下的知识分子从“狂人”的赴某地候补始，都以“转圈”和“走回头路”的方式放弃了作为知识分子该有的启蒙姿态，这类精神死亡虽非个人情愿的，但在超稳定结构的“铁屋子”的重压下，他们的此类精神蜕变正表征着个人与时代之间无法磨合的文化张力。对此，鲁迅如原罪般地体悟着这来自外在与自身的分裂所带来的痛苦。他曾义愤填膺地主张“青年少读，或者简

---

① 鲁迅：《头发的故事》，《鲁迅全集》第1卷，人民文学出版社2005年版，第488页。

② 鲁迅：《娜拉走后怎样》，《鲁迅全集》第1卷，人民文学出版社2005年版，第167页。

直不读中国书”，旋即他又说道：“上午也正在看古文。”[①]《故乡》中的“我”对于闰土的蜕变表现出了非常绝望的态度，当闰土过来要“香炉”和“烛台”时，“我”还暗地里笑他，认为他崇拜偶像。同时，“我”马上意识到自己提到的希望何尝不是另一种迷信：“现在我所谓希望，不也是我自己手制的偶像么？”鲁迅对痛感的切己的认知让其不至于沉沦，而保有一颗对现实“不满”的初心，“与黑暗捣乱”则是其不惮前行的持续动力。当然，鲁迅并非只是具有愤激情感的知识分子，不止于冷嘲热讽地发表一点“不满于现状”的杂感而已，而是积极探究医治“现状”的药方，即情感背后潜藏着对于民族、国家及国人现状与未来的深思。

① 鲁迅：《写在〈坟〉后面》，《鲁迅全集》第1卷，人民文学出版社2005年版，第302页。

第三章　鲁迅小说呈示中国形象的精神表征

文学想象民族国家是通过语言这一符号表意系统来完成的，这样一来，国家被内化为具有某种思维、人格、精神的形象主体，可以通过文学的方式进行言说和表述。因此我们可以通过符号表意系统所呈示的中国形象的可能性形态及精神表征，来探究现代中国的现实境域与未来中国的文化走向。在中国的现代化进程中，鲁迅是如何解开困扰“立人”实践的三个问题——“怎样才是最理想的人性”“中国国民性中最缺乏的是什么”“它的病根何在”[①]的呢？应该说，国民性批判是鲁迅最为核心的现代思想，也是成就他引领新文化运动的重要法宝。他从农民、妇女、儿童及知识分子的身体、心理、观念、人格、言说等因素想象中国，营构了具有现代意义的形象学体系。

第一节　时间怪圈与“停滞中国”的反成长悖论

在鲁迅的小说中，“时间”不仅表现为一种计时的物理刻度，而且还体现为一种凝聚存在之思的抽象哲学。鲁迅对于中国形象的呈述离不开他眼中“人”的生存状况和命运沉浮，这就要求他要洞悉动态时间过程中人的时间思维及精神取向。有了从时间中考量人成长的意识，时间不再被视为某种脱离主体而在的某种神秘的力量，而是与主体的生存相关，与历史的发展进程相连的可体验、可认知的因素。我们可以通过对时间三维（过去、现在、未来）的认知来审视鲁迅笔下人物的具体走向，并将他们的时间意识理解为作家审思民族国家演进的重要标尺。

① 许寿裳：《亡友鲁迅印象记》，《许寿裳文集》上卷，百家出版社 2003 年版，第 91 页。

一、宿命的“绕圈”：从“外突”到“归化”

鲁迅小说有两类人物谱系，一类是文化反抗者（如狂人、疯子、魏连殳、吕纬甫、夏瑜、N先生等），另一类则是普通民众（祥林嫂、阿Q、单四嫂子、爱姑、华老栓、闰土等）。就前者而论，他们的独异性格每每成为常人驱逐的对象。在鲁迅看来，这些独异者“必定自己觉得思想见识高出庸众之上，又为庸众所不懂，所以愤世疾俗，渐渐变成厌世家或‘国民之敌’。但一切新思想，多从他们出来，政治上宗教上道德上的改革，也从他们发端”。[①]在鲁迅的小说结构中，这些叛逆的文化反抗者大胆地批判和揭示了社会的种种弊病，他们是鲁迅“精神界战士”与时代精神遇合的文化符码。鲁迅预设了“先前”和“现在”两个时间点来观照这些文化反抗者的命运变迁。他们对主奴社会曾有过短暂的“外突”行动，但最终还是在现实中被“归化”或“驯化”。如果将主奴共同体视为一个系统性的生物机体，那么这些文化反抗者则是占少数的“变异细胞”。文化共同体要维系机体的正常运作必然会聚合“正常细胞”对其进行剿杀，被同化是文化反抗者难以改变的宿命。[②]《在酒楼上》中的吕纬甫从“敏捷精悍”、感情炽热、斗志昂扬的改革中国的激进者（“到城隍庙里去拔神像的胡子”，“连日讨论改革中国的方法”，“教授ABCD”）变为“敷敷衍衍”“模模胡胡”“随随便便”的沉静的颓唐者（“教授‘子曰诗云’、《女儿经》”）。此时的吕纬甫“精神很沉静，或者却是颓唐，又浓又黑的眉毛底下的眼睛也失了精采”。鲁迅非常细致地书写了两人叙谈时吕纬甫“吸烟”和“喝酒”的细节，“他一手擎着烟卷，一只手扶着酒杯”，“他一口喝干了一杯酒，吸几口烟，……”，“他又掏出一支烟卷来，衔在嘴里，点了火”，“他忽而停住了，吸几口烟”。连续而反复的动作反映了吕纬甫内心的纠结和矛盾，也隐喻了他的人生轨迹，那个“绕圈子”的比喻正是这一类人命运的集体写照和概括：

> 我在少年时，看见蜂子或蝇子停在一个地方，给什么来一吓，即刻飞去了，但是飞了一个小圈子，便又回来停在原地点，便以为这实

① 鲁迅：《随感录·三十八》，《鲁迅全集》第1卷，人民文学出版社2005年版，第327页。

② 美国学者罗鹏（Carlos rojas）曾用精神免疫学分析了狂人在食人主义体制下无法真正免疫的生存境遇，在他看来，狂人的启蒙性诚然具备，但他的“病愈”反映了革命本身的危险性，他的独异同时注定了其在“吃人”体制中被剿灭和同化的结果。参见Carlos Rojas: *Of Canons and Cannibalism: A Psycho-immunological Reading of‘ Diary of a Madman”, Modern Chinese Literature and Culture,Vol.23, No.1*, 2011.p49。

在很可笑，也可怜。可不料现在我自己也飞回来了，不过绕了一点小圈子。[①]

吕纬甫与“我”相遇，他讲述了两件具有“怀旧”色彩的事：第一件是他从太原远道赶回故乡为他三岁时死掉的小弟弟掘墓迁坟的事，坟墓埋葬的是过去的生命和记忆，掘墓和迁坟意味着对过去记忆的追寻，他始终感觉“掘开来”的声音“是一个在我一生中最为伟大的命令”，结果却是“踪影全无”：“棺木已经快要烂尽了，只剩下一堆木丝和小木片……被褥，衣服，骨骼，什么也没有。我想，这些都消尽了，向来听说最难烂的是头发，也许还有罢。我便伏下去，在该是枕头所在的泥土里仔仔细细的看，也没有。踪影全无！”这意味着吕纬甫所冀望的过去记忆已荡然无存，其过去所有的精神美德也都消失殆尽。第二件是他为当年邻居阿顺送剪绒花的事，结果阿顺早已死去，“旧日的梦”再一次轰毁。阿顺死了，而她的妹妹（“长得全不像她姊姊，简直像一个鬼”一样的）阿昭才是吕纬甫必须正视的现实。从这两个故事我们可以看出，吕纬甫的思维中始终有一些过去的痕迹在主宰着的生命，面对当下惨淡的人生一味地依靠往昔的记忆来“救赎”，难有实效。对此，有论者认为，小说的主要寓意为：“‘进化’现在被代之以‘圆圈’，‘改变中国’被代之以为久已不见踪影的尸骨迁葬或者为一位久已逝去的姑娘献上一束剪绒花，‘简言之’这是传统对‘旧梦’的胜利。”[②]他对过去的追寻与过去的空无表明，他既回不到过去，也不能用过去来照亮现在，只能面对无边际的虚空现实，“我现在就是这样了”，“以后？——我不知道。你看我们那时豫想的事可有一件如意？我现在什么也不知道，连明天怎样也不知道，连后一分……”在这里，吕纬甫的人生图景是非成长的，或者说是非进化的，即时间的作用似乎之于他没有任何影响。《风波》中九斤老太那句经常重复的话“一代不如一代”似乎宣告了他们这类人的噩运。这印证了鲁迅所说的：“那时觉醒起来的智识青年的心情，是大抵热烈，然而悲凉的。即使寻到一点光明，‘径一周三’，却更分明的看见了周围的无涯际的黑暗。”[③]知识分子刚开始的光明希望，经过“径一周三”的时间历程中，逐渐被黑暗掩盖和吞没。

---

① 鲁迅：《孤独者》，《鲁迅全集》第 2 卷，人民文学出版社 2005 年版，第 27 页。

② [德] 沃尔夫冈·顾彬：《“绝望之为虚妄，正与希望相同”——〈鲁迅文集〉后记》，《鲁迅研究月刊》2001 年第 5 期。

③ 鲁迅：《〈中国新文学大系〉小说二集序》，《鲁迅全集》第 6 卷，人民文学出版社 2005 年版，第 251 页。

相对于吕纬甫的向着外界而获得生命的交流，魏连殳则更多地从自身的体会上获得生命的感觉。魏连殳原是一个很有自己独见的知识分子，“他讨论非常多，而且往往颇奇警”。魏连殳的“异”来源于他的独异性格，这也使他成为一个远离世俗而在的“孤独者”。他的本家，“却更不明白他，仿佛将他当作一个外国人看待，说是‘同我们都异样的’”。政府当局更是将其看成眼中钉，欲除之而后快。小说引用了另外一个外文本《沉沦》来参与社会的讨论：“使人不耐的倒是他的有些来客，大抵是读过《沉沦》的罢，时常自命为‘不幸的青年’或是‘零余者’，螃蟹一般懒散而骄傲地堆在大椅子上，一面唉声叹气，一面皱着眉头吸烟。”在这里，“《沉沦》”的引用不仅仅是小说情节推衍的用意与选择，还是文本的社会文化指涉与作品的意蕴发生互文性增殖的要素。郁达夫的《沉沦》中的主人公是一个自怨自艾的“零余者”，他们曾在民族身份（弱国小民）的心理落差中发现了自我，但无力守住自我，既敏感又脆弱，正如杨义评价的那样：“他们是有老人般的理智，青年般的感情和小孩子程度的意志。”① “零余者”与“孤独者”内在的精神关联是显而易见的。显然，魏连殳与经常出入他家的那些“来客”是有差异的，他有自己的主见和对未来希望的预设。当然，这也是小报匿名的攻击和学界影影绰绰的留言的原因。魏连殳有一个弱点是无法割舍亲情伦理的牵绊，在报恩的心理暗示下，魏连殳行为的矛盾也体现出来了，一方面，他“常说家庭应该破坏”，但另一方面，他“一领薪水却一定立即寄给他的祖母，一日也不拖延”。这和另一个“孤独者”吕纬甫也颇为类似，为了报恩，吕纬甫为母亲做了两件事，然而在他看来，这都是“无聊的事”。在对传统缱绻的眷顾中，他们都无法真正放开手脚去做“有意义的事”。在这里，传统的声音与现代的声音构成了复调，纠缠于“孤独者”们的内心，让他们无法平复。在某种程度上说，这种无理由的“尽孝”“报恩”也限制了他们的自由意志的发挥。与此同时，社会以重压的方式一步步磨平了这个异端的叛逆和反抗，“我”曾经在路边看到魏连殳的书，嗜书如命的他居然卖掉了自己的书来维持生计，他还跑到“我”家里希望能给他找一份工作。在社会和自我的双重驱逐下，他最终做了杜师长的顾问，他在遗书中这样写道：“先前，我自以为是失败者，现在知道那并不，现在才真是失败者了。先前，还有人愿意我活几天，我自己也还想活几天的时候，活不下去；现在，大可以无须了。”在完全绝望的境地中，他如是总结了自己的人生：“躬行先前所憎恶，所反对的一

① 杨义：《中国现代文学流派》，《杨义文存》，人民出版社 1998 年版，第 119 页。

切，拒斥先前所崇仰，所主张的一切。”“现在”与“先前”相比，不是进步、发展了，而是退化、落伍了。“请你忘掉我罢”，这是魏连殳对友人的要求，也是他最后的遗言，憎恶自己的堕落，但又无力挽回，自称“失败者”的他无奈地重蹈了旧式知识分子的末路。

同样，在《狂人日记》中的“狂人”身上也体现了这种“非成长”的宿命。在狂态时，狂人感觉锐敏、思想清醒、精神亢奋。他用强大的理性主义精神悟到了“仁义道德”的“吃人”现象，“凡事总须研究，才会明白”，用强烈的怀疑主义思想对代表传统文化意识的大哥发问：“从来如此，便对么？”他的“真的人”的理想和“救救孩子”的呼喊都折射着启蒙理性的光辉。但正如大哥对前来围观的人说“都出去！疯子有什么好看”那样，他在旁人的眼中，就是“疯子”，就是“异类”。后来“狂人”病愈后却赴某地候补，他也失去了原来那种独特的思想家的清醒。病愈即是恢复常态，由此看来，“病”只不过是“狂人”在“候补”期间的情绪躁动，而“愈”才是他真实自我的精神诉求。[①]《伤逝》中涓生和子君是经过了自由恋爱而结合在一起的，但这种离经叛道的爱情在世人看来是“异样”的，遭到的是排斥和仇恨。两人就被这样的排斥和仇恨所包围，几乎处于与世隔绝的状态。子君的身上的现代品格非常突出，“我是我自己的，他们谁也没有干涉我的权利！”道出了她自由意识的坚定和自觉。在涓生看来，“这彻底的思想就在她脑里”，是比自己“还透彻，坚强得多”的。但当她与涓生同居后，子君不再读书，不再思考，不再谈论，全身心投入琐碎的家务。显然，她又回到“旧女性”的角色中去了。小说通过涓生“手记”的方式将子君的变化细致地书写出来，“她近来实在变得很怯弱了，加以每日的‘川流不息’的吃饭；子君的功业，仿佛就完全建立在这吃饭中”，“子君的识见却似乎只是浅薄气”，“她的勇气都失掉了，只为着阿随悲愤，为着做饭出神；然而奇怪的是倒也并不怎样瘦损来”。涓生也发现了子君的这种变化，“我真不料这样微细的小事情，竟会给坚决的，无畏的子君以这么显著的变化”。子君的前后“突兀”的变化构成了小说的“叙事破绽与逻辑缝隙”，[②]涓生并未交代子君变化的具体原因，他在求宽恕的语义下，充满贬损对方的语气，在自我忏悔的语表下，充塞训导对方的语意，则是任何情节性变因与文本形式都无法遮掩的了。其实，无论是子君

① 宋剑华：《“在酒楼上”的“孤独者”——论鲁迅对“庸众”与“精英”的理性思辨》，《鲁迅研究月刊》2016年第1期。

② 林丹娅：《“私奔”套中的鲁迅：〈伤逝〉之辩疑》，《厦门大学学报》（哲学社会科学版）2007年第2期。

的“走回头路”，还是涓生言不由衷的忏悔，都为文本内在空间的拓展提供了条件，在妇女解放的框架内，小说的人物并未迎合自由、解放的宏大命题，而是在看似存在逻辑破绽和意图悖谬的表意系统中，生发出鲁迅对于“被解放”女性反父权但不反男权的局限性的深层思考。

除了“归化”的知识分子外，鲁迅小说中还有一类知识分子，他们始终不放弃先前的理想与信仰，然而，在强大外力的重压和剿杀下，他们被迫成为“驯化”的无害者。《长明灯》中的“疯子”放言要熄掉自梁武帝时期一直燃起的长明灯，就宣告了自己的独异身份。他不是光喊口号的灭灯人，而是真的到了庙里去了，“自己熄”“此刻就熄”体现了他果敢决绝的品格。这样一个“文化反抗者”在全屯上下集体合谋下，最终被关押在沉默、清净的社庙里，在社庙里，有依然燃着的长明灯，有孩子们的游戏和猜谜，他们的喧闹声映衬了社庙的寂静，而“疯子”的故事也成为孩子儿歌的素材，“疯癫被关押起来，在禁闭城堡中听命于理性，受制于道德戒律，在漫漫的黑夜中度日”。[①] 在常人的眼里，“疯子”被规训和无害化了，社会也和谐了。众数的行为合法性被整体地维系和彰显，沉默死寂的和谐的局面最终形成：

> 从此完全静寂了，暮色下来，绿莹莹的长明灯更其分明地照出神殿，神龛，而且照到院子，照到木栅里的昏暗。[②]

由此，他们生活在同一的逻辑经验世界里，自以为身处和谐、澄明之中，其实遮蔽了存在之真的多样性。《药》中的夏瑜因为说了“这大清的天下是我们大家的”，被大家认为是“疯了”，并被关入牢里，最终被刽子手杀害，而他的血成为别人的“药引”，吃进肚里，“却全忘了什么味”。他的坟旁特别冷清，陪伴他的只有缩着头的乌鸦：微风早已停息了，枯草支支直立，有如铜丝。一丝发抖的声音，在空气中愈颤愈细，细到没有，周围便都是死一般静。两人站在枯草丛里，仰面看那乌鸦；那乌鸦也在笔直的树枝间，缩着头，铁铸一般站着。夏瑜的死表明这个“文化反抗者”最终无害化了，旁人用遗忘的方式集体挥霍了他生命的意义。

尽管鲁迅对于“孤独者”颓废的诊断性表意被视为一种消极的社会功能的补充和嵌入，但本质上它也是“不愿为奴”者能量的互现和投射。而

---

① ［法］米歇尔·福柯：《疯癫与文明》，刘北成、杨远婴译，北京三联书店 1999 年版，第 58 页。

② 鲁迅：《长明灯》，《鲁迅全集》第 2 卷，人民文学出版社 2005 年版，第 68 页。

他笔下的文化反抗者作为“表意符号”，又在传达不同的建构性症候。正如《孤独者》中“我”对魏连殳说：“我以为你太自寻苦恼了。你看得人间太坏”，“你应该将世间看得光明些”。这些颓废人物可谓为“彷徨的孤独者”，在拒斥及其抵抗社会的过程中，他们以动态化的方式维系着反虚伪社会的信仰，企盼强行取得“有益的”正当之事，改变“有害的”不当之事。当然，他们的所作所为抑或作为“无用之功”而纳入“过气英雄”的价值轨道。在过去与现实的共时比照下，鲁迅写出了这些知识分子一点点被消磨和打败的精神历程，而当逼近他们变化的轨迹时，我们不能不深思社会是如何塑造人的问题。这是鲁迅以他痛苦的亲身经历体验到了“中国性”矛盾的反复移位和外化，并且在不同的人物和情景当中延续。鲁迅最终明白在当时的中国，“先前的那些梦想”已经逐渐陌生且疏离，遥不可及了。

在鲁迅看来，先锋者的“绕圈”表征了一个无时间流动的国家静态的文化症候，这种“维持现状”的表象下隐藏着国民病态的时间观念，“维持现状说是任何时候都有的，赞成者也不会少，然而在任何时候都没有效，因为在实际上决定做不到。假使古时候用此法，就没有今之现状，今用此法，也就没有将来的现状，直至辽远的将来，一切都和太古无异”。[①] 在这里，鲁迅将国民非成长的根由延伸到了中国社会文化的内层，同时转向自我，拷问知识分子自身存在的局限。应该说，“文化反抗者”在鲁迅小说中应该算是有知识的，但他们仍然有重大的思想缺陷。这些人甚至投射了鲁迅自身的影子，反映了鲁迅对启蒙本身的自审意识。比如《狂人日记》中狂人在对传统文化“吃人”的现象进行分析后，发现自己与这“吃人”的家族之间的“合谋”关系：

> 我未必无意之中，不吃了我妹子的几片肉，现在也轮到我自己，……
>
> 有了四千年吃人履历的我，当初虽然不知道，现在明白，难见真的人！[②]

通过“吃人”这一现象的推理论证，作为先觉者的狂人在主体与客体的位置关系上发生了转变，启蒙者被置于被启蒙者同样的位置上，这种变

① 鲁迅：《从“别字”说开去》，《鲁迅全集》第6卷，人民文学出版社2005年版，第291—292页。

② 鲁迅：《狂人日记》，《鲁迅全集》第1卷，人民文学出版社2005年版，第454页。

化是“狂人”始料不及的，导致了对启蒙问题的有效性和正确性的质疑。狂人思想上的超前性让他具备冲击“铁屋子”的自信，然而道德上的罪感摧毁了因思想超前而赋予的价值自信，这种思想与道德的错位是鲁迅等知识分子思想启蒙道路上不可避免的问题。关于这一点，鲁迅其实早就有清晰的认知，他说过：“我发见了自己是一个……是什么呢？我一时定不出名目来。我曾经说过：中国历来是排着吃人的筵宴，有吃的，有被吃的。被吃的也曾吃人，正吃的也会被吃。但我现在发见了，我自己也帮助着排筵宴……中国的筵席上有一种‘醉虾’，虾越鲜活，吃的人便越高兴，越畅快。我就是做这醉虾的帮手……”[①] 显然，作为一位无法摆脱传统的反叛者，自身也无法避免演变成“吃人者”的同谋。

此外，鲁迅小说中还有一类知识分子，他们从外面接受了知识，回乡省亲。然而，等待他们的依然还是失望离开的命运。在他们的记忆中，过去的故乡是非常美好的，自然人性充斥其中，而现在的故乡却早已今非昔比，闰土的蜕变即是著例。外显和内隐的两个故乡的比照拆解了中国传统小说中的“游子返乡”母题，也使现代知识分子陷入了游离于现代与传统观念的两难境地之中。此类“回乡—离乡”与前述“外突—归化”叙事模式的共同点在于，在进化的时间视域中，知识分子所有的努力终究都是徒劳的，最终他们以颓唐、绝望、虚无的姿态而退出文本的视野。应该说，小说中这些启蒙者勇敢挑战巨大无比的“老中国”和传统的过程，也是他们被挑战叛逆的对象异化和“去势”的过程，是叛逆思想和精神的丧失过程。

二、异化的“迷失”：遁入“旧梦”与“幻梦”

从上可知，具有知识分子符号的文化反抗者走了一条循环或退化的人生轨迹，那么，鲁迅笔下的普通民众又该怎样呢？通读鲁迅小说，不难发现：下层民众所持守的是一种非“现在”的时间意识，时间并未进入人物的内部，人物的精神品质和价值取向也在这种时间形式中生成。他们要么逃离“现在”的时间境域，主动遁入过去的“旧梦”和将来的“幻梦”中，要么在封闭、自足的文化空间中掐断了“现在”时间前进的箭头。

从过去与现在的两相比较中，“我”（《故乡》）发现了闰土的变化，“从儿时的天真无邪到现在的世故无生气，先前的紫色的圆脸，已经变作灰黄，而且加上了很深的皱纹；眼睛也像他父亲一样，周围都肿得通

① 鲁迅：《答有恒先生》，《鲁迅全集》第 3 卷，人民文学出版社 2005 年版，第 474 页。

红……那手也不是我所记得的红活圆实的手，却又粗又笨而且开裂，像是松树皮了”。现在“像一个木偶人”的闰土的“蜕变”使我感到震惊，并陷入了失语的境地之中。闰土由过去的自然性异化为现在的奴性需要一个过程，但鲁迅没有详写具体的过程，由于这种转变缺乏一个必要的过渡，使得闰土的蜕变存在着一个巨大的空白，这个结构的空白的内容即是他是如何被奴役和驯化的。这和前述的魏连殳、吕纬甫等人的蜕变所留下的叙事空洞是共构的。而这个被奴役和驯化的内容是人人都知道，但未必会肯说的内容。更为残酷的是，“我”和闰土的过去故事，还在后辈的宏儿和水生中继续循环和延续。除了展示人物非成长的历程，鲁迅还剖析了国人身上病态的时间观念。具体而论，脱离现在视域而逃遁于“过去”和“将来”来消解当下困窘即是这种病态时间观念的生动体现。鲁迅意识到：“一切理想家，不是怀念‘过去’，就是希望‘将来’，对于‘现在’这个题目，都缴了白卷，因为谁也开不出药方。”[①] 他不满一些“为艺术而艺术”的作家逃避现实的创作原则，“有一派讲文艺的，主张离开人生，讲些月呀花呀鸟呀的话……或者专讲‘梦’，专讲些将来的社会，不要讲得太近。这种文学家，他们都躲在象牙之塔里面；但是‘象牙之塔’毕竟不能住得很长久的呀！”[②] 在中国传统文化的思想意识中，“过去”时间是属于帝王将相、达官贵人的，是现在的人辉煌的“过去”和“现在”既得地位的根源，是“现在”和“将来”应沿袭的思想基石；而“将来”时间则是“神”许诺的未来前路，为了消弭痛苦和不幸，超脱于现实的廉价想象成了他们的主导的选择。强调过去时间的“圣贤之治”和将来时间的“黄金世界”都是对“现在”时间中人生困境的精神逃逸，因为“过去”时间和“将来”时间的不在场性，很方便为怯懦者提供皈依的时间场域。

《阿Q正传》中的阿Q不堪现实空间的打击和压力，导致主体的“现在”时间意识缺席。一方面阿Q将自己的时间意识聚焦于“过去”：他第一次出场的话是：“我们先前——比你阔多啦！”这是一种典型的摆“祖先阔”。[③] 他之所以这样“理直气壮”，其原因是抬高祖先的地位可以为自

① 鲁迅：《两地书·四》，《鲁迅全集》第11卷，人民文学出版社2005年版，第20页。

② 鲁迅：《文艺与政治的歧途》，《鲁迅全集》第7卷，人民文学出版社2005年版，第116页。

③ 鲁迅认为，“中国人至今还有无数‘等’，还是依赖门第，还是倚仗祖宗”。摆“祖先阔”是“下等人”想成为“上等人”的一种策略，“‘下等人’还未暴发之前，自然大抵有许多‘他妈的’在嘴上，但一遇机会，偶窃一位……还要寻一个始祖，不是名儒便是名臣。从此化为‘上等人’。”（参见：鲁迅：《论“他妈的”！》，《鲁迅全集》第1卷，人民文学出版社2005年版，第247—248页）

己的精神胜利提供支撑点，也可以缓解现实的困窘。在赵太爷的儿子进了秀才之后，阿Q“便手舞足蹈的说，这于他也很光采，因为他和赵太爷原来是本家，细细的排起来他还比秀才长三辈呢”，正因为阿Q认为自己的辈分比中了秀才的赵太爷的儿子高，所以觉得自己也分享到了某种权力，其虚荣心得到了极大的满足。同理，在阿Q看来，嘲弄和辱骂别人的祖先是极其不道德的，当然也就具有很强大的话语力度。因此，当他遭到别人的侮辱和欺负的时候，辱骂别人的祖先是痛快地发泄内心愤恨的复仇手段，“我总算被儿子打了，现在世界真不像样”“儿子打老子”即是这种心理的写照。当寻找过去作为庇护未果时，阿Q无奈地将目光投诸将来，他会用“我的儿子会阔的多啦”来满足自己的自尊心，革命到来的时候，他马上流露出想入非非的幻境，想要什么就是什么：“元宝，洋钱，洋纱衫，秀才娘子的宁式床”；想杀谁就杀谁：“第一个该死的是小D和赵太爷，还有秀才，还有假洋鬼子”；想要什么女人就有什么女人：“赵司晨的妹子真丑。邹七嫂的女儿过几年再说。假洋鬼子的老婆会和没有辫子的男人睡觉，吓，不是好东西！……吴妈长久不见了，不知道在哪里，——可惜脚太大”。他离场的最后一句话是“过了二十年又是一个……”显然，这并不代表他开始用进化的眼光来看世界，其出发点依然是逃避，逃避到将来不可预知的幻境中。鲁迅为阿Q设计了一个所谓的“大团圆”，其真实意图在于讽喻那些廉价的未来期许，“其实‘大团圆’倒不是‘随意’给他的；至于初写时可曾料到，那倒确乎也是一个疑问。我仿佛记得：没有料到。不过这也无法，谁能开首就料到人们的‘大团圆’？”[①] 这既是阿Q一生历程的终结，也是对以阿Q为代表的国人不敢面对现实，缺乏反抗的讽喻。可以说，阿Q从生到死都生活在“梦”中，这种“白日梦”是古老王国里愚昧国民通行于世的“大众文化”，通过逃避到“过去”和“将来”的幻梦中，主体的反抗意识被消弭殆尽，只能沦为被奴役的下民。

《祝福》中的祥林嫂在一个无爱和冷漠的空间里，她的存在是没有明确的时间刻度的。祥林嫂始终沉浸在对过去的回忆中，从她喋喋不休地念叨着儿子阿毛遇害的故事可见一斑，这既是对儿子的思念，也是逃离现在时间困境和焦虑的生存之道。在乡人异样的眼神里，祥林嫂寄希望于“捐门槛”来赎自己的“罪孽”，充分体现了中国传统伦理纲常对其毒害之深，然而这就是一个被命定为“不洁”女人唯一的念想。在“祝福”的氛围里，“天地圣众歆享了牲醴和香烟，都醉醺醺的在空中蹒跚，豫备给鲁镇

① 鲁迅：《〈阿Q正传〉的成因》，《鲁迅全集》第3卷，人民文学出版社2005年版，第398页。

的人们以无限的幸福”。然而，具有讽刺效果的是，即使祥林嫂这样笃信神灵，然而“酒足饭饱”的神灵依然如催命的符箓一般将其送入了永远无法被救赎的痛苦境地，她始终徘徊于“暂时做稳了奴隶”和“想做奴隶而不得”的边缘[①]，最终丧失了生活的勇气。她询问“我”的三个问题发人深省：“一个人死了之后究竟有没有灵魂？”“到底有没有地狱？”“死掉的一家人，能不能见面？”初听起来，这种关于生死的终极问询是一个形而上的问题，而透过这层哲学意蕴的障碍，我们分明能看出她最想了解的无非是一件事：“两夫阴间分尸”，这才是她真正恐惧而却又心存侥幸的事情。这是逃离“现在”时间，欲将自己的将来许以鬼神但依然存有疑惑的时间分裂者的表现。

与祥林嫂一样有悲惨遭遇的《明天》中的单四嫂子总有“明天”的期许，在宝儿生病时，她希望“到了明天，太阳一出，热也会退，气喘也会平的”。然而，第二天吃了庸医何小仙的“保婴活命丸”后，宝儿却一命呜呼。百无聊赖的单四嫂子唯一的慰藉是希望借助“明天”的梦来和自己的宝儿相见，“明天醒过来，自己好好的睡在床上，宝儿也好好的睡在自己身边。他也醒过来，叫一声‘妈’，生龙活虎的跳去玩了”。显然，她这种将来（“明天”）的预设是没有意义的，等待她的不过是宝儿的一命呜呼，冰冷的棺木成了“明天”的隐喻，小说结尾昭示了其悲凉的宿命：“只有那暗夜为想变成明天，却仍在这寂静里奔波。”《白光》中的陈士成在经历了屡试不第的打击后头脑中出现了幻觉，一个自制的美梦就营构出来了：“隽了秀才，上省去乡试，一径联捷上去，……绅士们既然千方百计的来攀亲，人们又都像看见神明似的敬畏，深悔先前的轻薄，发昏，……赶走了租住在自己破宅门里的杂姓——那是不劳说赶，自己就搬的，——屋宇全新了，门口是旗杆和匾额，……要清高可以做京官，否则不如谋外放。”在鲁迅看来，这种“空头的梦”没有任何意义，反而能催生危害。他并不反对人的梦想，“做梦的人是幸福的”，但他马上强调说，“但不要将来的梦，只要目前的梦”。[②]在写给许广平的信中，鲁迅道出了这一危害的实质：“总之，人若一经走出麻木境界，便即增加痛苦，而且无法可想，所谓‘希望将来’，就是自慰——或者简直是自欺——之法。”[③]在他看来，乌

---

① 对于祥林嫂沉沦于“奴隶”边缘的情境，鲁迅曾一针见血地指出其精神本质：“欲为奴隶，而他人更不欲用奴隶；则虽渴想请安，亦是不得其主顾，止能侘傺而死。如是数代，则请安磕头之瘾渐淡，终必难免于进步矣。”（见鲁迅：《180820 致许寿裳》，《鲁迅全集》第 11 卷，人民文学出版社 2005 年版，第 366 页。）

② 鲁迅：《娜拉走后怎样》，《鲁迅全集》第 1 卷，人民文学出版社 2005 年版，第 167 页。

③ 鲁迅：《两地书·六》，《鲁迅全集》第 11 卷，人民文学出版社 2005 年版，第 26 页。

有之乡的原本只是幻梦，“中国人虽然想了各种苟活的理想乡，可惜终于没有实现”。[①]

《药》中的华老栓将“人血馒头”视为救治儿子的良方，当他从康大叔那里拿到药的时候，他的幻想占领了他现实的焦虑，如抓住了救命稻草一般，“他的精神，现在只在一个包上，仿佛抱着一个十世单传的婴儿，别的事情，都已置之度外了。他现在要将这包里的新的生命，移植到他家里，收获许多幸福”。这和单四嫂子冀望梦中与儿子相见是一样的，从人性的角度出发均有爱，但从人的思维观念来看，则均为用幻想来消解现实困窘。《白光》中的陈士成十六次应试不中，在屡遭打击后，他为自己设计了将来的前程：“隽了秀才，上省去乡试，一径联捷上去”，“屋宇全新了，门口是旗竿和扁额”，“要清高可以做京官，否则不如谋外放”。他想，巴结他的人会门庭若市，“绅士们既然千方百计的来攀亲，人们又都像看见神明似的敬畏，深悔先前的轻薄，发昏”。鲁迅用“不中”的残酷再一次戳破了他建构起的幻影，“这一回完了”彻底击碎了他所有的幻想。“他目睹着许多东西，然而很模胡，——是倒塌了的糖塔一般的前程躺在他面前，这前程又只是广大起来，阻住了他的一切路。”总之，这些人的时间意识逃离了他们所处的当下语境，“用瞒和骗，造出奇妙的逃路来，而自以为正路”。在这条所谓的“正路”上行走，结果是“一天一天的满足着，即一天一天的堕落着”。[②]

鲁迅用“哀其不幸，怒其不争”的复杂心理去审视他笔下的下层民众。由于没有受过良好的教育，加上深受中国传统文化的毒害，要继续用启蒙的观念去冲击他们陈旧的心灵世界。他们身上的劣根性已经严重阻碍了他们的“自新之路”。总之，这种劣根性是造成这些奴性人物“非成长”的内在动因，也是鲁迅毕其一生都在批判的国民精神顽疾。《长明灯》里的一段话很深刻地阐释了上述问题：

> 这屯上的居民是不大出行的，动一动就须查黄历，看那上面是否写着“不宜出行”；倘没有写，出去也须先走喜神方，迎吉利。不拘禁忌地坐在茶馆里的几个以豁达自居的青年人，但在蛰居人的意中却以为个个都是败家子。[③]

---

① 鲁迅：《北京通信》，《鲁迅全集》第3卷，人民文学出版社2005年版，第55页。
② 鲁迅：《论睁了眼看》，《鲁迅全集》第1卷，人民文学出版社2005年版，第254页。
③ 鲁迅：《长明灯》，《鲁迅全集》第2卷，人民文学出版社2005年版，第58页。

这些人物的精神状态可以用意识的“沙漠”或“荒原”来概括，他们没有个体意识，也不需要个体意识，因为他们已经习惯于用肉食者的意识来处理自己面临的现实问题，用鲁迅的话说，就是：“中国人向来就没有争过‘人’的价格，至多不过是奴隶。”[①]没有“个人”意识，而只有充当统治阶级奴隶的“群体”意识是这些奴性人物失去“人”地位的重要原因。因此，开启这些人的蒙昧，也成了鲁迅“辟人荒”工作中的重点。

应该说，鲁迅小说书写了国民非成长的命运变迁及病态的时间观念，由此也呈示了一个“停滞中国”的形象。由于中国的社会深层结构停滞不前，也就没有这种严格意义上的“历史”流动感。对此鲁迅有清醒的认识，他将中国历史概括为“想做奴隶而不得的时代”和“暂时做稳了奴隶的时代”的循环，很中肯地诠释了这一社会本质。鲁迅的这一发现与黑格尔有关中国（东方）社会停滞的论述有共通之处。黑格尔认为中国是“仅仅属于空间的国家——成为非历史的历史”，因为中国的“生存原则也不必有什么变化”，“它只是重复着那终古相同的庄严的毁灭。那个新生的东西，凭借勇敢、力量、宽大，取得了先前的专制威仪所占有的地位，随后却又走上了衰退的老圈子。这里所谓衰退，并不是真正的衰退，因为在这一切不息的变化中，还没有任何的进展”。[②]在小说中，鲁迅批判了“非人”状态下的“无历史性”。这种批判眼光使其小说与古典叙事策略和方式迥异，具有了现代品质。古典叙事往往采用“无时间的故事反映不变的道德真理”，是因为那时的人们相信“现实存在于无时间性的一般性之中”，而现代小说家之所以要将对个人生活的描绘，放进“一个历史进程的更广阔的全景图之中”，是因为他们获得了“一种更深刻的对过去与现在之间的差别的认识”。[③]古典小说家之所以毫不在意历史时间，是因为他们无意去改变恒定的社会秩序。而鲁迅之所以展示和批评人缺乏历史时间是因为他希望动摇这“死水”一般恒定的社会制度。

在鲁迅看来，中国的历史不过是一种循环，悲哀的是，现在依然重复着这种“轮回的把戏”。关于中国社会历史的无时间流动性，鲁迅有过以下发现：被先儒们称为“一治一乱”的历史，只是“想做奴隶而不得的时代”与“暂时做稳了奴隶的时代”的循环；[④]“现在的情形，和那时的何

① 鲁迅：《灯下漫笔》，《鲁迅全集》第1卷，人民文学出版社2005年版，第224页。

② [德]黑格尔：《历史哲学》，王造时译，上海世纪出版集团、上海书店出版社2001年版，

③ [美]伊恩·瓦特：《小说的兴起：笛福、理查逊、菲尔丁研究》，高原、董红均译，北京三联书店1992年版，第16—18页。

④ 鲁迅：《灯下漫笔》，《鲁迅全集》第1卷，人民文学出版社2005年版，第225页。

其相似，而现在的昏妄举动，胡涂思想，那时也早已有过，并且都闹遭了”；[①]“试将记五代，南宋，明末的事情的，和现今的状况一比较，就当惊心动魄于何其相似之甚，仿佛时间的流驶，独与我们中国无关。现在的中华民国也还是五代，是宋末，是明季”；[②]“过年本来没有什么深意义，随便那天都好，明年的元旦，决不会和今年的除夕就不同”；[③]“旧历除夕也，夜独坐录碑，殊无换岁之感”；[④]“火从北来便逃向南，刀从前来便退向后，一大堆流水账簿，只有这一个模型”。[⑤]鲁迅意识到循环时间观的特质在于忽略历史变数而凸显历史常态，这构成了“老中国”形象中最具代表性的思维样态。由此，置身其中的“老中国的儿女”[⑥]也就循此模态经验着现代化进程所带来的“顽强”与“悲壮”。

第二节　空间隐喻与“锁闭中国”的文化显征

鲁迅曾将中国的空间文化形态比喻成“铁屋子”[⑦]或“活埋庵”[⑧]，这是“老中国”封闭、陈旧与衰败的形象缩影，与马克思描摹近代中国社会时所说的“密闭棺材”[⑨]颇为相似。鲁迅小说建构中国形象的一个重要方式是展示国人在特定的社会文化空间被吞噬的过程，这其中关涉了人与空间的深刻关系。在一系列的“碰壁”“推”“踢”“爬”“撞”“横站”等空间体验中，生存于其中的国人悲剧性地屈从于这静态而窒息的文化空间。鲁迅小说内蕴了三种空间板块：“物理空间”“文化空间”和“心理空间”。三者之间相互关联，共构了人物生存的空间网络，而三者内外结构的互动，展示了“锁闭中国”的固态而异化的文化机制。

---

① 鲁迅：《这个与那个》，《鲁迅全集》第 3 卷，人民文学出版社 2005 年版，第 149 页。

② 鲁迅：《忽然想起·四》，《鲁迅全集》第 3 卷，人民文学出版社 2005 年版，第 17 页。

③ 鲁迅：《〈且介亭杂文二集〉序言》，《鲁迅全集》第 6 卷，人民文学出版社 2005 年版，第 225 页。

④ 鲁迅：《丁巳日记 [一九一七]》，《鲁迅全集》第 15 卷，人民文学出版社 2005 年版，第 273 页。

⑤ 鲁迅：《随感录·五十九“圣武”》，《鲁迅全集》第 1 卷，人民文学出版社 2005 年版，第 372 页。

⑥ 沈雁冰：《鲁迅论》，《小说月报》第 18 卷第 11 期，1927 年 11 月。

⑦ 鲁迅：《〈呐喊〉自序》，《鲁迅全集》第 1 卷，人民文学出版社 2005 年版，第 441 页。

⑧ 鲁迅：《通讯》，《鲁迅全集》第 3 卷，人民文学出版社 2005 年版，第 22 页。

⑨ 马克思：《中国革命和欧洲革命》，《马克思恩格斯选集》第 2 卷，人民出版社 1995 年版，第 2—3 页。

一、“封套”物理空间的氛围折射

读鲁迅小说会有一种压抑的囚牢感，这与其所设置物理空间场景有关。衙门、公堂、监狱、刑场、神庙、社庙、土地庙、土谷祠、寺院、尼姑庵、祠堂、客厅、街道、十字路口、酒店、茶馆、药铺、饭场、坟场等充斥于文本之中，其主导的空间基调和氛围黑暗且阴冷的。与此相关的是，《呐喊》《彷徨》中展开故事情节的时间点主要设置在“深夜”或“冬季”。《风波》的故事情节起因于“晚饭时候”的一场“风波”；《药》以华老栓在后半夜走在黑沉沉的街上去买“药”为故事发展的关节点；《一件小事》中的“我”在刮着大北风的一个冬日为了生计坐上了一辆人力车；《故乡》中的“我”是在深冬里冒着严寒、阴晦的天气、劲吹的冷风回到我苍黄天色下萧索的、没有一些活气的故乡；《阿Q正传》中阿Q向吴妈求爱、被抓、丁举人向赵家转移财物、赵家被抢是在晚上；《白光》中的陈士成是在初冬的晚饭后发疯、夜里溺死的；《祝福》中的祥林嫂死在除夕夜；《在酒楼上》中的“我”与吕纬甫分别于满天雪花飞舞的黄昏；《长明灯》里“疯子”在暮色中被关进昏暗、静寂的社庙；《伤逝》中涓生是在寂静和空虚的破屋里、在“昏暗的灯光”下写下了自己的悔恨和悲哀……鲁迅为什么要将故事放置于这样一个时间点上呢？这主要因为这些时间点隐喻了一种悲凉黑暗的氛围，[①] 与强大的空间一起，构成了“非人间”的时空体。这为我们解读鲁迅营构的中国形象的空间境遇提供了独特的视野。

在鲁迅小说里，物理空间所投射的氛围是压抑而黑暗的，既折射了普通民众的无聊与麻木，也照见了文化反抗者的无奈与无助。他指出，“中国各处是壁，然而无形，像‘鬼打墙’一般，使你随时能‘碰’”，[②]“在这样‘不留余地’空气的围绕里，人们的精神大抵要被挤小的”。[③] 这是一种没有铁的硬度也没有铁的确定性相反却是柔软和缥渺得伸手摸不着、抬头看不见的墙，是名副其实的“无物之阵”。《药》中的空间氛围也让人感觉压抑，“街上黑沉沉的一无所有”，走在夜色中的华老栓还在苦苦寻找为儿子治病的药方，他心里充满了对未知世界的恐惧和忧虑；《明天》里单四嫂子的空间体验代表了小人物灰色人生的精神状况，“太大的屋子四周

① 据许寿裳回忆，鲁迅经常说自己的创作是“自在暗中看一切暗”，其“抨击的是社会上的种种黑暗，不是专对国民党，这黑暗的根源，有远在一二千年前的，也有在几百年、几十年前的”。（参见许寿裳：《亡友鲁迅印象记》，《许寿裳文集》上卷，百家出版社2003年版，第145页。）

② 鲁迅：《“碰壁”之后》，《鲁迅全集》第3卷，人民文学出版社2005年版，第76页。

③ 鲁迅：《忽然想起·二》，《鲁迅全集》第3卷，人民文学出版社2005年版，第15页。

包围着她，太空的东西四面压着她，叫她喘气不得”。《白光》里的陈士成屡试不中，无奈在“白光”的指引下出门，但空旷的空间并不能排遣他内心的痛苦，“但今天铁的光罩住了陈士成，又软软的来劝他了，他或者偶一迟疑，便给他正经的证明，又加上阴森的催逼，使他不得不又向自己的房里转过眼光去”。《祝福》里的祥林嫂死在了充满着“祝福”气氛的年关，热闹的年关反衬着乡人的沉寂，“冬季日短，又是雪天，夜色早已笼罩全市镇。人们都在灯下忙碌，但窗外很寂静。雪花落在积得厚厚的雪褥上面，听去似乎瑟瑟有声，使人更加感得沉寂”。这被雪覆盖的鲁镇却分明像《故乡》里所说的那样，“苍黄的天底下，远近横着几个萧索的荒村，没有一些活气”。在这种“连空气都是死的”（《幸福的家庭》）的情境下，狂人“宛然是关了一只鸡鸭……黑漆漆的，不知是日是夜……屋里面全是黑沉沉的。横梁和椽子都在头上发抖；抖了一会，就大起来，堆在我身上。”（《狂人日记》）“我快步走着，仿佛要从一种沉重的东西中冲出，但是不能够”（《孤独者》）“我”感受到的是“天色已是黄昏，和屋宇和街道都织在密雪的纯白而不定的罗网里”（《在酒楼上》）疯子被幽禁在黑暗的社庙里，唯有“绿莹莹的长明灯更其分明地照出神殿，神龛，而且照到院子，照到木栅里的昏暗。”（《长明灯》）面对“四周是广大的空虚，还有死的寂静”的空间，走投无路的涓生“只坐卧在广大的空虚里，一任这死的寂静侵蚀着我的灵魂。死的寂静有时也自己战栗，自己退藏”（《伤逝》）。

鲁迅坦言，他创作小说时“不恤用了曲笔”，[①] 删削黑暗、装点欢容，原因是当时的“主将”是不主张消极的。然而，即使增添了“希望”的亮色，我们仍然能在其字里行间里读到令人感觉压抑的黑暗和绝望的力量。从上可知，黑色的文化基调弥散于人物生存的空间环境之中，构成了“铁屋子”的基本色调。在“黑沉沉”“黑漆漆”的沉闷世界里，“黑而且瘦”的孔乙己、“黑着眼眶”的华大妈、“围着一圈黑线”的华老栓、“黄中带黑”的祥林嫂、“两眼在黑气里发光”的魏连殳等人无声无息地活在黑暗的世界里。上述空间所折射的氛围是令人绝望的，用本雅明的话来说是“一种均质空洞的空间的循环和时间的无限，这是一个僵死的平面世界”。[②] 这个文化空间是“老中国”的隐喻，是危机四伏的五四中国的精神显征，“自有历史以来，中国人是一向被同族和异族屠戮、奴隶、敲掠、刑辱、压迫下来的，非人类所能忍受的楚毒，也都身受过，每一考查，真叫人觉

① 鲁迅：《〈呐喊〉自序》，《鲁迅全集》第 1 卷，人民文学出版社 2005 年版，第 438 页。

② ［德］本雅明：《启迪：本雅明文选》，张旭东、王斑译，北京三联书店 2008 年版，第 265—266 页。

得不像活在人间”。[1]“华夏大概并非地狱，然而‘境由心造’，我眼前总是充塞着重叠的黑云，其中有故鬼，新鬼，游魂，牛首阿旁，畜生，化生，大叫唤，无叫唤，使我不堪闻见。”[2]“在中国的天地间，不但做人，便是做鬼，也难极了。”[3]由此一来，想要改变这个坚固的系统并非易事，鲁迅一语道破其精神实质，“中国太难改变了，即使搬动一张桌子，改装一个火炉，几乎也要血；而且即使有了血，也未必一定能搬动，能改装”。[4]就“铁屋子”文化构成中的无形力量而论，传统中国的文化负荷宰制着民众的行为，也在很大程度上制导着知识分子的立人工程。人际间弥散的伦理关系吸附于文化的纵深处和隐秘处，在很大程度上制约着“人”的觉醒及主体意识的自觉，这也是鲁迅有必要向民众揭开其精神实质以及危害的重要维面。无力承受来自内外空间重压的魏连殳被伤害得“像一匹受伤的狼，当深夜在旷野中嗥叫，惨伤里夹杂着愤怒和悲哀”。这种狼的惨烈的嗥叫萦绕于黑暗和虚无的旷野之上，成了文化反抗者体验空间的“荒原”感。

在鲁迅的意识中，“主”和“奴”都没有时间性：鲁四老爷、赵太爷、赵七爷等没有时间性，因为他们只借助空间秩序，来维护稳定的社会秩序。孔乙己、阿Q、单四嫂子、祥林嫂、陈士成等人也没有时间性，因为他们只想适应空间秩序，最终只能成为空间秩序的奴隶。在这种没有时间性的文化空间里，时间运动感停滞了。在鲁迅的世界里，驻扎着一个乡村，这里有闰土、阿Q、祥林嫂……，他营构的乡村一出场就“死”了。小说的开篇，鲁迅用沉滞的空间来隐喻人的被锁闭状态：《祝福》首句就表明了过去和现在的无差别性，“旧历的年底毕竟最像年底”；《故乡》的开篇用“故乡”的荒凉来表征自己的无家可归，“时候既然是深冬，渐近故乡时，天气又阴晦了，冷风吹进船舱中，呜呜地响，从蓬隙向外一望，苍黄的天底下，远近横着几个萧条的荒村，没有一丝活气，我的心不禁悲凉起来”。“呵，这不是我二十年来时时记起的故乡”；《在酒楼上》延续了“故乡已死”的还乡叙事，“深冬雪后，风景凄清，懒散和怀旧的心绪联结起来，……我的意兴早已索然”。对于乡村，鲁迅并未将其作为一种终极化的书写，而是带着一种强烈的痛感和怀疑，这种将批判力置于人类熟谙的乡村经验中的写法产生一种穿透力和紧张。小说的开篇并未为人物活动提

① 鲁迅：《病后杂谈之余》，《鲁迅全集》第6卷，人民文学出版社2005年版，第186—187页。

② 鲁迅：《“碰壁”之后》，《鲁迅全集》第3卷，人民文学出版社2005年版，第72页。

③ 鲁迅：《二十四孝图》，《鲁迅全集》第2卷，人民文学出版社2005年版，第259页。

④ 鲁迅：《娜拉走后怎样》，《鲁迅全集》第1卷，人民文学出版社2005年版，第171页。

供一个延展的空间环境，故事的开端意味着结局，“封闭空间”阻断了外界新质的渗入，也遏制了空间内人事的更替，生产出的只是毫无二致的奴隶胚子。

事实上，这种无处不在的无时间流动正是空间的沉滞、虚空和压抑所致。鲁迅运用重复的语词功能，抹平了过去、现在、将来的界限，线性流动的物理时间为循环式的空间化时间所代替。在这种因封套而静态的文化空间里，人容易被表象上的稳定与和谐所缚，成为被空间异化的“物”：“我们大多数的国民实在特别沉静，真是喜怒哀乐不形于色，而况吐露他们的热力和热情。”[①] 狂人无疑是一个文化反抗者，但是在一个“全天没有月光，我知道不妙”“黑漆漆的，不知是日是夜”“太阳也不出，门也不开，日日是两顿饭”的沉滞而压抑的空间里，他的所有反抗对象化身为“无物之阵”逃逸，于是只能返归于空洞的自身。孔乙己是在“笑声”中出场的，“引起众人都哄笑起来：店内外充满了快活的空气”。又是在“笑声”中离场的，“不一会，他喝完酒，便又在旁人的说笑声中，坐着用这手慢慢走去了”。《风波》被封套在鲁镇土场上前后两幅“无思无虑的田家乐”[②] 的恬静的风光画中：“临河的土场上，太阳渐渐的收了他通黄的光线了。场边靠河的乌桕树叶，干巴巴的才喘过气来，几个花脚蚊子在下面哼着飞舞。面河的农家的烟突里，逐渐减少了炊烟，女人孩子们都在自己门口的土场上泼些水，放下小桌子和矮凳；人知道，这已经是晚饭时候了。”这种恬静的空间氛围显然与热闹的“风波”是不大合拍的，最终“风波”烟消云散，一切都回到了原来的样子，“到夏天，他们仍旧在自家门口的土场上吃饭；大家见了，都笑嘻嘻的招呼。九斤老太早已做过八十大寿，仍然不平而且康健。六斤的双丫角，已经变成一支大辫子了；伊虽然新近裹脚，却还能帮同七斤嫂做事，捧着十八个铜钉的饭碗，在土场上一瘸一拐的往来”。《明天》以“鲁镇是僻静地方，还有些古风：不上一更，大家便都关门睡觉”开篇，又以“这时的鲁镇，便完全落在寂静里”结束。寂静的状态消解了单四嫂子丧子之痛，也显示了鲁镇人无声无息的人生模态。祥林嫂的人生悲剧定格于“祝福”的年关，在鲁镇毕毕剥剥、联绵不断的爆竹

① 鲁迅：《中山先生逝世后一周年》，《鲁迅全集》第 7 卷，人民文学出版社 2005 年版，第 355 页。

② 对于《风波》中被文人赞誉的“无思无虑的田家乐”的理解，罗素的《中国人性格》一文可谓切中肯綮。在他看来，“典型的西方人希望自己成为尽可能多地改变所处环境的原因；典型的中国人则希望尽可能多地享受自然环境之美”。（参见罗素：《中国问题》，秦悦译，学林出版社 1996 年版，第 159—160 页。）鲁迅的《风波》显然无意营造“乡土中国”的自然环境之美，而是用反语的笔调讽喻“乡土中国”如死水般静态的生命轨迹。

声中，“我”来到了久别的故乡：“旧历的年底毕竟最像年底，村镇上不必说，就在天空中也显出将到新年的气象来。灰白色的沉重的晚云中间时时发出闪光，接着一声钝响，是送灶的爆竹；近处燃放的可就更强烈了，震耳的大音还没有息，空气里已经散满了幽微的火药香。”当“我”气闷而无助地离开家乡时，“祝福”的氛围并未因祥林嫂的死去而有所改变，“我给那些因为在近旁而极响的爆竹声惊醒，看见豆一般大的黄色的灯火光，接着又听得毕毕剥剥的鞭炮，是四叔家正在‘祝福’了；知道已是五更将近时候。我在蒙胧中，又隐约听到远处的爆竹声联绵不断，似乎合成一天音响的浓云，夹着团团飞舞的雪花，拥抱了全市镇”。《在酒楼上》所隐喻的“绕圈”的人生轨迹也是在封套的空间里产生的，小说以“我”离开旅馆到酒楼时的天气状况开篇：“窗外只有渍痕斑驳的墙壁，帖着枯死的莓苔；上面是铅色的天，白皑皑的绝无精采，而且微雪又飞舞起来了。”以“我”离开酒楼回旅馆时的天气状况结尾：“我独自向着自己的旅馆走，寒风和雪片扑在脸上，倒觉得很爽快。见天色已是黄昏，和屋宇和街道都织在密雪的纯白而不定的罗网里”。《肥皂》以四铭太太从丈夫手里接过一块肥皂为开端：“她刚接到手，就闻到一阵似橄榄非橄榄的说不清的香味，还看见葵绿色的纸包上有一个金光灿烂的印子和许多细簇簇的花纹。”以四铭太太使用那块肥皂为结尾：“从此之后，四太太的身上便总带着些似橄榄非橄榄的说不清的香味。”《孤独者》以“送殓始，以送殓终”为时间线索，其中“受伤的狼嚎声”贯穿始终：“忽然，他流下泪来了，接着就失声，立刻又变成长嚎，像一匹受伤的狼，当深夜在旷野中嚎叫，惨伤里夹杂着愤怒和悲哀。”而“我”无法摆脱这种嚎叫之于自身的警醒，“耳朵中有什么挣扎着，久之，久之，终于挣扎出来了，隐约像是长嗥，像一匹受伤的狼，当深夜在旷野中嚎叫，惨伤里夹杂着愤怒和悲哀”。《伤逝》中连续用五个“这样”来叙述空间的重复：“依然是这样的破窗，这样的窗外的半枯的槐树和老紫藤，这样的窗前的方桌，这样的败壁，这样的靠壁的板床”。鲁迅小说的上述叙述是一种“封套结构”，用威廉·莱尔的话说即是“把重复的因素放在一个故事或一个情节的开头和末尾，使这个重复因素起着戏剧开场和结束时幕布的作用”[①]。

鲁迅小说中有“私人空间”与“公共空间”的区分，两种空间都笼罩在黑暗的世界中。在“私人空间”里，国民沉默而麻木，“公共空间”并非国民自由心声的传播场，而是传统文化秩序掌控的公共领域。由以上可

① [美]威廉·莱尔：《故事的建筑师 语言的巧匠》，《国外鲁迅研究论集》，乐黛云编，北京大学出版社 1981 年版，第 334 页。

知，黑暗的空间给人的生活投射了令人窒息的重压除了物理空间对个体生命的窒息作用外，还有一种“群体”的文化空间在扼杀着个体生命。时间的循环与空间的封闭是始终联结在一起的，美国学者威廉·莱尔曾经总结出鲁迅小说结构上的一个显著特点：故事开始时，种种人和事纷至沓来，进入行动；故事结束时，又回到原来的静止状态。[①] 读鲁迅小说，我们发现其首尾构成一个密闭的照应系统，时间的方向感和流动感不明显。《风波》所描写的“临河土场”是一个沉滞封闭的空间，小说一落笔，便从日常空间入手，将临河土场晚饭时分的情景书写成一幅静谧的风俗画，被文豪赞誉为无思无虑的“田家乐”。这其中人物活动的地点和范围是狭窄、固定的，人物在日常空间外的活动（包括外界时间讯息）是通过叙述者的旁白来交代的。如，在叙述帮人撑航船的七斤时，作者也未给他在外面的活动提供时空体，只有客观的叙述交代：“他也照例的帮人撑着航船，每日一回，早晨从鲁镇进城，傍晚又回到鲁镇。”这是一种从早晨到傍晚的流水账式的叙述，七斤在城里的活动被大大简化，也窒息了外来时间讯息对本土时间的渗透和扩散。颇为相似的是，阿Q也曾有过进城的经历，但他在城里的具体经过是一个“时间空白”，只有叙述者一笔带过的交代：“在未庄再看见阿Q出现的时候，是刚过了这年的中秋。”然而，一旦阿Q从城里回来的消息传开后，他的地位就直线上升了，“虽然不敢说超过赵太爷，但谓之差不多，大约也就没有什么语病的了”。为什么会出现这样的情况呢？原因是未庄人很少离开家，对于未庄之外的世界总是抱着某种神秘幻想。阿Q进城回来后，其附带的神秘性提高了他的身价。显然，沉滞封闭的空间势必会导致当地人思想的短视和禁锢，他们的视域也只能集中在这空间之内了。这种封闭自足的生活方式恰似一个人由“聋”到“哑”的过程，对此，鲁迅曾打了这样一个比方：“有许多哑子，是并非喉舌不能说话的，只因为从小就耳朵聋，听不见大人的言语，无可师法，就以为谁也不过张着口呜呜哑哑，他自然也只好呜呜哑哑了。”[②] 正因为如此，七斤从外面带来的信息无非是“什么地方，雷公劈死了蜈蚣精；什么地方，闺女生了一个夜叉之类”。对于这种现象，鲁迅感慨道：“中国人几乎都是爱护故乡，奚落别处的大英雄，阿Q也很有这脾气。”[③] 阿Q惯

① [美]威廉·莱尔：《故事的建筑师 语言的巧匠》，《国外鲁迅研究论集》，乐黛云编，北京大学出版社1981年版，第334页。

② 鲁迅：《由聋到哑》，《鲁迅全集》第5卷，人民文学出版社2005年版，第294页。

③ 鲁迅：《答〈戏〉周刊编者信》，《鲁迅全集》第6卷，人民文学出版社2005年版，第150页。

用未庄的尺度来丈量整个世界，外面的世界自然也没什么好炫耀的，他上城获取的信息也无非是城里人“将长凳称为条凳，而且煎鱼用葱丝”，“女人的走路也扭得不很好”，与城市相比，“未庄的乡下人不过打三十二张的竹牌”，“只有假洋鬼子能够叉‘麻酱’，城里却连小乌龟子都叉得精熟的”等等。

通过诸如此类日常空间神秘化或日常庸常化堵塞了外来时间的折射和渗入，临河土场、未庄也保持了原初平静的镜像。针对恐慌的难民四处流动的现象，鲁迅曾询问其原因，难民的回答是“他们说要来了”。在这里，鲁迅没有交代“他们”是谁、谁要来了。然后，笔锋一转，他概括道，“无论什么主义，全扰乱不了中国”。① 在他看来，恐慌之后总会归于平静，一切都恢复了过去的秩序。历史根本没有参与到事件的进程中来，小小的“风波”“革命”的讯息在人们的心中没有时间的“知觉存留”，人们生活在无时间意识的精神状态里。《示众》中“看”与“被看”的场景没有时间性，而只是空间性。结尾只是开头的直接回应，似乎小说所描写的事件并没有占有任何的时间。“看者”到最后依然对“被看者”一无所知，表明了主体意识虚无背后的无时间性流动，只有空间位置的表呈。《明天》中三次写到纺车静静地立在又大又空的房中，隐喻了单四嫂子内心的空荡与孤寂，往日儿子围着纺车跑，现在儿死车停，生命的纺车不再转动，时间意识也就停滞了。《故乡》中“我”的离去，并没有太多意义，“我”和闰土的过去故事，还在后辈的宏儿和水生中继续循环和延续。

二、“分层”文化空间的边界僭越

列斐伏尔指出，“各种空间中的隐喻，如位置、地位、立场、地域、领域、边界、门槛、边缘、核心和流动等，莫不透露了社会的界线与抗衡的界线，以及主体建构自己与异己的边界”。② 人们在生活中利用各种空间的不同方式和手段，直接决定它们的特征。在传统文化的思想体系中，有形的空间位置（如方位和场所等）的秩序是与无形的文化身份、价值秩序联系在一起的，是具有意识形态话语权力的规范人言行的手段。

等级森严的主奴社会是有秩序的，是不容轻易僭越的，“世界上有两

① 鲁迅：《随感录·五十六“来了”》，《鲁迅全集》第1卷，人民文学出版社2005年版，第363页。

② 吴宁：《日常生活批判——列斐伏尔哲学思想研究》，人民出版社2007年版，第351—352页。

种人：压迫者和被压迫者！从现在看来，这是谁都明白，不足道的”[①]，“这两种人，小康和贫乏，是不同的，悠闲和急迫，是不同的，因而收场的缓促，也不同的”[②]。在鲁迅小说里，即使是死后的坟墓也自然保留着这种人间的空间秩序，《药》中有这样一段：

> 西关外靠着城根的地面，本是一块官地；中间歪歪斜斜一条细路，是贪走便道的人，用鞋底造成的，但却成了自然的界限。路的左边，都埋着死刑和庾毙的人，右边是穷人的丛冢。两边都已埋到层层叠叠，宛然阔人家里祝寿时候的馒头。[③]

在西关外的“坟场”空间里，贪走便道的人看似随便的走却画出了一条表征秩序的分界线，左边是死刑和瘐毙的人，右边则是穷人的丛冢。空间分立体现了权力话语，从这一角度来看，在左边上坟的夏四奶奶与右边上坟的华大妈之间的隔膜与差异就不难理解了。这也隐喻着主奴文化不仅控制着生者的存在空间，也管驭着死者的坟地。《孔乙己》开篇介绍“咸亨酒店”格局时道出了空间位置与身份的关系：靠“曲尺形的大柜台”地方是站着喝酒的做工的人和短衣帮，而店面隔壁的屋子里则是坐着喝酒的穿长衫的，身份在空间位置中合理配置，秩序井然。在这里，空间隐喻是通过人与人之间的“厚墙”来实现的，“他们往往要亲眼看着黄酒从坛子里舀出，看过壶子底里有水没有，又亲看将壶子放在热水里，然后放心：在这严重监督之下，羼水也很为难”。酒客的防范与酒店的潜规则之间构成了人际隔绝的文化生态，这为孔乙己成为笑料并最终被人遗忘的悲剧做了很好的铺垫。《离婚》里的爱姑与父亲庄木三走进了慰老爷家的“黑油大门”后，里面的空间环境让其感到了恐惧，“客厅里有许多东西，她不及细看；还有许多客，只见红青缎子马挂发闪”。七大人与慰老爷同在的空间隐喻着权力话语，迫使着泼辣不平的爱姑变得驯服。《明天》里，鲁迅将单四嫂子的家与隔壁的咸亨酒店措置在一起，形成了两个不同的文化空间。一边是熙熙攘攘的公共空间，一边则是间壁寂静的私人空间。在两个并置但却没有情感映照的空间里，单四嫂子家丧子的悲剧丝毫没有改变隔壁来来往往的人的麻木的格局，“生”与“死”无所对话，无所交集：“原来死住在生的隔壁。”《阿Q正传》中赵、钱两家的宅第显然是权势和

---

① 鲁迅：《祝中俄文字之交》，《鲁迅全集》第4卷，人民文学出版社2005年版，第473页。
② 鲁迅：《正是时候》，《鲁迅全集》第5卷，人民文学出版社2005年版，第530页。
③ 鲁迅：《药》，《鲁迅全集》第1卷，人民文学出版社2005年版，第470页。

地位的空间象征，阿 Q 等无名人物是不能也不敢轻易进出的，小说写到阿 Q“用手摸着左颊，和地保退出去了”“钱府的大门正开着，阿 Q 便怯怯地踅进去”的情景无不体现了其对权力空间的敬畏与恐惧。

在“铁屋子”结构中，空间充当了判定人的容器。“文化反抗者”往往作为异类的存在而要遭受来自上层权势、制度的驱逐，也要承受“庸众”的凝视与包围。这样一来，差异身份的群体就因共同剿杀异类而模糊彼此文化的边界，这两股势力共同构成压制异类的社会文化空间。由此，觉醒后的文化反抗者陷入了独自面对两股势力的包围，虚无和绝望的境地不可避免，“凡有一人的主张，得了赞和，是促其前进的，得了反对，是促其奋斗的，独有叫喊于生人中，而生人并无反应，既非赞同，也无反对，如置身毫无边际的荒原，无可措手的了，这是怎样的悲哀呵，我于是以我所感到者为寂寞”。[①] 在《狂人日记》中，“门外”和“家中”（包括“房间”“园里”）是两个并置的物理空间，它们共同构成了疏离狂人的文化空间。第二节，“我”早上小心出门，第一次面对屋外的空间，屋外的人 (赵贵翁、交头接耳的七八个人、一伙小孩子) 敌视“我”。第三节，街上的那个女人含沙射影地辱骂让“我”出了一惊，接着“我”被陈老五拖回了家中，就再也没有出来了，门外开阔的空间并没有让“我”饱览自然的景致、驰骋自由想象，给“我”的是敌意的眼神、有预谋的议论、虚伪的微笑、想吃人的企图等；门里的空间是封闭和压抑的，丝毫没有比外面的世界温暖，家里的人装作不认识“我”，他们的眼神和外人无异，“进了书房，便反扣上门，宛然是关了一只鸡鸭”。陈老五送来的鱼的眼睛和屋外人没有什么区别，从来诊病的何先生伪善的眼中，“我”看到了某种企图，从大哥高声喝道“都出去，疯子有什么好看！”的话语中，“我”分明看清了亲人真实的凶相。从整体论的形态来看，《狂人日记》中外界文化空间是一个典型的“构成性整体”，是一个纵向吃人的文化整体，相对于部分 (“门外”与“屋里”)，整体具有派生性，整体的功能可以分解为要素而获得解释。在封闭的空间里，狂人感到了压抑，“屋里面全是黑沉沉的。横梁和椽子都在头上发抖；抖了一会，就大起来，堆在我身上”，“万分沉重，动弹不得”。同时也感觉不到日常时间的变化，“黑漆漆的，不知是日是夜”——这是感觉不到时间的变化。空间压迫时间，空间岿然不动，物理时间被吞噬，狂人能感受到的时间也就只有自己纷繁复杂的心理时间了。狂人不被现实时间认同意味着他不受现实时间约束，既然空间的暴力和挤

① 鲁迅：《〈呐喊〉自序》，《鲁迅全集》第 1 卷，人民文学出版社 2005 年版，第 439 页。

压使狂人失去了对物理时间的“持存”和“绵延”，那么狂人何尝不可以建构自己的时间意识而使一切现实规则秩序和日常时间失效？由于日常的物理时间失序，狂人只能走进自己纷繁复杂的心理时间。因此，他的心理时间与日常物理时间存在差异和矛盾。在小说的第三节中，狼子村佃户是“前几天”来告诉“我”大哥，说村里有大恶人被人打死了，心被挖出来，用油煎炒了吃。但在同一节和第五节、第十节中，狂人把佃户的话描述成“前天”说的。“前几天”和“前天”不是相同的时间概念，可在狂人的心理时间里，彼此的界限模糊了。同样“个人时间”的能指范围也可以大于日常物理时间，比如在作品的第三节开头有这样一句话：“晚上总是睡不着。凡事须得研究，才会明白。”这里的“晚上”由于“总是”的限制和经过主体研究到明白的过程，指涉的范围包括了“今天晚上”在内的意义能指的一切“晚上”，而这种“晚上”能够指示时间刻度的也只有“月光”的有无和明暗。与之对应的“早上”也具有歧义性，并非特定的实指。在这里，狂人的处境堪忧，大哥所主宰的家庭像一个“狭的笼”，正一步步吞噬着狂人这个家庭的“忤逆者”。而家庭之外依然是一片虚无与黑暗，到处充满了阴森恐怖的氛围，让狂人不寒而栗。这是一个主体自觉者的真实空间体悟，而那些奴性人物则只能附在于黑暗的空间里，“对于黑暗的主力，不置一辞，不发一矢”[①]，在一种循环和轮回的命运圈里无意义地活着。这也印证了鲁迅的那句话：“不是很大的鞭子打在背上，中国自己是不肯动弹的。”[②]

在乡村共同体的文化结构中，权力的大小与地位的高低是天然存在的。赵太爷、丁举人、赵贵翁、七大人、鲁四老爷等乡绅占领了权力的高地，是乡村文化空间的话语主宰者。然而，他们作为“上智”的身份并不明显，甚至为了个人私欲而与下层庸众为伍。这种身份的僭越反映了乡村共同体运作的整一性特质，也体现了鲁迅批判国民性所持守的普遍性原则。那些不遵守乡村共同体法则的叛逆者，那些试图“越界”的异类必定会被强大的同盟所鄙弃。阿 Q 不能简单地划归到庸众的队伍中去，因为他身上有着愚庸所不具备的“游民文化心态”，他的不安分和自大的性格也与那些忍辱负重的沉默的庸众不同。他敢于与赵太爷比名分，“比秀才长三辈”，看不上城里人，敢在“男女之大防”的未庄公开向吴妈示爱，凡此等等。当然，这并不意味着他和夏瑜、魏连殳等人一样具备了现代品格，

① 鲁迅：《论秦理斋夫人事》，《鲁迅全集》第 5 卷，人民文学出版社 2005 年版，第 509 页。
② 鲁迅：《娜拉走后怎样》，《鲁迅全集》第 1 卷，人民文学出版社 2005 年版，第 171 页。

他也算不上独异的精神界战士，充其量也就是一个“越界的庸众”。[①]正是如此，他艰难地存活于未庄这一文化共同体之中，在文化分层的空间中找不到归属。于是，上层权力者欺负他，下层庸众也防着他、笑话他。被抽离了空间归属的阿Q要想继续生存于乡村共同体，不能依托上述两个群体，只能从未庄的外部空间中获取资源，而“革命”恰恰成就了他的这种愿望。可悲的是，阿Q并非自觉的革命者，他身上只有一些朦胧的反抗意识，阿Q的革命不仅颠覆不了稳定的乡村共同体的空间秩序，反而成了乡村共同体扑灭革命火种时的替死鬼。同样，《离婚》里的爱姑与阿Q有一定的相似性。她不满丈夫的欺骗、公婆的偏袒，敢于对抗男权主宰的家庭体制。即便如此，她也不是一个真正脱离了乡村共同体秩序的反抗者。她为自己辩护的理论依然是传统的伦理道义，显然这种用传统的武器来反抗传统的手段是无力的。而爱姑找乡村共同体的权力者七大人为其主持公道似乎也找错了人，这也反映了她思想的局限性。可笑的是：爱姑还懂得“三茶六礼”的传统婚礼制度，七大人却连“七出”这样的婚姻伦常都不清楚。“上智”和“下愚”天然的界限被彻底地撕裂。在此，鲁迅将乡村共同体处理民众纠纷时的错位和荒诞和盘托出，深刻地揭示了文化分层空间桎梏民众生存的本相。

与狂人相似的是，“疯子”是中国历史文化秩序的他者，也是其所处文化空间秩序的他者。作为一个被异质化空间排斥的他者，疯子注定成为虚化存在，在整体性的他者化的空间里，无法实现其作为觉醒者的“启蒙”效果。鲁迅笔下的人物由激烈的反抗到销声匿迹，体现了孙隆基所说的中国文化具有静态的“目的”意向性，他认为：中国人的“良知系统”在“个人身上造成的意向是‘安身’与‘安心’，在整个社会文化结构中则导向‘天下大治’‘天下太平’‘安定团结’，而其政治之意向亦为‘镇止民心，使其少知寡欲而不乱’”。[②]正是如此，中国社会呈现出一种静态的文化倾向，少数人的行为意向被强大的权力话语压抑而无法施展，久而久之也就服膺于这种常态了。在质疑传统空间秩序的同时，鲁迅理性地看到了现实文化空间背后的整体形态和“权力机制”。因此，空间形式意义的获致，一方面来源于揭露具体空间场景所显征的文化传统和空间背后的“权力关系”以达到对空间整体行为机制的把握，另一方面，这种背后力量对疯子的“剿杀”以及疯子的“突围”所体现出的文化思考大大扩充

① 俞兆平：《越界的庸众与阿Q的悲剧——〈阿Q正传〉新解》，《文艺研究》2009年第8期。

② 孙隆基：《中国文化的深层结构》，广西师范大学出版社2011年版，第24页。

了空间的深层含义。从《长明灯》的基本情节来看，意向行为和意向对象似乎是明确的，单向的，即庞大的现实维护者对文化反抗者的空间放逐、惩罚、戕杀。由此，我们可以对上述的四个物理空间进行意义生成的“反应参照”。所谓“反应参照”简单地说就是“把事实和推想拼合在一起的尝试”，其前提则是“反应阅读”或曰“重复阅读”。[①] 这就是说每个单元的意义并不仅仅在于它自身，也在于它与其他单元的联系，并置的个体空间部分与空间整体之间是相互作用、彼此参照的，读者在重复阅读中通过反思记住各个意象与暗示，把彼此关联的各个参照片段有机熔接起来，并以此重构小说的背景，在连成一体的参照系的整体中同时理解每个参照系的意义。从整体论的形态来看，《长明灯》中四个文化空间是一个典型的“构成性整体”，是一个纵向的消解异端的文化整体。相对于部分(四个文化空间)，整体具有派生性，整体的功能可以分解为要素而获得解释：在茶馆里是对疯子的身份命名，在社庙前的对话是一个诊断交流的过程，四爷客厅里为疯子开出了药方，社庙的关押是整个诊断医治的最后结果。基于一种集体无意识的害怕变动、害怕文化失序，群体将疯子隔离、抛弃、拘禁了。最终沉默的黑暗战胜了一切，消解了先前疯子所有激进的举动，“沉默像一声清磬，摇曳着尾声，周围的活物都在其中凝结了”。这种处理遵循的是空间小说或然性的突然结束的文学逻辑，而非情节小说因果时序的自然到达。这种“开放式”的结尾表明：众数的行为合法性被整体地维系和彰显，由此，他们生活在同一的逻辑经验世界里，自以为身处和谐、澄明之中，其实遮蔽了存在之真的多样性。

鲁迅曾对中国主奴社会结构进行过深刻的剖析，认为“思不出其位”是维系主奴常态的重要规则，“越俎代谋”当然“罪有应得”。[②] 换言之，在中国社会文化网络中，各阶层身份一旦确立是很难改变的，僭越身份之举更是不能容忍的，这体现了中国文化秩序的恒定性。然而，在鲁迅小说中，文化阶层间边界的僭越却也时常发生。在《阿Q正传》里，当“革命”浪潮卷席到未庄的时候，赵老太爷感觉阿Q有发达的一天，他也不惜放下自己原来的身份，去亲近这个以前将其从文化共同体里“除名”的阿Q，“怯生生地迎着低声的叫‘老Q’”。《离婚》里的慰老爷家的客厅也是普通乡民不能随意进出的，与爱姑所在的船上码头空间不同，它是慰老爷处理家庭诉讼案件的地方。从空间的方位来看，位于厅堂最上首的是与

---

① [美]约瑟夫·弗兰克：《现代小说中的空间形式》，秦林芳编译，北京大学出版社1991年版，第8页。

② 鲁迅：《隔膜》，《鲁迅全集》第6卷，人民文学出版社2005年版，第45页。

“知县大老爷拜过帖”的七大人，依次是衙役、洋学堂的学生、众帮闲、慰老爷、爱姑的公公和丈夫等，最下首的是爱姑和她的父亲。当爱姑与庄木三进入“鸦雀无声”的空间后，感到了“毛骨悚然”的窒息的氛围。当爱姑放弃了原来叛逆的女性反抗意识后，“大家的腰骨都似乎直得多，原先收紧着的脸相也宽懈下来，全客厅顿然见得一团和气了”。这是妥协后的“和谐”，也是窒息文化反抗者的沆瀣一气。最为显在的是，为了集体剿杀“文化反抗者”，“上层压迫者”不惜放低自己的身份和姿态来与“下层庸众”合谋。《长明灯》里“四爷的客厅”里的一幕很能说明这一问题：在吉光屯，四爷的地位和身份是最高的，但在他的私人客厅里我们发现在座位的安排上出现了身份秩序的错位，坐在首座上的是年高德韶的郭老娃，阔亭和方头走进不易瞻仰的客厅，却坐在郭老娃之下和四爷之上，而且还有茶喝。从说话的姿态和速度来看，郭老娃言语缓慢，抑扬顿挫，神情自若，俨然是一个决策者；四爷悠悠然，语调不急不慢，没有居高临下的话语霸权。这种秩序错置产生的根本原因是作为秩序冲突者的“疯子”的出现，“他者”的出现打破了既有的乡村民间的原初秩序，乡绅与民间各种势力的意向趋于一致，内在关系也出现了缓和。因此，传统空间秩序的解体与蜕变是绅—民合谋异端的现实空间规范和行为的出场需要。

三、“复调”心理空间的错位延宕

除了物理空间以沉重的底色和虚无的幽暗压制着人，文化空间的僭越来剿杀异类之外，鲁迅小说还通过心理空间的错位对话来呈现“老中国”的社会现实。在巴赫金看来，对话是确立人物主体性的重要手段，它确保了人物不会沦为作家独断式主观思想的“物”。借助于主人公主体性的价值赋予，“全部现实生活成了主人公自我意识的一个要素”。[①] 因此，文本中的对话使其存在着不同声音和意识交鸣的“复调性”。“我”和“他者”的对话在文学活动中可以泛化为作者和人物、人物和人物、作品语言和社会语言之间的对话。而这种对话，是在当下的“时空体”中发生的，不是过去完成时而是现在进行时。由此，对话永远是当下进行着，永远不会结束，这个世界便永远对外敞开。

鲁迅小说中有“独白”与“复调”之别，前者是一种非对话的主体存在形态，后者则是在对话的情境中确立主体意识。狂人和疯子很多有见地的言说都是指向自身的，夏瑜的话在常人看来不是“人话”，因为外界是

① [俄]巴赫金：《陀思妥耶夫斯基诗学问题》，白春仁、顾亚玲译，北京三联书店 1988 年版，第 83 页。

空洞而虚无的存在，他们的“呐喊”又回到了自己的耳边，变成了自言自语的独白。这样一来，我们不禁要问：在没有对话的情境下，他们作为独一无二的主体如何确立？显然，他们的名字、外貌和记忆都不具备这种确证自己身份的条件。当他们所有的行为得不到外部世界的回应时，其所有的自我意识不过是作家基于社会所发出的单向度的声音。这些“孤独者”不过是作家孤独意识沉淀出的外化缩影。鲁迅说过：“用奴隶或半奴隶的幸福者，向来只怕‘奴隶造反’，真是无怪的。”[①] 他笔下的这类孤独者所面对的反抗势力是“无物之阵”，纵然他们举起了投枪，但对手却逃遁了。之所以无法产生对话，这与对话主体间的不对位关系是分不开的。对位是对话的前提，没有差异也就不可能会对话。然而，由于身份的差异，由于出发点及动机的不同，对话主体各说各的话，毫不相干使得对话无疾而终。狂人关于“真的人”的劝转、疯子关于“熄灭长明灯”的言说，都没有能发挥对话的表意功能，因为他们的发声不具备语言的通约性，对方听不懂意味着这种发声局限于自言自语，这也是启蒙者难以真正践行沟通被启蒙者的根由。不过，这些独异者能感受到，外部世界以空洞虚无的重压来摧毁觉醒者肉体的方式对其“发话”，而他们则从肉身的疼痛路径来竭力了解外部世界对其的“言说”。而即使是那些沉默无言的奴性人物，其几乎无事的悲剧包含不了伟大的主题，但正是这种引不起对话的小人物的命运恰恰成为作家拷问现实的重要切口，尤其是其面对死亡时的默默无语及“不挣扎”的状态构成了对现实境遇的生动透析。

与“独白”不同，“复调”的对话多发生在与外部世界沟通断绝的情境下，主体开始面对自我，直面自己的精神与人类的灵魂，不同价值观念的活动在内心激烈地对话与冲突。对于被剥夺了主体性的“物”而言，他们是不可能有自我的对话，相反，那些充斥着主体性的主人公的情形则大不一样。《幸福的家庭》将主人公“他”一分为二：一个是被窘迫、困顿包围的现实生活中的“他”，另一个是理想化的创作中的“他”。曾经“决计反抗一切阻碍”、追求个性与爱情自由的“他”将创作中的家庭营造得极致美好和理想化，但现实的另一个“他”又常常打断和反讽着创作中的“他”，使挣扎于现实与理想中的主体疲于应付。这其中，“劈柴”扮演了一个“闯入者”的身份，它时刻闯入主人公的创作过程中：“他觉得头里面很胀满，似乎椏椏叉叉的全被木柴填满了，五五二十五，脑皮质上还印着许多散乱的亚剌伯数目字。他很深的吸一口气，又用力的呼出，仿佛要

① 鲁迅：《偶成》，《鲁迅全集》第 4 卷，人民文学出版社 2005 年版，第 600 页。

借此赶出脑里的劈柴，五五二十五和亚剌伯数字来。”他试图驱赶这一闯入者，“他觉得劈柴就要向床下‘川流不息’的进来，头里面又有些桠桠叉叉了，他急忙起立，走向门口去想关门”。他极力要超脱日常生活的庸常，但日常生活对精神世界的挤压让主人公不堪重负。在这里，艺术所塑造的理想家庭只是对日常生活无力的粉饰，正如他所说，“那作品，像太阳的光一样，从无量的光源涌出来，不像火石，用铁和石敲出来，这才是真艺术。那作者，也才是真正的艺术家。——而我……这算是什么？”连艺术本身也无法突破日常生活的干扰，最终他掐断了两者的较量和抵牾，随着他将创作的稿纸揉成纸团掷到纸篓里，“他”回到现实中来了。一边是艺术所营构的理想生活，一边则是鸡毛蒜皮的现实人生，这种双面的人生体验困扰着主人公。鲁迅不赞同脱离人生的艺术想象，他提醒人们注意，“我们活在这样的地方，我们活在这样的时代”。[①] 现实中的主体与理想中的主体对话的中断现象表明，只是乌托邦幻想而没有现实性的思考是不真实的。《弟兄》的张沛君思维意识一分为二：一个是现实中的他，他努力保持与弟弟靖甫“兄弟怡怡”的情状，也赢得了同事和旁人高度的评价，“像你们的弟兄，实在是少有的；我没有遇见过。你们简直是谁也没有一点自私自利的心思”。但由于弟弟的患病而使得这种关系出现了很微妙的变化，在众人面前，沛君竭力维护这种让人羡慕和崇仰的兄弟之谊。另一个是“凌乱的思绪”与“梦境”中的他，在梦里，沛君“独自背了一口棺材，从大门外一径背到堂屋里”，他觉得自己有了最高的威权和极大的力，他殴打弟弟的孩子，不让他上学。处在“两个人就像一个人”的道德粘连中，个人和群体的分合撕裂着张沛君的心灵，他艰难地踯躅于思维意识两面所设计的人生道路，在充满着矛盾和分裂的亲情和金钱间疲于奔命，两面平等的对话始终难以进行。

如果说《幸福的家庭》《弟兄》隐喻了同一主体精神两面对话的中断，那么《孤独者》《在酒楼上》则设计了叙述者“我”（其实是作者自喻）与主人公的对话的中断。关于鲁迅小说的叙事艺术，一些学者认为存在着结构性的缺陷。李长之认为鲁迅小说“不成功”的原因是，“利用一个人的独白，述说一个人的经历，结果就往往落单调”。[②] 竹内好则指出：“‘我’只是一个听众，从吕纬甫出场后就没有行动，我只是引出吕纬甫，这一点

① 鲁迅：《〈且介亭杂文〉附记》，《鲁迅全集》第 6 卷，人民文学出版社 2005 年版，第 221 页。

② 李长之：《鲁迅批判》，北京出版社 2003 年版，第 94 页。

成为破坏作品完整的一个缺陷。"[①]小说的故事情节的推演离不开两人对话，但这恰是鲁迅借用两人的复调对话来揭示主体间的遇合与离析，并以此来反观现代中国的社会现实，这是一种用人的文化空间来反观现实文化空间的叙事策略。明白这一点，能更透彻地洞悉小说的深层意蕴。《在酒楼上》的最主要的物理空间是"酒楼"，它是"我"和吕纬甫相聚叙谈的地方。小说中有一段关于"废园"的描写，交代了这一空间的基调和主体的心绪：

> 楼上"空空如也"，任我拣得最好的坐位：可以眺望楼下的废园。这园大概是不属于酒家的，我先前也曾眺望过许多回，有时也在雪天里。但现在从惯于北方的眼睛看来，却很值得惊异了：几株老梅竟斗雪开着满树的繁花，仿佛毫不以深冬为意；倒塌的亭子边还有一株山茶树，从暗绿的密叶里显出十几朵红花来，赫赫的在雪中明得如火，愤怒而且傲慢，如蔑视游人的甘心于远行。我这时又忽地想到这里积雪的滋润，著物不去，晶莹有光，不比朔雪的粉一般干，大风一吹，便飞得满空如烟雾。[②]

这与其说是交代了人物所处环境的空间基调，还不如说是人物心理状态的一种隐喻。小说中的老梅和山茶花在雪中明得如火，却反衬了人物心境的颓唐幻灭。鲁迅将"我"和吕纬甫的融合和冲突置于"废园"中予以观照，揭示了更为深邃复杂文化空间的独特内蕴。"我"与吕纬甫曾经是志同道合的朋友，现在的"我"的心绪却变得"懒散""索然""消沉"了，其意态泛出了灰色，面对着空空如也的酒楼"但又不愿有别的酒客上来"。当我在"酒楼"这一空间里用孤独来抚慰孤独时，上来了一个更加颓唐的吕纬甫，与吕纬甫现在敷衍、颓唐的精神状态很相似。但从"我"们的对话中明显能读出两者的区别，"我"是作为吕纬甫精神状态和思想道路的审视者、批评者而存在的。对于他"绕圈"的人生定位及对旧梦的缱绻怀想，"我"的回答是"这难说"，听完他两件"无聊的事"后，"我"就发问："你教的是'子曰诗云'么？""我实在料不到你倒去教这类的书……"可见，两人的对话不是停留在"同病相怜"或"相对唏嘘"的层面，两句问语透露出了"我"对他所走道路的不认同。这其中表现出了如吴晓东所说的"个人化记忆以及他故事中的渴望和诗意"与"启蒙主义的宏大叙事"

① [日]竹内好：《从"绝望"开始》，靳丛林编译，北京三联书店 2013 年版，第 112 页。

② 鲁迅：《在酒楼上》，《鲁迅全集》第 2 卷，人民文学出版社 2005 年版，第 25 页。

之间的相互紧张，体现了鲁迅“自反性的思维习惯”。[1] 看着吕纬甫的眼光“又消沉下去”，“我”对其便“没有话可说”，只有分手。正如结尾所写的那样：“我们一同走出店门，他所住的旅馆和我的方向正相反。”这意味着“我”也用行动——“走”代替了他的“懒散”，重新开始寻找自己的位置和方向。然而，“我”依然要独自面对那无法摆脱的空间重压，“屋宇和街道都织在密雪的纯白和不定的罗网里”。其实，小说的“复调”对话不止于这两个人之间的对话，这其中还包括了以前的“我”与现在的“我”、过去的吕纬甫与现在的吕纬甫之间的冲突与互动，这种张力关系与前述张力结构的覆盖构成了更加繁复的对话网。

与《在酒楼上》相似的是，《孤独者》也有叙述者“我”与主人公的对话，两者有很多相似的地方，但人生的道路选择却相异，正是后者的原因使我们之间的对话难以通约和融合，最后不欢而散，各走自己的人生道路。小说浸润在文本通篇叙述语言之中的，是一种同病相怜和爱莫能助相交织的意绪，而不是居高临下冷嘲热讽的批判或鄙弃的态度。叙述者“我”与魏连殳有很多相同的地方，这种相似性和内心的相通性是构成主体两面的必要条件：我们都是失意、孤独的知识分子。在 S 城里的时候，“我”失业后经常去访问魏连殳，谈一些社会问题，即使后来他离开 S 城做了杜师长的顾问以后，叙述者“我”的眼前总是有他的身影晃动和声音的回响：“我自己还是一个儿童，在后园的平坦处和一伙小朋友塑雪罗汉。雪罗汉的眼睛是用两块小炭嵌出来的，颜色很黑，这一闪动，便变了连殳的眼睛。”同样，“我”也摆脱不了他的命运对自己灵魂的触动：“不知怎地虽然因此记起，但他的面貌却总是逐渐模糊，然而又似乎和我日加密切起来，往往无端感到一种连自己也莫名其妙的不安和轻微的震撼。”“像一匹受伤的狼嗥叫”的隐喻始终萦绕于“我”的耳际，这也是鲁迅体悟困境时的精神回应。[2] 可以这样理解，魏连殳和“我”构成了同一主体精神的两个维面和向度，“我”和他的这种阻断不了的精神联系恰是同一主体精神向心力的真实呈现。同时，魏连殳和“我”也有很大的不同，用魏连殳的话来说：“但我想，我们大概究竟不是一路的。”这种不同性是造成“复调性”对话的重要原因。“我”和他谈“孩子”话题的时候分歧就产生了：他的观点是孩子根性是好的，如果变坏也是环境的因素，而“我”的观点

① 吴晓东：《鲁迅第一人称小说的复调问题》，《文学评论》2004 年第 4 期。

② 鲁迅说过，当他遭遇困境时，“索性躺在荒山里”“总如野兽一样，受了伤，就回头钻入草莽，舔掉血迹，至多也不过呻吟几声的”。（参见《330618 致曹聚仁》，《鲁迅全集》第 12 卷，人民文学出版社 2005 年版，第 405 页。）

是孩子本身就有坏根苗。这种分歧导致了魏连殳的不快和无语，他“气忿了，只看了我一眼，不再开口”。“我”也猜不出他是无话可说呢，还是不屑辩，只是默默地连吸了两枝烟，结果“待到他再取第三枝时，我便只好逃走了”。魏连殳体现了由内到外的妥协的悲剧，鲁迅曾安排了一次“我”当面劝过他的机会，“……你实在亲手造了独头茧，将自己裹在里面了。你应该将世间看得光明些”。他却把话题引入祖母的一生，其实是放弃了探讨和反省自己精神危机问题，尽管他与祖母的命运有某些相通之处，但祖母的寂寞来源于由外向内放弃的精神向度，所以随着对话的进行和对话长度的延长，他们对话要探讨和直面的问题就越来越被遮盖。“我”像一个“过滤器”[①]，过滤掉了魏连殳身上的阴气和毒气，同时保留了他的追求和理想，“我”最后用“走”的方式开启与魏连殳不同的人生道路：“我的心地就轻松起来，坦然地在潮湿的石路上走，月光底下。”

相比上述文本内部的多元对话而言，《伤逝》里的复调对话就更加复杂了。小说里涓生与子君之间的对话更像是涓生内心灵魂的对话，子君是以一个隐匿的被描写者身份而存在的。除此之外，涓生个人的讲述的故事又被隐含作者所讲述，构成了复合的讲述体系。与此同时，子君在被涓生讲述的过程中同时又被隐含作者所讲述。李今注意到文本内部反讽叙事运用的不动声色与隐匿性：“作者或者并置其自相矛盾的意见，或者以言行不一，表象和事实的对比构成反讽性事态，使叙述者的讲述反而成为嘲讽自己的来源。”[②]这无疑是切中肯綮的，但我们还要进一步思考：这种复调对话的目的何在，究竟起到了什么样的效果？从小说的叙事主体来看，涓生的男性叙事隐含着较多的矛盾和错位的地方，在忏悔中有推卸责任的嫌疑，通过其思维表达的“踌躇”与“疑惑”，我们能洞悉到男性先于女性解放的后遗症。换言之，女性的被男性启蒙就意味着无法真正从现实、道德、规则等文化形态中获取“自由”的真正可能。由此，文本间的话语裂隙中，存在观照和思维张力。究其实质，小说内部这种沉闷压抑的紧张源于鲁迅对个人主义“救他”与“自救”的两难上。涓生持守个人主义的立场，但当他与子君都陷入现实的困境时，其个人主义作为第一位的前提放置于处理人与人的问题上。相同的逻辑，子君作为一个新女性也应该有涓生相似的认知，她不能苛求涓生牺牲一切来拯救她。这样一来，率先觉悟的男性基于个人主义的权利考虑往往会伤害被其启蒙的子君，而放弃对子君的拯救反过来又蚕食着敏感而脆弱的个人主义洪堤。在这里，小说充分

① 王富仁：《鲁迅小说的叙事艺术》，《中国现代文学研究丛刊》2000年第3期。

② 李今：《析〈伤逝〉的反讽叙事》，《文学评论》2010年第2期。

展示了知识分子思想（知识）与道德的冲突，而这些矛盾借助男女两性在自由与伦理间进退、游离的状态来凸显鲁迅精神视域的复杂性。

鉴于这种空间氛围的压制之甚，鲁迅被迫将主人公装扮成病态的“狂人”或“疯子”，以“佯谬”的非逻辑方式来表征空间文化的本质。以上两种集结着不同身份的空间板块的相互较量往往会生成多样性的权力关系，并形成一种强烈的文化反差。可以说，这种空间位置的僭越是有界线的，僭越和界线相互依存，界线如果无法僭越，那界线的意义就不存在了；同理，僭越如果毫无阻力，那它也毫无意义可言。鲁迅将社会关系的越位与空间秩序的混杂置于共同体系统性的驱巫实践中，反映了“铁屋子”借助排异行动来缝合内部多元话语裂隙的价值取向，也由此折射了群体文化与个人话语充满矛盾与紧张的复杂关联。由此，对于游离于主奴共同体权力网络之外的启蒙者而言，要想完成“自救”和“救他”的使命必须拆解主奴同盟，将人的生命意识注入到外部空间中去，让静态的空间充盈着动态的生命意志，以此建构全新的社会文化秩序。

因此，我们可以将这种空间关系看成是一个双向结合、明暗互现的叙述空间模式：在庸众和黑暗势力的集体剿杀面前，文化反抗者遭到创伤性戕杀，但他们的“突围”意义通过庸众心理的恐惧和不安以及他们的意向意义得到了提升。这诚如鲁迅自己所说，“坐着而等待平安，等待前进，倘能，那自然是很好的，但可虑的是老死而所等待的却终于不至”。[①] 鲁迅曾赞扬过尼采“超人”藐视权威、不安于空虚的精神，“尼采教人们准备着‘超人’的出现，倘不出现，那准备便是空虚。但尼采却自有其下场之法的：发狂和死。否则，就不免安于空虚，或者反抗这空虚”。[②]《狂人日记》中狂人大胆的呼喊、敏锐的发见吓退了许多劝说者和看客，也让周围人感到了恐惧。《长明灯》中“疯子”即使被关押了，依然能“看见一只手扳着木栅，一只手撕着木皮，其间有两只眼睛闪闪地发亮”。城隍社庙里依然传来他的喊声：“我放火。”《孤独者》里的魏连殳即使在旧的时代中死去，但身穿军阀高参衣冠的他躺在棺材里依然是“不妥帖”的。这种双向、明暗的二维平面抵牾、反刍，意向在空间中的纠合和参照，使得各自的视阈发生交叉、重叠，从而构成了立体开放的叙述空间。这两条情节线是在不同的时间向度上以不同的速度、节奏和频率进行的，“包围”的情节线所展示的是外在社会历史时间内涵，带有很强的社会历史批评色彩，

① 鲁迅：《这个与那个》，《鲁迅全集》第 3 卷，人民文学出版社 2005 年版，第 154 页。

② 鲁迅：《〈中国新文学大系〉小说二集序》，《鲁迅全集》第 6 卷，人民文学出版社 2005 年版，第 262 页。

它体现的是有转换但没有发展的社会状况；“突围”的情节线所显示的是内在主体间时间的价值取向，它体现的是作者和读者的时间观念的一条情节线，是他们对于真正发展变化的一种企盼。在这个空间里，意义都从多语义、多层面予以观照、生成、展现，我们对事物的理解和把握更加合理和深刻。可以说，空间既是一种形式，也是一种意义。通过对文本中的空间的层次结构、空间文化内涵、空间行为意向的解读，我们既能把握纯文本的空间形式意义，又能洞窥到鲁迅的主体精神与价值取向。

通过论析鲁迅小说的空间隐喻，我们发现：空间所确立的权力是一种人的关系网络，是各种势力的复合体，而权力关系的此消彼长反映了鲁迅所建构的中国形象内部复杂的文化构成及动态结构。在这个集结着有形与无形权力关系的空间结构中，鲁迅并没有放弃对前路的探寻，在《故乡》的结尾，他写道：“我想，希望是本无所谓有，无所谓无的。这正如地上的路；其实地上本没有路，走的人多了，也便成了路。”这是一种指向未来的寻路意识，与其被“铁屋子”禁锢得没有生路，不如果敢地试着点亮自己的生命之光，去向希望凝眸。记忆中的故乡与现实中的故乡之间的巨大鸿沟侵占了“我”最后一片乐园，然而，“我”也因宏儿与水生的约定而略感欣慰，“他们应该有新的生活”，一种“为我所未经生活过的”。鲁迅曾对内山完造表达过这样的意思：“道路这东西，并非从开头就有着，都是由人去走成的。”[①] 鲁迅说过：“生命是我自己的东西，所以我不妨大步走去，向着我自以为可以走去的路；即使前面是深渊，荆棘，狭谷，火坑，都由我自己负责。”[②] 在主体看来，“自我”是拥抱虚无、反抗虚无，走向本真存在之路的本体承担，“只能在自身试验，不敢邀请别人”。[③] 这种意识形成的原因主要在于：在一个由封建旧文化及其根深蒂固的影响所构成的复杂特殊的现实环境中，在大多数民众还未觉醒、尚处于麻木冷漠状态的历史条件下，他们不愿也不能承担一切重负。在个人与社会、个人力量与传统惰力之间长期尖锐的对抗中，个人被迫推到一个与黑暗和虚无对立的位置。这与鲁迅一贯追求的“个人主义”精神息息相关，在他看来，在历史运动中，“独异”的“精神界战士”比“众数”更能担当。

鲁迅擅长运用空间来深思人的生命价值，有的人会理性地择路而行，有的人则因混乱而盲目地逃遁，这种分歧均导源于人的内在精神的生发。

---

① [日]内山完造：《忆鲁迅先生》，《鲁迅研究学术资料论著汇编》第2卷，中国文联出版公司1986年版，第158页。

② 鲁迅：《北京通信》，《鲁迅全集》第3卷，人民文学出版社2005年版，第54页。

③ 鲁迅：《两地书·二四》，《鲁迅全集》第11卷，人民文学出版社2005年版，第81页。

面对着忧患深重的中国，鲁迅“走异路”正是基于其深刻的践履意识，“恃意力以辟生路”[①]体现了一个精神界战士对于自我与外在空间的深刻认知。在鲁迅看来，时间是在人的生命感知下生成的，空间不能自行产生时间。人只有把自己的生命意识注入外部空间中去，外部空间才会具有时间性；人在空间中，但人不仅仅是空间的构成物，他有生命，时间才被呈现。无疑，鲁迅小说的生命意识是通过人注入于外部空间的生命感来实现和隐喻的。于是，就产生了两种截然不同的生命形态：

一种是生命被动地生存于既定的空间里，自身成为空间的一部分。它们的构成形式是既定的，也是传统的。它还没有因他的生命的存在而改变过自己的形态，更不用说外部空间了。在这个空间形态中，生命是被动的，时间是被给予的，而空间更有自己的主动性，生命是被空间以固有的形式纳入自己的结构的。鲁迅小说里的众多下层民众接受的是一个传统的空间秩序，他们的感觉、认识和感受都是在这个传统的世界中发展起来的，由于他们的生命被他们的“奴性”“愚昧”等消耗了，因此，他们就不自觉地演变成这种空间文化的傀儡。而这种被文化绝对控制的特性窒息了他们的个体自主性，最终只能成为被空间异化的符码。

另一种是生命反抗空间的吞噬，自我生命赢得时间。在个人和社会并立的空间中，主体用自己的生命意识、生命力、生命意志去拥抱和创造空间，这种人的主体先于文化空间的自觉使其摆脱了被后者塑造、控制的命运。鲁迅小说中的一些文化反抗者即是例证，他们在空间的压迫和同化的情形下，意识到了本真存在的意义和绝境中的自我主体，或者“外突”，或者“反抗”，历史运动有了获致充盈的动力。这时的生命就是时间性的，它们从对周围的空间无感觉到有感觉，由只有极茫远的感觉到有较为切近的感觉。

在鲁迅看来，“中国之所以永是走老路，原因即在包围”。“猛人倘能脱离包围，中国就有五成得救。”然而，尽管鲁迅上下求索，依然不得其解，“终于想不出好的方法来”。[②]从知识分子与传统势力构成的压迫空间环境之间不对称的关系可以窥见启蒙者的命运，他们的启蒙失败也与民众普遍认同空间文化秩序密切相关。从鲁迅的小说所呈现出的空间形态可以判定，这是一个“锁闭中国”，奴隶在空间的重压下演绎着“无历史性”的悲剧，他们拜服于强大的空间秩序，并被这种空间吞噬。而那些反抗者的呐喊和启蒙尽管搅乱了黑暗停滞空间的静态，但始终无法真正摧毁“铁屋子”。

① 鲁迅：《文化偏至论》，《鲁迅全集》第1卷，人民文学出版社2005年版，第57页。

② 鲁迅：《扣丝杂感》，《鲁迅全集》第3卷，人民文学出版社2005年版，第508页。

第三节　身体铭刻与“疾病中国”的形象言说

在哲学上，身体是一种表征意识形态话语的载体。福柯曾用“烙满历史印记的肉体和糟蹋着肉体的历史”来表述身体与历史的关联。[①]换言之，一切人类社会和文化均以人的“身体”为出发点，人的身体的历史就是人类社会和文化的历史的缩影。身体参与文化再生产的活动，身体是历史事件的记录表，铭刻着历史发展的过程，在快乐和悲苦中见证了人类自身的历史命运与生存本相。近代以来，中国知识分子将身体理解为一种想象民族国家的象征性符码。身体的意义来源于其与精神的复杂关联，没有脱离精神而在的身体，也没有离弃身体而在的精神。在某种程度上，“身体”表征着主体，身体铭刻着历史主体性文化锻造的印记，所有的精神、情感状态最终回归着相应的身体状态。“所有的身体状态都存在着一种精神要素，而同样，所有的精神状态都存在着身体因素。”[②]可以说，身体不是精神之外的世俗化的肉体，而是生命的本体；不是被动的利用对象，而是可以视为隐喻历史和现实存在的话语载体，并在话语实践的场域中不断被赋予精神化的意义。与当时“科学救国”“教育救国”“立宪救国”“实业救国”思路不同，鲁迅认为救国之根本在于重铸国民的人格，他认为“黄金铁甲，断不足以兴国家”，[③]通过国人身体的显征来折射其精神状况是鲁迅小说的重要手段，充分彰显了其中国想象的价值立场。

一、“病态”与“失语”的身体形象塑造

鲁迅对国民性问题的关注将“身体”与“精神”有机地融合在一起。两者有权重的差异，但始终纠葛在一起，成为一体两面的关系。在传统中国，道德对身体的规训使人无法承受“身体道德化”之重。严苛的“修身”过程主要集中在身体的“洁化”问题上，而对于身体之外的民族、国家等问题则付之阙如。当历史的车轮移至近代时，“东亚病夫”这个最具概括性的中国形象隐喻不胫而走，深深刺痛了国人的内心。在这种身体形象的经验中，国民身体的“羸弱”与中国的“弱国形象”同构，国家的精神化状态经由身体的表述呈现出来。在这种境域中，“身体道德化”让位于“身

① [法]米歇尔·福柯：《权力的眼睛》，严锋译，上海人民出版社 1997 年版，第 71 页。

② [美]安德鲁·斯特拉桑：《身体思想》，王业伟、赵国新译，春风文艺出版社 1999 年版，第 6 页。

③ 鲁迅：《摩罗诗力说》，《鲁迅全集》第 1 卷，人民文学出版社 2005 年版，第 73 页。

体国家化”，很多知识分子将身体理解为拯救和隐喻国家的重要主体。在进化论思想的影响下，民族生存的危机感让中国人不能不产生自省和自强意识，将落后国家改造为先进国家，将衰弱的国人改造为强健的国民就成为先觉者自觉的文学承担和选择。因此，一些知识分子将国家“身体化”，在国家与身体之间，找到了可以相互隐喻的契合点，进而探究中国机体的病源。在此逻辑中，身体由纯粹生理范畴的概念转换为具有社会指意功能的内涵。梁启超曾将中西人种的身体进行过比照，两者的差异触目惊心。中国人柔弱的“病体”令人心寒和伤悼：“翩翩年少，弱不禁风，名曰丈夫，弱于少女。弱冠而后，则又缠绵床第以耗其精力，吸食鸦片以戕其身体，鬼躁鬼幽，跶步欹跌，血不华色，面有死容，病体奄奄，气息才属。”与之相反，西洋人则精力充沛，生命勃发而富含战斗力：“拿破仑之治军，日睡仅四小时；格兰斯顿之垂老，步行能逾百里；俾斯麦之体格，重至二百八十余磅，其筋骸坚固，故能凌风雨，冒寒暑，撄患难劳苦，而贯澈初终。彼鞑靼之种人、斯拉夫之民族，亦皆恃此野蛮体力，而遂能钳制他族者也。”[①] 梁启超并没有将此看成是种族生物性的差异，而认为本族柔弱乃是文弱文化导致的退化，这也使得在与西方并立的过程中处于弱势地位。

在现代中国，“身”与“心”紧密相连，一脉相通。先觉者所倡导的“人的解放”包含着以上两个方面的维度。身体成为他们进行言说“人”个性解放、主体精神的重要载体。尽管“身”与“心”之于人的个性解放来说有着相同的诉求，然而，很多知识分子还是更为强调“心”（“精神”），更加重视从思想革命的角度来改造国民性。鲁迅弃医从文源自其对国民精神的“震撼”发现：“凡是愚弱的国民，即使体格如何健全，如何茁壮，也只能做毫无意义的示众的材料和看客，病死多少是不必以为不幸的。所以我们的第一要著，是在改变他们的精神。”[②] 在鲁迅看来，没有完善精神的躯体是没有意义的，只能成为庸众的构成要素，其“立人”实践更倚重从思想层面上改良人的精神。与此同时，在审思国民身体的表征时，鲁迅还将目光注视于控制国民身体的各类权力者以及附于其上的权力机制。《阿Q正传》里的阿Q管不住自己的身体，被提到大堂审判时，“膝关节立刻自然而然的宽松，便跪了下去了”。《祝福》里的祥林嫂活着的时候要承受着他人对其身体的压制，连死了也摆脱不了要被两个男人“瓜分”的命运。既然国民要解控自己的躯体都不容易，那么更不用说能保持精神世界的自由了。《伤逝》中子君的那句“我是我自己的，他们谁也没有干涉

① 梁启超：《新民说》，《饮冰室合集》“专集之四”，中华书局1989年版，第117页。
② 鲁迅：《〈呐喊〉自序》，《鲁迅全集》第1卷，人民文学出版社2005年版，第439页。

我的权利”，也仅是未经现实检验的臆想，在现实面前，她始终无法控驭自己的躯体，更遑论其自由的思想了。

鲁迅说过，他的小说多采用病态社会里的不幸的人们。“病态”与“不幸”构成了互为表里的关系。就疾病的隐喻而言，桑塔格认为，“疾病意象被用来表达对社会秩序的焦虑”。[①] 言外之意，疾病既是生理性的，也是社会性的。狂人、疯子等人的狂狷恰恰源于他们对其所在的社会不同于常人的洞见与清醒。而对于其他国民而言，病态残缺的身体也表征了“病态中国”的具体样貌。他们以“老牌的老成的子弟”自居，“在体质上，却大半还是弯腰曲背，低眉顺目”。[②] 这其中，“缠足”与“蓄辫”是老中国文化对人身体规训的奴化标记。“缠足”是男性奴役女性的一种社会文化行为，三寸金莲的小脚是古老中国文化的一道风景，它铭刻着男性中心主义的话语权力。从阿Q抱怨吴妈的“脚太大”可看出，阿Q骨子里是认同“裹小脚”的。鲁迅感慨，国人不但不反思缠足的行为，反而将其视为国粹，“中国社会里，吃人，劫掠，残杀，人身卖买，生殖器崇拜，灵学，一夫多妻，凡有所谓国粹，没一件不与蛮人的文化（？）恰合。拖大辫，吸鸦片，也正与土人的奇形怪状的编发及吃印度麻一样。至于缠足，更要算在土人的装饰法中，第一等的新发明了”。[③]《故乡》里“豆腐西施”杨二嫂的“圆规”式的细脚，容易引起读者的注意。“圆规”和杨二嫂的精明、算计构成了隐喻关系，她的算计主要体现在惦记着“我”的家当以及告闰土的密（她在灰堆里发现了一些碗碟，硬说是闰土干的）。此外，类似的身体书写在鲁迅小说中俯拾即是：《风波》里九斤和六斤的小脚，《离婚》里爱姑的“钩刀样的脚”，《示众》里老妈子“钩刀般的鞋尖”等都是病态身体的形象写照。《伤逝》中的子君是以一个现代女性的形象出场的，“皮鞋的高底尖触着砖路的清响”，显然，这比上述裹足的女性要幸运很多。裹小脚意味着女性无法走出家的牢笼，是“被物化”的男性赏玩的对象，也表征着鲁迅笔下的女性无力去对抗男权文化对其身体的摧残，她们唯有认同。尽管鲁迅也认为改革的倾向不可扭转：“譬如祖母的脚是三角形，步履维艰的，小姑娘的却是天足，能飞跑；丈母老太太出过天花，脸上有些缺点的，令夫人种的却是牛痘，所以细皮白肉。”[④] 但她们却多像六斤那样，虽然新近裹脚，却还能做事，“一瘸一拐的往来”即是她的宿命，

① ［美］苏珊·桑塔格：《疾病的隐喻》，程巍译，上海译文出版社 2003 年版，第 65 页。

② 鲁迅：《论睁了眼看》，《鲁迅全集》第 1 卷，人民文学出版社 2005 年版，第 251 页。

③ 鲁迅：《随感录·四十二》，《鲁迅全集》第 1 卷，人民文学出版社 2005 年版，第 343 页。

④ 鲁迅：《这个与那个》，《鲁迅全集》第 3 卷，人民文学出版社 2005 年版，第 149 页。

而九斤老太的“一代不如一代”似乎也在昭示种的退化不可避免。

“辫子”是“老中国”儿女独特的身份标记：阿Q的“小黄辫”、假洋鬼子的“辫子”、陈士成的“小辫子”、赵七爷的“盘起来的辫子”等成为推动小说情节发展和标示人物性格命运的符号。在日本留学时，鲁迅就非常反感日本人骂中国留学生是“猪尾奴”。[①]在《藤野先生》中，鲁迅用近乎戏谑的嘲讽口吻书写一群面目模糊的留日学生形象：

> 东京也无非是这样。上野的樱花烂熳的时节，望去确也像绯红的轻云，但花下也缺不了成群结队的“清国留学生”的速成班，头顶上盘着大辫子，顶得学生制帽的顶上高高耸起，形成一座富士山。也有解散辫子，盘得平的，除下帽来，油光可鉴，宛如小姑娘的发髻一般，还要将脖子扭几扭。实在标致极了。[②]

在这里，中日文化互为他者的参照价值通过装置中国留学生这一“风景”而生动地呈示出来了。鲁迅意识到，在外国人眼中，“辫子”是中国人的显在标记，也是被观瞻的中国劣根性的“想象性成物”。鲁迅认为，外国人“赞颂中国”中，“不知道而赞颂者”和“昧却灵性而赞颂者”都是“可悲的”，而“以中国人为劣种，只配悉照原来的模样，因而故意称赞中国的旧物”和“愿世间各不相同以增自己旅行的兴趣，到中国看辫子，因而，招来了众多旅华游客的追捧”的态度则是“得永远诅咒的”。[③]这种经历，让鲁迅铭记了一个“日暮里”（中国）和“明遗民朱舜水”（中国人）的客死处。对于剃发蓄辫，鲁迅一直很反感，他说：“这辫子，是砍了我们古人的许多头，这才种定了的。”辛亥革命的剪辫运动让鲁迅觉得自己消除了做奴隶的表征，“假如有人要我颂革命的功德，以‘舒愤懑’，那么，我首先要说的就是剪辫子”。[④]显然，鲁迅无意于单从身体的角度来放大国民的丑态，而是借此来透析其对一直持存于国民内心中陈旧的“辫子”心理的摈弃，它们如幽灵一般笼罩在国人的观念体系之中，使他们对于传统观念保持着一种集体无意识的文化记忆。

《阿Q正传》中一个“拔辫子比赛”的场面，阿Q和小D每人用一

---

① ［日］吉田富夫：《周树人的选择——“幻灯片事件”前后》，李冬木译，《鲁迅研究月刊》2006年第2期。

② 鲁迅：《藤野先生》，《鲁迅全集》第2卷，人民文学出版社2005年版，第313页。

③ 鲁迅：《灯下漫笔》，《鲁迅全集》第1卷，人民文学出版社2005年版，第228页。

④ 鲁迅：《病后杂谈之余》，《鲁迅全集》第6卷，人民文学出版社2005年版，第187页。

只手护住自己的辫子，另一只手去拔对方的辫子，看客也很多，场面很壮观，“四只手拔着两颗头，都弯了腰，在钱家粉墙上映出一个蓝色的虹形，至于半点钟之久了”。鲁迅曾跟友人说过，“那Q字（须得大写）上边的小辫好玩”[①]。除了用描摹身体上的辫子来反映国民生态之外，鲁迅更为擅长对国民精神神上辫子的刻画。头上长有癞疮疤的阿Q很忌讳别人谈论他的头，所有与“癞”同音的词都不允许使用。但是他的头脑中却有根深蒂固的传统等级观念，他的道德取向多有对古代的封建伦理道德的认同，如“男女之大防”，女人误国等等。挨“假洋鬼子”哭丧棒狠打时，阿Q“赶紧抽紧筋骨，耸了肩膀等候着”。当他被抓进了衙门，虽然革命之后已经不兴磕头，但他一到大堂，知道堂上坐着的都是一些有来历的人物，自然会想起“上尊下卑”，于是，“膝关节立刻自然而然的宽松，便跪了下去”。显然，阿Q中传统文化的毒太深了，审判时这种错位的举动恰如鲁迅所言，“古国的灭亡，就因为大部分的组织被太多的古习惯教养得硬化了，不再能够转移，来适应新环境”。[②]“硬化”意味着“定型”，看来期待阿Q的彻底改头换面是不现实的。而阿Q死前画圆的过程也充分体现了刘禾所说的“他只能跪伏在文字面前，在书写符号所代表的中国文化巨大象征权威面前颤抖”。[③]而假洋鬼子的“剪辫”是被动的，据他说是去东洋留学被人灌醉了酒剪掉的，为此他的老婆还用“跳井”表示出不满，阿Q也咒骂他“里通外国人”，并且“深恶痛绝之”，认为“辫子而至于假，就是没有了做人的资格”。然而，他用一根假辫子在革命时却能左右逢源，他与“历来也不相能”的赵秀才交好，相约去革命，通过捐钱的方式得到了“柿油党”的“银桃子”，他们打着革命的旗号抢走了尼姑庵里的宣德炉，他不允许阿Q革命，认为其不配与其为伍，在赵白眼等人面前炫耀和谈论着自己的所谓革命“远见”。鲁迅对于这种投机革命的行为是始终批判的。《头发的故事》反映了N先生在“双十节”这一特定的日子里的精神状态与感悟。在小说中，辫子成了中西文化对抗的标尺，在清政府和守旧人的眼中，剪辫意味着西化，是对抗政府的表现，留洋学生被停了官费，回来后还要买假辫子装上。N先生没有装上假辫子而是换了文明手杖，当有人笑骂他时，他用手杖相对。然而辫子问题始终让他痛

① 周作人：《鲁迅小说里的人物》，人民文学出版社1981年版，第41页。

② 鲁迅：《十四年的“读经”》，《鲁迅全集》第3卷，人民文学出版社2005年版，第139页。

③ 刘禾：《国民性理论质疑》，《语际书写——现代思想史写作批判纲要》，上海三联书店1999年版，第96页。

苦不堪，无奈N先生还是欲忘却而不能。最后，他才违心地劝阻学生剪辫子。N先生在“遗忘”和“记忆”的双重痛苦下，陷入绝望的境地，感受到“终日如坐在冰窖子里，如站在刑场旁边”的罪犯般的痛苦。在《风波》中，赵七爷头上的辫子是一个风向标，昭示了社会风云变幻的讯息，革命后，辫子盘在头上，张勋复辟时，辫子又放下去了。临河土场的人也是根据他盘、放辫子来判定时局的。鲁迅深刻地揭示：辛亥革命只是剪掉了一根辫子，外面轰轰烈烈的革命在临河土场没有留下记忆印记，只不过是一场小小的“风波”。从临河土场的人们最后又回到了过去的生活“常态”可以看出，革命的记忆很快被人们淡忘了，也可以说时间并没有记录和保存这段历史。

在鲁迅的小说世界里，国民的身体与精神共构出了一个“疾病中国”的文化图景。尤其是鲁迅痛心疾首的看客群，他们以一种“空心人”的方式存在着，在你推我、我推你的包围中，为了牟取一个相对便利的“观看”热闹的位置而上演了一出闹剧。《示众》正是鲁迅对庸众身体和精神的一次放大的“示众”，看客们热衷的是热闹的场面，正是通过将现实的示众转换成“戏”，他们不仅获得置身事外的安全感，同时也使自己能够保持心理平衡。小说深刻地描摹了看者与被看者关系的转换：被看者从中心走向边缘，而看者从边缘走向了中心。在“看”的空间位置的动态移动中，“看客”根本不明白自己看的对象是谁，看的目的是什么，看的意义何在。基于一种毫无目的的行为集体地加入这场“示众的盛举”。在这个被“示众”的看客圈里，仅有的几句话是“嗡，都，哼，八，而，……”“好快活！他妈的……”“吓,这孩子”“阿,阿,看呀！多么好看哪！……”“好！”这是看客直言自语的独白，隐喻了他们“看热闹”的看客身份。而其中也有发问：“什么？”“他，犯了什么事啦？……”但是却没有得到任何人的回应，对话无以为继，呈示了看客虚无而愚昧的精神世界。更为吊诡的是，被看者（“白背心”）对于别人的“看”很漠视，他感兴趣的却是去看那些看自己的看客们。秃头老头子站在白背心对面研究白背心上的文字，而胖孩子却发现白背心在研究老头子的秃头。当一个工人似的粗人低声下气地请教秃头老头子“他，犯了什么事啦？……”时，秃头老头子、粗人及旁人的举动透露出“看”背后的本体精神虚无：

> 秃头不作声，单是睁起了眼睛看定他。他被看得顺下眼光去，过一会再看时，秃头还是睁起了眼睛看定他，而且别的人也似乎都睁了眼睛看定他。他于是仿佛自己就犯了罪似的局促起来，终至于慢慢退

后，溜出去了。[①]

由此，“看”本身的意义被抽空，在看客群体（由胖男孩、秃头、胖大汉、小学生、长子、老妈子等组成）的冷漠无心、于己无关的“看”中，鲁迅为我们展示了一个精神世界虚无几近死亡的“意识圈”。对此，魏金枝认为，“这些看客给我的印象实在使我们怀疑。这些是不是人？实在的，这是一群无理性的鸡，只为了若干颗小米，便争斗到头破血流的鸡。也或许只能在体貌上去辨认别人，他们看着别人背上的不认得的字，别人的胸膛上的毛，魁梧得如山般的身体，而不知道他们原是同类，而且都是被害的一群。当我每次读过，我总觉得这沉重的重压，长远地压在我的心上”。[②]“看”的意向行为成了叙述者在其中体验精神虚无、生存荒诞的“闹剧”。在这里，“看”与“被看”的场景没有时间性，而只是空间性。这里被示众的人既有白背心，又有那些看客们。这些被示众的对象几乎都是无语的，他们的兴趣点主要在于看。《示众》呈现出了空间位置上的“沉默暴力”，鲁迅说：“我们听到呻吟，叹息，哭泣，哀求，无须吃惊。见了酷烈的沉默，就应该留心了；见有什么像毒蛇似的在尸林中蜿蜒，怨鬼似的在黑暗中奔驰，就更应该留心了。”[③]显然，这是国民身体和精神缺失的双重体现，结尾只是开头的直接回应，似乎小说所描写的事件并没有占有任何的时间。“看者”到最后依然对“被看者”一无所知，表明了主体意识虚无背后的无时间性流动，只有空间位置的表呈。

既然成人均陷入宿命般的身体病态或精神死亡的境地之中，那么，作为未来民族国家形象符码的儿童又该怎样呢？在鲁迅看来，沾染了“老中国”习性的儿童和病态早亡的成人没有什么两样，他对于生活于“黑色染缸”土壤中的儿童怀着深深的警惕和担忧。他的“救救孩子”是基于“没有吃过人的孩子或许还有”，因此，还没有深受环境污染，有着优良的种性的孩子才是鲁迅的希望所在。然而，这样的孩子几乎很难找到。在他笔下，我们能看到很多病态儿童，他们的形象与外国儿童形象存在着很大的区别：

一到大路上，映进眼帘来的却只是轩昂活泼地玩着走着的外国孩子，中国的儿童几乎看不见了。但也并非没有，只因为衣裤郎当，精

① 鲁迅：《示众》，《鲁迅全集》第2卷，人民文学出版社2005年版，第72页。
② 魏金枝：《读〈示众〉》，《新文学》创刊号，1946年1月1日。
③ 鲁迅：《杂感》，《鲁迅全集》第3卷，人民文学出版社2005年版，第53页。

神萎靡，被别人压得像影子一样，不能醒目了。[①]

公园里面，外国孩子聚沙成为圆堆，横插上两条短树干，这明明是在创造铁甲炮车了，而中国孩子是青白的，瘦瘦的脸，躲在大人的背后，羞怯的，惊异的看着，身上穿着一件斯文之极的长衫。[②]

中国和日本的小孩子，穿的如果都是洋服，普通实在是很难分辨的。但我们这里的有些人，却有一种错误的速断法：温文尔雅，不大言笑，不大动弹的，是中国孩子；健壮活泼，不怕生人，大叫大跳的，是日本孩子。[③]

在呈示的中外儿童的差异对照中，读者能根据差异建构起自我认同并对这种文化差异产生强大的震撼感。显然，那种精神萎靡，躲在大人背后的中国儿童是积贫积弱"老中国"的写照，鲁迅用一种"挞丑"的方式将儿童的身体及精神构图生动地书写出来，成为其反思社会和人的重要途径。鲁迅还指出当时中国的一些"儿童画"中儿童身体的中外差异：

现在总算中国也有印给儿童看的画本了，其中的主角自然是儿童，然而画中人物，大抵倘不是带着横暴冥顽的气味，甚而至于流氓模样的，过度的恶作剧的顽童，就是钩头耸背，低眉顺眼，一副死板板的脸相的所谓"好孩子"。这虽然由于画家本领的欠缺，但也是取儿童为范本的，而从此又以作供给儿童仿效的范本。我们试一看别国的儿童画罢，英国沉着，德国粗豪，俄国雄厚，法国漂亮，日本聪明，都没有一点中国似的衰惫的气象。[④]

在鲁迅看来，中国画本所呈现出的身体形态都是以本国儿童为范本，切合了传统中国的精神气质。更为可怕的是，这种"脸相"还在一代代延续，"又以作供给儿童仿效的范本"。有论者指出，"身体不是私人性的表达，而是一个政治器官，是宇宙的和社会的实在之镜像，反映着人的病相、毒害和救治过程。在身体这个位置上，人们可以审美地、社会地、政治地、生态地经验世界"。[⑤] 在鲁迅的意识中，由于贫困、饥饿，儿童的身体呈现

① 鲁迅：《上海的儿童》，《鲁迅全集》第4卷，人民文学出版社2005年版，第580页。

② 鲁迅：《玩具》，《鲁迅全集》第5卷，人民文学出版社2005年版，第523页。

③ 鲁迅：《从孩子的照相说起》，《鲁迅全集》第6卷，人民文学出版社2005年版，第83页。

④ 鲁迅：《上海的儿童》，《鲁迅全集》第4卷，人民文学出版社2005年版，第580页。

⑤ 刘小枫：《个人信仰与文化理论》，四川人民出版社1997年版，第476页。

出病态，没有生机，缺乏生命力，为当时的中国现状作了很形象的注脚。《风波》里的六斤被她的父母裹上了小脚，一瘸一拐地在临河土场里走着。《药》中一段描写华小栓身体的话更是触目惊心："只有小栓坐在里排的桌前吃饭，大粒的汗，从额上滚下，夹袄也贴住了脊心，两块肩胛骨高高凸起，印成一个洋文的'八'字。"无论是面目憔悴、眼神无光，还是少年老成的儿童，都是特殊语境中的产物，鲁迅书写了各类形形色色的国人形象，对其病相的文学表达体现了他对"老中国"儿女的伦理关怀及独特的社会批判立场，其精神指向则是国人所栖身的文化土壤和中国情境。

民众的失语与中国的现实境域息息相关，鲁迅通过考察国民话语权的丧失来思考现实中国及未来中国。其目的是揭开国民性的病灶，矛头直指传统思想的根基。在谈到刻画"沉默的国人灵魂"问题时，鲁迅提到受到沉重压迫的"老百姓一声不响"的精神状态，① 他还高屋建瓴地概括了沉默国民的集体形象：

> 许多人却不能借此说话了，加以古训所筑成的高墙，更使他们连想也不敢想。现在我们所能听到的，不过是几个圣人之徒的意见和道理，为了他们自己；至于百姓，却就默默地生长，萎黄，枯死了，像压在大石底下的草一样，已经有四千年！②

可以说，萦绕于国人意识之中的历史的烟云、沙漠化的人际关系以及不反抗的内在意识都是鲁迅所谓"百姓沉默"的主要原因。在《故乡》中，中年闰土的沉默让人记忆深刻，"他大约只是觉得苦，又形容不出，沉默了片时，便拿起烟管默默地吸烟了"。由于无法言说内心的苦，沉默也许是闰土面对知识者"我"的最好方式。值得注意的是，闰土对"我"叫"老爷"的时候，没有任何前因后果的交代，可见闰土的沉默是非胁迫性的，它源自于闰土的内心，或者可以说这是闰土的本能，是一个奴才的本能。鲁迅将闰土表述为底层沉默者的典型，其麻木和茫然的沉默显示了乡土社会中人的生存境遇，"总是吃不够……又不太平……什么地方都要钱，没有定规……收成又坏。种出东西来，挑出去卖，总要捐几回钱，折了本；不去卖，又只能烂掉"。《祝福》里的祥林嫂原本就是一个话语不多的人，

---

① 鲁迅：《341206 致萧军、萧红》，《鲁迅全集》第 13 卷，人民文学出版社 2005 年版，第 280 页。

② 鲁迅：《俄文译本〈阿 Q 正传〉序及著者自序传略》，《鲁迅全集》第 7 卷，人民文学出版社 2005 年版，第 84 页。

她初到鲁家“只是顺着眼，不开一句口……整天的做，似乎闲着就无聊”。他人所制造的话语（如再嫁女人的不干净，阴间男人争夺她的身体，阎王将其锯成两半等）支配和吞噬了她的声音的传达，作为一个再嫁的女人，她无法掌控自己的话语。其喋喋不休地向人讲述阿毛被吃的故事也是一种失语，这种反复的叙述抽空了“我”的主体性，当人人都会讲述阿毛的故事（甚至卫老婆子比祥林嫂更会讲她的故事）时，祥林嫂自然演变成一个讲述者（局外人），而不是一个丧子事件的当事者。在空洞化的叙述得不到别人的回应后，她变得更加沉默寡言，“她整日紧闭了嘴唇，头上带着大家以为耻辱的记号的那伤痕，默默的跑街，扫地，洗菜，淘米”。因为她从人们的笑影上，感觉到了人性最为严酷的东西，于是“她单是一瞥他们，并不回答一句话”。对于祥林嫂等下层女性的悲惨命运，鲁迅曾追问“女子本身何以毫无怨言呢？”他意识到，“原来‘妇者，服也’。理应服事于人。教育固可不必，连开口也都犯法。他的精神，也同他体质一样，成了畸形。所以对于这畸形道德，实在无甚意见。就令有了异议，也没有发表的机会”。[①] 尽管到临终三问之时，她只敢用“极秘密似的切切的”声音向“我”询问，这是绝望后的沉默，是失去了奴隶位置后的虚无反应。《伤逝》里的子君同样是一个沉默的女性，这当然与其作为被叙述者的身份有关。然而，即使抛开这种讲述与被讲述的关系，我们也不难发现，在这个新组成的家庭里，掌控话语权的依然是涓生，子君多是沉默的倾听者或话语的接受者，“子君很颓唐，似乎常觉得凄苦和无聊，至于不大愿意开口”。叙述者写道，“我”心目中的理想爱人是幽静的子君，但也无法掩盖男性话语的主导倾向。当生活日趋窘迫时，涓生反思“可惜的是我没有一间静室，子君又没有先前那么幽静，善于体贴了”。言外之意是失语的子君正是涓生所期待的，反之，则是其厌弃的。在小说中，子君多是沉默的，她没有表达自我话语的空间，即使涓生良心发现愿意倾听时，子君似乎早已失去交流的愿望，走进了自我封闭的狭小世界。当涓生说出了要和子君分手的决定时，涓生原本是希望子君能留下一些话来与其作最好的告别，然而，“我转念寻信或她留下的字迹，也没有”。子君拒绝了最后的发声而归于无言，留给涓生的只是日常生活的物质必备品：“只有盐和干辣椒，面粉，半株白菜，却聚集在一处了，旁边还有几十枚铜元。这是我们两人生活材料的全副，现在她就郑重地将这留给我一个人，在不言中，教我借此去维持较久的生活。”为什么子君不跟涓生交流呢？事实上，她是

① 鲁迅：《我之节烈观》，《鲁迅全集》第1卷，人民文学出版社2005年版，第128页。

具有言说能力的。与小说前部分知识话语凸显的子君不同，后半部分沦为沉默子君的原因在于她根本无法平复知识话语与经济话语的矛盾，不可能兼具现代女性与传统女性双重的特质。因而，她无法成为涓生心目中理想的生活伴侣，也无法成就自己心中自由的新女性，这一切都加剧了其失语的程度。

值得注意的是，阿 Q 也是一个失语者，他终其一生都在错位地运用“非己”的话语来遮蔽“本己”的真实，它无法用以命名，因为已不存在可命名的对象；它的所指和能指是分裂的，只能到能指为止，因为语言言说在阿 Q 只不过是种自言自语，自说自话，只是种自我话语权力的“过瘾”而已。[①] 他的意识深处经常闪现出诸如“不孝有三，无后为大”“男女之大防”等传统思想，他援引“君子动口不动手”“我手执鞭将你打”“过了二十年后又是一个”等来掩盖自身的困境，这些他者的话语在阿 Q 这里是救命稻草，他无师自通地顺手拈来，而不是他个人发乎性情或深思熟虑后的表达。由于他始终无法用语言来言说真实的自己，在错位的语言借用中不断消解语言的所指。可以说，他尽管发声却又失语。此外，《药》中的华大妈人前人后只敢用“低低”的声音说话；《明天》里的单四嫂子给宝儿求医时只敢“局局促促地说”，“不好意思再问”；《离婚》中的有几分威望的庄木三在七大人面前“竟说不出话”，“脑里的局面挤得摆不整齐了”。凡此等等，均表明这些处于社会底层的民众正逐渐丧失他们的声音，他们以“无我”的姿态迈入奴隶队伍的行列。在这里，鲁迅小说展示了国民意识结构中的“无我”与“非我”性，并借此责问“人丧其我”的病由。

鲁迅笔下的儿童常以沉默者的形象出现：《药》中的小栓是几乎没有言语的，留给读者的印象只是他不停咳嗽的样子。《明天》中的宝儿也是没有活泼的生命气象的，没有言语，悄悄地死去。这些儿童之所以让人同情，是因为生命之花还没绽放就已凋零。《示众》中卖包子的胖孩子、戴雪白小布帽的小学生以及老妈子抱在手里的婴孩，他们没有语言，在其麻木的灵魂下只剩下光秃秃的躯体，他们一看到示众者就“像用力掷在墙上而反拨过来的皮球一般”飞奔上前，他们的冷漠与麻木同样成为“被示众”的对象，与周围拥有国民劣根性的成年看客形象毫无二致。在鲁迅的意识中，这些失语的儿童只是一些可怜的生物，他们没有自我意识，没有生存的希望，其悲剧也只是“几乎无事的悲剧”。[②] 徐兰君将鲁迅笔下那些没有

① 丁帆、王世诚：《阿 Q：强者形象文学传统的颠覆》，《文艺理论研究》1995 年第 2 期。

② 鲁迅：《几乎无事的悲剧》，《鲁迅全集》第 6 卷，人民文学出版社 2005 年版，第 383 页。

成长的希望，从来没有自己的声音的儿童形象定义为“鬼魅儿童”。她提出了一个问题：“虽然鲁迅一再赞美儿童的力量，强调儿童/成人的价值秩序，然而，儿童的解放却似乎端赖成人的行动，那么究竟儿童是救国的主体，还是无力的待救者？”[①]这一反问颇有深意，切中了鲁迅对于儿童问题思考的复杂性和矛盾性。但是，在鲁迅复杂体验里潮涌发酵的，依然是对未来中国的忧思以及强民救国的凝眸。在批判“无声中国”里失语现象的同时，鲁迅也期待能说会道的人的出现，用“伟美之声”来打破沉寂。有感于国民沉默的精神弊病，鲁迅呼吁知识分子应发出“雄声”“至诚之声”，以培养善美刚健的国民，“自己觉醒，走出，都来开口”，[②]“青年们先可以将中国变成一个有声的中国。大胆地说话，勇敢地进行，忘掉了一切利害，推开了古人，将自己的真心的话发表出来”，[③]“世上如果还有真要活下去的人们，就先该敢说，敢笑，敢哭，敢怒，敢骂，敢打，在这可诅咒的地方击退了这可诅咒的时代”[④]！儿童可以成为救国的主体，是鲁迅“内的努力”和进化观念的体现。但是，儿童身上有着对成人无法割舍的依赖性，这也限制了其力量的施展。一旦他们被“酱”入成人的“黑色染缸”而无力自救时，他们也就成为了待救者。儿童的这种状态使鲁迅“救救孩子”的启蒙工程陷入了困境之中，也预示了五四知识分子“儿童救国”方案的艰难历程。

二、“暗暗的死”与民魂缺席的“局外人”

“铁屋子”里锁闭了甘于做奴隶的下层庸众，也囚禁了具有反抗精神的觉醒者。他们的身体都面临着被吞噬的命运。《兔和猫》隐喻了生命在“悄悄默默”中消亡的“老中国”情境。两只小兔被猫谋害了，“我总觉得凄凉。夜半在灯下坐着想，那两条小性命，竟是人不知鬼不觉的早在不知什么时候丧失了，生物史上不着一些痕迹。”“我”对于“鸽子”“狗”乃至“苍蝇”一类的小生命的消亡感到很凄凉，陷入了沉思。在鲁迅的小说中很多人物也像这些小生命一样无声无息地离开了人世，“什么也不见了”。为此，鲁迅没有克制地从小说中跳出来，发出这样的感叹：“假使造物也

① 徐兰君、[美]安德鲁·琼斯：《儿童的发现：现代中国文学及文化中的儿童问题》，北京大学出版社 2011 年版，第 142 页。

② 鲁迅：《俄文译本〈阿 Q 正传〉序及著者自叙传略》，《鲁迅全集》第 7 卷，人民文学出版社 2005 年版，第 84 页。

③ 鲁迅：《无声的中国》，《鲁迅全集》第 4 卷，人民文学出版社 2005 年版，第 15 页。

④ 鲁迅：《忽然想起·五》，《鲁迅全集》第 3 卷，人民文学出版社 2005 年版，第 45 页。

可以责备，那么，我以为他实在将生命造得太滥了，毁得太滥了。”[①]

可以说，“狼子村”吃人的寓言始终在上演，“被吃”（死亡）在身体上最为直观的表现是“身体的放倒”，《孔乙己》形象化地再现了这一具体过程。孔乙己出场时给人的印象是“身材很高大”，但最后的离场其高大的身材被“矮化”了，由原来的“站着喝酒”演变为“对了门槛坐着”，小说用一种首尾比照的方式将孔乙己的形象做了如下的描绘：

> 一天的下半天，没有一个顾客，我正合了眼坐着。忽然间听得一个声音，“温一碗酒”。这声音虽然极低，却很耳熟。看时又全没有人。站起来向外一望，那孔乙己便在柜台下对了门槛坐着。他脸上黑而且瘦，已经不成样子；穿一件破夹袄，盘着两腿，下面垫一个蒲包，用草绳在肩上挂住；……不一会，他喝完酒，便又在旁人的说笑声中，坐着用这手慢慢走去了。[②]

被丁举人打断腿的孔乙己不再是过去那个穿长衫站着喝酒的高大形象，以致小伙计只听到声音却“看时又没有人”，他也因此成为旁人俯视的对象。这种身体的矮化难道不是其被吃的形象化、直观化的呈现吗？鲁迅注重对身体政治的隐形层面开掘，他意识到了政治对于国民身体的压抑和铭刻。祥林嫂刚到鲁四老爷家做工的时候，“脸色青黄，但两颊却还是红的”，但当他失去了儿子时，身体发生了变化，“脸色青黄，只是两颊上已经消失了血色，顺着眼，眼角上带些泪痕，眼光也没有先前那样精神了”。当她沦为乞丐时，活着和死人没有两样，“脸上瘦削不堪，黄中带黑，而且消尽了先前悲哀的神色，仿佛是木刻似的；只有那眼珠间或一轮，还可以表示她是一个活物”。祥林嫂身体的变化无疑是礼教政治铭刻的结果，她不仅不能主宰自己的身体，而且自己的身体还成为他人之“物”。同样，子君的自由婚恋前后身体的变化也是非常显著的：恋爱中的子君是“带着笑涡的苍白的圆脸”，同居后子君“竟胖了起来，脸色也红活了”。当冲出家庭后的欣喜消散后，子君耽溺于日常生活，一切发生了很大的变化，她的脸色“灰黄，死了似的”。子君在重压之下走向了末路也应证了身体变化与文化压迫的同步性。此外，鲁迅小说中人物的身体死亡俯拾即是：狂人的妹妹被吃（《狂人日记》）；革命者夏瑜的鲜血成了别人的“药引”（《药》）；单四嫂子的宝儿被庸医稀里糊涂误死（《明天》）；革命党被砍头，

① 鲁迅：《兔和猫》，《鲁迅全集》第1卷，人民文学出版社2005年版，第580页。

② 鲁迅：《孔乙己》，《鲁迅全集》第1卷，人民文学出版社2005年版，第461页。

阿Q稀里糊涂地被枪毙（《阿Q正传》）；陈士成考试失败溺水而亡（《白光》）；祥林嫂在年关的祝福声中孤寂、凄惨地死去（《祝福》）；生痨病的顺姑"不时的吐红和流夜汗"，最终躺倒而咽气（《在酒楼上》）；东郊"倒毙无名男尸"（《弟兄》）；几个少年辛苦奔走了十多年，暗地里一颗弹丸要了他的性命，几个少年"一击不中，在监牢里身受一个多月的苦刑；几个少年怀着远志，忽然踪影全无，连尸首也不知那里去了"（《头发的故事》）；驼背的校役"似死非死的"（《高老夫子》）等等。在这里，鲁迅没有写出这些人死时的英雄壮举，甚至不交代死的过程就让其退出文本的叙事，他们的死充其量就是一种"暗暗的死"。对于这种不挣扎、无意识的死亡观念，鲁迅向来是持批判态度的，他认为："我每当朋友或学生的死，倘不知时日，不知地点，不知死法，总比知道的更悲哀和不安；由此推想那一边，在暗室中毕命于几个屠夫的手里，也一定比当众而死的更寂寞。"[①]

对于死亡，鲁迅并不忌讳去谈论它，在他看来，死亡包含了积极和消极两个维面。一方面他看到了死亡对于人生苦痛终结的积极效应，"想到生的乐趣，生固然可以留恋；但想到生的苦趣，无常也不一定是恶客。"[②]另一方面他不主张去做无谓的牺牲，要保全生命，"以生命来投资，为社会做一点事，总得多赚一点利才好；以生命来做利息小的牺牲，是不值得的"。[③]因而，从他小说里的下层人的命运来看，有时死亡也许是结束其人间苦的解脱方式，鲁迅写出了这些小人物"待死"的生态，并且通过其"虽生犹死"的际遇来反思文化与人、文化与民族等核心命题。在《学界的三魂》一文中，鲁迅指出，中国的国魂里大概总有"官魂"和"匪魂"，官与匪的互相转换压制的则是"民魂"。他说，"民魂""是国魂的第三种"。"惟有民魂是值得宝贵的，惟有他发扬起来，中国才有真进步。"[④]由于国民奴性意识深厚，不懂得反抗，处处受制于各类权力机制的压抑，如动物一般不知生死地存活，这是鲁迅非常担心和恐惧的。可以说，祥林嫂、阿Q、孔乙己、单四嫂子等人没有英雄般赴死的精神气度，他们的生命完全被旧的价值体系包裹了，人们看不见他们的挣扎，听不见他们的呼声。只有剥落了整个旧的价值体系，他们的悲剧才显露出来。这时显露出来的是他们的生命为整个旧价值体系所做的祭献，所做的牺牲。透过他们无声息的身体退场，我们能窥见整个旧有价值体系的吃人本质，而这又是

① 鲁迅：《写于深夜里》，《鲁迅全集》第6卷，人民文学出版社2005年版，第518页。
② 鲁迅：《无常》，《鲁迅全集》第2卷，人民文学出版社2005年版，第281页。
③ 鲁迅：《关于知识阶级》，《鲁迅全集》第8卷，人民文学出版社2005年版，第227页。
④ 鲁迅：《学界的三魂》，《鲁迅全集》第3卷，人民文学出版社2005年版，第222页。

以他们微弱的生命作为祭献而获得的价值，他们生命的悲剧性的沉重就显露出来了。这种审视渗透到现实苦难的内部，发现了这些作为牺牲者的悲剧的秘密。与这些下层庸众相较，文化反抗者的身体立场似乎没那么无声无息，魏连殳“惨伤里夹带着愤怒和悲哀”，“深夜在旷野中嗥叫”的声音始终在萦绕，这种“反抗的声音”尽管最终也如《长明灯》里的疯子一样被静态的文化系统所无害化，一切又恢复到了死一般的寂静。不过，就因为这一点有动静的死亡让我们还能看到搅动静态秩序的可能。

福柯认为：“在死亡的感知中，个人逃脱了单调而平均化的生命，实现了自我发现；在死亡缓慢和半隐半现的逼近过程中，沉闷的共性生命变成了某种个体性生命。”① 即是说，主体在逼近自己死亡之际，能对生有相对深刻的思考。然而，这种死亡临界点上“生”的发现对于庸众来说没有太多意义，最多不过是本能的反应或是加快其死亡到来的心理要素罢了。同时，作为见证他人“死亡”的当事人（或旁人）也没能产生“生”的主体思考。对于夏瑜缘何而死、死的意义在哪等问题，夏四奶奶完全不知情，当然我们也很难苛求她能彻悟到儿子的死亡之于生的意义，毕竟她的思想意识难以达到这种境界。让人痛心的是：在上坟的时候，她竟然迷信地希望乌鸦飞上坟头来证明儿子是屈死的；孔乙己的死，留给周围人的感受是“还欠十九个钱呢”；阿Q的死只是让旁观的人留有“枪毙并无杀头这般好看”的印象；宝儿的死除了给单四嫂子在梦中留有念想外，至于说到死亡的感悟和意义她全无所知，“现在的事，单四嫂子却实在没有想到什么……他能想出什么呢？他单觉得这屋子太静，太大，太空罢了”。祥林嫂的死对于那些麻木的旁人来说毫无意义，旁人也不可能推己及人地将祥林嫂的命运与自己联系起来，置身事外的于己无干的想法是旁人最直接的心理反应。她宛如“被人们弃在尘芥堆里，看得厌倦了的陈旧玩物，先前还将形骸露在尘芥里，从活得有趣的人们看来，恐怕要惊讶她何以还要存在，现在总算被无常打扫得干干净净了”。族人对于魏连殳的死安排了葬礼，各种仪礼周全而符合祖训，“寿材寿衣早已做成，都无须筹画；……聚议之后，大概商定了三大条件，要他必行。一是穿白，二是跪拜，三是请和尚道士做法事。总而言之：是全部照旧”。他们正是用这种“全部照旧”的方式埋葬了一个曾经不循规蹈矩的生命。

鲁迅憎恶那些苟活者，认为他们尽管活着，但却“将你的心缩小”，是与死亡无异的奴隶状态。在他看来，这些人“意图生存，而太卑怯，结

① ［法］米歇尔·福柯：《临床医学的诞生》，刘北成译，译林出版社 2001 年版，第 193 页。

果就得死亡”。[①] 他鞭挞国民性的目的是唤醒其麻木的灵魂，让他们深切地感受到自己的苦痛，“叫起灵魂来目睹他自己的腐烂的尸骸”。[②]“死”与“生”既是时间段中的两极，同时又对立统一、密不可分：探讨死亡问题虽名为谈死，实则论生，或毋宁说它是人生哲学或生命哲学的一种深化、延续和扩展。这其中明显地渗透了现世的生命关怀，同时不放弃对现世人终极意识的叩问。因而“知死”实为“知生”，由生与死生成的文化意义及生死之间的转化关联是时间意识重要的哲学内涵。鲁迅小说的时间意识绝不是简单的悲剧人生体验，而是在“死”的“临界处境”中反观“生”的存在与意义。关于“临界处境”，雅斯贝尔斯认为，它是人面对痛苦、绝境和死亡时的一种意识状况，是必然的、最后的和绝对的状况。在他看来，正是由于这种绝对的存在处境才使人们有体己的震惊，因为“在我们的实存的边缘上被感受到、被体验到、被思维了的处境，把实存的内在矛盾、二律背反统统展现出来了”。[③] 可以说，这种“临界处境”就是时间重要的中介点，处于这一关节点上的主体面临着重大的生命转折，其思维意识在这一特殊瞬间、场景中被释放和播撒。《孤独者》的魏连殳给“我”写的一封信可视为其面对死亡时的临界体验，其中有这样一段值得深入分析：

> 然而我还有所为，我愿意为此求乞，为此冻馁，为此寂寞，为此辛苦。但灭亡是不愿意的。你看，有一个愿意我活几天的，那力量就这么大。然而现在是没有了，连这一个也没有了。同时，我自己也觉得不配活下去；别人呢？也不配的。同时，我自己又觉得偏要为不愿意我活下去的人们而活下去；好在愿意我好好地活下去的已经没有了，再没有谁痛心。使这样的人痛心，我是不愿意的。然而现在是没有了，连这一个也没有了。快活极了，舒服极了；我已经躬行我先前所憎恶，所反对的一切，拒斥我先前所崇仰，所主张的一切了。我已经真的失败，——然而我胜利了。[④]

在这封信中，魏连殳首先叙说了自己愿意“为爱的人活着”，但是现在“爱的人”一个也没有了。甚至到了连“爱的人”也不愿意他活下去的

① 鲁迅：《坚壁清野主义》，《鲁迅全集》第 1 卷，人民文学出版社 2005 年版，第 274 页。
② 鲁迅：《娜拉走后怎样》，《鲁迅全集》第 1 卷，人民文学出版社 2005 年版，第 167 页。
③ [德] 雅斯贝尔斯：《当代的精神处境》，黄藿译，北京三联书店 1992 年版，第 175 页。
④ 鲁迅：《孤独者》，《鲁迅全集》第 2 卷，人民文学出版社 2005 年版，第 103 页。

时候，他陷入了虚无的境地。然而，他却有了另一个极端的想法：为敌人而活下去。他在信中说道："我自己又觉得偏要为不愿意我活下去的人们而活下去。"于是他做了杜师长的顾问，成了"魏大人"，这种看似妥协的方式却隐含了其"以毒攻毒"的复仇姿态：利用背叛内心的方式来加入对手的行列，然后又用这种身份给压迫者以压迫，给侮辱者以侮辱。这样一来，过去的对手和敌人纷纷磕头赞许，显然，这种反抗违背了他自己的内心，也背叛了爱他的人的期许，他获得了"胜利"，尽管却永远地"失败"了。鲁迅说过："我的可恶有时自己也觉得，即如我的戒酒，吃鱼肝油，以望延长我的生命，倒不尽是为了我的爱人，大大半乃是为了我的敌人。"①"自己便特地留几片铁甲在身上，站着，给他们的世界上多有一点缺陷。"②"为敌人而活"体现了精神界战士不屈不挠的个人意志，只有保存自己的生命才能长久地与敌人抗争。而魏连殳的"为敌人而活"却扭曲了个人的独立品格，他的苟延残喘的生存在毁灭了原初的自我，这也必然让他更加绝望，他最后的死也就并不意外了。

对于死亡，与其说阿Q和祥林嫂尚有本能的疑问和感触，不如说是旧文化裹挟下的对于生的疑惑和无知。临刑前，阿Q本能的反应是死的不可避免："他意思之间，似乎觉得人生天地间，大约本来有时也未免要杀头的。"他临死前的"出风头"和"过了二十年又是一个"的大喊本源于其对旧文化认同的无意识，也是其先前充当过"看客"的心理佐证。同时，"这刹那中，他的思想又仿佛旋风似的在脑里一回旋了……这些眼睛们似乎连成一气，已经在那里咬他的灵魂"。他在"死"的突然惊觉中而产生的本能恐惧，而这种本能的反应又是旧文化思想无法排遣和克服的。旧文化的无意识与死亡的无法救赎之间的张力彻底击溃了阿Q的心理防线，一句底气不足的"救命"，道出了他的内心最真实的声音，其屡试不爽的"精神胜利法"在死亡的临界点也发挥不了作用了。祥林嫂的"死"是多方面的因素造成的，鲁迅借其死来反观现实的诉求在文本中充分地展示出来了。祥林嫂对于死的恐惧主要源自其对于"一女嫁二夫"身世的认同，死后被二男分尸的恐惧让其求生不得，求死不能。她对"我"的"临终询问"恰恰表明了这一点。从不愿意改嫁到丧夫失子，主宰祥林嫂命运的不再是她自己，而是残酷的旧文化体系及其思想。在此境地中，无论她如何努力，无论她怎样救赎，生和死都关闭了大门，而"我"模棱两可的回答加剧了这个徘徊于生死边缘的弱者的痛苦。在这里，死并非生的逃遁

① 鲁迅：《〈坟〉题记》，《鲁迅全集》第1卷，人民文学出版社2005年版，第4页。

② 鲁迅：《写在〈坟〉后面》，《鲁迅全集》第1卷，人民文学出版社2005年版，第284页。

之地，这种生死的两难体现了鲁迅拷问现实的深刻性。陈士成最终溺水而亡同样来源于对生的绝望，连续十六次考不中秀才的他陷入了无穷尽的失望和虚无的精神状态中，小说并没有写他死亡的具体过程，而是放大了其临终前的精神状态和对残酷人生的感悟，“他平日安排停当的前程，这时候又像受潮的糖塔一般，刹时倒塌，只剩下一堆碎片了”。眼前飞舞的杂乱异样的阵图、回荡在他耳边的“这回又完了”冲击着他的神经，“倒塌了的糖塔一般的前程躺在他面前，这前程又是广大起来，阻住了他的一切路”。这种“临界处境”的虚无感始终蚕食着陈士成，模糊了生的意义，也使其失去了人生的航向和选择，“生”的反抗和抉择被“死”的解脱所搁置，“死”成为其摆脱绝望处境的唯一手段。

在这里，鲁迅显然无意堆砌和重复国民死亡的状态，而是要通过国民身体死亡的命运来阐释其自我的生死观：“身体主要是被描写的对象，而非言说的主体，所谓身体语言也并不是身体言说自己的语言，而是意识和精神主体借助于身体的言说。”①“坟”是鲁迅常用的文化意象，如丧仪、迁墓、坟冢、砍头示众、倒毙、病死等场景在其小说中俯拾皆是，它与中国历史一贯的“吃人”行为构成了互文性印证。鲁迅将中国的文明比作“人肉的筵席”②，所有人都被裹挟于这种“吃”与“被吃”的逻辑怪圈中。写死实为写生，如果不是生之艰难，也就不会有推至死亡临界点来反观生的可能。对此，李长之认为，鲁迅小说对于死亡的书写是其自我发展中背后唯一动力，即“人得要生存”。③确实，鲁迅也一直强调生的重要：“一要生存，二要温饱，三要发展”，④“希望是附丽于存在的，有存在，便有希望，有希望，便是光明”。⑤显然，从身体的角度来看，这些死亡的身体不可能肩负民族国家的重任，身体的退场也体现了鲁迅从“死”来反观社会、历史与现实的人文情怀。

值得注意的是，鲁迅不是一味地展示肉体的死亡（被吃、虐杀），而是将重心放在对人精神死亡的揭露和剖析上。在鲁迅的小说中，诸多人物尽管肉体存活着，但其精神早已死亡，而且精神死亡的方式和表现主要表现为如下几种：“反抗思想的死亡”（主要是指那些先锋性撤退的知识分子）、“情感性死亡”（主要是指那些麻木愚昧的看客）、“失忆性死亡”（主要是指

---

① 郜元宝：《从舍身到身受——略谈鲁迅著作的身体语言》，《鲁迅研究月刊》2004年第4期。

② 鲁迅：《灯下漫笔》，《鲁迅全集》第1卷，人民文学出版社2005年版，第228页。

③ 李长之：《鲁迅创作中表现之人生观——鲁迅批判之五》，《国闻周报》1935年6月24日。

④ 鲁迅：《忽然想起·六》，《鲁迅全集》第3卷，人民文学出版社2005年版，第47页。

⑤ 鲁迅：《记谈话》，《鲁迅全集》第3卷，人民文学出版社2005年版，第378页。

那些用“遗忘”为武器来消弭痛感的人)、“虚无性死亡”(主要是指那些找不到人生方向及慰藉的底层民众)。概而言之，文化反抗者的精神死亡意味着反抗、启蒙等先锋意识的退场，鲁迅从这种精神的退场和中止中发现了包括自己在内知识分子本身的局限，同时也将批判的目光指向掐断反抗精神的权力机制与文化结构。而普通民众对自身的精神死亡是无意识的，他们意识不到自身的存在，也无法体会文化反抗者“恨恨而死”的无奈与悲壮。[①] 换言之，他人主宰着自己的生命，对“异类”和“同类”没有同情和悲悯，稀里糊涂地丧失了人的主体价值与精神。阿 Q 的精神死亡属于反抗意识的缺席(死亡)：由于其“精神胜利法”的作用，当自己处于不利或者挨打的状况下，总能找到“自我解嘲”“自我满足”的语言或理由来“抚平”创伤，由此，取消了其反抗意识和主体精神。死之前的孔乙己是生活在新时代里的旧文人，这种错位的人生观念让其陷入了旁人的讥笑和讽刺之中，小伙计“我”及周围看客存活的价值在于看孔乙己的笑话，以咀嚼其痛苦为乐，他们的麻木、隔膜确证了其情感性死亡：孔乙己的出现才可以使“我”笑几声，因为正是通过酒店食客嘲笑他偷东西以及由此而挨打受辱，才会消解一些生活的单调和无聊。可是没有他，人们也便这么过，他的“死”所留给人们的“想念”不过是粉板上记着的十九文欠账，到第二年中秋之后，连“还欠十九个钱”也都遗忘了。死之前的祥林嫂的精神死亡属于虚无性死亡：当自己“想做奴隶而不得”的时候，她陷入了绝望和虚无的境地，周围人无可倾诉，“捐门槛”也未能改变自己的命运。向“我”询问生死的有无更是表明了她虽然活着但是还不如死的精神状态。单四嫂子的精神死亡属于空虚、寂寞的虚无(死亡)：单四嫂子在儿子死后唯一的感受是：“太空的东西四周压着他，叫他喘气不得”“苦苦的呼吸通过了静和大的空虚，自己听得明白”。新的人生根本不属于她：“只有那暗夜为想变成明天，却在这寂静里奔波；另有几条狗，也躲在暗地里呜呜的叫。”成年闰土的精神死亡属于自由、平等思想的死亡和语言的死亡：中年闰土与少年闰土相比，少了当年勇敢、自由、平等等意识，他的一声“老爷”道出了等级思想及世俗观念。对于自己的痛苦和现状，闰土是没有言说能力的。N 先生批判的“他们”和“你们”的精神死亡属于愚昧、麻木的失忆性死亡：“他们”和“你们”记忆已经死亡，双十节却忘却了纪念，当年的革命者也被忘却——“现在他们的坟墓也早在忘却里渐渐平塌下去了”。华老栓等庸众的精神死亡属于愚昧、麻木的失忆性死亡：以革命者的血蘸

① 鲁迅：《随感录·六十二 恨恨而死》，《鲁迅全集》第 1 卷，人民文学出版社 2005 年版，第 378 页。

馒头作药引，在懵懂和无知中葬送了革命者的生命。

在中国特有的“乐感”文化的氛围里，谈论死亡是令人不快甚至是很忌讳的事情，因而祥林嫂的“死”被鲁四老爷这种文化人忌讳地替换成“老了”。然而，普通民众如七斤嫂也会因触及自身利益而大骂七斤为“死囚”“死尸”。鲁迅小说浓墨重彩地写出了国人肉身和精神死亡的状况，其出发点在于要揭示“病态社会里的不幸”，这里的“不幸”即是无所希望、死亡的婉语。鲁迅小说里的精神死亡几乎都是“暗暗的死亡”，死亡的意义被留言、误解和冷漠消解了。[①] 民众以一种“死亡局外人”的方式来对待别人的死亡，是鲁迅小说中反复书写的情节。祥林嫂的死让鲁四老爷感到不快，将其咒为“谬种”，不久却总算让那些懂礼数的人感到快意，“总算被无常打扫得干干净净”。对于子君的死，涓生尽管有真情的流露，但他也道不明根由，只是冷冷的一句“谁知道了呢。总之是死了就是了”。阿毛和宝儿的死让两位母亲痛不欲生，但在看客看来，却也无非是谈资或者是占便宜的好机会。针对这种“对于死的随便”现象，魏连殳以“冷笑着可笑的死尸”的方式来对待别人对于自己葬礼的观瞻，也许是鲁迅对于这病态中国及中国人的无声的反抗吧。死后的魏连殳并未丧失生前曾有过的叛逆，在棺材里“很不妥帖地躺着”，这可以作为死者最后反抗的觉悟。对于存活者精神死亡的言说，鲁迅将批判的矛头指向那些制造奴隶道德的“死之说教者”，[②] 他感觉到了一种关乎国家生死存亡的“大恐惧”，他厌弃那些无法感受他人死亡痛苦的人，通过对“死亡展览会”的“示众”将他们身上的种种弊病和盘托出。

概而言之，上述精神死亡的一个共同点是虚无，它是肉体存活精神却已死亡的本质表现。鲁迅小说将身体人格化了，这些老中国的儿女的精神状态通过此类身体描绘得以呈示，隐喻了“没有明天”的时间怪相。应该说，身体并不是一种人格化的对象，它同时也是所有人格拟人化当中起源的和最不曾扭曲的、绝无仅有的人格化对象，“或者可以说，它完全就像它自己”。[③] 从上可以看出，不管是农民还是知识分子都陷入了精神危机或精神死亡的状态之中。就知识分子而论，反抗思想的倒退、现代思想的退

---

① 张箭飞：《词语细读：鲁迅小说中的“死亡”》，《江汉论坛》2000 年第 4 期。

② “死之说教者”原是尼采《查拉图斯特如是说》中的篇名，鲁迅多次引用来特指那些与屠杀者无异的某些披着文艺法衣的“伪士”。（参见鲁迅：《〈且介亭杂文〉序言》，《鲁迅全集》第 6 卷，人民文学出版社 2005 年版，第 3 页；鲁迅：《七论“文人相轻”——两伤》，《鲁迅全集》第 6 卷，人民文学出版社 2005 年版，第 419 页。）

③ [美]韩瑞：《假想的“满大人”：同情、现代性与中国疼痛》，袁剑译，江苏人民出版社 2013 年版，第 214 页。

场是其精神死亡的主要表现。而意义的虚无、反抗意识的缺席、情感和语言的死亡则是农民精神死亡的关键要素。显然，造成上述精神死亡的原因是社会和自我双重“合谋”的结果。

第四章 “铁屋子”破毁与诊治中国的困境

与其他知识分子实业救国、教育救国、科学救国不同的是，鲁迅所践行的是通过思想启蒙来救治国家。他的文学实践没有离开其身处的中国，他始终着力于书写“我眼里所经过的中国的人生”，[①] 这使得他的创作具有很强的现实性。在《〈呐喊〉自序》中，鲁迅阐明了他对于启蒙的质疑，这种质疑指向他所在的中国情境、中国人以及弥散于国人精神之上的文化传统。正是基于“幸而谁也不敢十分决定说：国民性是决不会改变的”的否定之否定的信念，[②] 他始终没有放弃“为人生”的启蒙立场。应该说，鲁迅对于中国的观照完全是“鲁迅式”的，而这种个人化的阐释与洞见中包含着深刻沉厚的历史性和现实性内容，主体思维和行为意向的每一次变动和调整，都源于他对历史文化和社会现实全面而深刻的感受与认识。由于这是重新审视和寻找“自我”的过程，因此历史性和现实性的内涵在当下又有了新的走向和特征，并成为鲁迅确立主体价值的存在条件或基础，进而影响着鲁迅的启蒙实践。

第一节 “他者启蒙”与“自我启蒙”失序：启蒙机制的两歧

鲁迅毕其一生都在实践着他的“立人”工程，他始终坚守启蒙的立场，高举“为人生”的旗帜，引领了五四启蒙运动的文学潮流。事实上，“启蒙”本身即是民族国家话语之一，“启蒙的目标，文化的改造，传统的扔弃，是为了国家、民族”。[③] 内蕴自由、解放、民主、法制、科学的启蒙话语肩负着未来民族国家在文化象征层面上建构与想象的使命。从这种意义

① 鲁迅：《俄文译本〈阿Q正传〉序及著者自叙传略》，《鲁迅全集》第7卷，人民文学出版社2005年版，第84页。

② 鲁迅：《忽然想起·四》，《鲁迅全集》第3卷，人民文学出版社2005年版，第18页。

③ 李泽厚：《中国现代思想史论》，北京三联书店2008年版，第6页。

上说，鲁迅在将“人”的启蒙问题提出来时，也就意味着作家个人的认同与国家的认同被有机地融合在一起，成为不可分割的整体。鲁迅深深地知道，要破毁“铁屋子”必须要开启民智，将民众从“非人”的精神状态中拉出来。作为先觉者的鲁迅敏锐地看到了国民中郁积的根性和惰力，这是阻碍他们发展和社会进化的主要原因。因此，“攻打病根”“撕去假面”“活画出一个个沉默的国民的魂灵来”呼应了其进化理性和对人的重新塑造的要求。然而，启蒙并非启蒙者单方的话语操练，它需要被启蒙者的回应甚至配合，这其中涉及“他者启蒙”与“自我启蒙”谁先谁后的问题，而这种启蒙机制的两歧性直接影响启蒙实践的运行，必须深入地思考才能真正认知这一复杂的话题。

一、启蒙的逻辑死结与“中间物”的双重批判

鲁迅是一个饱含着人道主义情怀的启蒙者，他尽管对启蒙有疑问，但始终未放弃启蒙的立人工程。因为他坚信，“大约将来人道主义终当胜利”，[①] 人类“将来总要走同一的路”，那就是“向人道前进”。[②] 人道主义与个人主义有着一定的差异性，以致当两者必选其一时让很多人陷入困境。鲁迅不满政治家完全将两者截然地分开，他毫不讳言地认为自己兼有人道主义与个人主义的双重特性。正是这种特性让他在“爱人”与“憎人”间彷徨，具体表现在其创作“哀其不幸，怒其不争”的情感倾向上。到后来，他的这种爱憎情感中增添了新的内容，即“对于前驱者的爱的大纛，也是对于摧残者的憎的丰碑”。[③] 将人视为独立的个体生命存在是现代社会的重要特征。

从“己”出发，关心自我保存是现代哲学传统的核心内涵。笛卡尔的“我思”、黑格尔的“精神”、康德的“主体”均宣告人的自然天性不是自我之外的依附体。值得注意的是，自然状态下的自由依然是奴隶状态，唯有上升到道德及理性层面上的才是真正的自由。难能可贵的是，鲁迅将人道主义的博爱和个人主义的自由很好地统合起来，他指出，“裴伦既喜拿破仑之毁世界，亦爱华盛顿之争自由，既心仪海贼之横行，亦孤援希腊之独立，压制反抗，兼以一人矣。虽然，自由在是，人道亦在是”。[④] 他批判

① 鲁迅：《180820 致许寿裳》，《鲁迅全集》第 11 卷，人民文学出版社 2005 年版，第 366 页。

② 鲁迅：《不满》，《鲁迅全集》第 1 卷，人民文学出版社 2005 年版，第 231 页。

③ 鲁迅：《白莽作〈孩儿塔〉序》，《鲁迅全集》第 6 卷，人民文学出版社 2005 年版，第 512 页。

④ 鲁迅：《摩罗诗力说》，《鲁迅全集》第 1 卷，人民文学出版社 2005 年版，第 94 页。

阿 Q 的“我要什么就是什么，我喜欢谁就是谁”的奴才式的自由则正是基于此。严复翻译约翰·穆勒的《论自由》时，曾苦心孤诣地将“自由”译为“己与群之权界”，他说：“自由者，凡所欲为，理无不可。此如有人独居世外，其自由界域，岂有限制？为善为恶，一切皆自本身起义，谁复禁之？但自入群而后，我自由者人亦自由，使无限制约束，便入强权世界，而相冲突。故曰：人得自由，而必以他人之自由为界。”[①] 换言之，个体的自由并非绝对的，真正的自由是自我立法。而这一切在鲁迅小说里的人物身上都远远没有做到，甚至连自由的意识也没有。在主奴社会体系中，“真的人”与奴隶的存在的比例是非常不平衡的，即拥有独立人格和自由意志的人远远少于缺失主体价值的人。

在思考“启蒙”的问题之前，鲁迅一代的知识分子也许都无法避免这样一个问题：“国民性”到底是中国落后挨打的事实的“原因”呢，还是中国落后挨打事实造成的“后果”呢？或者我们也可以这样设问：如果中国落后挨打是由国民性生成的，那么国民性又是什么生成的呢？关于国民性是作为“前因”还是“后果”的问题，给致力于“立人”的启蒙者鲁迅带来了几近绝望的影响，也使他认清了启蒙民众必然会产生的逻辑死结：希望唤醒对方，对方却根本听不懂或不愿意听你唤醒他的启蒙，而不启蒙对方，对方更加不愿意被启蒙。在这种启蒙的怪圈里，启蒙者陷入了“无物之阵”，一次次举起启蒙的“投枪”，但是被启蒙者却屡屡逃遁，有力无法得到施展。启蒙者与被启蒙者之间的双向隔膜阻碍了启蒙的有效运行。在小说中，鲁迅细腻地阐释了民众对于新事物“乡愚式的讹误”，启蒙、革命等现代思想被图解成一场场闹剧。《阿 Q 正传》中未庄人将“自由党”的证章直观地称为“银桃子”，“自由党”则讹成了“柿油党”，而辛亥革命的革命党是“白盔白甲，穿着崇正皇帝的素”，对于阿 Q 为什么要杀头，合不合理？当地人从未怀疑：“至于舆论，在未庄是无异议，自然都说阿 Q 坏，被枪毙便是他的坏的证据；不坏又何至于被枪毙呢？”《长明灯》中，人们将梁武帝讹为“梁五弟”，《风波》中将复辟的张大帅认同为燕人张翼德的后代，一支丈八蛇矛，有万夫不当之勇；《故乡》中的杨二嫂认为“我”“放了道台了”，“有了三房姨太太”，“出门便是八抬的大轿”。显然，造成国民思想落后的根由与自身所受教育密切相关。《孤独者》里就说，“中国兴学虽说已经二十年了，寒石山却连小学也没有”，在此情境下，民众很难接受新事物，更勿论要改变其根深蒂固观念的启蒙本身了。

---

① 严复：《译凡例》，《群己权界论》约翰·穆勒著，严复译，商务印书馆 1981 年版，第 1 页。

然而，鲁迅并没有因此放弃启蒙，他呼吁“精神界的战士”不要放弃对民众的呐喊、点拨甚至批判，将希望寄予那些先觉者。其路径是经由启蒙，民众能意识到自己的困境，然后跳出被“铁屋子”窒息的黑暗境地，最终再合力破毁“铁屋子”。这个过程是漫长而艰辛的，而启蒙是破毁“铁屋子”的基点，不解决这个问题后面的一切都无法实现。所谓启蒙，用康德的话说就是：“使摆脱其自我原先未成年状态。未成年状态意味着无他人指导不能运用自己的悟性。”① 从“无法”向“有法”状态的转变意味着人为自己“立法”，启蒙的真正内涵在于将人当作目的而非手段。鲁迅痛心地发现，很多国民在“不撄人心”的传统文化空间里浑浑噩噩地活着，他们的精神业已奴化成“人的影子”，他的“任个人而排众数”② 的思想也本源于此。启蒙意味着对社会和人的某些弊病和现实进行揭露和批判，以此建构出一个符合现代性要求的主体思维和生存状态。觉醒的人只是少数，犹如昏暗中的星星点点，然而鲁迅依然希望借此可以烛照整个天宇，“庶几烛幽暗以天光，发国人之内曜，人各有己，不随风波，而中国亦已立”。③ “首推文艺”来启蒙的鲁迅看到了文学“撄人心”的功能：“诗人为语，则握拨一弹，心弦立应，其声澈于灵府，令有情皆举其首，如睹晓日，益为之美伟强力高尚发扬，而污浊之平和，以之将破。”④ 鲁迅高度颂扬摩罗诗人搅动人的灵魂的“伟声”，其内蕴的强大生命力对于传统秩序的冲击是巨大的，更为重要的是他能唤醒那些精神幽暗的广大民众。在这里，鲁迅架构了知识者对于广大民众启蒙的结构模式。于是，在看与被看中，更多了一双“第三人”的眼睛，他勾连了上层压迫者与下层庸众之间的社会权力网络，启蒙者鲁迅也就内置于多元权力关系的张力结构中了。正如竹内好所说，“文学家鲁迅是无限地产生出启蒙者鲁迅的终极场所”。⑤ 作为一个用文学改良人生的知识者而言，知识既是鲁迅成为启蒙者的前提条件，也是实践启蒙工程的终极手段。对于启蒙，鲁迅的态度是严肃的，他反对中国传统文学的“瞒”和“骗”，他呼吁知识者“真诚地，深入地，大胆地看去人生并且写出他的血和肉来”，⑥ 因为，“只有真的声音，才能感

① [德]霍克海默等：《启蒙辩证法：哲学断片》，渠敬东、曹卫东译，重庆出版社1990年版，第74页。

② 鲁迅：《文化偏至论》，《鲁迅全集》第1卷，人民文学出版社2005年版，第47页。

③ 鲁迅：《破恶声论》，《鲁迅全集》第8卷，人民文学出版社2005年版，第27页。

④ 鲁迅：《摩罗诗力说》，《鲁迅全集》第1卷，人民文学出版社2005年版，第68页。

⑤ 竹内好：《鲁迅》，李心峰译，浙江文艺出版社1986年版，第146页。

⑥ 鲁迅：《论睁了眼看》，《鲁迅全集》第1卷，人民文学出版社2005年版，第255页。

动中国的人和世界的人”。[1] 对于鲁迅而言，“那个声音”（《过客》）、“真的人”（《狂人日记》）是绝对命令，它指引着知识分子求真向上的方向，从“人肉筵席”中逃离出来，成为一个具有独立精神主体的“人”。

由于中国社会现实和人都处于一种无时间性的状态中，因此“轮回的把戏”在所难免。在异己化的空间里，“主体何为”是鲁迅思考的问题。在投射其精神影子的知识分子身上，鲁迅试图用没有被同化的反抗者的先在觉醒来撼动静态的“铁屋子”。《狂人日记》中的“狂人”、《药》中的夏瑜、《头发的故事》中的N先生、《故乡》和《祝福》中的“我”、《长明灯》中的“疯子”、《在酒楼上》中的吕纬甫、《孤独者》中的魏连殳、《伤逝》中的子君和涓生等人既是“中间物”的符码，也是启蒙者的符号。他们所处的社会空间是高度静止的，是不产生时间的。同时他们被下层庸众和上层阶级包围着。可以说，他们的内部生命的时间都是被压缩在现实空间之中。然而，这些“外来还乡者”“文化反抗者”“孤独者”的“突围”“走”“外突”等反抗行动，毕竟给中国的社会带来了一种流动的感觉，他们孤独、弱小的生命时间性也充盈到了整个文化空间中去了。

鲁迅指出，“一切事物，在转变中，是总有多少中间物的。……或者简直可以说，在进化的链子上，一切都是中间物”。[2]“中间物”是有时间性的，他们处于新旧之间，切断了“主—奴”关系，在“个人—社会”的空间关系中创造着自己的时间性。这种时间性的获致首先来源于“中间物”对旧传统的反抗性。“从旧垒中来，情形看得较为分明，反戈一击，易制强敌的死命”的“中间物”特征决定了他们的叛逆性。在与上层压迫者的对话中，标示了他们不同于下层庸众的先锋性。从思维意识上来说，这两者是格格不入的，“上层压迫者”在维护自身既得利益和权力地位时，最反感也最害怕“文化反抗者”的启蒙的呐喊和主体的反抗，“用奴隶或半奴隶的幸福者，向来只怕‘奴隶造反’，真是无怪的”。[3] 因为他们的呐喊和反抗会撼动原本足够坚固的“铁屋子”，动摇原本稳固的主奴社会秩序。因此，一旦有“文化反抗者”来搅动他们的美梦，他们会不由分说地对“文化反抗者”进行戕杀，当两者进行对话的时候，可想而知是很难进行的。在《狂人日记》中，“狂人”面对大哥时，他陷入了“讲道理”的言说困境中，“我只有几句话，可是说不出来”。无奈之下，他转而希望大哥自己能对旧有文化和习俗说“不能”：

① 鲁迅：《无声的中国》，《鲁迅全集》第4卷，人民文学出版社2005年版，第15页。
② 鲁迅：《写在〈坟〉后面》，《鲁迅全集》第1卷，人民文学出版社2005年版，第302页。
③ 鲁迅：《偶成》，《鲁迅全集》第4卷，人民文学出版社2005年版，第600页。

只要转一步，只要立即改了，也就人人太平。虽然从来如此，我们今天也可以格外要好，说是不能！大哥，我相信你能说，前天佃户要减租，你说过不能。[①]

尽管在狂人看来这勇敢的一跨是“门槛”和“关头”，但这种寄希望于上层压迫者否定自我惯常的经验是不现实的。最终狂人只能以宣言式的“呐喊”来发出自言自语的“劝转”：“你们可以改了，从真心改起！要晓得将来容不得吃人的人，活在世上。你们要不改，自己也会吃尽。即使生得多，也会给真的人除灭了，同猎人打完狼子一样！——同虫子一样！”这种“劝转”与其说是振聋发聩的呐喊，不如说是带有敌意的诅咒。狂人断言不久的将来有“真的人”出现，干着吃人勾当的“野蛮人”会被“真的人”消灭。然而，世人是不会相信“将来”的可怕的预言，他的劝转也再一次落空，狂人再一次被关进“黑漆漆”的空间里。在当时的现实语境中，启蒙者的言说无法说服下层庸众，更不用说是上层压迫者了。因此，“狂人”如置身于“无物之阵”，“无物之物”逃逸了，对话无法完成。在《祝福》中“我”和鲁四老爷之间的对话同样是不顺利的。“我”（还乡的启蒙知识分子）与鲁四老爷（上层压迫者的代表）第一次见面的对话就难以持续、话不投机：“我”和鲁四老爷见面寒暄之后，他就说“我”胖了，接着大骂其新党。新党指的是康有为，但也隐讳地表明了他对那些改革者的反感和不认同，当然也包括从外地学新文化回来的“我”。由于各自的世界观和人生观太不相同，使得两人的对话并未进行下去，“谈话是总不投机的，于是不多久，我便一个人剩在书房里”。这也是“我”认为过年的热闹与“我”毫不相干，“无论如何，我明天决计要走了”的重要原因。

鲁迅说过：“民族根性造成之后，无论好坏，改变都不容易的。……但如从现代起，立意改变：扫除了昏乱的心思，和助成昏乱的物事（儒道两派的文书），再用了对症的药，即使不能立刻奏效，也可把那病毒略略羼淡。如此几代之后待我们成了祖先的时候，就可以分得昏乱祖先的若干势力，那时便有转机……至于‘灭绝’一条，那是全不成话，可不必说。”[②]他意识到，现代的知识与思想不可能在“老中国”的土壤中纯粹地植根、开花和结果，他由此关注知识和思想在现实中“被改造”的事实。“中间

① 鲁迅：《狂人日记》，《鲁迅全集》第1卷，人民文学出版社2005年版，第453页。

② 鲁迅：《随感录·三十八》，《鲁迅全集》第1卷，人民文学出版社2005年版，第329—330页。

物”的使命是“桥梁”，他连接上层压迫者，也关切着下层民众，是进化链条上的关键一环。正因为他“从旧垒中来”，也“并非什么前途的目标，范本”，所以需要理性批判社会、决绝解剖自我来消弭外在和内在的压抑之苦。这种双重指向也体现了鲁迅为“他人”和为“自己”的矛盾，他说过：“其实，我的意见原也一时不容易了然，因为其中本含有许多矛盾，教我自己说，或者是人道主义与个人主义这两种思想的消长起伏罢。所以我忽而爱人，忽而憎人；做事的时候，有时确为别人，有时却为自己玩玩……”[①]外在的压抑之苦是指历史的发展之于主体的外在压力和创伤。鲁迅借狂人、魏连殳、吕纬甫、疯子、N 先生、涓生等人之口，对“中国”及中国人存在的种种症状和弊病进行了毫不留情的揭示和批判。没有这种“反戈一击”的勇气和姿态是不可能推动中国从旧向新转变的。内在的压抑之苦是过渡阶段必然衍生的分裂心理，是一种对外在世界和存在空间的否定态度投射和指向自身的忏悔意识。正因为从旧营垒中来，又背负着古老传统的“鬼魂”，摆脱不开，深陷于历史与现实中，因此要对抗外在的黑暗势力，必须理性地审视自我。试想一个吃过人的启蒙者怎么能真正启蒙他人，这种与“非人”母体脱不了干系的身份关系预示着启蒙的艰难。为此，鲁迅毫不护短，将启蒙者身上的局限性、矛盾性和盘托出，这既是国人的精神状态，也是中国的精神状态。

二、“诊”“治”颠倒与“看”“演”反转

面对黑暗和虚无的“铁屋子”，鲁迅深知自己的启蒙工程并非易事。如果将那些愚昧、麻木、无特操的国民比作“病人”，那么学医出身并致力于改造国民的鲁迅则是“医生”。“医生”对“病人”的疗治分为“诊”与“治”，前者是找出病由、病根，后者则根据病症开出药方。鲁迅对于自己的角色定位首先是一个“诊者”，即“揭出病苦，引起疗救的注意”，[②]“将旧社会的病根暴露出来，催人留心，设法加以疗治”。[③]这是“梦醒者”所能做但也不容易做的工作，它要求启蒙者必须具备拯救民众的责任感，有无畏于成为庸众眼中的“国民之敌”的勇气。至于“开药方”的工作就更不简单了，我们要询问：医生是否找准了病因？然后能否开得出药方？如何向患者解释病情？有无药可抓？这些问题困扰着鲁迅。

① 鲁迅：《两地书·二四》，《鲁迅全集》第 11 卷，人民文学出版社 2005 年版，第 81 页。

② 鲁迅：《我怎么做起小说来》，《鲁迅全集》第 4 卷，人民文学出版社 2005 年版，第 526 页。

③ 鲁迅：《〈自选集〉自序》，《鲁迅全集》第 4 卷，人民文学出版社 2005 年版，第 468 页。

通读鲁迅的小说，我们会注意一个现象：疾病包围着普通民众，但鲁迅并未具体言明是哪一种病症，该用哪一种药。宝儿、子君、孔乙己、华小栓等人的死很难找到病因，而“人血馒头”“保婴活命丸”也根本不是治病的“药方”。这对于学医出身的作家而言是非常有意味的，在这里，鲁迅有意隐喻一个“病态”的社会图景，将诊治疾病与作家启蒙实践的根由、生成及实施等问题关联起来。当身体肌体（可延展至社会机体）出现病症时，睿智的医生或改革者需要诊治、施药才能抑制病情的发展。鲁迅小说反映出启蒙者困境可通过这种不可名状的病症以及无法开药的隐喻来表述。

鲁迅当然具备“诊”的资质和水准，但是“治”却让他陷入沉思，当他对着被启蒙者“呐喊”时却无人回应，这阻断了进一步开药方治病的中间环节。确实，鲁迅意识到了诊治一个人并不简单，勿论一个国家。然而，即使很难，鲁迅也未曾弃置诊治的任何一个环节，他采用文艺的“移情”功用来改造国民精神，其目的也就是希冀文学能将诊与治融合在一起，用“理想的人性”作为“药”的标本改良人生。鲁迅明白，光“诊”不“治”无异于“纸上谈兵”，他尝试着走向民众，去践行自己的医治实验。在鲁迅的小说中，启蒙者（医生）往往只是“看”的主体，他对被启蒙者只有审视和批判的视角影响，而无实际操作其行为的能力。而启蒙者对于上层施虐者的抗争也仅停留在话语层面上，根本不能阻止其施虐行为。《祝福》里的“我”只能一步步地看着祥林嫂走向末路，无法阻止“神权”“夫权”“族权”等显隐势力对其精神虐杀的事实。在魏连殳、吕纬甫等人身上，鲁迅集中阐释了他们能“看”（诊）但不能“做”（治）的局限，以及由此带给启蒙者精神痛苦的诸多表现，发人深思。《狂人日记》《长明灯》《故乡》《祝福》等篇什中均有启蒙者与普通民众的对话、交流，然而事与愿违。更为让人深思的是，《药》中的夏瑜是作为“医生”（启蒙者）而出现的，然而，更为吊诡的是“医生”被“病人”（华小栓）作为“药”吞进肚子里，无药可救死去了，彻底撕破了启蒙神话，也解构了“医生”与“病人”之间的诊治关系。

在鲁迅小说中，“医生”对“病人”的医治经常被颠倒为“病人”对“医生”的医治。《狂人日记》里狂人对社会历史本质的揭示，以及对于大哥等吃人者的劝转，都体现了他“医生”的身份，然而，大哥等人却将其视为“病人”，反而将其“囚禁”于屋内，并请何医生来为其诊脉。在这里，何医生只是一个“伪医生”，他的出场只是为大哥给狂人治病及吃人服务的。从狂人对何医生身份的“证伪”可以窥见吃人的隐秘性。小说并置了两个话语体系——“狂人”癫狂的话语体系与“常人”的话语体系。在“常人”看来，“狂人”是个“疯子”，所以他说的话打上了“疯子”的标签和语码，“常人”没有必要也没有兴趣去相信一个“疯子”的胡言乱语。而在“狂人”看来，“常人”所做的与现代理性精神是相悖的，与他的思想也是格格不入的。小说设置了“文言小序”与“白话日记”并置的结构，在“小序”中，“常人”审视并否定了“狂人”；而“日记”里则是“狂人”审视并否定了“常人”。两者合并构成了双向双线的互文系统：常人与狂人的相互诊治使整篇小说充满了撕裂的张力。在这种“双向隔膜”的当下境域里，诊治的对话变得难以持续和进行：当狂人质问一伙小孩子，他同他们有什么仇，何故眼色同赵贵翁一样，脸色都铁青时，“他们可就跑了”；当狂人要老五对大哥说他闷得慌，想到园里走走时，“老五不答应，走了”；当狂人问二十岁左右的年轻人“吃人的事，对么”时，他言不及义、顾左右而言他地说，“你真会……说笑话。……今天天气很好”；[①] 当狂人再质问他“从来如此，便对么”时，“这人便不见了”。小说最令人感到悲凉的不是狂人的启蒙常人无果，而是狂人反被常人“治愈”，“赴某地候补”意味着狂人主动的“归队”，狂人被同化为常人。

在《药》中，华小栓患有身体疾病，他需要合适的“药”来诊治。为此，能提供“人血馒头”药方的人自然就成为医生，于是，刽子手康大叔就获得了“医生”的称号。然而，康大叔并没诊治好华小栓的病，这也揭示其“伪医生”的身份。更为悲哀的是，华老栓夫妇以及周围的民众并没有分辨真假医生的能力，也不会质疑“刽子手”窃取“医生”名号的行为，在他们看来，“这样的人血馒头，什么痨病都包好！”当“伪医生”替换了“真医生”时，民众就会集体地丧失质疑思维，当然也就不可能理解“真医生”真诚的诊治了。当夏瑜要向狱卒红眼睛阿义讲“天下为公”这样超出他理解范围的话语时，无异于对牛弹琴，挨他两个嘴巴也成了很自然的事；当夏瑜还对红眼睛阿义说“可怜可怜”的话时，对方是无法进行推断的，因为红眼睛阿义根本就不懂到底是谁可怜的，为什么可怜。最终，“真医生”的鲜血却成为了这些愚昧民众的“药”，吃进嘴里。同理，当“疯子”（《长明灯》）与庸众在社庙前对峙时，由于他们的意见始终是

① 关于这种打哈哈式的语言，在《做古文和做好人的秘诀》里，鲁迅指出，在中国做文和做人，必须东拉西扯，补缀得看不出逢来，所以就有了“今天天气，哈哈哈哈”的说法。在《“文人相轻”》一文中，鲁迅批判了《庄子》中的“无是非”，认为一部《庄子》，只要“今天天气哈哈哈”七个字就写完了。《立论》也有类似的表述，该文讽喻了语言不再成为表达真实和真相的工具，而成为谄媚的特殊方式和遮蔽真实的陷阱，“Hehe！he，hehehehe！”式的语言本来就失去了表意的功能。

相反的，没有任何商量与和解的可能。所以，这种对话能否进行下去，对话的结果、意义等都遭到了质疑。

鲁迅承认，“要画出这样沉默的国民的魂灵来，在中国实在算一件难事”。其原因很明确，启蒙者与被启蒙者之间隔了一层“厚壁障”，难以真正沟通对话。这样一来，面对着沉默的对象，启蒙者该怎样了解对方心中的苦楚呢？一旦他们丧失了“语言”这一沟通的纽带时，启蒙者就失去了言说的可能，其身份自然就被取消。应该说，鲁迅启蒙思想始终无法摆脱的一个悖论是：一方面，为了保证启蒙行为的实施，启蒙者必须拉开与被启蒙者的距离，强化两者的差异性；另一方面，为了真正地启蒙民众，启蒙者又必须深入地置身于民众中去体验和感知对方的生存境况，这势必又要拉近两者的距离。如此这般的“远”“近”距离的拉伸给鲁迅的启蒙实践带来了不小的障碍。对此，鲁迅的方法是“依了自己的觉察，孤寂地姑且将这些写出，作为在我眼里所经过的中国的人生”。① 这反映了鲁迅将中国人书写熔铸于中国语境中，自己替他人发声。当然，他更希望有沉默者能够真正开口，哪怕是他回答不上的，诸如祥林嫂那样的临终三问。

为了解决这个难题，鲁迅选择了“离乡—返乡—再离乡”的文学叙事来制造这种亦远亦近的距离美学。在鲁迅的小说中，“故乡”一词的涵义不止于物化意义上的概念，它更表现为一种记忆的差异：记忆印象中的故乡与现实眼中的故乡的比照。这里隐含了“乡土中国”变动的讯息，也反观着返乡者思想意识的变化及复杂的情绪：迫切返乡然而无法真正返乡，最终只能再次离乡。在《故乡》《祝福》等篇什中，鲁迅预设了一个游走于故乡与他乡之间的“我”，这赋予了启蒙者“进”“出”自如地审视自我与他者的便利。《故乡》的开篇这样写道：

> 我所记得的故乡全不如此。我的故乡好得多了。但要我记起他的美丽，说出他的佳处来，却又没有影像，没有言辞了。仿佛也就如此。于是，我自己解释说：故乡本也如此，——虽然没有进步，也未必有如我所感的悲凉，这只是我自己心情的改变罢了，因为我这次回乡，本没有什么好心情。②

这里的“我”是一个离开故乡多年的在异地谋生的游走者，由于跳出

① 鲁迅：《俄文译本〈阿Q正传〉序及著者自叙传略》，《鲁迅全集》第7卷，人民文学出版社2005年版，第84页。

② 鲁迅：《故乡》，《鲁迅全集》第1卷，人民文学出版社2005年版，第501页。

了原乡的视界使“我”获得了不同于乡人的重新审视原乡与他乡的比照意识。与母亲的闲谈中，“我”分明读到了母亲“藏着许多凄凉的神情”，“远远的对面站着只是看”的侄儿更让“我”感觉到记忆中的故乡与现实中的故乡的巨大反差。更为让我感到痛苦的莫过于闰土的变化了，现实釜底抽薪式地击碎了“我”童年记忆的虚幻，铁的事实让“我”更加清醒地意识到自己与故乡之间无法填埋的鸿沟。在此，“我”将母亲、闰土等人的精神状态当作来自他者的视线予以接纳，超越了单向度的“风景”的描摹，建构起了双向性的、互视的观察体系。正是这种双向性的风景体验，“我”通过将这些人的苦痛视为“自伤”加以承受，来直面自己，这是鲁迅小说启蒙视角生成的普遍模式。《孤独者》的开篇则写道 ：“我在寒石山的一个亲戚家里闲住。”客居孤独之感弥散着整个文本，进而引出了同样“孤独”的魏连殳，两人双向性的观察和体验将启蒙的视点置于内部，生发了因距离而滋生差异性的震惊效果，而这种距离上的远与近、情感上的爱与憎都融入于启蒙事件的整体系统中。《在酒楼上》里的羁旅感更是明显，“我”暂寓 S 城之后，早已寻找不到“以为可以会见的旧同事”，不仅学校“改换了名称和模样，于我很生疏”，就连以往常去的一石居也“没有一个熟人”。所以才会生出感慨 ：“北方固不是我的旧乡，但南来又只能算一个客子，无论那边的干雪怎样纷飞，这里的柔雪又怎样的依恋，于我都没有什么关系了。”人们的视阈摄取对远方的、外乡的、陌生的风景更敏感，而本土人对于当地的风景是不太以为然的，正如段义孚所说 ：“我们可以说只有外来访客（特别是游客类型的访问者）才有一种观看的视点，他的风景感觉常常等同于使用他的眼睛组织画面。”[①] 正因为如此，“我”对故乡的感觉是复杂而矛盾的，“我”的第一印象是故乡发生了变化，心中的故乡比现在看到的要好，但是却说出具体好在哪里。陷入言说困境后，我只能无奈地回避心目中的原乡和现实中的故乡到底谁好谁坏。在“我”看来，改变的也许不是故乡而是我自己的心情。在这里，“我”对“乡”的“怎样看”的问题内蕴了还乡者复杂深邃的内容，而“我”对乡人的审视和对话则意味着“审他”的真正启动。《社戏》中，十一二岁时的“我”在故乡看的那场社戏是一生中最难忘的经历之一，而在北京看的两回戏，都觉得“没有看出什么来就走了”，只觉得“耳朵冬冬喤喤地响”。在这些变化面前，鲁迅陷入了理性的沉思，虽然他感怀童年时人事的美好，但这种感怀却因其浓厚的反思而被压抑，反思不仅牵涉国民根性的批判，而且

① Yi-Fu Tuan, Topophilia: *A Study of Environmental Perception, Attitudes, and Values*, Colombia University Press,1974.63.

洞悉到了产生变化的社会文化根源。“我”的最终离去和不看中国戏都表明他对过去时光赞颂的同时又时刻纠缠着对这种美好的质疑。

鲁迅清楚地知道，一旦当众捅破了民众的信念，诊断出了病痛但不知道如何治疗的绝望始终萦绕知识分子。对此，鲁迅说过：“兵之所以勇敢，就在没有思想，要有了思想，就会没有勇气了。现在倘叫我去当兵，要我去革命，我一定不去，因为明白了厉害是非，就难于实行了。”确实，如果纯粹地进行知识化的宣讲，知识分子是最有发言权的，但是要他们去实践，困难就出现了。这要考虑到当前社会现状，更要考虑被启蒙者的接受心理及思维特质。凡此等等都不是可由启蒙者想当然就能替代的。而且还要冒这样一个风险：“各个人的思想发达了，个人的思想不一，民族的思想就不能统一。”[①] 换言之，知识分子对于大众的启蒙容易造成思想上的割据，难以统一的思想反过来削弱民族向心的合力。因而，要真正治病救人，光有理性的诊断能力还不够，还必须有真正读懂病人的心思，让他们主动地把病痛说出来，否则“无论怎样的高文宏议，浪漫古典，都和他们无干，仅止于几个人在书房中相互叹赏，得些自己满足”。[②] 当然，鲁迅并非一个虚无主义者，他的这种顾虑恰恰根源于他对中国特殊国情的深刻认知。

尽管启蒙过程很艰难，“诊”与“治”难以为继，但是作为启蒙者而言，其唤醒沉睡者的角色定位让他始终处于主动的位置上，然而悲哀的是被启蒙者以“不愿”或“不能”理解的方式去对待启蒙者，有的根本不买启蒙者的账，甚至将其视为可以“看戏”的表演。鲁迅说过这样一件事情：“戏场里失了火，丑角站在戏台前，来通知看客。大家以为这是丑角的笑话，喝彩了。丑角又通知说是火灾，但大家越加哄笑，喝彩了。”[③] 也许是由于“当局者迷”的缘故，观众都很入戏，由于演戏者和看戏者角色的差异，这种天然的距离感让演员所有的语言都被理解为台词而成为看客听戏的内容，至于丑角的话是否关切着看客的切身利益都被搁置了，这是鲁迅理解的启蒙者被反转的悲剧。《狂人日记》前的文言小序值得推敲，“余”见到狂人的大哥，他“出示日记二册”。这不是简单地交代小说写作缘由的话，其深意在于，在日记里，“管着家务”的“大哥”是狂人批判的对象，是家庭吃人的代表，“吃人的是我哥哥，我是吃人的弟弟”，他将狂

---

① 鲁迅：《关于知识阶级》，《鲁迅全集》第8卷，人民文学出版社2005年版，第224—225页。

② 鲁迅：《习惯与改革》，《鲁迅全集》第4卷，人民文学出版社2005年版，第228—229页。

③ 鲁迅：《帮闲法发隐》，《鲁迅全集》第5卷，人民文学出版社2005年版，第289页。

人关起来，给他一个“疯子”的名号，吃了“太平无事”。然而，就是这样一个被批判者居然能平静地拿出狂人的日记给旁人看，其原因何在？是看不懂，还是看懂了不予理睬呢？答案应该是后者。尽管疯子的胡言乱语的日记制造着读者阅读的障碍，但是里面太多直白的揭露和讽喻，这是容易被人对号入座的。唯一能解释的是大哥压根就没把狂人的话当“人话”，由于角色差异太大，狂人“固执”的批判却被大哥“固执”的视而不见消解了，这和前述看戏者与演戏者“反转”的逻辑是相通的，疯子的话是不可信的，因而狂人的启蒙者身份也被颠覆了。在常人眼中，“疯子”就是“疯子”。

同样，《长明灯》和《药》里主人公的遭遇也是著例，疯子超前的反抗被儿童的游戏及乡人的观看所嘲弄。夏瑜对“可怜”的狱卒“宣讲”却反而被视为是“可怜”。此前的“唤醒 / 沉睡”的话语逻辑消融于“看戏 / 演戏”的结构关系中。质言之，疯子和夏瑜的主格位置被反转为宾格，启蒙者的身份被剥夺了，更为严重的是，他们也被抬上了“看客”群观看的“戏台”，剥夺了他话语实践的可能。其实，这是一切启蒙者无法避免的困境，狂人是如此，魏连殳、吕纬甫等人也是如此。巨大的“无”（如“无物之阵”“无主名杀人团”）消解了启蒙者的“实”的努力，不可能实现道家所谓的“无中生有”。在这种情况下，鲁迅想到的办法是用权力对抗权力，用“看”对抗看客们的“看”，用玩味对付玩味。

三、“审己”“审他”的剥离与“进化”“进步”的僭用

在“五四”时期，启蒙作为“人”的发现的议题被提出，又在个人主义的话语体系中得到阐释。从被吃的对象转变为具有个人主体精神的新人，赋予了启蒙者与被启蒙者一种全新的时代使命，两者的关系也被缝合于中国现代性的框架内而具有了合乎历史逻辑的价值。不容忽视的是，鲁迅的启蒙要完成“自我启蒙”和“他者启蒙”两项使命，这就涉及“审己”与“审他”的现代性转换与融合问题。其实，两者共构了鲁迅启蒙思想内在结构的多维向度，但也因主体文化诉求、思维形态及精神指向的差异而衍生了诸多矛盾。鲁迅思想高度的生成与其深刻的反省精神是联系在一起的，“接触，感得那精神”“连自己也烧在里面”[①]表明了他不放过自己的庄重与冷峻，这也让其启蒙思想逐渐显示出深厚的社会历史文化内涵来。

不过，纵使解决了“审己”与“审他”的距离问题，也不意味着鲁迅

---

① 鲁迅：《文艺与政治的歧途》，《鲁迅全集》第 7 卷，人民文学出版社 2005 年版，第 120 页。

的启蒙实践就变得便捷和简单了。事实上，“自我启蒙”与“他者启蒙”的张力作用始终制导着鲁迅启蒙实践的进程。对于鲁迅而言，要完成民众的启蒙必须经历从“自我启蒙”再到“他者启蒙”的先后过程。因为只有启蒙者的思想、意识、话语足够先锋和现代，才能看清他人思想的局限进而通过语言或行为的示范来完成启蒙过程。遗憾的是，中国并没有启蒙传统，现代知识分子只能借助西方话语来启蒙民众，这种文化间的“区隔”和“时差”所带来的知识化转换的困境无疑增大了启蒙的难度。新思想因其全面的异质性而更不容易被大众接受，加之知识本身也不是绝对可靠的，知识力量也是有限度的，在具体的实践中，不容易将知识“外化”于具体的场合和语境中。纯粹的“解放”“自由”“民主”“进化”“科学”“革命”等口号显然无法真正改良国人的精神状态，相反会徒增被启蒙者的反感，也使启蒙者的话语愈显苍白和无力。由于意识到了“我决不是一个振臂一呼应者云集的英雄”，[①] 于是，他无奈地称“我便也不很喜欢去‘唤醒国民’”。[②] 这既有对愚昧庸众的批判也有对作为一个启蒙者的自我的解剖和反省。当大部分启蒙者将注意力放置于“敌人是谁”的视域时，鲁迅冷静地将矛头对准自己，审思“我是谁”，这正是他与时代其他知识分子不同的地方。

“审己”的前提是“觉己”，它体现了鲁迅“反诸己”思想的独异性以及从自我反思到社会反思的思维理路。《故乡》中的“我”既是一个还乡者，又是一个启蒙者。当“我”用一个外来人的眼光审视乡土的人事时，却陷入了失语的状态：在与杨二嫂的对话中，她的所谓“放了道台”“有三房姨太太”“出门便是八抬的大轿”的言说与“我”的真实状况和价值取向是相斥的，结果以“我知道无话可说了，便闭了口，默默的站着”中断了这次对话。当“我”迫不急待地想见儿时的伙伴闰土时，他的一声“老爷”使我彻底无语，他的话是守旧的封建等级观念和思想，“厚障壁”彻底浇灭了我的对话热望，“我只觉我四周有看不见的高墙，将我隔成孤身”，在此情境下，“我们又谈些闲天，都是无关紧要的话”，“我似乎打了一个寒噤……我也说不出话”。这其中，“我”失语的根由是多方面的，既有“无从表达”的困惑，又有“无力表达”的局限，可能还有“无心表达”的顾虑。《祝福》中的“我”也是一个还乡者，祥林嫂之所以问“我”是看重“我”的知识者身份，“你是识字的，又是出门人，见识的多”，她

① 鲁迅：《〈呐喊〉自序》，《鲁迅全集》第1卷，人民文学出版社2005年版，第439—440页。

② 鲁迅：《无题》，《鲁迅全集》第8卷，人民文学出版社2005年版，第125页。

向“我”问了三个问题：“一个人死了之后究竟有没有灵魂？”“到底有没有地狱？”“死掉的一家人，能不能见面？”对于这样的问题，“我自己向来是不介意的”，但“我”的回答和神情则是“悚然”，“吞吞吐吐”，“很吃惊，只得支吾着”，“胆怯”。“我”觉得自己“完全是个愚人，什么踌躇，什么计画，都挡不住三句问”。在这种尴尬的场合下，“我”趁她不再紧接地问，迈开步便走，匆匆地逃回四叔的家中。“我”的逃走体现了启蒙者与被启蒙者之间存在着诸多无法沟通的困难，给予她光明无异于欺骗，告诉她黑暗又有可能直接葬送她的生命。对于鬼神或灵魂的问题，鲁镇中有三种不同的见解，一是柳妈的“阴司报应鬼神论”，二是鲁四老爷的“鬼神者二气之良能也”之理学观，三是“我”上述“说不清”和“谁来管这种事”的不置可否的观念。前两种观念似有冲突，但却内在相通，而最后一种“我”的失语恰是鲁迅拷问包括自己在内知识分子的重要视角。关于灵魂的有无问题，鲁迅说过：“三十年前学医的时候，曾研究过灵魂的有无，结果是不知道。”[①] 在小说中，“我”承认“说不清”是应对现实焦虑的一种好的策略：“‘说不清’是一句极有用的话，不更事的勇敢的少年，往往敢于给人解决疑问，选定医生，万一结果不佳，大抵反成了怨府，然而一用这说不清来作结束，便事事逍遥自在了。我在这时，更感到这一句话的必要，即使和讨饭的女人说话，也是万不可省的。”当得知祥林嫂的死讯时，“我”竟觉得她死得合时宜，“为人为己，也都还不错”。然而，回到家里，“我”却始终摆脱不了此事的困扰，总觉得自己对于祥林嫂的死应“负若干责任”，在一番道德反省后，小说写道：

> 我总觉得不安，过了一夜，也仍然时时记忆起来，仿佛怀着什么不祥的预感，在阴沉的雪天里，在无聊的书房里，这不安愈加强烈了。不如走罢，明天进城去。福兴楼的清炖鱼翅，一元一大盘，价廉物美，现在不知增价否？往日同游的朋友，虽然已经云散，然而鱼翅是不可不吃的，即使只有我一个……无论如何，我明天决计要走了。[②]

在这里，“我”的自责缘于无法用知识者熟稔的启蒙话语为祥林嫂祛除思想上的疑问，启蒙行为在“我”的逃避和退却下中止，无奈之下，“我”只能用世俗的“吃”来抵挡灵魂的追问和反诘。这也许可以让“我”忘却短暂的灵魂中的空虚，但“我”也明白这更增添了“我”作为一个启

① 鲁迅：《死》，《鲁迅全集》第6卷，人民文学出版社2005年版，第633页。
② 鲁迅：《祝福》，《鲁迅全集》第2卷，人民文学出版社2005年版，第8页。

蒙者的身份认同危机。尤其是当祥林嫂死讯传来后，“我先是诧异，接着是很不安”，“我的心突然紧缩，几乎跳起来，脸上大约也变了色”，而且“还似乎有些负疚”。事实上，祥林嫂和杨二嫂的“有声”与“我”的“无声”互换彰显了启蒙的困境与悖论，祥林嫂与杨二嫂显然是表述者，而“我”却反而演变成为被表述者。启蒙身份的退场表明了“我”堕入了仅限于满足生理机能需求的“兽”的行列，“我”的离去也许是摆脱灵魂痛苦沉沦的有效方法。然而，逃避真的能解决问题吗？鲁迅又陷入了新一轮的两难绝境。

除了启蒙者自身的问题，普通民众潜意识里也反感启蒙，不喜欢启蒙者指出自己的毛病。就此，鲁迅说过：“我先前的攻击社会，其实也是无聊的。社会没有知道我在攻击，倘一知道，我早已死无葬身之所了。……我之得以偷生者，因为他们大多数不识字，不知道，并且我的话也无效力，如一箭之入大海。否则，几条杂感，就可以送命的。民众的罚恶之心，并不下于学者和军阀。近来我悟到凡带一点改革性的主张，倘于社会无涉，才可以作为‘废话’而存留，万一见效，提倡者即大概不免吃苦或杀身之祸。”[①] 同时，鲁迅也意识到暴露黑暗也未必是拯救弱者的好方法，“暴露幽暗不但为欺人者所深恶，亦且为被欺者所深恶”。[②] 因此，在“古训所筑成的高墙”的“隔膜”中，启蒙者很难与之进行平等而有价值的对话。他们要么将启蒙者当成异类加以驱逐，要么曲解和挥霍你的启蒙努力。因此，启蒙者就会陷入孤军奋战的境地，“如置身毫无边际的荒原，无可措手的了”。

对于启蒙的受挫，鲁迅依凭“反诸己”的内省，不是“向自己身外的强者寻求权威”，而是“从自己内侧寻求扭转的契机”。[③] 这种“抉心自食”的努力让他对启蒙有更理智的认知。正因为“从旧营垒中来”，背负着古老传统的“鬼魂”，摆脱不开，深陷于历史与现实中，因此要对抗外在的黑暗势力，必须理性地审视自我。早在民族自强问题上鲁迅就主张要“首在审己”，[④] 对于个体更是如此，“我的确时时解剖别人，然而更多的是更无情面地解剖我自己”，[⑤]“我解剖自己并不比解剖别人留情面”。[⑥] 在自我深

① 鲁迅：《答有恒先生》，《鲁迅全集》第 3 卷，人民文学出版社 2005 年版，第 477 页。
② 鲁迅：《朋友》，《鲁迅全集》第 5 卷，人民文学出版社 2005 年版，第 481 页。
③ [日]伊藤虎丸：《鲁迅与终末论：近代现实主义的成立》，李冬木译，北京三联书店 2008 年版，第 92 页。
④ 鲁迅：《摩罗诗力说》，《鲁迅全集》第 1 卷，人民文学出版社 2005 年版，第 67 页。
⑤ 鲁迅：《写在〈坟〉后面》，《鲁迅全集》第 1 卷，人民文学出版社 2005 年版，第 300 页。
⑥ 鲁迅：《答有恒先生》，《鲁迅全集》第 3 卷，人民文学出版社 2005 年版，第 477 页。

刻的解剖和审视中，鲁迅看到了异己力量的强大和自我力量的局限，这即是他所体悟到的自我悲剧性的现实命运，即其所谓“看清了我自己”。与此同时，鲁迅将这种审己的认知指向了孩提时代的“自我”。在《故乡》中，他这样写道：“闰土的心里有无穷无尽的希奇的事，都是我往常的朋友所不知道的。……他们都和我一样只看见院子里高墙上的四角的天空。”在《社戏》中，他也表达上述相似的观点：“黄牛水牛都欺生，敢于欺侮我，因此我也总不敢走近身，只好远远地跟着，站着。这时候，小朋友们便不再原谅我会读‘秩秩斯干’，却全都嘲笑起来了。”这种与生俱来的原罪感是鲁迅从现实出发再反观自身的一种心理呈现，在启蒙实践中，鲁迅更是清醒地确定了自我带有过渡性倾向的角色定位。

应该说，在“自我启蒙”并未完全实现的情形下，盲目地进行他者启蒙是必然会遭遇困境的。在鲁迅的文学创作中，我们很容易找到充满着困惑但仍然彳亍地行走的启蒙者形象，他们身上存在着或多或少的矛盾性，如过去的纠葛和现实的反抗，启蒙的热望与言说的困境等，这些都让他们陷入了启蒙的困惑之中。“狂人”、魏连殳、“疯子”、吕纬甫、子君等人经历了时代精神的洗礼从传统中走出来，他们身上有很强烈的先锋性和新质性，他们也试图通过自己的行为唤醒大众的蒙昧，然而最终的命运都走向失败，或者走“回头路”，或者“绕圈”。鲁迅将这些有缺陷的先锋者“自厌”的情绪细致地抒发出来了，这种自我的危机恰如《铸剑》中黑色人所说的：“我的魂灵上是有这么多的，人我所加的伤，我已经憎恶了我自己！”连续痛苦的煎熬和无望的状态强化了这些敏感的反抗者“反诸己”的意识。魏连殳（《孤独者》）对自己的人格价值和社会角色的评定，依赖的是一种具有现代意识和人格精神的当下担当为前提的。当他们意识到自我的主体精神和生命意志无力冲破生存空间对人的社会承担的障碍和控制时，他不得不开始承受无从获致自我价值的精神危机。由此，魏连殳在外界的压力面前采取了由内而外的妥协态度，一边是自我社会角色意识的丧失和分裂，一边是感情上的自怜自悯和理性上的自鄙自责，在不断滋生、蔓延的虚弱无力的自我体认下，夹在被动的现实选择和不自主的情思反应之间，魏连殳的精神危机就不可避免。小说写到“我”去看望已经死去的魏连殳，其情形充满了忧郁和悲凉的基调，“一切是死一般的静，死的人和活的人”。死去的魏连殳是沉默的，而活着的人也如死去的人一样缄默无语。在过去，死去的人是启蒙者，而活着的人是被启蒙者。但时过境迁，这种关系被置换了，启蒙者要接受被启蒙者任意喜欢的方式来摆弄。而这一切都被“我”看在眼里，我感觉死者在“冷笑这可笑的死尸”。由此，“我”也和周围的人一样陷入了更为深沉的沉默之中。吕纬甫（《在酒楼上》）沦落为一个失败的颓唐者并非偶然，其精神悲剧，则本源于以“虚无”为“实有”的自我欺骗。他遵母命为小妹迁葬，送花给记忆中的童年时的女孩，这类行为实质也是自欺欺人的以“无”为“有”。在他的意念中，母亲的命令是至关重要的，这是家庭道德伦理的责任，至于小弟尸体的有无，无关紧要。而他仍然郑重其事地完成迁葬的一切程序，以便“足够”地去“骗骗”母亲。他送花给阿顺，而阿顺早已死去，送花的意义已经荡然无存，亦即是“无”，而他还是托人将绒花塞给了阿顺的妹妹，“对母亲只要说阿顺见了喜欢的了不得就是”。吕纬甫千里迢迢来为一个处于社会底层的妇女送花的日常化、肉身化的行为实质上是颠覆了他作为启蒙者的身份。[①] 鲁迅通过书写这些人的“负罪感”“内疚感”来说明“自我启蒙”的艰难。《狂人日记》中的狂人最致命的弱点在于“我未必没有吃了妹妹几片肉”，尽管不是他的主观故意，是大哥管事时在饭菜里暗暗加上的给我们吃的，但他也因此再也难有原来那种批判的激情和气势了。因为一旦狂人意识到自己的“吃人性”，这就在很大程度上消解了其慷慨激昂地批判“吃人”，因为自己也是吃人者，吃人者无法跳出身份的圈子来反对包括自己在内的吃人群体。这种刹那间“获得罪的自觉”发现让鲁迅几乎陷入了绝望的境地，也使得他的小说多了抉心自食的基调，“摸出解剖刀，反而刺进解剖者的心脏里去”。[②] 这种被鲁迅称为“自害的脾气”[③] 贯穿其小说的始末。《一件小事》中“我”对于人力车夫的愧疚源自其自觉的自我意识，“我这时突然感到一种异样的感觉，觉得他满身灰尘的后影，刹时高大了，而且愈走愈大，须仰视才见。而且他对于我，渐渐的又几乎变成一种威压，甚而至于要榨出皮袍下面藏着的‘小’来”。以致“时时记起”，“时时熬了苦痛，努力的要想到我自己”，正是这种自剖与自审，“教我惭愧，催我自新，并且增长我的勇气和希望”。《伤逝》里涓生时常感受到来自外部世界的重压，这是其“觉己”的反映：“我觉得在路上时时遇到探索，讥笑，猥亵和轻蔑的眼光，一不小心，便使我的全身有些瑟缩。”他自省“过去一年中的时光全被消灭，全未有过”，“只有

---

① 王宇：《在知识男性与乡村女性之间：启蒙叙事的一个支点》，《南开学报》（哲学社会科学版）2011 年第 4 期。

② 鲁迅：《“硬译”与“文学的阶级性”》，《鲁迅全集》第 4 卷，人民文学出版社 2005 年版，第 214 页。

③ 鲁迅：《〈阿 Q 正传〉的成因》，《鲁迅全集》第 3 卷，人民文学出版社 2005 年版，第 394 页。

寂静和空虚依旧”。他对于子君的死似乎早有预料，当他觉得两人的“生路”是分开时，立刻“想到”了她的死，而当他说出“我已经不爱你了”时，还是“想到了她的死”。事后，他的忏悔是直白而犀利的：“我愿意真有所谓鬼魂，真有所谓地狱，那么，即使在孽风怒吼之中，我也将寻觅子君，当面说出我的悔恨和悲哀，祈求她的饶恕；否则，地狱的毒焰将围绕我，猛烈地烧尽我的悔恨和悲哀。我将在孽风和毒焰中拥抱子君，乞她宽容，或者使她快意。”《祝福》中“我”对祥林嫂的死也似有预料，在“我”无法回答她的问题时，感觉到“我这答话怕对她有些危险”，甚至表示出有了“某种不祥的豫感”。为此，“我”甚至希望自己的预感不准确，“我因为常见些但愿不如所料，以为未必竟如所料的事，却每每恰如所料的起来，所以恐怕这事也一律”。对于她绝望的死去，“我”深深地自责，“在阴沉的雪天里，在无聊的书房里，这不安愈加强烈了”；吕纬甫对自己“原地绕圈”的生活状态流露出了不满；魏连殳对自己“倒退”的人生表现出了极大的愤慨。这些都表明，如果启蒙者不强化和完善自己的内心，盲目地进行“他者启蒙”是不现实的。

鲁迅启蒙思想的深刻性在于，他深感启蒙民众的艰难，同时也担心被启蒙后的民众不能真正地觉醒，走向自由之路。他说过，“中国也仿佛很有许多人觉悟了。我却依然恐怖，生怕是旧式的觉悟”。[①] 阿Q式的革命以个人私欲为中心，即使成功了，也不可能造福他人，甚至也要以欺负他人来换取自身的利益。而鲁迅小说中那些冠冕堂皇的乡绅掌握了话语权，对下层民众奴役的支配显然也应归于“旧式的觉悟”。鲁迅否定那种“各顾己私”的“旧式的觉悟”，主张在“自他两利”的平台上开启民众“新式的觉悟”。问题是，假设前述的知识分子的“自我启蒙”已经解决了，那么“他者启蒙”能否顺利实现呢？答案依然是否定的。造成这种结果的原因主要在于：

一方面，由于接受者（启蒙对象）对启蒙者和新思想的隔膜、偏见、不信任，对民族“新生”的道路茫然无从措手，导致启蒙的结果是“失语”“失效”与“曲解”。鲁迅较早地意识到了启蒙本身的困境，在给许寿裳的信中他不无遗憾地写道：“吾辈诊同胞病颇得七八，而治之有二难焉：未知下药，一也；牙关紧闭，二也。牙关不开尚能以醋涂其腮，更取铁钳

① 鲁迅：《〈一个青年的梦〉译者序》，《鲁迅全集》第10卷，人民文学出版社2005年版，第210页。

摧而启之，而药方则无以下笔。”[①]《狂人日记》中“狂人”试图对“常人”进行启蒙，但事与愿违，“狂人”的质问（如“从来如此，便对么”）、呼吁（如“救救孩子”）、劝转（如“将来是容不得吃人的”）得不到民众的回应，他们以“今天天气很好，哈哈哈”等方式拒绝了“狂人”的启蒙，他的“呐喊”也只能通过退回内心的“独白”方式来排遣。这种启蒙者“荒原”心理正如鲁迅所言，“凡有一人的主张，得了赞和，是促其前进的，得了反对，是促其奋斗的，独有叫喊于生人中，而生人并无反应，既非赞同，也无反对，如置身毫无边际的荒原，无可措手的了，这是怎样的悲哀呵，我于是以我感到者为寂寞。这寂寞又一天天的长大起来，如大毒蛇，缠住了我的灵魂了”。[②]在《药》和《长明灯》等篇什中，启蒙搁浅的现象仍在发生。正因为先觉者得天独厚的话语优势和启蒙热望，使启蒙的前提条件具备，但由于启蒙者与被启蒙者在生活方式、价值观念和精神寄托方式等方面存在着不可调和的分歧。因此，启蒙变得难以为继甚至无疾而终。再者，民众没有被启蒙的愿望也是阻碍启蒙的重要因素。对此，鲁迅指出："倘若并没有可燃性，则火花只能将自身烧完。”[③]所以一旦给他们讲“超前”或有异于他们习惯思维的新观念时，就会很难理解和适应。这其中就有接受机制的问题，对于接受者来说，接受习惯性的思想较为容易，接受全新的思想就不容易，至少需要一个过程，而这个接受者又是教育水平普遍落后、思想比较僵化的庸众，困难就更大了。其结果是“无教育的农民，却还未得到一点什么新的有益的东西，依然是旧日的迷信，旧日的讹传，在拼命的救死和逃死中自速其死”。[④]

另一方面，启蒙者也保持着与被启蒙者之间的距离，在启蒙者对被启蒙者进行意义赋予的时候，“双向隔膜”就产生了。如果说起初的“狂人”、N先生、“疯子”、夏瑜等人还有对庸众的劝转、呐喊、讲解等启蒙热望的话，那么后来的魏连殳、吕纬甫、涓生等人与被启蒙者的距离越来越疏远，他们不再有主动启蒙民众的意愿，甚至连冷嘲热讽的激情都失去了。他们将审视的目光指向自我势必会加深其“不合众器”的孤独感，而这种“孤独”又进一步拉开了其与被启蒙者的距离，“他者启蒙”的目标也只能搁浅。当爱情褪色后，涓生对子君的言说变得非常困难，陷入了“言”与

① 鲁迅：《180104 致许寿裳》，《鲁迅全集》第11卷，人民文学出版社2005年版，第357页。
② 鲁迅：《〈呐喊〉自序》，《鲁迅全集》第1卷，人民文学出版社2005年版，第439页。
③ 鲁迅：《补白》，《鲁迅全集》第3卷，人民文学出版社2005年版，第113页。
④ 鲁迅：《迎神和咬人》，《鲁迅全集》第5卷，人民文学出版社2005年版，第577页。

“不言”的两难境地：“我要明告她，但我还没有敢，当决心要说的时候，看见她孩子一般的眼色，就使我只得暂且改作勉强的欢容，但是这又即刻来冷嘲我，并使我失却那冷漠的镇静。”这显然与先前恋爱时涓生言说的激情是有很大差异的，涓生的失语有着其自身无法谅解的两难，鲁迅深刻地展示了一个启蒙者践行启蒙实践的困境。对涓生而言，“说”则意味着将使子君走向绝望，而“不说”则又将悔恨的十字架背负于自己身上。于是，从“他者启蒙”又再次转向“自我启蒙”，这种启蒙的“内视”表明鲁迅的启蒙思想走向了一个新的高度。

在20世纪初中国的现代性话语体系中，启蒙所依托的“进化”思想往往与历史进步观混用在一起。事实上，“进化”与“进步”之间是存在着话语裂隙的。具体而论，“进步”多从价值论的角度来审思历史逻辑，其价值基点指向未来；而“进化”则多从物种与生存环境的关系中考量，其价值基点则建立在对历史的回顾之中。“女性解放”是鲁迅关于启蒙问题思考的重要维面，在进化与进步混同的话语场中，开启了鲁迅对女性启蒙问题思考的新历程。在新旧的进步逻辑中，女性的启蒙是一种脱离本体的“被启蒙”，女性借助男性来发声较为普遍，而女性要想走向“内心的自由”谈何容易。爱姑的发声是有限度的，她的思维品格也尚不具备超越男权中心话语的规约而成为现代女性向往自由婚姻的代言人。鲁迅指出，要使女人真正“消失了叹息和苦痛”就必须反抗，在“并未改革的社会里，一切单独的新花样都不过一块招牌”。[①] 同时，他也清醒地意识到，处于社会底层的女性要摆脱积压于其灵魂深处的精神戕害还有很长的路要走。鲁迅曾感叹，中国的女性“母性”有余而“妻性”不足。诚然，在祥林嫂、单四嫂子、华大妈等人身上我们能读到一个母亲最为朴素的对子女的爱，正是这种母爱让她们在失去子女时的痛苦能引起读者的共鸣。相对而言，七斤嫂、爱姑等人身上却少有夫妻间的温情流露。这种现象本源于中国家庭伦理规范，导源于女性不能真正获得自由进而理性地处理与子女、丈夫之间的关系。新文化运动所掀起的“恋爱自由”“婚姻自主”延展了妇女问题的内涵，并将妇女的解放和一个国家、民族的解放联系起来了。《新青年》《妇女问题》《新女性》《妇女评论》等杂志都纷纷援引西方妇女解放的话语资源，来驱动中国妇女解放运动的大潮。王平陵和章锡琛的看法代表了当时很多人的想象，“要谋妇女的自由，必先提倡恋爱的自由；恋爱真正自由了，妇女问题也便真正解决了”。[②] 这种看法具有时代宣言的

① 鲁迅：《关于妇女解放》，《鲁迅全集》第4卷，人民文学出版社2005年版，第615页。

② 王平陵、章锡琛：《关于恋爱问题的讨论》，《妇女杂志》第8卷第10号，1922年10月。

意味，它将妇女的自由注入社会历史变革的场域之中，重审妇女的社会角色和价值定位，显然这是正确的。但问题是，恋爱自由了，妇女问题就解决了吗？显然没有那么简单。鲁迅小说《伤逝》就将妇女恋爱自由和妇女解放区隔开来，审思“中国娜拉”离家的精神困境。在《易卜生主义》一文中，胡适援引娜拉“救出自己”的话来阐明女性个人与家庭的对立，离家出走也就视为争取女性自由的必然选择，“把家庭社会的实在情形都写了出来，叫人看了动心，叫人看了觉得我们的家庭社会原来是如此黑暗腐败，叫人看了觉得家庭社会真正不得不维新革命”。[①] 自此，“娜拉”在中国风靡一时，用茅盾的话来说是“‘五四’时期的妇女运动不外是‘娜拉主义’”。[②] 胡适戏剧《终身大事》的上演，激发了更多的人来反思妇女解放问题。鲁迅认为胡适介绍“易卜生主义”的价值在于彰显“敢于攻击社会，敢于独战多数”的启蒙意识。[③]

《伤逝》中子君是一位中国的“娜拉”，她的悲剧命运值得深思。涓生与子君是自由相爱的，这也让他们成为旧势力剿杀的对象，他们被视为异类而遭受家人的排斥和仇视，并最终离开家搬到新的住所重建爱情小家。在交往初期，两人的约会常常受到无耻的偷窥。在内院，那鲇鱼须的老东西将脸紧帖在脏的玻璃窗上，“连鼻尖都挤成一个小平面”。到外院，则照例“是明晃晃的玻璃窗里的那小东西的脸，加厚的雪花膏”。在路上也“时时遇到探索，讥笑，猥亵和轻蔑的眼光”。但这些都阻止不了他们自由婚姻的幸福。可以说，这是叛逆的女儿与弑父的逆子的结盟，“这一精神同盟当然不仅仅是爱情同盟，而是整个反传统同盟”。[④] 妇女问题是一个具有时代性的新话题。近现代知识分子吸纳了西方“天赋人权”的思想，同情中国妇女的历史遭遇和现实处境，他们揭示了造成妇女困境的根由，呼吁争取妇女身心的解放、恢复妇女应有的个人权利。一直以来，子君的那句“我是我自己的，他们谁也没有干涉我的权利”被视为具有现代女性意识的宣言，这也几乎成为近代知识分子关于女性解放的共同心声。然而，仔细深究此语，有这样一个疑问：子君的这一观念究竟是自发的，还是鲁迅先验地植入的？即究竟是女性自身的诉求还是鲁迅借此来言说自己的弱者启蒙？事实上，当我们细读子君与涓生的对话时，男性与女性的话语文化

① 胡适：《易卜生主义》，《胡适文集》第 4 卷，北京大学出版社 1998 年版，第 475 页。

② 茅盾：《从〈娜拉〉说起——为〈珠江日报·妇女周刊〉作》，《茅盾全集》第 16 卷，北京大学出版社 1998 年版，第 142 页。

③ 鲁迅：《〈奔流〉编校后记》，《鲁迅全集》第 7 卷，人民文学出版社 2005 年版，第 199 页。

④ 孟悦、戴锦华：《浮出历史地表》，河南人民出版社 1989 年版，第 52 页。

分层就清晰地呈现出来了。就接受现代观念的先后顺序而言，涓生的自由婚恋观念是早于子君的，他们之间并非想见中的平等对话关系，而是一种启蒙与被启蒙的关系。小说写到两人的对话时，涓生的话语优势很明显，“破屋里渐渐充满了我的语声，谈家庭专制，谈打破旧习惯，谈男女平等，谈伊孛生，谈泰戈尔，谈雪莱”，子君则俨然是一个沉默的接受者，“微笑点头，两眼里弥漫着稚气好奇的光泽”。当子君从雪莱画像中挪移了目光，似乎并未显示出特别的崇仰时，涓生则感叹“子君大概还未脱尽旧思想的束缚”。可见，被称为中国娜拉的子君并不具备自身独立的主体精神，她身上的先锋性要借助涓生来催发和引导。只是在涓生看来，子君是一个可教化的女性，因而一旦子君接受了自己的启蒙思想，涓生就有“说不出的狂喜”，也由此推导，“中国的女性，并不如厌世家所说的那样的无法可施，在不远的将来，便要看见辉煌的曙色的”。这体现了一个先觉者对启蒙者的知识化评判，涓生以启蒙者自居的优越感充分地揭示出来了。而通读全文，子君对涓生的凝视却很鲜见，甚至连正视涓生的勇气也没有。她的呼喊和发声与其说是针对涓生之外的第三者，不如说是回到空空荡荡的自我。

鲁迅认为，易卜生写《娜拉》并未解决“走后怎样”的问题，这种不负责任的做法是一种理想主义“作诗”的文学倾向。[①]为此，他将此未竟的女性解放后议题予以重新阐释，从而深化了五四妇女解放问题的思考。如前所述，涓生是子君婚恋观的精神导师，当他们逃离了家庭的禁锢后组合在一起时，有一个问题就产生了：“到哪里去呢？”子君似乎并未考虑太多，涓生在挑选爱巢时很挑剔，最终定居于“极其安闲幽静的吉兆胡同”。但日常空间的庸常取代了知识空间的自由、爱情时，涓生在捐弃传统温情和失却经济来源的双重重压下失去了找寻未来的希望，“自然，我不能在这里了；但是，‘哪里去呢？’四周是广大的空虚，还有死的寂静……但是，‘哪里去呢？’”涓生的无路可走和子君的走后怎样构成了互文的关系图谱。这其中既有两性身份认同的差异，但又有社会现实的趋同作用，由此内外夹击造成了他们追求婚恋自由的悲剧。妇女问题始终与经济问题联系在一起，妇女要解放必须要在经济的层面给予女性全新的定位。梁启超将旧女性视为不事生产的“分利者”，他倡导兴女学的重要目的在于使女性成为“生利者”。[②]这种观念一直影响到了五四知识分子女性启蒙。鲁迅并未将女性“分利者”角色理解为中国积贫积弱的根源，他

① 鲁迅：《娜拉走后怎样》，《鲁迅全集》第1卷，人民文学出版社2005年版，第166页。
② 梁启超：《论女学》，《饮冰室合集》“文集”卷1，中华书局1989年版，第38页。

也没有基于民族国家想象而提出让女性从“分利者”到“生利者”的转型策略，而是从女性解放中被关心的婚恋问题出发，考量几千年男权思想对女性的重压所导致的女性解放的艰难。在鲁迅看来，妇女的解放离不开物质经济的保证，空喊解放口号无法真正赋予女性独立的生存空间。他质疑娜拉出走的意义，“除了觉醒的心以外，还带了什么去？”“自由固不是钱所能买到的，但能够为钱而卖掉。”他进而尖锐地指出，作为启蒙者，“我们无权去劝诱人做牺牲”。[①] 娜拉“堕落”或“回来”的结果揭示了鲁迅对女性解放本身的深刻认知。当子君决绝地离开了家庭，与涓生组建新家庭时，她就处在了“走后”娜拉的位置上。

《伤逝》的故事，是叙述者“我”通过回忆往事来叙述的。因此，它的叙述声音和叙述视角，就包含了两个时空的“我”：一个是过去正在经历事件的“我”，另一个是眼下回忆往事的“我”。这种自我的双重视角和人称的交替融合打破了线性时间的一维流动，扩展了时间的长度和宽度，将过去和现在熔为一炉。同时这种双重视角始终围绕着“将来”和“希望”展开论述，由此，过去、现在和将来就串联在一起，相互关联，甚至相互背离，凸显了主体的生存境域和精神困境。鲁迅曾指出：“男子虽然诱惑了女人，却不负责任……男子既然不负责任，又不能自己反省，自然放心诱惑；文人著作，反将他传为美谈。”[②] 涓生以“爱”和“自由”的名义将子君从旧式家庭的牢笼中解救出来，然而一个新的家庭牢笼却在等着她。在婚姻自由的问题上，涓生与子君彼此投诸的情感程度是不平衡的，如前所述，涓生是作为启蒙者角色引领子君的解放的，子君对于涓生的话语“竟至于读熟了的一般，能够滔滔背诵”。被解放的子君更加看重这份艰难而欣喜的婚恋自由。这正如涓生所说，“二人的结合，在他自己，只是人生的部分；而在子君，则成为她人生的全部。”如此前摄的情感态度使得子君始终处于被动的姿态，虽勇敢大胆，但也难以洒脱。事实上，当子君从旧家庭走出进入新家庭，她就从和男性并肩的关系演变为重新进入性别权力主导的不对等的关系结构里。她必须承担对于丈夫的新的义务，这包括了与丈夫一起面对由于经济的窘迫带给感情的重负。即使涓生不分摊给子君太多的经济负担，但现实情境中涓生的失业还是笼罩在子君的心灵深处。而这一切又以一种反向的方式加重了涓生的痛苦。启蒙者与被启蒙者的地位是不对等的，而当作为启蒙者的涓生与被启蒙者的子君结合成一个新家庭时，日常生活所确立的家庭身份平等的原则就撕裂了他们原来的身

① 鲁迅：《娜拉走后怎样》，《鲁迅全集》第 1 卷，人民文学出版社 2005 年版，第 168 页。
② 鲁迅：《我之节烈观》，《鲁迅全集》第 1 卷，人民文学出版社 2005 年版，第 128 页。

份记忆，他们之间的对话变得不顺畅，原有的关系出现了裂隙：

> 我知道我近来的超过了她的冷漠，已经引起她的忧虑来，只得也勉力谈笑，想给她一点慰藉。然而，我的笑貌一上脸，我的话一出口，却即刻变为空虚，这空虚又即刻发生反响，回向我的耳目里，给我一个难堪的恶毒的冷嘲。①

按理说，子君并非庸众，她应该能回应涓生的慰藉，但事实却并非那么简单。涓生的冷漠给了子君最致命的打击，爱人间的冷漠和隔膜宣告了之前男性对女性启蒙的搁浅。在现实与爱情面前，涓生可以作出选择，而子君只能被动地等待涓生对于自己的“末日宣判”。涓生的“其实，我一个人，是容易生活的”话看似是从现实经济的层面提出的，但事实上却用此遮蔽了其对子君“不爱”的事实。涓生对于未来的打算均是基于个人的自救，“新的希望就只在我们的分离……免得一同灭亡”，这也最终让子君返归了“没有坟墓的坟墓”——回家。子君被父亲接回家后，“所有的只是她父亲——儿女的债主——烈日一般的严威和旁人的赛过冰霜的冷眼”，终于在无爱的人间走向了末路。

当然，抛开男性主导话语下女性的被动与无奈，作为一个新女性的子君对于新生活的准备还不足，她还停留在理想主义式的梦想世界里。当先前的豪言壮语逐渐弱化，当生活堕入庸常时，子君整天与一群油鸡和阿随为伴，不再读书，不再思考，不再谈论，全身心投入琐碎的家务。在涓生的眼中，“管了家务便连谈天的工夫也没有，何况读书和散步”“她近来似乎也较为怯弱了”“子君的识见却似乎只是浅薄起来”。这与《幸福的家庭》里的主妇有几分相似，五年前，她还是一位嘴唇通红，满脸洋溢着天真无邪，听了一点点感动的话就笑眯眯的挂着眼泪的让人怜爱的少女，可五年之后完全是另一番模样，她变得只会阴凄凄地盯住丈夫询问劈柴之类的琐事和因为孩子打翻油灯便勃然大怒。对此，鲁迅借涓生之口道出了子君们悲剧的基本症结，“只为了爱——盲目的爱，——而将别的人生的要义全盘疏忽了”。当这个新家庭的解体似乎都指向子君的不思进取时，我们也应注意到，涓生反而很满足于子君这种安逸的生活状态，他只是重复着在局里便抄抄写写，在家便帮子君生炉子、做饭的单调生活。而直到涓生失业，他又将婚姻不幸福归咎于子君“忘掉翅子的扇动”：“吃了筹钱，筹来

---

① 鲁迅：《伤逝》，《鲁迅全集》第 2 卷，人民文学出版社 2005 年版，第 125 页。

吃饭，还要喂阿随，饲油鸡；她似乎将先前所知道的全都忘掉了。”在这里，与其说是涓生的“忏悔”，不如说是其为自己的厌倦找到了一个冠冕堂皇的理由。那么，女性有了经济权就能真正自由地追求婚姻的幸福吗？鲁迅并不这么认为，在他看来，“在经济方面得到自由，就不是傀儡了么？也还是傀儡。无非被人所牵的事可以减少，而自己能牵的傀儡可以增多罢了”。[①]从上可知，女性要想真正地拥有自由的权利必须拆解自我对男性、自我与社会之间的依附关系，在生存的平台上开启爱情的内省，斩断思维中固态的奴性弊病，才能执着地拥抱自己的幸福。

回到“自我启蒙”和“他者启蒙”论题上来，子君在喊着“我是我自己的，他们谁也没有干涉我的权利”冲出家庭后，不是进一步走向“内心的自由”和创造的生活，而是又成了新式家庭的傀儡，而且把自己的命运与幸福全拴在了另一个人身上。这自然不是真正的觉醒者。概论之，她只是走出了“被启蒙”（他者启蒙）的第一步，而没有自我启蒙的意识。可以这样说，“新女性”子君是涓生的一个欲望对象，是男性主导女性基础上的两性关系的想象，这就要求女性既要与男性有相同的教育文化水平，甚至精神相通，同时又要女性拥有牺牲精神，而一旦她们成为男性的附庸时，其独立性失却也就意味着她们被男性所摈弃。这种错位的自由及不对位的新型男女关系显然容易造成觉醒的女性过早地放弃自己的初衷，而成为时代的牺牲品。

第二节　“思想启蒙”还是“社会革命”：两种现代性的迷途

一般而言，启蒙问题主要关涉“人”“知识”和“社会”。在主体性、知识及社会机构的运作下，生成围绕启蒙的对象、动机、目标、效应等一系列话语形态。鲁迅痛感中国太难改变，“老大的国民尽钻在僵硬的传统里，不肯变革，衰腐到毫无精力了”。[②]这种总是停留在旧的状态里而不自醒的状态让鲁迅倍感焦虑，他一心要改变这种现状。为此，鲁迅“立人”的启蒙实践正是基于现代中国的现代性焦虑而产生的，然而思想启蒙陷入了无以为继的困境，这也驱动了他不断去反思启蒙。在经历了反复的启蒙实践后，鲁迅认识到思想启蒙“未免可悲”“迂远而且渺茫”的悲壮性与渺茫性。启蒙的失效加深了鲁迅对于中国社会现实的理解，也正因如此，

① 鲁迅：《娜拉走后怎样》，《鲁迅全集》第1卷，人民文学出版社2005年版，第170页。
② 鲁迅：《忽然想起·六》，《鲁迅全集》第3卷，人民文学出版社2005年版，第46页。

面对着病入膏肓的中国机体，鲁迅尝试着运用社会革命的思路来考量中国的现代转型。由此，启蒙现代性与革命现代性的并用与替换成为考量鲁迅小说民族国家想象的新视角，值得进一步深入地省思。

一、“不满于现状”的驱动与“捣毁厨房”的隐忧

鲁迅思想转型的生成与其对思想启蒙本身的反思是分不开的，在一次次的现实挫败面前，他意识到了“言动”的无效，这也催生了他推崇“实力”的另一种理路。鲁迅的人道主义情怀中包含了“不安于现在”的冲动，主张对“兽道”“鬼道”“霸道”等非人道的社会体制进行全方位的革新。作为弱性群体的国民不能发出自己的声音，他们要借助知识分子间接地传达自我意愿，这导致知识分子的言说至少要预设上层压迫者和下层庸众两个“双逻辑支撑点”。然而，这两个预设的隐含的“受述者”均编织了与启蒙者相斥的“辖域化”话语流，这样一来，启蒙者要想“解辖域化”或“再辖域化”变得非常艰难。[①] 在《阿 Q 正传》中，阿 Q 被送上旧式衙门接受审判时，他不自觉地就“跪下”了，为此，一旁的“长衫人物”很鄙夷地说“奴隶性”。这句启蒙的话语并未唤醒将死的阿 Q，阿 Q 最终还是没有重新站立起来，反而稀里糊涂地成了冤死鬼。应该说，阿 Q 是读不懂《阿 Q 正传》的，或者说阿 Q 等不到读懂《阿 Q 正传》的时候就被稀里糊涂地枪杀了。基于此，当鲁迅的思想启蒙遭遇困境的时候，是否可以用社会革命来代替思想革命呢？鲁迅曾经指出，对于那些劝说无效、永远不知悔改的吃人者可以停止启蒙的拯救，好的方法是“掀掉桌子”“捣毁厨房”，让这个“人肉筵席”无法正常运转。这实际上已包括了政治革命的方向性内涵。在此，鲁迅意识中的革命绝非重排食客座次或重放一张桌子，他指向的是彻底地捣毁“吃人场”，用政治革命来推动人思想的启蒙。

然而，鲁迅发现，国人做奴隶惯了，“维持现状”的奴隶心态让其缺乏革命的意愿和持之以恒的动力。像阿 Q 这样惯用“精神胜利法”的人是没有反抗意识的，鲁迅提醒国人要区别奴隶与奴才，“一个活人，当然是总想活下去的，就是真正老牌的奴隶，也还在打熬着要活下去。然而自己明知道是奴隶，打熬着，并且不平着，挣扎着，一面‘意图’挣脱以至实行挣脱的，即使暂时失败，还是套上了镣铐罢，他却不过是单单的奴隶。

---

① “辖域化”这一术语缘于法国精神分析家拉康，其原意为某类概念对于另一种形态实行凝固和固定化的倾向。法国后现代哲学家德勒兹在此基础上提出了“解辖域化”“再辖域化”概念，并用于分析国家和社会现象。本著引此概念是为了论析启蒙者与被启蒙者顽固而坚硬的话语体系，预示着启蒙的艰难。

从奴隶生活中寻出‘美’来，赞叹，抚摩，陶醉”的万劫不复的奴才。[①]究其因是其内心“怯弱”的本性在作怪，这正如鲁迅所说：“我觉得中国人所蕴蓄的怨愤已经够多了，自然是受强者的蹂躏所致的。但他们却不很向强者反抗，而反在弱者身上发泄，兵和匪不相争，无枪的百姓却并受兵匪之苦，就是最近便的证据。再露骨地说，怕还可以证明这些人的卑怯。卑怯的人，即使有万丈的愤火，除弱草之外，又能烧掉甚么呢？”[②]鲁迅发现，国民缺乏反抗和革命意识导源于他们卑怯的国民性，由于缺乏“痛感”，他们只能永远地沦为奴隶。鲁迅冀望唤醒国民内心沉睡多年的革命意识，让他们觉醒起来。但是，那种不以人为目标，只以人为手段的政治革命也不是鲁迅所认可的。鲁迅知道，启蒙与革命互为表里、相互促进的关系。在他看来，“人被压迫了，为什么不斗争？”要改变中国人的奴隶地位，“唯一的救济方法是革命”，“其实‘革命’是并不稀奇的，惟其有了它，社会才会改革，人类才会进步，能从虫到人类，从野蛮到文明，就因为没有一刻不在革命。……凡是至今还未灭亡的民族，还都天天在努力革命，虽然往往不过是小革命”。[③]表面上看，这也许是一种可能性的实践路向，因为它考虑到了革命的显效性及思想启蒙的缓慢性的特点。但是，革命无法取代启蒙，革命的壮举也无法真正启蒙民众，相反却让知识分子陷入了另一种现代性的困境中。革命者夏瑜狱中对民众革命的宣讲（“这大清的天下是我们大家的”）并未引起民众的共鸣，反而被视为“疯子”而被阿义揍打了一顿，更为绝望的是，民众挥霍了革命者的努力，夏瑜的血也无法医治患痨病的华小栓。夏瑜死后，“亲戚本家早不来了”，夏四奶奶给其上坟时都特意起个大早，遇见别人时，“惨白的脸上，现出些羞愧的眼色”。这其中既反映了革命者与民众之间的隔膜，又隐含了革命现代性与启蒙现代性之间的内在张力，意味着知识分子自身的目标很难通过自己来实现。这正如鲁迅自己所意识到的那样，“《药》描写群众的愚昧，和革命者的悲哀；或者说，因群众的愚昧而来革命者的悲哀；更直捷说，革命者为愚昧的群众奋斗而牺牲了，愚昧的群众并不知道这牺牲为的是谁，却还因了愚昧的见解，以为这牺牲可以享用，增加群众中的某一私人的福利”。[④]

① 鲁迅：《漫与》，《鲁迅全集》第 4 卷，人民文学出版社 2005 年版，第 604 页。

② 鲁迅：《杂忆》，《鲁迅全集》第 1 卷，人民文学出版社 2005 年版，第 238 页。

③ 鲁迅：《革命时代的文学》，《鲁迅全集》第 3 卷，人民文学出版社 2005 年版，第 437 页。

④ 孙伏园：《鲁迅先生二三事·药》，《鲁迅回忆录》上册，北京大学出版社 1999 年版，第 77 页。

当鲁迅放弃启蒙的呼喊，转而关注民众的革命诉求、过程、立场、结果等问题时，他再一次陷入了深深的绝望。在《文化偏至论》中，鲁迅满怀激情地阐释了席卷欧美的大革命。然而，在个人“自由”与群体“他由”的取舍中，鲁迅还是看到了“众治”隐藏的危机，“掩自利之恶名，以福群之令誉，捷径在目，斯不惮竭蹶以求之耳”。其结果则是“由今之道，且顿变而为千万无赖之尤，民不堪命矣”。[①] 对于革命的意愿，被压迫者原本应该最为强烈，其目的性也最具现代性。然而，像孔乙己、祥林嫂、单四嫂子、华老栓等人的思想早已被封建思想占领，精神麻木到了无可救药的地步，想要他们萌生革命的念头是不切实际的。但阿 Q 就不一样了，他“有农民式的质朴，愚蠢，但也很沾了些游手之徒的狡猾”。[②] 其骨子里有着不安分、不甘平庸的东西。阿 Q 与革命扯上关系，不是简单的生计问题。小说写到他向吴妈求爱后，未庄人不让他打短工了，这时他想到的不是革命，而是上城偷盗。显然，物质贫乏不是阿 Q 革命的主要缘由。那么是他内在精神的向往和需要吗？显然也不是。阿 Q 对革命缺乏根本的认知，他原本以为革命就是造反，造反就是与他为难，所以“深恶而痛绝之”，但是他发现革命让未庄的“一群鸟男女”与举人老爷有了“惊惧的眼光”和“慌张的神情”时，他便有些“神往”了。小说中“革命党”没有在未庄真正地出场，只是通过阿 Q 上城所见所闻而传播到未庄的。阿 Q 醉心于向未庄人讲述杀革命党的过程，引来很多人的围观。他们表现出的“悚然而且欣然”的神情和阿 Q 对革命党“深恶而痛绝之”的态度无异，表征了革命者与庸众之间难以沟通的隔膜。阿 Q 革命前后的变化反映了未启蒙的民众对于革命的曲解。循此，革命被想象成个人私欲的满足，即奴才式的革命，也就不奇怪了。由是，革命只是利己的闹剧，泛起的是历史的沉渣。《阿 Q 正传》中有这样一段：

> “造反了！造反了！”
>
> 未庄人都用了惊惧的眼光对他看。这一种可怜的眼光，是阿 Q 从来没有见过的，一见之下，又使他舒服得如六月里喝了雪水。他更加高兴地走而且喊道：
>
> “好，……我要什么就是什么，我喜欢谁就是谁。”[③]

---

① 鲁迅：《文化偏至论》，《鲁迅全集》第 1 卷，人民文学出版社 2005 年版，第 53 页。

② 鲁迅：《寄〈戏〉周刊编者信》，《鲁迅全集》第 6 卷，人民文学出版社 2005 年版，第 154 页。

③ 鲁迅：《阿 Q 正传》，《鲁迅全集》第 1 卷，人民文学出版社 2005 年版，第 539 页。

阿Q的兴奋缘于革命可以直接转换为个人的私利，当革命到来的时候，阿Q第一反应就是“报仇”和“分财产”，而革命是什么？革命的对象是谁？为什么革命？如何革命？革命的意义何在？这些问题对于他来说都是不曾思考和认知的。阿Q进城前对“革命”与“革命党”是一无所知的，这些新鲜的名词超越了他理解的范围。但他人生唯一一次进城，却使他对“革命”有了些许理解，这来源于他目睹“革命党”被杀头的事件。他和所有的看客一样对革命产生了初次的误解，经验告诉他“凡是革命，便杀头”，认为“革命党便是造反，造反便是与他为难”。从城里回来的他一下子成为别人关注的对象，未庄人也很好奇地想要从他的话中了解一些城里的信息。当他唾沫横飞地给未庄人讲“杀革命党。唉，好看好看……”时，他对“革命”的曲解和无知也随着传播到每一个下层庸众中去了。鲁迅说过，“不满是向上的车轮，能够载着不自满的人类，向人道前进。多不自满的人的种族，永远前进，永远有希望”。[①] 当然，阿Q想加入革命队伍并非出于自身“不满”的诉求，而是其个人的私欲在作怪。当“革命”的浪潮真正波及未庄时，阿Q从自己的私见和欲望出发，一改先前将“革命”恐怖化的看法，感到“革命也好罢”，于是产生了“便是我，也要投降革命党”的要求，因此，他喝醉酒后，高喊“造反了，造反了”，在他的臆想中，革命意味着“我要什么就是什么，我欢喜谁就是谁”。连“思想也迸跳起来了”，“似乎未庄人却都是他的俘虏了”。他要占有的东西很多：女人，元宝，洋钱，洋纱衫，秀才娘子的宁式床，还有钱家或赵家的桌椅，而以前欺负过他的小D、王胡、赵太爷、假洋鬼子就都不能活了。奴隶变为主人后，就改变不了他的吃人性。在这里，我们分明能窥见鲁迅关于“吃人”的现象却在阿Q身上延续。然而，当假洋鬼子不允许阿Q革命时，他对革命也就感觉不那么“快意”了，这时他想到的不是革命的好处，而是他又故态复萌地痛恨起革命来了：革命是造反，造反是要杀头的。他不自觉地骂道，“不准我造反，只准你造反？妈妈的假洋鬼子，——好，你造反！造反是杀头的罪名呵，我总要告一状，看你抓进县里去杀头，——满门抄斩，——嚓！嚓！”阿Q对于革命态度的摇摆反映了他不自觉的精神状态，民主革命为“奴才式的造反”所代替，革命一次次被歪曲化了。对此，鲁迅说道：“我觉得革命以前，我是做奴隶；革命以后不

① 鲁迅：《随感录·六十一 不满》，《鲁迅全集》第1卷，人民文学出版社2005年版，第376页。

多久，就受了奴隶的骗，变成他们的奴隶了。”[①] 在他看来，阿 Q 式的革命很容易衍生为轮回循环的结果，“革命，革革命，革革革命，革革……”[②] 鲁迅鞭挞了“阿 Q 似的革命党”与“阿 Q 式的革命”潜在的不良倾向，认为这种奴才式的革命“不过是争夺一把旧椅子”，“奴才做了主人，是决不肯废去‘老爷’的称呼的，他的摆架子，恐怕比他的主人还十足，还可笑”。[③] 鲁迅不大主张以暴抗暴，在论及《工人绥惠略夫》时说，“阿尔志跋绥夫是厌世主义的作家，在思想黯淡的时节，做了这一本被绝望所包围的书。”“然而绥惠略夫临末的思想却太可怕。他先是为社会做事，社会倒迫害他，甚至于要杀害他，他于是一变而为向社会复仇了，一切是仇仇，一切是破坏。中国这样破坏一切的人还不见有，大约也不会有的，我也并不希望其有。”[④] 他呼吁一种“革新的破坏者”的诞生，“在瓦砾场上修补老例是可悲的。我们要革新的破坏者，因为他们内心有理想的光”。鲁迅肯定了卢梭、尼采、托尔斯泰、易卜生等人扫除碍脚旧思想的破坏意义，称他们为“轨道破坏者”。[⑤] 革命也只演变成“寇盗式的破坏”或“奴才式的破坏”。而这种阿 Q 式革命也注定其不可能开启革命的新时代，小说最后阿 Q 的画圈隐喻了革命的结果依然是循环和重复。鲁迅更为担心的是，阿 Q 似的革命党还会出现，而阿 Q 式的革命只是革命的一曲前奏，今后也会继续上演，“我还恐怕我所看见的并非现代的前身，而是其后，或者竟是二三十年之后”。[⑥]

显然，对于社会革命缺乏理性认知的乡民是无法成为革命的主体力量的。于是，期冀通过革命来改变国民精神状况的愿望也几乎成为虚妄。在鲁迅看来，思想启蒙依然是政治革命的起点，“此后最要紧的是改造国民性，否则，无论是专制，是共和，是什么什么，招牌虽换，货色照旧，全不行的”。[⑦]《阿 Q 正传》里的假洋鬼子以革命者自居，满嘴的“洪哥”（黎元洪），当他用哭丧棒将阿 Q 赶出来，不允许他革命时，也真正切断

① 鲁迅：《忽然想到·三》，《鲁迅全集》第 3 卷，人民文学出版社 2005 年版，第 16 页。

② 鲁迅：《小杂感》，《鲁迅全集》第 3 卷，人民文学出版社 2005 年版，第 556 页。

③ 鲁迅：《上海文艺之一瞥》，《鲁迅全集》第 4 卷，人民文学出版社 2005 年版，第 308—309 页。

④ 鲁迅：《译了〈工人绥惠略夫〉之后》，《鲁迅全集》第 10 卷，人民文学出版社 2005 年版，第 365 页。

⑤ 鲁迅：《再论雷峰塔的倒掉》，《鲁迅全集》第 1 卷，人民文学出版社 2005 年版，第 202 页。

⑥ 鲁迅：《〈阿 Q 正传〉的成因》，《鲁迅全集》第 3 卷，人民文学出版社 2005 年版，第 397 页。

⑦ 鲁迅：《两地书·八》，《鲁迅全集》第 11 卷，人民文学出版社 2005 年版，第 32 页。

了阿Q革命的念头。而赵太爷的儿子赵秀才用四块银元买了块“银桃子”挂在胸前，俨然就成了“自由党”了。对于这种人，鲁迅看透了其革命的真实意图，“原是旧式人物，但在社会里失败了，却想另挂新招牌，靠新兴势力获得更好的地位”。[①] 与这类“非革命的激进者”不同，《风波》里赵七爷这样的“非革命的投机者”也很多，他们在革命前将头上的辫子盘起来，革命遭遇困境时就将辫子放下来。阿Q对于革命缺乏理性的认识，关于革命，阿Q“只有一件可怕的事，是另有几个不好的革命党夹在里面捣乱，第二天便动手剪辫子，听说那邻村的航船七斤便着了道儿，弄得不像人样子了”。曾幻想参加革命的阿Q依然保守着对传统肉身观念的认同，这不能不说是对革命本身最大的嘲讽。

鲁迅意识到，风云变幻的辛亥革命的功绩只是剪掉了“辫子”，革命根本无法触及国民的灵魂，也无法搅动乡土中国既有的秩序。革命的“风波”到来之时，曾“热闹”过一阵子，但很快一切又恢复到过去的常态。对于这种“热闹的疲惫”现象，鲁迅发现，遗忘是不容忽视的内在根由，“用热闹来掩过了这‘死’，给大家接着就得到‘忘却’”。[②] 这种认知均基于他对现实的深刻审思：当“五四”退潮，《新生》杂志流产，鲁迅如立于荒原中“呐喊”却无人回应时，他采用了“麻醉自己的灵魂”的方式（如钞古碑）来消除这种痛苦的处境，遗忘“年青时候曾经做过的许多梦”。他意识到，一味地忘却会忽略和取消现实的反抗，也就是他所说的“再没有青年时候的慷慨激昂的意思了”，而这又是鲁迅不愿看到的。《头发的故事》反映了N先生在“双十节”这一特定的日子里的精神状态与感悟，人们在“双十节”这一本该纪念的日子里却忘了纪念，从开篇的日历忘了纪念就有隐喻。说到“纪念”，N先生觉得很愧疚，使他“坐立不稳”了。那些为革命奔走甚至牺牲的故人的坟墓“也早在忘却里渐渐平塌下去了”，但记忆也有“不堪”的精神负担，N先生认为牢记理想家的所谓的“觉醒”和“解放”，只会徒增痛苦。因此，他认为：“忘却了一切还是幸福，倘使伊记着些平等自由的话，便要苦痛一生世！”对于革命者许诺的“黄金世界”，鲁迅一直不以为然，中国革命的艰难与改革国民根性的合力纠缠着先觉者。为了缓解这种记忆的痛苦，N先生想通过说些“得意的事”来摆脱这种痛苦，他围绕“辫子”的问题谈了自己的经历，从剪辫之举到无辫

① 鲁迅：《现今的新文学概观》，《鲁迅全集》第4卷，人民文学出版社2005年版，第137页。

② 鲁迅：《“民族主义文学”的任务和运命》，《鲁迅全集》第4卷，人民文学出版社2005年版，第328页。

之灾，从装上假辫子到废了假辫子。然而辫子问题始终让他痛苦不堪，无奈N先生还是欲忘却而不能，最后，他才违心地劝阻学生剪辫子。N先生在“遗忘”和“记忆”的双重痛苦下，陷入绝望的境地，感受到“终日如坐在冰窖子里，如站在刑场旁边”的罪犯般的痛苦。可见，由不堪记忆的痛苦到希望遗忘是能暂缓痛苦，而这种遗忘却潜在地加深和加长了痛苦的强度。在《空谈》中，鲁迅提到一件事，辛亥革命时期四烈士坟中至今还有三块墓碑不刻一字，他悲愤地写道：“死者倘不埋在活人的心中，那就真真死掉了。”[①] 鲁迅觉得“黄花岗”七十二烈士的命运也和四烈士相似，他推想到黄花岗烈士的牺牲在民众心中引起的情感反应：“当时大概有若干人痛惜，若干人快意，若干人没有什么意见，若干人当作酒后茶余的谈助的罢。接着便将被人们忘却。久受压制的人们，被压制时只能忍苦，幸而解放了便只知道作乐，悲壮剧是不能久留在记忆里的。”[②]《药》里的革命者的鲜血却成了救治民众痨病的“药”，而华小栓吃进嘴里“却全忘了什么味”。而夏瑜的坟墓也显得冷冷清清，“这地方有谁来呢？孩子不会来玩；——亲戚本家早不来了”。从夏瑜的母亲“起个大早”去坟墓祭奠儿子的行为可以看出，她根本不懂得也不理解什么是革命，他害怕的是别人知道她是革命者的母亲这一事实。在这里，鲁迅批判了国民遗忘革命（革命者）的根性。

从结果来看，革命过后似乎一切照旧，“革命党虽然进了城，倒还没有什么大异样。知县大老爷还是原官，不过改称了什么，而且举人老爷也做了什么——这些名目，未庄人都说不明白——官，带兵的也还是先前的老把总”。武昌起义、绍兴光复后，鲁迅曾与范爱农一起上城去感受革命的气氛，他遗憾地发现“满眼是白旗。然而貌虽如此，内骨子是依旧的，因为还是几个旧乡绅所组织的军政府，什么铁路股东是行政司长，钱店掌柜是军械司长……”[③] 鲁迅清醒地看到了革命的作用和影响只不过是“招牌虽换，货色照旧”，[④]“中国固有的精神文明，其实并未为共和二字所埋没，只有满人已经退席，和先前稍不同”。[⑤] 对于革命带来的欣喜和改变，鲁迅没有纯乐观的热情，“改革一两，反动十斤”，“习惯的岩石”压碎了革命，革命无非是“只在表面上浮游一些时”，“不多久，就早被他们拉回旧道

① 鲁迅：《空谈》，《鲁迅全集》第3卷，人民文学出版社2005年版，第298页。
② 鲁迅：《黄花节的杂感》，《鲁迅全集》第3卷，人民文学出版社2005年版，第427页。
③ 鲁迅：《范爱农》，《鲁迅全集》第2卷，人民文学出版社2005年版，第324—325页。
④ 鲁迅：《两地书·八》，《鲁迅全集》第11卷，人民文学出版社2005年版，第32页。
⑤ 鲁迅：《灯下漫笔》，《鲁迅全集》第1卷，人民文学出版社2005年版，第228页。

上去了”。[1]《阿Q正传》里的革命看起来轰轰烈烈，实际上只是砸碎了一张龙牌，以及使得阿Q“用竹筷盘上他的辫子”罢了。《风波》中“革命”前后，临河土场并没有多少变化，一切都照旧。《弟兄》里描写了革命的消息，但城里也未产生大的波澜，“公益局一向无公可办，几个办事员在办公室里照例的谈家务”。《离婚》里的七大人因“和知县大老爷换帖”，依然主宰着地方的家政要事。在这里，封闭的乡土和愚弱的乡民用自足的方式对革命现代性进行了独特的“去蔽”，消解了革命所带来的变革、进化、拓新等内在精神，从而将矢性的价值尺规扳回到了永恒不变的轮回轨道。

二、“化大众”与“大众化”互为条件的悖论

由上可知，没有社会革命的驱动，民众可能永远难以改变其所命定的奴隶地位。从革命心理学的角度来看，“不幸的人是强大的自然力”[2]。处于被压迫地位的人革命热望强烈而且能成为革命的主体。从革命的道义论角度来看，“处境的劣，道德的善”[3]也是驱动社会变革的重要理据。鲁迅小说统合了革命“自然论”与“道义论”的要义，将思想革命与社会革命的深刻关系置于上述理论逻辑中予以贯通，然而，当他们被鼓动起来革命时，由于其思想的落后，社会革命也只能演变为个人私欲的工具。于是，又将问题推回到最初的思想启蒙上。这种革命的道德困境始终撕咬着鲁迅的内心，难以平息。对此，鲁迅指出，“对于群众，在引起他们的公愤之余，还须设法注入深沉的勇气，当鼓舞他们的感情的时候，还须竭力启发明白的理性；而且还得偏重于勇气和理性，从此继续地训练许多年。这声音自然断乎不及大叫宣战杀贼的大而闳，但我以为却是更紧要而更艰难伟大的工作”。然而，问题是思想启蒙原本就并非易事。在他的意识里，仅仅一味地革命呐喊是不够的，还需要“竭力启发明白的理性”。他曾感叹，“每一两年，爱国者总要鼓舞一番对于敌人的怨恨与愤怒”，激活国民身上的反抗性能使其挣脱被奴役的命运，然而，他也意识到，这种鼓动需要一个前提，那就是“国民是勇敢的。因为勇敢，这才能勇往直前，肉搏强敌，以报仇雪恨。假使是怯弱的人民，则即使如何鼓舞，也不会有面临强敌的决心；然而引起的愤火却在，仍不能不寻一个发泄的地方，这地方，就是眼见得

① 鲁迅：《习惯与改革》，《鲁迅全集》第4卷，人民文学出版社2005年版，第229页。
② [美]汉娜·阿伦特：《论革命》，陈周旺译，江苏译林出版社2011年版，第47页。
③ [法]古斯塔夫·勒庞：《革命心理学》，佟得志、刘训练译，吉林人民出版社2011年版，第47页。

比他们更弱的人民，无论是同胞或是异族”。[①] 这是阿Q式革命的具体表现，以私欲为中心，根本不懂得革命本身的使命、出发点及动机。显然，这样的革命不是鲁迅所赞赏的，从他的本心而言，他甚至不主张鼓动阿Q等奴性人物去革命，这样的人不但不会将革命引入正途，而且会适得其反。

与思想启蒙相似的是，社会革命依然缺乏群众基础。长期以来，处于社会最底层的庸众缺乏革命的愿望，他们所要求的并不是彻底改变现行秩序，而是有限地改善现状，获得某些眼前的利益。对此，丸山升一针见血地指出："并不存在如果革命家舍身为民众流血受苦，民众就必须感谢支持的义理。民众归根到底只去判断具体的各件实事对自己是否有利，而且任何人都无法对此加以非难。"[②] 因而他们使用的手段，绝不是破旧立新的革命，而是祈求主人的恩典和施舍。在某种意义上说，他们对现行秩序保持着一种侥幸，甚至成为统治权力的合谋者和维护者。因此，真正懂得革命的含义和价值的庸众是不存在的，而真正得到革命的“文化反抗者”势力孤单，难成大器。对此鲁迅说过一段很精辟的话："新主义宣传者是放火人么，也必须别人有精神的燃料，才会着火；是弹琴人么，别人的心上也必须有弦索，才会出声；是发声器么，别人也必须是发声器，才会共鸣。"[③] 由于缺乏必要的革命动员、宣传，加上广大民众的思想观念陈旧、落后的弊病，致使广大农民不了解革命的性质和意义。夏四奶奶（《药》）尽管是革命者夏瑜的母亲，但她也没因与儿子的亲缘关系而比旁人更了解革命。小说将普通民众对革命的隔膜置于家庭伦理系统之中予以观照，夏四奶奶给夏瑜上坟时的生死对话很好地说明了这一问题：

> 他想了又想，忽又流下泪来，大声说道：
>
> “瑜儿，他们都冤枉了你，你还是忘不了，伤心不过，今天特意显点灵，要我知道么？”他四面一看，只见一只乌鸦，站在一株没有叶的树上，便接着说，“我知道了。——瑜儿，可怜他们坑了你，他们将来总有报应，天都知道；你闭了眼睛就是了。——你如果真在这里，听到我的话，——便教这乌鸦飞上你的坟顶，给我看罢”。[④]

---

① 鲁迅：《杂忆》，《鲁迅全集》第1卷，人民文学出版社2005年版，第237—238页。

② [日]丸山升：《鲁迅·革命·历史》，王俊文译，北京大学出版社2005年版，第57页。

③ 鲁迅：《随感录·五十九“圣武”》，《鲁迅全集》第1卷，人民文学出版社2005年版，第371页。

④ 鲁迅：《药》，《鲁迅全集》第1卷，人民文学出版社2005年版，第472页。

从这段哭诉能窥见母亲对儿子的深情，同时也透露出普通民众与革命者之间存在的距离，夏四奶奶根本不知道儿子为何而死，更遑论“何为革命”“为什么要革命”等超越其知识系统的大道理。七斤（《风波》）“早有些飞黄腾达的意思”是什么呢？其实不过是延续他祖宗三代“不捏锄头柄”、继续维持他在鲁镇“出场人物”的身份等稳定的生存状态，不管是辛亥革命还是张勋复辟，其实与他没有太多的关联，甚至是毫无干系，而恰恰因为革命使他被剪掉了辫子，这使他陷入了巨大的恐怖当中。他对剪掉辫子这个革命的隐喻、符号和意义是很麻木和无知的，他既不会表达自己的要求也不会争取自己的权利，更没有自己行动的选择。革命的讯息根本未降临过当地人经常出入的“咸亨酒店”，“风波”过后一切照旧。

除此之外，鲁迅还将批判的矛头指向投机革命的知识精英阶层。在《阿Q正传》中，借着革命混乱的局面，原本“历来也不相能”的赵秀才与钱假洋鬼子狼狈为奸地走到一起，形成了“土”知识分子与“洋”知识分子的同盟：

> 赵秀才消息灵，一知道革命党已在夜间进城，便将辫子盘在顶上，一早去拜访那历来也不相能的钱洋鬼子。这是“咸与维新”的时候了，所以他们便谈得很投机，立刻成了情投意合的同志，也相约去革命。①

显然，这种表征中西文化的知识分子结合并不是“革命”本身的结果，他们结盟的目的与阿Q无异。土、洋两派打着“革命”的旗号，欺负的还是下等人，他们以老尼姑“当作满政府，在头上很给了不少的棍子和栗凿”。在砸碎一块“皇帝万岁万万岁”的龙牌后，顺手拿走了观音娘娘座前的宣德炉。对于这种被改造的人性弱点，鲁迅将其概括为“皮毛改新，心思仍旧”。②为此，他还打过这样一个比喻来予以分析：“商人遗老们的印书是书籍的古董化，其置重不在书籍而在古董。遗老有钱，或者也不过聊以自娱罢了，而商人便大吹大擂的借此获利。还有茶商盐贩，本来是不齿于‘士类’的，现在也趁着新旧纷扰的时候，借刻书为名，想挨进遗老遗少的‘士林’里去。”③由此可见，所谓“咸与维新”也只不过是让未庄人盘起辫子来，鲁迅用讽喻的笔调写出了未庄革命后的改变：“但未庄也不能说是无改革。几天之后，将辫子盘在顶上的逐渐增加起来了，早

---

① 鲁迅：《阿Q正传》，《鲁迅全集》第1卷，人民文学出版社2005年版，第542页。
② 鲁迅：《随感录·四十三》，《鲁迅全集》第1卷，人民文学出版社2005年版，第346页。
③ 鲁迅：《所谓“国学”》，《鲁迅全集》第1卷，人民文学出版社2005年版，第409页。

经说过，最先自然是茂才公，其次便是赵司晨和赵白眼，后来是阿Q。倘在夏天，大家将辫子盘在头顶上或者打一个结，本不算什么稀奇事，但现在是暮秋，所以这‘秋行夏令’的情形，在盘辫家不能不说是万分的英断，而在未庄也不能说无关于改革了。”从逻辑上讲，革命需要动员像阿Q这样的人来参加。然而，假洋鬼子却不允许阿Q革命，既葬送了他革命的念头，这让他感到无名的苦闷，“他所有的抱负，志向，希望，前程，全被一笔勾销了”，“于是心里便涌起了忧愁”，“似乎从来没有经验过这样的无聊”。这与之前那个没有痛感的阿Q有着极大的差异，是革命让阿Q有了作为人的痛感吗？恐怕不是，唯一可以解释的是他通过革命获得未庄文化共同体的认同的梦想被彻底浇灭了，或者也可以这样理解，他通过革命获得个人私利的机会被掐断了。颇具讽刺性的是，因为革命他还被送进监狱、示众和枪决。在这里，鲁迅不是要借假洋鬼子不允许阿Q革命来防范阿Q式革命的后果，而是对主宰革命话语权的知识分子提出了尖锐的批判。辛亥革命推翻了清朝帝制，建立了中华民国。这场社会革命带给知识分子的鼓舞是不言而喻的。鲁迅曾说：“说起民元的事来，那时确是光明得多，当时我也在南京教育部，觉得中国将来很有希望。”[①]可以说，这场社会革命为此后文学革命提供了内源性的动力，文学革命、文学启蒙的开展有赖于社会革命所开创的革新局面。从这个意义上说，政治革命为思想革命提供了基础。如果反过来强调思想革命对于政治革命的推动价值却屡遭人诟病，进而对五四新文化的启蒙运动提出了质疑。质疑的关节点在于，五四“借思想文化以解决问题”（林毓生语）盲视革命斗争，批判国民性的主张有轻视群众力量的问题。唐弢的批判代表了某种普遍性看法：“改造‘国民性’并不是鲁迅个人独有的想法，这是较为普遍地存在于当时先进知识分子中间启蒙主义思想的表现。‘国民性’是一个笼统的概念，把社会革命寄托于精神改造，往往又是启蒙主义者难免的弱点。”[②]显然，质疑者对于缓慢的思想革命能否带来现代中国的伟大变革持有怀疑的态度，亟待变革的中国迫切需要一场翻天覆地的革命来改变国民的思想状况。由此，价值的显效性与思想启蒙的缓慢性之间的紧张，使得我们在考量知识分子的启蒙实践时陷入了两种现代性谁先谁后的失序困境中。

然而，正如鲁迅所预见的那样，政治革命的到来也未必能带动思想革命的实施。辛亥革命的胜利也许就是革掉了一条“辫子”，而民众心理的“辫子”还阴魂不散。像阿Q那样被抓到堂上问话，大员不让他跪，他

① 鲁迅：《两地书·八》，《鲁迅全集》第11卷，人民文学出版社2005年版，第31页。
② 唐弢：《中国现代文学史》第1册，人民文学出版社1979年版，第83页。

却自然而然地跪下了的还大有人在。这些人错位地持存着古老传统的记忆，对于革命是无法真正理解的。为此，鲁迅也明确地表示，“先前，旧社会的腐败，我是觉到了的，我希望着新的社会的起来，但不知道这‘新的’该是什么，而且也不知道‘新的’起来以后，是否一定就好”。[①]“见过辛亥革命，见过二次革命，见过袁世凯称帝，张勋复辟，看来看去，就看得怀疑起来，于是失望，颓唐得很了。”[②]这种绝望的喟叹是基于中国的现实境遇有感而发的，旧势力阴魂不散，新生事物又没成气候，满目即是不自知的庸众，让鲁迅对于中国的革命所营造的新的未来表示出极大的怀疑。也许可以期待随着教育的慢慢普及、民众文化水平的逐步提高，最终能够实现国民性改造的理想。然而，正如论者所言，“可是中国社会处于相互牵扯的悖论当中：民众的觉悟依赖于教育的普及，教育的普及依赖于社会公正的实现，而社会公正的实现又依赖于民众的普遍觉悟。这种互为条件的悖论，预示了启蒙主义在中国的艰难命运”。[③]为此，鲁迅不主张用政治革命取代思想革命的看法，在他看来，思想不觉悟的民众是不可能成为战士的，他们只能挥霍革命者的心血。这也坚定了一直持守的“启蒙主义”的努力：“我想，现在的办法，首先还得用那几年以前《新青年》上已经说过的‘思想革命’。还是这一句话，虽然未免可悲，但我以为除此没有别的法。而且还是准备‘思想革命’的战士，和目下的社会无关。待到战士养成了，于是再决胜负。我这种迂远而且渺茫的意见，自己也觉得是可叹的。”[④]需要强调的是，鲁迅选择思想革命并非逃避现实，也并非不关心政治，强调思想启蒙恰恰是其介入政治的另一种途径。尽管思想层面的革命非常缓慢，但它对于政治革命的有效开展是有价值的，从这种意义上说，李新宇的话切中肯綮，“新文化运动不是一场社会变革的舆论前奏，而是一场大变革之后的文化补课”。[⑤]于是，我们可以发现革命者与启蒙者相异的逻辑理路。革命者的重要诉求是鼓舞民众的斗志，催发民众集体的力量，在遭遇困境时保有革命的信念，而启蒙者则不一样，他们既要唤醒民众，又要指出民众身上存在的问题，在启蒙的呐喊声中展示启蒙的艰难甚至无效。这让他们不可能与民众并肩前行，而只能孤单一人开启自己的“过客”之旅。

---

① 鲁迅：《答国际文学社问》，《鲁迅全集》第6卷，人民文学出版社2005年版，第19页。

② 鲁迅：《〈自选集〉自序》，《鲁迅全集》第4卷，人民文学出版社2005年版，第468页。

③ 陈国恩：《革命现代性与中国左翼文学》，《学习与探索》2008年第4期。

④ 鲁迅：《通讯》，《鲁迅全集》第3卷，人民文学出版社2005年版，第23页。

⑤ 李新宇：《五四："借思想文化解决问题"的是与非》，《南开学报》（哲学社会科学版）2004年第5期。

无论是思想革命还是社会革命都需要面对“化大众”和“大众化”的矛盾。对于鲁迅的思想启蒙而言，“化大众”和“大众化”都不易解决。为什么呢？鲁迅思想启蒙运用的方式是一种“挝丑”的思维，只有让民众意识到自己存在的弊病才会想办法疗治。然而，中国传统文化中讳疾忌医的思想很普遍，要大众接受来自他人的指责谈何容易，他们宁愿生活在一个整体病态的文化体系之中。可以说，鲁迅批判国民性的启蒙策略无法获得民众的支持，因而也让鲁迅的思想启蒙和政治革命保持了很大的距离。这也是为什么创造社要用宣布“阿Q死去”来证明自身革命合法性的原因，因为只有承认阿Q不具有民族普遍性格才能更好地调动民族革命的积极性。抛开历史的迷雾，假设前述“化大众”和“大众化”这组矛盾解决了，启蒙者还得面对这样一个文化的结构性悖论：启蒙者想要“化大众”必须首先自己“大众化”，而一旦自己“大众化”，他们“化大众”的身份也就被消解了。这即如鲁迅笔下的孤独者，他们存在的身份认定在于其独异的精神品质，如果他们出于在同一层面与民众交流的目的，而跨出自己的精神界碑去与流俗同行，那么他们也就丧失了启蒙大众的功能。因为大众的同化作用会消解启蒙者的精英身份，也会消泯启蒙者的声音，鲁迅显然不会这样做。他认为，知识分子对大众的启蒙应建立在尊重彼此的基础上，“他不看轻自己，以为是大众的戏子，也不看轻别人，当作自己的喽啰。他只是大众中的一个人，我想，这才可以做大众的事业”。[①] 正因为“化大众”与“大众化”互为条件的悖论，让鲁迅深陷思想启蒙与社会革命的双重困境中，于是产生了关于革命的喜忧参半的心理体验：“远地方在革命，不相识的人们在革命，我是的确有点高兴听的，然而——没有法子，索性老实说罢，——如果我的身边革起命来，或者我所熟识的人去革命，我就没有这么高兴听。有人说我应该拼命去革命，我自然不敢不以为然，但如叫我静静地坐下，调给我一杯罐头牛奶喝，我往往更感激”。[②] 在鲁迅看来，启蒙的目的是人，是人的个性解放。革命的目的也应该以推动人的发展为基础。这样一来，一旦政治革命确立了以人为手段而不是目的时，启蒙与革命的同构性就产生了裂隙，进而使鲁迅陷入启蒙现代性与革命现代性的失衡困局之中：革命现代性一味地发动民众起来革命，而依靠思想落后民众的革命又只能是奴隶式的破坏，进而反向影响革命现代性的开展，最终无法达到启蒙民众的目的。

---

① 鲁迅：《门外文谈》，《鲁迅全集》第6卷，人民文学出版社2005年版，第104—105页。

② 鲁迅：《在钟楼上——夜读之二》，《鲁迅全集》第4卷，人民文学出版社2005年版，第30页。

第五章　民族新生与“未来中国”的构想

为了顺应现代中国发展的趋势，鲁迅将“立人”与“立国”并举，在鞭挞旧式人物的国民性的同时，也极力呼吁和颂扬新人的横空出世，而这种新人则是未来中国的希望，“新生一作，虚伪道消”。[①] 前述“老中国”已经无法适应现代发展的潮流，在循环而封闭的系统里正沦落为没有希望的国度。鲁迅心中所钦羡的“人国”是一个全新的国度，而这种“兴国”理想始终是以人的主体自觉为基础的。当我们用现代民族国家的观念来讨论社会群体的重组和社会变迁时，国家的概念与每一个人的个体生命建立起一种想象性的关联。在这一关联中，儿童命题的生成就是一系列从具体到抽象、从经验到理性的过程。在这种意义上，我们可以说现代的儿童话语是那些为数不多的国家话语成功地自然化、合理化的概念之一。对于“儿童问题”，鲁迅是非常关心的。他的小说书写的儿童身体、精神状态及命运走向与其中国形象建构密切相关。这既是他“以幼为本”思想的应有之义，又是其从“立人”到“立国”思想的现代延续。

第一节　弱者镜像与想象新人的话语形构

鲁迅很关注“弱者”的生存处境，悲悯他们处于社会边缘的“非人”际遇。他笔下的“儿童和妇女”作为一种必不可少的主体文化符码参与到了现代民族国家主体身份认同的过程中。于是，鲁迅的儿童书写、女性书写的内在逻辑呈现出充满张力的路向：他们一方面在现代认同环节中扮演了由弱而强、去旧从新的表意功能，另一方面又因其不具备言说能力而陷入成人与男性的话语体系内。对病弱且无声的乡村儿童与妇女他者镜像功

① 鲁迅：《文化偏至论》，《鲁迅全集》第1卷，人民文学出版社2005年版，第56页。

能的描绘，表面上成就了现代、进步的启蒙话语与现代主体，在本质上却也隐含了儿童与妇女仅仅作为被描写、被解放的他者镜像功能。质言之，鲁迅将民族新生与弱者的现代转变紧密联系在一起，在其小说中，弱者成为现代认知装置下的一种话语资源，是其建构现代民族国家想象的有效“他性”。因而，“弱者”作为“一种方法”，[①]在国家话语表述中的结构性功能被文本表述再生产，最终指向的是作家对于现代民族国家主体性想象的社会实践层面。

一、现代国家认知“装置”下的想象策略

日本学者柄谷行人指出，“使曾经不存在的东西成为不证自明、仿佛从前就有了的东西一样”是一种话语的颠倒，这就是“风景”的发现。在他的思维里，“所谓风景乃是一种认识性的装置，这个装置一旦成形出现，其起源便被掩盖起来了”。[②]言外之意，只有重新还原“被颠倒”事物的位置，才能真正揭示其真正的起源。他曾以儿童为例，指出作家借助儿童“风景”来发现成人的话语实践。他认为，“儿童”是一个历史建构的概念，“所谓孩子不是实体性的存在，而是一个方法论上的概念”。[③]这即是说，以儿童为研究视角并非完全出于其本身研究的意义，更为重要的则是以儿童为节点和方法，勾连出儿童与社会、历史、国家等诸多维面的复杂关联。在此逻辑中，“儿童”或“童年”也可以是一个被创造、被发明的概念。它可以被建构为国家未来的符号，也可以被理解为人类原初精神的表征。戴维·拉德认为儿童必然是既被建构的也能建构的，因而在生物本质论和文化决定论之间存在着极大的话语裂隙。[④]换言之，儿童的自然性和社会性是成人操控儿童话语的前提条件，成人的话语权力依托文化压制和文化生产而获得。被建构的儿童是成人召唤的一个“文化存在”，它体

① “作为方法”一词源自日本学者沟口雄三，他曾倡导“以中国为方法”的中国学，主张不要盲视中国内部的文化传统，应将其纳入中国近代史的“前史”予以统筹思考。这种思维立足于有别于欧洲传统的中国文化演进的本土流脉，借此却勾连了“以世界为目的”的多元价值世界。（参见沟口雄三：《作为方法的中国》，孙君悦译，北京三联书店 2011 年版，第 9—11 页）本著受此启发，认为鲁迅书写弱者并非单纯地揭示其境遇或人格，而是以弱者的镜像来烛照鲁迅“未来中国”的建构与反思。在这里，言说弱者并非目的，而是一种方法和策略，以引出其背后更加阔大的话语形态。

② [日]柄谷行人：《日本现代文学的起源》，赵京华译，北京三联书店 2006 年版，第 12 页。

③ [日]柄谷行人：《日本现代文学的起源》，赵京华译，北京三联书店 2006 年版，第 124 页。

④ [英]戴维·拉德：《理论的建立与理论：儿童文学该如何生存》，《理解儿童文学》，[美]彼得·亨特主编，郭建玲、周惠玲、代冬梅译，少年儿童出版社 2010 年版，第 46 页。

现了成人对儿童需要的集体无意识。由此，建构出的儿童可以为成人话语的建构提供一种现代的认知结构与话语方式，儿童可以以一种“缺席”的方式出现在社会历史的发展历程中，只要构成特定历史阶段成人话语系统的参照系，它的主体价值就得以彰显和出场。

事实上，鲁迅小说的“儿童”话语里镶嵌着鲁迅的一种认知“装置”。“儿童”成为一个问题被讨论是基于鲁迅对于未来中国和民族新生的现代性认知观念。持守着民族国家新生的现代性标尺，儿童往往被视为“新人”的象征符号，是应该着力褒扬的对象。按常理，这似乎是不证自明的存在，很少有人去追问该现象背后的真实原因，更无须谈论这种观念中隐含的认识性“装置”。关于这个问题，有学者意识到成人将原始人、童话和儿童、儿童文学等同起来的同时，无意中却将“儿童”“儿童文学”发明出来了，其结果是成人在发明“儿童”的同时又完成了对儿童的殖民。[①] 这种见解揭示了五四“儿童本位”思想背后可能被遮蔽的儿童话语问题，值得我们认真思考。然而我们也应意识到，成人利用儿童主体进行自我建构和书写未来中国的复杂情感，均基于五四中国现代转型的文化语境，本源于中国知识分子利用儿童建构自我主体与国家主体的社会情怀。另外，儿童“可塑性”“过渡性”的特质使其具备了“建构”或“想象”的先天条件，它的发现有效地介入了中国现代文学中的政治想象。在他们的身上折射了社会、历史演变的行进轨迹，应将其置于整个现代中国历史和文化语境中予以讨论和研究。正因为如此，儿童身上的病态和根性往往容易被人忽视，而排斥在现代认知装置之外。这是值得深思的问题，当然，鲁迅小说并未盲视儿童身上“自然性”与“社会性”的共在特性。

基于以上的认识，我们可以提出如下思路展开思考：“儿童”是如何被建构和生产的？在这个过程中，利用了哪些不同的而且相互关联的概念？而有关儿童的惯用观念是遭受了压制，还是继续发挥着作用？通过将建构的“儿童”与想象的“中国”进行观照，鲁迅笔下的儿童又是如何在其历史、民族以及中国过渡性的文化语境中被想象性地建构起来的？

在鲁迅的小说里，主奴话语框定了强者与弱者，然而，在占多数的弱者之中还有更弱者。儿童往往是作为“更弱者”的角色而存在的，他们被动地受制于同为需要启蒙的成人的话语体系之中。阿Q很讨厌假洋鬼子头上的假辫子，认为他“没有做人的资格”，因而，当假洋鬼子走过来时，阿Q表现出了自己的不满：

---

① 吴其南：《20世纪中国儿童文学的文化阐释》，中国社会科学出版社2012年版，第65页。

“秃儿。驴……”阿Q历来本只在肚子里骂，没有出过声，这回因为正气忿，因为要报仇，便不由的轻轻的说出来了。

不料这秃儿却拿着一支黄漆的棍子——就是阿Q所谓哭丧棒——大踏步走了过来。阿Q在这刹那，便知道大约要打了，赶紧抽紧筋骨，耸了肩膀等候着，果然，拍的一声，似乎确凿打在自己头上了。

“我说他！”阿Q指着近旁的一个孩子，分辩说。[①]

在此情境中，作为被欺凌的阿Q将自己所受的羞辱转嫁到近旁的一个孩子身上。显然，这个小孩子成为一个被随意借代的对象，成为鲁迅着力关注的“弱者中的弱者”。[②] 儿童被成人界定、驱使和规训的现象在鲁迅小说中俯拾即是，他们没有言说自己的能力，只是成人借之表述自我的工具。事实上，“弱者”这个概念是无法与“强者”的现代性话语经验分开的，两者之间是一种悖论关系。一方面，强者必须要努力地挣脱过去、传统或非现代性的弱者身份才能在求新求变中获得确证，而另一方面，他又需要把过去、传统或非现代性的东西确立为自己的来源和出处，并且在这个“他者”的镜像中来比较和认识自身，所以从本质上说，“传统”实际上是一个“现代”的概念。这意味着儿童与成人的话语边界必然存在着“断裂”和“扭结”的两歧性。在这种张力结构中，弱者与强者的关系类同于现代与传统的关系，强者通过弱者的断裂、解体确立自身价值，进而又用一种现代性话语来表述与自己全然不同的传统，或者说是现代性的话语使得我们对于传统的表述得以可能。因为如果没有现代这个中介的话，我们是无法表述非现代性的。换句话说，那些被我们描述为弱者的话语只有在强者的话语中才能获得其意义。既然弱者是在作为强者的“他性”中来确立和界定自身的，那我们也可以说有关非现代性的话语同时也是一种现代性的话语。

应该说，在界定、阐释和评判“儿童”这一“弱性群体”的问题上，现代知识分子之间存在着诸多分歧，但在启蒙儿童的目的和方向上则有共同之处。本著关注的焦点是鲁迅描绘和估量的方式，以及他勾连“儿童”

① 鲁迅：《阿Q正传》，《鲁迅全集》第1卷，人民文学出版社2005年版，第599页。

② 除了儿童之外，《阿Q正传》中的“尼姑”也是“弱者中的弱者”，阿Q受辱后可以找小尼姑撒气，“革命”到来时，“尼姑庵”成了阿Q及假洋鬼子们“革命”的第一站。然而，鲁迅对“尼姑”与“儿童”这两类“更弱者”的态度与情感是不一样的，在其新旧“转换”的考量中，寄予了不同的价值判定。

生命形态与现代中国转型的价值建构。就儿童的启蒙而论，鲁迅借儿童之“新”来质疑传统中国之“旧”，实际上包涵了一种以儿童为杠杆来开掘主体价值的现代性实践，它对于中国现代文化的自觉建构具有重要的价值与影响。《狂人日记》对“将来”时间的期许深扎于“现在”的土壤里，狂人振聋发聩的“救救孩子”是建立在“没有吃过人的孩子，或者还有”的现在沉思之上的，而“真的人”和理想的未来憧憬则是建立在对现实的批判的基础上的。从敌对的眼神和周围人的言行中，狂人洞悉到了吃人的“现在”本质。因此，他多次对人说：“你们要改了，从真心改起！你们要晓得将来是容不得吃人的人，……”“将来”与“现在”的比照在狂人心中早有思考，“将来”时间也超前地在“现在”时间中孕育并与之进行对话。小说发表四年多之后，鲁迅说的一席话印证了他的这一时间思维：“是的，我虽然自有我的确信，然而说到希望，却是不能抹杀的，因为希望是在于将来，决不能以我之必无的证明，来折服了他之所谓可有，于是我终于答应他也做文章了，这便是最初的一篇《狂人日记》。”[①] 他批判那些奴化儿童的“大国民的风度”，指出，“真的要‘救救孩子’。这于‘我们民族前途的关系是极大的’！”[②] 为了凸显儿童的主体价值，鲁迅必然要打破传统文化对于儿童的偏见，从形象到品格都来一次全面的纠偏，同时对那些“天然强者”（成人）所认可的秩序和规则进行彻底的革新，使儿童真正从稳定的话语体系中解放出来。这种逻辑使鲁迅将成人话语系统扼杀儿童的行为阐明为“强者”的定义，而儿童的各种精神戕害也就自然铭刻成“弱者”的具体证明。这样一来，“强者”与“弱者”的区别不再是生物种性范畴中的差异，而是关联着中国特定社会文化形态的话语之争。一种关于儿童不幸的叙事转变为现代作家对于传统文化的新一轮的价值重估，也由此生成了跨越旧时代向着一种新的话语关系迈进的想象空间。这种想象空间唤起“弱性群体”范式性的赋权可能，是弱者向强者拓展话语空间的必然结果。

与儿童启蒙相似的是，女性启蒙顺应了“人的解放”的时代命题，将女性从父权、夫权、神权等牢笼中解救出来本身就意味着人的价值复位。在充分肯定女性的话语权力的前提下，很多先觉者还将女性与民族国家的兴衰成败联系起来，蒋维乔就提出，“女子者，国民之母，种族所由来

① 鲁迅：《〈呐喊〉自序》，《鲁迅全集》第1卷，人民文学出版社2005年版，第441页。
② 鲁迅：《“立此存照”（七）》，《鲁迅全集》第6卷，人民文学出版社2005年版，第25页。

也”；[1] 吴贯因则指出“女子之关系于国家之兴亡，实比男子为较大”。[2] 这样一来，以前被命定的弱者身份被赋予了由旧转新的全新内涵，女性不再是命定的弱者。女性的启蒙极大地改变了妇女的思想观念、教育状况及话语表述，而这些改变也反过来推动女性启蒙的开展，这是毋庸置疑的现代进步。由此，女性解放问题作为新文化运动的有机部分参与到了对传统伦理礼教的批判而具有了现代革新的价值。《伤逝》中的子君可以视为一个新女性，她大胆地离开了束缚自身幸福和自由的家，与涓生自由恋爱并同居。他们所结成的新型男女关系具有旧文化关系所不具备的新质，“都感到彼此的坚忍崛强的精神，还看见从新萌芽起来的将来的希望”。她不再像祥林嫂、单四嫂子、爱姑等人那样，被动地蜷缩于男权社会体制之中，勇敢地迈出了追求个体自由的第一步。西方现代话语已经渗透到这个新组合的家庭之中，甚至连涓生求爱的方式也来自西洋电影，“我含泪握着她的手，一条腿跪了下去”。这也成了子君无数次温习和怀想的记忆。然而，子君冲出牢笼后又再一次堕入了新的家的“围城”之中，她是一个无法决定自身命运的女性，依然是一个“弱者”。鲁迅借助这个被解放的“弱者”的无奈、彷徨和痛苦来剖析中国社会艰难的现代之旅。

鲁迅关注弱者的根由，除了“少爷沦为没落子弟”的童年“羞辱的体验”外，[3] 还有更为阔大的家国情怀的因素在。在现代中国，弱者身份之所以被很多知识分子关注，最为主要的原因是近代中国的劣败经验，是弱国期待国家自强的文化心理反映。被视为“贫弱民族”的心理阴影始终蚕食着有民族责任感的中国知识分子，他们聚焦于中国走出弱者处境进而自强的目标上。这种现代焦虑感是一种被强行拉入，并深陷现代国家体系中“弱者”的结构性困境下的民族意识。一般而论，儿童的弱者身份是很难与“救国”使命的承担者相提并论的，因为只有强者才能承担拯救民族国家的重任。然而，正是借助他们的这种弱者身份，先觉者将中国“种性”和“族性”的提升寄希望于弱者身份的现代变革。在他们看来，借助启蒙，儿童和女性的精神品格拒绝将社会对于“弱性群体”的规定作为他们的命运，努力从生物种性的话语运作的权力场中生存下来。在这里，对儿童、女性转变的要求与对中国转型的渴望，在彼此内在的关联中被催生出来，它们彼此成为对方的有机组成，这正是“弱者为强”的思维逻辑，也成为中国现代儿童文学、中国现代女性文学创生的重要理论前提。在这种

① 竹庄（蒋维乔）：《论中国女学不兴之害》，《女子世界》第 3 期。

② 柳隅（吴贯因）：《〈留日女学会〉题辞》，《留日女学会杂志》第 1 期。

③ 鲁迅：《〈呐喊〉自序》，《鲁迅全集》第 1 卷，人民文学出版社 2005 年版，第 445 页。

转化中，弱者的反抗性被揭示出来，而作为不可反抗的弱者处境却也容易被遮蔽：这种由弱而强的价值预设制造了“强者神话”，这种跪求“他救”的意识自然会漠视弱者本是弱者的事实。鲁迅不认同阿Q那样的精神“自救”所制造的“弱者神话”，也不认可其因臆想“革命”而衍生出的“强者神话”。正是弱者这种复杂的“自我”与“他者”纠葛，让鲁迅小说的儿童书写和女性书写被拉入了“他救”与“自救”的两难困境中。

“儿童问题”成为现代知识分子关注的议题与他们关于“立人”与“立国”的思考是分不开的。在《人的文学》中，周作人首先承认“人是一种动物”，然后他才表示“人是一种从动物进化的生物”。经过进化的历程，人和动物之间的差异就很明显了：“他的内面生活，比别的动物更为复杂高深，而且逐渐向上，有能够改造生活的力量……其内面生活，却渐与动物相远，终能达到高上和平的境地。”[①] 这里的“内面生活”是人区别动物的精神生活，达至道德生活上的“高上和平”是人从非人生活中拯救出来的结果，也是一切生物进化的必然要求。鲁迅曾说过：“文学革命者的要求是人性的解放，他们以为只要扫荡了旧的成法，剩下来的便是原来的人，好的社会了。”[②] 这里的“原来的人”与卢梭笔下的“自然人”颇为相似，即身上没有沾染“旧的成法”，纯洁自然，这恰是鲁迅对于儿童最为直接的评价。周作人、鲁迅等人对五四时期风靡一时的进化论思想并非生吞活剥地接受，他们质疑当时把进化论思想简单地理解成社会达尔文主义的风潮，“在当时，中国所了解的只是《物种起源》所代表的达尔文的前半部进化论理论，而达尔文后来在《人类的由来及性选择》中所表达的‘爱’、‘合作’、‘道德’这一关于人类的进化论思想，却不为人知”。[③] 进化论所肯定的“优胜劣汰”并不会为儿童的解放提供直接的依据。在成人话语为主导的体系中，成人依旧是“优质”生命的代名词。这里的“弱肉强食”的逻辑是通过一种人为制造并通过社会性推动强加的力量，在运作中将被压制者定位为先天的低劣者，优越者也就不证自明。然而，与同为弱势群体的女性不同的是，儿童在这场话语中并未完全被“命定”，其强大的生命力及“未来成人”的可塑身份，使其挣脱了“先天”身份或“必然”命运的罗网，避免了将儿童概括为被铭刻、被判定的弱者，打破了其从来如此的自然存在和必然如此的固然属性的宿命。事实上，进化论思想

① 周作人：《人的文学》，《新青年》第5卷第6号，1918年12月15日。

② 鲁迅：《〈草鞋脚〉小引》，《鲁迅全集》第6卷，人民文学出版社2005年版，第21页。

③ 朱自强：《“儿童的发现”：周作人“人的文学”的思想源头》，《中国现代文学研究丛刊》2013年第10期。

之于“儿童发现”的价值实际包含了两方面的内容，一是提供了生存规则中拯救弱势群体（儿童）的必要性的理论前提，二是基于“爱”“道德”等视野下儿童想象中国的可能性的条件。

在现代知识分子的意识中，“儿童”首先是“人”，其次“儿童”才作为非成人的“儿童”。儿童解放作为“人”的议题被提出，又在个人主义的话语体系中得到阐释。儿童的可塑特质以及所赋予的“新人”想象等个人权利问题，赋予了新儿童一种独特的时代使命，使其在与成人的代际伦理的博弈中被推至前沿，成为表征新时代的话语符码。在《故乡》中，尽管“我”喟叹童年记忆中的闰土再也不会出现了，但“我”还是笃信下一代儿童未来的希望：“他们应该有新的生活，为我们所未经生活过的。”中国新文学正是以“儿童”的本体诉求为起点，从内外两个维度来考察儿童的成长历程，建构起具有现代品格的儿童文学传统。显然，这种诉求因顺应了“人的发现”这一时代呼唤及“启蒙”“民族国家”等现代话语而具有了合乎历史逻辑的价值。

二、善意的“动机”获致恶性的“效果”

自《狂人日记》发出“救救孩子”的呼声，《我之节烈观》提出女性贞操问题始，鲁迅对于儿童启蒙、女性启蒙的实践就在当时文坛中引起极大的影响。值得注意的是，在鲁迅的笔下，儿童和妇女多是鲁迅审视的对象，是作为作家观照社会、现实与人生的一种借代的符号，而非具有脱离作家思维牵引的人的独立体。也即是说，“写儿童”“写女性”与“为儿童”“为女性”之间是混杂在一起的。祥林嫂、爱姑、单四嫂子、子君等女性都是男性叙述主体言说的对象，成为沉默的他者，丧失了主体发声的话语权，她们内心的声音成为天然缺失的“空白”。同样，宝儿、华小栓、小伙计等儿童也有上述女性主人公相同的被表述的命运，他们也无法直接发声，他们或夹杂于成人的看客群体中，或遮蔽于叙述者“我”的思维视域里。这样一来，儿童或妇女就只能被动地成为叙述者“我”阐释自己思想的载体，成为一个个虚拟的“空洞能指”。这似乎印证了波伏娃所说的：“让压迫者对被压迫者讲述他的压迫，在道义上就是可疑的。”[①] 这种质疑让我们再次将视野挪回到了“弱者能发声吗”的问题上，既是“当事人”又是“法官”的男性或成人难以真正言说他者。这样一来，成人创作的作品也很难让儿童感同身受，成人创作者与儿童读者之间存在着难以克服的障

① [法]西蒙娜·德·波伏娃：《第二性》，陶铁柱译，中国书籍出版社1998年版，第213页。

碍。正如孙伏园读了《狂人日记》中“救救孩子”的话后感悟到，这篇小说晦涩、深奥，儿童是读不懂的，阅读成了大人的事，而且“至少要有孩子的人才有读的资格”。[①] 再以《孔乙己》为例，小说的叙述者到底是谁曾引起过学界的争议，有人认为是“二十年前小伙计”的“我”，也有人认为是“二十年”后现在的“我”。叙述人身份混杂本源于鲁迅“为成人”还是“为儿童”问题的两歧诉求。严家炎认为，这种“悄悄移位的叙事者”反映了作家复调的思想意绪，认为“小伙计”是叙事者“不确切”，《孔乙己》的叙述者“也是成年人”。[②] 在“为自己”与“为他人”的问题上，鲁迅坦言无法摆脱两者的矛盾，“我为自己和为别人的设想，是两样的”。[③] 尽管如此，他还是试图跳出单纯的二元对立框架，换位置身于他者的情景中反思自我与社会，其出发点是真诚的，也体现了鲁迅小说是自省的，是批判式的。

要使儿童与妇女摆脱奴隶的身份，必须对其进行启蒙。然而，启蒙儿童与启蒙妇女都非易事，鲁迅小说结构的表层展示了他们艰难的“去非人”过程，其深层结构则隐藏着这样一个悖论：善意的启蒙动机却获得了恶性的启蒙效果。质言之，对儿童的启蒙可能换来儿童无情的仇视和攻击，而唤醒的妇女没有走向光明的去处，陷入了另一个无路可走的境地。《孤独者》和《长明灯》等小说里的儿童完全不顾念启蒙者的善意与真诚，或予以嘲讽，或付之以仇视的目光，或大打出手，“早熟”或“早衰”的儿童伤透了启蒙者的心，也让他们产生了对于儿童弱者身份的质疑。与儿童启蒙相似的是，妇女启蒙也面临着“梦醒后无路可走”的尴尬局面，启蒙给启蒙者和被启蒙者都带来了痛苦。《伤逝》是以涓生的手笔来写的，子君的个人呼声被遮蔽，成为无法发声的沉默者和被表述者。在此，鲁迅更是以一个男性的审视者来代替女性的发声的，他也因替女性代言而将妇女问题带入了五四主流的话语体系，在某种程度上可以称为以男性为本位的“妇女主义”。[④] 子君的被解放并未拯救她，反而让她陷入了另一个家庭的“围城”之中。在此，鲁迅在很大程度上批判了建筑于女性之上（或之外）的男性话语空洞性、虚幻性和吃人性。这当然不是启蒙者的初衷，更不是启蒙者有意而为之的话语策略，但这种善意的动机被“装置”在中国式的“替弱者发声”的话语机制中，其异化和背离的结果也就难以避免了。在

---

① 曾秋士（孙伏园）：《关于鲁迅先生》，《晨报副刊》1924 年 1 月 12 日。
② 严家炎：《复调小说：鲁迅的突出贡献》，《中国现代文学研究丛刊》2001 年第 3 期。
③ 鲁迅：《两地书·二四》，《鲁迅全集》第 11 卷，人民文学出版社 2005 年版，第 81 页。
④ 刘慧英：《女权、启蒙与民族国家话语》，人民文学出版社 2013 年版，第 185 页。

《头发的故事》中，鲁迅借N先生之口道出了女性“被解放”的后果：

现在你们这些理想家，又在那里嚷什么女子剪发了，又要造出许多毫无所得而痛苦的人！

……

仍然留起，嫁给人家做媳妇去：忘却了一切还是幸福，倘使伊记着些平等自由的话，便要苦痛一生世！①

正是如此，鲁迅质疑了中国式启蒙所带来的后果，由于社会惯性和遗忘机制的合力，启蒙缺乏条件，那些被启蒙的个体在掌握了一些新式话语后并不能摆脱过去“不成熟”的状态，其结果是反而陷入了“无路可走”的痛苦之中。这似乎回到了启蒙悖论的怪圈中：“历来启蒙的目的都是使人们摆脱恐惧，成为主人。但是完全受到启蒙的世界却充满着巨大不幸。”②这是中国启蒙者必须要面对的现实，然而，即便是这样一个现实，鲁迅也依然没有放弃其“立人”的实践，而是深切地审思造成这种结果的内外根由。就鲁迅小说中展示的儿童启蒙而论，儿童接受启蒙的诉求并不强烈，他们是成人话语的附庸或帮凶。儿童“不愿”与“不能”自己发声，他们甚至还不具备发出祥林嫂那么深沉的“临终三问”。然而，启蒙者也并未放弃对他们发出善意的劝诫和呼喊，结果依然是令人悲观的：儿童不仅不理会启蒙者的拯救，反而向启蒙者喊出“杀”声。

可以说，妇女和儿童始终无力阐明自己的切身问题，还是要借助鲁迅等先觉者的引导和启蒙。这样一来，中国新文学的儿童书写及女性书写陷入了借助成人（男性）话语来反成人（男性）话语操控的尴尬境地。然而，鲁迅的发声毕竟无法完全代替沉默的儿童或女性，因而想象的主体与实际主体之间存在不对位的现象。这样一来，鲁迅笔下的儿童问题和妇女问题的预设目标因不是出自儿童或妇女自身的内在诉求，而与现代儿童、妇女解放的真正内涵有偏差。与中国新文学主流话语的依附关系，使儿童问题、妇女问题得以进入文学主题的核心范畴，但也使包括鲁迅在内的先觉者对儿童问题、妇女问题的思考不可避免地屈从于五四新文学的总体诉求与思维逻辑。这样一来，与这一诉求和思维契合的儿童命题和妇女命题仰仗启蒙话语的高扬而不断引向深入，而与之疏离的命题自然受到遮蔽和排斥而

① 鲁迅：《头发的故事》，《鲁迅全集》第1卷，人民文学出版社2005年版，第488页。

② [德]马克斯·霍克海默、西奥多·阿道尔诺：《启蒙辩证法》，渠敬东、曹卫东译，上海人民出版社2003年版，第1页。

浅尝辄止。

由于女性没有话语权，她们只能被动地成为男性观看和审视的对象。《肥皂》中的孝女为了照顾年迈的祖母被迫沿街乞讨，这引来诸多男性的旁观，"你不要看这货色脏，你只要去买两块肥皂来咯吱咯吱遍身洗一洗，好得很"。在这些围观男性的眼中，"孝"所涵盖的伦理意义让位于他们对于女性身体的观看和臆想。《明天》中的单四嫂子是一个可怜的弱者，宝儿的死去给她带来了致命的打击，然而，即便如此，邻居老拱和蓝皮等人不仅没有表现出必要的同情，而且还以窥视她来打发无聊的时光，"你……你你又在想心思……"鲁迅认为，传统中国所褒扬的"节妇""烈妇""孝女"都试图将妇女打造成"道德的人"，由此妇女自身的权益均被无形的男权文化扼杀，"社会上多数古人模模糊糊传下来的道理，实在无理可讲；能用历史和数目的力量，挤死不合意的人。这一无主名无意识的杀人团里，古来不晓得死了多少人物；节烈的女子，也死在这里"。[①]在鲁迅看来，回望中国的历史，女性是无声的，历史上亡国败家的缘由，"每每归咎女子"。未庄里的阿Q经常挂在嘴边的"女人是害人的东西"似乎笼罩在鲁迅小说的两性关系之中。这与叶圣陶关于男性对女性的"诱惑主义"的论定颇为相似。在叶圣陶看来，诱惑主义是一种"名分"，如传统文化畅通无阻的"纲常""三从四德"都是桎梏女性"人"的发现的利器，利用着大众"世故即真理"的弱点，可以使身受的受之而不疑。[②]鲁迅笔下的女性，如祥林嫂、七斤嫂、杨二嫂、单四嫂子、邹七嫂、灰五婶、吴妈、柳妈、四铭太太、方太太、卫老婆子等人缺失自己的姓名权，她们的命运即是男性社会所主宰的。祥林嫂的命运是其自身无法主宰的，丈夫死后，他就成了婆家典卖的牺牲品。鲁迅曾抨击过中国传统社会所界定的"节妇"与"烈妇"观念，他指出："节是丈夫死了，决不再嫁，也不私奔，丈夫死得愈早，家里愈穷，她便节得愈好。烈可是有两种：一种是无论已嫁未嫁，只要丈夫死了，她也跟着自尽；一种是有强暴来污辱她的时候，设法自戕，或者抗拒被杀，都无不可。这也是死得愈惨愈苦，她便烈得愈好，倘若不及抵御，竟受了污辱，然后自戕，便免不了议论。"[③]从这种意义上说，祥林嫂嫁过两个男人。一想到"饿死事小，失节事大"的古训，她义无反顾地用"寻死"的方式来做一个"烈妇"：

① 鲁迅：《我之节烈观》，《鲁迅全集》第1卷，人民文学出版社2005年版，第129页。
② 叶绍钧：《女子人格问题》，《新潮》第1卷第2号，1919年2月1日。
③ 鲁迅：《我之节烈观》，《鲁迅全集》第1卷，人民文学出版社2005年版，第128页。

她一路只是嚎，骂，抬到贺家坳，喉咙已经全哑了。拉出轿来，两个男人和她的小叔子使劲地擒住她也还拜不成天地。他们一不小心，一松手，啊呀，阿弥陀佛，她就一头撞在香案角上，头上碰了一个大窟窿，鲜血直流，用了两把香灰，包上两块红布还止不住血呢。[①]

如果我们将祥林嫂的上述举动视为其“人”的意识的觉醒，那是太过于简单化了。她之所以会反抗并非为了捍卫女性的尊严，而恰体现了封建伦理道德对其毒害的深重性，其反抗的真正目的是想做稳奴隶。但她的被救终究让她无法实现“节妇”的心愿，也正是如此，在众人的心目中，她是一个不纯洁的人。柳妈竟然认为祥林嫂“索性撞一个死，就好了”。她劝祥林嫂去捐门槛，“赎了这一世的罪名，免得死了去受苦”。一想到自己将要面对阴间的残酷惩罚，祥林嫂便不寒而栗。当初，她也想用“捐门槛”的办法来缓解内心的精神重压。但是，这并未使她获得解脱。由于心中持存的祖先崇拜和伦理纲常思想，祥林嫂觉得自己在劫难逃，心中充满了恐惧，“怕黑夜，怕黑影”。当鲁四太太剥夺了她去分配酒杯、筷子和取烛台的资格时，她“转了几个圆圈，终于没有事情做”，“想做奴隶而不得”的精神状态跃然纸上。

与祥林嫂、单四嫂子等懦弱女性不同，《离婚》中的爱姑是一个有反抗意识的女性形象，她决定离婚的原因是自己的丈夫姘上了小寡妇，不要她了，而公公又只知道帮儿子，这反映了中国传统文化中男性主导女性的文化症候，“中国的男子要他们的妻子替他们守贞守节，他们自己却公然嫖妓，公然纳妾，公然‘吊膀子’”。[②]爱姑不满这种倾斜的道德天平对自我的压制，她大胆泼辣，口口声声称丈夫为“小畜生”、公公为“老畜生”，宣言要与夫家抗争到底，“拼出一条命，大家家败人亡”。甚至对封建政权的代表人物“七大人”她也敢加以评议，说：“七大人怎么样？难道和知县大老爷换帖，就不说人话了么？”与此同时，爱姑身上的精神弊病也始终存在，他向七大人申明离婚的理由是，“我是三茶六礼定来的，花轿抬来的”。可见，传统婚姻观念在她的心目中根深蒂固，她“低头进，低头出，一礼也不缺”是其尊崇传统道德，在夫权社会中恪守妇道的表现。而她找七大人的真正原因也只是诉苦（“跟七大人讲一讲”）。正因为如此，她一进七大人家的门，心已虚了，她“局促不安起来了”。从爱姑向七大人讲理所运用的话语来看，她并非真正的要离婚，而是要为其被休

① 鲁迅：《祥林嫂》，《鲁迅全集》第2卷，人民文学出版社2005年版，第14页。
② 胡适：《贞操问题》，《新青年》第5卷第1号，1918年7月15日。

的命运找一个合“理”的说法，想争一个“做媳妇”的位置，甚至可以说是为“想做奴隶而不得”找寻一个理由。事实上，确立七大人权力话语的人有两个，一是“木棍似的男人”，二是贴上了伪洋知识标签的尖下巴少爷。制服爱姑的恰是这种中洋耦合的伦理规则：“要不然，公婆说‘走！’就得走。莫说府里，就是上海北京，就是外洋，都这样。你要不信，他就是刚从北京洋学堂里回来的，自己问他去。”最终爱姑就在这样的氛围中自觉屈服了。小说写道：

> 两方面各将红绿帖子收起，大家的腰骨都似乎直得多，原先收紧着的脸相也宽懈下来，全客厅顿然见得一团和气了。[①]

爱姑见到七大人后，从“有话”到“无话”，从“有声”到“无声”。无疑，这其中有高高在上的强势话语的重压起作用：七大人说的第一句话是“来兮”，这句体现权势和学识的文言言语，对读书不多的爱姑来说，因陌生而有很大的震慑威力。对于这种现象，法国学者勒庞指出，“最不明确的词语，有时反而影响最大……它们在人们心中唤起宏伟壮丽的幻象，也正是它们含混不清，使它们有了神秘的力量。它们是藏在圣坛背后的神灵，信众只能诚惶诚恐地来到它们面前”[②]。她的感觉是：“心脏一停，接着便突突乱跳，似乎大势已去，局面都变了。”爱姑的这种恐惧在阿Q身上也曾出现过，他向吴妈求爱未果反而挨打，秀才骂了他一句“忘八蛋”，这让阿Q感到“格外怕”，其原因是“这话是未庄的乡下人从来不用，专是见过官府的阔人用的”。在全客厅“鸦雀无声”的氛围中，七大人代表着“权势”和“淫威”的“屁塞”同样发挥着震慑人的作用，爱姑原要在七大人面前与丈夫和公公“对簿公堂”的一肚子话立刻无影无踪，她转以“我们乡下人”或“我们粗人”自喻，连声音也变得“微细的如丝”。鲁迅后来也感慨道：“这里的爱姑，本来也富有反抗性，是能够斗几下的；可是和《伤逝》里的子君那样，还没有长大，就被黑暗社会的旧势力压坏了。”[③]她离婚失败的主要原因在于她无法独立地用行动来为自己立法，必须借助乡村伦理机制来执行，在不具备言说自我心声的前提下，爱姑利用父权逻辑来试图维护女性权利，这难以避免其悲剧性的命运。在这里，爱

① 鲁迅：《离婚》，《鲁迅全集》第2卷，人民文学出版社2005年版，第157页。

② [法]古斯塔夫·勒庞：《乌合之众：大众心理研究》，冯克利译，中央编译出版社2005年版，第83页。

③ 许钦文：《祝福书》，《新文学史料》1979年第2辑。

姑是作为一个被描述者的身份出现的，她身上的劣根性与其他女性无异，鲁迅揭示了“道德的人”对女性主体精神的多重桎梏，揭示了女性觉醒的艰难历程。

概而言之，鲁迅儿童、妇女“风景”的发现遵循这样一个逻辑顺序：先有观念中觉醒的儿童和妇女，后有现实中儿童与妇女的发现，最后才有鲁迅作品中儿童与妇女形象的创构，整个过程借助“风景”的颠倒来完成。换言之，建构出的儿童和妇女形象是鲁迅召唤的“文化存在”，他们共同体现了启蒙者对于弱性群体被启蒙诉求的集体无意识，因为只有被启蒙者确定了，启蒙者的身份才得以确定，这是一种借助他者的存在确立自身存在的思维逻辑。借此，我们可以进一步提出如下问题：现代中国的儿童与妇女，在社会空间中丧失言说自我的情境下，是如何借助鲁迅的书写，来实现僭越其在传统文化语境中的“天然位置”所设立的边界的？当鲁迅儿童与妇女的书写被置于国家、民族、人种等范畴加以讨论时，就无法回避中国社会变迁与鲁迅文学实践之间的复杂关系。这是鲁迅与现代中国深刻关联的前提基点：鲁迅的儿童、妇女书写不仅再现了现代中国的“弱者群体”的精神困境与中国现代文化风尚变迁的深刻纠葛，而且呈示了儿童与妇女是如何被纳入想象中国的现代性话语体系之中的。通过这种努力，我们可以将这一问题引向深入，即鲁迅儿童问题及女性问题的阐发，是如何超越限制儿童、妇女的特定社会界碑，并在超越中使得构成边界和作用其中的权力场显形可见，同时，也呈现出了僭越界碑后所产生的“被解放”的遭遇及困境，从而从更深的层面上深思鲁迅思想的前瞻性及启蒙困惑。

第二节 “道德中国”与以幼为本的双向考量

鲁迅小说所书写的“乡土中国”是一个有道德文化裹挟的中国形象，置身其中的人无奈地被铭刻成“道德的人”。道德与秩序是联系在一起的，其中所呈现出的权力话语也因代际伦理问题的关联而逐渐表现出来。在“道德中国”的运作过程中，伦理区分了文化共同体的内部与外部。由血缘所构成的内部伦理将长者置于权力的顶端，而幼者在遵从“孝悌”的过程中也放逐了人的主体特性。随着历史的不断演进，代际关系的范畴也从家庭延伸到了社会范围之内。这无疑给新人的成长与革新带来极大的障碍，鲁迅的新人想象根植于此，他要在新与旧的话语逻辑中重建人伦关系。

“以幼者为本位”是针对“以长者为本位”而言的，这是鲁迅用进化的眼光反对“家族为本位”而提倡“个人为本位”的继续。从时间的先后来看，幼者是晚于长者的，以幼者为本位就是肯定将来，认同进化：“因为将来的运命，早在现在决定，故父母的缺点，便是子孙灭亡的伏线，生命的危机。”[①] 需要明确的是：对于这种“将来”的思考，鲁迅并不是盲目迷恋和幻想的，其中折射了他理性的沉思。

一、“家”的形象原型与代际伦理的困结

一般而论，伦理法则是基于特定的空间场域才得以展开的，“家”就是这一空间的基本单位，是一个集结代际伦理文化的共同体。在中国文化传统中，“家”与“国”是始终纠合在一起的。近代以来，现代知识分子将“家”隐喻为一个“狭的笼”：“社会中的万恶的泉源，也是一个造奴隶的场所。”[②] 现代新人“离家”和“毁家”的举动契合了破旧立新的时代精神。在他们看来，“家庭不良，社会国家斯不良耳”，[③] 因而要重建国家形象，有必要重审家庭的伦理文化，批判的剑锋直指父权宰制的家庭文化。鲁迅曾指出，中国人离不开“家”：“中国人不仅活着离不开家，就是变了鬼，升了天，死了，活人仍要给鬼魂烧一所房子，请他住进去。”[④]《狂人日记》的目的就“意在暴露家族制度和礼教的弊害”，狂人从家族吃人中悟到了整个社会都是吃人的本质，进而将一直以来视为温情港湾的家置于风口浪尖。从《阿Q正传》中赵太爷不允许阿Q姓赵以及阿Q认赵太爷为本家可以看出，家族至上的观念已深入到国民的骨髓里。阿Q经常挂在嘴边的“妈妈的”也无意间透露其根深蒂固的家族观念，因为在骂“妈妈的”的过程中诋毁了别人的祖先，他于是获取了一种满足感，可以补偿和慰藉自己被羞辱的创伤。[⑤] 小说《故乡》和《祝福》里的“我”都是“离家”者，当再次回乡时遭遇了与家里人无法正常对话的困境，最终“我”被迫再次“离家”，鲁迅没有流露出再次“离家”的难舍，反而显示出义

① 鲁迅：《我们现在怎样做父亲》，《鲁迅全集》第1卷，人民文学出版社2005年版，第138—139页。

② 吴弱男：《论中国家庭应该改组》，《晨报》1919年10月25日。

③ 李平：《新青年之家庭》，《新青年》第2卷第2号，1916年10月1日。

④ 鲁迅：《家庭为中国之根本》，《鲁迅全集》第4卷，人民文学出版社2005年版，第138页。

⑤ 关于这一点，鲁迅指出这是弱者的复仇的法宝，但也是其卑怯心理的写照，“要攻击高门大族的坚固的旧堡垒，却去瞄准他的血统，在战略上，真可谓奇谲的了。最先发明这一句‘他妈的’的人物，确要算一个天才，——然而是一个卑劣的天才”。（参见：鲁迅《论“他妈的！”》，《鲁迅全集》第1卷，人民文学出版社2005年版，第247页。）

无反顾的决绝，当“我”告别“多年聚族而居的老屋”时，“老屋离我愈远了；故乡的山水也都渐渐远离了我，但我却并不感到怎样的留恋”。在这里，鲁迅延续中国古典叙事文学中“游子返乡”的模式，同时也超越了这种模式。在思考现代中国的过程中，他通过“家”里代际伦理所表征的新旧势力的冲突来审思中国形象建构的议题。

鲁迅小说营构了“老中国”的民族寓言，这里的“老”是相对于“新”而言的，它不仅陈旧，还遏制新生力量的成长。在这个父权统治的“家”的王国中，“父对于子，有绝对的权力和威严；若是老子说话，当然无所不可，儿子有话，却在未说之前早已错了”。[①] 鲁迅小说里的“老者”或“长者”，如赵太爷、赵七爷、郭老娃、七大人、花白胡子等把控着乡村文化体中的权力。一旦其所在地有些风吹草动，必须要这些老者出面调解和处置，他们是绝对的精神权威。“年高德韶”的郭老娃堂而皇之地走进了不易观瞻的赵七爷的客厅来商议处置“疯子”；“古久先生”的陈年流水簿子是不容侵犯的；何小仙“四寸多长的指甲”是其行医经验足的身份标记，这让单四嫂子“暗地纳罕，心里计算：宝儿该有活命了”。可以说，古老的传统如沉重的闸门压制着新生事物的生长，让他们无法真正自然地生长。更有甚者，一些新生力量居然也站在长者的阵营里，与之构成了强大的扼杀文化反抗者的“数目的力量”。[②] 在《药》中，夏瑜是作为“疯子”的形象出现在庸众面前的，当刽子手康大叔在茶馆里讲述夏瑜时，“花白胡子”和“二十多岁的人”是主要听众，他们年龄身份不同，但对夏瑜的态度却有惊人的相似，他们对夏瑜所说的“这大清的天下是我们大家的”表现出“气愤模样”，都“恍然大悟”地说“发了疯了”。小说的深层意蕴在于阐明：这是一个长者主宰的话语系统，其他年龄阶段的群体都服膺其中，是一个“意识全民化”的“伦理中国”形态。

鲁迅指出，“说到家族亲旧，书上就有许多好看的形容词：慈呀，爱呀，悌呀……五世同堂呀，礼门呀，义宗呀……等等”。[③] 事实上，这种“好看的形容词”背后却潜藏着家庭成员的悲剧命运。正如《非攻》里公孙高骂墨子那样，“兼爱无父，像禽兽一样”。在他看来，父是“家国”文化的秩序赋予者，如果家里没有了秩序，延伸到国家也会没有秩序，那和禽兽没有区别。在以长为尊的“家”里，代际伦理秩序是家庭成员必须遵

① 鲁迅：《我们现在怎样做父亲》，《鲁迅全集》第1卷，人民文学出版社2005年版，第136页。

② 鲁迅：《我之节烈观》，《鲁迅全集》第1卷，人民文学出版社2005年版，第129页。

③ 鲁迅：《补白》，《鲁迅全集》第3卷，人民文学出版社2005年版，第103页。

循的铁律，在“祖宗倘被一毁，便什么都倒败了”[1]的文化语境中，“离家”或“逃家”都是有违孝道的忤逆之事。子君大胆地离家，成为中国“娜拉”追求自由婚姻的典范，这毋庸置疑。不过，我们也注意到《祝福》里的祥林嫂也有“逃家”出走的经历，那她能算一个追求自由幸福的新女性吗？祥林嫂是一个童养媳，丈夫比她小十岁，婆婆是这个家里名副其实的家长。小说没有直接叙述其逃离婆家的过程，只是婆家堂伯寻她而来，被四叔知道了以后，猜测地说了一句：“这不好，恐怕她是逃出来的。”然后，小说交代：“她诚然是逃出来的，不多久，这推想就证实了。”尽管如此，我们还是很难将那个沉默而怯弱的可怜女子和勇敢逃离婆家的新女性联系起来。于是，我们不禁心生疑窦：祥林嫂真的是“逃出来的”吗？从逃跑的目的地来看，鲁镇似乎并不是一个安全的逃遁之地，尽管中人卫老婆子的夫家在鲁镇，但是小说并没有将两人的关系描写成“亲密战友”，难道她就不怕卫老婆子有朝一日向婆家告密吗？就算卫老婆子不知道祥林嫂“瞒着婆婆”跑出来的事实，那么，经常回娘家的卫老婆子难道一点都不知道祥林嫂出逃的事情，而冒着得罪“娘家邻居”的风险来帮祥林嫂介绍做工？事实上，卫老婆子就跟四婶说过祥林嫂的婆婆是一个厉害的角色，“是一个精明能干的女人”。而且她并非一个寡居的老妇，还有家族的帮手——挟持祥林嫂的“两个男人”。这么厉害的婆婆怎么会容忍儿媳在外面做工一年多的时间才将其找回？这些不太符合事理和逻辑的“出逃”背后究竟隐藏着怎样的真相呢？在笔者看来，祥林嫂的“出逃”并不是出于其内心的诉求，深受传统道德观念的祥林嫂断然是做不出这种“离经叛道”的行为的，这从其后很多言行就可以证明这一点。在这里，“出逃”只是祥林嫂婆婆和卫老婆子合谋出的一个伎俩，目的是使祥林嫂背负“叛逃”的罪名，为其再嫁获得更多的实利提供必要条件。事实也说明了这个问题，祥林嫂做工的所有收入都被婆家没收，“于是算清了工钱，一共一千七百五十文，她全存在主人家，一文也还没有用，便都交给她的婆婆”。接下来，她远嫁何家墺所获得的世俗价值可以让其小叔子体面地娶一个老婆。由此可见，祥林嫂的“出逃”神话只是婆家设计好的一个鲜为人知的阴谋，其实质是代际伦理掩饰下的赤裸裸的吃人。

在鲁迅看来，长者驯化幼者的目的就是使幼者变成奴隶，甚至成为其奴役他人的帮凶。他曾以蚂蚁掠取幼虫为例来阐释奴役的生产机制，“武士蚂蚁”不掠取成虫的原因是因为“已经难施教化了”，而掠取幼虫和蛹

① 鲁迅：《论“他妈的”！》，《鲁迅全集》第1卷，人民文学出版社2005年版，第247页。

则不同，“使在盗窟里长大，毫不记得先前，永远是愚忠的奴隶，不但服役，每当武士蚁出去劫掠的时候，它还跟在一起，帮着搬运那些被侵略的同族的幼虫和蛹去了”。[①] 这种奴役的结果是幼者“不但‘正视’，连‘平视’‘斜视’也不许”。[②] 自《狂人日记》中街上的女人对着自己的儿子喊“我要咬你几口才出气”始，在“道德中国”里，长辈对子辈身体的武力规训俯拾即是。如《风波》里的六斤不小心摔坏了当作“玩具”的空碗，等待她的是被大人“一巴掌打倒”。《幸福的家庭》里所写到的：“拍！他腰骨笔直了，因为他根据经验，知道这一声‘拍’是主妇的手掌打在他们的三岁的女儿的头上的声音。”《弟兄》里的荷生向伯父沛君提出想上学的请求，却遭致“铁铸似的”巴掌劈过来，无奈地接受了来自父权“最高的权威和极大的力”的压制，进而陷入了长时段的无语之中。《阿Q正传》里的钱太爷送儿子“假洋鬼子”到东洋去留学的目的是光耀门楣，然而，他的辫子被剪意味着割断了与家的伦理关系，为此，他的家人不惜以命抗争，“他的母亲大哭了十几场，他的老婆跳了三回井”。由此看来，顺从长者的意志、教诲才是真正的“孝”，这种思维的形成恰如鲁迅《端午节》中方玄绰所言：“譬如看见老辈威压青年，在先是要愤愤的，但现在却就转念道，将来这少年有了儿孙时，大抵也要摆这架子的罢，便再没有什么不平了。”正因为这是历来如此的事情，而且“子”即是将来的“父”，所以长者体现自己的身份、尊严和权力也是理所当然的。孔子认为，践履孝道是朝向道德完善的第一步。他构想的道德生活的楷模是组织得当的家庭，在此，不同成员通过完成自己独特的角色责任来维系家庭乃至社会秩序的稳定与和谐。这种思维的结果是，幼者在尊崇“孝”的同时，也就只能被迫选择顺从父辈。“孝字的大作用”是“把中国弄成一个‘制造顺民的大工厂’”。[③] 在鲁迅看来，成人不懂得换位思考，“忘却了自己曾为孩子时候的情形了，将他们看作为一个蠢材，什么都不放在眼里”，[④]“做儿子时，以将来的好父亲自命，待到自己有了儿子的时候，先前的宣言早已忘得一干二净了”.[⑤] 这在鲁迅的小说里屡见不鲜。鲁迅《肥皂》中的父亲四铭对其儿子学程有这样一段“庭训”：

---

① 鲁迅：《新秋杂识》，《鲁迅全集》第5卷，人民文学出版社2005年版，第286页。

② 鲁迅：《论睁了眼看》，《鲁迅全集》第1卷，人民文学出版社2005年版，第251页。

③ 吴虞：《说孝》，《星期日》“社会问题号”，1920年1月4日。

④ 鲁迅：《看图识字》，《鲁迅全集》第6卷，人民文学出版社2005年版，第37页。

⑤ 鲁迅：《从孩子的照相说起》，《鲁迅全集》第6卷，人民文学出版社2005年版，第83页。

学学那个孝女罢，做了乞丐，还是一味孝顺祖母，自己情愿饿肚子。但是你们这些学生那里知道这些，肆无忌惮，将来只好像那光棍……[1]

这段话其实就是长者打着“孝”的旗号对幼者的“奴化”训示。作为幼者的学程在父母的威严下，只有“恭恭敬敬”地听从着，失去了反抗和言说的能力。就女孩子应不应该念书的问题，四铭太太的一番话颇有深意：“‘女孩子，念什么书？’九公公先前这么说，反对女学的时候，我还攻击他呢；可是现在看起来，究竟是老年人的话对。”在这里，“九公公”就是“父”的身份象征，他的话即是至理名言，不容质疑。其结果是训诫出“不到二十岁，早就老态可掬”的儿童群体。《高老夫子》里的“贤良女校”是一个阴森家庭的隐喻，在万瑶圃等教员的驯化下，“学生是很驯良的，她们除听讲之外，就是缝纫……”鲁迅曾以“死相”和“未字先寡”来概括在父权统摄下的儿童的生存状态：“长辈的训诲于我是这样的有力，所以我也很遵从读书人家的家教。屏息低头，毫不敢轻举妄动。两眼下视黄泉，看天就是傲慢，满脸装出死相，说笑就是放肆”；[2]“在寡妇或拟寡妇所办的学校里，正当的青年是不能生活的。青年应当天真烂漫，非如她们的阴沉，她们却以为中邪了；青年应当有朝气，敢作为，非如她们的萎缩，她们却以为不安本分了：都有罪。只有极和她们相宜，——说得冠冕一点罢，就是极其‘婉顺’的，以她们为师法，使眼光呆滞，面肌固定，在学校所化成的阴森的家庭里屏息而行，这才能敷衍到毕业，拜领一张纸，以证明自己在这里被多年陶冶之余，已经失了青春的本来面目，成为精神上的‘未字先寡’的人物，自此又要到社会上传布此道去了”。[3]然而，也正是这种无反抗的姿态使得儿童始终接受着长辈的教化，一代代延续而成为习以为常的规则。鲁迅指出，“倘有人做一部历史，将中国历来教育儿童的方法，用书，作一个明确地记录，给人明白我们的古人以至我们，是怎样的被熏陶下来的，则其功德，当不在禹下”。[4]《风波》里的六斤尽管也曾诅咒过祖母，称其为“这老不死的”，但她也仅限于“藏在乌桕树后”大声地喊，并不敢当面忤逆自己的长辈。鲁迅对中国教育儿童的历史的思

① 鲁迅：《肥皂》，《鲁迅全集》第 2 卷，人民文学出版社 2005 年版，第 51 页。
② 鲁迅：《忽然想到·五》，《鲁迅全集》第 3 卷，人民文学出版社 2005 年版，第 44 页。
③ 鲁迅：《寡妇主义》，《鲁迅全集》第 1 卷，人民文学出版社 2005 年版，第 282 页。
④ 鲁迅：《我们怎样教育儿童的？》，《鲁迅全集》第 5 卷，人民文学出版社 2005 年版，第 271—272 页。

考体现了他批判历史、直面现实的努力，在这样的教育体系驯化出来的儿童不可能成为真正意义上的自由、独立的个人，“低眉顺眼”的奴才相是儿童形象的高度概括。对此，他提出“敢说，敢笑，敢哭，敢怒，敢骂，敢打”的精神来反抗非人的统治，以此彰显个人的存在和价值。

鲁迅的“以幼者为本位”思想是建构在批判“以长者为本位”的基础之上的。在“亲权重，父权更重”的中国，“长幼有序”“父为子纲”“三年无改于父之道可谓孝”等家族观念盛行，长辈决定和规范着幼辈、晚辈的行为和命运，导致了“置重应在将来，却反在过去”的反进化的结果。他曾将中国社会概括为“爸爸类社会”:“中国社会还是‘爸爸’类的社会，所以做起戏来，是‘妈妈’类献身，‘儿子’类受谤。即使到了紧要关头，也还是什么‘木兰从军’，‘汪踦卫国’，要推出‘女人与小人’去搪塞的。‘吾国民其何以其后欤？’”[①]《祝福》中的祥林嫂是以“听话”的标准来体认其与阿毛的关系，“他是很听话的，我的话句句听”。《故乡》中“我”与中年闰土相见后，母亲希望我们以兄弟相称，闰土说：“阿呀，老太太真是……这成什么规矩。那时是孩子，不懂事。”中年闰土受等级思想毒害之深可见一斑，“懂事”就是选择做奴才，称呼“我”为“老爷”。他还让躲在自己背后的儿子“给老爷磕头”，更是要把这种奴才的传统传给下一代。《离婚》里七大人的那句“公婆说‘走！’就得走”很好地反映了长者本位的权威性。受传统中国“家国同构”观念的影响，国人始终无法弥合“个”与“群”之间的冲突，代际伦理的问题就在“人的文学”中突显出来了。从伦理的类别来看，代际伦理是伦理文化的重要内涵。由于所在的文化立场的差异，不同代的人对事物的认识有着不一致的看法。代际关系从家庭逐渐延伸到社会的范畴之中，成为理解人伦关系的重要依据。遵循一种“给予—补偿”的伦理原则，家庭范畴内的伦理关系通常表现为，父辈给予子辈以经济或服务性帮助，子辈则给予父辈以感情上的慰藉和尊重。而社会范畴中代际隔阂的消除或弥合，则揭示了新意识代替或变革旧观念。

可以说，伦理将种种差异连接起来，能在一个群体或民族中培育一种“排他主义”的忠诚感，在此情境中人通常难以完全放弃伦理原则的理念。因此，“古老的伦理是各个追寻新伦理的搜索队会聚的终点”。[②]伦理能使一个国家团结起来，伦理体系的稳固性也是一个民族或国家文明程度

① 鲁迅:《“小童挡驾”》,《鲁迅全集》第5卷，人民文学出版社2005年版，第470页。

② [美]费约翰:《唤醒中国：国民革命中的政治、文化与阶级》，李恭忠、李里峰等译，北京三联书店2005年版，第109页。

的一个尺度。在鲁迅的小说中，恪守父慈子孝的家庭是乡土中国的基本单位。《阿Q正传》里的赵太爷和秀才父子即是这种伦理关系的典型，赵太爷因儿子考中秀才而更加受到乡人的尊重，秀才尊崇自己的父亲，两人经常一起处理未庄的“大事”，共同对付像阿Q这样的异类。由此，要想重建新型的伦理关系，不打破这种耦合的亲缘关系是无法实现的。然而，父辈与子辈对峙的力量是不平等的，父辈人数众多，势力强大，而子辈则势单力薄，子辈虽由一对父母所生，但他的父辈又有父辈，由此父辈多至无穷，子辈只能以个体之力来面对自己的父辈。难怪有人会用现代修辞方式来展示父辈与子辈之间的区别，“‘旧’是‘众数’的，‘新’是‘单数’的。……旧的‘众’众道无限，新的‘单’单到无偶”。[①] 在现代中国的转型时期，“单数”的子辈与“新”“进步”“现代”“新中国”联系在一起；而“旧”“停滞”“传统”“老中国”等反价值则由“众数”的父辈来象征。中国传统社会是在农耕文明基础上形成的宗法社会形态，在这个由血缘纽结形成的社会结构内部，伦理道德不仅起到西方社会“法”的作用，还作为万世不移的道统实施着对人们的精神统治。在鲁迅等知识分子看来，父辈所依附的文化板块是传播传统道德的场所，也是“道德中国”的隐喻。子辈生长于这样的秩序空间中，其成长历程势必会与父辈构成精神传承和价值疏离的复杂关系。

在中国传统文化中，“父”不仅是“子”的自然生命的来源，而且也是“子”的文化生命乃至价值生命的来源。“在宗法社会里，‘父’对‘子’而言，绝不是‘养育’与‘依赖’这样的关系，更进一步的，它可以说是‘根源’与‘生长’这样的关系。”[②] 正是因为这种血缘传承的牵绊，使得“家”里的新人在有了离家的冲动时又不得不考虑这层关系。同时，也正是因为“子”无完全脱离“父”传承的血缘基因，因此，“自审”也就成了“审他”的必要前提。狂人的“自审”有很强烈的原罪感：“吃人的是我哥哥！我是吃人的人的兄弟！我自己被人吃了，可仍然是吃人的人的兄弟！”“我”不可能与大哥脱离血缘联系，同时文化记忆的联系也不可能完全割断。同样的道理，为了修长明灯，“疯子”（《长明灯》）的“祖宗就捐过钱”，因此人们可以以此质问疯子：“你不是这村的人吗？”这是“逆子”在“审父”过程中无法斩断的文化联系。正是在这种情况下，“我”发现自己与大哥的合谋关系：“我未必无意之中，不吃了我妹子的几片肉。”狂人的矛盾性、分裂性也是通过这种双向审视来实现的，最终狂

① 陈嘉蔼：《新》，《新潮》第1卷第1号，1919年1月1日。

② 牟宗三：《中国哲学的特质》，上海古籍出版社1997年版，第28页。

人的“赴某地候补”表明，狂人与传统“父亲”的道德合理性得以修复，由此，“审父”的过程结束，“审父”的意义也彻底失去了。吕纬甫的反抗的激越与回乡迁葬的消沉、魏连殳独异的叛逆与为祖母举孝的牵绊、子君果敢地离家与无奈地返旧家，都体现了他性秩序的预设与自性精神的保障之间的冲突。鲁迅对“以幼者为本位”的本身的思考恰恰是通过这些“叛逆者”的双重审视的尝试，勇敢的“外突”，最后被归化和驯化的想象来实现的。从一个家庭、家族中“幼者”的“成长命运”的思考置换和延伸到整个文化社会之中，文本拓展的想象空间被放大，对社会历史阐释的意义也被增殖。

值得深思的是，鲁迅小说里的叛逆者多是“缺父”的，这看似为“家”里的叛逆者提供了“出逃”“破家”的便利，因为他们不需要直接面对长者的规训。确实，《长明灯》中的疯子是以“无父”的状态出场的，这也让他从古老文化的裹挟中脱离出来。当吉光屯乡人商量要送他忤逆时，就陷入了困境 ：“不成。要送忤逆，须是他的父母，母舅……”“可惜他只有一个伯父。”难道疯子真的就没人管，可以摆脱乡人对他的规训吗？然而，事实并非想象的那么简单，当他们失去了“弑父”的对象时，家庭之外的整个社会体系却整合为一个强大的压制新人的文化秩序。换言之，整个社会体制置换家庭伦理秩序，将新人置于更加势单力薄的境地。狂人无父，大哥却成为接替者 ；疯子缺父，吉光屯绅民合体扼杀这位叛逆者。阿 Q 无父，企图与赵太爷攀上本家，这样会使其在未庄文化共同体中有自己的位置，他的这种“认祖归宗”本源于其对传统家族制度的敬畏，然而，阿 Q 最终被除名，成为无家可归的游魂。于是，阿 Q 自命为“父亲”，受人欺负后就认为是“儿子打老子”，幻想着所有人都是自己的儿子也恰恰表明传统父权思想对人的毒害之深。为此，鲁迅一针见血地道出了“家”的罪恶的渊薮，“家是我们的生处，也是我们的死所”。[①] 既然旧家庭伦理压制了新人的成长，那么就该有一种新型家庭伦理关系的诞生去取而代之，以适应现代中国社会的发展。事实上，鲁迅的小说也曾试图去重建新式家庭。《故乡》里的“我”是“无父”的，“母亲”“宏儿”和“我”被想象成了一种新的家庭关系 ：“我”是母亲的儿子，同时也是宏儿的叔父，“我”成了这个全新家庭里的“父亲”。用叔侄关系取代父子关系的好处在于，不再因血缘而强化伦理秩序，转而以“爱”与“诚”来替代严苛的驯化。由此，“我”回乡寻父的过程被演变为“我”成为父亲的过程。然而，

① 鲁迅:《家庭为中国之基本》,《鲁迅全集》第 4 卷，人民文学出版社 2005 年版，第 138 页。

这种新型家庭关系不大可能撕破沉重的旧家庭伦理关系的缺口，“我”的再一次离乡即是有力的确证。《铸剑》里的眉间尺生活在一个无父的家庭，这也让他的性格很懦弱，连处死一只老鼠都有罪恶感，老鼠在水里沉浮，“有时向水面微微一跳”，有求生欲望的时候，“眉间尺又觉得很可怜”。特别是眉间尺把大老鼠踏死之后，“他又觉得很可怜，仿佛自己作了大恶似的，非常难受”。然而，当母亲将“为父报仇”的心愿说出来时，缺席的父亲俨然在场，眉间尺“一转眼间，又觉得热血在全身中忽然沸腾……眉间尺忽然全身都如烧着猛火，自己觉得每一枝毛发上都仿佛闪出火星来。他的双拳，在暗中捏得格格地作响”。这意味着他在想为父报仇的“寻找父亲”之旅中走向成长。他和黑色的人用以恶抗恶的复仇方式来确证自己的存在，在这里，仇人楚王的出现让眉间尺仿佛又找回了自己的父亲，因为他心中复仇的热望本源于其对父亲的爱。

事实上，尽管现代知识分子都以“非孝”的观念来抨击家庭伦理制度对人的束缚，但是他们依然无法完全回避家庭伦理的温情，这种又恨又爱的情感让他们倍感纠结。这反映了新旧文化无法斩断的精神关联：新文化的出场要以旧文化为批判的对象，但新文化的传播又要依赖传统道德的力量来推动，反之亦然。借助“家”这一奇妙的通道，我们可以窥见鲁迅建构中国形象时知识分子对于“家国”文化“一体化”与“异质化”的共存及纠缠，以此区别和融通生活感性与政治理性的深刻关联。《孤独者》与《在酒楼上》的主人公魏连殳和吕纬甫均是“家”里有叛逆倾向的新人，他们都是“缺父”者，在远离父权影响下的魏连殳和吕纬甫有着较为叛逆的性格。他们对自己的人格价值和社会角色的评定，依赖的是以一种具有现代意识和人格精神的当下担当为前提的。当他们意识到自我的主体精神和生命意志无力冲破生存空间对人的社会承担的障碍和控制时，他们不得不开始承受无从获致自我价值的精神危机。“常说家庭应该破坏”的魏连殳不愿成家，大良祖母劝他结一门亲或买几个姨太太，他严词拒绝，“老家伙，你还是总替别人惦记着这等事么？”然而他并未完全放弃传统文化中的孝道，他对祖母的关怀和照顾就很能反映这一点。由于“无父”，魏连殳对儿童的爱也更加纯粹，他一见小孩“却再不像平时那样的冷冷的了，看得比自己性命还宝贵”，并认为，“中国的可以希望，只在这一点”。可以这样说，魏连殳在外界的压力面前采取了由内而外的妥协态度，一边是自我社会角色意识的丧失和分裂，一边是感情上的自怜自悯和理性上的自鄙自责，在不断滋生、蔓延的虚弱无力的自我体认下，夹在被动的现实选择和不自主的情思反应之间，魏连殳的精神危机就不可避免。作品里的

“我”偶尔提起的那个“独头茧”的比喻：“将她的一生缩在眼前了，亲手造成孤独，又放在嘴里去咀嚼的人的一生。而且觉得这样的人还很多哩。”这个不经意的比喻表明类似于有他那样精神困境的还大有人在。在魏连殳死前给“我”写的那封长信里，意味深长又发人深省地道出了他对生的感悟和认知。这封信可以看作他在死亡“临界点”的自我否定，其中渗透出主体深深的“负疚感”。尼采认为，负疚的产生来源于人的自由无法向外发泄，只好转向内部，是人的内向化：“由于有了这种内向化，在人的身上才生长出了后来称之为人的灵魂的那种东西。”[1] 魏连殳的这种内向化的反省是对生的压抑的释放，当自己无力改变现实时，将仇恨、破坏、残害对准自己。他是一个彻底的叛逆者、反抗者，最终却选择给军阀做参谋，最终他用一种“自戕”的方式复仇这个世界，借以毁灭包括旧我在内的黑暗人间。在文本的最后，“我”听到魏连殳的“死”，竟然有一种前所未有的“轻松”。如果说魏连殳的“生”让“我”认识到什么是虽生犹死，那么他的“死”反而让“我”意识到了获得解脱和新生的愉悦。他的死让“我”也有一种如释重负的轻松感，“我的心地就轻松起来，坦然地在潮湿的石路上走”。他的死亡既是魏连殳反抗社会的一种方式，也是“我”获得理性认知开启自我人生道路的感悟。

而吕纬甫的精神悲剧，则本源于以“虚无”为“实有”的自我欺骗。他遵母命为小弟迁葬，送花给记忆中的童年时的女孩，这类行为实质也是自欺欺人的以“无”为“有”。在他的意念中，母亲的命令是至关重要的，这是家庭道德伦理的责任，至于小弟尸体的有无，无关紧要。而他仍然郑重其事地完成迁葬的一切程序，以便“足够”地去“骗骗”母亲。他送花给阿顺，而阿顺早已死去，送花的意义已经荡然无存，亦即是“无”，而他还是将剪绒花托人塞给了阿顺的妹妹，“对母亲只要说阿顺见了喜欢的了不得就是”。这些都集中隐喻了吕纬甫行为意义的虚妄，主体难以获致生存的意义，所以在行动上也就只能用敷衍和搪塞来回应一些所谓的家庭责任，至于人生的社会意义、人格的价值完善也就无从谈起。更为致命的是，这种自我欺骗不能改变其颓废的人生，在理智面前，这种虚妄的欺骗很快被击碎。可以说，这种将虚空装饰为实有的心态，为他后来“无非做了些无聊的事情，等于什么也没有做”作了注脚。

在讨论“代际伦理”的问题时，鲁迅一方面书写了“家”的叛逆者的精神弑父倾向，另一方面也阐释了他们无法完全割舍由血缘伦理而导致的

---

① ［德］尼采：《道德的谱系》，周红译，北京三联书店 1992 年版，第 63 页。

精神幻灭现象。正是如此，叛逆者们对传统文化既反抗又认同的冲突体现了新旧秩序夹击中新人无法避免的文化焦虑。从这种意义上说，“离家”导源于文化反抗者破毁“铁屋子”的冲动，是建构“新家”的基础。然而，在“破”与“立”的交界处却凝聚了鲁迅对于反抗者深刻的反思，“走回头路”与“绕圈”的循环呈示了知识分子重构中国形象的两难困境。但是，尽管前路很艰难，叛逆者探路的意识还是让封闭而黑暗的家庭空间照见了一丝光明。

二、“自然表征”与“社会隐喻”的话语裂隙

“以幼为本”是相对于“以长为本”而言的，它体现了先觉者对于儿童价值的理性评判。将儿童从成人的话语体系中解放出来，同时肯定儿童之于未来中国的意义彰显了五四知识分子用进化论的武器来确立自我主体价值、想象民族国家的先锋意识。周作人第一次提出“儿童本位”见于1914年他的《学校成绩展览会意见书》一文，他提出：“故今对于征集成绩品之希望，在于保存本真，以儿童为本位。”[①] 时隔五年，鲁迅在《我们现在怎样做父亲》一文中再提“幼者本位”“以孩子为本位”的想法，“自然界的安排，虽不免也有缺点，但结合长幼的方法，却并无错误。他并不用‘恩’，却给与生物以一种天性，我们称他为‘爱’。动物界中除了生子数目太多——爱不周到的如鱼类之外，总是挚爱他的幼子，不但绝无利益心情，甚或至于牺牲了自己，让他将来的生命，去上那发展的长途”。[②] 在“立人”的框架中，鲁迅并没有陷入决定论的怪圈中，以儿童为视角，他看到了中国社会发展过程中的“动”与“不动”的复杂轨迹。

据统计，“孩子”意象在鲁迅小说中出现的频率很高，就《呐喊》和《彷徨》集而论共有二十一篇小说谈及了儿童问题，其内容涉及儿童教育、儿童心理、儿童思维等方面。由此可以窥探出鲁迅聚焦儿童时的某些思维形态。具体而论，主要有如下两个方面：

一方面，儿童身上的新质被遮蔽，鲁迅看到了历史循环中“新人”的宿命：

> 孩子们在瞪眼中长大了，又向别的孩子们瞪眼，并且想：他们一生都过在愤怒中。因而愤怒只是如此，所以他们要愤怒一生，——而

① 周作人：《学校成绩展览会意见书》，《绍兴县教育会月刊》第9号，1914年6月20日。

② 鲁迅：《我们现在怎样做父亲》，《鲁迅全集》第1卷，人民文学出版社2005年版，第141页。

且还要愤二世、三世、四世，以至末世。[①]

祖母的模样，就预示着那娃儿的将来。所以倘有谁要预知令夫人后日的丰姿，也只要看丈母。不同是当然要有些不同的。但总归相去不远。[②]

看十来岁的孩子，便可以逆料二十年后中国的情形；看二十多岁的青年，——他们大抵有了孩子，尊为爹爹了，——便可以推测他儿子孙子，晓得五十年后七十年后中国的情形。[③]

这种现象，《呐喊》和《彷徨》也多有表现，如《狂人日记》中对"吃人"的一贯性进行了揭示："易牙蒸了他儿子，给桀纣吃，还是一直从前的事。谁晓得从盘古开天辟地以后，一直吃到易牙的儿子；从易牙的儿子，一直吃到徐锡林；从徐锡林，又一直吃到狼子村捉住的人。去年城里杀了犯人，还有一个生痨病的人，用馒头蘸血舐"；《故乡》中闰土和水生宿命循环隐喻；《孤独者》中魏连殳对孩子的彻悟："儿子正如老子一般"；《风波》的最后六斤依旧重复着七斤嫂、九斤老太的命运……凡此等等，与历史"吃人"的延续性、空间背景的静态化、儿童成长的停滞性一起构成了鲁迅批判历史循环的主要内容。

另一面，认识到儿童的价值，鲁迅看到了社会演进中的可能性和希望：

打掉毒害小儿的药饵，打掉陷没将来的阴谋：这才是人的战士的任务。[④]

后起的生命，总比以前的更有希望，更近完全。[⑤]

新的应该欢天喜地的向前走去，这便是壮，旧的也应该欢天喜地的向前走去，这便是死，各各如此走去，便是进化的路。[⑥]

问题是，鲁迅为什么对于这种不能在现实中得到验证的希望抱有肯定的态度呢？他曾说过，"吾见放于父母之邦矣！聊可望者，独苗裔耳。此

① 鲁迅：《杂感》，《鲁迅全集》第 3 卷，人民文学出版社 2005 年版，第 52 页。
② 鲁迅：《这个与那个》，《鲁迅全集》第 3 卷，人民文学出版社 2005 年版，第 149 页。
③ 鲁迅：《随感录·二十五》，《鲁迅全集》第 1 卷，人民文学出版社 2005 年版，第 311 页。
④ 鲁迅：《新秋杂识》，《鲁迅全集》第 5 卷，人民文学出版社 2005 年版，第 287 页。
⑤ 鲁迅：《我们现在怎样做父亲》，《鲁迅全集》第 1 卷，人民文学出版社 2005 年版，第 133 页。
⑥ 鲁迅：《随感录·四十九》，《鲁迅全集》第 1 卷，人民文学出版社 2005 年版，第 355 页。

其深思遐瞩，见近世文明之伪与偏，又无望于今之人，不得已而念来叶者也”。[①] 由于“今之人”的“无望”，他只能向远景凝眸，将“苗裔”视为拯救民族国家于危难的主体力量。鲁迅的诸多著述涉及儿童或儿童问题，其“救救孩子”的呼喊本源于当时风起云涌的进化思潮。正是因为有进化论的烛照，才使得鲁迅在猛烈抨击吃人的封建制度和封建礼教，大声“呐喊”时，有足够的勇气和底气去建构自己的价值体系。进化论使他坚信将来必胜于过去，青年必胜于老年；进化论使他号召鼓励青年“扫荡这些食人者，掀掉这筵席，毁坏这厨房”。基于对“人”的进化的思考，使鲁迅以鞭挞“国民根性”的方式来拯救愚昧、麻木的国民，期望创造出中国历史上未曾有过的“第三样时代”。[②]

事实上，鲁迅译介外国童话资源实质上涉及了一个核心问题，即“为儿童”与“为成人”的现代性的转换与融合问题。“为儿童”的现代性主要表现为尊重儿童“新人”的精神品格，将儿童现代精神的铸造视为现代中国发展的重要显征。而“为成人”的现代性则是将成人化的现代理想及价值取向作为是非标准付诸现代儿童的文化结构中。其实，两者的现代性共构了儿童文学内在结构的多维向度，但也因主体文化诉求、思维形态及精神指向的差异而衍生了诸多矛盾。就接受实践而论，“为儿童”主要表现为译介以“儿童为中心”的符合儿童阅读习惯的文学作品。这要求淡化成人话语的引导和渗透，真正回到儿童本身。然而，这势必又弱化了五四现代性的知识逻辑，将儿童文学置于狭小的精神天地；“为成人”则主要基于儿童启蒙、儿童教育的现代性诉求，而接受那些凝聚成人话语的儿童文学作品。显然，这又偏离了“儿童本位”的初衷，进而导入了成人所设置的话语体系中，难以彰显儿童的主体价值。于是，接受的过程与目的失序难以豁免，由此产生的对于外国资源的差异选择、中国化误读等接受现象也就不难理解了。在译介安徒生的童话时，赵景深有意识地强调安徒生童话预设双重读者的特点：安徒生题名“说给孩子们的故事”，但其童话“要写给小孩看，又要写给大人看”，因为“小孩们可以看那里面的事实，大人还可以领略那里面所含的深意”。[③] 郑振铎也认识到了安徒生这一特点，“童话有专为儿童写的，也有不专为儿童写的。最有名的童话作家

① 鲁迅：《文化偏至论》，《鲁迅全集》第 1 卷，人民文学出版社 2005 年版，第 50 页。
② 鲁迅：《灯下漫笔》，《鲁迅全集》第 1 卷，人民文学出版社 2005 年版，第 225 页。
③ 安徒生：《我作童话的来源和经过》，赵景深译，《小说月报》第 16 卷 8 号，1925 年 8 月 10 日。

安徒生所做便有一部分不适合儿童的”。[①] 周作人则赞赏安徒生“能够造出‘儿童的世界’或‘融合成人与儿童的世界”,[②] 肯定其催发儿童想象力的文学要素。

鲁迅是现代中国早期通过翻译童话来育化儿童的先觉者，从其对外国童话资源的选择动机与翻译策略来看，他翻译了诸多富有童稚的童话，但并未沉浸于儿童自然性的想象空间中，而是找寻与成人话语有着契合的精神向度，他肯定了高尔基“做给成人看的童话”所达到的艺术效果[③]，这种童话译作生发出超越单纯儿童趣味的成人化的启示。《狭的笼》《雕的心》《鱼的悲哀》《春夜的梦》等童话既有能让儿童亲近的“自然性”故事，又有发人深省的“社会性”内涵。在这些译作中，有弱者的困境、绝望，也有他们的幻想，更有他们的反抗，而这些内容恰是鲁迅思想启蒙的核心要素，非常契合鲁迅借此来实践其“立人”的工程。鲁迅借囚禁于狭笼中的老虎来痛斥甘愿做人类奴隶的飞鸟走兽：“单就印度而言，他们并不戚戚于自己不努力于人的生活，却愤愤于被人禁了‘撒提’，所以即使并无敌人，也仍然是笼中的‘最下流的奴隶’。”[④] 读了《雕的心》之后，胡风感叹：“展开着万灵跃动的虽然是想象然而却流着人生热血的世界，狂歌着向太阳向光明的‘雕的心’的作品，实际上是太少了……从这里，他们扩大了想象力的界限，养成了对于人生的热爱和勇气，也养成了对于黑暗和丑恶的憎恨。”[⑤] 鲁迅自喻为肩起“黑暗的闸门”的人和“梯子”,要放孩子“到宽阔光明的地方去”。这种“中间物”的身份定位，让他一生致力于支持儿童从传统的因袭中走出来，走向新世界、新时代、新国度。事实上，鲁迅译介这些儿童文学作品最直接的原因是它们适合儿童群体的自然性的舒展和需求,“美的感情与纯朴的心”。[⑥] 鲁迅用自己“无所不爱”的笔触，招引儿童走进这梦中。然后他希望儿童不要做一个纯粹的梦游者，应“看定了真实的虹”，了解“强者生存弱者灭亡”的自然“第一的法则”，即鲁迅所谓的“自然母的言辞”。[⑦] 这表明了鲁迅儿童思想的两维性，强调儿童

---

① 郑振铎：《儿童读物问题》，《大公报》1934 年 5 月 20 日。

② 仲密（周作人）：《王尔德童话》，《晨报副镌》1922 年 4 月 2 日。

③ 鲁迅：《俄罗斯的童话》，《鲁迅全集》第 8 卷，人民文学出版社 2005 年版，第 515 页。

④ 鲁迅：《〈狭的笼〉译者附记》，《鲁迅全集》第 10 卷，人民文学出版社 2005 年版，第 218 页。

⑤ 胡风：《关于儿童文学》，《胡风全集》第 2 卷，湖北人民出版社 1999 年版，第 81—83 页。

⑥ 鲁迅：《〈池边〉译者附记》，《鲁迅全集》第 10 卷，人民文学出版社 2005 年版，第 420 页。

⑦ 鲁迅：《〈桃色的云〉序》，《鲁迅全集》第 10 卷，人民文学出版社 2005 年版，第 229 页。

自然性与社会性并重。他将生物进化论与社会进化论结合起来，形成了以启蒙为核心的“人学”思想。显然，这是立足于当时历史语境，对儿童本体的理性反思的结果。

必须承认，儿童身上兼具“自然性”和“社会性”，两者原本是一体两面的关系，既存在着差异又有融通的可能。然而，一些知识分子却在“新人”的想象中片面地择取其中一个方面来建构他们的儿童话语体系：要么割裂两者的联系，将两者看成是不可融通的对立物，看不到两者相互建构、彼此生成的关联；要么同化两者的关系，片面地强化一方对另一方的整合和统摄作用。鲁迅的深刻性在于，他有意识地对儿童的“自然性”与“社会性”进行了辩证的融通。在他看来，“孩子”是幼者中最具生命力的进化主体，他们的世界有异于成年人，对其“自然性”的肯定成了鲁迅反拨成人“被社会化”的有力武器。在中国吃人的人肉筵席中，孩子与妇女一样都是被吃的对象。《狂人日记》中狂人“救救孩子”的呼喊是鲁迅“以幼者为本位”思想的最早表达。在《我们怎样做父亲》中，鲁迅用进化的眼光得出无论在哲学上，还是在生物学上，“以幼者为本位”都是规律使然的必然结果。在哲学上，事物都要从低级向高级发展。在生物学上，“单细胞动物有内的努力，积久才会繁复，无脊椎动物有内的努力，积久才会发生脊椎。所以后起的生命，总比以前的更有意义，更近完全，因此也更有价值，更可宝贵；前者的生命，应该牺牲于他”。所以他明确地提出“觉醒的人，此后应将这天性的爱，更加扩张，更加醇化；用无我的爱，自己牺牲于后起新人”。[①] 不久，鲁迅介绍了日本学者有岛武郎的一篇小说《与幼者》，站在父辈的角度他强调：“将来便不特没有解放的话，并且不起解放的心，更没有什么眷恋和凄怆；只有爱依然存在。——但是对于一切幼者的爱。”而站在儿童的角度他也发出这样的号召，“你们若不是毫不客气的拿我做一个踏脚，超越了我，向着高的远的地方进去，那便是错的”。[②] 可见，对“孩子”的爱和尊重是“以幼者为本位”思想的主体。他反对中国古训要求孩子要“少年老成”“听话”“驯良”之类，认为这是训练庸人的方法。针对此，他提出了“一要理解，二要指导，三要解放”的方式。

① 鲁迅：《我们现在怎样做父亲》，《鲁迅全集》第1卷，人民文学出版社2005年版，第135—138页。

② 鲁迅：《随感录·六十三“与幼者”》，《鲁迅全集》第1卷，人民文学出版社2005年版，第381页。

基于此，鲁迅提出："童年的情形，便是将来的命运"[①]，"明天是属于孩子们的，决不占尽少年的道路，吸尽少年的空气"。[②]他一方面认识到"孩子"之于将来的重要性，另一方面也从没有停止过对孩子根性的审视和反思。根性有善、恶之分，它的好坏对孩子的将来乃至整个国家的将来都影响深远，"看十来岁的孩子，便可以逆料二十年后中国的情形；看二十多岁的青年……便可以推测他儿子孙子，晓得五十年后七十年后中国的情形"。[③]鲁迅首先肯定了孩子有纯洁善良的天性，这也是鲁迅向往和肯定的。他曾以孩子为例戳穿了成人的乌托邦："凡一个人，即使到了中年以至暮年，倘一和孩子接近，便会踏进久经忘却了的孩子世界的边疆去，想到月亮怎么会跟着人走，星星究竟是怎么嵌在天空中。但孩子在他的世界里，是好像鱼之在水，游泳自如，忘其所以的，成人却有如人的凫水一样，虽然也觉到水的柔滑和清凉，不过总不免吃力，为难，非上陆不可了。"[④]他还说："我幼时虽曾梦想飞空，但至今还在地上……正如沾水小蜂，只在泥土上爬来爬去……自有悲苦愤激。"[⑤]《故乡》通过成年闰土和少年闰土的对比，呈现出了两个年龄阶段主体精神的变化。小说描写了母亲与闰土的一段对话，颇有深意："'阿，你怎的这样客气起来。你们先前不是哥弟称呼么？还是照旧：迅哥儿。'母亲高兴地说。'阿呀，老太太真是……这成什么规矩。那时是孩子，不懂事'……"在成年闰土的意识中，"孩子"是不懂事和不懂规矩的，是"大人"应该改变和纠正的。反过来，绕开成人的这种世俗观念，孩子的世界中的单纯、善良等美好人性正是作者向往和着力赞扬的典型。在孩子的意识中是没有等级、贫富这些概念的，作为大户的"我"回乡认识了农家少年闰土，听闰土讲"装米捉小鸟雀"，"到海边拾贝壳"，"在西瓜地里刺猹"，心里充满了向往，于是感慨："闰土心里有着无穷无尽的稀奇事。"相反，"我""却只看见院子里高墙上的四角天空"，而纯洁自然、勤劳勇敢的少年闰土，始终是"我"心中肯定和憧憬的人物典范；《社戏》中的少年们真诚热情，"一家的客，几乎也就是公共的"，孩子们在一起，虽辈分不同，"然而，我们是朋友，即使偶尔吵架起来，打了太公，一村的老小，也没有一个会想出犯上这两个字来"。从他们的身上可以看到人与自然的真正融合，原始纯朴的生存状态，以及自

① 鲁迅：《上海的儿童》，《鲁迅全集》第4卷，人民文学出版社2005年版，第581页。
② 鲁迅：《随感录·四十九》，《鲁迅全集》第1卷，人民文学出版社2005年版，第354页。
③ 鲁迅：《随感录·二十五》，《鲁迅全集》第1卷，人民文学出版社2005年版，第311页。
④ 鲁迅：《看图识字》，《鲁迅全集》第6卷，人民文学出版社2005年版，第36页。
⑤ 鲁迅：《〈华盖集〉题记》，《鲁迅全集》第3卷，人民文学出版社2005年版，第3页。

由美好的心灵；《鸭的喜剧》和《兔和猫》中，孩子们对于幼小动物的爱护和同情都能表明他们不同于成人世界的那份纯真和自然。

与此同时，鲁迅也从未停止过对孩子根性的审视和反思。他将中国的文明比作“人肉的筵席”：“人们就在这会场中吃人，被吃，以凶人的愚妄的欢呼，将悲惨的弱者的呼号遮掩，更不消女人和小孩。”[①]不可否认的是，由于长期的父权思想的影响，孩子的骨子里也形成了与成人相似的国民“劣根性”，对孩子“劣根性”的反思体现了鲁迅新人想象的深刻性。在他的小说中，孩子不仅继续充当着麻木的“看客”，拼命挤进人群“欣赏”革命先驱被残忍杀害的过程，他们像“用力掷在墙上而又拨过来的皮球一般”飞奔到热闹的围观者中间，在人群中钻来钻去，与成人一起构成庞大的看客群体（《示众》）。更为可悲的是，为了生存，他们无意识地站到了“吃人者”的行列中。《在酒楼上》中长富的儿子对吕纬甫非常仇视与轻蔑，“恶狠狠地似乎就要扑过来，咬我”；《药》中，已病入膏肓的少年华小栓，为了“治病”竟然不自觉中成了“吃人”的人，“他撮起这黑东西（人血馒头），看了一会，似乎拿了自己的性命一般，心里说不出的奇怪”，他是一个被动的“吃人者”，本能和父母的安排让他无法意识到自己行为的正确与否，“不多功夫，已经全在肚子里了，却全忘了什么味”。这种劣根性维护了中国“铁屋子”秩序的稳定、恒久，也是其无法撼动主奴社会的内在缘由。这些儿童与病态成人无异，他们没有个体意识，也不需要个体意识，因为他们已经习惯于用肉食者的意识来处理自己面临的现实问题。同样可怕的是，孩子对“文化反抗者”的不理解甚至恶意的行为，体现了主体（“孩子”）与客体（“文化反抗者”）的双重悲剧性，我们不妨将三段描写“孩子”的文本进行对比阅读：

前面一伙小孩子，也在那里议论我；眼色也同赵贵翁一样，脸色也都铁青。我想我同小孩子有什么仇，他也这样。[②]

一个赤膊孩子擎起他玩弄着的苇子，对他瞄准着，将樱桃似的小口一张，道：

“吧！”……

赤膊的还将苇子向后一指，从喘吁吁的樱桃似的小嘴唇里吐出清脆的一声道：“吧！”[③]

---

① 鲁迅：《灯下漫笔》，《鲁迅全集》第1卷，人民文学出版社2005年版，第228页。

② 鲁迅：《狂人日记》，《鲁迅全集》第1卷，人民文学出版社2005年版，第445页。

③ 鲁迅：《长明灯》，《鲁迅全集》第2卷，人民文学出版社2005年版，第68页。

“想起来真觉得有些奇怪。我到你这里来时，街上看见一个很小的小孩，拿了一片芦叶指着我道：杀！他还不很能走路……”①

毫无疑问，《狂人日记》《长明灯》《孤独者》中的“孩子”意象有着互文的对话关系，虽然三者的情状有别，但孩子的行为将精神界战士（以“救救孩子”为本位的狂人、敢于行动为民造福的“疯子”、视孩子比自己性命还重要的魏连殳）的努力在瞬间化为乌有，这杀声、铁青的脸、怪异的眼色、议论声充斥了敌意和残酷力量，让寄厚望于孩子的主体信念彻底崩溃。如果说《长明灯》中还将自己对孩子的主观情感和理性反思隐匿在冷静的描写中，那么《狂人日记》和《孤独者》则将这一问题的实质和盘托出：鲁迅在《狂人日记》中大悟：“我明白了，这是他们娘老子教的！”在《孤独者》中产生了对人性的根本性怀疑：“不。如果孩子中没有坏根苗，大起来怎么会有坏花果？譬如一粒种子，正因为内中本含有枝叶花果的胚，长大时才能够发出这些东西来。何尝无端……”“……都不像人！……哈哈，儿子正如老子一般。”自然纯真的大良、二良也不知什么时候变得和世俗的大人无异，“装狗叫”和“磕响头”则是其儿童成人化的体现。当魏连殳被校长辞退后，他们对其态度发生了很大的变化，冷淡化为“无声的静寂”给魏连殳以沉重的打击，“他一出去，孩子们的声音便寂然，而且似乎都走了。他还追上去，说些话，却不听得有回答”，只留下如阴影似的魏连殳在那里沉思。为此，鲁迅将批判的矛头指向中国“有养无教”的文化机制，“穷人的孩子蓬头垢面的在街上转，阔人的孩子妖形妖势娇声娇气的在家里转。转得大了，都昏天黑地的在社会上转，同他们的父亲一样，或者还不如”。②可见，鲁迅并没有简单地强化“救救孩子”的终极意义，而是将儿童置于与成人同等审视的位置，这反映了鲁迅“启蒙”深刻的一面：孩子之所以变坏固然有社会环境“黑色染缸”的作用，闰土的变化正是环境使然，但孩子身上的“坏根苗”“劣根性”也不能忽略。

《孔乙己》里“小伙计”与邻居孩子是鲁迅将儿童的“审父”意识与“根性”问题结合起来观照的对象。在对待孔乙己的态度上，邻居孩子没有成人那么多恶意而凉薄的语言的伤害，但他们也混迹于成人“嘲笑”的队伍中。从他们望着装有茴香豆的碟子的眼神里，我们读不出其儿童该有的爱与真，无聊与空洞是其生存状态的真实写照。与邻居孩子不一样的

① 鲁迅：《孤独者》，《鲁迅全集》第 2 卷，人民文学出版社 2005 年版，第 94 页。

② 鲁迅：《随感录·二十五》，《鲁迅全集》第 1 卷，人民文学出版社 2005 年版，第 311 页。

是，“小伙计”的形象更具审思的色彩，在他看来，“掌柜是一幅凶脸孔，主顾也没有好声气，教人活泼不得”。掌柜对顾客的欺骗行为（如往酒中兑水），是作为孩子的“我”审视成人世界的开始。“咸亨酒店”是社会的缩影，人与人之间有着尊卑贵贱之分，店里有掌柜、主顾和伙计的区别，顾客也分穿长衫和短衣帮两类，生活在其中的“我”也由审视到日趋适应和同化，这主要是通过“我”对待孔乙己的态度来实现：当孔乙己要考十二岁的“我”“茴香豆的茴字，怎样写”时，同样是处于社会底层的“我”脸上显出鄙夷的神情，“讨饭一样的人，也配考我么？”当他告知“我”“回字的四种写法”时，“我”显得不耐烦了，“努着嘴走远”，不再理会。在小伙计的意识里，道德德性与权力话语是同构的。换言之，孔乙己境遇和命运的可怜是不可能具备道德德行的，反过来，有地位的丁举人自然就具有教化的德行了。鲁迅将儿童与成人共有的社会认知深刻地揭示出来，小伙计的这种行为多是社会环境影响和作用的结果，但也不可避免是自我根性使然。回到《孤独者》中，魏连殳起初是非常喜欢和疼爱“孩子”的，房主的孩子们总是互相争吵，打翻碗碟，使得人头昏。但魏连殳一见他们：“却不像平时那样冷冷的了，看得比自己的性命还宝贵。听说有一回，三良发了红斑痧，竟急得他脸上的黑气愈见其黑了。”魏连殳还和“我”就孩子的好坏进行了争论，他的观念是“孩子总是好的，他们全是天真……”“大人的坏脾气，在孩子们是没有的。后来的坏，如你平日所攻击的坏，那是环境坏的。原来却并不坏，天真……我以为中国的可以希望，只在这一点。”但在事实面前，魏连殳也推翻了自己原有的想法，“都不像人”，“儿子正如老子一般”。难怪鲁迅后来在一篇杂文里写道：“总而言之，现在倘再发那些四平八稳的‘救救孩子’似的议论，连我自己听去，也觉得空空洞洞了。”①

概而言之，儿童“自然性”和“社会性”的矛盾是困扰鲁迅等知识分子想象未来中国的一个难题。从本源上考究，两者的冲突问题是前述“为儿童”与“为成人”难题的衍生物，这种结构关系体现了现代性叙述中各种普世化抽象范畴所包含不了的越界、滑落与矛盾，它们如影随形地同构了成人先觉者的精神困境。英国学者戴维·拉德认为儿童必然是既被建构的也能建构的，因而在生物本质论和文化决定论之间存在着极大的话语裂

① 鲁迅：《答有恒先生》，《鲁迅全集》第3卷，人民文学出版社2005年版，第476—477页。

隙。[1] 换言之，儿童的“自然性”和“社会性”是成人操控儿童话语的前提条件，儿童可以被建构为国家未来的符号，也可以被理解为人类原初精神的表征。在与成人话语的权力角逐中，现代知识分子高扬的“儿童本位”观念通行的启蒙话语缺少“反求诸己”的指向，因而容易产生成人的时代认同与儿童的身份认同的紧张。这即是说，“现代性”框架中的新旧二元论，使彰显儿童社会属性的个人主义在被简约为从“以长为本”到“以幼为本”的“替换”与“转型”时，儿童与成人身份之间的区别属性（自然性）却被忽略了。同时，当儿童被知识分子置于成人身份属性的另一端时，儿童参与时代话语创构的努力则无意中又被忽略了。这样一来，成人作家既要弥合儿童“自然性”与“社会性”的裂隙，又不得不拆解两者顺应时代的默契，其陷入话语撕裂的焦虑之中就是必然的事情了。

总之，儿童的“吃人”和儿童的“被吃”是鲁迅对于进化思想和儿童本位思想的全面检视，体现了其拷问儿童成长环境及儿童主体的深刻认知。“审父”的主体多是成人叛逆者，他们和孩子一道成为鲁迅代际伦理思考的主体，不管是叛逆而幻灭的“审父者”，还是有根性优劣的“孩子”，他们的行为走向都是在社会文化空间中自觉或不自觉生成的。鲁迅敏锐地发现了这些个体，将其放置于代际伦理的位置上进行考量，并投入理性客观的观照，体现了其小说双向考量儿童本体的深刻性和现代性。

---

① ［英］戴维·拉德：《理论的建立与理论：儿童文学该如何生存》，《理解儿童文学》，［美］彼得·亨特主编，郭建玲、周惠玲、代冬梅译，少年儿童出版社 2010 年版，第 46 页。

第六章 “文明中国”的祛魅与创造性重述

探讨“文明中国”的问题时，我们不能捐弃“西方文明”这一他者。正是这个他者，让国人能更好地“认识自己”。由于西方文明的侵入，中国传统文化才显示出自身的落后与疲态。这种被拖入现代性的特殊情境，使很多人陷入迷乱、撕裂和错位的矛盾之中。这种文化痛感是全民族的，然而又是无形的。鲁迅对于西方文化的理解与选择并非是其对于异域文明的钦羡，而是借助于西方他者的功能来检视本土文化的内在肌体，确认自我在世界秩序中的位置。反过来也可以这样理解，西方他者的意义只存在于中国现代精神结构的自我认定与自我反思之中，只有在中国现代性想象中，西方他者的价值才能得到系统的解释和评定。早在留日期间，鲁迅就非常关注“文明”问题，在《中国地质略论》中最早使用“文明”一词，随后，在《文化偏至论》中，多次援引“文明”“文野”等词汇。“文明”议题的提出，是鲁迅基于中国与世界的比照而产生的，进而落实到使中国摆脱未开化状态的文明发展理念，在此基础上形成的“文明批判”倚重对中国及中国人的思想、文化等领地的反思，在文化与人、文化与民族的结构关系中思考中国的发展方向，与其“社会批评”一起构成了鲁迅批评体系的重要组成部分。《故事新编》即是其“对于根深蒂固的旧文明施行袭击”[①]，开展“文明批评”的战场，融通了中西和古今比照的文化视域，为鲁迅小说重建“文明中国”形象提供了必不可少的参照。

第一节 “改看历史”与“文明末日”的审判

在“五四”新文学大潮中，诸多先觉者均以激进的姿态对中国传统文

① 鲁迅：《两地书·八》，《鲁迅全集》第11卷，人民文学出版社2005年版，第32页。

化开战，其声势之浩大让那些所谓的遗老遗少们为之胆战。陈独秀就曾说过，“必不容反对者有讨论之余地，必以吾辈所主张者为绝对之是，而不容他人之匡正也”。① 又如钱玄同也说过，“两千年来用汉字写出的书籍，无论哪一部，打开一看，不到半页，必有发昏做梦的话”，因而须“将中国书籍一概束之高阁”。② 当然，这种激进的反传统的姿态遭到“学衡”派和“甲寅”派的批判，梅光迪的话代表了当时以传统文化守护者自居人的心声：“号为‘新文化运动’者，甫一启齿，而弊端丛生，恶果立现，为有识者所诟病。”③ 鲁迅的激进和偏激姿态也当仁不让，究其因，当然与鲁迅个人的性格有关，但更为重要的则是“五四”狂飙突进的时代精神的浸润。面对着病入膏肓的中国机体，鲁迅没有温和地去做小的修补工作，而是选择了猛烈地抨击传统文化的先锋姿态，“我总还想对于根深蒂固的所谓旧文明，施行袭击，令其动摇，冀于将来有万一之希望”。④ 这是鲁迅深刻洞悉中国传统文化的惰性后所做出的选择，在他的意识中，中国传统文化中“折衷”“调和”的思想会在思想突进的道路上牵扯人前进的步伐，对此，他打过这样的比喻：

> 譬如你说，这屋子太暗，须在这里开一个窗，大家一定不允许的。但如果你主张拆掉屋顶，他们就会来调和，愿意开窗了。⑤
>
> 老先生们保存现状，连在黑屋子开一个窗也不肯，还有种种不可开的理由，但倘有人要来连屋顶也掀掉它，他才魂飞魄散，设法调解，折中之后，许开一个窗，但总在伺机想把它塞起来。⑥

鲁迅不愿被传统文化牵制着往回走，他要带领着国人往前看、往前走就不能不以一种整体反传统的偏激姿态立于历史演进的风口浪尖，否则就容易被卷挟于历史循环的怪圈中难以挣脱。这是一个先锋者面对中西文化遇合时所作的理性选择，那些看不到他偏激背后潜藏的重建新文化价值体系的现代努力，而简单地将鲁迅视为中国文化罪人的看法无疑是不

---

① 陈独秀：《再答胡适之》，《陈独秀著作选》第 1 卷，上海人民出版社 1993 年版，第 302 页。
② 钱玄同：《中国今后之文字问题》，《新青年》第 4 卷第 4 号。
③ 梅光迪：《评提倡新文化者》，《学衡》1922 年创刊号。
④ 鲁迅：《两地书·八》，《鲁迅全集》第 11 卷，人民文学出版社 2005 年版，第 32 页。
⑤ 鲁迅：《无声的中国》，《鲁迅全集》第 4 卷，人民文学出版社 2005 年版，第 14 页。
⑥ 鲁迅：《350410 致曹聚仁》，《鲁迅全集》第 13 卷，人民文学出版社 2005 年版，第 436 页。

正确的。

一、“亦新亦旧”的思想与“不新不旧”的中国

鲁迅不轻易相信事物的表相，常常要追问和发掘其背后隐藏的本质。在他看来，盲目肯定是一种顺从、妥协的思维短视；预成的肯定之中隐含着一种臆想，一味肯定和认同容易消磨斗志和个性。这本源于鲁迅对于人的悲剧性历史处境的清醒认知，“月亮只一面对着太阳，那一面我们永远不得见，歌颂中国文明的也惟以光明的示人，隐匿了黑的一面”。[①]他意识到在当下中国，不仅缺乏摩罗诗魂的精神界战士，而且缺乏使国人臻至善美刚健的至诚之声。鲁迅思想的否定性的批判力量与人的主体性、超越性的思维逻辑存在着深刻的关联。在一系列的批判否定过程中，彰显出鲁迅复杂而深邃的精神世界。确实，鲁迅对传统的批判是毫不留情的，这其中尤其是对以儒家为代表的正统思想的批判力透纸背、发人深省。在《狂人日记》中，他对中国传统文化“吃人”本质的揭露被视为其反传统的开篇力作。他曾劝诫青年人“要少——或者竟不——看中国书，多看外国书”。[②]鲁迅为什么劝诫别人不要看中国书呢？在鲁迅看来，中国书是一种“旧有的古砖”，即历史书，里面的内容别无他物，唯有“刀”与“火”。这些书掩盖了人的“心声”或“新声”，充斥其中的是对实利的牟取。在他看来，“少看中国书，其结果不过不能作文而已……而去读古书，却比不能作文之害还大。”[③]为了让这些书不遮蔽现在人的视听，他甚至坦承，“无论是古是今，是人是鬼，是《三坟》《五典》，百宋千元，天球河图，金人玉佛，祖传丸散，秘制仙丹，全部踏倒他”。[④]凡此等等，无不体现了鲁迅作为一个否定者的人格形象。然而，我们也应意识到，正是由于中国传统文化的力量过于强大，才导致了五四激进派不得不以偏激的策略化的姿态来与之抗衡。

启蒙实践遭遇困境后，鲁迅花了很长的时间沉于对中国历史以及中国传统文化的思考，在大量阅读和研究中国古籍和文献中得其堂奥，其思想观念、文学创作更具历史理性和哲学思辨。在对中国社会强烈的劣败感受中，他产生“改看历史”的想法，并自觉地将个人的存在体验延伸于民族与历史深层结构的思考之中，予以整体观照和辩证推演，扩充了其探询社

---

① 鲁迅：《补白》，《鲁迅全集》第3卷，人民文学出版社2005年版，第110页。
② 鲁迅：《青年必读书》，《鲁迅全集》第3卷，人民文学出版社2005年版，第12页。
③ 鲁迅：《答“兼示”》，《鲁迅全集》第5卷，人民文学出版社2005年版，第377页。
④ 鲁迅：《忽然想到·六》，《鲁迅全集》第3卷，人民文学出版社2005年版，第47页。

会人生问题的思维视域。显然，鲁迅的这种观念的生成本源于他对现代中国的深刻省思。他敏锐地意识到现实语境中弥散着“反复”“羼杂”“混沌”等光怪陆离的历史现象。这既是中国内外交困的时期，又是西方的科学、文艺排山倒海输入中国的时期；既是“崇古”思想盛行的时代，又是现代新思想出现的时代。古老文明的文化心理和思维定势与现代西方文明的种种新鲜标签，荒谬而突兀地混杂在一起，这让一些知识分子的价值观念出现了混杂的状态：“上午‘声光化电’，下午‘子曰诗云’”；[①]“一面点电灯，坐火车，吃西餐，一面却骂科学，讲国粹”。[②]“现在的文人虽然改着了洋服，而骨髓里却还埋着老祖宗。”[③]“一面制礼作乐，尊孔读经，‘四千年声明文物之邦’，真是火候恰到好处了，而另一面又坦然地放火杀人，奸淫掳掠，做着虽蛮人对于同族也不肯做的事……全个中国，就是这样一席大宴会。”[④]《离婚》里爱姑的“钩刀样的脚”即是中国社会亦新亦旧的隐喻，据民俗记载，“钩刀样的脚”原本是裹过缠脚布的，后来又放了大脚，最终成为难看的不新不旧的畸形脚。总之，鲁迅处在一个亦新亦旧，同时也是不新不旧的现实世界中。历史和现实的杂糅性容易干扰人们对于历史的理性评判，即鲁迅所言，在“简直是将几十世纪缩在一时”的中国，“一切人便都在这矛盾中间”。[⑤]这驱动了鲁迅破除历史雾障，重构关于中国传统文化的话语实践。同时，历史与现实在深层意义上的同构性，却也为历史与现实两个视界相互参照、融合提供了可能。

鲁迅关于“新旧杂糅”的发现，为我们了解“文明中国”的文化生态提供了理论资源。鲁迅说过：“有人说中国是‘文字国’，有些像，却还不充足，中国倒该说是最不看重文字的‘文字游戏国’，一切都爱玩些实际以上花样，把字和词的界说闹得一团糟。”[⑥]从文字的“游戏”可以窥见中国混杂的社会局面，这是鲁迅给我们的重要启示。确实，在他的小说里，现代人说话沾着旧文化的古文气，而古代人却很溜地说着现代白话。如前所述，《狂人日记》中“文言小序”和“白话日记”构成了“常人”与“狂人”两套杂陈的话语；孔乙己用文言来遮蔽现实的窘境；七大人顺口而出的“来兮……”之类的文言吓坏了爱姑；赵七爷动不动就援引“张翼

① 鲁迅：《随感录·四十八》，《鲁迅全集》第1卷，人民文学出版社2005年版，第353页。
② 鲁迅：《360215致阮善先》，《鲁迅全集》第14卷，人民文学出版社2005年版，第27页。
③ 鲁迅：《文学上的折扣》，《鲁迅全集》第5卷，人民文学出版社2005年版，第62页。
④ 鲁迅：《马上支日记》，《鲁迅全集》第11卷，人民文学出版社2005年版，第327页。
⑤ 鲁迅：《随感录·五十四》，《鲁迅全集》第1卷，人民文学出版社2005年版，第360—361页。
⑥ 鲁迅：《逃名》，《鲁迅全集》第6卷，人民文学出版社2005年版，第409页。

德丈八蛇矛，杀将出来”恐吓乡人；假洋鬼子的话更是新旧杂糅的，“我是性急的，所以我们见面，我总是说：洪哥！我们动手罢！他却总是说NO！——这是洋话，你们不懂的”。应该说，假洋鬼子就是中西文化结合所生产出的畸形儿，说新也是新的，但骨子里依然是旧的，从其革命的动机、过程来看，他不可能借助革命的到来而真正脱胎换骨。凡此等等，都形象地展示了“僵死”而神秘的古语依然笼罩着当下，压抑着人喘不过起来。为此，鲁迅将批判的矛头直指权力者利用文字愚化国民的本质。他曾质问：“古时候言文一致么？”“我的臆测，是以为中国的言文，一向就并不一致的。”[①] 由于语言分离的森严壁垒，国民话语权被剥离、精神被扭曲的结果就不可避免了。

同时，鲁迅也让古人说现代时髦的话，一方面拉近历史的距离，另一方面则以此强化古今社会的“同构性”。如《奔月》中出现了“打麻将”“艺术家”；《理水》中有“OK”“好杜有图”“古貌林”“维他命W”“莎士比亚”“幼稚园”“水利局”“法律解决”“时装表演”“雪茄”；《采薇》有“海派会剥猪猡”“为艺术而艺术”；《出关》中的“图书馆长”“起重机”“讲卫生”“稿费”“老作家”“新作家”“来笃啥西”；《非攻》有“募捐救国队”；《起死》中的“警笛”“警棍”“巡警局长”等等。这样一来，古今对话变得很自然，“古代文本”和“现实文本”已不是孤立单一的文本，而是在复杂的语词能指中建构起具有自身辩证法与社会性对话的“语言形象”。《补天》中“小东西”象声词式的言语（“Nga！nga！”“Akon，Agon！”“Uvu，Ahaha！”）、共工与颛顼模拟《尚书》体的古文语言与女娲所说的现代汉语融为一体。彼此的交流受到阻碍：对于“小东西”的言语，“说得多了，伊也渐渐的懂不得，只觉得耳朵边满是嘈杂的嚷，嚷得颇有些头昏”。对于共工与颛顼所说，女娲向来没有听过这类话，非常诧异了，“够了够了，我不懂你的意思”。《理水》中的“文化山”上的学者众声喧哗，用英语会话，大谈莎士比亚、维他命W、文学概论等，中间伴有民间俚语、文绉古语、现代摩登语。其中的学者、鸟头先生、乡下人对“禹究竟是一条虫，还是一个人”的问题的争论只不过是庸常闲谈的嘈嘈杂语，不可能为当时混乱的时势提供任何意义指向。《铸剑》中黑色人和眉间尺的头所唱的拟古歌谣也不同于常人的语言习惯和话语体系，因此难为众人所理解：“在《铸剑》里，我以为没有什么难懂的地方。但要注意的，是那里面的歌，意思都不明显，因为是奇怪的人

① 鲁迅：《门外文谈》，《鲁迅全集》第6卷，人民文学出版社2005年版，第93页。

和头颅唱出来的歌，我们这种普通人是难以理解的。”[①] 这种语言的新旧混杂其实质是中国社会“新漆”与“旧货”的拼合，[②] 其本质依然是旧的。在《出关》中，由于对话双方知识背景、文化心理、社会阶层等相差悬殊，因此对话变成了没有任何交流和对话的个人行为。老子在给签子手、账房和书记讲其所谓“道可道”“众妙之门”时，大家面面相觑，显出苦脸来，签子手打起哈欠，书记竟打起瞌睡来。同样对于账房和书记的话，老子也不十分听得懂。同样的道理，《起死》中庄子与汉子的纠缠来自于两人相异的话语系统，汉子根本不理解庄子的学说，庄子也不曾体谅汉子没有衣服的尴尬，对话的失败必然会引发冲突。其实，“起死”何尝不是“启蒙”的另一种说法，在小说中，启蒙者与被启蒙者殊异的话语系统深刻地揭示了鲁迅启蒙实践的艰难。无论是古人说现代话，还是现代人说古话，用巴赫金的话说，在语言形象的周围发生了“巴比伦式”的混乱，在文本间互动交流的“混乱”中，我们在文本内与外、文本和历史语境中找到了共通点和基准点，个性的塑造转为类性的延伸，文本的互文空间结构就建立起来了。

在回答徐懋庸关于如何运用历史资源从事文学创作的问题时，鲁迅的建议是：“据我的私见，首先是改看历史。”[③] 那么，改看历史的目的何在呢？鲁迅认识到国人对历史及中国传统文化的理解和评判存在着诸多误读，遮蔽了他们的视听，不利于做出理性的文化选择。这其中，历史与现实的时间距离带来了知识化传播中多歧的阐释结构，基于此，人们对历史及历史化的认知容易产生盲目崇仰或过分贬抑的绝对思维。而前者在中国相当普遍，“祖先崇拜”是其突出的体现。由于时间的不可逆转性，中国传统文化被人为地加上了一层神圣的光彩，它会把历史包裹得像出土文物那样，古色古香、土花斑斓。也正是因为历史的不在场性，很容易成为怯懦者遁逃的时间归所，为弱者的存活提供精神动力。鲁迅不反对真正的国学研究，只将批判的矛头指向传统文化的负面。他批判了“用种种的白粉给他来化妆，一直抬到吓人的高度”的复古派和国粹派，认为这种抱残守缺的民族必然沉湎于“残存的旧梦”里，故步自封，不思进取。[④] 因此，

① 鲁迅：《360328 致增田涉》，《鲁迅全集》第 14 卷，人民文学出版社 2005 年版，第 386 页。

② 鲁迅：《两地书·八》，《鲁迅全集》第 11 卷，人民文学出版社 2005 年版，第 32 页。

③ 鲁迅：《331220 致徐懋庸》，《鲁迅全集》第 12 卷，人民文学出版社 2005 年版，第 526 页。

④ 鲁迅：《在现代中国的孔夫子》，《鲁迅全集》第 6 卷，人民文学出版社 2005 年版，第 237 页。

鲁迅改看历史的一个重要出发点是揭掉附加于历史之上的神圣光环，擦拭吸附在这种神圣性上的历史尘埃，试图借此来看清历史的本真面目。同时，鲁迅也发现，传统文化推行得益于史观与话语的相互配合，因而，传统史观会误导国人的历史认知和文化选择。鲁迅指出："历史上都写着中国的灵魂，指示着将来的命运，只因为涂饰太厚，废话太多，所以很不容易察出底细来。"[①]"在历史上的记载和论断有时也是极靠不住的，不能相信的地方很多。"[②]言外之意，历史文本负载着某种强势意识和合法性规范，在传播和接受的过程中，遮蔽了接受者的主体认知。在中国传统社会里，广大民众只能在宗法伦理的教条中被动地接受统治阶级意识形态的渗透和灌输，在对历史的臆想和寄托之中，葬送着他们对历史的思考和现实的反抗本能。其结果是"人民在欺骗和压制之下，失了力量，哑了声音，至多也不过有几句民谣。'天下有道，则庶人不议。'就是秦始皇隋炀帝，他会自承无道么？百姓就只好永远箝口结舌，相率被杀，被奴。这情形一直继续下来，谁也忘记了开口，但也许不能开口。即以前清末年而论，大事件不可谓不多了……然而我们没有一部像样的历史的著作，更不必说文学作品了"。[③]因此，他们也就不可能对于历史作出理性的阐释和表述，当然更不可能挣脱既定的历史话语制约，产生属于自我的历史思维。《高老夫子》中的同名主人公是一名教历史的教员，他徒有虚名，实际上对历史史实不甚了然。他的备课内容全来自于平时他爱听的戏文和评书，"如果那人不将三国的事情讲完，他的豫备就不至于这么困苦。他最熟悉的就是三国，例如桃园三结义，孔明借箭，三气周瑜，黄忠定军山斩夏侯渊以及其他种种，满肚子都是，一学期也许讲不完。到唐朝，则有秦琼卖马之类，便又较为擅长了"。在这里，鲁迅以"掘祖坟"的方式批判了高老夫子不学无术的"伪国学家"的嘴脸。显然，这种道听途说的知识是不可能有主体的真知灼见的，当然也不可能教育好国民。学校教员尚且如此，普通国民就更不用说了。鲁迅曾指出，"我们国民的学问，大多数却实在靠着小说，甚至于还靠着从小说编出来的戏文。虽是崇奉关岳的大人先生们，倘问他心目中的这两位'武圣'的仪表，怕总不免是细着眼睛的红脸大汉和五绺长须的白面书生，或者还穿着绣金的缎甲，脊梁上还插着四张尖角旗"。[④]

---

① 鲁迅：《忽然想起·四》，《鲁迅全集》第3卷，人民文学出版社2005年版，第17页。

② 鲁迅：《魏晋风度及文章与药及酒之关系》，《鲁迅全集》第3卷，人民文学出版社2005年版，第523页。

③ 鲁迅：《田军作〈八月的乡村〉序》，《鲁迅全集》第6卷，人民文学出版社2005年版，第295—296页。

④ 鲁迅：《马上支日记》，《鲁迅全集》第3卷，人民文学出版社2005年版，第352页。

这种从小说或戏曲中道听途说的所谓知识往往并不可靠，其中渗透着鲁迅所谓“侍奉主子文化”的毒素，[①] 只是“独夫的家谱”。[②] 如不加以辨别，就可能被这些愚民的文化所禁锢。在《阿 Q 正传》中，革命风潮波及未庄暂时改变了阿 Q 窘迫的局面，然而，他根本不明白革命是怎么一回事，只是凑热闹地“同去”，他运用的革命武器并非民主共和，而是他从戏文中学到的“板刀，钢鞭，炸弹，洋炮，三尖两刃刀，钩镰枪”。就这样，阿 Q 加入了合伙打劫的革命队伍中去了。在这里，鲁迅洞如观火地反思了民众借用民间习俗来投机革命的行为，将矛头对准了以满足个人私欲为目的的阿 Q 式革命的危害。

中国的传统文化以古训的形式保留在历史中，以无形的力量浸染着国民的精神。为此，鲁迅意识到“读史，就愈可以觉悟中国改革之不可缓了”。[③] 面对这种现状，鲁迅始终以“从来如此，便对么？”的观点来回击旧传统对人思想的桎梏和毒害。在《阿 Q 正传》中，鲁迅以史家的笔法对传统史观的“陈年簿子”踹了一脚。鲁迅署名“巴人”意为“下里巴人”，这是没有资格给别人作传的，而叙述者“我”也始终以一个“反史家”笔法身份出现，“我不是一个‘立言’的人”。小说题为“正传”，但实际上却并不符合传统写传的套路，“我”坦承这不符合“列传”“自传”“内传”“别传”“小传”等，无奈之下，“便从不入三教九流的小说家所谓‘闲话休题言归正传’这句套话里，取出‘正传’两个字来，作为名目”。勉强确定了体例后，主人公的身份又不符合立传的通例，更为致命的是不知道传主的姓，也不知道名该怎么写。“阿 Q”与“正传”这两个表征着差异明显的“民间”与“庙堂”的内容范畴被巧妙地混杂在一起了，这也许正是鲁迅在“序”中所说的“思想”里的“鬼”吧。这些均是对孔子的“名不正，则言不顺”的反抗，在带有恶作剧般的可疑的质询中，消解了“从来不朽之笔，须传不朽之人”的正史传统。写到阿 Q 被赵太爷打了以后，未庄的人对阿 Q 仿佛格外尊敬，对其中的原因，鲁迅援引了儒家的例子来加以论证：“也如孔庙里的太牢一般，虽然与猪羊一样，同是畜牲，但既经圣人下箸，先儒们便不敢妄动了。”小说在其他地方有意引用“不孝有三无后为大”“女人是祸水”种种圣贤之道加以调侃和嘲笑，说明鲁迅在该小说中，始终将儒家的伦理体系作为讽刺和打击的对象。

---

① 鲁迅：《老调子已经唱完》，《鲁迅全集》第 7 卷，人民文学出版社 2005 年版，第 326 页。
② 鲁迅：《忽然想到·六》，《鲁迅全集》第 3 卷，人民文学出版社 2005 年版，第 96 页。
③ 鲁迅：《这个与那个》，《鲁迅全集》第 3 卷，人民文学出版社 2005 年版，第 149 页。

在鲁迅看来，“中国历史的整数里面，实在没有什么思想主义在内”。[①] 中国传统思想抽空了“人”的主体，将自我打入另册，成为权力者的奴隶。这样说来，鲁迅“改看历史”观念的提出并非执意断绝与中国传统文化的深刻关联，而是要重审中国文化所存在的问题，其中最让他感到痛心的则是传统思想的“阴魂不散”或者“借尸还阳”。《白光》里的陈士成连续十六次落榜，这种挫败感让他产生了幻觉，鲁迅细致地描摹出他在自己屋子里“掘藏”的见闻：

> 陈士成心里仿佛觉得空虚了，浑身流汗，急躁的只爬搔；这其间，心在空中一抖动，又触着一种古怪的小东西了，这似乎约略有些马掌形的，但触手很松脆。他又聚精会神的挖起那东西来，谨慎的撮着，就灯光下仔细的看时，那东西斑斑剥剥的像是烂骨头，上面还带着一排零落不全的牙齿。他已经悟到这许是下巴骨了，而那下巴骨也便在他手里索索的动弹起来，而且笑吟吟的显出笑影，终于听得他开口道：
>
> “这回又完了！”[②]

可以这样理解：这个能和陈士成对话的“下巴骨”显然是一个陈年历史（文化）的隐喻，它表征着已经腐朽的科举取士的观念依然阴魂不散，即使死了还在持续地发挥影响力。正是这种保持着发言能力的陈旧思想占领了陈士成的思想高地，使他在现实面前找不到出路，最终只能成为旧的科举制度的殉葬品。在《孔乙己》中，孔乙己“固执”而“幻想”地存活于旧的时间框架里，从精神到行动都受制于该既定历史框架的桎梏，是传统文化观念的牺牲品。从旁人的笑声和讽刺中，我们能窥见其难以融入新的时间框架的悲怆命运。对此，鲁迅的态度是：“抬出祖宗来说法，那自然是极威严的，然而我总不信在旧马褂未曾洗净叠好之前，便不能做一件新马褂。”[③] 言外之意，新事物的培育不是对旧思想的妥协，那种冀望在旧文化土壤里生成新事物的想法显然是不大可能的。

《高老夫子》是新旧杂糅的社会图景的典范之作，在新式学堂里的高

① 鲁迅：《随感录·五十九“圣武”》，《鲁迅全集》第 1 卷，人民文学出版社 2005 年版，第 373 页。

② 鲁迅：《白光》，《鲁迅全集》第 1 卷，人民文学出版社 2005 年版，第 574 页。

③ 鲁迅：《未有天才之前——一九二四年一月十七日在北京师范大学附属中学校友会讲》，《鲁迅全集》第 1 卷，人民文学出版社 2005 年版，第 175 页。

老夫子、万瑶圃等人并非新式教育的推行者，反而是旧式道德的践行者。高老夫子是以一个新式人物的身份出场的，戴着“新帽子”，拿着“新皮包”，处处“留心新学问、新艺术”，然而他授课的材料多半是从评书艺人那里道听途说过来的，他的成名作却是提倡复古的《论中华国民皆有整理国史之义务》，当万瑶圃向他行跪蹲式旧礼时，“础翁夹着皮包照样的做”。课堂上“嘻嘻”的窃笑似乎是在嘲弄其陈腐的复古做派，更是其心虚的心理写照，以致“当初，是自己的耳朵也听到自己的嘴说些什么的，可是逐渐胡涂起来，竟至于不再知道说什么”。鲁迅细致地刻画了他与女学生的视线相遇时的情形：

> 他不禁向讲台下一看，情形和原先已经很不同：半屋子都是眼睛，还有许多小巧的等边三角形，三角形中都生着两个鼻孔，这些连成一气，宛然是流动而深邃的海，闪烁地汪洋地正冲着他的眼光。但当他瞥见时，却又骤然一闪，变了半屋子蓬蓬松松的头发了。[①]

这是鲁迅小说惯用的看与被看的模式，这里既凸显了被看者内心的虚无，也表征了旧式文人在新的价值标尺的审视下逐渐露出麒麟皮下的马脚。在新旧交替和混杂的情势下，高老夫子随波逐流，打着新学的旗号行复古之实，当然他既没有打倒新学复古，又没有革新的准备和操守，而是甘心做一个“高级顺民”，享受着“看看女学生”的低级趣味。具有讽刺性的是，万瑶圃身为新学堂的教务长，但处事做派却没有脱离旧式文人的习性，见到高尔础时用的是旧礼，“连连拱手，并将膝关节和腿关节接连弯了五六弯，仿佛想要蹲下去似的”。他对高尔础的那篇整理国故的文章赞不绝口，称赞它“要言不烦，百读不厌”，而且还附庸风雅地把他自己和女仙赠答的诗《仙坛酬唱集》刊发于《大中日报》上。在他看来，振兴女学的关节点在于“只要办理得人，不偏不倚，合乎中庸，一以国粹为归宿，那是决无流弊的”。同时，他还笃信“蕊珠仙子”，并处处以其言论为行事的标准，他指出“维新固然可以，但做诗究竟不是大家闺秀所宜。蕊珠仙子也不很赞成女学，以为淆乱两仪，非天曹所喜”。这种混杂了儒家和道家以及迷信论调的思维形态显然与其所置身的新式学堂形成了错位和反差，呈现出不新不旧、亦新亦旧的图景。这种“新旧同体”的现象在《弟兄》中张沛君的身上也有体现。张沛君是一个受过新式教育的公务员，

① 鲁迅：《高老夫子》，《鲁迅全集》第2卷，人民文学出版社2005年版，第82页。

“他平时是专爱破除迷信的”。在弟弟张靖甫患病时，在中医和西医的选择上分寸大乱。他之前曾“说过几回攻击中医的话”，但还是请同寓的中医白问山来看病。“独自背了一口棺材，从大门外一径背到堂屋里去。地方仿佛是在家里，看见许多熟识的人们在旁边交口赞颂”，潜在地表明了旧的家庭观念始终在支配着他，而他在梦境中的左右为难彰明了其对于“兄弟怡怡”家庭观念的爱憎两难。

在探讨“历史对于人生的利弊”问题时，尼采曾指出，“历史的过量侵害了生命的造型的力”，由此，他提出治疗历史的病的方法是“无历史”和“超历史”。[①] 鲁迅深感国人历史记忆过于厚重的原因与传播历史观念的史书密切相关，或者可以说两者互为表里。在他看来，如果不斩断两者互相借力的链条，“戳破新盒子而露出里面所藏的旧物来”，[②] 国人很难从“老中国”的话语系统中走出来。对于传统文化思想，鲁迅体验到的实际上包括了两方面，一是传统文人错位地存在于现实生活面前，其迂腐和不合时宜有传统文化思想毒害的影响；二是错位的人性之中依然包含了特有的朴素、善良和真挚的品质，在现实生活中遭到冷遇和嘲弄。应该说，传统文化之所以倍受争议，自然与其自身存在的缺陷是分不开的，这不仅强化了鲁迅对传统文化批判和否定的态度，也激活了其内在的赓续传统文化的诉求。

二、“传统文化”的批判与“文化传统”的赓续

梳理中国文化的演变史不难发现：作为一个完整的文化实体，中国传统文化内部始终存在着“传统”与“反传统”两股相互作用的力量。在其张力结构中，反传统始终保持着旺盛的生命力而存在着，并构成了一种传统。正因为这种反传统因素的存在，传统文化才有与外来资源遇合的内在机制，进而刺激传统文化的价值重估与更新。在中西文化的对接过程中，鲁迅对于民族国家前途的忧心和反思，在当时中国知识分子中间是相当普遍的。尽管观念和思维上存在着差异，但对传统文化的省思，他们都有较为相似的价值基点，即为了拯救中国和中国人。从这种意义上说，鲁迅没有脱离中国本土文化的精神立场，而是从这种传统中延展出强大的反传统思想。

“五四”以来，清算中国传统文化的浪潮风起云涌，“打倒孔家店”“家

① [德]尼采：《历史对于人生的利弊》，姚可昆译，商务印书馆 2000 年版，第 73—74 页。

② 鲁迅：《我和〈语丝〉的始终》，《鲁迅全集》第 4 卷，人民文学出版社 2005 年版，第 176 页。

庭是万恶之源”“重估中国传统文化”等言论甚嚣尘上，中国传统文化被推到了风口浪尖，成为知识分子重估现代价值的批判对象。胡适就认为，“‘烂纸堆’里有无数无数的老鬼，能吃人”，因而他的整理国故意在“捉妖”和“打鬼”。[①] 当然，也有一些知识分子并不主张反传统文化，试图“昌明国粹”，他们坚信：“吾国数千年来，以地理关系，凡其邻近，皆文化程度远逊于我。故孤行创造，不求外助，以成此灿烂伟大之文化。先民之才智魄力，与其惨淡经营之功，盖有足使吾人自豪者。今则东西邮通，较量观摩，凡人之长，皆足用以补我之短从中国传统文化中熔铸出应对中国现代危机的合理因素，以此凸显中国的民族精神。”[②] 新儒家始终坚守伦理道德的标尺，面对着儒家文化日益陷入困境的状态，杜亚泉始终“确信吾社会中固有之道德观念为最纯粹最中心者”。[③] 鲁迅无疑属于前者，他对中国传统文化的抨击主要基于其“立人”实践的话语考虑。在他的意识中，中国传统文化已经严重地阻碍了人和社会历史的发展，如果不祛除国人身上的根深蒂固的历史惰力，用全新的价值观念去浇灌国人心灵，让他们意识到个人主体价值与国家共同体之间的深刻的关联，这样的民族和国家将很难顺应现代历史的发展，“我总还想对于根深蒂固的所谓旧文明施行袭击，令其动摇，冀于将来有万一的希望”。[④] 他深刻地揭示了中国几千年的儒教文化存在的问题，窒息了人的个性发展，也使得中国文明难以为继。这种弊病概括起来，至少有如下四个方面：一是制造了“瞒”和“骗”的大泽，二是造就了官匪合一的文化模式，三是滋养了长者本位思想，四是人吃人的前文明生态。由此，他提倡直面现实、强调民魂、倡导新生以及反对专制主义等一系列适应现代中国文化发展的主张。鲁迅非常反感国人的“返祖”思想，他觉得卑怯的听天任命观念永远无法撼动历史同一性的文明形态，“文明无不根旧迹而演来，亦以矫往事而生偏至”。[⑤] 在这里，矫枉过正的“偏至”成了鲁迅对抗强大对手的一种手段、方法。同时，他在“吃人”的社会网络中看到了“文明中国”的退化倾向：“并非将由蛮野进向文明，乃是已由文明落向蛮野。”[⑥] 这是基于鲁迅强烈的危机意识而产生的爱国情感，诚然，如果中国一味怀古，向后看，那么将很难在世界

① 胡适：《整理国故与“打鬼”》，《胡适文集》（3），人民文学出版社 1998 年版，第 431—432 页。

② 梅光迪：《评提倡新文化者》，《学衡》1922 年创刊号。

③ 杜亚泉：《战后东西文明之调和》，《东方杂志》1917 年第 14 卷第 4 号。

④ 鲁迅：《两地书·八》，《鲁迅全集》第 11 卷，人民文学出版社 2005 年版，第 32 页。

⑤ 鲁迅：《文化偏至论》，《鲁迅全集》第 1 卷，人民文学出版社 2005 年版，第 50 页。

⑥ 鲁迅：《马上支日记》，《鲁迅全集》第 3 卷，人民文学出版社 2005 年版，第 349 页。

向前发展的潮流中自保，遑论发展和更新中国文明之盛世。

晚清文学复古主义思潮参与中国现代意识的生成。章太炎提出过“用国粹激动种性”的主张[①]，但其真正目的是借用国粹来重建日益沦落的人的自觉意识，旨在强调复古汉学对于民族复兴的重要作用。应该说，现代知识分子意识到了保存和发扬国粹是抵御西方入侵的重要基石，他们冀望重振民族文化的根基来缓解民族危机。显然，这与那些整天抱着国粹而不思变革的复古派有着不同的价值取向。在对待国粹的问题上，鲁迅与章太炎的不同之处在于：鲁迅也意识到了本土性资源的整理、阐发之于现代中国的重要性，但他偏重的是以对传统文化负面性的批判来矫正文学传统的现代重建上。在鲁迅的意识中，中国人“每遇外国东西，便觉仿佛彼来俘我一样，推拒、惶恐、退缩、逃避，抖成一团，又必想一篇道理来掩饰，而国粹遂成了孱王及孱奴的宝贝”。[②] 这样一来，尽管国粹充当了表征民族文化身份的武器，但也因为其所负载的奴隶心态而折损国粹本身的价值。鲁迅看出了国粹派打着“整理国故”之名行复古之实的本质，他终其一生都在与国粹派宣战的重要原因是，国粹主义有排斥外来文化的强烈抵制意识，他们打着“国情特殊论”的旗号，宣扬着“中国与众不同，也自有中国道理。道理各各不同，一味理想，殊堪痛恨”。[③] 这无疑混杂了文化的特殊性与同一性之间的界限，也阻碍了外来优秀思想和观念的中国“移植”“化用”，在客观上也阻挡了中国文化的更新。对于国粹派上述障眼法，陈独秀、鲁迅等人均予以决绝的破除。更为严重的是，中国的特殊国情在抵制西方文化传播的同时，还将传入中国的西方资源进行了过滤和曲解。鲁迅说过：“中国人无感染性，他国思潮，甚难移植”；[④]“中国大约太老了……像一只黑色的染缸，无论加进什么新东西去，都变成漆黑”[⑤]；“每一新制度，新学术，新名词，传入中国，便如落在黑色染缸，立即乌黑一团，化为济私助焰之具”。[⑥] 为此，他断言：“我们中国本不是发生新主义的地方，也没有容纳新主义的处所，即使偶然有外来思想，也立即变了颜色。”[⑦]“无论什么主义，也扰乱不了中国，从古到今的扰乱，也不听说因

① 章太炎：《东京留学生欢迎会演说辞》，《民报》第 6 期，1906 年 7 月。

② 鲁迅：《看镜有感》，《鲁迅全集》第 1 卷，人民文学出版社 2005 年版，第 209 页。

③ 鲁迅：《随感录·三十九》，《鲁迅全集》第 1 卷，人民文学出版社 2005 年版，第 333 页。

④ 鲁迅：《200504 致宋崇义》，《鲁迅全集》第 11 卷，人民文学出版社 2005 年版，第 383 页。

⑤ 鲁迅：《两地书·四》，《鲁迅全集》第 11 卷，人民文学出版社 2005 年版，第 20 页。

⑥ 鲁迅：《偶感》，《鲁迅全集》第 5 卷，人民文学出版社 2005 年版，第 506 页。

⑦ 鲁迅：《随感录·五十九“圣武”》，《鲁迅全集》第 1 卷，人民文学出版社 2005 年版，第 371 页。

为有什么主义。”[①]鲁迅发现，当时有些人试图将“国粹”与“西学”进行融合，这原本是中国走出积贫积弱境地的好途径，但是孰不知两者的融合并非易事，毕竟这里有何者为“体”何者为“用”的问题。鲁迅道出了这种所谓融合背后所潜藏的隐忧，“闻所未闻的外国人到了；交手几回，渐知道‘子曰诗云’似乎无用，于是乎要维新。维新以后，中国富强了，用这学来的新，打出外来的新，关上大门，再来守旧。……‘西哲’的本领虽然要学，‘子曰诗云’也更要昌明。换句话说，便是学了外国本领，保存中国旧习。本领要新，思想要旧。要新本领旧思想的新人物，驼了旧本领旧思想的旧人物，请他发挥多年经验的老本领。一言以蔽之：前几年谓之‘中学为体，西学为用’，这几年谓之‘因时制宜，折衷至当’”。[②]在鲁迅的意识中，他不担心西方文化的传入会使中国本土文化“易色”或“变体”，反而是中国本土文化的强大融通功能会归化西方资源，即“化异端为正统”。他曾以科学为例，阐明了国粹文化强大的内外功能：“科学不但并不足以补中国文化之不足，却更加证明了中国文化之高深。风水，是合于地理学的，门阀，是合于优生学的，炼丹，是合于化学的，放风筝，是合于卫生学的。‘灵乩’是合于‘科学’，亦不过其一而已。”这是一种“万物皆备于我”的天下主义想象，道理不言自明，外来文化无法真正融入中国本土的机体之中，中国文化依然止于内部流动的循环中，很难真正内化外来资源的补给。

要彻底改变中国传统文化带给国人的影响，有必要借用先进的西方文化予以烛照。应该说，鲁迅“别求新声于异邦”的真正原因是为了中国传统文化的现代转换，用“新声”来烛照“老中国”的肌理，以催发国人求真向上的精神气度。鲁迅提醒国人注意不要轻易相信外国人对中国传统文化的赞誉，因为这其中可能隐藏着殖民主义的内涵，“现在听说又很有别国人在尊重中国的旧文化了，那里是真在新生呢，不过是利用！”在他看来，如果盲信这些美化中国传统文化之词，可能会陷入更深的苦痛之中，“以前，外国人所作的书籍，多是嘲骂中国的腐败；到了现在，不大嘲骂了，或者反而称赞中国的文化了。常听到他们说：‘我在中国住得很舒服呵！’这就是中国人已经渐渐把自己的幸福送给外国人享受的证据。所以他们愈赞美，我们中国将来的苦痛要愈深的！”[③]换言之，这种赞美的“他

① 鲁迅：《随感录·五十六“来了”》，《鲁迅全集》第1卷，人民文学出版社2005年版，第363页。

② 鲁迅：《随感录·四十八》，《鲁迅全集》第1卷，人民文学出版社2005年版，第352页。

③ 鲁迅：《老调子已经唱完》，《鲁迅全集》第7卷，人民文学出版社2005年版，第326页。

塑”使得国人丧失了检视自我的参照系，很容易被表面的现象所迷惑而失去文化的判断力。鲁迅批判那种“近不知中国之情，远不察欧美之实”的偏狭，[1]主张立足于中国境遇的同时还要向世界凝眸。在《文化偏至论》中，他预设了中国传统文化（古文明）、“十九世纪文明”（旧文明）、“二十世纪文明”（新文明）三个不同的文明阶段，借此不同发展阶段的图景，不难看出：当西方文化正着力向新文明迈进的时候，中国传统文化则经历着它最后的衰落。中西方发展的落差之大让鲁迅深感痛楚，而苦苦寻觅改变的契机。在鲁迅看来，以法国大革命为起点的十九世纪是一个“根柢在人”的世界，由人所驱动的“物质”世界的发展是令人侧目的，“物质文明之盛，直傲睨前此二千余年之业绩”。然而，尽管西方“十九世纪文明”业已优越于中国传统文化，但是西方“十九世界文明”自身的危机也暴露出来了，人为物质所蔽，“物欲来蔽，社会憔悴，进步以停，于是一切诈伪罪恶，蔑弗乘之而萌，使性灵之光，愈益就于黯淡”。正是如此，这也为中国的现代转型提供了新的条件：“矫十九世纪文明而起者耳。盖五十年来，人智弥进，渐乃返观前此，得其通弊，察其黯暗，于是悖焉兴作，会为大潮，以反动破坏充其精神，以获新生为其希望，专向旧有之文明，而加之掊击扫荡焉。”在新文明的引导下，“十九世纪文明”与“中国传统文明”一道成为掊击的旧物而模糊了两者质的差异。当然，这并不是说鲁迅盲视中西文明的差异，而是通过预设一个全新的文明形态，将中国文化（文明）的进程置于与西方文化（文明）“权衡校量”的平台之上。

对于文明中国的审思，鲁迅“并非想挖一块废铁古砖挟回家去，预备卖给旧货店”，[2]而是着力于对其进行创造性阐释，祛除历史的迷雾，以此推动文明中国的现代转型。为此，他推崇西方多位充满叛逆思想的摩罗诗人，如拜伦、密支威支、裴多菲、果戈理、修黎等人，“不取媚于群”“遂不怕与人群敌”，甚至以其争天抗俗的意志而不惜成为“人民公敌”。鲁迅认为这种摩罗精神为中国所缺少，将其引入中国意义巨大：“发为雄声，以起国人之新生，而大其于天下。求之华土，孰比之哉？”[3]鲁迅对西方个人思想的推崇源于他对中国传统文化中集体主义精神危害的发掘，他极力高扬那些精神界战士的出场去与由凡庸组成的黑暗势力决战。也就在这一时期，康、梁变法以及孙中山的民主共和革命均将“群治”视为他们变法

① 鲁迅：《文化偏至论》，《鲁迅全集》第1卷，人民文学出版社2005年版，第46页。

② 鲁迅：《再论雷峰塔的倒掉》，《鲁迅全集》第1卷，人民文学出版社2005年版，第202页。

③ 鲁迅：《摩罗诗力说》，《鲁迅全集》第1卷，人民文学出版社2005年版，第71页。

和革命的重心，鲁迅却深有疑虑，在他看来，“思鸠大群以抗御”的危害在于“借众以陵寡，托言众治，压制乃尤烈于暴君”。他忧虑的是统领和支配“众治”的人，如果“奔走干进之徒”“愚屯之富人”“善垄断之市侩”成了掌控者，其后果必将是“个人”成为牺牲品，国家也因而灾难重重。当然，鲁迅也不认同“独夫”或“暴君”统治。

显然，“传统文化”不等同于“文化传统”，盲目地抬高传统文化的价值而无视文化传统的现代延传的做法，鲁迅是不认同的。鲁迅始终认为，传统文化不会灭亡在变革上，而恰恰要灭亡在不变不动的保古上，越保古就越难将古保住。他还特别注意将旧传统的整体构架以及由这种结构生成的整体功能与传统内部的具体因素区别开来，在鲁迅那里，“一些具体的有益的‘文学传统’与整体的‘传统文学’，在其哲学内涵上不再是一回事。正因为如此，鲁迅从彻底否定传统旧文学的目的出发，汲取了传统文学中的反传统因素；同时，他从建设新文学的目的出发，又汲取了一切有益于新文学建设的进步的文学传统”。① 当学衡派主张用“整理国故”的方式来昌明中华民族精神时，鲁迅就意识到了其存在的负面的效应，在他看来，学衡派的考古有着“保古”的思想考虑，其结果也只是共创一个“大古董”来供外国人观赏。他指出，“‘国粹’多的国民，尤为劳力费心，因为他的‘粹’太多。‘粹’太多，便太特别。太特别，便难与种种人协同生长，挣得地位”。② 在这里，鲁迅并非否认文化传统的重要性，而是不满那些文化守成主义者沉醉于整理国故的幻梦中而忘却了文化传统的真正特质——价值重估与更新。事实上，鲁迅的反传统主张并不意味着他是一个文化虚无主义者，而是致力于传统文化负面性的批判，以其适应现代中国的发展潮流。鲁迅对以儒道互补的中国传统文化中正统思想的批判是整体性的，认为它阻碍了人的主体精神的抒张，进而使这样的国家处于静态的循环境地。他鞭辟入里地指出，“中国之治，理想在不撄”，“老子书五千语，要在不撄人心；以不撄人心故，则必先自致槁木之心”。③ 在鲁迅看来，中国正统文化推行的主旨在于“保位”，最终使国人“宁蜷伏堕落而恶进取”。如此，中国沉浸于一种失去痛感的状态中，失去了反抗与认知能力，逐渐落后于世界发展的潮流，“笃于旧习”带来的后果是“不能争

① 朱晓进：《鲁迅艺术活动的文学目的及其与传统文学的关系》，《中国社会科学》1990 年第 2 期。

② 鲁迅：《随感录·三十六》，《鲁迅全集》第 1 卷，人民文学出版社 2005 年版，第 323 页。

③ 鲁迅：《摩罗诗力说》，《鲁迅全集》第 1 卷，人民文学出版社 2005 年版，第 70 页。

存于天下”。[①] 换言之，鲁迅始终秉承“为今立计”的现实使命感去考量中国传统文化的利弊得失，呼喊精神界战士的出场来扫荡“非人”的世道，重建中国文化的现代价值。

如果能意识到批判传统文化是为了更好地赓续文化传统，那么我们就会更深刻地理解鲁迅激烈言论背后的真诚。由于传统文化不会在面临危机之时自觉地进行创造性的转变，它需要“先进的中国人”用现代思想去铸亮它。鲁迅的“取今复古”即有此意，为此，他从西方那里拿来了诸如“科学”“自由”“民主”“个性”的思想武器，这不仅促进了鲁迅思想观念的转化，也让他能更清晰地意识到传统文化所存在的问题，如果不加以改变，中国将陷入更大的危机之中。要想批判传统，必须进入历史。《故事新编》是对历史的重新叙述，是鲁迅以“通变”的历史观念打捞历史、推演历史的具体体现。在小说中，古今杂糅的笔法让历史本身以“完成”的形态出场。这种模糊的时空界限可以视为鲁迅观照传统文化与文化传统的推演。在“人”“神”“鬼”共在的场域里，鲁迅让中国传统的儒、道、墨等学说各显其能，演绎了不同的思想图景和意义世界。这些表征传统文化的圣人均陷入了现实的困境里，传统文化的思维和言论顿时“失语”，这隐喻了传统文化若想继续拥有和发挥其社会功用，就必须重新审视，增加现代的合力要素以促其转化。

鲁迅是一个具有历史感的先驱者，他没有孤立于历史之外。当鲁迅阅读中国自身的文化史时，一种莫名的“萧条”感随之而来，“人有读古国文化史者，循代而下，至于卷末，必凄以有所觉，如脱春温而入于秋肃，勾萌绝朕，枯槁在前，吾无以名，姑谓之萧条而至”。[②] 鲁迅于此分明洞悉了中国古代文明“荣华收光”的气息，而不是一些人所心向神往的文明盛景。与中国传统文明相较，鲁迅发现，国民日趋丧失原始的生命力，他认同尼采的“不恶野人，谓中有新力”的说法，然而检视当下，满目疮痍，民众生命力的委顿让其心感不安。这是从世界的范畴来深思中国文明走向衰败的眼光，它体现了鲁迅拨开历史尘雾用进化的思维观照中国传统文化的世界视野。《故事新编》正是基于追索中华民族生命力的显发和消隐的过程而创作的，在他看来，唯有激活本土文化充满生命力的因子才有重建中国民族文化的可能，而那些阻碍文化纳新的传统文化是应该革除的，

① 鲁迅：《文化偏至论》，《鲁迅全集》第 1 卷，人民文学出版社 2005 年版，第 51 页。
② 鲁迅：《摩罗诗力说》，《鲁迅全集》第 1 卷，人民文学出版社 2005 年版，第 65 页。

“恃着固有而陈旧的文明，害得一切硬化，终于要走到灭亡的路”。[1]言外之意，对于中国这样一个厚积着传统文化负累的国度，不能再依凭着传统的古老和陈旧而沾沾自喜，而应着力于传统文化的重构与再造，以适应世界发展的进化趋势。鲁迅意识到时代在发生改变，如果继续沿用过去的传统，神往于过去的辉煌文明而不能自拔，那么这必将为时代所抛弃。在他看来，“做与时代无关的文章”是不合时宜的，“韩愈苏轼的声音，而不是我们现代的声音”，为此，他主张“我们要活过来”，“我们要说现代的，自己的话”，不能泥古不化，青年们“不再说孔子孟子和韩愈柳宗元们的话”。[2]这是一种“变通”的历史眼光，这也是其“取今复古，别立新宗”观念形成的重要思想前因。

鲁迅意识到了中国“历史同一性”的怪圈，“仿佛时间的流驶独与中国无关”，传统思想和势力阴魂不散，“人心很古”。这体现了他洞悉中国社会现状的深刻性和独特性。在鲁迅的小说里，一些人始终以“历史的维护者”自居，他们用历史包裹的名分来获得个人的名利，鲁迅对其批判是非常犀利的。如《风波》里的赵七爷，辛亥革命已经推翻了中国的封建帝制，但他却始终坚守着清王朝“蓄辫”的习惯，他在临河土场的威严是怎么建立起来的呢？因为他是“三十里方圆以内唯一的出色人物兼学问家”，“有十多本金圣叹批评的《三国志》，时常坐着一个字一个字的读；他不但能说出五虎将姓名，甚而至于还知道黄忠表字汉升和马超表字孟起”。凭着“书上都一条一条明明白白写着的”道理，他镇住了临河土场乡人对他的询问。同时，他通晓许多历史掌故，这其中不乏所谓“忠君爱国”的人物故事，当外面有风吹草动的时候，他就好援引这些故事来获得话语权，效果当然很明显，“一路走来，坐着吃饭的人都站起身”。八一嫂因为说了一句“衙门里的大老爷没有告示”，惹怒了赵七爷，结果招致赵七爷恐吓，结果是“抱着孩子瑟瑟发抖”。然而，他的复辟美梦终究破灭，也只能无奈地将头发盘在头上来面对辛亥革命后的新的现实。《祝福》中的鲁四老爷也有类似的地方，鲁迅很细致地书写了鲁四老爷的书房摆设：

> 我回到四叔的书房里时，瓦楞上已经雪白，房里也映得较光明，极分明的显出壁上挂着的朱拓的大“寿”字，陈抟老祖写的；一边的对联已经脱落，松松的卷了放在长桌上，一边的还在，道是“事理通

---

① 鲁迅：《〈出了象牙之塔〉后记》，《鲁迅全集》第10卷，人民文学出版社2005年版，第269页。

② 鲁迅：《无声的中国》，《鲁迅全集》第4卷，人民文学出版社2005年版，第12—13页。

达心气和平”。我又无聊赖的到窗下的案头去一翻，只见一堆似乎未必完全的《康熙字典》，一部《近思录集注》和一部《四书衬》。①

从鲁四老爷家的摆设可以看出，他家是一个书香门第，他是当地乡绅的一个代表。然而，从鲁迅用“一堆”来修饰古书看，鲁四老爷阅读古书的能力有限并且较少翻动，从未必完全的《康熙字典》却可以窥见其未必是真正的文化人，充其量也只是附庸风雅。颇类似于鲁迅所批判的那种“做戏的虚无党”或“体面的虚无党”。② 那半幅未脱落的对联“事理通达心气和平”是儒家理学所倡导的“正心”的隐喻，深受儒家正统思想影响的鲁四老爷家里书案的设计只是一个摆设，是附庸风雅的旧式知识分子的形象。作为一位讲理学的老监生，鲁四老爷为人处世的哲学可通过其话语言说（“可恶！然而”）方式来表征，这是针对祥林嫂的婆婆而说的，前一句较有力度地阐明其道貌岸然的知识者姿态，后一句则来了一个转折，漠视了祥林嫂“非人”的际遇。他对于祥林嫂死的论定是这样的：“不早不迟，偏偏要在这时，——这就可见是一个谬种。”在他看来，祥林嫂的生命是微不足道的。他对祥林嫂死亡时间的严苛限定体现了他对传统节日祭祀的顶礼膜拜。

鲁迅很反感一些“阔人”装模作样地读经来假冒知识的权威，他认为传统的经书能教会这些阔人“怎样敷衍，偷生，献媚，弄权，自私，然而能够假借大义，窃取美名”。然而，只要他们以“卫道”和“遗老”的身份自居，就会被人视为“正人君子”。③《在现代中国的孔夫子》一文，鲁迅指出了袁世凯恢复祭孔、孙传芳复兴投壶之礼以及张宗昌重刻“十三经”等举动背后的别有用心，揭示他们用古书、“读经”装点门面后混迹于权力阶级队伍中的丑恶嘴脸。当鲁迅思维的触角延伸至中国这个文明古国之外时，中西文化的差异就此显现出来。鲁迅发现，包括俄国和欧美西方国家的“老调子”已经唱完了，随之而生的“新调子”已经吹响，而中国的“老调子”却始终阴魂不散，在吞噬着刚刚起步的新生力量。他将中国的这种历史同一性命名为“军政复古时代”。在很长的时间里，“祖传”“老例”“国粹”成为国人津津乐道的文化关键词。对此，鲁迅指出，这是一种典型的“祖先崇拜”心理。他认为，“中国人至今还有无数‘等’，还是

① 鲁迅：《祝福》，《鲁迅全集》第 2 卷，人民文学出版社 2005 年版，第 6 页。
② 鲁迅：《马上支日记》，《鲁迅全集》第 3 卷，人民文学出版社 2005 年版，第 350 页。
③ 鲁迅：《十四年的“读经”》，《鲁迅全集》第 3 卷，人民文学出版社 2005 年版，第 138 页。

依赖门第，还是倚仗祖宗”。摆“祖先阔”是“下等人”想成为“上等人”的一种策略，“‘下等人’还未暴发之前，自然大抵有许多‘他妈的’在嘴上，但一遇机会，偶窃一位……还要寻一个始祖，不是名儒便是名臣。从此化为‘上等人’”。[①]《白光》里的陈士成虽然生活在一个剪掉辫子的新时代，“凉风虽然拂拂的吹动他斑白的短发”，但他的价值观念依然是陈旧的。在落榜后的“掘藏”时，心里想的是“陈氏的祖宗是巨富的”，他并未挖到金银珠宝，只是触摸到死人的头颅。可见，祖先神话已然轰毁，其最后一点虚幻的想象也归于幻灭。《风波》里九斤老太挂在嘴边的话“一代不如一代”就是祖先崇拜的隐喻，在她的思维里，现在的东西跟过去没法比，她总记得年轻的时候“天气没有这般热，豆子也没有现在这般硬”。即使同为“长毛”，差距也很大。“从前的长毛是——整匹的红缎子裹头，拖下去，一直拖到脚跟”，而现在的却是“僧不僧，道不道的”。赵七爷更是崇古的代表，他随口而出的“典故”是其在临河土场立足的重要法宝，他常常叹息说：“倘若赵子龙在世，天下便不会乱到这地步了。”鲁迅批判传统文化的落脚点在于批判制造旧文化体制的“代言人”和“践履者”，然后在转型的视野中烛照其文化的余响及文明的落寞。

鲁迅意识到，文明的流弊在于“浸灌性灵”，丧失古朴的人性。当然，前述国民“崇古”的举动并非人性的自然抒张，而是一种病态的文化心理。鲁迅在鞭挞国民“向后看”的基础上，也警惕文明向前发展时国民古朴道德人性的迷失，这正是其“取今复古”的精神内核。前述旧文化绑架了人的本质，使很多国民成为文化的傀儡，这是鲁迅拷问“文明中国”的一个逻辑基点。尽管鲁迅并未构建一个显在的“现代”群体与“传统”进行正面交锋，但历史深层中所涌现的现代质素、视野却始终存在，它烛照了传统文化的衰败、荒谬与可笑。赵七爷、鲁四老爷、七大人等人以回光返照的姿态照见了历史之流的不可遏制。在这基础上，鲁迅并未放弃对于中国文化中有益基因的开掘与找寻，从初民社会中开掘朴素的道德人格和生命本性，以此作为其批判现实社会和价值重建的资源。他认为：“新的阶级及其文化，并非突然从天而降，大抵发达于对于旧支配者及其文化的反叛中，亦即发达于和旧者的对立中，所以新文化仍然有所承传，于旧文化也仍然有所择取。”[②] 在《故事新编》中，他塑造了“三过家门而不入”的

① 鲁迅：《论“他妈的”！》，《鲁迅全集》第1卷，人民文学出版社2005年版，第247—248页。

② 鲁迅：《〈浮士德与城〉后记》，《鲁迅全集》第7卷，人民文学出版社2005年版，第373页。

大禹（《理水》）、舍身为父报仇的眉间尺（《铸剑》）、“止楚攻宋”的墨子（《非攻》）等英雄人物。然而，他们无一例外地遭到了身边小人物的包围与纠缠，正如他在《铸剑》中写道的那样，“遇到这样的敌人，真是怒不得，笑不得，只觉得无聊，却又脱身不得”。在这里，“古性”历史化后就变成了常态的习惯。“古性伏中，时复显露……而间恤人言，则造作诸美名以自盖，历时既久，入人者深，众遂渐不知所由来，性偕习而俱变，虽哲人硕士，染秽恶焉。”[①] 无论是处于社会底层的民众，还是以知识自居的道学家，都耽溺于这种旧的文化形态中。鲁迅批判中国传统文化的真正旨归并非全盘否定中国传统文化的精髓，而是那些阻碍中国文化更新的“古性”。为此，他讽刺道：“中国人倘能努力再古一点，也未必不能有古到三皇五帝以前的希望。”[②] 他担心的是：一旦这个民族“思永保其故态”，盲视人的精神生活，全无破旧立新的意识，其后果即是“人生之道失”。

第二节 “文明中国”的思想体系与文化反思

“文明中国”是一个以文化为核心的思想体系，文化渗透于中国社会的方方面面。鲁迅对于这一体系的省思关涉到了中国精神文化的一切范畴。他每每从日常的文化现象入手，抽丝剥茧地达至文化的深层结构，推导出对于文化本质的规律性的反思。在小说中，鲁迅借助古人或现代人的思想观念和行为意向来显示中国的文化症结，进而确立其反思的价值依据和反思的方法与路径。将小说置于变动的场域进行观照是鲁迅一贯的创作风格，正如汪晖所说：“鲁迅的写作有一种拒绝抽离历史文脉的品质，一种绝不回避在具体情境中表达尖锐判断的品质，因此，如果没有对于历史文脉的实质性说明，鲁迅就有可能被纯化为抽象的心理类型或方法。”[③] 在审视中国文化的过程中，鲁迅坚守着“通变”的思维理路，一方面，以“通”显“变”，他不盲目地“笃古”或“复古”，在给中国文化去蔽的基础上加入了新的历史内涵和新变的思维观念。这既是历史发展规律使然，又有作家独特历史意识的显征；另一方面以“通”驭“变”。时代转型是指向文化更新的，历史的“变”是客观规律，如果不能通晓历史过程中“常”与

① 鲁迅：《破恶声论》，《鲁迅全集》第 8 卷，人民文学出版社 2005 年版，第 33 页。

② 鲁迅：《随感录·五十三“人心很古”》，《鲁迅全集》第 1 卷，人民文学出版社 2005 年版，第 369 页。

③ 汪晖：《反抗绝望：鲁迅及其文学世界》，北京三联书店 2008 年版，第 461 页。

“变”的纠葛、“新”与“旧”的辩难等因素，而简单廉价地谈论“变”也是有失公允的。鲁迅洞见了中国文化转型的“可能性”和“可行性”之间的错位，没有盲视文化新变的曲折与艰难，这充分显示了他深刻的历史理性精神。

一、“遗传定理”与融通古今的历史话语体系

鲁迅意识到，时代向前发展，而旧文化却死而不僵。他敏锐地认识到“过去”在“现在”中历时再现的事实，他说过：“现在的情形，和那时的何其相似，而现在的昏妄举动，胡涂思想，那时也早已有过，并且都闹糟了。”[①]“试将记五代，南宋，明末的事情的，和现今的状况一比较，就当惊心动魄于何其相似之甚，仿佛时间的流驶，独与我们中国无关。现在的中华民国也还是五代，是宋末，是明季。”[②]在他看来，现在的情形是“古来如此”或“古已有之”。

这种“共同性”和“同构性”的精神本质在于历史文化传统的集体无意识延传。因此，要揭露这种古今一贯的延传特性，有必要从历史的源头入手。鲁迅就是这样做的，“近几时我想看看古书，再来做点什么书，把那些坏种的祖坟刨一下”。[③]“菲薄古书者，惟读过古书者最有力，这是的确的。因为他洞知弊病，能‘以子之矛攻子之盾’。”[④]这种从历史源头入手的批判方法，能更有力地清算文化劣根。福柯对此理解说，“这种追求企图把握事物的确切本质及其最纯粹的可能性，还有事物所具有的保存完善的一致性；因为这种追寻假定在偶然和连贯的外部世界之前，存在着一些固定的形式。这种追寻指向‘已存在的东西’，即完全适合于其本质的原始真理形象。它必然要求撤去各种面具，最终揭示某种原始的一致性”。[⑤]起源实际包含了后继事物的“确切本质”与“纯粹的可能”，追问起源就是企图以一种抽象的“一致性”来贯穿当下与原始，以此确证当下的合法性。鲁迅意识到中国历史“一致性”的遗传特性：“昏乱的祖先，养出昏乱的子孙，正是遗传的定理。”[⑥]由此，中国的传统文化以古训的形式保留在历史中，铸成黑暗屏障，以无形的力量浸染着国民的精神。《理水》中

① 鲁迅：《这个与那个》，《鲁迅全集》第3卷，人民文学出版社2005年版，第149页。
② 鲁迅：《突然想起·四》，《鲁迅全集》第3卷，人民文学出版社2005年版，第17页。
③ 鲁迅：《350102致萧军、萧红》，《鲁迅全集》第13卷，人民文学出版社2005年版，第330页。
④ 鲁迅：《古书与白话》，《鲁迅全集》第3卷，人民文学出版社2005年版，第149页。
⑤ 江怡：《理性与启蒙——后现代经典文选》，东方出版社2004年版，第269页。
⑥ 鲁迅：《随感录·三十八》，《鲁迅全集》第1卷，人民文学出版社2005年版，第329页。

文化山的学者将禹治水能否成功的问题归结于“遗传”：

> “禹来治水，一定不成功，如果他是鲧的儿子的话”，一个拿拄杖的学者说。“我曾经搜集了许多王公大臣和豪富人家的家谱，很下过一番研究工夫，得到一个结论：阔人的子孙都是阔人，坏人的子孙都是坏人——这就叫作‘遗传’。所以，鲧不成功，他的儿子禹一定也不会成功，因为愚人是生不出聪明人来的！”
>
> “OK！”一个不拿拄杖的学者说。[①]

文化山学者的推理只看到了遗传“同质性”传承的维面，忽视了古今延传过程中的“异质性”特点。由此也就盲视了历史发展“新质”出现的可能性而陷入历史虚无主义的窠臼之中。面对历史的惯性，鲁迅始终以“从来如此，便对么？”的观点来回击旧传统对人思想的桎梏和毒害。《故事新编》没有钻入历史的故纸堆，而是“借古事的躯壳来激发现代人之应憎恨与应爱，乃至将古代与现代错综交融”，这种手法被茅盾称为“《故事新编》的鲁迅主义”。[②] 统言之，鲁迅融通古今的思维主要表现在：对历史意识的领悟不但要理解过去的过去性，更为重要的是要理解过去的现存性。过往的历史沿着时间之维和“现在”构成潜在的连锁关系，或者说，“过去”是“现在”的规约、借鉴和暗喻。

在鲁迅看来，现在的情形可概括为“古来如此”和“古已有之”。其毕生批判的国民根性在古代人物身上早有表征：《理水》中以“文化山”为中心，由学者、考察大员、官员等组成了一个庞大的看客群，这个群体与禹构成包围与被包围的关系，他们对禹的治水工作指指点点，阳奉阴违地挥霍着他的实干壮举。禹回京遭到看客的包围，他们不是出于其治水的功绩而心生感激，而是基于他在“夜里化为黄熊”的传闻，荒诞的传闻扭曲了治水英雄形象。而那个被大家逼着做“下民的代表”的人更是被鲁迅刻画得入木三分，他一脸的奴才相，先是两腿发抖地上了官家的船，没有挨打反而觉得很奇怪，当被夸为老实时，更是忘掉了下民交代的使命，一场水灾反倒让这些缺失民魂的人生活得更有滋味。当被问到灾民的生存状态时，他以一种“以善于吃苦，驰名世界的人们”自居，虽然没有粮食，但“我们是什么都弄惯了的”。对于不满的人，他表示“只有些小畜

---

① 鲁迅：《理水》，《鲁迅全集》第 2 卷，人民文学出版社 2005 年版，第 386 页。

② 茅盾：《〈玄武门之变〉序》，《茅盾全集》第 21 卷，人民文学出版社 1991 年版，第 283 页。

生还要嚷，人心在坏下去哩，妈的，我们就揍他”。《铸剑》中，眉间尺在为父复仇的路上遭遇了闲人们的包围，闲人们询问其可有姊姊之类的话让他窘迫不已。而万人空巷瞻仰“大出丧”场面更呈现了看客虚无的精神特质，他们不认同复仇者的复仇行为，几个义民还将复仇者看成是逆贼，复仇者的英雄气度淹没在无聊的取笑和麻木的观瞻中；《出关》中的老子被一群市侩包围，其“无为而不为”的思想被理解为“一有所爱，就无所不爱，那里还能恋爱，敢恋爱？”而前来听讲的书记根本无意接受老子思想的洗礼，而是纯粹地猎奇：“我是猜他要讲自己的恋爱故事，这才去听的。要是早知道他不过这么胡说八道，我压根儿就不去坐这么半天受罪”；《奔月》中，后羿遭到妻子嫦娥、黑母鸡主人、逢蒙等人的包围，主体被纠缠于名利场中而身心疲惫；《采薇》中的看客们纯粹地从自我的好奇心出发，对两人在山上吃什么、如何吃的细枝末节的问题投诸极大的热情，而对伯夷、叔齐“不食周粟”行为背后的“义”并不理解，也没有多大兴趣。这些情景何尝不是鲁迅《呐喊》《彷徨》中文化启蒙者和庸众之间对立的再现？而启蒙者被庸众攻击的现象在历史的场域中也不例外：《补天》中的女娲为创造人类而大累了一场，但换来的是人类对其的鄙夷、痛骂、冷眼甚至剿杀，最终使得她在无聊和劳累中死去。《非攻》中的墨子在成功游说楚国不再攻打宋国之后的回乡路上，先是被宋国募捐救国队募去了破包袱，又在避雨时被宋国巡兵赶开了。墨子救世人却为世人所厌，这种身份的颠倒在《起死》中也有书写。庄子使骷髅还原为壮汉，然而他的拯救却给他带来了被壮汉纠缠不休的大麻烦。对此，鲁迅写道：“豫言者，即先觉，每为故国所不容，也每受同时人的迫害，大人物也时常这样。他要得人们的恭维赞叹时，必须死掉，或者沉默，或者不在面前”；[①]“孤独的精神的战士，虽然为民众战斗，却往往反为这‘所为’而灭亡。到这样，他们这才安心了”。[②]除此之外，鲁迅一直批判的“不悟己之为奴”的国民性也能在这些古人身上找到基因，如《非攻》中对楚人精神状态的书写入木三分：“楚国要来进攻的消息，是也许已经听到了的，然而大家被攻得习惯了，自认是活该受攻的了，竟并不觉得特别。”正是对古今同构的发现让鲁迅对于“遗传的定理”有了辩证的看法：“古人做过的事，无论什么今人也都会做出来，而辩护古人，也就是辩护自己。况且我们是神州华胄，敢不‘绳其祖武’吗？”[③]

---

① 鲁迅：《无花的蔷薇》，《鲁迅全集》第 3 卷，人民文学出版社 2005 年版，第 272 页。

② 鲁迅：《这个与那个》，《鲁迅全集》第 3 卷，人民文学出版社 2005 年版，第 150 页。

③ 鲁迅：《忽然想到·四》，《鲁迅全集》第 3 卷，人民文学出版社 2005 年版，第 18 页。

关于现在对于过去的逆向作用，尼采曾提出现在的“逆动力”问题，认为在把握历史时应充分发挥现在的“追溯既往的力量”。在考究鲁迅的历史叙事问题上，伊藤虎丸认为，“历史，不是从过去的‘事实’中翻找出来的，而必须是在与‘对现实的不满’斗争中表现出来的。不是有了过去才有现在，而是有了现在才有过去”。[①] 这种思维超越了在历时框架内思考问题的局限，在现在与过去的融通语境中来辩证地认知鲁迅处理历史题材无疑是客观而公允的。早在弃医从文之初，鲁迅就表明了自己的文化取向和救国理想：“外之既不后于世界之思潮，内之仍弗失固有之血脉，取今复古，别立新宗，人生意义，致之深邃，则国人之自觉至，个性张，沙聚之邦由是转为人国。”[②] 这就是说，鲁迅想要创造的新文化，并非割断原有的传统，只是要赶上世界的潮流，同时用今天的眼光去观照历史。在审思中国传统文化的过程中，鲁迅发现“天道”思想不仅钳制了人的自由精神，而且还是文化吃人的冠冕堂皇的遮羞布。在《补天》中，女娲造出的人打着“躬行天讨”的旗号来忤逆和攻击人类的始祖；《采薇》中，毛贼小穷奇也打着“恭行天搜”的理由来打劫伯夷和叔齐。这种伎俩和鲁迅在《狂人日记》中揭露的“仁义道德”吃人的本质是一致的。《起死》中的庄子基于游戏的动机将汉子唤醒，在其身上灌输着自己的“随便主义”和“相对主义”。在这里，鲁迅融通古今，将庄子视为“做戏的虚无党”的“始祖”来书写，司命对于庄子的评价可谓一语中的：“你也还是能说不能行，是人而非神。”而楚王的赏识和局长的崇敬表征了权力阶级对其思想的接纳和欣赏，隐喻了这种滑头哲学无往而不利，占据了国民精神的高地。

在《随感录·三十八》中，鲁迅列举了很多人比照中国文明与西方文明的对话，这些人不约而同地将价值天平倒向了中国文明：“中国地大物博，开化最早；道德天下第一。”“外国物质文明虽高，中国精神文明更好。”“外国的东西，中国都已有过；……”“外国也有叫化子，——(或云)也有草舍，——娼妓，——臭虫。”“中国便是野蛮的好。”“你说中国思想昏乱，那正是我民族所造成的事业的结晶。从祖先昏乱起，直要昏乱到子孙；……(我们是四万万人,)你能把我们灭绝么？”[③] 这些看法显然是只站在中国的平台上来看中国，缺乏真正开眼看世界的视野，以至于在过

① [日]伊藤虎丸：《鲁迅、创造社与日本文学——中日近现代比较文学初探》，孙猛、徐江、李冬木译，北京大学出版社1995年版，第6页。

② 鲁迅：《文化偏至论》，《鲁迅全集》第1卷，人民文学出版社2005年版，第57页。

③ 鲁迅：《随感录·三十八》，《鲁迅全集》第1卷，人民文学出版社2005年版，第328页。

分夸大中国文明的立场上将中国孤立起来，成为一些“顺民”“遗民”心中的引以为傲的资本或武器。无独有偶，《阿Q正传》里的阿Q就是这样盲目自大的典型，他一直生活在自己的世界里，其自负和自欺的国民性被鲁迅极致地放大并予以鞭挞：

> 有人说：有些胜利者，愿意敌手如虎，如鹰，他才感到胜利的欢喜；假使如羊，如小鸡，他便反觉得胜利的无聊。又有些胜利者，当克服一切之后，看见死的死了，降的降了，“臣诚惶诚恐死罪死罪”，他于是没有了敌人，没有了对手，没有了朋友，只有自己在上，一个，孤零零，凄凉，寂寞，便反而感到了胜利的悲哀。然而我们的阿Q却没有这样乏，他是永远得意的：这或者也是中国精神文明冠于全球的一个证据了。[①]

在这里，阿Q所彰显的国民精神被鲁迅反讽为“中国精神文明冠于全球”，这种“永远得意”显然不是中国傲立于世的质素，但却是中国情境下弱者的生存哲学。鲁迅将阿Q视为“文明中国”的共名，他的名句“我们先前——比你阔多啦”不正是很多国民在鸦片战争失败后对于西方列强的社会心理写照吗？“我总算被儿子打了，现在世界真不像样”“儿子打老子”不也是很多国民面对国家危机而产生的第一反应吗？鲁迅意识到，这种祖先崇拜的心理如果不铲除，则国民将无法真正跳出狭小的圈子来认识自我与他者。当阿Q被尼姑骂为“断子绝孙”时，他感到了无后的痛苦，这是祖先崇拜的另一种体现。当然，尼姑的这种咒骂显然深受男性中心主义的影响，这种咒骂何尝又不是在骂自己呢？于是，“成为儿子的老子”是阿Q要做的一件天经地义的事情，这也推动了他去追求吴妈。而他的正式出名，则在赵太爷打他嘴巴之后，果然大家也仿佛格外尊敬他，因为赵太爷是大名人：“打嘴巴的既有名，被打的也就托庇有了名。”正是旁人的“口碑”和“舆论”编织成“又凶又怯”的眼神将阿Q置于被历史幽灵裹挟的境遇之中，至死依然无法脱身。

《孔乙己》和《白光》塑造了两个深受中国传统文化影响的知识分子——孔乙己和陈士成。孔乙己无疑是传统文化的一个典型符号，他的“之乎者也”阻碍了其与周围人的沟通，旁人用“笑”的方式来表达对其言语（“文言”）的态度。在鲁迅看来，“中国虽然有文字，现在却已经和

---

① 鲁迅：《阿Q正传》，《鲁迅全集》第1卷，人民文学出版社2005年版，第523—524页。

大家不相干，用的是难懂的古文，讲的是陈旧的古意思，所有的声音，都是过去的”。[①] 从孔乙己的文言表述可看出其是一个文化错位的符码，他的语言已经和他所在的现实是脱节的。从孔乙己兜售“回”字有四种写法这一点来看，他还是好为人师，并以此为荣的。他始终不愿脱下象征功名的又脏又破的长衫，以及当别人问他识不识字时他不屑置辩，都可以看出他对“名”的那份尊崇。这是他唯一骄傲于人，从而安身立命的精神支柱。然而，他却始终无法跻身于他向往的“学而优则仕”的世界，当旁人问他：“你当真认识字吗？”他依然不予辩驳。当旁人再诘问：“你怎的连半个秀才也捞不到呢？”孔乙己立刻显示出颓唐的神色，说的话可是之乎者也之类，别人听不懂了。对于民众来说，孔乙己只有科举合格了才是具有权威性的存在，他头脑里储存的知识本身什么权威也没有。孔乙己没有官职与经济地位，只是作为一个一文不名的读书人，置身于民众面前，这样，他的头脑中确实储存的知识的权威性就受到了质疑。[②] 在这里，鲁迅借此既反观了旁人的“凉薄”，又揭示了孔乙己深受传统文化毒害而无法替传统文化辩护的矛盾心理。孔乙己出场的四个画面，均以“笑声”收笔，表明了鲁迅的批判态度。与孔乙己极其相似的陈士成则深受“升官发财的混账思想”的毒害，为了追求“名”，而多次参加科举考试。连续十六次考不中秀才的他陷入了无穷尽的失望和虚无的精神状态中，小说并没有写他死亡的具体过程，而是放大了其临终前的精神状态和对残酷人生的感悟，“他平日安排停当的前程，这时候又像受潮的糖塔一般，刹时倒塌，只剩下一堆碎片了”。眼前飞舞的杂乱异样的阵图、回荡在他耳边的“这回又完了”冲击着他的神经，“倒塌了的糖塔一般的前程躺在他面前，这前程又是广大起来，阻住了他的一切路”。在逐“名”无望的时候，转而追求“财”，最终沉入万流湖底，结束了生命。在这里，鲁迅通过描摹孔乙己和陈士成对于传统的“文化忠效”来揭示其成为“文化殉葬品”的社会本质。

有了中西文化比照的前提，鲁迅发现19世纪西方文明所滋生的种种弊端，物质高度发展而精神逐渐缺失是其中最为主要的问题。于是，他重建了物质与精神之间的位置关系，高扬“主观之内面精神”，以“意力”为重心来重构“主观之内面”。有了改看历史的眼光，鲁迅的思想启蒙也找到了落脚点：通过整体性批判中国传统文化的弊病，重构适合中国需

① 鲁迅：《无声的中国》，《鲁迅全集》第4卷，人民文学出版社2005年版，第11页。

② [日]丸尾常岛：《“人”与“鬼”的纠葛——鲁迅小说论析》，秦弓译，人民文学出版社1995年版，第56页。

要的现代文化。在《新青年》《随感录》中的一些“短评”和“杂感”中，鲁迅“质直”地揭露中国传统文化阻碍国人现代思想形成和发展的各类现象，“你要那样，我偏要这样是有的；偏不遵命，偏不磕头是有的，偏要在庄严高尚的假面上拨它一拨也是有的”。[①]鲁迅要用这种尖刻的笔锋祛除中国传统文化蒙蔽国人视野的伎俩，在他的意识中，中国传统文化对“人”的戕害多是以隐性的方式存在的。诸如形形色色的“名目”“招牌”“样式”“自欺的希望”“美名”“幌子”等就是蒙蔽国人视听的假面：

> 我自己也知道，在中国，我的笔要算较为尖刻的，说话时也不留情面。但我又知道人们怎样地用了公理正义的美名，正人君子的徽号，温良敦厚的假脸，流言公论的武器，吞吐曲折的文字，行私利己，使无刀无笔的弱者不得喘息。倘使我没有这笔，也就是被侮辱到赴诉无门的一个；我觉悟了，所以要常用，尤其是用于使麒麟皮下露出马脚。[②]

鲁迅意识到，古老东西的可怕之处在于，它是一种“软刀子”，让人觉得其并不是有害的而丧失警惕。[③]对此，他指出：“我的习性不大好，每不肯相信表面上的事情。”[④]这既可以看作是他“多疑”性格的写照，也可以看到他对“名”的不信任。“名”泛滥的原因何在？鲁迅认为：“中国是古国，历史长了，花样也多，情形复杂，做人也特别难……”[⑤]同时，谁都不愿意点破“名”的危害，因为“有谁来揭穿的，他们反以为扫兴”，[⑥]由此各类“借名”“空名”“假名”现象屡见不鲜而难以遏制。《狂人日记》揭示的中国历史的“吃人”并非明目张胆，而是借用“仁义道德”的障眼法来执行的。这些外在虚名是他取消现实的行动、反抗的内在动因。《端午节》和《高老夫子》中的方玄绰和高尔础以名士自居，却也难以掩盖其伪善、崇名、虚荣的精神实质。方玄绰经常挂在嘴边的“差不多主义”“无是非”是他藐视实践，取消行动的最大借口。鲁迅给他的定位是“一个不

① 鲁迅：《〈华盖集续编〉小引》，《鲁迅全集》第 3 卷，人民文学出版社 2005 年版，第 195 页。

② 鲁迅：《我还不能“带住”》，《鲁迅全集》第 3 卷，人民文学出版社 2005 年版，第 260 页。

③ 鲁迅：《老调子已经唱完》，《鲁迅全集》第 7 卷，人民文学出版社 2005 年版，第 325 页。

④ 鲁迅：《两地书 · 十》，《鲁迅全集》第 11 卷，人民文学出版社 2005 年版，第 40 页。

⑤ 鲁迅：《341206 致萧军、萧红》，《鲁迅全集》第 13 卷，人民文学出版社 2005 年版，第 278 页。

⑥ 鲁迅：《马上支日记》，《鲁迅全集》第 3 卷，人民文学出版社 2005 年版，第 345 页。

肯运动，十分安分守己的人”，这与那些叛逆的反抗者有较大的差异，他一方面缺乏“和恶社会奋斗的勇气”，但另一方面又对未来充满着某种幻想，“常常喜欢拉上中国将来的命运的问题”，因而身心疲惫。高尔础是个“思想极端腐败、连高尔基的姓名都不了解的人物”，鲁迅偏让他改名高尔础，对这个好虚名的假道学，作者毫不留情地予以讽刺和调侃，给他冠以各种头衔：“高老夫子，高尔础、高老师、高干亭、老杆、础翁。”这些看似矛盾的称谓指涉同一个人，鲁迅让高老夫子在上课的时候始终感觉到有学生在吃吃地笑，眼前浮现出“半屋子都是眼睛”“许多小巧的等边三角形”“半屋子蓬蓬松松的头发”等幻觉，一个不学无术、卑鄙下流、装腔作势、附庸风雅、故作正经、热衷虚名的丑恶嘴脸暴露无遗。在《肥皂》中，鲁迅借四铭之口交代了一位针砭学生缺乏道德的“孝女”，她为瞎眼的老祖母乞讨，而自己甘愿饿肚。对于她的壮举，道学家四铭大加赞赏，并与一帮维持风化的同道题诗作赋，文题为“恭拟全国人民合词吁请贵大总统特颁明令专重圣经崇祀孟母以挽颓风而存国粹文”。然而，四铭的举动并非真正弘扬中国传统文化的国粹，而只是将那个十八九岁的“孝女”当成其潜在性意识的替代物。尽管四铭不露声色，但他对学程的苛求、对女学的谴责还是让他的这种微妙的心理被显露出来，四铭太太的话直接戳穿了他伪善的嘴脸，“你们男人不是骂十八九岁的女学生，就是称赞十八九岁的女讨饭：都不是什么好心思，‘咯支咯支’简直不要脸！”言行分离、心口不一是鲁迅发现的国民性的特质之一：“有明说要做，其实不做的；有明说不做，其实要做的；有明说做这样，其实做那样的；有其实自己要这么做，偏说别人要这么做的；有一声不响，其实倒做了的。”[①] 鲁迅借用四铭买回的“肥皂”来洗净笼罩于国民内心世界的“积年的老泥”，揪出他们冠冕堂皇外衣之下虚伪的丑态。[②]

从遗传学的角度来看，要洞悉《呐喊》《彷徨》中现代国民的劣根性，可从《故事新编》中古代人的身上寻找文化的对应点。借此融通古今的思维方法，不难发现上述国人的性格特质在《故事新编》中的古代英雄、贤士身上早已存在着此类文化基因。《采薇》中的伯夷、叔齐守着“忠孝”的美名，“不食周粟”的虚名让他们脱离时代发展的现实，盲视历史的向

① 鲁迅：《推背图》，《鲁迅全集》第 5 卷，人民文学出版社 2005 年版，第 97 页。

② 关于这一点，学界均肯定鲁迅对于假道学家潜隐性心理的揭示。尽管李长之曾认为鲁迅的性格“不适宜写都市”，认为《肥皂》的毛病在于“故意陈列复古派的罪过，条款固然不差，却不能活泼起来”。但也表明鲁迅批判传统文化隐匿的文化机制的先锋价值。（参见李长之：《鲁迅批判》，北京出版社 2003 年版，第 96 页。）

前演进，在缺乏食物的当下，丧失了生存的能力。当叔齐发现松针无法进食时，他想到苍术，“然而他只见过苍术的根，毫不知道那叶子的形状，又不能把满山的草都拔起来看一看，即使苍术生在眼前，也不能认识。心里一暴躁，满脸发热，就乱抓了一通头皮”。在这里，迂腐儒士徒有虚名的精神本质被揭露得淋漓尽致。《理水》中夸夸其谈的学者徒有虚名，众声喧哗，毫无现实作为。而前来考察民情的官吏打着为民着想的旗号，溜须拍马、中饱私囊。他们与埋头苦干的大禹形成了对照。但治水成功后，大禹的行为却发人深省：“吃喝不考究，但做起祭祀和法事来，是阔绰的；衣服很随便，但上朝和拜客时候的穿着，是很漂亮的。”他从实干到浮夸的转变历程有崇拜虚名的根性在其中作祟。至于老子、孔子、庄子等人，鲁迅认为他们也是徒有虚名，老子的“出关”、孔子的“像一呆木头”、庄子使壮汉“起死”后反而遭受他的纠缠，凡此等等都说明，他们的思想学说并不能在具体的实践中起到实际作用，只不过是获得“名”的一种手段。其实诸子百家中的各家学说，真正为民众设想的实在微乎其微。“什么百家争鸣呢？说是百家争‘名’反倒更贴切，‘以此驰名，联合诸侯’才是他们的本意。”[①] 这话看似偏激，但也颇能切中诸子百家的文化心理。鲁迅崇尚的是脚踏实地的“实干”精神，他认为：“我们从古以来，就有埋头苦干的人，有拼命硬干的人，有为民请命的人，有舍身求法的人，……虽是等于为帝王将相作家谱的所谓‘正史’，也往往掩不住他们的光耀，这就是中国的脊梁。”[②]《补天》中的女娲，《非攻》中的墨子，《理水》中的大禹，《铸剑》中的“黑色人”、眉间尺等人在现实的语境中，抛却“名”的诱惑和影响，扎实苦干、决绝反抗，用行为为自我正名，这些都是鲁迅赞赏的。

鲁迅深感旧的文化如游荡的鬼魂始终萦绕于现实人生之中，他曾引用法国社会心理学家勒朋的话来阐述：“我们一举一动，虽似自主，其实多受死鬼的牵制。将我们一代的人，和先前几百代的鬼比较起来，数目上就万不能敌了。”[③] 在上述崇名好古的文化心理主宰下，阿 Q、孔乙己、祥林嫂、鲁四老爷等人的个体生命与文化历史的界限模糊了，他们只是文化的功能性符号，旧的文化已经吞噬了他们“人”的精神品格，因而也就决定了他们宿命般的命运。更为吊诡的是，动物学专业出身、致力于反传统的

① 程世平：《文明之源——论广泛意义上的宗教》，四川人民出版社 1994 年版，第 148 页。

② 鲁迅：《中国人失掉自信力了吗》，《鲁迅全集》第 6 卷，人民文学出版社 2005 年版，第 122 页。

③ 鲁迅：《随感录·三十八》，《鲁迅全集》第 1 卷，人民文学出版社 2005 年版，第 329 页。

魏连殳却当上了历史教员，而不学无术、贪图名利的高老夫子则被安排到女校教历史。在这种思想和行为悖离的情境中，他们成为一个个被历史捆绑的时空错位者。有感于中国历史同一性的特质，鲁迅意识到只有将人从陈旧而常态的文化土壤中离析出来，站在新的历史平台上审思整个民族文化的历史与现状，掊击旧物，才能育化民族文化新生的有效机制。然而，要换用一种全新的视野与话语考量民族文化的过去与现在并不简单，上述“遗传的定理”将中国历史发展锁闭于严密的民族文化常态之中即是确证。为此，鲁迅选择了用“疯”“狂”“异”的话语来试图挣脱历史的束缚，这种与常态殊异的话语形态产生了强烈的间离效应，成为对抗“历史统一体”的话语体系。鲁迅小说狂人、疯子等孤独者谱系的营构凸显了新生话语与历史话语间的粘连、差异，重构了鲁迅融通古今的话语体系。

背负“古老的鬼魂”的鲁迅没有“断裂”传统，而是以通变的眼光来重新阐释历史。通过对历史典籍的重读和当前中国社会现实的观察，鲁迅开启了古今“文化对话”与“文化传承”的双重路径，从而化合为当前社会变革的有效资源。《狂人日记》的开篇即用“今天晚上”来与“以前的三十年”形成对照，将历时的维度拉回到“现代中国”的视域中。“没有年代”的历史成了表征狂人意识觉醒的否定性时间场态。在此新的结构中，历史遗传的惰力因这类癫狂话语反叛性而失去了绝对性，进而在“吃人”的非文明体系中而陷入被解构的境地。由此，在“可能性”替代“决定论”的机制中，鲁迅看到了改变中国现状、开启文明中国全新时代的“诞生的机运”。[①]

二、“中国脊梁”与弃名崇实的国民信仰体系

近代以来的知识分子往往将中国的落后归结于知识范式、知识传统的陈旧上，而以这种滞后的知识体系为基础的信仰结构自然跟不上现代的步伐。为此，他们着眼于“鼓民力”“启民智”，以期重建国民的信仰体系。由于对中国传统信仰传统的失望，很多知识分子几乎放弃了对中国文化内部修复的实践，而是致力于从整体置换中国信仰体系的价值重建。但是，这种中国信仰文化的重整在助力激活民族活力的同时，也容易弃置依附于中国本土文化之上的有益遗存。持守着“科学”的标尺，一些民间信仰被粗暴地打上了“迷信”“守旧”“愚昧”等标识，这种不加针砭的价值判定势必造成文化资源的浪费，也不利于新的民族信仰体系的建立。在《破恶

① 鲁迅：《〈出了象牙之塔〉后记》，《鲁迅全集》第 10 卷，人民文学出版社 2005 年版，第 270 页。

声论》中，鲁迅批判了褚民宜等“伪士”盲目打压民间自然信仰，借此他重述民间信仰的来源、本质等问题，在其意识中，民间宗教所蕴含的醇厚民俗是值得称道的，不能一概予以抹杀。而那些将民俗信仰视为迷信的人其实包藏着私利的考虑：“科学之为被，利力实其心。”[①] 在对待信仰的问题上，他推崇“白心”，主张用真诚而率真的心态去审思中国人的信仰体系。在这里，鲁迅并没有用非此即彼的思维在科学与民间宗教、信仰之间勾画绝然对立的区隔，而是在融通的平台上发掘相通性。

当然，鲁迅并没有盲视民间信仰所存在的问题。在鲁迅看来，中国传统文化遵循的是自上而下的路径，而自下而上的个体的价值被遮蔽和限制。“天人合一”尽管强调人，但最终还是导向“人合于天”的目的。儒家的“修身”观念限制了人的主体性的催发，在“唯上”与“唯他”的视界中，人的价值日趋被他人与他物所取代。鲁迅始终不放弃个人的主体精神，同时，其“人各有己”的价值内核里包含了“自他两利”的部分，即既肯定自我，也尊重他人，肯定“他人的自我”。这种观念让其不至于在个人的城堡里膨胀于无形，坠入个人主义的狭小圈子里。事实上，西方历史上文化的转型总与“我”的观念的异动与扩张有关，而中国文化“物我两忘”的美学理想却放逐了“我”该有的领地。由此，这些人就只能成为物，是没有个性、没有生命的东西。其价值也因可以随意被占有、被替代、被买卖而丧失。在鲁迅的意识里，重名轻实的文化思想是将自我意识导向沦落的酵母，是将“人”变为“非人”的有效手段。

鲁迅始终认为，中国问题很复杂，而思考中国问题的优先路径是中国人的问题，人的现代化是中国文化现代化的逻辑基点，他注重个人精神的“内曜”，倚重用人的主体性、个性、主观性来驱动中国文化的现代演进。在他看来，唯有确认人作为人的精神信仰，才能获取强大的人格意识，不为身外之物所役。在反思“民魂”“中国脊梁”的过程中，鲁迅并不认同那种虚骄自负的“民气论”：“一国当衰弊之际，总有两种意见不同的人。一是民气论者，侧重国民的气概，一是民力论者，专重国民的实力。前者多则国家终亦渐弱，后者多则将强。我想，这是很不错的；而且我们应该时时记得的”，[②]“总之，我以为国民倘没有智，没有勇，而单靠一种所谓‘气’，实在是非常危险的”；[③]“不以实力为根本的民气，结果也只能以固

① 鲁迅：《破恶声论》，《鲁迅全集》第 8 卷，人民文学出版社 2005 年版，第 32 页。

② 鲁迅：《忽然想起·十》，《鲁迅全集》第 3 卷，人民文学出版社 2005 年版，第 96 页。

③ 鲁迅：《杂忆》，《鲁迅全集》第 1 卷，人民文学出版社 2005 年版，第 239 页。

有而不假外求的天灵盖自豪，也就是以自暴自弃当作得胜”。[①]《非攻》中宋国的曹公子就是一个民气论者，他大声疾呼“我们给他们看看宋国的民气，我们都去死”。确实，在一个国家面临危机的时候，需要有更多有血性和使命感的人站出来，但如果光喊口号，一味地“赴死”，却又是不利于救国的。鲁迅借庄子之口表明自己的态度，“你去告诉他，不要弄玄虚，死并不坏，也很难，但要死的于民有利”。显然，他所呼吁的“中国脊梁”并不是遍撒于普通大众之中的“众数”与“凡庸”，而是站在民族进步、社会发展及人的现代化的高度来召唤与历史惰力、社会积习格格不入的英哲人士。他曾想作一部有关中国的英雄史 ：“我后来想到可以择历来极特别，而其实是代表着中国人性质之一种的人物，作一部中国的‘人史’，如英国嘉勒尔的《英雄及英雄崇拜》，美国亚懋生的《伟人论》那样。惟须好坏俱有，有啮雪苦节的苏武，舍身求法的玄奘，有‘鞠躬尽瘁，死而后已’的孔明，但也有呆信古法，‘死而后已’的王莽，有半当真半取笑的变法的王安石 ；张献忠当然也在内。”[②]这种对“中国脊梁”式英雄的呼吁和书写意在激活萎靡不振的国人的精神，也正是因为对中国现实的深刻认知，才能让鲁迅的创作深入腠理。鲁迅《故事新编》里的孔子、庄子、韩非子等人尽管拥有“圣人”“哲人”的超凡光环，但鲁迅并不将其视为“民族脊梁”，而其笔下的孤独者、文化反抗者具有独异的个性，但是他们在腹背受敌的内外夹击之下，放弃了之前的先锋性，这正是鲁迅反思英哲文化的重要切口。在找寻“中国脊梁”的过程中，鲁迅舍弃了人数众多的庸众，追索拥有破除历史惰力的精神界战士。在与庸众拉开距离的少数人中，“超脱于世”与“超卓于世”是应予以区别的。鲁迅所颂扬的英哲人士不止于“超脱于世”，而是再往前迈进成为“超卓于世”的拯救者的化身。鲁迅一向反感打着“隐士”之名行沽名钓誉之实的“伪士”：“隐士，历来算是一个美名，但有时也当作一个笑柄。”[③]在其意识中，这些伪士缺乏面对现实的勇气，是“新思想而仍中了‘老法子’的计”。[④]同时，他也不认可那些自诩比凡众高尚或高等的绅士，这些人尽管不屑于混迹于粗俗庸众行列，但他们的“怯弱”“不报复”“自负高雅”不足以独战众数，遑论于社会进步了。

鲁迅不信任表相，他曾指出 ：“要论中国人，必须不被搽在表面的自

① 鲁迅：《补白》，《鲁迅全集》第 3 卷，人民文学出版社 2005 年版，第 102 页。
② 鲁迅：《晨凉漫记》，《鲁迅全集》第 5 卷，人民文学出版社 2005 年版，第 248 页。
③ 鲁迅：《隐士》，《鲁迅全集》第 6 卷，人民文学出版社 2005 年版，第 231 页。
④ 鲁迅：《通讯》，《鲁迅全集》第 3 卷，人民文学出版社 2005 年版，第 26 页。

欺欺人的脂粉所诓骗，却看看他的筋骨和脊梁。自信力的有无，状元宰相的文章是不足为据的，要自己去看地底下。”[①] 因而，要真正做到推动中国社会历史发展的英哲人士，有必要祛除“名”的虚妄性，在“实”的基石上执着现在，“反省于内面者深”。鲁迅小说里的奴性人物众多，他们使得有叛逆性和反抗性的英哲人士陷入腹背受敌的困境。鲁迅期望更多的觉醒者迎难而上去撼动“铁屋子”的秩序，而不是缺乏意力躲藏起来去经营个人的私利王国。他关注国民的精神信仰建构，这既包括民族国家信仰也包括个人信仰，这种信仰以“诚”和“爱”为基础，以“信”为价值标尺，指向个人主体与国家主体的双重自觉。当然，这里的国民精神信仰不能窄化为国民的宗教信仰，而更泛指包括宗教信仰在内的人所确立的思维观念及价值原则。祥林嫂与闰土都笃信神的存在，他们尽管无法言说这种信仰到底意味着什么，或者更不清楚这种信仰是否之于自己有好处，但就是他们略显盲目的持守让我们看到了国民粗糙的灵魂及单一的信仰体系。鲁迅指出，“中国人自然有迷信，也有‘信’，但好像很少‘坚信’”。[②] 由于国民的信仰来自于日常经验，因而，“不负责任的，不能照办的教训多，则相信的人少；利己损人的教训多，则相信的人更其少。‘不相信’就是‘愚民’的远害的堑壕，也是使他们成为散沙的毒素”。[③] 他真正担忧的是那些“心夺于人，信不由己”的国民信仰状态，这种被褫夺了精神信仰的人实质上已经异化为无我的“非人”，他们是不可能成为表征现代中国的“民族脊梁”的。在忧虑国民“本根剥丧，神气彷徨”的同时，他也痛恨“做戏的虚无党”“伪士”们别有用心设置的各类名目、美名，以此来占据原本虚空的国民的精神领地。为此，他倡导在“破黮暗”的同时也要“离伪诈”，并极力呼吁“伪士当去，迷信可存，今日之急也”。[④] 像《阿 Q 正传》中那个花四块钱捐一个“柿油党的顶子”而炫耀于人的赵秀才等人，就是鲁迅痛恨并毫不留情评判的对象。

有感于国人不死不活的“待死”姿态，鲁迅呼唤“中国脊梁”人物的出场，在他看来，“中国人不但‘不为戎首’‘不为祸始’，甚至于‘不为福先’。所以凡事都不容易有改革；前驱和闯将，大抵是谁也怕得做。然而人性岂真能如道家所说的那样恬淡；欲得的却多。既然不敢径取，就只

① 鲁迅：《中国人失掉自信力了吗》，《鲁迅全集》第 6 卷，人民文学出版社 2005 年版，第 122 页。

② 鲁迅：《运命》，《鲁迅全集》第 6 卷，人民文学出版社 2005 年版，第 135 页。

③ 鲁迅：《难行和不信》，《鲁迅全集》第 6 卷，人民文学出版社 2005 年版，第 53 页。

④ 鲁迅：《破恶声论》，《鲁迅全集》第 8 卷，人民文学出版社 2005 年版，第 30 页。

好用阴谋和手段。以此，人们也就日见其卑怯了，既是‘不为最先’，自然也不敢‘不耻最后’，所以虽是一大堆群众，略见危机，便‘纷纷作鸟兽散’了。如果偶有几个不肯退转，因而受害的，公论家便异口同声，称之曰傻子。对于‘锲而不舍’的人们也一样”。[1] 总而言之，国民中弥散着一股做“顺民”的奴才气。《采薇》中有一段书写切中肯綮地写到这种集体的依附人格，周武王的人马开进商都时，“百姓都在郊外迎接，大王叫大人们招呼他们道：‘纳福呀！’他们就都磕头。一直进去，但见门上都贴着两个大字道：‘顺民’”。在这里，鲁迅无意塑造改朝换代后新国的喜庆场景，其真实目的在于鞭挞国民整体的顺民心态。《铸剑》中的国民在国王出行时争夸自己俯伏得最低，“应该采作国民的模范”。在《非攻》中，甘为奴隶已经成为被攻打国国民的普遍的心态，“楚国要来进攻的消息，是也许已经听到了的，然而大家被攻的习惯了，自认是活该受攻的了，竟并不觉得特别”。为了扭转这种缺失主体的奴隶人格，鲁迅依然不放弃重塑中国民魂的努力。墨子提倡“兼爱”，却遭到儒家人士公孙高的批判，认为兼爱意味着抹平身份，这种“无父”的观念和禽兽无二。为此，墨子予以辩驳，认为非良性的父子关系只会酿成战争，是“可怜”的学说。听说强大的楚国要攻打弱小的宋国时，他劝说楚王停止战争，主张用“爱”来互利，“所以互相爱，互相恭，就等于互相利。现在你用钩去钩人，人也用钩来钩你，你用拒去拒人，人也用拒来拒你，互相钩，互相拒，也就等于互相害了”。尽管墨子并非一个冲锋陷阵的武士，但他为民的侠士风范却是不容置疑的。“不要弄玄虚；死并不坏，也很难，但要死得于民有利！”充分体现了墨子为民请命和实干的精神信仰。在《理水》中，洪水滔天淘洗出了人的精神品格，那些阿谀奉承耽于应付上差、求写“老实堂”的下民缺乏人的精神品格，鲁迅借大员的话来予以讽喻：“百姓都很老实，他们是过惯了的。禀大人，他们都以善于吃苦，驰名世界的人们。”大禹是一个实干家，为了治水，他三过家门而不入，“我讨过老婆，四天就走……生了阿启，也不当他儿子看”。从禹太太对他的埋怨可以呈示大禹的人格，“这杀千刀的！奔什么丧！走过自家的门口，看也不进来看一下，就奔你的丧！做官做官，做官有什么好处，仔细像你的老子，做到充军”。更可贵的是，他没有固守“三年不改父之道，可谓孝矣”的观念，用“导”替代父亲“湮”的治水方法。与那些“静的好像坟山，……脸上也显出死色”的保守派不同，支持大禹用“导”来治水的人是“一排黑瘦

① 鲁迅：《这个与那个》，《鲁迅全集》第3卷，人民文学出版社2005年版，第150页。

的乞丐似的东西，不动，不言，不笑，像铁铸一样”。最终，大禹取得了治水的成功。然而，即使这些侠义精神闪耀着人性的光辉，但还是招致了来自内外双重的压制。墨子被看客包围，大禹被同化都表明了这一点。

鲁迅发现，国民信仰危机的内在根由本源于其无特操、没有信仰的目标、缺乏践行力等要素，而正是基于此，名的虚幻性趁机而入，占据了实的位置，“中国的一些人，至少是上等人，他们的对于神，宗教，传统的权威，是‘信’和‘从’呢，还是‘怕’和‘利用’？只要看他们的善于变化，毫无特操，是什么也不信从的，但总要摆出和内心两样的架子来”。[①] 因而，要建构科学合理的国民信仰必须击碎对名的盲目仰慕、信赖，将这种“伪信”纠正为对实的“信从”。鲁迅形象地用将“伸缩袋”和“跑马场”来概括国民思想意识的善变特性，“崇孔的名儒，一面拜佛，信甲的战士，明天信丁”；[②]“既尊孔子，又拜活佛者……其实是那一面都不相信的”。[③] 正是基于中国人“无特操”的“多神信仰”，养成了他们急功近利和见风使舵的习性，到头来还是“不信”或“盲从”。在与徐炳昶讨论中国的国民性问题时，鲁迅区分国民精神中的“惰性”“中庸”“天命”等概念，在他看来，卑怯是国民最为致命的弱点，正因为如此他们才会利用各种借口来随遇而安，“遇见强者，不敢反抗，便以‘中庸’这些话来粉饰，聊以自慰。所以中国人倘有权力，看见别人奈何他不得，或者有‘多数’作他护符的时候，多是凶残横恣，宛然一个暴君，做事并不中庸；待到满口‘中庸’时，乃是势力已失，早非‘中庸’不可的时候了。一到全败，则又有‘命运’来做话柄，纵为奴隶，也处之泰然，但又无往而不合于圣道”。[④] 有感于思想文化界老庄虚无主义泛滥，鲁迅创作了《出关》《起死》，小说批判了那些“徒作大言的空谈家”，他们标榜的清高在现实面前脆弱不堪，缺乏的正是介入现实的实干精神。《理水》里文化山上的学者更是空谈家的代言人，他们的空谈与大禹的实干形成了鲜明的对照。为此，鲁迅的态度是“空谈之类，是谈不久，也谈不出什么来的，它终必被事实的镜子照出原形，拖出尾巴而去”。[⑤]《明天》里的阿五“有点侠气”，当单四嫂子处理宝儿后事需要人帮忙时，他“无论如何，总是偏要帮忙”。然而，他的“帮忙”只是为了满足“趁机揩油”的私欲，其侠气就蜕变为

---

① 鲁迅：《马上支日记》，《鲁迅全集》第 3 卷，人民文学出版社 2005 年版，第 350 页。

② 鲁迅：《运命》，《鲁迅全集》第 6 卷，人民文学出版社 2005 年版，第 136 页。

③ 鲁迅：《难行和不信》，《鲁迅全集》第 6 卷，人民文学出版社 2005 年版，第 53 页。

④ 鲁迅：《通讯》，《鲁迅全集》第 3 卷，人民文学出版社 2005 年版，第 27 页。

⑤ 鲁迅：《341210 致萧军、萧红》，《鲁迅全集》第 13 卷，人民文学出版社 2005 年版，第 287 页。

流氓气了。在鲁迅的思维意识中，国民信仰体系确立的基石在于自觉抵制“俗世价值”的侵蚀，他痛恨伪善的物欲主义者，认同脚踏实地的实干精神。然而，鲁迅搜寻到的英雄或圣人皆无法免俗。于是，他在还原历史人物的“脱魅”中无形地又抽离了其重建民族信仰精神的基石，无疑这使其陷入了虚无的另一极。这在《理水》中大禹身上极致地体现出来，他埋头苦干，心系万民，是“民族脊梁”的典型代表，然而，治水成功后他却认同世俗，沉溺于俗世的权力和物欲之中。这种以世俗所支撑起来的神圣信仰无疑难以持续与恒久，这正是鲁迅所体验到的无处不在的虚无。

当我们阅读《孔乙己》和《白光》这两部小说时，主人公错位的信仰让人印象深刻。从表面上看，孔乙己和陈士成就像两个可笑的疯子，对于他人的嘲笑两人似乎丧失了痛感，而是一味地坚持自己的初衷。其对于“学而优则仕”的人生道路的选择并不能确证他们拥有信仰，他们所谓的“笃信”是一种盲从，仅停留在“我相信”的层面上，而离“我愿意相信”的认知层次还有很大的距离。[①] 他们对于目标的虚妄性缺乏深层次的认知，也不具备怀疑和质询科举取士的知识体系。也许他们害怕这种质询会摧毁他们脆弱信仰的根基，而陷入更加迷惘的境域之中。因而，他们不能成为肩负信仰的勇士，而充其量只能做一个旧信仰体系的卫道士。事实上，阿 Q 何尝不是一个信仰虚无的人，他的想法受阻后（例如，不允许他姓赵，不允许他与吴妈恋爱，不允许他革命等等）立马改变主意，心安理得地寻找借口安慰自己。他坚持做的事情并非经过理性的判断，而只是出于贪图俗世的物欲声色。在这里，鲁迅批判了缺失信仰和放逐灵魂的国民杂乱而虚无的精神世界。他关注的是个体的信仰状态，而非信仰本身的存在性质。阿 Q 等人非理性的信仰状态本身被对象化，成为无信仰的信仰者。在他看来，一个民族和国家要想步入文明的行列，有必要建构其良性的信仰体系，在超越俗世价值的基础上找寻民族向上的精神动力。

如前所述，鲁迅小说中的人物多是无名人物，这是他人剥夺其作为“我”权力的隐喻，是奴隶的标记。如果说他人的命定让奴性人物无力反抗还情有可原的话，那么他们自身的“无我”性则是不可饶恕的。鲁迅曾说过："更必须多多‘教训’那些痛心的愚劣人民，使他们变成‘有名有

① “我相信”和“我愿意相信”是西班牙学者乌纳穆诺哲学思想中两种不同层次的信仰话语，前者是较为单纯和天真的信仰，而后者是诉诸怀疑后的清醒的信仰认知。前者容易导向主体的盲从，甚至会出现信仰对象的游移不定。相对而言，经过了理性判定后的信仰会更加笃定和理性。（参见 [西] 乌纳穆诺：《生命的悲剧意识》，段继承译，花城出版社 2007 年版，第 251—255 页）。

实'。"[1]所谓"正名"就是要改变能指与所指不符的现象，它是"名实"观的应有之义。历史是一种时间性的存在，正是依托这种时间"距离"，历史才变得庄严神圣。《故事新编》的主人公多是先秦的名士、圣人、英雄，但这些有名者在为自己正名时，都陷入进退失据的困境中。昔日很有名望的射日英雄后羿（《奔月》）面临狩猎时代向农耕时代的转变，名实不符，很难适应。在这种错位的时空环境中，后羿仿佛走进了"无物之阵"，昔日的强弓利矢只能用来射乌鸦、母鸡。尽管有使女称后羿为"战士"，也有人称其为"艺术家"，但真正质疑后羿之名的是一个老太婆，她这样说道：

> "你真是枉长白大！……你究竟是谁哪？"
>
> "我就是夷羿。"……
>
> "夷羿？……谁呢？我不知道。"……
>
> "有些人是一听就知道的。尧爷的时候，我曾经射死过几匹野猪，几条蛇……。"
>
> "哈哈，骗子！那是逄蒙老爷和别人合伙射死的。……"[2]

后羿为自己正名和辩诬时，潜意识中有对昔日"名"的向往（"有些人是一听就知道的"），但现实的语境中的遭遇让他的"正名"变得没有说服力，也没有底气。《采薇》中的伯夷、叔齐是儒家"忠义"的代表人物，孔子称他们是"古之贤人"（《论语·述而》），孟子称伯夷为"天下之大老"（《孟子·离娄》）。他们为自己正名的方式是始终抱着"不食周粟"的气节，在首阳山，当小丙君和阿金姐用相同的话"'普天之下，莫非王土'难道你们在吃的薇，不是我们圣上的吗？"质问他们时，他们失语了，"好像一个大霹雳，震得他们发昏"，最终郁郁死去。他们正名失败的原因在于，他们意识到了"商王无道"，"变乱旧章，原是应该征伐的"，然而却还要"撇下祖业"，"昏弃其家国"，违背历史发展的规律，脱离现实的社会景况，一生死抱着所谓"义士"的虚名，其"正名"也在现实中找不到合法性的依据。《出关》和《起死》中的老子和庄子都是圣贤之说的传播者，智者的代表，老子给签子手、账房和书记讲其所谓"道可道""众妙之门"时，大家面面相觑，显出苦脸来，签子手打起哈欠，书记竟打起瞌

---

① 鲁迅：《"有名无实"的反驳》，《鲁迅全集》第5卷，人民文学出版社2005年版，第158页。

② 鲁迅：《奔月》，《鲁迅全集》第2卷，人民文学出版社2005年版，第375页。

睡来。从《道德经》和其他收缴物胡乱摆放的命运不难看出老子“正名”的失败。庄子救醒了汉子，汉子非但不感谢还向他索要衣服、包裹和伞，庄子用他的“彼亦一是非，此亦一是非”的理论向他解释，结果“正名”无效，在百般无奈的时候，庄子被迫吹响了警笛。可见，“有名”身份的“正名”失败说明在一个被“名”笼罩的文化空间，现实并不为主体提供自我价值和意义的条件，在这种条件下，“执着现在”也只能是一句空话。

在鲁迅看来，对名盲目的推崇和迷恋是一种顺从、妥协的思维短视；预成的肯定之中隐含着一种臆想，一味肯定和认同的过程正是消磨斗志和个性，削减多样性和特殊性的过程。在《非攻》中，墨子对儒士名实不符的批判很好地阐明了鲁迅弃名崇实的观点：“唉唉，你们儒者，说话称着尧舜，做事却要学猪狗，可怜，可怜！”鲁迅曾将日本的武士道与中国的“名教”说作过比较，认为“他们古代的武士，是先蔑视自己的生命，于是也蔑视他人的生命的”，而中国的名教捍卫者则是“自己贪生而杀人”。[①] 鲁迅终其一生以实战行为向名目抗战，但是他自己却并不能躲过名目的流弹，别有用心的人给他加上各种称谓，如“名人”“导师”“首领”等，这些在他看来都是利用名目的幌子行欺骗之实，是他愤怒和不满的。鲁迅无情地撕破梦幻的面纱，将血淋淋的事实置于现在，并强调当下之行，“要做就做，与其说明年喝酒，不如立刻喝水；待二十一世纪的剖拨戮尸，倒不如马上就给他一个嘴巴”。[②] 当主体单剩下自己真实的内心与世界相对时，外在的诱惑和虚幻的梦想也就被驱散。由此，主体是独立思考和选择、独立领会和行动着的“我”自己，而不是假冒“我”的名义，将一切交给虚名或他人来安排的“常人自己”。魏连殳（《孤独者》）在给“我”的信很能说明这一问题：“我称你什么呢？我空着，你自己愿意称什么，你自己添上去罢，我都可以的。”“你将以我为什么东西呢，你自己定就是，我都可以的。”这是魏连殳在死亡的“临界处境”时“逃名”的一种表现。鲁迅曾这样解释道：“于是比较自爱的人，一听到这些冠冕堂皇的名目就骇怕了，竭力逃避。逃名，其实是爱名的，逃的是这一团糟的名，不愿意酱在那里面。”[③] 鲁迅让生性充满叛逆和狂妄特质的“孤独者”最终走向死亡或幻灭的道路，体现了他对生死转换的理性沉思。他们的“狂”既来源于世俗的偏见，传统将其视为“狂人”；同时又有现实所逼迫生成的缘

① 鲁迅：《〈三浦右卫门的最后〉译者附记》，《鲁迅全集》第10卷，人民文学出版社2005年版，第254页。

② 鲁迅：《有趣的消息》，《鲁迅全集》第3卷，人民文学出版社2005年版，第214页。

③ 鲁迅：《逃名》，《鲁迅全集》第6卷，人民文学出版社2005年版，第409页。

故。承载了启蒙使命的孤独者们以“走回头路”的方式终结了“狂人”之名。在《狂人日记》中，鲁迅描绘了狂人的蜕变状况，但也预设了一个巨大的叙事空白，即这一“去名”过程狂人究竟经历了怎样的遭遇，他的心路历程如何，是哪些因素造成了他的蜕变？鲁迅在文本中引而不发，而这些预留的问题可在《孤独者》中找到隐匿的答案。魏连殳的绝望、自嘲与“自戕”是狂人病愈后心路历程的细叙与续写。《理水》里的大禹一改父亲治水的经验，针对旁人对其“图名”的指责，他予以驳斥，“有人说我在求名，图利。说就是了”。他始终以现实之“实”来对待治水，“我要说的是我查了山泽的情形，征了百姓的意见，已经看透实情，打定主意，无论如何，非‘导’不可！”《铸剑》中的“黑色人”不但拒绝命名，认为“义士”这样的称呼会冤枉他，“同情”的说法使他遭受侮辱，更将“仗义”“同情”这些在常人看来高尚、伟大、光荣的名称进行了审判，认为“那些东西，先前曾经干净过，现在却都成了放鬼债的资本”，“正人君子”是“新时代里精神的放债者”，他们拿走“世界上冠冕堂皇的招牌”，自称“喷泉、热与太阳”，你的被同情、产业、爱人都是他赏赐给你的，“无非要你报答一点”，否则，便用“忘恩负义”给你治罪，使你“身败名裂”。① 他看穿了“正人君子”的伎俩，也看清了那些虚名的欺骗本质，所以他说“我的心里全没有你所谓的那些，我只不过要给你报仇！”他以强烈的复仇行为与虚名抗争，独自肩着黑夜，在艰难的踯躅中走着属于自己的道路。

鲁迅“执着现在”，② 克服过去和将来时间体系中名对实的遮蔽影响，将过去和将来作为对现在阐释的一种背景，既不把过去凝固化和神圣化，也不等同于对将来任意地美化。过去与将来作为一种心理体验而被收归于现在这一时域之中，作为自然时间意义上的过去与将来都被抽出了内容，也就是说不再是一个实体性存在，仅仅代表着一种借以窥视和预测事物和现象规律的参照性时域。于是，历史不再是等待由主体之外的力量将某物填充的空虚结构，它本身成为主体体验、经验的对象，它不再是工具性的，而是属己的，自身实现着的。这也意味着将主体推至虚无的前台，没有后路可遁，唯有不断超越和前行。在这里，人的表与里、灵与肉的对立、奔突以至最后虚无的发现及和解，都得到了充分的演示。这样，不但剥去了附在实上的名的蔽晦，而且理顺了名与实的先后逻辑关系与意义建构。总

① 鲁迅：《新时代的放债法》，《鲁迅全集》第 3 卷，人民文学出版社 2005 年版，第 520—521 页。

② 鲁迅：《两地书·四》，《鲁迅全集》第 11 卷，人民文学出版社 2005 年版，第 20 页。

之，要穿透存在物的遮蔽，让本真的存在到场、显现，要求主体精神介入存在物的内部，破除名的影响和牵绊，还原一个赤诚的自我，这是鲁迅小说名实意识建构的逻辑基点。从这种意义上看，鲁迅的小说将中国人的精神信仰放置在历史演进的线索中考察，从非固定、开放的名实关系和充满问题性、未完结性的历史意蕴中生成一种深刻的现代精神，成为中国现代社会的隐喻和寓言。

第三节 “刨祖坟”与文明起源神话的消解

二十世纪的中国再也不是那个专享现代文明的唯一国度，原来那种夜郎自大的文化优势早已失去，其潜在的危机也暴露出来了。一旦“有新国林立起于西，以其殊异之方术来向，一施吹拂，块然踣傹”。[①] 这成了鲁迅叩问中国民族生存的起点。然而，想要让西方文化的现代文明融入中国也并非易事，古老中国的历史记忆和现实经验很有可能会堵塞外来思想的引入。鲁迅曾指出“中国式理想”的古老民族心理：“他们和外界毫无交涉，也不受别民族的影响，还是原始的状态。”[②] 鲁迅曾以魏晋南北朝文学为例阐明了思想自由之于接受外来“异端”思想的重要性，“因思想通脱之后，废除固执，遂能充分容纳异端和外来的思想，故孔教以外的思想源源引入。”[③] 在中西文化的并置比照中，西方极端个人主义思想对于鲁迅的影响是巨大的，他高度推崇施蒂纳的极端个人主义思想，“意盖谓一个人，其思想行为，必以己为中枢，亦以己为终极：即立我性为绝对之自由也。”[④] 应该承认，中国传统知识分子也存在着某种独立的精神，也有如屈原、陶渊明等遗世独立的文人风骨，鲁迅就曾充分肯定屈原“不与世俗为伍”的精神品质。在“道”与“势”的冲突框架中，当一些知识分子不被重用时，他们选择了顾影自怜的退隐，而当一些知识分子被朝廷重用时，他们认为这是“天下有道”的表现。这样一来，中国传统知识分子无法真正参与社会政治的“理性对话”（哈贝马斯语），他们的出世或入世在被窄化为个人与君王的关系时而缺失了公共辩论意识。为此，鲁迅采用“刨坏种的祖坟”

① 鲁迅：《文化偏至论》，《鲁迅全集》第 1 卷，人民文学出版社 2005 年版，第 45 页。

② 鲁迅：《随感录 · 五十八 人心很古》，《鲁迅全集》第 1 卷，人民文学出版社 2005 年版，第 369 页。

③ 鲁迅：《魏晋风度及文章与药及酒之关系》，《鲁迅全集》第 3 卷，人民文学出版社 2005 年版，第 525 页。

④ 鲁迅：《文化偏至论》，《鲁迅全集》第 1 卷，人民文学出版社 2005 年版，第 57 页。

的方式，从文明起源处着手，在历史演进的脉络中审视文化发展的轨迹，在拉近与古人、历史对话距离的前提下，击碎了人为所制造的历史起源神话，还原了历史的本来面貌。同时，鲁迅没有停留在消解的快感中，而是注入了更为深邃而理性的思考，以期建构出自己对于历史的创造性重述。

一、"起源"与"末日"并置：从"讲述话语"到"话语讲述"

历史是一种时间性的存在，正是依托这种时间"距离"，历史才变得庄严神圣。鲁迅之所以反对国粹主义，其原因在于国粹主义者把传统当作不可替代和神圣的东西，不思改革，不思进取。其结果也只能使国家永远处于落后、被动的局面。他说过："什么叫'国粹'？照字面看来，必是一国独有，他国所无的事物了。换一句话，便是特别的东西。但特别未必定是好，何以应该保存？譬如一个人，脸上长了一个瘤，额上肿出一颗疮，的确是与众不同，显出他特别的样子，可以算他的'粹'。然而据我看来，还不如将这'粹'割去了，同别人一样的好。"[①] 鲁迅立足于现实，他所看重的是国粹之于国家的有益方面，而不是古董的杂陈和对历史的盲从。所以鲁迅引用朋友的话说："要我们保存国粹，也须国粹能保存我们。"在他看来，这种由时间造成的神圣感会导致对历史的"误读"或"曲解"，它会把历史人物包裹得像出土文物那样，古色古香、土花斑斓，就像"鼎在周代，恰如碗在现代，我们的碗，无整年不洗之理，所以鼎在当时，一定得干干净净，金光灿烂"[②] 一样，历史本身、历史人物也不例外。于此，鲁迅认为，要塑造中国人"必须不被搽在表面上的自欺欺人的脂粉所诓骗，却看看他们的筋骨和脊梁"。[③]

鲁迅对于历史故事进行重新编写实质上是一种现代的阐释和价值重估，"在某些文化语境中，阐释是一种解放的行为"，"它是改写和重估死去的过去的一种手段"。[④]《故事新编》力图消除这种历史的时间距离，进而擦拭吸附在这种时间性和神圣性上的历史尘埃，以此来看清历史的本真面目。它所引的"故事"是中国上古神话和春秋时期诸子的事迹，这些看似是"文明碎片"的历史故事实际上勾连着中国文明起源的历史本体，是鲁迅反思文明起源的重要载体，这里既包括人类的起源（"女娲造人""后

① 鲁迅：《随感录·三十五》，《鲁迅全集》第1卷，人民文学出版社2005年，第321页。
② 鲁迅：《"题未定"草·六》，《鲁迅全集》第6卷，人民文学出版社2005年，第441页。
③ 鲁迅：《中国人失去了自信力吗》，《鲁迅全集》第6卷，人民文学出版社2005年版，第122页。
④ [美]苏珊·桑塔格：《反对阐释》，程巍译，上海译文出版社2003年版，第8—9页。

羿射日”“大禹治水”等神话传说），也囊括了中国文化思想的本源问题（“进”“退”和“显”“隐”等思想倾向）。由于中国一贯的“祖先崇拜”和重“源”轻“流”的思想，使得“起源”具有某种神圣性和绝对价值。正如恩斯特·卡西尔所说：“神话存在的一切神圣性，归根到底源于本源的神圣性。神圣性并不直接依附于既成物的内容，而是依附于它产生的过程，不依附于它的性质和属性，而是依附于它过去的创始。把某特定内容置于时间间隔之中，把它置于历史的深层之中，这样，它就不仅被确定为神圣的，具有神话和宗教意义的内容，而且也被证明的确如此。”[①] 由于人存在的习俗、惯例、社会规范约束，以及文化思想都可以从历史的源头中找到印迹，因而，历史起源对于解释事物的重要性是不言而喻的。“它常常从其本源的纯粹性和自我存在时的那一点对那一事物进行叙述，常常将那一事物的历史作为从存在的本源状态的纯粹性堕落的历史进行叙述。”[②] 于是，文明总是难免被解释为从神圣的纯粹的起源走向堕落和异化的过程。显然，这种线性的判断盲视了文明演进过程中综合性运作的复杂机制，存在着很多可质疑、可商榷的地方。因而，对文明起源的理性拷问也就很有必要。鲁迅“刨祖坟”的思想正是建立在这种认识的基础之上，具有非常大的现代性意义：一方面是要从历史的源头中找到与现实存在切近的文化基因，另一方面以中国古代的英雄、圣人的“进”“退”思想来击碎传统史观中的起源神话，以此开启对“文明中国”的反思之路，进而为其“现代中国”的构想提供话语资源。

鲁迅非常肯定神话之于一个民族文化的起源意义，“盖不知神话，即莫由解其艺文，暗艺文者，于内部文明何获焉”。[③] 他以整个人类的文化为思考点，对文化进行整体解剖，使它内化为中国乃至人类某种精神共性的象征符号。有感于中国文化“本根剥丧，神气彷徨”的现状，他要对表征文明起源的神话人物、英雄豪杰进行一次全面的考量，这种对于原初文化的想象与历史人物形象的再塑正是鲁迅小说塑造中国形象的具体表现。与此同时，鲁迅也发现了传统文化视野中神话书写的神化现象，“惟神话虽生文章，而诗人则为神话之仇敌，该当歌颂记叙之际，每不免有所粉饰，失其本来，是以神话虽托诗歌以光大，以存留，然亦因之而改易，而销歇也。如天地开辟之说，在中国所留遗者，已设想较高，而初民之本色不可

① [德] 恩斯特·卡西尔：《神话思维》，黄龙保、周振选译，中国社会科学出版社 1992 年版，第 120 页。
② [英] 马克·柯里：《后现代叙事理论》，宁一中译，北京大学出版社 2003 年版，第 91 页。
③ 鲁迅：《破恶声论》，《鲁迅全集》第 8 卷，人民文学出版社 2005 年版，第 34 页。

见，即其例矣”。[①] 由此，祛除不必要的“粉饰”，还原初民之本色，体现了鲁迅重估文明中国和精神传统的话语努力。在他看来，中国文化对神话资源的援引仅停留在“旧神的转换而无演进”的程度上，完全不适应中国文化发展的新变化。于此，为了“开出反省的道路”，鲁迅没有钻到历史的故纸堆里去撷取历史的尘埃，而是用新的视野去创造性地重塑文化，重塑历史人物形象。在《故事新编》中，《补天》是从生到死，写生命由创造到毁灭的过程，《起死》则是从死到生，写生命起死回生后的尴尬。《奔月》《理水》《非攻》《采薇》《铸剑》《出关》展现了一幅幅盛衰参半的斑驳景象，这是鲁迅审思历史、观照当下所呈现出的“文明中国”起源的阐释。在这里，文明的推进并非固定于某种既成的逻辑框架，文明演进的必然性也不直接蕴含于历史的自然时序里。具体的方法是，在历史的场域里，鲁迅让儒、道、墨各家思想粉墨登场，尽情表演，剥离前摄的价值定势，然后在世俗的人事面前接受考量。事实上，历史人物的进退失据内隐着鲁迅推导历史的逻辑：一种关涉道德与事功、信念与责任、思想与行动之联动可能性的实践构造。[②] 其作用在于，在这种结局的“落差”中反观鲁迅思想意识深处的游移、搏战及反思，有助于回到历史的现场，同时去除外在的干扰来实践古今对话。

鲁迅坦言，《补天》的目的是为了描写“性的发动和创造，以至衰亡”。[③] 在观照这种原始生命力的生发和衰亡的历程中，也开启了其对“文明中国”的检视与批判。女娲是人类的始祖，她的身上集中体现了人本有的生命强力，她“向天打了一个欠伸，天空便突然失了色”。然而，女娲这种创世举动的开启却起源于其“无聊”的心态：“觉得有什么不足，又觉得有什么太多了。”而其“恶作剧”般抟黄土所造出的人“大半呆头呆脑，獐头鼠目的有些讨厌”。在这里，创世者过于随意的心境开启了文明之流，而文明的到来却让其深陷那些“挂满了铁片和布片”的人类的咒骂和攻击之中。其补天的创世举动也被“小丈夫”的争权夺利所消解。在这里，“包了身体”（文明）的人类和“赤身裸体”（前文明）的女娲的对立体现了“生命的欲望”与“文明的压抑”的冲突。概而论之，鲁迅在《故事新编》中运用了一种“自反结构”来破解文明起源神话。这种自反结构

① 鲁迅：《中国小说史略》，《鲁迅全集》第 9 卷，人民文学出版社 2005 年版，第 18 页。

② 高远东：《论鲁迅对道家的拒绝——以〈故事新编〉的相关小说为中心》，《中国现代文学研究丛刊》2007 年第 1 期。

③ 鲁迅：《我怎么做起小说来》，《鲁迅全集》第 4 卷，人民文学出版社 2005 年版，第 527 页。

表现为价值呈现后接踵而至的是意义的缺席，而这一切在历史人物“进”与“退”的两难中体现出来。

通读《故事新编》，不难发现，这个由人、神、鬼形构的世界是如此混乱、荒诞，其基本的精神品相是回忆的废墟、历史的废墟和意义的废墟。女娲造人前的原始同一性随着人类的出现而被异化为人与物的对立以及人与人的争斗。“进取者”无一例外地以失败告终：《补天》中的女娲从梦中醒来后觉得有什么不足，又觉得有什么太多了，充沛的精力无处发泄，十分无聊，于是随便掬起带水的软泥，捏了几回，人类便诞生了。这其中，女娲与人各自拥有不相同的语言体系，女娲运用的是口语，而人却是文言。文言与白话构成了充满张力的话语系统，人所言说的文言均是被奉为经典的传统伦理教条，他们正是用这些伦理教条来反噬始祖女娲。女娲“向来没有听过这类话”，感觉“差异”和“茫然”，由于没有共同语言，话语无法传达，“言文分离”意味着女娲创世的行为难以被人类所理解。从人类在女娲的身上“安营扎寨”可以洞见到后人对始祖的“造人”创举的冷漠，女娲的造人的源头被消解为“瓦砾场”、[1]“大墓地”。[2]“造人”的女娲与“立人”的先驱者一样，都陷入了彷徨和绝望的境地。《奔月》中的后羿原是一个射日英雄，然而他一出场就被降格为一个世俗之人，遭遇了被遗忘、背叛的命运。无论他怎么努力，再也找不回当年的雄姿，成为一个类似于堂吉诃德式的错位的英雄。得知妻子弃他而去时，他对着月亮连发三箭以示复仇，然而，月亮还是“安然地悬着，发出和悦的更大的光辉，似乎毫无损伤”。最终他也冒出了“去找那道士要一服仙药，吃了好追上去”的念头，这种逃离彻底舍弃了原有的英雄本色，沦落为一个地地道道的凡夫俗子。《墨子》中的墨子成功地说服楚王放弃了攻宋计划，挽救了宋国人民的生命，然而在回到宋国后，却连遭霉运，主体的精神努力化为乌有。《铸剑》中的眉间尺和黑色人的复仇最终以一场捞头、认头的闹剧告终，复仇的庄严气氛在紧随其后的诙谐轻松的闹剧中被消解了，复仇者与不共戴天的被复仇者将要一同下葬则是对复仇者的极大嘲讽。出殡路上的闹剧演绎成看客们的狂欢节，在观葬的百姓的眼中，眉间尺和黑色人只不过是“两个大逆不道的逆贼的魂灵”。

与“进取者”以失败告终相同的是，“退隐者”同样难以摆脱其尴尬无奈的命运。鲁迅不认可打着隐士幌子而遁入盲视现实圈子的现象，“身

① 鲁迅：《再论雷峰塔的倒掉》，《鲁迅全集》第1卷，人民文学出版社2005年版，第203页。

② 鲁迅：《厦门通信》，《鲁迅全集》第3卷，人民文学出版社2005年版，第388页。

在山林，而‘心存魏阙’”，即使“登仕”不得，也仍存“征君”念想。[1]在他看来，隐匿了反抗与挑战之声的独善其身是一种消极的人生姿态，无法真正实现精神上的自由。《出关》区隔了儒家和道家的差别，一个是“走朝廷”，另一个则“走流沙”。“走朝廷”的孔子并非左右逢源，他的话确证其入世的艰难：“我研究《诗》，《书》，《礼》，《乐》，《易》，《春秋》六经，自以为很长久了，够熟透了。去拜见了七十二位主子，谁也不采用。人可真是难得说明白呵。”老子为了逃避现实，选择了出关，出关后首先面临的问题是没有水，没有面包，肚子没法填饱，一切都无从谈起，所以他的结局不是回来，重新回到他所逃避的现实中来，就是饿死，逃避的终南捷径也只能是一厢情愿的梦想。《采薇》中的伯夷和叔齐为了独善其身，他们选择了退隐，来到首阳山隐居。鲁迅深刻地揭开了两位“王道祖师而且专家”[2]的神秘面纱，让其“通体都是矛盾”的特性充分展示，进而使其深陷进退两难的困境之中。他们虽然没有回去，却也违背了当初“不食周粟”的初衷。所以当阿金姐指出薇菜也是圣上的时，仿佛给了他们当头一棒，让他们清醒过来，再也无法欺骗自己，并最终导致了他们的死亡。《起死》中的庄子救活了壮汉，但自己却无力摆脱他对自己的纠缠，庄子主张“无是非”，认为什么都应该随随便便，不可太认真。司命指责庄子“认真不像认真，玩耍不像玩耍”道出了其哲学观念的实质。然而在生存困境面前，自己是很难用这些理论来解决问题的。其中庄子对鬼魂说的一段话很值得仔细品读：

> 你们才是胡涂鬼，死了也还是想不通。要知道活就是死，死就是活呀，奴才也就是主人公。[3]

从表面上看，这是庄子“齐生死”哲学的自然演绎，是其“圆滑”与“随便”的体现。其中“奴才也就是主人公”更是值得玩味。在主奴社会中，奴才缺失了“人”的主体性，他们“不悟己之为奴”，因而主奴秩序很难转换。毕竟在相对于绝对的转换中不能忽视主体以及转换的条件。显然，庄子的这句看似游戏的话并非出于启蒙的话语考虑，而是庄子基于

① 鲁迅：《帮忙文学与帮闲文学》，《鲁迅全集》第7卷，人民文学出版社2005年版，第405页。

② 鲁迅：《关于中国的两三件事》，《鲁迅全集》第6卷，人民文学出版社2005年版，第10页。

③ 鲁迅：《起死》，《鲁迅全集》第2卷，人民文学出版社2005年版，第486页。

个人生存处境所需而生发的，隐含了鲁迅想改变主奴社会但又没有廉价想象的复杂思想。在汉子朴实简单的生存要求面前庄子最终败下阵来，汉子的话是对空洞的启蒙的极大讽喻："就是你真有这本领，又值什么鸟？你把我弄得精赤条条的，活转过来又有什么用？叫我怎么去探亲？包裹也没有了……我不相信你的胡说。"庄子难以自圆其说而狼狈逃走。在这里，庄子深奥难懂的哲学道理与汉子直白的物质追求之间存在着极大的思维鸿沟，庄子为汉子获取"重生"的价值显得空洞。这种尴尬的命运是鲁迅小说启蒙困结的重要表现，"从某种意义上说，这是鲁迅所写故事中知识分子和农民相遇又一版本的典范。知识分子引以为豪的社会责任感其实是自欺欺人，这在跨越阶级界限、一对一遭遇的过程中被揭露出来"。[①]可以说，进取者无法统和"道"与"路"，而退隐者也无路可退，这种"进""退"失据的现实动摇了中国古代"儒道互补"的文化传统，极大地颠覆了盲目迷信历史起源神话的看法。

同时，《故事新编》中历史起源神话的破解还是通过"创生"为"毁灭"替代来实现的。"创生"过程是一场伟大的历史运动的开端，由"创世"的引擎发动的时间之流，对未来充满了开放性。只有在不断的"创生"中才可以有历史的推延和人类的发展。在"创生"过程中，生命力是其中不可或缺的一个重要要素。鲁迅意识到，苦难的中华民族必须经历一次"涅槃"的再生过程，在旧的形态中植入新的文明质素，才能适应世界发展的时代潮流。这种新旧转换显然不是一蹴而就的，旧的文化惰力牵制着国人对于新事物、新人、新文化的接受过程。这诚如鲁迅所说："中国的文化，便是怎样的爱国者，恐怕也大概不能不承认是有些落后。新的事物，都是从外面侵入的。新的势力来到了，大多数的人们还是莫名其妙。"[②]《呐喊》与《彷徨》里的人物身上集结着新旧文化的双重烙印，要么不知痛痒地充当奴隶，要么被强大的反扑势力扼杀。当鲁迅将视野向前移行去找寻其历史根源时，他注目于创世人物的英雄壮举，希冀能以此烛照现实。

日本学者吉田富夫指出，从《故事新编》的人物性格上也能看出共同的特征，那就是这些人物具有的一种"孤独的阴影"和"对实践的志向"。[③]此言不假，这些历史人物并非等待命运安排的奴性人物，相反他们创生与

---

① [美]安敏成：《鲁迅的"油滑"灵感：现代中国小说的创造性要素》，符杰祥、郭满译，《东岳论丛》2015年第2期。

② 鲁迅：《现今的新文学的概观》，《鲁迅全集》第4卷，人民文学出版社2005年版，第136页。

③ [日]吉田富夫：《关于〈故事新编〉》，靳丛林、王珊珊译，《中国现代文学研究丛刊》2015年第5期。

寻路意识非常强烈，体现了文明起源时期人的不息的生命力。鲁迅意识到，在一个“不为戎首，不为祸始”的国度，鲜见有为民族国家事业而奔走相告的拓荒者，他批判那些“等死”状态的国民根性，他希望给古老中国文化注入一种积极向上的精神质素。在他看来，“人类为向上，即发展起见，应该活动，活动而有若干失错，也不要紧，唯独半死半生的苟活，是全盘失错的。因为他挂了生活的招牌，其实即引人到死路上去”。[1]《补天》是“创生”的文化寓言，创生打破了画地为牢的精神局限，意味着向一种新的可能性“上征”的意识。在小说的开头烘托了创世的恢宏背景：“粉红”天空、“绿色”浮云，忽明忽灭眨眼的星，血红云彩里如流动金球包在荒古的熔岩之中，桃红和青白色斗大杂花……这瑰丽雄奇的背景孕育着人类的创造者——女娲，她就出现于这样的色彩斑斓、神幻莫测的太古世界之中。天、地、神，皆自然而生，既相互独立，又恍若一体。在这原初的天地自然中，还尚未有人类出现，只有上古的女神。女娲吸纳万物之灵气精华，充斥着用不完的生命强力：“这纯白的影子在海水里动摇，仿佛全体都在四面八方的迸射。”女娲是原始自然生命力与生命的赋予者和创造者的人格化体现，这伟大的人类始祖，因自身生命力的丰盈，如同太阳一样，要将能量释放出去。她的“造人”“补天”行为是一场场“创生”仪式，其意义非常深远：生命之源开始孕成，历史之流已然涌动。然而，正是因为人的贪婪与世俗，创生的历史之功被彻底消解。女娲很快发现，关于创造的颂扬只是神话和远去的背影，作为人类始祖的女娲也难逃后人的忤逆和蹂躏，短暂的和谐、绚烂景象不再，剩下的是破败与衰亡。与《补天》中的女娲一样，《理水》中的大禹也是一个“创生”者，面对洪水滔天的灾害，用自己的“实干”救万民于水火，“三过其门而不入”的劲头遭致了禹太太的极大不满，她当着众人的面质问“这没良心的杀千刀”的大禹“走过自家的门口，看也不进来看一下”是“奔的什么丧”，一心要做官，最后会像他老子一样“做到充军，还掉在池子里变成大忘八”。然而，他不畏惧他人的说辞，“有人说我在求名，图利。说就是了”，也不怕学者们污蔑他是一条虫。他背负着不孝罪名，力排众议，坚定不移地用“导”代替“湮”：“我走旱路坐车，走水路坐船，走泥路坐撬，走山路坐轿。到一座山，砍一通树，和益俩给大家有饭吃，有肉吃。放田水入川，放川水入海，和稷俩给大家有难得的东西吃。东西不够，就调有余，补不足。搬家。大家这才静下来了，各地方成了个样子。”大禹治水体现了一种开拓进取

① 鲁迅：《北京通信》，《鲁迅全集》第3卷，人民文学出版社2005年版，第89页。

的民族精神，他的探路意识也是创生壮举的具体表现。鲁迅借屈原《离骚》中的名句“路漫漫其修远兮，吾将上下而求索”来勉励自己，表明了他对人生道路的理性沉思。“开辟新路”是先觉者无法回避的使命，鲁迅说过，“歧途”和“穷途”是“走人生”长途最容易碰到的难关，他的方法是“还是跨进去，在刺丛里姑且走走”。[①]也即他所说的“什么是路？就是从没路的地方践踏出来的，从只有荆棘的地方开辟出来的。以前早有路了，以后也该永远有路”。[②]然而，大禹的这种积极创生救世换来的是：“文化山”的学者们所谓的做学问、搞研究也不过是一些荒唐无聊的把戏；考察大员们则打着考察灾情的幌子，吃喝玩乐，临走还不忘搜刮民众，回去之后对灾情一字不提，却大谈“水乡沿途的风景，芦花似雪，泥水如金，黄鳝膏腴，青苔滑溜”，有人甚至说明天就挂冠归隐。直至最后，治好了大水的大禹同样难逃被世俗同化和侵蚀的命运。

应该说，这种“创生”与“毁灭”的更替相生与神话思维颇为相似，神话思维认为，在“创生”的同时，宿命也随之而至，“命运虽然展现在时间中但实质上是一种超时间的力量。而创生必须始终被理解为时间中的唯一行动，这两者之间存在着一种特殊的辩证对立”。[③]命运的力量与生成的力量的彼此纠缠是神话、传说中的原始法则。鲁迅深谙此道，从“创生”到“毁灭”，包含了他对民族历史“新生”的思考。在鲁迅的阐释历史的思维中，文明的产生依赖于创世者辛勤的劳作与耕耘，这种积聚了动能与势能的文化潮流并非成为定势，中间存在着多种可能性，甚至可能有逆转。在他看来，生命力的丧失和终结是历史起源的最主要的文化体现。与原始法则不同的是，最终后者取代和吞没了前者的存在。这无疑是对历史起源神话的消解和嘲讽，这也许就是他自称《故事新编》是“塞责”的东西的原因吧。[④]《起死》中庄子的话“活就是死”和“死就是生”始终回荡在历史的时空里，生与死在鲁迅这里是一而二、二而一的关系。

按照黑格尔“总体性的历史”的说法，历史发展呈现出一种总体性的进步趋向，其思维实质是一种线性的历史观。有关事件的产生、展示与完成都是以直线的方式存在，从而支撑着整个意义的系统，总是与末世学、意义增殖等合目的论，与内在化、某种连续性概念等合逻辑性思维相连。

① 鲁迅：《两地书·二》，《鲁迅全集》第 11 卷，人民文学出版社 2005 年版，第 16 页。

② 鲁迅：《随感录·六十六 生命的路》，《鲁迅全集》第 1 卷，人民文学出版社 2005 年版，第 386 页。

③ [德]恩斯特·卡西尔：《神话思维》，黄龙保、周振选译，中国社会科学出版社 1992 年版，第 131 页。

④ 鲁迅：《360201 致黎烈文》，《鲁迅全集》第 14 卷，人民文学出版社 2005 年版，第 17 页。

这种观念容易导入历史本质主义的陷阱，历史的流动存在于单一性的意义背景之中，前方预设的既定模式忽略了历史进程的矛盾性、复杂性，导致人的主体意识受到在场时间的形而上学的束缚或导引，主体精神世界中的多重体验与意义也因此遭到压制而失去自己的声音。这很容易导入“历史决定论”的框架和规约范畴中，即将时间的流动理解为一种因果律，相对性、偶然性等要素被剔除，一种绝对的、必然的历史规律不假思索地被想象出来。如前所述，鲁迅小说实践了古今推演的话语实践，“古已有之”与“后仍有之”的事实颠覆了线性进化的理论预设，[①]古今杂糅的模糊性特质让鲁迅深感震惊，在“知识论”与“价值论”的两歧中，确立了其重审历史文化的思维意识。“创生”与“毁灭”并在实际上就反映了鲁迅小说并不以事先认定的“事实”先验地规约作家的价值论实践，而是以一种深刻体验古今而得出的“应然”来弥补“必然”所遮蔽的历史运行的生成性形态。在此历史图景之中，人的存在形式不在于“人是人”而在于“人成为人”。同理，历史的发展形态也不在于“历史是历史”的知识论事实，而在于“历史成为历史”的价值论认定。在《铸剑》中，黑色人是一个替他人完成复仇而赴死的人，其思想集合了自我与他人的辩证关联。他的一句话确证了上述思想：

你还不知道么，我怎么地善于报仇。你的就是我的；他也就是我。我的魂灵上是有这么多的，人我所加的伤，我已经憎恶了我自己！[②]

“你的就是我的；他也就是我”包含了多元共在的思维意识，敌我的区分被弱化，复仇的行为既指向“他”，同时也指向自我。小说最后的情节更深一层体现了这一思想：眉间尺的头、王的头、黑色人的头在沸腾的鼎里相互撕咬后，最后只剩“一盘头骨，一盘须发，一盘簪”，无从分辨彼此的身份：“如果皮肉没有煮烂，那就容易辨别了。”由此，“一元”绝对的中心主义思维为“三元”相对混杂而解构，[③]最后三个头骨的“合葬”也是相对观念的具体呈现。然而，正是这种三元的混杂让眉间尺、黑色人同享了王的祭礼，他们的死也就具有终结恶的意义。更为主要的是，“大

① 鲁迅：《又是“古已有之”》，《鲁迅全集》第7卷，人民文学出版社2005年版，第239—240页。

② 鲁迅：《铸剑》，《鲁迅全集》第2卷，人民文学出版社2005年版，第441页。

③ 江弱水：《信史无证，正史毋信——〈故事新编〉的后现代议题》，《读书》2007年第12期。

出丧”时百姓对王的死表现出了冷漠，“百姓已经不看他们，连行列也挤得乱七八糟，不成样子了”。这恰恰反映了善对恶的蔑视，而远非看客心理的一种浅层次的再现。《起死》中庄子的“活就是死，死就是活，奴才也就是主人公”，“彼亦一是非，此亦一是非”等观念承认相对性，但最终导向的是“从相对中发现相对”的历史虚无主义，这种相对与绝对的失衡割裂，导致相安无事中彼此不存在支配关系但又存在区别状态的力场结构出现危机，“总体性的历史”中的意义模式演变成杂乱的非中心集合体，意义旨归遭到怀疑。这并不意味着鲁迅放弃了理性（知识）因素的作用而误入虚无的认识论窠臼，而恰恰体现了他实践理性的容扩性：不做廉价的“事实”认定，而笃信过程的“价值”选择。正如论者所言，“鲁迅也是主张‘行胜于言’的，他所质疑的问题其实并不在‘行道’而在于如何‘行道’。亦即，除了‘于行道就较为便当’的‘做官’之外，还有无其他更合理的选择？”[①] 鲁迅推演古今的深度在于，它构筑了历史意义“瞻前”或“顾后”的两难，在历史时空与现实时空的相互边缘化和“中间化”中，由“神”坠为“人”的“历史中间物”无一例外地陷入了迷惘和无聊的状态中。鲁迅清醒地意识到被“夹在中间”的处境，但他无意整饬和制衡古今张力场中各要素的冲突和作用，也无意重新确定在进化链上的位置，在历史衰败的种种景象中，一切都在循环、掺杂和吞噬。不可否定，这既是“中间物”意识的悲剧，也是历史的悲剧。

鲁迅“火中见冰”的思维特点让其不盲从于某种既定的结论，他的质疑与拷问贯穿于中国社会历史文化的深层，达至了常人难以企及的思想高度。在鲁迅看来，中国文化是一种主奴结构，中国文化内部始终存在着文化压制的现象，要么汉族文化压抑少数民族文化，要么是外族对其他民族的侵扰。为此，他深刻地洞悉到：多元并存的文化环境才是健康而理性的，“其文明是有污点的文明”。[②] 从这种意义上说，《故事新编》通过对民族不光彩历史的清理，去探寻当前文化环境存在的根由。它以人类精神的“原点”作为考察历史起源的载体，着力开掘中国民族“根谱”的文化矿藏，重构了“文明中国”的文化图景。在对“进”与“退”的文化选择、“创生”与“毁灭”的命运更迭中，鲁迅建构出了全新的历史文化观念，受蔽的历史迷雾被驱散，一种全新的重述的历史话语就应运而生：这是一个历史起源失落的时代，或者说是一个没有历史起源的时代；起源与末日的超

① 符杰祥：《“道”与“路”的千年困结——鲁迅对中国士文化传统的现代性批判》，《福建论坛》（人文社会科学版）2013 年第 2 期。

② 孙郁：《被忽视的鲁迅思想资源》，《北京晚报》2014 年 7 月 26 日。

时限并置，“讲述话语”的年代进入“话语讲述”的年代。

二、“人吃”替换“吃人”：从“生存”进入“存在”

反感于中国几千年意识形态“层累”厚积而涂饰的史传传统，在整体研究了中国传统历史小说之后，鲁迅认为以史为经的写法限制了小说创作的想象力，因而历史小说也就成了“正史之余”。为了激活附庸于正史之下的历史小说的生命力，鲁迅的新编历史小说对人们熟谙的原型形象进行了创造性的重塑，在复活原型形象的同时，又以历史推演的实践来融通古今。历史起源的史诗性在于其包孕着民族母体的发生和演变的成长历程，建构了民族寓言的整体隐喻文本，“史诗不应局限于只在一个既定场所发生的特殊事迹的有限的一般情况，而是要推广到包含全民族见识的整体”。[①]这种史诗性的民族寓言常见的呈现方式是“宏大叙事”。美国学者浦安迪认为中国叙事文学虽然缺乏西方文学那样影响深远的史诗源头，但却拥有伟大的史传传统。[②]“信实如史”（“博考文献，言必有据”）是中国历史小说创作的基本评价标准，因此，对历史真实的追求、宏大叙事的想象很容易压制作家艺术个性的展露，也限制了日常叙事中“个人言说”。《故事新编》取材于中国古代神话、传说和历史人物故事，以先秦文化和民族历史沿承为主脉，但鲁迅不是把这些神话传说或历史故事整体地搬入自己的小说，也不是要用史诗的方式再现那一段历史，更不是它们的现代白话译本，他根据的只是它们提供的一个事件，一个可以进行古今对话的现场。在谈到《故事新编》的创作时，鲁迅肯定了“庸俗”思维在其中的作用，“我是不薄‘庸俗’，也自甘‘庸俗’的”“况且‘如鱼饮水，冷暖自知’，用庸俗的话来说，就是‘自家有病自家知’罢”，并且说：“我的集子里，只剩着‘庸俗’在跋扈了。”[③]这里所说的“庸俗”，既是鲁迅对那些不理解《呐喊》真正含义的学究们的一种嘲讽，也表现出，他想要以一种有别于“宏大叙事”的“游戏笔法”来颠覆历史起源、民族起源的史诗传统。

“史诗”用黑格尔的说法是“对于以往直接的伟大的传奇人物的记忆、回想、追念，并使其在心中活着”。[④]鲁迅的这种有别于“史诗传统”的叙事方式就是“日常叙事”。“日常叙事”原本就是与“宏大叙事”并立而论

① ［德］黑格尔：《美学》第3卷下册，朱光潜译，商务印书馆1979年版，第121页。

② ［美］浦安迪：《中国叙事学》，北京大学出版社1995年版，第15页。

③ 鲁迅：《〈故事新编〉序言》，《鲁迅全集》第2卷，人民文学出版社2005年版，第354页。

④ ［德］黑格尔：《精神现象学》上，贺麟、王玖兴译，商务印书馆1979年版，第214页。

的，它又称为“小叙事”，是对重集体的、宏大的、彼岸的“大叙事”的颠覆。这种叙事方式契合了20世纪中国文学的发展趋势：从反抗专制、打破偶像的动机出发，是伴随着个体意识觉醒、私人生活空间扩大、个体得到较大程度发展而出场的，是与“个体”从“群体”中解放出来的进程紧密联系在一起的，有力地反拨了以写“大事”“奇事”为主的中国古代的“史传”传统。按照西方学者的一般说法，日常生活具有“压抑”和“颠覆”的双重特质，从表层来看，固定空间里的衣食住行司空见惯，但日常生活同时具备超越本身的可能性。而日常生活隐匿的可能性在于它具有抵制表象的东西。① 往深处研究，日常生活能异化一些人，让他们沉沦于日常生活的表层，但与此同时，它也为一些人提供了超越的可能。鲁迅对过去“故事”的重新书写会遇到一系列的叙事难题，如“叙述时间”与“所叙时间”、个人性的生命时间与文献性的历史时间、写作的主观实践性与历史的客观真实性等。如何修复和解决这些对立面相互作用所产生的隙缝和矛盾，成了改写历史或创作历史题材的作家必须要解答的难题。鲁迅所用的方法是“油滑”。这种对历史独特性的叙述如果用顾颉刚的“疑古”或胡适的“实证主义”来检视，可能有很多地方是站不住脚的。但正是这种“油滑”方式的运用，《故事新编》在思维和艺术方法上与一切道貌岸然的所谓正史，或自居为正统性、真理性的经典保持着距离，以此来打通古今。用他自己的话说即是：“这‘玩玩笑笑，寻开心’，就是开开中国许多古怪现象的锁的钥匙。”② 显然，笑不是主要目的，鲁迅也无意将历史故事改编成供人一乐的笑话，其目的依然是在揭示社会问题。关于这一点，可以从他翻译契诃夫《坏孩子和别的奇闻》的“前记”中看出：“它不是简单的只招人笑。一读自然往往会笑，不过笑后总还剩下些什么，——就是问题。”③《故事新编》对于历史、古人“不及对于今天诚敬”，用日常的词汇拆解了历史起源的史诗传统，反映了鲁迅自由游走于古今的文学笔法。关于此书，鲁迅在书信中多次自我评说是“小玩意而已”，④“游戏之作居多”，⑤ 这是他为“油滑”手法所用的障眼法，这种游戏笔法的价值在于：它表明传统史传以及其背后的古老历史的幽灵都已成为戏仿的材料，其内

① [英]本·海默尔：《日常生活与文化理论导论》，王志宏译，商务印书馆2008年版，第251页。

② 鲁迅：《“寻开心”》，《鲁迅全集》第6卷，人民文学出版社2005年版，第281页。

③ 鲁迅：《〈坏孩子和别的奇闻〉前记》，《鲁迅全集》第10卷，人民文学出版社2005年版，第445页。

④ 鲁迅：《360201致曹靖华》，《鲁迅全集》第14卷，人民文学出版社2005年版，第18页。

⑤ 鲁迅：《360229致杨霁云》，《鲁迅全集》第14卷，人民文学出版社2005年版，第41页。

在合法性荡然无存，可以被任意拆卸和组合。由于《故事新编》取材于历史，叙述时间与所叙时间之间虽存在巨大差别，但却为时间策略的运用创造了条件；由于它所援引的引语的片断性（“只取一点因由，随意点染，铺成一篇”）、理解的多样性、时间的张力性，它成为鲁迅在那个特殊的时代里运用上述叙述策略的表演。鲁迅用嘲弄叙述常规的方式彰显了他对历史书写的现代品格，也透露出他对历史的独特发现及文化反思。

“史诗”中的英雄的行为和言辞是该时代最卓越和杰出的，“史诗中的英雄摔倒在地时，他身上的甲胄也会琅琅作响”。[①]《故事新编》中日常叙事拆解宏大的史诗叙事的一个重要的表现是，让历史人物走下神坛，脱去古人身上附加的光环，还原成一个日常的人，“中国学问，待从新整理者甚多，即如历史，就该另编一部。古人告诉我们唐如何盛，明如何佳，其实唐室大有胡气，明无赖儿郎，此种物件，都须蹷其华衮，示人本相”。[②]这种“胡气”和“无赖”反而是一种文明能触摸和体验的真实的文化情境。《补天》就是其中最为突出的典范之作。在小说里，女娲造人行为不过是为了发泄多余的精力，缓解无聊的心境，“伊固然以为是自己做的，但也疑心这东西就白薯似的原在泥土里”。神圣的生命创造活动被降格为烦闷无聊的女娲发泄的产物，“单是有趣而且烦躁，夹着恶作剧的将手只是抡，愈抡愈飞速了”。这无疑从本源上否定了生命的神圣，人类只是造物主无聊时的偶然衍生物。女娲最终累死在补天中，其创造精神、深沉的爱没有得到回应，反而被人类一次次地利用。而对于秩序重整的“补天”行为，鲁迅从创世者的伟大处看出个人性的因素，女娲“恐怕那些山碰了自己的脚”，不满于“歪斜开裂的天”“没有一些可以赏心悦目的东西”，才激发其“补天”的意愿。这些无疑都颠覆了人们熟谙的原型形象的稳定内涵，代之以一种反讽的消解姿态，突出创世者的个人化、日常化的情态。这营造出的时代援引黑格尔的说法，即世界历史进入一个没有英雄，起码是没有君主的“散文”而非“史诗”的年代。[③]

“吃”是鲁迅的文学作品中重要的文化现象，如果说《呐喊》《彷徨》批判了传统道德“吃人”的社会本质，那么《故事新编》道出了整个历史都在“吃人”的精神本质。同时，“吃人”的背后存在着普遍的“人吃”

① [英]罗吉·福勒：《现代西方文学批评术语词典》，袁德成译，四川人民出版社1987年版，第83页。

② 鲁迅：《致曹聚仁》，《鲁迅全集》第12卷，人民文学出版社2005年版，第404页。

③ [德]黑格尔：《美学》第3卷下册，朱光潜译，商务印书馆1979年版，第39页。

欲望。鲁迅认为："人类有一个大缺点，就是常常要饥饿。"[①] 对此，神、圣们也不能免俗。如果将《故事新编》各篇目视为一个整体，这些历史人物都陷入了日常生活的吃的困境。"重复性思维典型地代表了日常生活内在的一般的对象化图示，……日常生活是重复性思维（实践）占主体地位的领域。"[②] 在《理水》中，鲁迅借乡下人的口说出了文明人不屑说起的常识："可恨的是愚人的肚子却和聪明人的一样：也要饿。"《故事新编》中几乎每篇都关涉到"人吃"的欲望，"吃"渗透于历史人物的思维价值、道德判断、行为选择等诸多体系之中：《补天》中有人向女娲"请赐仙药"的渴求；《奔月》中后羿耽于寻找食物，所涉及的食物有"乌鸦的炸酱面""蛇羹""炊饼""白面""甜辣酱""辣子鸡"等，嫦娥吃仙药升天了；《理水》中洪水滔天后，"文化山"的人所吃的食物是从"奇肱国"运来的食粮，下民则用榆叶和海苔做"滑溜翡翠汤"和"一品当朝羹"，前来考察民情的官吏一边吃着"松皮饼""柏叶糕""牛骨头"，一边游山玩水，洪水治好后，京师中富翁的筵席上有了"清炖鱼翅""凉拌海参"，大禹治理天下也离不开对"吃"的关注，"到一座山，砍一通树，和益俩给大家有饭吃，有肉吃。放田水入川，放川水入海，和稷俩给大家有难得的东西吃。东西不够，就调有余，补不足"；《出关》中庚桑楚取走了孔子送给老子的"腊鹅"，超脱无为的老子在出关时没有拒绝关尹喜亲自从架子上挑出一包盐，一包胡麻，十五个饽饽，在老子出关后，关尹喜冷冷的话预示着老子无法摆脱世俗吃的困境而传播其学说的命运："看他走得到。外面没有盐，面，连水也难得。肚子饿起来，我看是后来还要回到我们这里来的。"对此，鲁迅这样评价道："那《出关》，其实是我对于老子思想的批评，结末的关尹喜的几句话，是作者的本意，这种'大而无当'的思想家，是不中用的，我对于他并无同情，描写上也加以漫画化，将他送出去。"[③] 而孔子也放弃了知识者的清高，在世俗中难以施展其抱负，"孔夫子的做定了'摩登圣人'是死了以后的事，活着的时候却是颇吃苦头的。跑来跑去，虽然曾贵为鲁国的警视总监，而又立刻下野，失业了；并且为权臣所轻蔑，为野人所嘲弄，甚至于为暴民包围，饿扁了肚子"。[④]《非攻》中简朴寡欲的墨子在去说服楚王放弃攻打宋国时也要带上一大包玉米面窝头。

---

① 鲁迅：《娜拉走后怎样》，《鲁迅全集》第 1 卷，人民文学出版社 2005 年版，第 168 页。

② [匈] 阿格妮丝 · 赫勒：《日常生活》，衣俊卿译，重庆出版社 1990 年版，第 8 页。

③ 鲁迅：《360221 致徐懋庸》，《鲁迅全集》第 14 卷，人民文学出版社 2005 年版，第 36—37 页。

④ 鲁迅：《在现代中国的孔夫子》，《鲁迅全集》第 6 卷，人民文学出版社 2005 年版，第 315 页。

《起死》中庄子起死的汉子包袱里装的也是吃食：半斤白糖，二斤南枣。

关于“人吃”欲望的书写最为精彩的要数《采薇》，小说围绕着伯夷、叔齐“不食周粟”展开，他们所吃的食物有“烙饼”“姜汤”“周家的大饼”“苍术”“茯苓”，其中“薇菜”是主要的食物，做法多样，有“薇汤”“薇羹”“薇酱”“清炖薇”“原汤焖薇芽”“生晒嫩薇叶”等。由于伯夷与叔齐的与众不同，乡民纷纷到其隐居的首阳山去“参观”，这是鲁迅小说常见的“看”与“被看”的情节模态，于是，两人的“采薇”被演变成集体凝视的表演，这正是“人吃”仪式的象征性隐喻，“跟着看怎么采，围着看怎么吃，指手画脚，问长问短，令人头昏。而且对付还须谦虚，倘使略不小心，皱一皱眉，就难免有人说是‘发脾气’”。对于这些看客而言，当新鲜感过去后就只剩下无聊，“说是‘不好看’，上了一个大当”。被当为“古董”“名人”或“怪物”的伯夷、叔齐最终连采薇的权利也被剥夺时，只能饿死。然而，他们的死却再次引来前来观瞻的看客群，“又轰动了一批来看的人，来来往往，一直闹到夜”。更具反讽意味的是，伯夷和叔齐对“不食周粟”信誓旦旦，但他们也抵挡不住食物的诱惑，“蹲在石壁下，正在张开白胡子的大口，拚命地吃鹿肉”。从一般的文学叙事来看，圣人、始祖、战士等人常被书写成超脱凡俗的形象，但《故事新编》里的古人却并不是这样，鲁迅为什么要改变这种书写传统呢？在这里，这种历史人物的还原体现了鲁迅对于日常生活的充分肯定，他要在世俗的基础上来考量曾被世人神化的古代人物。在鲁迅看来，“战士的日常生活，是并不全部可歌可泣的，然而又无不和可歌可泣相关联，这才是实际上的战士”，将日常的细节看作是“生活的渣滓”和“删夷枝叶的人，决定得不到花果”。[①] 显然，物质生活对于人的精神有着较大的影响，在“人吃”这一凡俗的物质生存中，鲁迅将精神尺度置于“沉重的肉身”之上，以此检视那些被塑造出来的古人形象。

在《呐喊》与《彷徨》里，鲁迅揭示了老中国“吃人”的社会本质，这是“文明中国”里一种畸形的野蛮现象。值得注意的是，只有“人”的发现启动以后，才有“吃人”的发现。因为在人还不成人的价值基点上，是不可能获取吃人的现代知识的。在吃人的“人肉宴席”中，中国文化及社会历史发展处于休克和退化的状态。在“吃人”抽象化的叙事中，鲁迅将中国文化的整体形态具象化为类似于神话传说的怪兽饕餮。为此，他呼吁精神界战士毁掉“铁屋子”，毅然拒绝这种文化基因的现实传承。然而，

---

① 鲁迅：《这也是生活》，《鲁迅全集》第 6 卷，人民文学出版社 2005 年版，第 624—626 页。

这并非易事。而且他还担心旧的“铁屋子”破毁后可能又不经意间制造了新的“铁屋子”。在历史同一性的逻辑中，鲁迅在历史人物身上找到了民族根性的源头。这其中包含了“好面子”“看客心理”“奴性”“怯弱”“自负”等负面基因。于是，在推演古今的框架内，鲁迅横向地打通了中国文化的间隔，“顺向”与“逆向”地审视人、社会与历史，将有规律的历史本质呈现于读者面前。到了《故事新编》，鲁迅去掉了圣人身上的光环，在“人吃”的困境里还原为平凡的人、多数的人。

应该说，鲁迅小说将“人吃”与“吃人”问题统和起来，从人的“生存”境遇着眼，进而拓展到“存在”议题的形而上的抽象反思，这是一种从表象到本质，又从本质出发回到现象当中去的思维逻辑。质言之，从存在之维切入“人”与“国”的范畴是理解鲁迅小说建构中国形象的要径。人的存在如果仅限于物质性的存在，那么其背后的意义就会被抽空。对此赫舍尔认为：“人的存在从来就不是纯粹的存在。它总是牵涉到意义。意义的向度是做人所固有的……人甚至在尚未认识到意义之前就同意义有牵连。他可能创造意义，也可能破坏意义；但他不能脱离意义而生存。”[①] 从日常的“吃”上升到经济、历史、伦理、政治、人际关系等社会深层结构的思考，是鲁迅新编历史故事的意义旨归。“吃”是人“身体”机能所必须的一种生理活动，鲁迅曾把中华民族容纳异域文明的气度之大小比作胃口之强弱。[②] 尽管其著作中也不乏众多的身体语言，但就鲁迅对“身体”和“精神”的价值取向而言，他更关注“精神”启蒙和思想解放，其早期“掊物质而张灵明”的思想以及“弃医从文”的选择都能说明这一点。《故事新编》从人出发，又回到人自身。这一过程淡化了人之于历史的意义赋值及历史之于人的理性规定，历史现场被还原为日常人性舒展的领地。在这个领域中，人关注自身，审视自身，改造自身，从而达到提升人性的目的。同时依然流露出鲁迅从肉体的拷问向精神升华的文化思考：当精神虚无后剩下的也只有身体的生理欲求，当人将整个一生指向“撮食”等日常诉求时，精神就成为奢侈品，历史的流动性也就完结了。

《起死》寓言式地书写出了“知识”遭遇“食色”后而隐退的现象：庄子将沉睡的汉子唤醒，汉子张口“吃饭穿衣”，而庄子则满嘴“知识”，然而“知识”无法说服汉子，反而因为“吃饭穿衣”的问题使得庄子仓皇逃遁。在鲁迅看来，如果在不解决生存的世俗问题的前提下空谈所谓思想及知识是不现实的，让古人去践行自己的学说或理想也只是一个幻梦。

---

① [美]赫舍尔：《人是谁》，隗仁莲译，贵州人民出版社 1994 年版，第 46 页。

② 鲁迅：《看镜有感》，《鲁迅全集》第 1 卷，人民文学出版社 2005 年版，第 211 页。

《奔月》中后羿陷入了“吃”的困境，找不到食物来取悦嫦娥的他英雄无用武之地。当他意识到自己的尴尬境地时，后羿想到的不是自己，而是嫦娥，“我呢，倒不要紧，只要将那道士送给我的金丹吃下去，就会飞升。但是我第一先得替你打算”。然而，出人意料的是嫦娥却瞒着后羿，偷吃金丹飞天了。在这里，我们分明看到了处于英雄末路的后羿从身心两方面深陷与社会、他人之间的隔绝状态之中，他的绝望超越了肉身饥饿，而更是精神上的绝望。鲁迅说过，“我的作品，太黑暗了，因为我常觉得惟‘黑暗与虚无’乃是‘实有’”，[①]后羿的生存境遇已被黑暗与虚无置换成一个空洞的外壳，当下的行为的方向性被阻塞，于是产生了一种找不到立足点而漂浮的极境困惑。原本觉得自己依然保有英雄之名和升天保障的后羿“似乎觉得，自己一个人被留在地上了”。可贵的是，后羿没有在虚无之中绝望，他对着虚妄的“无物之阵”举起了他的弓箭，“他一手拈弓，一手捏着三枝箭，都搭上去，拉了一个满弓，正对着月亮。身子是岩石一般挺立着，眼光直射，闪闪如岩下电，须发开张飘动，像黑色火，这一瞬息，使人仿佛想见他当年射日的雄姿”。就在这一刻，后羿这位原本过气的英雄再一次获致“英雄的现时”：“它视现时为一个常常处于危机状的时代，这个时代要求人们进行斗争，这种斗争无疑比不上昔日显赫一时的战士所进行的战斗那么享有盛名，但它并不比后者缺乏英雄气概。”[②]这也印证了鲁迅一贯的“反抗绝望”的精神价值，“因为我终于不能证实：惟黑暗与虚无乃是实有”。[③]鲁迅肯定绝望与希望之间转换的可能性，但他并不以此宣扬希望就在眼前，他不是廉价的希望的宣言者。后羿对月射箭的举动并没有确证其可以脱离所置身的“人吃”困境，他依然抵挡不住吃的欲望，甚至要找道士再得一服仙药，去追随妻子。由此可见，鲁迅将人的生存体验设置为“虚无”与“实有”两种境地，两者相互冲突，但也存在转换的可能，但这种转换又必须沉入现实的生存境遇才能启动。可见，鲁迅在这里既有解构又有建构，《故事新编》不仅不是鲁迅晚年游戏笔墨之作，与此相反，它昭示出鲁迅在生命弥留之际对中国文化、国民性改造、启蒙等问题的进一步思考。

鲁迅将“食色”问题置于“知识”之前，看似是将公共议题向私人领域倾斜，实质上却没有将两者绝然地疏离，而是回到了人的起点，回到了最为根本的生存境遇问题上来。《端午节》《幸福的家庭》《伤逝》等小说

---

① 鲁迅：《两地书·四》，《鲁迅全集》第11卷，人民文学出版社2005年版，第21页。
② [法]伊夫·瓦岱：《文学与现代性》，田庆生译，北京大学出版社2001年版，第57页。
③ 鲁迅：《两地书·四》，《鲁迅全集》第11卷，人民文学出版社2005年版，第21页。

已经昭示了日常生活对于知识分子精神解构的力量。无论是方玄绰、“他”，还是涓生、子君，他们都是知识者，能对当前的问题进行学理分析，这种“自知之明”反而让其陷入了清醒而彷徨的苦痛中。于是，日常生活对于精英主义的持续抗衡贯穿于文本的始终，渗入于启蒙思想实践的各个环节，成为文本内外胶着的张力冲突。在这里，鲁迅提醒国民的是，知识学理的推演和反思必须以现实生活的境遇为基础，离开日常生活的学理无异于廉价地营造幻梦。而他们的悔恨与彷徨也接续了魏连殳、吕纬甫等文化反抗者的精神苦闷，昭示了现代知识分子“社会改造”与“自我改造”过程中的聚合与分裂，演绎了两难情境下知识分子的精神心史。

结　语

任何一个民族在推进其文学实践的进程中都会有精神资源的滋养，精神资源集中代表了特定时代民族文化的精神，并对后续历史演进产生深远影响，引领时代风尚的潮流。在 20 世纪中国文学史中，无论是历史的文化积淀还是理性的批评精神，鲁迅在 20 世纪的中国都是独一无二的存在。他不仅引领了特定历史文化语境中民族文学的现代化潮流，而且成为中国现代思想文化中无可争议的重要精神资源，并辐射至其他领域之中。可以这样理解，“鲁迅不是一般意义上的文化传播者、社会现实的记录者，而是具有民族思想源泉性的文学家和思想家”。[1] 与中国现代文学史上的其他作家为现代学术展现的精神现象不同，鲁迅为现代学术乃至现代文化提供的是丰富的精神资源。

“形象学”研究始终以异国形象为观照点，是一种“社会集体想象物”。[2] 形象学并不是异国现实的复制品，它不是“一味探究形象的‘真实’程度及其与现实的关系”，而重点研究“支配一种文化的所有动力线”。[3] 显然，形象学研究离不开自我与他者的复杂关联。对于中国形象的研究，应重视“他塑”与“自塑”的结合。鲁迅小说的中国形象建构就是以“自塑”的方式表述的，这意味着形象塑造“主体”（鲁迅）及被塑造对象（中国）的双向互动被强化。对于中国本土文化孕育出的作家鲁迅而言，他切身的中国体验超越了外国人缺席的想象所附加的成分，其凝视的对象（中国社会及中国人）与鲁迅之间的互动性也更加切近现代中国社会及文化的转型语境。鲁迅作为 20 世纪中国文学里程碑式的作家，他对“中国”问题的思考是和他超越常人的生命体验和现实反思密切相关的。鲁迅

① 朱寿桐：《鲁迅精神资源的确认》，《鲁迅研究月刊》2002 年第 6 期。

② [法]莫哈：《试论文学形象学的研究史及方法论》，《比较文学形象学》，孟华主编，北京大学出版社 2001 年版，第 24 页。

③ [法]巴柔：《从文化形象到集体想象物》，《比较文学形象学》，孟华主编，北京大学出版社 2001 年版，第 122—123 页。

小说里独特的乡村氛围、典型的国民序列以及融合历史和现实人生经验的主题意蕴均是研究者津津乐道的话题。在谈及小说创作时，鲁迅说："而历来所见的农村之类的景况，也更加分明地再现于我的眼前，偶然得到一个可写文章的机会，我便将所谓上流社会的堕落和下层社会的不幸，陆续用短篇小说的形式发表出来了。"[①] 鲁迅的小说营构了"乡土中国"的国家形象，鲁迅以"未庄""临河土场""吉光屯"等为其小说中人物的生存空间，这是一个乡土空间，也是一个用宗法伦理制度控制的文化共同体。本尼迪克特曾指出，"特定的习俗、风俗和思想方式"，就是一种"文化模式"，它对人的"生活惯性与精神意识"的"塑造力"极大，甚至令人无可逃脱。[②] 从这种意义上说，鲁迅小说所营构的乡土文化空间具有社会性，是该社会群体的生活样式，并直接表现为社会心态；还具有继承性和朴素性：它既蕴涵悠久的时间积淀，是当地人世代的生存方式的淤积，又是一种近乎日常的朴素社会意识，在当地人的饮食、起居、生老、病死中反映这种意识。可以说，这已形成了集体无意识的文化群落。通读鲁迅的小说，不难发现：他鲜有对乡村私人空间的描绘，阿 Q 栖身的土谷祠自然不能算是农家，七斤"坐在门槛上吸烟"，祥林嫂也说过阿毛"坐在门槛上剥豆"。相反，鲁迅长于对乡村公共空间（如乡场上、社庙、土谷祠、航船里、乡村酒店、茶馆等）进行书写，正是这些公共空间勾连了乡村共同体中各色人群及复杂的社会关系。"鲁镇"是中华民族的一个缩影，无论是阿 Q，还是祥林嫂，走进该领地都能领略赵府、钱府、鲁府等具有权力的文化空间，也能感受咸亨酒店这一公共空间折射出的人际的热闹。应该说，鲁迅笔下的"鲁镇"成为"中国"的一个缩影，是通过其与外部空间的相互折射与流通中生成的。《风波》中的七斤撑船到城里营生，"早晨从鲁镇进城，傍晚又回到鲁镇"，其带来的"辫子"事件曾在当地引起过不小的"风波"。类似于七斤这样勾连鲁镇与外部世界的人物很多，《故乡》与《祝福》中那个返乡的"我"即是著例。而从寒石山进入 S 城的魏连殳以自己"异端"的思想和举动搅动了当地的原初镜像；阿 Q 也因生计问题进城了，回来后的一段时间内受人尊重。正是因为这种流动的状态，使得"鲁镇"没有完全从时代的大格局、大背景中析离出来，而是以自己的方式参与着现代中国风云变幻的社会主题的建构。作为一个自成的体系，"鲁镇"就如同一个小小的中国，在这个小中国的土地上，也上演着大中

① 鲁迅：《英译本〈短篇小说选集〉自序》，《鲁迅全集》第 7 卷，人民文学出版社 2005 年版，第 411 页。

② [美]露丝·本尼迪克特：《文化模式》，王炜等译，北京三联书店 1988 年版，第 5 页。

国的时代风云的缩微版。而这个小中国上生活着的人物，也带上了民族寓言的性质。假如说前述物理空间之象是国象民态的缩影，那么其一系列让人耳熟能详的人物则也是表征现代中国的缩影。鲁镇、未庄、咸亨酒店这类翔实的地名，并不与作家及其笔下的人物真正构成交互性确认结构。鲁迅刻画的世界呈现更多虚构成分，尽管它也可以为人物的活动提供一个封闭式的空间，但实际上其往往与人物的先验姿态貌合神离，从而导致最终的虚无幻灭感。《祝福》开头交代了祥林嫂“不是鲁镇人”，《孔乙己》的结尾揭示了孔乙己从鲁镇的永远消失，在这里，社会环境对人物精神和生存的化解是间接地被创造出来的，之间并没有实存关系，也不确指。而这种不确指恰恰使得他小说的人物和其生存的幻境具有指向的弥散性，折射在现代中国的各个角落之中。

事实上，自梁启超“小说界”革命一来，鲁迅等知识分子都意识到小说与启蒙之间的深微关系。在《我为什么做起小说来》一文中，鲁迅反复强调文学“必须是‘为人生’，而且要改良这人生”。[①] 这种“为人生”的文艺主张的提出，是基于鲁迅对“瞒”和“骗”文艺的警惕和反感：“中国人向来因为不敢正视人生，只好瞒和骗，由此而产生瞒和骗的文艺来，由这文艺，更令中国人更深地陷入瞒和骗的大泽中，甚而至于已经自己不觉得。”[②] 为此，他不惜以“自曝家丑”的方式来直面现实，“他以为丑，他就想盖住，殊不知外面遮上了，里面依然还在腐烂，倒不如不论好歹，一齐揭开来，大家看看好”。[③] 在这里，“文学”与“国民性”构成一种互动关系，越是落后、愚昧的国民越是沉迷于虚假的幻梦文学中，而那些瞒和骗的文艺则加重了国民性的落后。为了实现“改良人生”的初衷，鲁迅“便将所谓上流社会的堕落和下层社会的不幸，陆续用短篇小说的形式发表出来了。原意其实只不过想将这示给读者，提出一些问题而已”。正是这种预留给读者的想象空间，使得他的小说能“化实为虚”，又能“化虚为实”，能产生“以一总多”的艺术效果。在人物的处理上，鲁迅采用“画眼睛”的方式来强化人物的典型性，同时在这种典型中挖掘其人性和精神的共通性，鲁迅说过，“所写的事迹，大抵有一点见过或听到过的缘由，但决不全用这事实，只是采取一端，加以改造，或发生开去，到足以

① 鲁迅：《我为什么做起小说来》，《鲁迅全集》第4卷，人民文学出版社2005年版，第526页。

② 鲁迅：《论睁了眼看》，《鲁迅全集》第1卷，人民文学出版社2005年版，第254—255页。

③ 鲁迅：《230612致孙伏园》，《鲁迅全集》第11卷，人民文学出版社2005年版，第435页。

几乎完全发表我的意思为止。人物的模特儿也一样，没有专用过一个人，往往嘴在浙江，脸在北京，衣服在山西，是一个拼凑起来的脚色”。① 在其他小说中，鲁迅所塑造的人物看似无名，但是都是典型的表征一个带有共性的社会群体，是符号系统所规定的“能指”。狂人是“无名”的，“某君昆仲，今隐其名”，“惟人名虽皆村人，不为世间所知，无关大体，然亦悉易去”；孔乙己也是“无名”的，“因为他姓孔，别人便从描红纸上的‘上大人孔乙己’这半懂不懂的话里，替他取下一个绰号，叫作孔乙己”；阿Q同样“无名”，“我并不知道阿Q姓什么，有一回，他似乎姓赵，但第二日便模糊了”，“我又不知道阿Q的名字是怎么写的。……阿桂还是阿贵呢”，“籍贯也就有些决不定”；九斤、七斤、六斤是无名的，“这村庄的习惯有些特别，女人生下孩子，多喜欢用秤称了轻重，便用斤数当作小名”；祥林嫂是无名的，“大家都叫她祥林嫂；没问她姓什么，但中人是卫山人，既说是邻居，那大概也就姓卫了”。《药》中的花白胡子、红眼睛阿义、驼背五少爷，《明天》里的红鼻子老拱、蓝皮阿五，《高老夫子》中的“玉皇香案吏”，《离婚》中的“蟹壳脸”“八三”，《头发的故事》中的“N先生”，《长明灯》中的“疯子”“三角脸”“方头”，《示众》中的“秃头”“红鼻子胖大汉”“白背心”“死鲈鱼”“猫脸”，《伤逝》中的“贴鱼须的老东西”“穿着新皮鞋的邻院的搽雪花膏的小东西”“穿布底鞋的长班的儿子”……在鲁迅看来，这些“无名”身份的人分立为两大阵营，一类是“无主名无意识杀人团”，一类则是具有某种反抗意识地“孤独者”。他们的对立构成了鲁迅小说中重要的文化现象。用老子所谓的“无”（即它随时、随处存在却又无以名状）来理解鲁迅的无名身份书写有很大的启发作用。无名身份的塑造就是对虚名本身的一种消解和颠覆。同时，无名人物无时无处存在，在共时的层面上人物身份的归属因为模糊而扩散，这种超越时空的无名也就成为共名式的典型人物。由于无名人物没有文化身份的深切认同，没有明确的社会阶层的身份归属，使他们成为一个概括性的游离式的“符码”，由此，无名人物身后有诸多的跟随者和认同者，他们共同构成具有相同精神特质的共名系列。用鲁迅自己的话来说，即：“我的方法是在使读者摸不着在写自己以外的谁，一下子推诿掉，变成旁观者，而疑心到像是写自己，又像是写一切人，由此开出反省的道路。”② 如此看

① 鲁迅：《我为什么做起小说来》，《鲁迅全集》第4卷，人民文学出版社2005年版，第526页。

② 鲁迅：《答〈戏〉周刊编者信》，《鲁迅全集》第6卷，人民文学出版社2005年版，第150页。

来，无名”身份越隐晦越不确定，就越有现实概括性和弥散性，它能突破了空间的限制，打通了对现实的理性阐释，达到从“个”的发现到“类”的概括的共名效应。《阿Q正传》的典型性恰恰是通过阿Q性格中的共性扩散来实现的。高一涵曾写过这样一段文字：“当《阿Q正传》一段一段陆续发表的时候，有许多人都栗栗危惧，恐怕以后要骂到他的头上。并且有一位朋友，当我面说，昨日《阿Q正传》上某一段仿佛就是骂他自己。因此便猜疑《阿Q正传》是某人作的，何以呢？因为只有某人知道他这一段私事。……从此疑神疑鬼，凡是《阿Q正传》中所骂的，都以为就是他的阴私；凡是与登载《阿Q正传》的报纸有关系的投稿人，都不免做了他所认为《阿Q正传》的作者的嫌疑犯了！等到他打听出来《阿Q正传》的作者名姓的时候，他才知道他和作者素不相识，因此，才恍然自悟，又逢人声明说不是骂他。”[①] 无论是冯雪峰的“阿Q主义”、[②] 何其芳的“阿Q典型共名说”，[③] 还是王朔所谓“阿Q是概念的产物”，[④] 都将阿Q视为具有抽象性的国民劣根性的符号。可以说，被人诅咒成“断子绝孙”的阿Q繁衍了无数的具有相同根性的子孙。远的不说，就说小D，在阿Q对其怒目而视时，他的怯弱让他成为第二个阿Q，他分明也使用着阿Q自轻自贱的话说，“我是虫豸，好么？”鲁迅对小D的取名艺术正说明这一点，“他叫‘小同’。大起来和阿Q一样”。[⑤] 可以这样理解，阿Q剪掉辫子就是小D，而小D长大了就成了阿Q。

鲁迅小说人物与场景的虚化使得其主题意蕴上升至抽象及普遍的价值平台，因而，我们完全可以将鲁迅小说视为一个整体予以审视和观照，发掘其内在的一致性和互补性。《明天》中的单四嫂子家隔壁就是咸亨酒店；《风波》发生在未庄邻近的一个村子里；《狂人日记》中提到的被狼子村人打死并吃掉心肝的那个人，显然与《药》中的夏瑜有某种关系。当航船七斤上城被剪掉辫子的时候，阿Q正在做他的造反发财梦。有论者进而作出如下推断：《离婚》中爱姑坐的航船也许就是九斤老太的儿子撑的；老栓的茶店和鲁四老爷的宅院说不定就在鲁镇的同一条街上；夏瑜被砍头的古轩亭口当与阿Q被绑赴的刑场相去不远——因此，我们有充分的理

① 涵庐（高一涵）：《闲话》，《现代评论》第4卷第89期，1926年8月21日。
② 冯雪峰：《论〈阿Q正传〉》，《人民文学》1951年第4期。
③ 何其芳：《论阿Q》，《人民日报》1956年10月16日。
④ 王朔：《我看鲁迅》，《收获》2000年第2期。
⑤ 鲁迅：《答〈戏〉周刊编者信》，《鲁迅全集》第6卷，人民文学出版社2005年版，第115页。

由把鲁迅的现代题材的中短篇小说视为一个统一而完整的长篇小说。[①]一般而言，小说主要以塑造人物形象为主，叙述者一般都引而不发，让人物来引领情节的推衍。然而，鲁迅的小说却多有作家关于中国社会问题思考的议论之语，使故事之中显在地充斥了作家“为人生”的观照，并且指向中国的文化语境及社会现实。鲁迅坦言，“我的小说，也是论文，不过采用了短篇小说的体裁罢了”，其出发点在于“不过大约心里原也藏着一点不平，因此动起笔来，每不免露写愤言激语”。[②]如《狂人日记》里狂人对“吃人”现象的揭示以及“救救孩子”的呼喊；《端午节》里方玄绰对“薪水”问题的牢骚之词；《阿Q正传》“序”中作家动笔的犹豫以及对国粹派的嘲讽；《风波》对于“文豪”大发诗兴的驳斥；《兔与猫》对造物主“将生命造得太滥，毁得太滥”的评价；《头发的故事》更是通篇用N先生之口发表关于各类现象的批判。此外，叙述者与主人公之间的对话也将其关于中国的社会问题的讨论与反思流露出来，如《故乡》里关于“多子，饥荒，苛税，兵，匪，官，绅”对于闰土影响的议论，《孤独者》里“我”与魏连殳关于孩子问题的讨论，《猫和兔》的结尾关于“造物主”与“弱小生命”的大段讨论等。《故事新编》则更像杂文而不像小说，作家用“油滑”的手笔写出了带有议论性、时政性的新编历史小说。这些都为鲁迅小说言说现代中国社会问题提供了诸多便利。

鲁迅小说之所以能营构中国形象，与其所刻画人物具有的中国特征，并成为表征中国的形象符码密不可分。他力图在其小说中凸显出中国的民族性，“竭力使人物显出中国人的特点来，使观者一看便知道这是中国人和中国事”[③]。同时，还与鲁迅小说独特的视角息息相关。鲁迅不仅关注视觉现象，而且重视视觉性的认知基础，强调“看”机制的摆脱蒙昧、获得真知、达成理智成熟的人性状态的启蒙功能。他的小说通过“看”这一视觉行为为读者建构了一个个故事场景及国人交际网络，这些都是“中国形象”的组成元素。其中，人物在看，叙述者在看，读者在看，作者也在看，这些交织在一起的“看”呈现出关于“中国”的不同层次的“景象”“印象”和“映像”。鲁迅通过文字书写“图像”，并将自己对于现代中国艰难前行的经验和体悟转换为一次次的“拟像”实践，使它们之间构成了“镜

① 张德明：《鲁迅小说的社会杂语分析》，《浙江大学学报》（人文社会科学版）2000年第1期。

② 鲁迅：《通信》，《鲁迅全集》第3卷，人民文学出版社2005年版，第466页。

③ 鲁迅：《331219致何白涛》，《鲁迅全集》第13卷，人民文学出版社2005年版，第518页。

像”层叠，呈现出立体多维而熔铸了复杂深邃的情感和观念的中国形象。他曾说过，“野地上有一堆烧过的纸灰，旧墙上有几个划出的图画，经过的人是大抵未必注意的，然而这些里面，各各藏着一些意义，是爱，是悲哀，是愤怒，……而且往往比叫了出的更猛烈。也有几个人懂得这意义”。[①]鲁迅提醒人们注意日常生活中所存在的象征想象，他的小说往往以一些若隐若现的文化符号来隐喻中国现实的人生。事实上，如果我们从鲁迅的象征构思和小说的象征语象入手，能发现其中丰沛的象征意蕴，洞悉鲁迅借助语言文字来想象中国的文学功力。从这种意义上说，“未庄”可以理解为无处不在的中国村庄，是“乡土中国”的象征隐喻。以此类推，“鲁镇”“S 城”等并非字面所呈现出的语义的所指，而是泛指作家眼中的“中国”。

20 世纪中国现代知识分子对于中国形象的塑造存在着两种不一样的理路：一种是以鲁迅为代表的描摹“病态中国”的众生相，施之以鞭挞和批判的立场，以重塑全新的中国形象；另一种是以沈从文为代表的书写“诗意中国”的乡土“桃花源”，致力于开掘中国民族土壤里的优良品格，以此为现代中国的发展提供本土文化支援。事实上，鲁迅的“挞丑”与沈从文的“掘美”看似有着很大的差异，事实上他们都致力于中国形象的价值重塑。显然，这两种关于乡土中国的想象方式背后是对社会历史的不同认知。就鲁迅而论，他秉持的是现代性的立场和进化论的观念，在此现代性的框架里，正是由于传统的中国一直是停滞不前的状态，因而中国无法与世界对话，无法成为一个现代意义上的民族国家，所以，要实现传统中国的现代转型，改变其落后的状态是当务之急。在以农业文明为主的社会中，农民的精神状态可能成为整个民族的负重，如果中国要走向现代化，那么，改变国人的生存方式和精神状态是主要的出路。为此，他采用先破后立的思维策略，对落后的乡土及国民劣根进行了不留情面的批判。读鲁迅的小说，我们发现，乡土已经破败成为“荒村”，没有丝毫的生气，如一潭死水看不到希望。在《故乡》中，鲁迅写道：“苍黄的天底下，远近横着几个萧索的荒村，没有一点活气。我的心禁不住悲凉起来了。”在《祝福》中，他感慨道：“虽说故乡，然而已没有家。”经过现代理性的审视后，乡土景象成为了现代中国的负性背景。在这里，乡土内蕴的自由、强力、真诚等要素都被“搁置”和“不见”。这并不是说鲁迅是一个偏狭的虚无主义者，他只看到了乡土中国的落后、凋敝和

① 鲁迅：《写于深夜里》，《鲁迅全集》第 6 卷，人民文学出版社 2005 年版，第 517 页。

循环的负面性；而真正的出发点是，鲁迅要借此来透析和反思现代中国的发展路径，在非现代的知识背景中思考中国的现代方向。这样说来，他"'观看'乡村故土时的目光、态度和方位，实际上也就是看中国、看传统、看本土文化时的目光、方位与态度，在这样的'现代文明'、现代性的目光中，乡村与中国、中国传统文化一样，自然就呈现出同样的景象与色调落后、破旧、衰朽和无价值，是需要以来自外部世界的现代文明去加以填充、改造和激活的所在"。①

鲁迅笔下"愚弱的国民"和"颓唐绝望的知识分子"的形象，并非来自一个不谙世事的幼稚者随便扯来的空洞理念，而是来自一个深刻的思想者阅尽沧桑的亲身感受和现实观察，也来自他所抱的启蒙主义和"为人生"的文学观念。鲁迅的小说将中国的地域和民俗特色融入人物的性格与命运之中，创作出了典型的中国的故事。例如《药》中的"人血馒头"治痨病的习俗折射了"吃人"社会里启蒙者与被启蒙者反转的社会问题；《风波》中以重量来取名的风俗表征了"以长为本"的家族制度的退化趋势；《离婚》中爱姑的"勾刀式的脚"隐喻了社会进步及新旧之间人的局限。这种强调地方色彩和民俗风情的文学创作有助于中国文学走向世界，"自己生长其地，看惯了，或者不觉得什么，但在别地方人，看起来是觉得非常开拓眼界，增加知识的。"② 同时，他也看到了这种沉积着国民惯性的习俗在很大程度上阻碍着国民的革新和社会的发展。基于此，他指出："倘不深入民众的大层中，于他们的风俗习惯，加以研究，解剖，分别好坏，立存废的标准，而于存于废，都慎选施行的方法，则无论怎样的改革，都将为习惯的岩石所压碎，或者只在表面上浮游一些时。"③ 鲁迅是一位高度"思想化"的作家，他把自己的思想和情绪转化为艺术的意义结构，其小说也因此成为中国现代小说的范式。鲁迅通过小说这种独特的文学样式深刻地阐释了他对于中国问题的思考，他的小说反映了中国知识分子基于中国文化转型时而特有的文化心态及选择，将人的全方位思考和中国社会发展及民族解放紧密地结合在一起，体现了其"灵魂之深"的思维意识。为此，学界对鲁迅的研究并非止于思维形态和艺术风貌的静态观照，而是贴近现实，在中国的本土文化形态中找寻鲁迅精神遗产的有益因子。

---

① 逄增玉：《论中国现代文学中质疑现代性主题与叙事》，《江汉论坛》2002 年第 2 期。

② 鲁迅：《331226 致罗清桢》，《鲁迅全集》第 12 卷，人民文学出版社 2005 年版，第 532 页。

③ 鲁迅：《习惯与改革》，《鲁迅全集》第 4 卷，人民文学出版社 2005 年版，第 229 页。

必须承认，在很长的时间里，我们对鲁迅的阐释多集中于政治和思想维面，或者说，主要集中在启蒙思想和时代层面来研究鲁迅，取得了诸多价值不菲的成果。然而对鲁迅思想的丰富性没有充分认识，尤其是没有揭示出鲁迅深邃而卓越的文学价值，没有展现出其丰富的文学魅力。较之于"思想家鲁迅"和"革命家鲁迅"的研究成果来看，"文学鲁迅"的研究还不是很充分。对此，周海婴的一番话发人深省："离开了他作为一个最根本的文学家这样一个位置，我总觉得这样的鲁迅很空洞，我不认识这样一个鲁迅。"[①] 其根由是：在革命的语境中，用政治文学一体化的分析方法来评价中国作家和文学往往有效的，"文学鲁迅"容易脱离现代中国的语境而陷入文化失重的困境中。这样，当我们进入"后革命"时代，社会意识趋向多元，人们逐渐对鲁迅之于思想革命或社会革命的意义失去兴趣，我们所习惯阐释的鲁迅思想和政治寓意也就备受质疑，原来决定鲁迅成为一个卡里斯玛典型的文学环境已不再存在。于是，鲁迅遭遇了寂寞。当下的现实语境与鲁迅所处的时代已有太大的区别，读者难以感同身受地将鲁迅在革命之中的精神引领和道德教化跟当下的社会风尚结合起来，找到彼此间的结合点。如果不能洞悉鲁迅文学创作的历史背景及动机，而纯碎用"去政治化"的标尺去责难鲁迅是不公允的。

不言而喻，鲁迅始终持守"中国"和"中国人"的立场。在与友人通信中，他对自己的创作作过这样的自白："自问数十年来，于自己保存之外，也时时想到中国，想到将来，愿为大家出一点微力，却可以自白的。"[②] 正是如此，对于鲁迅的小说创作而言，自塑中国形象的话语实践为其增添了诸多无可争议的精神品格。这主要体现在如下两方面：一是作为主体形态的"中国"并非只是在被动地等待别人来表述，中国作家并未丧失表达能力，而是在不停地表述自己。借助民族国家这一宏大话语，鲁迅小说积极参与了"人国"的挖掘和改造工程，参与了现代民族国家地理的绘制和"兴国"梦想的实践。二是在中国现代转型的特殊语境中，中国文化和文学的现代性渴望与积极实践始终是同"被殖民化"相对抗的，鲁迅对中国形象的描绘及想象所体现出的文学精神与西方话语、西方形象并非一种臣属意识，他并非生吞活剥地"横向移植"外国资源，而是基于本土文化的立场，对其进行了中国式的实践。这充分地体现了鲁迅作为"爱国者"与"民族魂"的双重价值主体对于自我主体的树立，

① 周海婴：《鲁迅是谁？》，《文汇报》2006 年 8 月 24 日。

② 鲁迅：《340522 致杨霁云》，《鲁迅全集》第 13 卷，人民文学出版社 2005 年版，第 113 页。

借助于国民性批判的内在逻辑，他有效地将“兴国”动机、“人国”理想与“立人”理路融合在一起，构成了其完整的民族国家思想观念体系。也正是这种现代国家意识的确立为其小说内在的深度和厚度的拓展提供了必不可少的资源。

参考文献

（一）著作类

1. 鲁迅：《鲁迅全集》第1—18卷，人民文学出版社2005年版。

2. 许寿裳：《许寿裳文集》上、下卷，百家出版社2003年版。

3. 冯友兰：《贞元六书·城乡辨》，华东师范大学出版社1996年版。

4. 费孝通：《乡土中国》，北京三联书店，1985年版。

5. [英]厄内斯特·盖尔纳：《民族与民族主义》，韩红译，中央编译出版社2002年版。

6. [德]黑格尔：《历史哲学》，王造时译，上海世纪出版集团、上海书店出版社2001年版。

7. [德]黑格尔：《精神现象学》上，贺麟、王玖兴译，商务印书馆1979年版。

8. [德]康德：《历史理性批判文集》，商务印书馆1997年版。

9. [英]罗素：《中国问题》，秦悦译，学林出版社1996年版。

10. [法]伊夫·瓦岱：《文学与现代性》，田庆生译，北京大学出版社2001年版。

11. [德]海德格尔：《存在与时间》，陈嘉映、王庆节译，北京三联书店2006年版。

12. [英]约翰·汤姆逊：《晚清碎影：约翰·汤姆逊眼中的中国》，中国摄影出版社2009年版。

13. [英]爱德华·摩根·福斯特：《小说面面观》，苏炳文译，花城出版社1984年版。

14. [法]莫里斯·哈布瓦赫：《论集体记忆》，毕然、郭金华译，上海人民出版社2002年版。

15. [丹麦]克尔凯郭尔：《致死的疾病：为了使人受教益和得醒悟而做的基督教心理学解说》，张祥龙、王建军译，中国工人出版社1997年版。

16. [美] 汉娜 · 阿伦特 :《论革命》，陈周旺译，译林出版社 2011 年版。

17. [美] 苏珊 · 桑塔格 :《疾病的隐喻》，程巍译，上海译文出版社 2003 年版。

18. [美] 苏珊 · 桑塔格 :《反对阐释》，程巍译，上海译文出版社 2003 年版。

19. [俄] 别尔嘉耶夫 :《历史的意义》，学林出版社 2002 年版。

20. [美] 约瑟夫 · 弗兰克 :《现代小说中的空间形式》，秦林芳编译，北京大学出版社 1991 年版。

21. 乐黛云、张辉 :《文化传递与文学形象》，北京大学出版社 1999 年版。

22. [英] 本 · 海默尔 :《日常生活与文化理论导论》，王志宏译，商务印书馆 2008 年版。

23. [法] 布迪厄 :《文化资本与社会炼金术》，包亚明译，上海人民出版社 1997 年版。

24. [俄] 巴赫金 :《陀思妥耶夫斯基诗学问题》，白春仁、顾亚铃译，北京三联书店 1988 年版。

25. [英] 安东尼 · 吉登斯 :《社会的构成》，李康、李猛译，北京三联书店 1998 年版。

26. [美] 史书美 :《现代的诱惑 : 书写半殖民地中国的现代主义(1917—1937)》，何恬译，江苏人民出版社 2007 年版。

27. [德] 恩斯特 · 卡西尔 :《人论》，甘阳译，上海译文出版社 2004 年版。

28. [美] 周蕾 :《视觉性、现代性与原始的激情》，张艳虹译，广西师范大学出版社 2003 年版。

29. [日] 增田涉 :《鲁迅的印象》，钟敬文译，湖南人民出版社 1980 年版。

30. [俄] 尼古拉 · 别尔嘉耶夫 :《人的奴役与自由》，徐黎明译，贵州人民出版社 1994 年版。

31. [法] 古斯塔夫 · 勒庞 :《乌合之众 : 大众心理研究》，冯克利译，中央编译出版社 2004 年版。

32. [英] 柯林伍德 :《历史的观念》，何兆武、张文杰译，商务印书馆 1997 年版。

33. [美] 弗朗西斯 · 福山 :《历史的终结及最后之人》，黄胜强、许铭原译，中国社会科学出版社 2003 年版。

34. 王德威：《现代中国小说十讲》，复旦大学出版社 2003 年版。

35. [美] 费约翰：《唤醒中国：国民革命中的政治、文化与阶级》，李恭忠、李里峰等译，北京三联书店 2005 年版。

36. [英] 史景迁：《文化类同与文化利用：世界文化总体对话中的中国形象》，廖世奇、彭小樵译，北京大学出版社 1997 年版。

37. [美] 安敏成：《现实主义的限制》，姜涛译，江苏人民出版社 2001 年版。

38. [美] 韩瑞：《假想的“满大人”：同情、现代性与中国疼痛》，袁剑译，江苏人民出版社 2013 年版。

39. [匈] 阿格妮丝·赫勒：《日常生活》，衣俊卿译，重庆出版社 1990 年版。

40. [美] 保罗·康纳顿：《社会如何记忆》，纳日毕力戈译，上海人民出版社 2000 年版。

41. [英] 埃德蒙·利奇：《文化与交流》，郭凡、邹和译，中山大学出版社 2000 年版。

42. [法] 皮埃尔·布迪厄等：《实践与反思：反思社会学导引》，李猛、李康译，中央编译出版社 1998 年版。

43. [日] 伊藤虎丸：《鲁迅与终末论》，李冬木译，北京三联书店 2008 年版。

44. [日] 伊藤虎丸：《鲁迅与日本人——亚洲的近代与“个”的思想》，李冬木译，河北教育出版社 2002 年版。

45. [日] 伊藤虎丸：《鲁迅、创造社与日本文学——中日近现代比较文学初探》，孙猛、徐江、李冬木译，北京大学出版社 1995 年版。

46. [日] 丸尾常喜：《“人”与“鬼”的纠葛——鲁迅小说论析》，秦弓译，人民文学出版社 2006 年版。

47. [日] 竹内好：《近代的超克》，李冬木等译，北京三联书店 2005 年版。

48. [日] 丸山升：《鲁迅·革命·历史》，王俊文译，北京大学出版社 2005 年版。

49. [日] 柄谷行人：《日本现代文学的起源》，赵京华译，北京三联书店 2006 年版。

50. [德] 尼采：《权力意志——重估一切价值的尝试》，张念东、凌素心译，商务印书馆 1996 年版。

51. [德] 尼采 :《查拉斯图拉如是说》，尹溟译，文化艺术出版社 1991 年版。

52. [德] 安内马丽 · 彼珀 :《动物与超人之维 : 对尼采〈查拉图斯特拉〉第一卷的哲学解释》，李洁译，华夏出版社 2001 年版。

53. [法] 西蒙娜 · 德 · 波伏娃 :《第二性》，陶铁柱译，中国书籍出版社 1998 年版。

54. [美] 赫舍尔 :《人是谁》，隗仁莲译，贵州人民出版社 1994 年版。

55. [美] 安东尼 ·J. 卡斯卡迪 :《启蒙的结果》，严忠志译，商务印书馆 2006 年版。

56. [美] 露丝 · 本尼迪克 :《文化模式》，何锡章、黄欢译，华夏出版社 1987 年版。

57. [法] 米歇尔 · 福柯 :《权力的眼睛》，严锋译，上海人民出版社 1997 年版。

58. 钱穆 :《中国文化史导论（修订本)》，商务印书馆 1994 年版。

59. 牟宗三 :《中国哲学的特质》，上海古籍出版社 1997 年版。

60. 孙隆基 :《中国文化的深层结构》，广西师范大学出版社 2011 年版。

61. 周宁 :《跨文化研究 : 以中国形象为方法》，商务印书馆 2011 年版。

62. 汪民安 :《福柯的界限》，中国社会科学出版社 2002 年版。

63. 张一兵 :《不可能的存在之真——拉康哲学映像》，商务印书馆 2006 年版。

64. 王岳川 :《发现东方》，北京大学出版社 2011 年版。

65. 刘禾 :《语际书写——现代思想史写作批判纲要》，上海三联书店 1999 年版。

66. 徐兰君、[美] 安德鲁 · 琼斯 :《儿童的发现 : 现代中国文学及文化中的儿童问题》，北京大学出版社 2011 年版。

67. 王一川 :《中国现代卡里斯马典型 : 二十世纪小说人物的修辞论阐释》，云南人民出版社 1994 年版。

68. 刘小枫 :《个人信仰与文化理论》，四川人民出版社 1997 年版。

69. 李泽厚 :《中国现代思想史论》，安徽文艺出版社 1984 年版。

70. 李长之 :《鲁迅批判》，北京出版社 2003 年版。

71. 钱理群 :《心灵的探寻》，北京大学出版社 1999 年版。

72. 张梦阳 :《悟性与奴性——鲁迅与中国知识分子的“国民性”》，河南人民出版社 1997 年版。

73. 汪晖 :《反抗绝望——鲁迅及其文学世界》，河北教育出版社 2000

年版。
74. 汪卫东：《现代转型之痛苦“肉身”：鲁迅思想与文学新论》，北京大学出版社 2013 年版。
75. 王富仁：《中国文化的守夜人：鲁迅》，人民文学出版社 2005 年版。
76. 郜元宝：《鲁迅六讲》，上海三联书店 2000 年版。
77. 张福贵：《“活着”的鲁迅：鲁迅文化选择的当代意义》，社会科学文献出版社 2010 年版。
78. 高远东：《现代如何“拿来”——鲁迅的文学和思想论集》，复旦大学出版社 2009 年版。
79. 葛兆光：《宅兹中国——重建有关“中国”的历史叙述》，中华书局 2011 年版。
80. 孟悦、戴锦华：《浮出历史地表》，河南人民出版社 1989 年版。
81. 刘慧英：《女权、启蒙与民族国家话语》，人民文学出版社 2013 年版。
82. 张灏：《危机中的中国知识分子——寻求秩序与意义》，高力克等译，山西人民出版社 1988 年版。
83. 舒衡哲：《中国启蒙运动——知识分子与五四遗产》，新星出版社 2007 年版。
84. 林毓生：《中国意识的危机》，穆善培译，贵州人民出版社 1986 年版。
85. 张志扬：《创伤记忆》，上海三联书店 1999 年版。
86. 孟华：《比较文学形象学》，北京大学出版社 2001 年版。

（二）论文类

1. 王富仁：《时间·空间·人——鲁迅哲学思想刍议之一章》，《鲁迅研究月刊》2000 年第 1—5 期
2. 严家炎：《复调小说：鲁迅的突出贡献》，《中国现代文学研究丛刊》2001 年第 3 期。
3. 李新宇：《五四：“借思想文化解决问题”的是与非》，《南开学报》（哲学社会科学版）2004 年第 5 期。
4. 张福贵：《鲁迅研究的三种范式与当下的价值选择》，《中国社会科学》2013 年第 11 期。
孙郁：《鲁迅话语的纬度》，《鲁迅研究月刊》2011 年第 2 期。

5. 逄增玉：《论中国现代文学中质疑现代性主题与叙事》，《江汉论坛》2002 年第 2 期。

6. 温儒敏：《鲁迅对文化转型的探求与焦虑》，《北京大学学报》（哲学社会科学版）2001 年第 4 期。

7. 丁帆：《浅论鲁迅小说中价值与审美的悖反现象》，《长江学术》2014 年第 4 期。

8. 丁帆、王世诚：《阿 Q：强者形象文学传统的颠覆》，《文艺理论研究》1995 年第 2 期。

9. 朱晓进：《鲁迅艺术活动的文学目的及其与传统文学的关系》，《中国社会科学》1990 年第 2 期。

10. 张中良：《鲁迅笔下“中国”的歧义》，《华中师范大学学报》（人文社会科学版）2014 年第 4 期。

11. 张中良：《中国现代文学的民族国家问题》，《文学评论》2014 年第 4 期。

12. 宋剑华：《启蒙无效论与鲁迅〈药〉的文本释义》，《天津社会科学》2008 年第 5 期。

13. 宋剑华：《论中国现代文学中多重视角下的“乡景”叙事》，《福建论坛》（人文社会科学版）2013 年第 10 期。

14. 陈晓明：《现代性与文学研究的新视野》，《文学评论》2002 年第 6 期。

15. 吴秀明：《文化重建与“中国形象”塑造的当下使命》，《学术月刊》2010 年第 11 期。

16. 朱寿桐：《鲁迅精神资源的确认》，《鲁迅研究月刊》2002 年第 6 期。

17. 黄健：《现代文明中国的价值建构——略论“五四”新文学的“中国形象”塑造》，《学术月刊》2010 年第 11 期。

18. 杨洪承：《中国现代作家群体生态与“中国形象”结构研究》，《齐鲁学刊》2010 年第 6 期。

19. 刘洪涛：《〈边城〉：牧歌与中国形象》，《文学评论》2002 年第 1 期。

20. 王嘉良：《民俗风情：透视“乡土中国”的生存本貌》，《天津社会科学》2007 年第 5 期。

21. 余杰：《鲁迅中了传教士的计？》，《鲁迅研究月刊》2000 年第 7 期。

22. 张全之：《鲁迅与“东方主义”》，《鲁迅研究月刊》2000 年第 1 期。

23. 陶东风：《〈国民性神话〉的神话》，《甘肃社会科学》2006 年第 5 期。

24. 汪卫东、张鑫：《国民性：作为被“拿来”的历史性观念——答竹潜民先生兼与刘禾女士商榷》，《鲁迅研究月刊》2003 年第 1 期。

25. 杨曾宪：《质疑“国民性神话”理论》，《吉首大学学报》（社会科学版）2002 年第 1 期。

26. 郜元宝：《反抗“被描写”——解说鲁迅的一个基点》，《鲁迅研究月刊》2000 年第 1 期。

27. 罗岗：《阿 Q 的“解放”与启蒙的“颠倒”——重读〈阿 Q 正传〉》，《华东师范大学学报》（哲学社会科学版）2013 年第 1 期。

28. 林丹娅：《“私奔”套中的鲁迅：〈伤逝〉之辩疑》，《厦门大学学报》（哲学社会科学版）2007 年第 2 期。

29. 冯骥才：《鲁迅的功与“过”》，《收获》2000 年第 2 期。

30. 巴柔：《比较文学意义上的形象学》，孟华译，《中国比较文学》，1998 年第 4 期。

31. 逄增玉、孙晓萍：《鲁迅小说中的非对话性与失语现象》，《鲁迅研究月刊》2003 年第 8 期。

32. 陈国恩：《鲁迅的经典意义与中国形象问题》，《学术月刊》2010 年第 11 期。

33. 陈国恩：《革命现代性与中国左翼文学》，《学习与探索》2008 年第 4 期。

34. 曹禧修：《“诊者”与“治者”的角色分离——论鲁迅知识分子角色的再定位》，《文学评论》2006 年第 3 期。

35. 葛兆光：《宋代“中国”意识的凸显——关于近世民族主义思想的一个远源》，《文史哲》2004 年第 1 期。

36. 王宇：《在知识男性与乡村女性之间：启蒙叙事的一个支点》，《南开学报》（哲学社会科学版）2011 年第 4 期。

37. 沃尔夫冈·顾彬：《“绝望之为虚妄，正与希望相同”——〈鲁迅文集〉后记》，《鲁迅研究月刊》2001 年第 5 期。

38. 吉田富夫：《周树人的选择——“幻灯片事件”前后》，李冬木译，《鲁迅研究月刊》2006 年第 2 期。

39. 张德明：《鲁迅小说的社会杂语分析》，《浙江大学学报》（人文社会科学版）2000 年第 1 期。

40. 张箭飞：《词语细读：鲁迅小说中的“死亡”》，《江汉论坛》2000

年第 4 期。

41. 俞兆平 :《越界的庸众与阿 Q 的悲剧——〈阿 Q 正传〉新解》,《文艺研究》2009 年第 8 期。

42. 高远东 :《鲁迅的可能性——也从〈破恶声论〉寻找支援》,《鲁迅研究月刊》,2003 年第 7 期。

44. 王富仁 :《鲁迅小说的叙事艺术(下)》,《中国现代文学研究丛刊》2000 年第 4 期。

45. 张文东 :《“历史的中间物”——鲁迅〈故事新编〉中的传奇叙事》,《鲁迅研究月刊》2007 年第 12 期。

46. 王晓明 :《现代中国的民族主义》,《当代作家评论》2003 年第 2 期。

47. 江弱水 :《信史无证,正史毋信——〈故事新编〉的后现代议题》,《读书》2007 年第 12 期。

48. 杨念群 :《亲密关系变革中的“私人”与“国家”》,《读书》2006 年第 10 期。

49. 高玉 :《“个人”与“国家”的整合——论中国现代文学“自由”话语的理论建构》,《厦门大学学报》(哲学社会科学版)2004 年第 6 期。

50. 李冬木 :《明治时代“食人”言说与鲁迅的〈狂人日记〉》,《文学评论》2012 年第 1 期。

51. 詹姆逊 :《跨国资本主义时代的第三世界文学》,张京媛译,《当代电影》1989 年第 6 期。

52. 朱自强 :《“儿童的发现”:周作人“人的文学”的思想源头》,《中国现代文学研究丛刊》2013 年第 10 期。

53. 符杰祥 :《“道”与“路”的千年困结——鲁迅对中国士文化传统的现代性批判》,《福建论坛》(人文社会科学版)2013 年第 2 期。

54. 安敏成 :《鲁迅的“油滑”灵感 :现代中国小说的创造性要素》,符杰祥、郭满译,《东岳论丛》2015 年第 2 期。

55. 吉田富夫 :《关于〈故事新编〉》,靳丛林、王珊珊译,《中国现代文学研究丛刊》2015 年第 5 期。

56. 吴义勤、王金胜 :《“吃人”叙事的历史变形记》,《文艺研究》2014 年第 4 期。

57. 李丹梦 :《文学“乡土”的现代考证——以鲁迅乡土小说与乡土诠释为核心》,《文艺理论研究》2011 年第 1 期。

58. 李今 :《析〈伤逝〉的反讽叙事》,《文学评论》2010 年第 2 期。

59. 张旭东 :《中国现代主义起源的“名”“言”之辨 :重读〈阿 Q 正

传〉》，《鲁迅研究月刊》2009 年第 1 期。

60. 吴翔宇 :《“五四” 儿童文学接受外国资源的机制、立场与路径》，《学术月刊》2015 年第 9 期。

后 记

自攻读博士学位时选择“鲁迅”作为研究方向至今，已逾十年。每次打开《鲁迅全集》进入鲁迅的世界，都会被其丰厚的形象气质和深邃的思想所感动。尤其是对其“一文刊露，群丑敛声”的小说集《呐喊》和《彷徨》爱不释手，从中我总能窥见了先生“栖栖遑遑，席不暇暖”的行走足迹，领悟简洁的文字中深藏的博大与忧思。鲁迅将其所见的“老中国”的社会及民众融入于一篇篇精巧的故事之中，为世人讲述了一个个“中国故事”。当我们注目于其文字符号所表征知识体系和想象世界时，不难体悟鲁迅以无厚入有间的智慧，将气象万千的社会人生抟于心间思索的深沉与凝重。然而，当我试图去触摸文字背后所隐伏的社会人生“映像”时，文字的虚幻性和社会的真实性却彼此纠缠，怀疑和求证却反而滋生了我不断要去接近神圣智慧的信念。非常幸运的是，这部书稿在获得浙江省教育厅一般课题资助后，还获得了中国博士后科学基金面上项目一等资助（2016M590554），最终成果获得了国家社科基金后期资助（15FZW058）。在这里，非常感谢那些匿名评审专家的肯定与支持。

在以往的研究中，“中国形象”往往是作为“他者”视野中所营构出的形象体系，其价值内核是指向阐释者的。然而，正是因为“自我”与“他者”天然的隔膜和距离，往往使得这种“他塑”带有误读和“被利用”的可能。从这种意义上说，鲁迅“自塑”中国形象的做法客观上将价值天平扭回到了中国本土文化的检视与思考上，有助于中国文化的反思与重建。同时，鲁迅的“自塑”是站在与世界多国文化对话的平台上的本土运作，与外国人的“他塑”之间又有着相互借鉴的融通关系。在研究过程中，困扰我最大的是如何廓清“中国形象”和“中国人形象”两个概念。应该说，鲁迅营构中国形象的过程中始终把握“人”这一命题，将中国人的现状、命运和现代中国的艰难行进紧密结合，以此凝眸于未来。不管其“立人”与“立国”的设想是否真正凑效，但这种努力在现代中国主体性建构实践上是不容忽视的。这种以“个案研究”来反映“社会结构”的方法有效地将“社会生活史”和“民族心灵史”整合在一起，不但让我们透过历史反思历史，把握整个中国新文学发生的动态历程，而且让我们从作家创作的文本中体验到现代中国风云变幻的社会文化生态，从而为我们理解中国新文学的发生及其现代进程拓开了新的认识之路。

这部书稿最后的修改是在美国完成的。2015 年我获得国家留学基金委的资助，公派到美国杜克大学亚洲与中东研究系访学一年，跟随罗鹏（Carlos Rojas）教授合作研究中国文学，承蒙罗老师的接纳，使得我有机会在美国一流的大学深造。常言道，“倘只看书，便成书橱”，刚到美国时，我一心想要在工作之余“丈量”这片陌生的土地，回来可以写一部旅美散文集。但因为有修改的任务和压力，大部分时间我只能在自己的寓所里度过。有时也想，如果我到美国来只是换了一个书房，那我为什么要来？中国古人做学问特别看重交游，当我怀着疑惑去践行这一千古定论时，却发现异国他乡的文化、朋友与旅途让我有了意外的收获，一年的时间于我如白驹过隙，却一步步走得坚实。当我步出自我狭小的书屋去拥抱一个更加阔大而陌生的领地，这种畅游本身给了我一次更深刻认知和反思的机会，对美国社会和文化的了解不再隔岸观火，此刻我真正领悟到了鲁迅先生所说的“直面”的意义了。多年的书斋生涯让位领会到学问没有“一苇可杭”的捷径，美国之旅则教会了我学问亦不可久坐书斋而闭门造车。在各类沙龙和工作坊活动中，我有幸亲炙詹姆逊、王德威、杜赞奇、哈特、周蕾、刘康、张旭东、宋伟杰、罗福林、魏若冰、周成英、哈金、王安忆、阎连科诸位先生的演讲与讨论，他们闪烁着灵感的思想和充满智慧的话语点燃了我诸多的思想话题，从中获益匪浅。在“杜村”，师兄雍青博士为我生活的安顿做了很多工作，使我能便利地融入当地的生活。访学期间，我有幸结识了武新军、余追、王永兵、李洪华、杨方、蔡小容、赵伟、马玲丽、初清华、徐志伟、刘志权、吴智斌、武云海等在杜克访学的朋友，一起切磋学问的时光非常惬意和充实。在美国与雷登辉夫妇相识是一件很庆幸的事，作为武大文学院的院友，我们的友谊超越了一般意义上的师兄弟的关系，大家在一起讨论问题、一起烹饪、一起散步、一起健身……其中的点滴俨然昨天发生的事情，我愿深藏之，无日忘之。这期间，登辉的导师樊星教授在杜克有过一个月的访学时光，樊老师率真的性格及广博的知识给我们的生活带来了超乎寻常的光彩。这一年时光对我而言，期间的悲喜不只是心绪的起伏，而成为打磨和塑造自身的功课。而对于知识本身的敬畏和对“诗”和“远方”的追寻，也是我抵御现实庸常袭击和洞穿虚妄的精神活源。这份难得的经历会伴随我今后人生的全过程，让我时刻能想起那年匆匆的异国之旅，在与人、物交道时，竭天成能，感念这份馈赠。

这部书稿的完成与很多师友的关心和指导是分不开的。在与我的博士导师陈国恩教授交流过程中，他多次强调要从“鲁迅与20世纪中国”的范畴去思考，一定要围绕着“中国问题”来命意，审思鲁迅所持的“中国立场”。这无疑是切中肯絮的，如果离弃了鲁迅所置身的现代中国的文化语境，单纯地从小说文本世界中去谈论文字的想象与表征，势必会窄化鲁迅思想的宽度和广度。在书稿即将付梓时，陈老师拨冗给本著写序，给拙著添色不少，其关于“文学形象学”的阐释和理解对我今后的研究有很大的指导价值。同时，还要感谢国家社科基金后期资助评审专家肯定和宝贵的修改意见，其中不乏中肯的高见，使我在修改过程中受益颇多，但由于自身能力所限，很多修改意见可能没有进一步深入下去。浙江师范大学人文学院的领导张涌泉教授、高玉教授、李翔翔书记为我的研究提供了很多便利和帮助，这使我身在这个集体之中而倍感温暖而不敢懈怠。

在儿子蕴曦最需要父亲的成长阶段，我却“狠心”地离他远行，爱妻胡美在繁忙的工作之余担负起养育儿子的重担，心中的愧疚实难平复。当我带着这部沉甸甸的书稿回国之时，我三岁的稚子已经成为了表达流利、思维活跃、动作敏捷的小“少年”，父母的头上又新添了白发，妻子眼神里透出了因工作和生活而展露出的疲惫。当我把这本书稿呈上的时候，我感念的是父母的默默支持、妻子的勤恳付出和儿子的深邃盼望，每每念及这些都会掀起内心的阵阵涟漪。这本小书的出版，算是送给他们的一份微不足道的礼物吧，也以此慰藉我惴惴不安的心。今后的路还很长，我将怀着这份感动和温暖与你们一起去承受生活的种种、享受生命的切切。

是为后记。

吴翔宇记于柳湖寓所

2016年9月30日